全景再现中国解放战争风云纪实

烽火往事

解放战争纪实

江 宁◎编著

团结出版社

图书在版编目（CIP）数据

烽火往事 / 江宁编著. -- 北京 : 团结出版社,
2015.5（2022.11重印）

ISBN 978-7-5126-3573-9

Ⅰ.①烽… Ⅱ.①江… Ⅲ.①长篇小说—中国—当代
Ⅳ.①I247.5

中国版本图书馆CIP数据核字(2015)第094702号

出　　版：团结出版社
　　　　　（北京市东城区东皇城根南街84号　邮编：100006）
电　　话：（010）65228880　　65244790（出版社）
　　　　　（010）65238766　　85113874　　65133603（发行部）
　　　　　（010）65133603（邮购）
网　　址：http://www.tjpress.com
E-mail：zb65244790@163.com（出版社）
　　　　　fx65133603@163.com（发行部邮购）
经　　销：全国新华书店
印　　刷：三河市华晨印务有限公司

开　　本：710毫米×1000毫米　　16开
印　　张：20
字　　数：300千字
版　　次：2015年5月　第1版
印　　次：2022年11月　第4次印刷

书　　号：978-7-5126-3573-9
定　　价：88.00元

前　言

1945 年 8 月 15 日,随着抗日战争的结束,中国国民党和中国共产党的共同敌人消失了,两党过去积累的历史矛盾以及对国家前途的分歧开始浮出水面。蒋介石违背当时中国国内普遍厌倦战争、渴望和平的形势,与全国人民的意愿背道而驰,疯狂进攻各解放区,挑起了一场中国历史上规模最大的国内战争。历经 4 年的艰苦作战,人民解放军共歼灭国民党军 800 余万人。随着全国解放战争的胜利,人民解放军自身总兵力达到了 550 万人,解放了除台湾、澎湖、金门、马祖、西沙、中沙、东沙、南沙及香港、澳门等岛屿以外的全部国土。在人民解放军向全国进军的凯歌中,中华人民共和国也于 1949 年 10 月 1 日宣告成立。全国解放战争,是中国共产党领导的,为推翻以国民党蒋介石为代表的反动政府,推翻压在中国人民头上的帝国主义、封建主义、官僚资本主义三座大山,夺取新民主主义革命的胜利而进行的一次伟大的人民革命战争。这场战争同以往历次革命战争相比,具有鲜明的特点:它是我国新民主主义革命时期,以中国共产党为代表的革命力量同以国民党统治集团为代表的反革命力量进行的最后决战。其成败决定着中华民族的前途和命运。这一特点决定了这是一场很复杂、很激烈、很艰苦的战争。

全国解放战争,是一部荡气回肠的革命英雄主义史诗。中国人民解放军,是一支英雄辈出的伟大军队。中国人民解放军从诞生的第一天起,便具有了一往无前的革命精神,不仅在战略战术上高敌一筹,而且能以高昂的士气压倒一切敌人,从而创造出无数战争史上的奇迹。这些战争奇迹的背后,是中国共产党坚强正确的领导,是人民军队广大官兵为了共产主义理想而献身的崇高信念,是中华民族吃苦耐劳、百折不挠的优秀品格。人民军队这种不怕牺牲、视死如归、敢打必胜的英雄气概,是激励新一代军人建功立业的宝贵精神财富。

本书真实地记录了解放战争的历史进程和各条战线艰苦卓绝的斗争,形象生动地讴歌了伟大的毛泽东军事思想,颂扬了人民解放军攻无不克、无坚不摧的形象。书中对各个野战军的作战行动,对三大战役及其他重要战役、战斗都有所反映。既突出了重点,又兼顾了战争进程中的方方面面。除军事斗争外,对政权建设、土地改革、人民群众踊跃参军支前、党的地下斗争,以及国民党军官兵战场起义等,均有涉及。它从多角度、多侧面反映了这场波澜壮阔、绚丽多彩的人民战争。

目　录

4

解放战争的第一枪——上党战役

战役档案

时间：1945 年 9 月 10 日~1945 年 10 月 12 日

地点：山西省上党地区（今长治市）境内

参战方：中国人民解放军；国民党军

指挥官：共产党军队邓小平、刘伯承；国民党军队阎锡山、史泽波

双方兵力：共产党军队约 8 万人；国民党军队约 3.7 万

伤亡情况：共产党军队伤亡 4708 人；国民党军队损失 3.5 万人，其中 3.1 万人被俘

战果：中国人民解放军胜

意义：上党战役又称为长治战役，是抗日战争结束之后国共两党发生的首次军事冲突。此次战役的胜利，加强了中国共产党在重庆谈判中的地位，鼓舞了解放区军民对胜利的信心，巩固了晋冀鲁豫解放区的后方。解放军用战役中缴获来的机枪和大炮装备自己，俘虏兵经过短期训练，也成为补入解放军的战斗兵员，从而壮大了解放军。

蒋介石假谈判的阴谋

1945 年 8 月 15 日，日本宣布无条件投降，十四年抗战胜利结束。经过这十四年的混乱，中国人民早就厌倦了战争，渴望过上幸福安稳的日子。抗日战争胜利前夕，中共中央根据我国形势，提出了民主联合政府的主张，并且呼吁抑制内战，共同维护抗战成果，而这一主张得到了广大人民的热烈响应。碍于解放区和人民武装的力量，国民党首领蒋介石假意答应中共中央的提议，并三次邀请毛泽东主席前往重庆进行和平谈判。

对于蒋介石的阴谋，中共中央其实是有所察觉的。只是一方面迫于国内外的压力，而另一方面也为了给全面内战部署争取时间，重庆谈判可以说是势在必行了。中共中央领导人以人民的利益为核心，以国家前途为重，以无产阶级革命的大无畏精神，前往重庆赴这场"鸿门宴"。8 月 28 日，毛泽东、周恩来、王若飞在赫尔利、张治中等人的陪同下，坐上了前往重庆的飞机。这次谈判从 8 月 29 日开始，一直到 10 月 10 日才结束，历时 1 个半月。

为了夺取抗日战争胜利的果实，蒋介石一边邀请中共中央前往重庆谈判，一边还命令自己的部下阎锡山在晋西电令汾东赵承绶部，派遣第十九军军长史泽波，以第八集团军名义，带领暂编三十七师、暂编六十八师和六十一军暂编六十九师，伪挺进第二、六两个纵

队,伪保安第五、九两个团,一共1.7万多人,进攻中方的上党地区。

上党位于山西省东南部,地理位置特殊,自古就是兵家必争之地。商周时期,上党为黎国;春秋战国时期,上党地区被韩、赵、魏三家瓜分;秦朝时期,上党郡为三十六郡之一。上党统辖长子、屯留、襄垣、潞城、黎城、壶关、高平等几十个县城。这个地区,东面紧邻太行山脉,西面有太岳山脉,北面为五云山,并与晋中接壤,群山环抱,清漳、浊漳、沁水长流于其中,地势险要,物产丰饶。

1937年11月,日军攻陷太原,阎锡山带领部下撤离晋东南地区,上党地区相继沦陷。抗战时期,刘伯承、徐向前所率领的八路军第一二九师,横跨黄河,深入国民党军后方,在那里创立了抗日革命根据地。

从上党地区撤退后,此地便成了阎锡山心头的一件大事。他想要重新占领上党地区,从人民的手中夺走上党,这是他预谋已久的事情。1943年,阎锡山和日军勾结,命令梁培璜率领的六十一军和史泽波带领的十九军前往浮山一带,建立汾东政权。他这么做的目的,无非就是想要将八路军和人民政权从上党地区赶出去,然后成立自己的立足点,并且想要以此为跳板,进一步争夺上党地区。1945年8月中旬,长治及其周围的长子、屯留、潞城、壶关、襄垣各县均被史泽波部占领。

解放战争时期中国七大解放区之一的晋冀鲁豫解放区,成立于抗日战争时期,囊括了太行、太岳、冀南、冀鲁豫四块根据地。晋冀鲁豫解放区的地理位置极其重要:位于解放区的中间位置,把守着华北解放区的大门。西临太行山、太岳山、中条山,东面则有一望无际、绵延起伏的冀鲁大平原,南面濒临黄河,北界正太,周围有同蒲、正太、津浦、陇海四条铁路环绕,中央部分还有平汉铁路直穿而行。刘伯承称此地为"四战之地":东面可以和华东地区配合作战,西面则有晋绥和陕甘宁地区,南边可和中原联合作战,北面则有晋察冀根据地。在这里发展起来的解放军,不仅继承了红军的光荣传统,而且还有燕赵健儿的慷慨豪气。

1945年9月,刘伯承和邓小平率部在山西长治地区发起上党战役,全歼侵入解放区的国民党军13个师共3.5万人

抗日战争胜利时,晋冀鲁豫解放区已经控制了80多个城市,总共有1400万人口。其囊括的四块根据地也几乎连成一片,全解放区军队发展到30万人,民兵更是有40万人,中共晋冀鲁豫中央局这一领导机构也应运而生,邓小平同志为书记,薄一波同志任副书记,刘伯承、邓小平、薄一波、滕代远、王宏坤、张际春、王从吾、杨秀峰等为常委。与此同时,晋冀鲁豫军区这一军事领导机构也应运而生,刘伯承为司令员,邓小平同志为政治委员,滕代远、王宏坤为副司令员,薄一波、张际春为副政治委员,李达为参谋长,管辖太行、太岳、冀南、冀鲁豫4个军区。那个时候,上党地区分属于晋冀鲁豫区的太岳、太行行政管理。

2

重庆谈判期间，蒋介石也没有间断其军事部署和调动工作：第一战区胡宗南部的两个军为进攻华北地区的蒋军的先头部队，他们从风陵到达山西运城以南地区，并准备沿着同蒲路继续向北挺进；第十一战区孙连仲3个军，经豫西发兵郑州，想要沿着平汉路向北开进；第十战区李品仙部，经过安徽阜阳、太和等地，前往徐州，想要沿着津浦路向北推进；第十二战区傅作义部，攻陷解放军归绥、集宁两个城市后，便沿着平绥路进攻察哈尔。8月底，史泽波带领众部下入侵上党6城，将太岳、太行两处根据地分割，这算是给了晋冀鲁豫解放区背后一枪。此外，在主要公路沿线的100多个城镇中，还盘踞着10万多日伪军，想要继续和八路军抵抗，并且准备迎接国民党军北上。

史泽波一边建立自己的政权，一边派人修建防备工事，加强城池防守力量，其城市防守部署为：以暂编第三十七师、第六十八师（欠一个营）、第六十九师（欠一个营）等大约1.1万的兵力驻守长治；以暂编第三十八师第一团联合地方团队一部在襄垣守备；以暂编第三十八师（欠第一团）加上保安第一团一部在屯留驻守；以挺进第二纵队防守长子；以保安第五团主力以及第六十九师第二〇五团1个营在壶关防守；以第六十八师第二〇三团一个营在潞城防守。企图用这样的军事部署来进一步巩固对上党地区的占领权，并且想要借机北上，打通白晋线，占领整个晋东南。

部署作战，扼杀阴谋

上党地区是共产党军队晋冀鲁豫根据地的中心地带，也是共产党军队的重要阵地，如果不能将进攻上党地区的国民党军迅速消灭，等到蒋介石的主力大军出发北上的时候，共产党军队将会面临腹背受敌的困境，形势危急，刻不容缓。

中共中央了解到事态的严重性，于1945年8月26日，致电刘伯承、邓小平：

（一）集结太行根据地的全部主力，联合太岳根据地的部分主力，抢夺白晋路，尽快控制上党全区。对于那些顽固抵抗分子，要彻底消灭。赵尔陆部要在二分区的协助下争夺正太铁路，祁县、太谷段是其重点线段。七、八两分区继续进军道清路，将那里的伪顽彻底消灭，也好和冀鲁平原主力配合，围攻新乡。

（二）太岳区应集结主力，从正面进攻同蒲路，并且要把重点放在该路南段，带领民兵以游击的方式将敌伪大据点封锁，抢夺小据点，将同蒲路彻底毁坏，将平陆、垣曲一带黄河渡口控制，以此来抵制胡宗南部，延缓其北进速度。

（三）开封、新乡、汤阴地区则交由冀鲁豫平原主力，要快速控制黄河铁桥，必要时刻也可以将桥梁毁坏，来抑制敌军进程，彻底将孙殿英、庞炳勋部消灭。内地伪据点则交给地方游击队、民兵以及基干兵团，将敌军逼向大城市，或者是逼敌投降。

8月28日，中央军委又下达指示：将太行、太岳两地的优势兵力全部集中起来，对抗阎锡山所带领的长治部队。

8月29日，刘伯承、邓小平同志将全区的作战部署向中央作了详细汇报，其中有以下几点：（1）将太行、太岳部队以及冀南部队等共2.8万兵力集中起来，发动上党战役，将那些进军上党的国民党军全部消灭。（2）延津、封丘地区则由冀鲁豫部队的1个小分队继

3

续活动,构成对开封的威胁之势,毁坏陇海铁路,而将冀鲁豫部队的剩余主力全部转移到平汉线,将新乡以北、平汉线两侧的国民党军全部扫除。(3)上面那些任务大体需要1个月的时间,任务完成之后,争取夺得最长段,便准备将太行、冀南主力转移到平汉线和冀鲁豫主力以及太行部队联合,掌控平汉路,并趁机夺取新乡或者痛击国民党军北上部队。太岳部队要加快步伐,争取在最短时间内破坏同蒲路。上党战役结束后,太岳主力便会转移到同蒲线。

中共中央对于此次战役也作了重要的指示。8月31日指示:"阎锡山带领的1.6万多人占领了我军长治四周的六座城池,实在是我军大患,一定要彻底地将其消灭,以解决我军后顾之忧。只是那城池堡垒比较密实,这是我军需要注意的地方。在行动之前一定要作好万全准备,切不可草率行事。进攻的时候,可以采取一一击破的办法,万不可同时进攻六座城市。如果长时间还没有攻打下来的话,还可以围困城池,等待援军。"9月4日,中共中央又下达指示:"在上党战役中,如果阎锡山的援军从太原、临汾、平遥等地路过,那这对于我军来说是十分有利的,等到他们到达一定的地域后,我们要全力予以歼灭。在这件事情上,你们应该要有这种独立灵活作战的准备。"

1945年9月7日,中共中央军委发布《晋冀鲁豫军区作战字第一号命令》:"决定以太行、太岳、冀南部队来发动上党战役,将在上党地区驻扎的阎锡山部队彻底消灭,第一步计划要夺取屯留,以此来吸引长治的阎军来援。争取利用这两地的优势,将阎军的援军消灭。"此外,还作了一系列紧密而又严谨的战略部署。

9月10日凌晨2点,太行纵队对在屯留驻守的暂编第三十八师发动进攻,正式打响了上党战役的第一枪。

攻克屯留城

屯留城被太岳山延伸的一条支脉怀抱,北面濒临绛河,南面依偎岗川,地势南高北低。屯留城的制高点便是岗川,从这里可以观察整个城池内部和东、西、南三方面的动态。南门外还有三个坚固碉堡,就在这里,驻扎着1000多国民党军。城中县署还修建了大碉堡,碉堡下面还有地下室,而这里就是国民党军的指挥中心。

在屯留驻扎的国民党军为史泽波部六纵队和汾东一支队,屯留防守司令为徐其昌,副司令是贾汉玉。其防守战略部署为:南城由十七支队防守,东城由十六支队防守,北城由伪警备队防守,而城内和西关则由第十八支队防守。此外,国民党军还加强了城防工事,在城南门外偏东方向又新建了一个碉堡,在城墙周围还建起了明暗两种小碉堡,十米左右一个,并且还在南门外的两个碉堡处各增添了一个防守连,每一个防守连都配置轻重两种机枪。

负责攻打屯留的部队为解放军太行纵队三八五旅(番号四支队),其具体的战略部署为:东瑠村交由十三团,并拿下南门外岗川东碉堡,进攻到东门;西关交由三十一团,并拿下南门外岗川西碉堡,从西门开始进攻;草村交由三十团和炮兵队,并拿下南门外岗川中碉堡,从南门开始进攻;漳河两岸的史村、呈寺地带则交给六十九团,从侧面支援正面军队,截击逃跑的国民党军;郭村由屯留县地方武装控制,西莲由襄垣县地方武装控制,围堵少量从此逃窜的国民党军。而北城则是大门敞开,引诱国民党军从此门逃出城外,然后再一举歼灭。

屯留城外围的东西两个碉堡是新建成的,还不算太坚固,十三团、三十团趁机将这两个碉堡炸毁,并趁着烟雾冲入国民党军阵营,杀敌军一个措手不及。十六、十八两支残军匆忙逃进城内。解放军十三团把东关占领,三十一团则向西门进攻。

中碉堡是由日本人建成的,坚固且复杂,一共有四层,背面有沟壑,并且还和南门紧邻,东南西三个方向都是比较开阔的地方,根本没有埋伏的余地。而在碉堡的前面还密密麻麻地布满了地雷和掩体,最外层还有一道又宽又深的壕沟和铁丝网。

面对这种情况,解放军先是用排炮发起轰击,将国民党军的前沿工事摧毁,并且还炸毁了中碉堡的上两层。三十团战士冲到了铁丝网前,但是却又被在碉堡下两层的国民党军反扑,最后也只能放弃了。

三十团指挥员也想到,面对这开阔的地形,攻坚部队无法前行更不可能和国民党军近身作战。想到此,指挥员便当机立断,改为战壕作战,他们联合东、西两个兄弟团,挖出了一条千米战壕,直通中碉堡的铁丝网和外壕下,并且利用坑道进行爆炸,将碉堡炸开一个突破口,为突击部队赢得先机。突击队战士迅速爬进国民党军阵营,用手榴弹开出了一条血路。十几分钟后,国民党军伤亡过半,在南城墙国民党军的火力掩护下,残军撤回了城内。

6点50分,天空中燃起了三颗红色信号弹,这意味着屯留城的总攻战开始了。

解放军将炮筒瞄准了屯留城墙,城内国民党军惊恐万分、乱成一团。因为解放军火力较猛,国民党军只能躲在城垛后面,乱打一通。攻城炮火射进了城内的街道上,将国民党军的援军阻截在外,但是因为火力不够密集,刚开始被冲散的国民党军很快又集结起来了。

总攻发起时,藏在掩体里的国民党军突然向解放军反扑。烟消弥漫,战争十分激烈。解放军突击队巧妙利用地形和地物,迅猛地冲到国民党军城墙脚下,向着城墙上的国民党军投掷手榴弹。可惜,由于城墙太窄,解放军投掷的手榴弹大多是越过城墙落到城墙底,并没有对国民党军造成多大的杀伤力。架设队也不顾生死,顶着炮火,将长长的桥板架在外壕上。云梯队紧随其后,十几个战士架着云梯越过城壕桥,往城墙根处移动。他们将个人生死置之度外,冒着国民党军的炮火,将云梯竖在了城墙上。国民党军想要推翻云梯,解放军便连续不断地向城墙上投掷手榴弹,使之无法靠近。最后国民党军死的死、逃的逃,没有人再敢上前一步。解放军突击队趁机爬上云梯,登上了城墙,向着城墙两边射击,和国民党军展开了一场赤膊战。其后,支援部队也相继赶来,和国民党军展开了激烈的斗争。7点20分,三十团突破了南城墙。接着,十三团、三十一团也先后突破了东城墙和西城墙。

国民党军溃退到一座大碉堡里,这里便是国民党军的指挥部。解放军乘势追击,太行四支队将城墙和城楼控制住,并且在城内进行巷战。20点左右,四支队三个团相继来到大碉堡铁丝网前,将手榴弹扔进国民党军的指挥部院内,顿时枪声、哭喊声、号声混成一片。徐其昌沿着北城墙绳索逃命，而剩余的部队也不管不顾地从城墙上跳下，准备逃窜。

这时令这些逃跑的国民党士兵没有想到的是，解放军早已在漳河两岸一带设下了埋伏，只等他们到来了。就这样，国民党军无一人幸免。

11、12日两天，长治的阎军部下出动6000多人，想要对屯留进行支援，他们畏于解放军的炮火，只是了解了一下便又返回长治了。12日，屯留被太行纵队攻克，将暂编第三十八师第二团和保安第五团一部全部歼灭，阎部2000多人或死或被俘，其枪械、弹药也被解放军全部缴获，此外还逮捕了200名汉奸、恶霸。

苦战潞城县

长治东北方向20公里处便是潞城县城所在地，也是邯郸、长治公路的交通要道，东接微子镇，西通黄碾镇。潞城县面积并不大，所有城门处都建有暗堡，城墙高达三丈，城墙四周还挖了一道五米宽、五米深的护城壕，壕内的积水都可以淹没膝部，水下还埋着二尺高的尖头木棍栅栏，交通要道都设立了木栏拒马。

阎军六十九师二〇一团的一个营便是这座县城的主要守卫，大约有400兵力、18挺轻机枪、54支冲锋枪，此外还有若干步枪、手榴弹等。另外还有伪警备队5中队，有550余人、六挺轻机枪，剩下的大多是步枪、手榴弹；伪公安局50多人，其装置就只有步枪；伪县政府县长、科长、法警、办事员等有120多人，部分人配备枪支和手榴弹。

9月16日晚上8点，冀南部队指挥所下达命令：在各个村落驻守的部队要分东、西、南三个方向，围困县城，二十三团则负责佯攻县城南门；二十三团二营假意攻打东门，以此来牵制国民党军的兵力；西门交由二十二团，为了防止长治、黄碾两个地方的国民党军支援，在城南翟店、城西史坊设下埋伏，由二十五团和县独立营把守；剩下的一团、十一团则将兵力全部集中在城西南角，成立主攻部队。到了晚上10点，总攻打响。短短十几分钟的时间，突击组便占领了西城门，二十二团、一团、十一团则从西城门顺利进城。西城门攻陷不久，南门也被二十三团的主攻营一营、三营拿下。西门进城的三个团稍作休整后，又兵分三路，进攻城内国民党军：北路由十一团负责，向东挺进，然后和二十三团二营会合，南路为一团，向东和二十三团会合；中路为二十二团，由城心向街心推动。

夜里12点左右，县城的西半部分已经基本在解放军控制之下，指挥部再次下达命令，让部队包围县政府和任超住宅处，暂时停止进攻，原地待命。

9月17日上午10时许，城内的四个团被指挥部分成两部：第一部攻打伪县政府，另一部则进攻任超住宅，两部同时发起进攻。解放军挖通了目标周围的房、院，并且利用房、院、墙的掩护，用机枪扫射国民党军碉堡，作佯攻状，以此来吸引国民党军的注意力。而其余战士，则在此法的掩护下，一步步地逼近自己的最终目标。战斗持续到9月18日早上8点，这场战役在群众和地方武装的密切配合下，经过一天一夜的激战，歼灭国民党军350多人，共缴获枪支1100余支。

解放壶关

距离长治东南 10 多公里的地方就是壶关,城墙大约有 6 米高,外围还有一条护城河,只是当时河内并没有水。南门的城楼上建立了一座碉堡,其桥头还拉了一道铁丝网,城墙东、西角上各有一个碉堡,城内十字街口设有简单的防御工事,南门东北侧主要由伪军防守,而十字街以北地区则由阎锡山部的一个营防守。

解放军第三十二团(辖一、二营)、第四十六团、第三十四团的任务便是将壶关的国民党军全部歼灭,拿下壶关。南门、西门由三十二团攻打;北门、东门由三十四团攻击;南门东侧则是由四十六团和三十二团协作进攻。

9 月 19 日凌晨 2 点,三十二团在壶关城南附近隐蔽。当突击队由南关东、西两侧民房一带向护城河进军时,被国民党军发觉,防守南门的国民党军匆忙开枪射击,壶关战役正式打响。解放军部队便采用穿墙凿壁的方法,到达国民党军阵营,以此来建立攻城出发阵地,突破国民党军的最后防线。到了 19 日 10 时,国民党军被解放军全部歼灭。

这一次战役,国民党军损失了一个营和伪军 4 个中队,并被缴获了大量的武器。至此,壶关也被掌控在解放军手中。

进军长子城

长治西面便是长子县城,面积不大。阎锡山的部队又把日军留下的工事重新修筑,使其变得更加坚固。城墙大约高 8.3 米,城外还有石碉,城墙四角周边还有没有死角的射击砖碉,在城角的外围还设置了低碉,每一个低碉至少会有三个暗碉,能够在不同水平线上进行射击与侧射。城外拉了一米多高的铁丝网,挖掘了一条三米多宽、两米多深的护城壕,壕内的积水淹没到人的腰部。墙外一些要紧路段都埋伏了地雷,城墙上还放着数不清的手雷。在一些交通要道,还设立了拒马。能仁寺、南高庙和北高庙等地是城内的重中之重,在此下面还有一条条的地下通道,形成明碉暗堡防守网。

史泽波派遣二纵队司令白映蟾率领 2500 多人在长子城驻守,守卫城池。

担任攻打长子城任务的是解放军太岳军区部队三八六旅和决一旅的三十八团,其具体战略部署为:长子城北关由七七二团率先攻打,然后从北关进入城内;东门主要由士敏独立团负责,吸引国民党军的注意力,抑制其兵力;长子城的西关则交由二十团、三十八团,随后在西门发动攻城战斗;登城的任务则主要交给二十团负责,要集中所有的火力来掩护二十团登城。

在长子城的北关处有一座小孤山,山上有一个小庙,名为北高庙,这里是长子城外围的制高点,也是其重要屏障,站在此处可以清楚地看到城内的行人车辆,属于易守难攻之地,也有很坚固的碉堡。

在北高庙里,有国民党军一个排的兵力,他们凭借有利的地形以及坚固的工事,和解放军展开了顽强抗争。接连几次解放军七七三团所发起的进攻都没有起到任何效果。两天之后，解放军还是没有取得任何功效，而也在胜利局面中迷失，他们依仗着自己地势优越、弹药充足，竟然放松起来。

9月14日晚，国民党军认为解放军不可能攻陷北高庙，于是便放心地在碉堡里休息。

只是，令他们没有想到的是。这一次的放松给了解放军突袭的机会，让国民党军死伤惨重，还没来得及反应，战役就结束了。

原来，我七七二团接连几次发动攻击未果后，便和国民党军形成了对峙局面。周学义为七七二团的团长，他根据目前的情况改变了进攻战术。第二天，他从一个连队中抽取了一个排的兵力，亲自上阵布置晚上的偷袭活动。他们利用黑夜的优势，悄悄地爬到小山上，从国民党军背后摸进小庙，将这颗毒牙彻底拔掉了。

攻陷北高庙以后，周学义又带领着部队攻打北关，并且很快将其拿下。与此同时，解放军二十团在七七二团的协助下，花费了五个小时的时间，拿下了长子城的西关，三十八团也紧随二十团开进。

解放军攻占国民党军外围后，国民党军的处境就有些窘迫了。再加上解放军已经充分掌握了国民党军消息，所以解放军指挥部对战略部署又重新作了调整：北门由七七二团攻打，西门由二十团和三十八团攻打，三十八团主要偏于城西南角（小西门），而东门和南门则交由独立团佯攻，其目的就是牵制国民党军的一部分兵力，或者围堵向东逃跑的国民党军。兵力部署完后，各个部队便迅速进入了战斗准备状态。

9月15日，三八六旅旅长刘忠和二十团团长楚大明、政委朱兆林、三十八团团长蔡爱卿等人冒着国民党军的战火，来到了二十团前沿的观察所，一同商讨登城部署计划。

刘忠说：“我们的枪支弹药是有限的，所以这就要求我们的战斗组织一定要严谨密集。而我们只有十分钟的时间来准备炮火！”

楚大明思索着，一字一顿说道：“十——分——钟。”

刘忠加重语气道：“没错，就是十分钟，我们的弹药太少，也只能是十分钟，而且我们还要一次成功，我们只有‘一瓢水’，所以关键就在于我们的战斗组织工作。”

9月18日晚上7点，黑夜的天空被两枚红色的信号弹划破。紧接着，一阵轰隆的炮声响起，声音震耳欲聋。二十团、七七二团利用掘坑道爆破的战术，而三十八团和独立团则利用云梯登城，争取第一时间攻破城门。

全部的炮火都集中在城墙的某个点上，以这个点为基础，打开城墙的突破口。而所有的轻重机枪的火力则着重掩护登墙的战士架跳板、搭云梯，他们手里拿着手榴弹、提着手提机枪，仿若猛虎一般登上云梯，向着城墙爬去。当战士们爬上城垛时，解放军的炮火便立刻停止，而剩下的国民党军则交由勇士们和他们手里的手提机枪解决，其他部队则准备登城事宜。

此时，解放军二十团也打通了西关能仁寺南边的一家农户院子的地道，此地道通向西门，并在西门下面挖了一个大坑，放置了几千斤炸药。在爆炸声中，西门也变得支离破碎了，而解放军便趁机进入城内。

到了夜里12点，战役结束。到目前为止，解放军相继攻克了屯留、潞城、壶关、襄垣等,将长治外围的障碍也彻底扫除了,长治俨然成了一座孤城,解放军全力向长治进军,攻破也就是时间问题了。

攻破长治城

长治,春秋时期是黎侯国,西汉时期被划归为壶关县管辖,隶属于上党郡,此后每代都是治,所以取名为长治,是上党区的首要县城。日军占领上党地区时,也是将长治作为防守的重点。长治古城墙有十米高,城外还有一条比较深的壕沟,壕沟外围还建立了高碉。长治的工事可谓是非常坚固,防守也比较严密。这里由国民党军第十九军军长史泽波统一指挥的主力部队把守,兵力约1万多人。

9月20日晚上10点,阎锡山府内灯火通明,正在召开秘密军事会议。

"蒋先生想要派遣空军前来,而我认为还没有必要。如今看来,飞机还是需要的,郭宗汾给徐永昌打电报,说说这个事情。"阎锡山表情严肃,低声说道。

就在这个时候,吴绍之拿着刚刚翻译出来的电文匆匆走进来,向阎锡山作了报告,说济川来电说,弹尽粮绝,被困在孤城,情势非常紧迫,祈求快速支援。

阎锡山听了这个消息,脸上的表情更加严肃了。他听完孙楚对于上党战役的作战部署后,站起身来,来回走了几趟,说道:"把赵承绶叫来。"

赵承绶快步走了进来,说道:"会长叫我?"

阎锡山伸了伸手,示意赵承绶坐下来谈。阎锡山拿着面前的作战部署给赵承绶看。

赵承绶仔仔细细地看了两遍,随后又看了一下在场的人们,便侧斜着身子,嘴巴贴在阎锡山的耳朵上,低声说着什么。阎锡山脸上没有任何表情,这让在座的各位都捉摸不透。语毕,阎锡山略微点头,赵承绶也重新端坐在沙发上,说:"蒙的意见,彭毓斌就好,许鸿林、福麟可都是战场老将、用兵老手了,我看那八路军是翻不起多大风浪的。"

解放军攻入长治城

阎锡山站起来,又在屋子里来回走着,一副很忧虑的样子。最后,阎锡山做了一个挥刀的手势,说:"那就根据赵承绶所说的办吧,萃崖,让绍周去一趟!"

"绍周因为脚部受伤,还在休养阶段。"郭宗汾插嘴道。

"绍周的脚伤倒不是很严重,坐车乘马还是没有问题的。"赵承绶冷冰冰地说。

阎锡山同意了赵承绶的说法,便给彭毓斌下达命令:"这一场仗关乎山西的生死存亡,锐周、鸿林已经去整顿兵力了,你也去准备一下。印甫,听说赵瑞和杨城的部队是打仗的好手,你从省防军里再调遣一个军,快速跟上去,亮三(温怀光)、高斌也和他们一起去,做绍周的后备军。"

9月24日,刘伯承、邓小平同志接到了中共中央的来电:"(一)22日,阎锡山的四十九师、六六师、五十师已经从子洪镇向南挺进,预计24日可以到达沁县城。这次出兵的目的就是增援上党的援军守卫,或者是将十九军、六十一军剩余部队救出险境,目前具体的企图还不知道。(二)建议派遣一部军队积极围攻长治,在傸亭、夏店、屯留地区布置好主力兵力。乘着其在行进中将阎锡山的增援部队消灭。这样一来,困在长治的敌军也就能够消灭了。"

刘伯承、邓小平同志根据中共中央的指挥,命令各组兵力继续对长治实施围攻,并且要加大攻城声势,以此来加剧长治守军的危机感,促使阎锡山派兵南下增援,给歼灭援军创造出有利的条件。

9月26日,彭毓斌率领的援军到达沁县,刘伯承、邓小平二人得知后,派遣第八十三军的第一梯团和二十三军的第二梯团,沿着白晋线两侧地区继续进攻长治。9月28日,刘邓二人打听清楚彭毓斌部此次南下的企图后,便发布了《作战字第七号命令》,决定采用攻城打援的战略方法,在常隆、上村镇地区将援军彻底消灭。与此同时,还要预防从长治城中外出接应的部队,并且还对此作了充分的准备和部署,预计有2万兵力和援军周旋。

9月30日,国民党军突然从白晋线离开,从傸亭穿过漳河,沿着傸亭前往屯留的大道直线向长治挺进。这样一来,他们以山为依托,既能够防御解放军,又能够缩短前进路程。

刘伯承、邓小平知道这则消息后,也对相应的对策作出了改变,把打援的部队向傸屯公路两侧转移,并且决定以第十七师以及独立支队为伏击援军。

10月2日,在屯留西北的王家渠、白龙坡到井道上之线一带,晋冀鲁豫军区的打援主力和地方援军相遇。刘伯承、邓小平二人立即决定将老爷岭阵地放弃,引诱国民党军继续前进,并且命令主力部队从国民党军两侧迂回。右翼太行由第二、第四支队向磨盘垴、王家渠方向进攻;左翼太岳则以纵队第三八六旅和太行第三支队围攻老爷岭;与此同时,还命令尾随国民党军前进的第十七师和独立支队南下,予以适当时机展开攻击,合力在老爷岭、西洼、磨盘垴、榆林地区围困彭毓斌部。

彭毓斌被围之后,立刻组织兵力就地防御。关上村阵地由第八十三军3个师控制;关上村右侧的老爷岭则由第二十三军之暂编第四十七师附暂编第四十师第二团占领;关上村左边的磨盘垴则由第二十三军之暂编第四十六师控制;总预备队则是暂编第四十师第三团,负责警戒傸亭方向的动态。此外,彭毓斌致电阎锡山,请求继续派兵增援。阎锡山当即下达命令,让省防第三军加快南下速度,支援彭毓斌部。

老爷山位于余吾镇北、白晋路西,山上还有一个老爷庙。老爷山向东和磨盘垴呼应,是长治县城北面唯一一处地形险要地区。

特别是磨盘垴,一层一层三米多高的梯田塄坎,从山顶一直延伸到山下,山顶主峰还有一块小平地,大约有一亩地大小。西洼村位于其东面山腰位置,里面住着不到十户人家,而这也是国民党军暂四十六师师部的所在地。阎锡山派兵将磨盘垴控制之后,便立刻让人在主峰东南侧的东瑙、王家渠和西南、东北的几处高地外围筑建防御工事,形成多面夹击的形势;他们顺着梯田塄坎,挖出了一条条壕沟和交通沟,从山下挖到了山顶,设立了一道道防线;在那块小平地上所挖掘的壕沟,更是如蜘蛛网般密集。除了师部指挥所占据的地方外,西洼村和周围几个村子的民房的门窗都被全部拆下,用在防御工事上。国民党军仗着自己机关枪多,炮兵素质也强,想要依靠山头阵地,只守不战,等待时机,增援长治。

从 10 月 2 日开始,太行纵队第三支队便已经开展了大战磨盘垴的战斗。其战略部署为:十三团、三十一团两个团从东南方向进攻,决九团则是从东边向国民党军发起进攻,预备队则由三支队指挥的七六九团担任,主要在南面进行战斗。

10 月 2 日晚上,决九团作为主力军,从东北方向发动对磨盘垴主峰的进攻。突击队由一营和三营担任,从两侧围攻磨盘垴。在夜色的掩护下,采用解放军擅长的近距离作战的方法,和国民党军展开了赤膊肉战,并且很快占领了山腰部位。在解放军的双面夹击下,国民党军伤亡惨重,连连溃退。到了午夜,解放军占领了磨盘垴主峰。这一场战役给了国民党军沉重的打击,国民党军在惊慌错乱下,也立刻组织起来,进行疯狂反扑,想要拼死一战。到了 3 日早上,国民党军发起反扑战役 20 多次,不过都被解放军打败了。只是解放军经过多次的防御,弹药已经供应不足,为了保存力量,刚刚天亮的时候,解放军又撤回了山腰处防守。

10 月 3 日,太岳纵队等部队对老爷山和关上村处的国民党军发起进攻。其战略部署为:西面由七七二团发起进攻,东面则由二十团和士敏团把守,正面则是由配属解放军太岳纵队指挥的太行纵队 第十四团发起全面进攻。

到了 3 日晚上,决九团、三十一团和十三团分别从东、东南方向对磨盘垴发起进攻,和国民党军开展了一场激烈的战斗。战斗打响后,解放军集中全部火力轰炸国民党军阵营,在炮火的掩护下,部队拿着手榴弹、刺刀等武器,向国民党军扑去。到了 4 日早上,解放军将国民党军外围的一些高地控制住。4 日白天则主要加强阵地的防守工作,并没有继续再战斗。

当天,太岳纵队对老爷山上的国民党军也发起了几次进攻,可惜都没有成功,进攻算是遇到了短暂的挫折。

4 日黄昏时分,第三支队又开始发动进攻。三十一团在进攻东垴的时候,因为道路狭窄,国民党军火力对此也是严密封锁,所以二十 团的进攻并不顺利。看到此情景,团长童园贵立刻更改了战术,采用正面佯攻、两翼迂回的办法,将东垴拿下。在接下来的进攻里,主要采取用小股兵力进行迂回的行动,以此来阻断国民党军的退路,并派兵占领了王家渠侧后国民党军火力阵地,迫使国民党军退回到西洼村。左翼十三团彻夜激战,最终控制住了紧邻磨盘垴的南侧高地,这也代表着解放军已经掌控了国民党军的主峰高地,对国民党军造成了巨大的威胁。

决九团在攻打磨盘垴主峰时,兵分两翼,左翼为二营、右翼是三营,实施两面夹击。准备利用手中的手榴弹和刺刀与国民党军展开激烈的搏斗,这样一直从天黑打到了天亮,最终二营把主峰攻下。可是,国民党军趁着解放军还没有站稳脚跟的时候,便开始实施反扑,和解放军混战在一起。解放军战士展开拼死抵抗,一次次打退了国民党军的反扑。可惜解放军在这场战役中,损失也挺大,三营营长战死,二营的战士也只留下了六七十个人,干部阶层中只有两个排长活了下来,可这个时候的国民党军还在不停地加强兵力,进行反扑,解放军的形势危在旦夕。为了保存剩余兵力,上级下达命令,赶紧放弃所占高地,迅速撤离。

10 月 4 日晚上,二十团从老爷山东面悄悄潜到背面,并迅速占领了两个小山梁,将北山水源口控制住了。这样一来,也就把老爷山守军和其北侧主力的联系切断了。国民党军七十四师缺水断粮,陷入了孤立无援的状态。

为了增强打援部队的兵力,刘伯承、邓小平同志下达命令,从进攻长治的部队中调遣6000余人,加入打援战斗中,而和长治城对峙的兵力只剩下了地方部队。10月5日白天,这6000多人浩浩荡荡地向目标开进,故意将行踪暴露给国民党军,以此来动摇他们守城的决心。与此同时,命令第十七师以及独立支队分别和左翼与右翼部队协作,攻打磨盘垴与老爷岭主峰,这可是国民党军阵地的两个制高点。此外,解放军还采用了"围三阙一"的战法,在北面给国民党军留下了一条生路,逼迫国民党军向北逃亡,这样方便解放军在运动中将其歼灭。

5日黄昏,三支队对磨盘垴地区发动总攻。部队用手榴弹开路,以楔形攻击队形前进,交替进攻山顶。战士们不停地对国民党军投掷手榴弹,而民工也不停地从山下将手榴弹送到山上。一时间,整个磨盘垴被手榴弹的火光映射得通红。国民党军剩余兵力组建了一支反扑部队,和解放军进行誓死抵抗,战斗异常激烈。凌晨时分,解放军占领了磨盘垴主峰。这个时候,国民党军战线已经被解放军动摇,国民党军狼狈溃逃。

当天,解放军断了老爷山国民党军守卫的粮食后,他们犹如困兽般对解放军发动攻击,这场战斗整整持续了两天时间。5日晚上,国民党军放弃阵地,向北溃逃。太岳各团也即刻乘胜追击,消灭了七十四师一半的主力,占领了老爷山。

太岳纵队第二十、第二十五团组成的一支迂回部队早就把虒亭以北的制高点占领,由此也就将国民党军的北逃之路堵死了。打援部队主力则趁机追击国民党军,使彭部溃不成军,最后缴械投降。而从沁县匆匆赶来的省防军第三军5000余人,中途被溃逃的彭毓斌部冲散,官兵相顾不及,最后都夺路而逃。最后,逃回沁县的只有2000余人,其他国民党军均被解放军歼灭,第七集团军副总司令、援军总指挥彭毓斌在此次战役中被解放军击毙。

史泽波部听说援军溃逃的消息后,也不想继续守卫长治县城。而阎锡山为了保存剩余实力,也致电史泽波,命令其带兵突围出去,撤退到临汾。10月8日黄昏,史泽波带领部下,兵分三路,趁着夜色从长治向西突围,想要穿过太岳根据地,撤回临汾。

围城部队的追击行动还在继续。上级下达命令,让太岳纵队截击第十九军的先头,纵队主力从郭庄一带横穿将军岭、桃川地区,对国民党军展开攻击行动。当地百姓得知之后,也全部武装起来,对国民党长治地区西逃的军队,进行围追堵截。

最后,史泽波所带领的第十九军部下的三个步兵师另加一个山炮营,总共有一万多人,在沁河东岸的将军岭、桃川一带被太岳纵队堵截。经过一天一夜的战斗,到了11日下午6点,解放军将国民党逃跑主力全部歼灭,而那些被打散的国民党军也被地方武装和民兵俘虏,第十九军军长亦被解放军俘虏。

上党战役,是抗战之后,共产党对国民党发动的第一个大战役。在这场战役中,共产党以绝对的劣势完胜装备优良的国民党,以3.1万人和3.8万人对抗,消灭国民党军13个师,共3.5万多人,解放军也伤亡4000多人。其中,第七集团军副总司令彭毓斌以下4000人被击毙,国民党第十九军军长史泽波以下官兵3.1万人被俘虏,缴获24门山炮、2000多挺轻重机枪、1.6万多支长短枪。

七战七捷——苏中战役

战役档案

时间:1946 年 7 月 13 日~1946 年 8 月 31 日

地点:江苏中部地区

参战方:新四军华中野战军;国民党第一绥靖区等部

指挥官:共产党军队粟裕;国民党军队李默庵

双方兵力:华中野战军 3.3 万人,国民党军队 12 万人

伤亡情况:华中野战军伤亡 1.6 万余人;国民党军队伤亡 5.3 万余人

战果:华中野战军获胜

意义:苏中战役是解放战争时期中国人民解放军之战略防御阶段初期,华中野战军在江苏中部地区反击国民党军进攻而连续进行的 7 次作战的总称,因而又称为苏中"七战七捷"。苏中战役是中国人民解放军在内线作战的著名战役,也是全面内战爆发后,解放军取得的第一个胜利的战役。

13

先打内线,再打外线

1946 年 6 月中旬,蒋介石对全面发动内战的部署已经完成。他的战略企图是:把主要的铁路干线当作轴线,主力由南向北进攻,首先将各解放区的城市及交通线夺取和控制,并将人民解放军主力歼灭;或逐步将黄河以南的人民解放军压迫到黄河以北,然后在华北地区将其聚歼。处于国民党军四面包围之中的中原解放区和严重威胁国民党统治中心的华中解放区是首先进攻的地区。

苏中战役指挥官——粟裕

中共中央面对国民党军即将发动大规模进攻的严峻形势,听取各战略区领导人的意见,为"速定战略方针,以利作战",北线和南线的战略计划于 6 月中下旬先后被提出。

中共中央指出:"根据目前的形势,蒋介石大举进攻的局面无可挽回。战争结束,六个月的时间内,如果我军胜利,则会议和,若胜负相当也可议和,但若蒋军胜利,必不可议

和。因此,我军必须将蒋军战胜,争取和平前途。"根据这样的估计,中共中央拟定:在北线,用半年或较多时间,以晋察冀、晋绥野战军和晋冀鲁豫野战军一部,将三路(平汉路北段、正太路、同蒲路)夺取,并趁机夺取四城(保定、石家庄、太原、大同),使晋绥、晋察冀、晋冀鲁豫各解放区连成一片。在南线,山东野战军和晋冀鲁豫野战军主力分别向豫东和津浦路徐(州)蚌(埠)段进攻,着重将敌军有生力量在野战中消灭,趁机将开封和徐州占领;华中野战军由苏中向西到淮南,向津浦路蚌(埠)浦(口)段进攻作为策应。最后,若是有利的形势,以晋冀鲁豫、山东两野战军主力渡淮河前进到大别山、安庆、浦口之线。中共中央强调指出:"这一计划的着重点是向南,与蒋向北的着重点相反,这样会使蒋的大部分军队被抛在北面,使其处于被动地位。"

6月26日,蒋介石调动30万军队向中原军区部队围攻,全面内战的第一枪打响了。同日,中共中央向华中分局致电,指令华中野战军向淮南行进,配合山东野战军,开始在津浦路蚌浦段作战。

华中野战军司令员粟裕认为,中共中央筹划的这场战争,严重影响着未来战局的发展,一定不能松懈。他根据实际情况,对在苏中内线作战和向淮南出击的利弊得失反复权衡,认为集中大兵团在淮南地区作战,极其困难的是粮食、民夫和交通运输;而苏中地区物产丰富,方便补给,部队多由苏中人民子弟兵组成,对地形、民情熟悉,目前在苏中地区主力集中,都准备好了民夫及作战用具,如向西移动不在苏中打仗,不仅很难说服群众,而且也很难说服部队。通过如此分析,粟裕于6月27日,向中央军委、陈毅军长和华中军区致电,提出"在苏中先打一仗再西移"的建议。华中分局和华中军区领导人张鼎丞、邓子恢、谭震林非常支持这个建议。

就在这时,中央军委获得国民党军将进攻华中、山东、豫东、豫北解放区的情报,果断将原定的南线作战计划改变,决定先在内线作战。7月4日,中央军委向刘伯承、邓小平、陈毅和华中分局致电,指出:"我军先在内线取得几场胜利再向外线转移,更有利于政治"。7月13日,中央军委再次致电指出:"苏北大战马上开始,蒋军将三方面同时动作,即由徐州向南,由江北向北,由津浦向东,先求将苏北解决,然后将津浦、平汉打通。""这样安排,待敌进攻我苏中、苏北时,我苏中、苏北各部先在内线打起来,最好先取得几场胜利,将敌人弱点识破,然后我豫北(晋冀鲁豫野战军)、鲁南(山东野战军)主力加入战斗,这是最有利的。"

粟裕回忆说:"确定先在内线取得几场胜利,再向外线转移,这是战争初期中央军委对原定战略计划的一次重要调整,对解放战争的胜利发展起了重要的作用。就是在中央调整了的战略计划指导下发起了苏中战役。"

宣泰、如南之战

1946年7月上旬,国民党向华东解放区发起进攻,规模有正规军58个旅约46万人。华东解放区的前哨阵地和粮食基地就是苏中解放区,南濒长江,北连淮阴、淮安,东临黄海,西抵运河,对国民党统治中心南京有直接威胁,是国民党军主要进攻的方向之一。抗日战争刚结束,夺取苏中、苏北就成为了蒋介石的重要目标。从1946年6月中旬到7月初,蒋介石先是通过马歇尔,然后又亲自出面,提出恢复和平谈判的先决条件就是要中共让出苏北(指江苏省长江以北地区,包括苏中在内)。蒋介石因其兵力有绝对优势,宣称要在两个星期内将苏北占领。

为达到攻占苏中、苏北的目的,蒋介石以第一绥区司令官李默庵指挥5个整编师共15个旅约12万人在长江北岸南通、靖江、泰兴、泰州一线集结。还在江南武进、江阴一带集结了第二梯队,有两个整编师(军)7个旅的规模,作好随时加入战争的准备。企图先将如皋、海安攻克,尔后将沿(南)通(赣)榆公路和运河一线占领再向北进攻,配合向淮南、淮北进攻的国民党军,对苏皖边解放区首府淮阴进行夹击。

这时,华中野战军在海安、如皋一线集结,其部队有第一、第六师和第七、第十纵队共19个团3万余人的兵力,国民党和解放军人数对比是4∶1。

7月10日,解放军得到可靠情报,国民党军第一绥区所属部队,将在三四天内从南通、靖江、泰州、泰兴出发,进攻如皋、海安。

根据中央军委"先在内线打几个胜仗"的指示,粟裕以双方的实际情况为依据,坚持集中兵力各个歼灭国民党的作战原则,从战争初期的作战任务出发,比较选择作战地域、首歼目标和出击时机,果断作出决定:将解放军传统的诱敌深入战法放弃,而将苏中解放区的前部地区作为战场;不再被先拣弱的打这一普遍原则束缚,而把其首歼目标定为装备最好、战斗力最强的国民党军整编第八十三师;后发制人的手段也不再使用,而是攻打国民党军进攻的出发地宣家堡和泰兴。苏中战役的首战决策完全不在国民党军的预料之中。几十年后,李默庵回忆说:"对于宣泰之战确实是出人意料。"

7月10日,华中野战军在海安举行作战会议。各师、各纵队首长出席了会议。粟裕首先将战役指导思想阐明,提出将野战军主力集中,在苏中军区部队和民兵的配合下,将在解放区内作战的有利条件充分利用,把初战打好。他说:"现在敌人从三面而来,大有与我们拼消耗之势。我们不与其对峙,只冲其一路打。问题是该怎么打?打两翼还是打中间?两翼是南通和泰州,筑城坚固,不利于我军。中路敌人虽然在泰兴、宣家堡占据半年多,但我们有较好的群众条件,有利于我军。"会议经过充分讨论,将具体部署进一步明确了:除了第七纵队三个团对东路国民党军进行监视,第十纵队三个团对邵伯方向的国民党军进行牵制外,将第一师、第六师12个团的兵力集中歼灭中路国民党军两个团。粟裕强调说:"敌人12万人马向我们三万多人进攻,是四打一。我们如此一来,还他一个六打一!"

7月13日,国民党军在常州举行第一绥区的作战会议。刚刚上任的司令官李默庵拿出同陈诚商定的作战计划,听取到会各师师长的意见。大家都给予肯定,只有整编第二十五师师长黄百韬表示担心地说:"根据两军实力,将苏北的敌军消灭不成问题。问题是苏北赤化甚深,敌人情报灵通,行动自如,我军作战则感觉盲目进行,敌人常会集中兵力攻打我其中一点,不得不慎重对待。"李默庵决定,根据预定计划,7月15日发起攻击。

华中野战军很快侦悉到这一情报。为抢先牵制国民党军,粟裕下令在7月13日发动战争。华中野战军第一、第六师各以国民党军的5倍兵力,向宣家堡、泰兴国民党军整编第八十三师第十九旅第五十六、第五十七团及旅属山炮营发起突然攻击。

整编第八十三师原来以第一〇〇军为番号,是曾经到缅甸作战的远征军,装备为半美式,有较强战斗力,他们都相当狂妄,说:"如果共产党将宣家堡打下,那么他们就能倒扛着枪,不用开枪进南京。"当得到宣泰方向有战斗的消息时,整编第八十三师师长李天霞刚开完会回到泰州。他认为,这是共产党军队"敌驻我扰"的游击战老一套,没有对其足够的重视。

战争进行了三天,15日天刚亮,华中野战军共歼国民党军除据守泰兴城核心据点庆云寺的第五十七团团部外的3000余国民党军,获初战胜利。

李默庵发现华中野战军主力在宣泰地区作战后,立即将作战部署调整,令位于江南扬中地区的整编第六十五师主力火速北渡,与靖江的第九十九旅会师,增援泰兴,进攻黄桥;令整编第四十九师昼夜疾进,乘虚由南通、白浦向如皋进攻,并增援泰兴;令整编第八十三师主力由泰州东进,企图三路将华中野战军主力夹击在如皋、黄桥之间。

7月17日,整编第四十九师师部率第二十六旅进至如皋东南鬼头街、田肚里地区,其第七十九旅进至宋家桥、杨花桥地区,企图对如皋合击。华中野战军原计划结束宣泰战斗,对增援泰兴的整编第六十五师进行还击,因如皋方向的整编第四十九师有较大威胁,遂以一部兵力协同苏中军区第一、第九军分区部队对如皋、黄桥、姜堰地区加强阻击;主力转兵东指,经长途奔袭,将整编第四十九师歼灭。同时粟裕布下疑兵,要第六师留下部分兵力对泰兴城内残余的国民党军继续围歼,造成华中野战军主力仍在宣泰地区的假象,诱使东面的国民党军放胆向如皋进犯。

华中野战军第一、第六师和第七纵队主力,延续连续作战的作风,在激战两昼夜后又马不停蹄地强行军50余公里,直插如皋以南,立足未稳的整编第四十九师又受到四倍军力出其不意的进攻。18日发起战斗,第一师占林梓、克丁堰,将国民党军退路切断,由南向北攻击整编第四十九师侧后,并在第七纵队一部配合下,于鬼头街、田肚里地区包围其师部及第二十六旅;在杨花桥、宋家桥地区包围第六师将第七十九旅。经19~20日两夜攻击,整编第四十九师师部、第二十六旅全部及第七十九旅大部等共一万余人被歼灭,少将旅长胡坤以下6000多人被生俘,整编第四十九师师长王铁汉被俘后化装潜逃。

撤离海安,智袭李堡

宣泰、如南战斗后,华中野战军已连续作战十天,非常疲惫,主力遂向海安东北地区转移休整待机。蒋介石、李默庵认为华中野战军是因为伤亡过大,不能再战才北撤。国民党的中央社甚至造谣说:"苏中匪首粟裕负重伤,已送东台医院救治。"即令第一六〇、第一八七、第一四八旅自姜堰、大白米一线向东,整编第四十九师余部由如皋向北,在几十架飞机的支援下,企图对海安实施两路夹击,决战华中野战军。他们认为,苏中通向淮北的门户是海安,有重要的战略地位,又是华中野战军指挥部所在地,共产党军队一定会争夺。

在强大的国民党军队压境的情况下,粟裕冷静思考,再与强大的国民党军队硬拼不是办法,应找准时机主动撤出海安,给国民党军造成进一步的错觉,使战机有利于解放军。这个想法提出来后,许多同志不明白,觉得撤出海安很可惜。他们说:"党中央不是要求我们不要将要地轻易放弃吗?取得两次胜利还是要放弃,这仗不就是白打了吗。"有的同志说:"敌人没什么可怕的,我军已经打了两个胜仗,在海安与敌人进行决战有什么担心的?"

鉴于撤出海安与华中全局的决策有重大关系,粟裕决定马上回到淮安,请华中分局和华中军区领导集体讨论决定。7月28日下午,粟裕与一名警卫员,一昼夜150余公里的急行军开始了。先是骑摩托车从海安出发,到了湖垛镇,进入水网地带,摩托车不能走了,他们开始徒步前进,向北到益林镇绕道。中间坐了一段黄包车,又有一小段路乘小船。在离淮安还有50多里的地方,粟裕借了一辆自行车,带着警卫员前行,经过艰辛跋涉终于赶到了淮安。当时,粟裕的夫人在淮安华中分局工作,孩子大病初愈。粟裕来到门口,只到家喝了一口水又匆匆赶去分局驻地。

华中分局立即召开常委会议,对粟裕的意见表示同意,并将会议决定向中共中央和华东局上报。中央军委复电指出:"我军主力没有得到充分休息前,敌人进攻地形于我军无利时,我们宁可丧失一些地方,也不要没把握的作战。此次粟部打得很好,今后作战亦不要总以打胜仗为原则,过于性急。敌以十万大军进攻我军,有若干地方损失不可免。你们应有对付恶劣环境之精神与组织准备。"

华中野战军为使主力休整有保障,令第七纵队以四个团的兵力在海安外围实行运动防御,迟滞、消耗国民党军。第七纵队多数兵力在正面抗击,少数兵力在敌后袭扰。经过五天的阻止,于8月3日主动撤离海安。此战,第七纵队歼敌3000余人,其代价是200多人的伤亡,国民党军和解放军伤亡为15:1。

华中野战军撤出海安,国民党军各部纷纷报捷,得意忘形,竟说被歼灭的华中野战军人数达两三万人。第一绥区司令部错误地判断:"苏北共产党军队已经一败涂地,主力第一师、第六师下海北逃"。

其实,华中野战军指挥机关和主力部队3万多人已经在海安东北进行了两个星期的休整,兵员得到了补充,体力得到了恢复,并且对前两次作战的经验教训进行了认真的总结,大兵团作战的指导思想得到了进一步明确和统一。华中野战军政治部还发出《关于撤出海安的解释要点》,要求各级干部对歼灭国民党军有生力量和保卫战略要地的关系要辩证地认识和处理。驻地距海安城仅仅一二十里的部队,天天开会唱歌,出操上课。由于这里是老解放区,地方政府和民兵、群众对消息严密封锁,对国民党军的谍报、坐探严密查捕,使国民党军得不到任何消息,毫无察觉解放军动向。

第一、第六师不仅没有"北逃",而且华中野战军政治委员谭震林也在此期间率领从淮南撤出的第五旅和华中军区特务团到达苏中前线东台一带,使苏中地区达到23个团的兵力。

占领海安后,国民党军则大胆地向海安以东扩张,并在东起海边西至扬州300里地段上摆出一字长蛇阵的封锁线，展开"清剿"，企图在泰州、海安以南地区得到巩固后，继续向北推进。

鉴于国民党军分兵"清剿"，兵力分散，战线延长，有利于各个击破，粟裕遂决定对位于李堡的国民党军整编第四十九师第一〇五旅进行攻歼，并对可能东援海安的国民党军准备迎歼，将主力南下作战的通道打开。8月10日，获悉驻海安的新编第七旅和驻李堡的第一〇五旅调防，新七旅旅部及一个团刚在李堡接防，秩序混乱。当夜，便遭到华中野战军第一师的攻击，至11日晨全被歼灭。下午又将在李堡交防后开至杨家庄、尼姑庵的第一〇五旅一个团歼灭。由于李堡与海安被中断了通信联络，驻海安的新编第七旅另一个团不知李堡守军被歼，继续赴李堡接防。当下午进至洋蛮河时，华中野战军第六师和第七纵队又将其全歼。此战前后仅20个小时，国民党军1个半旅8000余人被歼灭，少将旅长金亚安、少将副旅长田从云被生俘。

邵伯保卫战

从7月13日到8月12日1个月的时间内，华中野战军连续作战4次，歼敌3万余人，苏中国民党军的机动兵力受到了严重削弱，使其全面进攻难以继续进行，不得不对"清剿"部署加以调整，对点线控制加强，海安、如皋地区安置整编第四十九师余部及整编第六十五师主力；在泰州、曲塘及口岸等地安置整编第八十三师；交通警察第七、第十一总队共七个大队位于丁堰、林梓方向。8月13日，在向粟裕、谭震林的致电中中央军委指出："苏中各分散之敌对我军各个击破有利，望再布置几次作战。即如交通总队，能全歼灭的一个不要剩。你们如能将苏中蒋军之进攻彻底粉碎，会极大地影响到全局发展。"15日再次电示："望利用苏中各种有利条件，在那里继续作战。如在今后一个月内你们能再打二三个胜仗，继续将敌二三个旅歼灭，则对整个局势有极大帮助。"

根据中央军委的指示，华中野战军首长立即决定从丁堰、林梓以缺口出发，以黄桥为进攻方向，深入国民党军侧后进行攻击。这个国民党军侧后，南临长江天堑，东、北、西三面是许多据点构成的封锁线，是国民党军队在其占领区构筑的东西百余里、南北数十里的封锁圈。

黄桥位于封锁圈的中心地带。到国民党军封锁圈里去打仗，而且是3万多的主力部队，这是一支奇兵，是一步险棋。粟裕说："这个行动犹如孙行者对付牛魔王，钻到敌人肚子里去打，很有危险性。"这里是新四军的老根据地，因为有广大的人民群众做后盾，他决定走这步险棋。3万多华中野战军主力部队向敌后插入，行动自如。军民都已经习惯了在夜间行军，连犬吠之声也难以发现。国民党军更是搞不清状况，一点也不了解华中野战军的行动。

8月20日下午6时，华中野战军司令部发出攻击丁堰、林梓的作战命令。具体部署是：以第一军分区部队假装攻打黄桥，第七纵队袭击海安、立发桥，第九军分区部队进逼南通，迷惑国民党军；以主力第一、第六师和第五旅、特务团等共3万余人从海安、如皋东侧隐蔽南下,直到国民党军一字长蛇阵的腰部。

丁堰、林梓是(南)通如(皋)公路上的两个集镇,号称国民党的"袖珍王牌军"的交通警察总队在此驻守。抗日战争时期的"忠义救国民党军队"和上海税警团改编为现在的军队,曾由国民党特务头子戴笠和美国特务梅乐斯合作训练,拥有美械装备,每人各配备一把长短枪。政治上这支部队极其反动,与地主武装"还乡团"配合对革命干部和人民群众血腥镇压,人民群众对他们恨之入骨。

8月21日晚战斗打响。22日激战结束,丁堰、林梓的国民党军被第一、第六师全歼,第五旅攻占丁堰以北的东陈镇。此战,共有五个交警大队5000余人被歼,缴获了大批军火物资,许多被捕的地方干部、民兵和土改积极分子被解救出,南通至如皋的公路被切断,打开了主力向泰州、扬州前进的通道。

丁堰、林梓战斗后,国民党军发现在如皋附近有华中野战军主力,认为若要进攻如皋,就应于8月23日把黄桥的第九十九旅东调如皋,增强防御;同时,扬州的整编第二十五师沿运河北上,进攻邵伯、高邮方向。李默庵认为,华中野战军主力在如皋东南集中,如要去邵伯增援,定会从北面绕过他的封锁圈,需要大量时间。趁此时间,他就可以将邵伯攻下,尔后沿运河北进,与北线进攻淮北的国民党军配合夹击淮阴、淮安。

粟裕认为,如果国民党军攻占邵伯,将会对苏中侧翼和两淮有威胁,邵伯一定要救。怎么去救?要出奇制胜。东线国民党军一直战败,已经萎靡不振。他留下第七纵队在海安、贲家集以北一线防控,在海安、姜堰之间发动钳制性攻势。西线,他让已在当地的第十纵队和第二军分区部队共五个团坚守邵伯,对国民党军北进进行制止;以第一、第六师和第五旅及特务团由丁堰、林梓西进,作好围攻黄桥、泰州的准备,采用"攻魏救赵",以整编第二十五师调回支援,解除邵伯危机。同时在如(皋)黄(桥)公路上准备与黄桥东进增援如皋的第九十九旅打遭遇战。

25日晨,如皋的国民党军第一八七、第七十九旅接应黄桥的国民党军第九十九旅向东行进。中午,华中野战军主力到达如黄公路,遭遇东西对进之国民党军,立即开始战斗。战争激烈短促,国民党军第九十九旅被第六师于分界地区包围,在加力地区第一师将敌第一八七旅等部包围。为迅速将敌歼灭,粟裕决定采取先弱后强的打法,26日,将第六师六个团、第一师第一旅三个团和特务团共十个团集中攻打国民党军两个团,仅两个小时,分界的国民党军第九十九旅被歼灭了,活捉少将旅长朱志席、少将副旅长刘光国。然后兵力向东转移,将第六师、第一旅和特务团调到加力,以15个团打国民党军三个团,27日加力的敌第一八七旅和第七十九旅一个团大部被歼灭。华中野战军第五旅截住数百名国民党军逃去如皋的去路。第五旅着黄色军服,有别于苏中部队的灰蓝色军服,而与国民党军的黄绿色相似。国民党军误认为是援兵,在充满期待中做了俘虏。

国民党军整编第二十五师于8月23日由扬州北进,在飞机、火炮、炮艇的支援下,分三路向邵伯、乔墅、丁沟等地猛攻。遵照粟裕的指示,第十纵队和第二军分区部队,采取各团轮番守备的战法,英勇反击,顽强防守,将国民党军的进攻打退了,歼灭国民党军 2000 余人。华中野战军主力取得如黄公路战斗的胜利,严重威胁到国民党军整编第二二十五师侧后,国民党军在 26 日黄昏撤退到扬州、仙女庙(江都)之线,邵伯保卫战结束。在黄桥驻守的国民党军整编第六十五师第一六〇旅五个连此时毫无援军。粟裕命令第五旅乘胜将国民党军一举歼灭,夺取黄桥。第五旅急行一夜到达指定位置,包围黄桥,同时采用军事压力、政治攻势。国民党军无力突围,于 8 月 31 日全部投降。与此同时,第七纵队攻占白米、曲塘等地。此战,共把国民党军两个半旅 1.7 万余人歼灭。

胜利的凯歌

苏中战役期间,晋冀鲁豫野战军在豫东发起陇海路战役,陇海铁路中段得到控制。山东野战军主力南下淮北,由徐州东进的国民党军受到牵制,其进攻两淮受阻,这都对华中野战军作战提供了帮助。苏中地区各级党政机关组织调动群众支援前线,64 万民工昼夜运送粮弹和抢救伤员,使战役的胜利有了后勤保障。

苏中战役是内战全面爆发后人民解放军第一次在主要战场上进行的较大规模的战斗,具有战略侦察性质。华中野战军坚守的作战原则是集中优势兵力、各个歼灭国民党军,用了短短 50 天,宣泰攻坚战、如南急袭战、海安运动防御战、李堡攻歼战、丁堰林梓攻坚战、如黄公路遭遇战、邵伯防御战七次作战先后取得胜利,国民党军六个旅及五个交警大队共 5.3 万人被歼灭,占进犯苏中国民党军总兵力的 44%,这是解放战争以来解放军在一次战役中歼灭国民党军最多的一次。

苏中战役的胜利,证明由粟裕第一次提出并被中央军委和毛泽东采纳的内线作战方针是完全正确的,证明解放军在运动中集中优势兵力各个歼灭国民党军的战法是可取的。粟裕的对手李默庵回忆苏中战役时,认为"毛泽东的战略很高明。""尤其是粟裕卓越的战斗指挥艺术很值得总结。"他说:"粟裕集中兵力而且有时是集中五六倍的优势打我一点。这样,我的部队就束手无策了。这真的是很厉害的打法。"

在苏中战役主要作战结束后,毛泽东于 8 月 28 日即为中央军委起草致各战略区首长的电报,将华中野战军的经验推广。电报指出:"我粟(裕)谭(震林)军从午元(7 月 13 日)至未感(8 月 27 日)一个半月内,有六次战斗(当时第七次作战还没完全结束,中央军委还不知道战果),歼敌六个半旅及交通总队五千,取得辉煌战果。而我军主力只有十五个团,但这是很充实,很有战斗力的十五个团,平均主义的补充方法没有被采取。每战集中绝对优势兵力对敌一部攻打(例如未宥集中十个团打敌两个团,未感集中十五个团打敌三个团),故每次都会取胜,士气很高;收获颇多,故装备优良;作战在解放区内,故补充便利;加上正确的指挥,灵活又勇敢,故能取得伟大胜利。这是一个很好的经验,希望各区对之仿效,并望转知所属一体注意。"

粟裕作为苏中战役的策划者和指挥者,得到了苏中军民的热烈拥护和颂扬。"毛主席当家家家旺,粟司令打仗仗仗胜……"这首民谣在苏中地区广泛流传。几十年来,这首民谣被改编为歌曲、鼓词、故事,至今依然在群众中流传。

陇海路战役

延安得到苏中战役胜利的消息,中央军委副主席刘少奇、朱德和彭德怀等在刘少奇住所聚会,对这一胜利热烈庆祝。8月29日延安总部发言人对新华社记者发表谈话指出:"我粟裕将军所部在广大民兵配合之下保卫苏中,七战七捷,这一事件与今后战局的发展有重大的关系,我中原大军取得突围胜利,及苏中保卫战胜利,解放区军民的信心因此而增强。"定陶战役于9月8日以晋冀鲁豫野战军取得胜利,《蒋军必败》的社论在中共中央机关报《解放日报》发表,进一步指出,中原突围、苏中战役、定陶战役的三大胜利,对于解放区的整个南方战线起了扭转局面的重要作用。共产党军队必胜,蒋军必败的局面初步确定。

情况多变，前所未有——莱芜战役

战役档案

时间：1947年2月20日~2月23日

地点：山东莱芜

参战方：中国人民解放军；国民党军

指挥官：解放军粟裕；国民党军队李仙洲

伤亡情况：解放军8800人阵亡；国民党军队1万人阵亡，4.68万人被俘

战果：中国人民解放军胜

意义：莱芜战役，华东野战军以临沂一座空城，换取歼灭国民党军1个"绥靖"区指挥部、2个军部、7个师共5.6万余人的重大胜利。莱芜战役的胜利，粉碎了国民党军南北夹击，逼迫华东野战军在不利条件下与其决战的计划，这一战役俘获国民党军数量之多、歼灭国民党军速度之快，都创造了解放战争开始以来的最高纪录。

22

和庄伏击战打响莱芜战役第一枪

和庄伏击战是揭开莱芜战役的序幕战。和庄位于博山城南30里、莱芜城东北60里的地方，四周都是高山深谷，地势险要，自古以来就是兵家必争之地，只有一条博（山）莱（芜）公路贯穿南北，成为了胡庄与外界联系的渠道，这条公路更是博山至莱芜的必经之地。

2月19日下午，华野司令部命八纵队所管辖的二十二师、二十三师以及九纵队所管辖的二十五师、二十六师四个师队，浩浩荡荡地开赴和庄、普通。并在和庄和普通两地附近的高地上作了埋伏，歼击南下归建的国民党七十三军七十七师。

19日晚23时前，八纵二十二师和二十三师迅速地进抵和庄西南和正南方向的地区，八纵二十五师和二十六师则迅速地进入和庄东北及东南地区的高地，鲁中警五团迅

莱芜战役

速进抵和庄西北的大英章峪，为国民党军布下了一张天衣无缝、坚硬无比的天罗地网，网

口设在青石关口,等待着国民党军进入网中。

国民党七十七师隶属于七十三军建制,是蒋介石嫡系部队,老兵占多数,战斗经验非常丰富,同时武器装备也较先进。1947年2月19日,王耀武得知华野将要攻击莱芜的意图之后,便急令该师迅速南下莱芜城增援驻守在莱芜的守兵。该师师长田君健不敢怠慢,当日立即率所辖二二九、二三〇、二三一,三个团自张店赶往博山城,准备第二天晚上到达莱芜城。

20日早上6点左右,此时的天刚刚亮,七十七师便开始从博山城出发沿博莱路南下。二二九团在队伍的前方、二三〇团和辎重营、卫生营等在队尾,二三一团附师炮兵营、工兵营、通讯营、直属特务连、搜索连等居于队伍的中部。到上午9点左右,七十七师先头部队肆无忌惮地向青石关进军。10点左右时,七十七师大队人马就进入了八纵及九纵所设的埋伏之中。等到七十七师的最后面的队伍脱离青石关之后,早已预伏在大英章峪的鲁中军区警五团迅速占领了青石关,紧紧地扎住了伏击网的网口,切断了七十七师后退的道路。此时,田君健及其所部已经陷入了前有伏兵、后有追兵的境地。

到了11点左右,当田君健的先头部队进入王家庄时,随着华野野战军三发红色的信号弹的升空,围歼七十七师的序幕拉开了。首先与国民党七十七师交战的是八纵二十二师六十五团二营。二营营长鹿正明是个土生土长的莱芜人,该团的任务是由东向西协同该团的一营、三营在王家庄以北、燕子山以南的区域内阻止国民党军前进,歼其一部后,再向燕子山进攻。阻击战开始了,二营战士立即对国民党军进行准确猛烈的射击。顿时整个战场硝烟弥漫,手榴弹声、枪声、喊声响成一片,突如其来的战争,令国民党军措手不及,陷入了一片混乱之中。

国民党七十七师前卫团受阻之后,一面命各营沉稳应战,占领阵地,一面派人向师部汇报。师长田君健立即下发了四道命令,发布命令之后,他又马上用报话机向莱芜城内的李仙洲报告情况,并请求李仙洲立刻派兵增援。但是这一切都来不及了,国民党军前卫部队虽拼命抵抗,但也抵挡不住华野一纵六十五团的猛烈进攻,经过短短20分钟的激战之后,七十七师的前卫营已被歼大半,还有80余人被俘虏,剩下的都向燕子山方向逃窜。正午12点左右,六十五团二营和一营一左一右,向着燕子山开始压缩性进攻。因为国民党军抢先占领了燕子山的有利地形,所以,二营、一营的攻击受到了严重的阻击,团部不得不下令停止进攻,重新调整作战部署,决定趁天黑之后袭击燕子山,给国民党军来个措手不及。

就在八纵六十五团同国民党军交战的时候,华野其余各部队也同时从不同方向向国民党军发起了进攻。九纵战士骁勇善战,在军长的一声令下,各战士分别从各自的潜伏地,势如猛虎下山一般向和庄的国民党军发起攻击。和庄的国民党军碰到凶猛勇敢的华野战士,一时乱了方寸。竟然把百姓家中的门板门框、桌椅板凳等都搬了出来,做简易的工事,拼死顽抗,同时组织班排连营的反冲击。英勇华野战士面对国民党军的反冲击毫不畏惧,勇猛穿插,顷刻之间便把和庄的国民党军分割成了数段,把国民党军打得落花流水,顾头顾不了尾,顾尾又顾不了头。

七十七师的前卫团在前方激战的时候,后卫团才携带着全师的辎重、行李刚刚通过青石关,听到和庄方向枪声、炮声、爆炸声连成一片,得知先头部队受了阻击,在未得到上级命令的时候,也不知是该继续前进还是后撤,正当他们彷徨犹豫的时候,接到了田君健

23

"火速前进,作为师的总预备队"的命令,他们只好负重继续前进。这时,早已占领青石关的警五团凭借居高临下的优势,发动向山下的后卫团射击,由于后卫团要赶去前方支援,所以只好留下一个连来断后,其余部队继续前进。后卫团在前进途中,不断受到华野军的猛烈攻击,不得不停止前进与华野军展开抵抗,加之辎重、行李、车辆、马匹互相争道,道路常常堵塞,战地异常混乱,行动非常缓慢。

到下午4时许,国民党七十七师全部被华野军压缩在玉皇顶、燕子山及其附近和庄、普通两村内。

七十七师在和庄地区被打得焦头烂额,然而七十三军军长韩浚却被蒙在鼓里。直到晚饭时间,蜗居莱芜城的韩浚听到从东北方向传来的隐隐约约的炮声,询问军部参谋长周剑秋时,才了解到具体的情况。了解情况之后,他立刻命参谋长周剑秋摇通田君健的电话,向他询问具体的情况。然而,无线电话一时却无法接通,在情况不明、地形不熟、夜色较暗的情况下,韩浚经过再三的考虑,最后决定一九三师暂停出发。

就在韩浚犹豫之际,华野八纵、九纵对玉皇顶、燕子山、和庄和普通地区开始了总攻。玉皇顶位于和庄以东的方向。当日下午4时许,七十七师后卫团到达和庄地区之后,接到上级命令,要求迅速占领玉皇顶、和庄西北方向的高地,以便掩护七十七师的侧背安全。但是当国民党后卫兵团进占玉皇顶和和庄西北高地时,却发现在此早已有了伏兵。为了抢占山地,双方部队进行了激烈的战斗。七十七师后卫团为了集中火力攻击玉皇顶,使用了美式化学迫击炮和火箭筒、火焰喷火器,火光烧遍了整个山头。黄昏时分,七十七师后卫团一度攻占了玉皇顶的主峰。总攻开始后,华野九纵各部进行了猛烈的反攻。在纵横不过1000余平方米的山顶上,双方往返争夺,得而复失,失而复得,战斗非常惨烈。七十七师后卫团为了占据山顶,将全部的美式化学迫击炮和火箭筒、火焰喷火器都投入了战斗。许多解放军战士被烧成重伤,仍忍着伤痛继续同国民党军顽强地斗争。田君健见占领玉皇顶的愿望难以实现,其余各战场的情况又非常的糟糕,心中十分烦躁。此时,七十七师的指挥所正好设在和庄村南四公里的将军坟地区,田君健迷信地认为师指挥所设在将军坟,是犯了地名之大忌,是"将军坟"这个晦气的名称给自己和部队带来了霉运。于是,在四处战斗激烈的时候,放弃了对前沿阵地燕子山、普通部队的指挥,将指挥所撤回到了和庄。令他没有想到的是,和庄阵地上的情况更是糟糕。在人民解放军的攻击之下,三五成群的国民党散兵东奔西闯,狼狈不堪。田君健见形势险恶,已无回天之术,于是便与李仙洲作了最后一次通话,希望李仙洲能派增援部队前来解围。但是这时,莱芜城也已经陷入了解放军的重重包围之中,李仙洲又考虑到七十七师是王耀武直接调遣南下的,不是自己调兵遣将的过错,不愿意派兵救援。于是便回复田君健说,夜间情况不明,不便于派兵增援,让田君健支持到天亮之后,再作打算。无奈,田君健只好重新调整作战部署,放弃和庄与玉皇顶一带阵地,集中兵力转移到距和庄西北四公里的高山樵岭,实行固守待援,以便天亮时向博山突围。深夜23时左右,九纵趁机攻占了和庄,和庄战斗胜利结束。

担任普通主攻任务的是八纵二十三师。在国民党军仓促退守,四面挨打的境遇下,他们抓住了战机,对普通发起了总攻。国民党军依仗着围墙和美式装备殊死抵抗,攻击部队多次冲杀,都被密集的火力击退了下来。苦战两个小时也没有什么进展,到了8点左右的时候,六十九团在炮火支援下先从正东突入村内,接着六十八团也由正南冲进,国民党军

24

六十九团和六十八团被分割成数段，即使这样，仍然连续组织反扑，火力也十分猛烈，攻击部队不得不与国民党军展开逐屋争夺的巷战。战斗中，各团指战员表现出了极为可贵的勇猛顽强和机动灵活的战斗作风。把国民党军七十七师的山炮营打得落花流水，美式山炮12门均被缴获。

午夜时分，燕子山已被八纵二十二师拿下，但普通村里的枪炮声仍像暴风骤雨一样响个不停。为了尽快结束战斗，八纵司令员王建安命已攻占燕子山的二十二师所部立即投入攻击普通的国民党军的战斗中。二十二师的参战迅速扭转了普通战场的战局，在八纵二十三师和八纵二十二师联合的攻击之下，国民党军最终败下阵来，自动缴械投降。经过一夜的激战，普通又重新回到了人民的手中。

21日，和庄、普通战斗结束以后，战场转移至田君健放弃和庄及玉泉顶一带阵地退居的樵岭。樵岭山高路陡，地势险峻，易守难攻，为田君健固守创造了有利条件。但是经过战士们一天的英勇抗战，最终歼灭了国民党军，以师长田君健被击毙而给和庄伏击战画上了圆满的句号。

四全线出击，围歼李仙洲

20日晚，在八纵、九纵攻歼七十七师的同时，华野主力全线向莱芜城所有的国民党部发起了全面的攻击。一纵攻莱芜城的国民党军，六纵攻吐丝口的国民党军，四纵、七纵攻颜庄阻击四十六军，十纵攻锦阳关切断国民党军之北逃退路。莱芜城内李仙洲总部及七十三军成了各路攻击的重点。

担负主攻李仙洲总部及七十三军的部队是华东野战军第一纵队。20日下午5点左右，一纵各部由汶河以南之东西五斗、坡草洼一线向北进军，并准时到达了预定位置。纵队指挥部设在莱芜城西北方向的一个小村庄内，准备向莱芜城发起进攻。正当一纵准备攻击时，发现担当配合攻击任务的八纵二十四师还没有赶到。此时，由于地形不熟和山区道路崎岖难行，担负切断颜庄、新泰与莱芜城国民党军之间联系任务的四纵和七纵没能及时赶到，李仙洲趁此机会，急忙将颜庄、新泰的部队陆续收拢，向莱芜城逼近。

李仙洲的这一计划，并没有被第一纵队察觉到，仍按原定部署进行攻击。但在战斗进行的过程中，发现国民党军的火力不但没有丝毫的减弱，反而有不断加强的趋势。此时，一纵队司令员叶飞凭借多年的指挥作战经验，敏锐地意识到国民党军情况有变。于是，便立即向华野司令部作了汇报。但此时华野司令部也没有弄清国民党军的这一变化，只好告知叶飞第四、七纵队还无报告。

这时，一纵司令部技术侦察台主任跑来向叶飞报告说："国民党军四十六军先头一个团已到莱芜附近。"对此，叶飞感到非常惊异，因为四十六军在颜庄，七纵在颜庄附近阻击，此外还有四纵在莱芜以南，国民党军是不可能这么快到达这里的。

正在他一头雾水的时候，前沿部队抓获了一个俘虏，并将其带到纵队指挥所。叶飞亲自审问了俘虏，这才知道国民党四十六军已向莱芜城聚集。于是，立即向司令部告知这一国民党军情况，但是此时，纵队同华野司令部的通讯联络却一度中断，无法向上级汇报国民党军情况和请示作战命令,在紧急情况之下,叶飞立即召集纵队各首长进行分析研究。认为,如果国民党两军靠拢后合力向北突击的话,整个战役计划将会落空。当前一切问题的关键在于一纵能否把这两个军顶住,阻止反扑,把他们围困在莱芜城中,这是战役全局所系的关键。最后,叶飞司令员果断决定,一切服从全局,拼死与国民党军一搏,在其他纵队未到达之前,坚决单独担负起包围李仙洲集团的任务。

三师七团经过与国民党军的生死搏战,最后攻克小曹村,同时,一师、二师及三师其余各团也相继攻克了莱芜城外围之安乐山、矿山一部和北铺、小洼、吴家花园等据点。

当夜,六纵还扫清了吐丝口外围,第十纵队一部抢占了锦阳关,这样一来,便切断了李仙洲集团向北逃脱的退路。第四纵队、第七纵队虽然没能准时到达阻击位置,但也于第二天插入莱芜城和颜庄之间。到现在,莱芜城内的国民党军已陷入了重重包围、四面楚歌的境地。

21日拂晓,李仙洲集团即以飞机、大炮掩护其步兵向一纵既得阵地进行猛烈的反扑。华野各纵队战士都抱着"人在阵地在"的信念,厉兵秣马,巩固已得阵地,决心打垮国民党军的猛烈反击。在21日这场生死大战中,以小洼争夺战最为残酷、激烈。

小洼是保障国民党军与矿山、吐丝口联络畅通无阻的支点,如同国民党军的心脏,小洼对于国民党军来说非常的重要,所以小洼成了杀伤国民党军、牵制国民党军的重要阵地。国民党军更是意识到了这一点,所以在争夺小洼阵地的战斗中,双方展开了激烈的搏斗。

21日清晨,李仙洲得知小洼已被一纵占领之后,立刻组织精锐七十三军十五师主力四十四团加上总部特务营,由十五师代师长杨明指挥,分别从城里和矿山两路出击,向小洼阵地发起反攻。早上8点半的时候,四十四团1500余人沿公路排着四路纵队气势汹汹地向小洼扑来。刚到城边松树林前,就遭到了华野军一连强有力的阻击。一时间,阵地上重机枪、掷弹筒、60炮和排子枪同时开火,枪炮声响成一片。与此同时,李仙洲部矿山阵地一个营也兵分三路,倾巢而出,与四十四团遥相呼应,连续不断地向扼守阵地的一连二排轮番发起冲锋。二排不畏强敌,英勇顽强地对抗强大的国民党军。国民党军抵不过华野军这种顽强的战斗力,于是在遭到痛击后,便仓皇地丢下几箱子弹退回到山上去了。

李仙洲见两面夹击也不能获胜,非常恼怒。为尽快夺取小洼这个重要战略据点,于是不惜血本,调集了九架飞机前来助战。轰炸机不断地在阵地上空盘旋、俯冲、扫射、投弹,密集的排炮也从城中疯狂地倾泻而出,炮声、炸弹声、枪声响彻云霄,烟雾、尘土弥漫着整个小洼村上空。一阵强烈的炮火轰击之后,国民党四十四军团立即如潮水般向一连阵地涌来。坚守小洼阵地的一连战士面对李仙洲集团的疯狂反扑,抖落头上的泥土、碎石、弹片,不顾伤痛再次拿起武器与国民党军斗争。国民党军虽然来势凶猛,但在英勇的华野军面前,也只能一次次地无功而返,因此士兵的士气锐减,最终在其同伴如山的伏尸面前畏惧地退缩回去。

即使这样,国民党四十四团仍不顾堆积如山的伤亡代价,向小洼阵地继续猛冲。其三面火力向英勇的一连射击,左前方、右前方、左后方枪弹吱吱乱飞,炮弹像连环手榴弹一样向小洼摔过来,飞机飞得只有树梢那么高,炸得小洼及其周围的烟火直冲天空,炸得石块泥片乱飞。一连的战士们面对如此强烈的攻击,并没有退缩,毅然地坚守阵地,同国民党军作顽强的斗争。

时间一分一秒地过去了,一连的伤亡也越来越大。为了集中兵力,更好地完成坚守阵地的任务，分散在村外的部队开始向村内集结，伤员陆续往下撤，重武器也随着一起转移。经过一上午的激战，到了中午的时候，战斗仍在进行着。尽管国民党部队的火力越来越猛，但阵地依然被一连固守着。战士们都杀红了眼，像一条条愤怒的火蛇向着国民党军怒吼着。国民党七十三军四十四团是号称铁军的一个团，即使是铁军，此时，在英雄的人民解放军战士面前也只能望而却步，不敢向前。就这样，四十四团的数千人马像钉子一样被钉在了小洼阵地前，不能前进一步。一连的阻击任务已胜利完成，营部命一连速速从小洼撤出。但连续4次派出传达撤退命令的通讯员都在途中壮烈牺牲了。此时，一连固守的房子已被炮火击中燃起了大火。战士们集中在墙根一条线上，用石块敲直了弯曲的刺刀，用泥沙抹去利刃上的凝血，准备与国民党兵作殊死一搏。就在这生死存亡关头，收到了上级撤退的命令。尽管战士们接到了退却的命令，但看着这用战友们鲜血染红的阵地，谁也不愿撤退。军令如山，在命令面前，战士们不得不撤退。

在坚守小洼阵地这一战斗中，英勇的第一连战士同国民党军反复厮杀达六小时之久，抵住了国民党军数十倍于己的十余次猛烈攻击，歼国民党军一个营，一连在撤出阵地时，全连140多名战士已剩下了36人。第一连用英勇和热血抗击了国民党军，为解放莱芜战役立下了大功，得到"人民功臣第一连"的光荣称号，被纵队通令嘉奖。

21日，莱芜城中被围的李仙洲部在猛攻小洼阵地的同时，对安乐山阵地也进行了疯狂的反扑。

20日夜，华东野战军第一纵队第一师第二团所部即将安乐山全部攻占。天亮后，二团得知城内李仙洲派出一个营企图夺回安乐山，便将任务交给三营，命三营坚守安乐山阵地。

三营接到任务之后，决定以八连守备安乐山，考虑到时间的紧迫，任务的重大，八连兵力又有限，如果让有限的人员在这么短的时间内去修筑坚固的工事，一定会影响战斗力，不利于迎接即将来临的强战。所以便决定派七连的士兵上山去修筑工事，八连的战士们暂时休息。

20日拂晓前，七连已将工事修筑完毕，八连立即上山接管阵地。天亮后，八连连长带领各排排长对地形进行了观察并在居高临下的地势下侦察了城内李仙洲部的情况。意外地发现在莱芜城西北角处，

李仙洲

国民党部队集结了一个连的兵力，不久后又增加到了一个营。该部结集完毕之后便向北运动了。对此，八连连长认为国民党部队可能是向北突围，不一定来攻安乐山，因此便命令各排长原路返回了。然而，八连连长的这一判断是错误的，他没弄清李仙洲集团突围，必先夺取安乐山的道理。不久，一排长发现向北运动的国民党军经过马家庄后便兵分三路，向安乐山方向开来了，于是他当机立断，一边命令各部队准备战斗，一边派通讯员报告了连长。连长立刻下达命令，各部马上进入了战斗状态。

上午9时，国民党部队开始以四门小炮、若干门迫击炮，在四架飞机的配合下轰炸安乐山高地。一阵炮击过后，国民党军大队人马向着山腰的战斗小组进军。此时，战斗小组的三个人因疲劳过度聚在山腰小路边睡着了，对此没有丝毫察觉，情况十分危急。好在国民党官兵对人民解放军有所惧怕，没有作出立即战斗的决定，而是派人去前方打探消息去了。这一切正好惊醒了山腰上的战斗小组，发现国民党军临近，情急之下，战斗小组的战士们急中生智，以鸣枪告知了山上的战士。随后，战斗小组在拖延国民党军两个小时之后，撤退到山上。

战斗小组撤去以后，国民党军的炮火便开始集中向山头射击，炮弹和四架飞机投掷的烧夷弹把整个山头都笼罩在了烟雾里。炮火过后，解放军战士凭借各自据守的工事，向国民党军瞄准射击，在异常艰苦的情况下，一次次地把冲杀上山的国民党军队打退。国民党军队的第五次冲锋被打垮后，再次集中炮火轰炸阵地。战士们不畏强大的国民党军，英勇杀敌，在几个小时的激战中，八连战士伤亡惨重，一次次地击败了国民党军的进军。成功击溃了国民党军队七波猛烈的进攻，守住了安乐山山头。

吐丝口攻坚战，切断敌人退路

吐丝口位于莱芜城以北28华里，明水、博山通往莱芜城的"丫"字形公路交叉点的中央处，是由胶济路进入鲁中的咽喉，地理位置尤为重要，成为了解放军与国民党军的必争之地。

在莱芜战役即将打响之前，国民党十二军新编三十六师便奉王耀武之命接替了一师的防务，进驻吐丝口。李仙洲也在这里储备了上百吨的弹药及数10万斤的粮食。国民党的这些举动，很显然是想把吐丝口作为永久的据点。国民党该师共有三个团，在占据吐丝口后，便立即部署师部率一〇八团、辎重营及炮兵连驻守吐丝口，一〇六团驻守吐丝口以北约七公里的青石桥，一〇七团驻守吐丝口以北20公里的上游庄。其中，吐丝口是该师守备的重点，青石桥和上游庄这两个据点，则是该师进攻与撤退之时的策应据点。

国民党军意识到了吐丝口战略位置的重要性，在这里，他们进可以攻，退可以守，所以下定决心一定要死守吐丝口。华野部队比国民党军更清楚吐丝口位置的重要性：如果能够攻克吐丝口，便可以分割国民党军南北之间的联系，既能切断莱芜的国民党军的退路，又能截击明水援助的国民党军的进路。为了慎重起见，华野前委命令富有攻坚经验的第六纵队三个师及鲁中军区警四团全力攻歼吐丝口的国民党军。

六纵接到命令之后，立即将指挥部设在了距吐丝口西南约六华里的片家镇村中。司令员王必成、副司令员皮定钧一边安顿部队，一边召集当地的党组织和武工队负责人调查去了解情况。吐丝口四街的党员干部们共同绘制了一张吐丝口内、外地形图，把吐丝口的大街小巷和所掌握的国民党的据点和碉堡的位置都标注在这张地形图上。根据地图，六纵又组织相关人员去实地进行了侦察，以确保准确无误。

19日下午，六纵发布了围歼吐丝口的国民党军的作战令，部署十六师指挥纵直特务团炮兵营从吐丝口西南角进行攻击，进入镇内之后，负责解决十字街西南地区的国民党军。战斗定于20日20时发起。

根据作战部署，各参战部队于20日下午4时开始行动，下午6时左右，先后进入了各坚守阵地。一切准备就绪后，只等一声令下，便开始围歼吐丝口的国民党军队。

晚上8时左右，担任吐丝口主攻的第十六师开始对吐丝口围墙发起攻击。具体作战部署是：四十八团从南面冶庄和田庄之间进行攻击，四十七团从西围墙南段进行进攻，四十六团除以一个营兵力控制冶庄外，其余主力全部随师部在冶庄以南的张高庄地区整装准备，作为预备队。因控制外围时没有发生战斗，所以师部猜想一定是国民党驻守部队没有发觉，所以便命令四十七团和四十八团各组织一个突击营，每个突击营再指定一个突击连，隐蔽插进镇内。为了更好地配合部队歼敌，地方党组织提前从干部、党员和民兵中挑选了30多位身体强壮、积极勇敢的同志为部队歼灭国民党军效劳，并为每个连队配备了两名作战向导。

第四十八团突击连在向导的带领下，由田庄出发，沿着一条深约两米的水沟向口镇秘密运动。在短短的不到一个小时的时间内，占领了口镇国民党军的阵地，将守在该阵地的国民党军大部分歼灭，并俘虏了十余人，获得了初步的胜利。与此同时，攻击西围墙南段的四十七团因受到铁锅厂据点的国民党军的阻击，偷袭没有成功，没能及时地突进围墙，不得不采取迂回战术，除以一部兵力监视当面的国民党军之外，其余主力转由西南方向突进。四十八团见四十七团未进入镇内，便兵分三路，以一个营沿缺口向东发展直逼南门，一个营向西南胡同前进直进西大街，一个营向西北发展压制西门以南据守的国民党军，接迎四十七团。但是仍然受阻，偷袭未成，并且四十八团向西攻击的2个营还陷入了腹背受敌的危险之中。面对国民党军的数次反扑，英勇善战的四十八团战士临危不惧，英勇作战。与此同时，四十七团战士也奋力搏杀，最终通过四十八团打开的缺口突进围墙，与四十八团汇合，扭转了四十八团孤军奋战的不利态势。

20日晚，吐丝口之战正在激烈进行之时，被困的三十六师师长曹振铎接连两次发电报向李仙洲呼救。然而，现在的李仙洲已被华野军重重包围在莱芜城中，成了瓮中之鳖，根本就没有力量去解曹振铎的吐丝口之围。无奈之下，曹振铎只好令驻守青石桥的所属一〇六团火速向吐丝口靠拢，企图合兵一处，增强吐丝口的防御力量。可是，曹振铎怎么也不会想到，他向青石桥国民党军下达的命令也被围攻一〇六团的六纵十七师截获了，此时曹振铎一〇六团的命运已握在了华野六纵十七师的手中。

华野六纵十七师抓住这一良好时机，在青石桥以南的枣园一带给国民党军布下了口袋形阵地，等国民党军脱离青石桥之后，四十九团便从国民党军的右翼发起攻击，五十一团和纵队特务团一营从国民党军的正面和左翼发起攻击，警四团趁机占领青石桥，防止国民党军回窜。一切战斗准备就绪之后，枣园一带便成了一张捕捉青石桥的国民党军的罗网。

21日上午7点左右，青石桥国民党军出动一个营的兵力，摆开阵势，猛攻青石桥以北警四团驻守的梁山一带。国民党军想利用声东击西的方法，引开警四团的兵力，解除侧面威胁，并做出全团向北突围的假象，来迷惑华野军。但是国民党的这种把戏，被华野十七师识破了。十七师一面令警四团沉着应战，给侵犯的国民党军以严厉打击，一面令其余各部原地待命。国民党军向梁山阵地反复冲锋五次都没有得逞，便又退回到青石桥。但是国民党军并没有善罢甘休，又设计作战计划，派遣一个营的兵力向青石桥以南、三山庄以北的无名高地进攻,企图掩护其主力抢占枣园,然后夺路窜向吐丝口。令国民党军万万想不到的是,这正好进了十七师所设的口袋形阵。但是,由于十七师各团求战心切,在国民党军没有全部离开青石桥的时候,便对国民党军的先头部队出击了。这样一来,国民党军见有伏兵,便又退回了青石桥,十七师各团因为没有对国民党军形成合围,所以没能达到预定的目标,仅歼国民党军100余人。

21日下午,六纵司令部令十七师准备参加攻击吐丝口的战斗。十七师接受任务之后,考虑到青石桥的国民党军可能会在攻击吐丝口的时候对自己的军队造成侧背威胁。为解除这一威胁,又考虑到青石桥的国民党军根本无法突围,更无援军,所以便决定在天黑的时候实施强攻,迅速聚歼青石桥的国民党军之后,再全力去参加吐丝口的战斗。这个方案得到了六纵司令部的批准,并作好了战斗部署。下午7时,各参战部队准备就绪,携带着攻坚器材向青石桥开进,驻守在青石桥的国民党军听到吐丝口方向传来的炮声和枪声响,自感孤立难支,便开始利用夜色的掩护兵分两路再次向吐丝口的南面逃窜。十七师了解到国民军的动向之后,迅速改变了强攻青石桥的作战部署,命令五十一团于正面阻击国民党军,四十九团由山庄插至青石桥以南的公路上,切断国民党军的退路,并由侧背向国民党军发起攻击,特务团一营沿月庄湾北侧无名高地直插枣园,割裂国民党军的战斗队形。

当国民党军先头部队进入枣园、后尾部队脱离青石桥的时候,四十九团一营首先从北面冲上了公路,迅速切断了国民党军的退路,并向国民党军的侧背进行猛攻;四十九团第二、三营从敌人的右翼,特务团一营从敌人的左翼,五十一团从国民党军的正面同时向国民党军展开了猛烈的围攻。国民党军遭此四面猛力打击,很快便被打乱了建制。经过30分钟的冲击战,国民党青石桥部队全部被歼。枣园战斗打响后,警四团由北向南,不发一枪、不伤一人,就占领了青石桥。

2月21日晚,六纵队对吐丝口的国民党军进行了第二次攻击。

22日黎明,曹振铎又向李仙洲报告说,解放军已经攻入了吐丝口,新三十六师的部队已被迫撤至镇之东北负隅抵抗,该师人数很少,武器也不好,并且新兵较多,战斗力极为薄弱,所以请求部队前来增援。但李仙洲并不信任曹振铎,他认为,曹振铎一遇到困难就会叫苦,这是一贯的作风,并不认为实际情况如他所说那样严重。所以并没有答应曹振铎的请求,电复他要尽力抵抗,并派兵由东面出寨绕解放军背后,内外夹击。让他坚守到天明,再看情况派队增援。

22日上午,困守吐丝口东北隅的国民党军数次向六纵既得阵地反扑,企图将四十六、四十七团留守部队赶走,但是他们的企图都没有实现,两军仍在对峙中。

中午,华野司令部获得李仙洲集团七十三军、四十六军共五个师准备放弃莱芜城向吐丝口方向突围,并命令新编三十六师全力固守吐丝口作为侧应的消息。根据这个消息,陈毅和粟裕分析认为,国民党军将会在午饭之后,最晚23日凌晨进行突围,如果吐丝口再攻不下,将会影响到整个作战的战局。介于事态紧急,陈毅、粟裕在令六纵攻击吐丝口的同时,又派出一部分兵力在吐丝口以南的地区截击国民党军,协同兄弟部队将突围的国民党军全部围歼于运动之中,力求做到不让一个人漏网。六纵司令员王必成等接受命令之后,分析认为,六纵既要攻克吐丝口,又要堵击莱芜城的突围的国民党军,任务十分艰巨,战场形势又急剧变化,这对六纵队来说是一个十分严峻的考验。但无论怎样,都要以大局为重，克服一切困难，不惜任何代价，坚决完成领导交给的任务。为此，六纵队决定调第十八师于当日下午进至吐丝口以南，选择有利的地形，布置钳形阵地，隐蔽埋伏，堵击从莱芜城北逃窜的国民党军。第十六、十七师于黄昏后继续进攻吐丝口，于当夜解决全部残留的国民党军，并随时准备参加围歼由莱芜城北窜的国民党军的战斗。

第十八师接受任务之后，按时到达了指定位置，迅速地构筑工事，补充粮弹，进行伪装和战斗动员，一切准备就绪，等待堵击逃窜的国民党军。到下午4点的时候，第十六、十七师完成了攻克吐丝口的各项战斗准备。十七师一个团已进入了镇内，并接管了镇内东大街北边十六师的防务工作。

下午5时，在六纵十六师、十七师对吐丝口发起总攻之前，国民党军率先集中各类炮火对攻击部队进行了猛烈的火力反击，攻击部队受到了严重的伤亡，只能暂停攻击，进行整顿战斗组织，将总攻时间推迟到晚上9点。

总攻开始之后，第十七师由西、西北方向向南边进攻，第十六师以两个团的兵力由西南方向向东北方向进攻，纵队特务团一营在东北角方向佯攻。此时，被围困在莱芜城内的国民党军队已经退守到了预定的固守阵地，进行拼死抵抗，每座房子、每条街巷都用密集火力封锁，战斗非常激烈。第十六师的两个团分别由东大街南段及小东街阵地全力向东北方向攻击，连续从国民党军手中夺取了几栋房屋。当攻击到刘沟胡同的时候，国民党军向被解放军占领的房屋发射了大量的燃烧弹和照明弹。顿时，浓烟滚滚、烈焰冲天，相邻的几条街巷都变成了一片火海。攻击战士毫不退缩，冒着熊熊烈火，继续奋勇抗战，与国民党军激战于刘沟胡同以南的地区。第十七师投入战斗以后，先以爆破开路，避开国民党军的火力通过墙壁，用炸药爆炸国民党军的地堡，逐墙逐屋地向前推进。十七师战士越战越猛，国民党残余部队却越来越不支，拂晓前，解放军就攻占到了国民党师部指挥所盘踞的核心阵地关帝庙。随即，十七师、团领导干部全部亲临一线，组织指挥对关帝庙国民党军的突击战。爆破组在轻、重机枪火力的掩护下，将国民党军院墙炸开一个六七米长的缺口，突击队以爆炸的烟雾作掩护冲进突破口，与国民党军展开了激烈的争夺战。虽然进攻得很顺利，但因为攻击面太狭窄，突击部队侧翼暴露，后续部队又受到国民党军猛烈炮火的压制很难前进，所以突击队伤亡很大，不得不停止攻击。

这时，与国民党军激战于刘沟胡同以南地区的解放军十六师的攻击正面很狭窄，仅有100余米宽，部队过于密集无法展开，在国民党军的炮轰之下，伤亡更大。等到天明的时候，已无力继续进行攻击，只好以少数部队坚守已占领的阵地，其余大部兵力调到南门至西门围墙内一线隐蔽集结休整，于是前沿作战成了对峙状态。

六纵对吐丝口强攻不下，虽然没有达到预定的目标，但坚定了莱芜城国民党军向吐丝口方向突围的决心。国民党军向吐丝口突围为华野在运动中全歼李仙洲集团提供了先决条件。

最后总攻，李仙洲全军覆没

解放军华野部队对围困在莱芜城内的国民党李仙洲集团进行全线攻击之后，李仙洲急忙命令韩练成所领导的四十六军火速向莱芜城增援。但是韩练成无心应战，为了应付李仙洲的命令，便采取了迟走缓进的办法，缓慢向莱芜城中的七十三军靠拢。此时，解放军华野部队的首长想要趁国民党的两个军还没有靠拢的机会，把国民党军分割开来，进行围歼，即令第四、七纵队迅速插到莱芜城与颜庄之间，钳击第四十六军。但是，由于地形不熟、山区崎岖、道路难走，四纵、七纵没能及时到达预定的阻击位置，并没有把国民党军分割开来。下午5时左右，华野一纵一部与四十六军一八八师前卫在莱芜汶河南岸相遇而交战，战斗非常激烈。黄昏时刻，济南第二绥靖区司令官王耀武乘飞机到安仙庄上空用无线电话与李仙洲通话，要李仙洲接四十六军进城，李仙洲没有答应。王耀武又亲令韩练成即刻渡过汶河浮桥入城。但是，韩练成虽然表面上答应了进城，但心中早已有了自己的打算。

晚上8时，韩练成令第一七五师、新编十九师均到汶河北岸待命，第一八八师负责在南岸警戒，韩练成亲自率警卫营20多人进入莱芜城与李仙洲驻守城门的部队取得联系。

这时，国民党军七十七师在和庄已被解放军所歼，吐丝口新编三十六师也被六纵牢牢控制。困守莱芜城的李仙洲已到了弹尽粮绝的地步，所以向绥区要求紧急接济粮弹，此时，驻守在吐丝口的新编三十六师师长曹振铎也要求绥区派部队解围。王耀武认为李仙洲集团孤立无援，固守莱芜城非常不利，与其被困莱芜城内被歼，不如趁早经吐丝口撤到明水及其以南地区，这样一来，东可以支援淄博矿区，西可以保卫济南，又可以解吐丝口之围。想到这些，王耀武立即上报蒋介石，经蒋介石同意之后，于当晚命令李仙洲率军北撤。

李仙洲接到王耀武的电令后，便召集部下商讨撤退的事宜。经过商讨，最后决定采取并肩的轮番突围的方法进行突围，即第一批部队打出去占领阵地扎稳脚后，第二批部队超越第一批部队再打出去。因为并肩作战，所以需要把兵力全部集中起来，所以李仙洲命令四十六军移驻莱芜城，七十三军集中在莱芜城西关，四十六军集中在莱芜城东关，一九三师的防务移交给四十六军接替，摆好并肩突围的架势。

22日上午，四十六军全部退入莱芜城中与七十三军汇合。顿时，5万多国民党军聚集在了小小的莱芜城内。中午12点左右，王耀武又乘飞机来到莱芜城上空，用无线电话与李仙洲通了话。主张23日突围，并安慰李仙洲，到时候会派飞机在莱芜城与吐丝口之间来回作掩护。

22日深夜，李仙洲再次召集七十三军军长韩浚、四十六军军长韩练成及情报处处长陶仲伟开会，进一步研究突围的事宜，杨斯德也随韩练成参加了这次会议。经过讨论研究之后，李仙洲决定，于23日凌晨6时开始向莱芜城以北吐丝口方向突围，与吐丝口新编三十六师汇合后，再向明水或博山方向突围。

23日拂晓准备突围时，杨斯德、解魁始终跟随韩练成左右。在其部队极度混乱、动摇之际，韩练成在杨斯德的劝说下，决定弃城而逃。于是他便向李仙洲撒了一个谎，说要去城东高地找一七五师后卫团五二五团团长夏越，这令李仙洲很疑惑，但是由于当时情况紧急，他便没有深究。

22日中午，华野司令部得到李仙洲准备放弃莱芜城向吐丝口突围的消息后，一个在运动中一举歼灭国民党军队的宏伟计划在陈毅和粟裕的脑海中迅速形成了。粟裕摇通六纵十八师师长饶守坤的电话，先是询问了吐丝口的战斗情况，饶守坤简要地向粟裕作了汇报，随后粟裕又让司令员王必成接电话，告诉他，莱芜城的国民党军将于明天早上向城北突围，要他在坚决攻克吐丝口的同时，堵住北窜的国民党军。让他抽出十八师的兵力去吐丝口以南地区布置一个袋形阵，并做好埋伏工作，堵击国民党军。之后粟裕又嘱咐饶守坤一定要不惜一切代价给围歼部队创造歼灭国民党军队的条件。李仙洲集团的五个师能否全歼，关系到整个战役的成败，非常的重要。

与此同时，华野四、七、八纵已相继赶到了莱芜城附近。一纵二师城东阵地交给四纵，调至莱芜城西王家庄一线为预备队。一纵一师在城北之原防务交由八纵接替，调至高家洼、封邱、孟家峪一线，并派出1个连到白龙店、芹村，监视国民党军的突围情况。一纵三师阵地交给七纵，全部集结于北十里铺、土楼一线。

十八师受领任务后，迅速向吐丝口以南开进。并根据地理位置和双方情况作出了具体的作战部署和计划。下午4时，十八师完成了各项战斗准备，严阵以待。此时，吐丝口以南的村庄、村民已被鲁中军区及莱芜县政府派人疏散了，变成了一个空村。这样一来，人民解放军就可以放心地同国民党军战斗了。

在十八师进行作战准备的时候，莱芜城内的国民党军曾派出部分兵力向高家洼至孟家峪一线山地进行猛烈攻击，企图夺取该山地，以保证23日突围时的侧翼安全，但是愿望没有实现，进攻部队全被华野一纵队击退了。另外，李仙洲还曾派出一部向北伸至南白龙一线，并占领了矿山高地。黄昏时，伸至南白龙的国民党军略有后缩。一纵猜想南白龙国民党军是一个团的兵力，一九三师师部驻在沙家庄，因此决心与八纵配合，采取各个击破的方法，先歼灭其伸出的一部。具体分工是，一纵攻击南白龙，八纵攻击沙家庄。

等到天黑之后，一纵一师便向南白龙的国民党军发起了攻击。经过长时间的激战，至次日晨4时许，一纵一师接纵队指挥部命令：国民党军已准备全部向北突围，为调虎离山，诱敌深入，全面歼灭莱芜城之敌，停止攻击。接到命令之后，一师迅速撤离了南白龙阵地。

23日晨6时许，韩浚按预定计划开始率七十三军突围。突围前，韩浚曾向李仙洲提出轻装突围的建议，把一切不必要的辎重、大小行李、官兵大衣及公文等完全毁掉。但是由于李仙洲接到了济南绥区电报，要求所有物品、枪支弹药等一并带走。无奈只能带着这些辎重一起突围，这样便给突围带来了更大的苦难。

由于一九三师在22日晚已经占领了莱芜城北约十华里，东起芹村、西至城北附近地区的各大小高地，所以先头部队一开始行军非常的顺利。但当先头部队在通过这些高地继续前进的时候，突然遭到了右侧方解放军的袭击，火力浓密，伤亡很大。韩浚不得不一面命令先头部队暂时停止前进，严密注视战情，一面派人同四十六军联系。但是，韩练成所领导的四十六军，集结在城东门根本就没有前进。这样的举动令韩浚百思不得其解，于是便亲自返回城中，探寻究竟。但是对此事，李仙洲也是一头雾水。没有韩练成的命令，四十六军所有士兵不敢擅自前进，只能在城门等候韩练成的命令。李仙洲介于事态的紧急，和韩浚商量之后，便给四十六军参谋长杨赞谟下了一道口头命令，让四十六军火速攻击前进。韩浚看到四十六军先头部队出动之后，才安心地回到西边平行线上自己的部队。李仙洲此时认为四十六军已不可靠，便把他的指挥所移到了七十三军军部。

国民党军在几十架飞机和炮火的掩护下，七十三军在左，四十六军在右，并列向北突进着。解放军华野六纵十八师指挥所里电话铃声不停地响着，侦察员不断地穿梭报告着战斗情况,师长饶守坤紧伏在地图上,不停地吸着烟。他十分清楚,一场恶战即将开始了。

上午10时,当国民党军先头部队进入到张家洼时,华野六纵十八师在师长饶守坤的一声令下后,向国民党军发起了攻击。国民党军被突如其来的攻击,吓得惊慌失措,纷纷离开公路向中间靠拢。此时,十余架国民党飞机在六纵十八师阻击阵地前沿上空投掷炸弹并进行扫射,在飞机的掩护下,国民党军不顾一切地向十八师阻击阵地冲来。当国民党军蜂拥至毛子庄、山头店地区小洼(吐丝口南七华里处)以南200米时,十八师五十三团、五十四团事前准备好的200多挺轻重机枪暴风骤雨般愤怒地向国民党军射去,宽大密集的火网阻住了国民党军。一时间,弹片横飞,尸碎血溅,国民党军成片地倒下,十八师胜利地完成了这次阻击任务。

23日中午12时,当国民党军全部脱离了莱芜城及矿山制高阵地之后,在陈毅和粟裕首长的一声令下后,各路大军开始从四面八方向拥挤在这狭窄长廊上的国民党军开始了突击猛攻。

多面受阻的李仙洲突围心切,忙调后续部队,以飞机掩护,以汽车开路,以步兵紧随的方式,向吐丝口方向进军。华野各参战部队以密集的炮火迎头痛击,连续打退了国民党军的多次冲锋。此时国民党军突围部队一片凌乱,华野各纵趁此机会以排山倒海之势,向国民党军包围射击。包围圈越缩越小,枪声也越打越激烈。国民党军东打西窜,南打北逃,整个军队乱成一团,伤亡很大。

这时,身在南京的蒋介石急令空军副总司令王叔铭,指挥空军集中全力掩护部队北撤。王叔铭是李仙洲在黄埔军校时的同窗好友,他们又是山东老乡,所以他十分惦念李仙洲的安危,于是亲自驾驶飞机到战场上空指挥空军轮番轰炸扫射。解放军各参战部队虽受到飞机的连番轰炸扫射,但为了捕捉战机,仍旧勇敢地拿起刚刚缴获的遍布战场的子弹还击,迫使国民党军飞机不敢低飞,给辨别目标带来了很大的困难。国民党军虽有飞机投掷的烟幕弹掩护,还有汽车的冲击,但是由于队形密集混乱,又嘈又杂,为华野攻歼部队歼灭国民党军创造了良好的机会。攻击战士甚至不用瞄准就可弹无虚发。对于这一切,王叔铭看在眼里,急在心中,于是用无线电话告诉李仙洲说,现在南自莱芜城,北至吐丝口,以及东、西两侧高地解放军向其围攻的部队很多,在这种情况下,反攻已是不可能的了,突围也非常困难,不如退回莱芜城及附近所占有利地点固守等待援军,粮食和弹药,由他负责空投接济。李仙洲感到在此状态下退回城内也并非是一件容易的事情,固守待援更是没有一点希望,于是决定一鼓作气,突出重围。王叔铭见李仙洲突围决心坚定,也没有强求。李仙洲又请求王叔铭指挥空军将吐丝口东南独立山头的解放军部队消灭,以利北上,结果无济于事。

到下午2时,左右两侧高地的解放军已把国民党军的部队压迫到了山下,并截成数段。趁此机会,华野各参战部队又以小股力量勇猛插入国民党军阵左冲右杀,使国民党军丧失了应有的抵抗力。

在强大的攻势面前,国民党军大批士兵在火线上成群结队地向解放军投诚。战争进行到下午3点的时候,国民党七十三军军长韩浚亲率1000余人,冲开六纵十八师五十三团和五十四团结合部的小洼村防线,向东北逃窜。十八师师长饶守坤立即命政委彭冲率部歼灭,彭冲接到命令之后迅速带部队猛扑上去,干净利索地封闭了被韩浚1000多人马冲开的缺口。

下午5时许，国民党军被压缩到吐丝口以南垂杨、港里一带的一片沙滩和开阔地上，再也没有突围的希望了。于是纷纷交出武器，向解放军投降。至此，除韩浚所率1000余人马外，突围的国民党官兵全部被歼。

23日下午5时左右，九纵接到华野通报：莱芜告捷，率部突围的李仙洲集团已被大部歼灭，另有1000余人窜入吐丝口，伙同新三十六师残部向博山方向逃窜。这一股国民党军残部便是七十三军军长韩浚率领的1000余人马。他们来得正是时候，九纵二十五师七十三团早已在和庄地区张开了堵歼的口袋，等待着他们往里钻。

23日下午3时，七十三军军长韩浚率1000余人马侥幸冲开六纵十八师驻守的防线后，一路聚集了上万名国民党散兵游将，韩浚将失散的士兵略加整顿和区分后，一路向博山方向冲去。

韩浚率众冲到青石关附近的时候，人数已由最多时的万余人减少到千余人了。此时韩浚已疲惫不堪，便命令官兵们坐下来休息。就在他们休息的时候，华野九纵发出了攻击信号，信号弹还没有落下，便枪声四起。九纵二十五师七十三团给溃逃的国民党军迎头一排炮弹，截断了他们的去路。1000余国民党军拥挤在一条干涸的人沙河里，已完全无力抵抗，纷纷缴枪投降。

韩浚见自己已无法逃脱，便也向解放军投降了。

23日下午，八纵二十四师奉命向莱芜以北地区行进，准备执行新的任务。在行军途中，师长周长胜、政委周美藻向部队发出命令："要在全部战俘中找到李仙洲，要捉活的，不要让他跑掉了。"并发出了活捉李仙洲的通缉令。

在二十四师查找李仙洲的同时，王耀武也派飞机在莱芜上空寻找李仙洲及其高级将领的下落。结果非但没有找到李仙洲，自己也被莱芜的一位老猎人打了下来，当了解放军的俘虏。24日早上，二十四师训练队仍在查找李仙洲的下落。这时，一个站岗的队员，看到一个小俘虏在河边喝水，便上前与他交谈，并向他讲解解放军的政策。小俘虏告诉队员他已经好几天没有吃东西了，想以水来充饥。听到这些，队员忙给他拿来一个馒头。小俘虏非常感动，便主动告诉这个队员说他知道李仙洲的下落。队员听到这一重要情况，忙把这个小俘虏带到了训练队队部。二十四师组织干事戴翼当面询问了这个小俘虏的情况和李仙洲的下落，之后，他马上跑去找到后勤处长焦克昌、副处长韩寿堂、总支书记张召，向他们汇报了李仙洲的消息。大家听到这个消息十分高兴，共同商议如何尽快地把李仙洲活捉。担心夜长梦多，他们当即行动，并由这位小俘虏带路，活捉了李仙洲。之后，戴翼立即将活捉李仙洲的消息报告了师首长。

24日，中共中央军委致电陈毅、粟裕、谭震林："今日接二十三日十八时电悉，李仙洲5万人被歼，极为欣慰。全体将士应予嘉奖。"

莱芜战役的胜利，打乱了国民党的军事部署，迫使蒋介石暂时采取守势。对此陈毅总结说："经过了莱芜战役这个大歼灭战，蒋介石南北会师侵占整个山东的狂妄计划变成了一场春梦。我渤海、鲁中、胶东、滨海四个军区完全打成了一片，不仅山东我军的胜利基础因此稳如磐石，影响所及，全国独立民主阵线上的斗士也得到了极大的鼓励。"

三战三捷,"蘑菇战术"显神威——陕北战役

战役档案

时间:1947年3月19日~1947年5月4日

地点:陕北青化砭、羊马河和盘龙镇地区

参战方:西北野战兵团;国民党军

指挥官:共产党军队彭德怀、习仲勋;国民党军队胡宗南

双方兵力:西北野战兵团2万余人;国民党军约23万人

伤亡情况:国民党军队伤亡1.4万余人

战果:中国人民解放军胜

简介:陕北三战三捷,是西北人民解放军于主动撤出延安后的40多天中,在十倍于己的强敌面前,连续在青化砭、羊马河和蟠龙地区进行的三次成功的歼灭战。它沉重地打击了胡宗南集团,稳住了陕北战局,增强了陕甘宁边区军民的胜利信心;为彻底粉碎国民党军对陕北的进攻奠定了基础。

撤离延安

全面内战时期,国民党军与解放军悬殊较大,解放军劣势明显,一直处于被动作战。那么要想取得战役的最后胜利,就必须转变这种形势,变被动为主动。毛泽东同志说:"要把主要的目标放在歼灭敌军有生力量上,而不是以夺取地方为目标;要将优势兵力全部集结起来,对敌军实施各个击破,以此来达到歼灭敌军的目的。"人民解放军便根据这一方针,在战争打响的前八个月内,集中全部兵力,依据解放区的地形条件,避开国民党军的主力部队,攻击国民党军的弱点,在进退策略中将国民党军调动起来,逐一击破。在这段时期内,解放军放弃了临沂、张家口等105座城市,最终赢得了这一时期的决定性胜利,歼灭、俘虏国民党军70余万人,将国民党的全面围攻计划彻底粉碎。

这次全面围攻失败后,蒋介石也只能改变其制共策略,集结重兵围攻解放区的两翼地带:以延安为中心的陕甘宁解放区和山东解放区。

延安是陕甘宁边区的首府,自抗日战争以来,便是中国共产党的指挥中心,也是全中国各解放区的政治指挥中心,是解放军的"革命圣地"。很显然,蒋介石已经将这一地区看成了自己的肉中刺,恨不得将其一举拔除。1947年2月28日,蒋介石将胡宗南召回南京,商讨围攻延安的具体事宜。胡宗南可是蒋介石的嫡系爱将,由此也可以看出,蒋介石

对于这次战役是非常重视的。

胡宗南毕业于黄埔军校，是蒋介石的得意门生。从 30 年代开始，他便效忠于蒋介石门下，负责陕西、甘肃地区的"剿共"任务。抗日战争初期，胡宗南还曾经参加过淞沪战役。不过从 1938 年 10 月左右，他便从抗日前线撤出，带着他的第十七军团在陕甘一带驻守。表面上是防止日军从黄河西渡，实际上是为了对中国共产党所在的陕甘宁地区实施包围和封锁。后来，胡宗南又升任为国民党第三十四集团军总司令，第八战区副司令长官，他手中的兵力也日益增多。从最开始的几万人上升到了几十万人，形成了一个庞大的军事集团。只是他的这些优势兵力并没有用到抗日战争中，而是用在了对中国共产党的军事进攻上。在蒋介石看来，胡宗南的这支部队就是他的王牌军，他想要利用这支部队攻下延安，摧毁共产党的政治军事中心，动摇其根本，瓦解共产党的斗志。蒋介石还命令其所属部队，一定要彻底摧毁中共的巢穴，占领中共的阵地，并且还发话，要"活捉毛泽东"。

国民党军调遣了 34 个旅，总共 25 万人的兵力，围攻陕甘宁边区。其基本的战略部署为：担任主要突击任务的由第一战区司令长官胡宗南部下的 15 个旅组成，预备从宜川、洛川等地北上，并且在后方还有五个旅作为预备队，准备随时支援；担任辅助突击队的则是由西北行辕副主任马步芳、马鸿逵部下的 12 个旅和晋陕绥边区总司令邓宝珊部所属第二十二军的两个旅

撤离延安

组成，他们分别从银川、同心、镇原和榆林一带向东南、南方向进攻，想要将延安一举拿下，彻底摧毁中国共产党解放军的总指挥部，将陕甘宁边区部队消灭在黄河以西，或者是将其逼退到黄河东岸，然后再联合华北国民党军在黄河东岸作战，歼灭共产党主力军。

那个时候，在陕北战场驻守的人民解放军有：张宗逊、廖汉生率领的第一纵队（辖第三五八旅、独立第一旅）；西渡黄河的吕梁兵力王震所率领的第二纵队（辖第三五九旅、独立第四旅）以及教导旅、新编第四旅。整个陕北战场的野战军只有六个旅，加起来也就 2 万多人，和国民党的几十万人相比，可谓是九牛一毛。况且，我军那时候的武装配置非常差，枪支弹药也供应不足。陕甘宁边区土地贫瘠，物资稀少，周边仅有 150 多万人口，无法给解放军提供充足的人员补给和物资供应，这让陕北战场上的解放军陷入了困境。

面对这种情况，毛泽东同志和中共中央其他领导人也下定了决心，一定要坚决保卫陕甘宁边区与西北解放区，而且还制定了确切的作战方案：引诱敌军深入我军阵地，关键时候也可以将延安地区放弃，延安北部是山地，可以在此处和胡宗南所率领的主力周旋，让敌军陷入疲软状态。然后集中我部全部兵力，可对其趁机逐次加以歼击，这样就有利于削

弱胡宗南兵力,起到很好的钳制作用,更好地和其他解放区配合作战,最终夺取西北解放战争的胜利。此外,中共中央决定,将西北解放军作战的指挥任务交由中央军委副主席兼总参谋长彭德怀和中共中央西北局书记习仲勋同志。

为了确保中枢指挥机构的安全,中共中央政治局决定,把中央书记处成员分成两个部分:在陕北驻守的为毛泽东、周恩来、任弼时,主要负责日常中共中央和中央军委的主持工作;而朱德、刘少奇同志则去往河北平山,成立中央工作委员会,负责完成中央委托的任务。紧接着,中共中央又将叶剑英、杨尚昆二人派往山西临县,带领中央机关多数工作人员成立中央后方工作委员会。

因为蒋介石宣布一定要"活捉毛泽东",这也就使得中共全军上下都在为毛泽东的生命安全担忧,想要让他先离开陕北地区。而毛泽东本人却很是平静,他说:"我在延安住的十几年里都挺太平的,如今有了战事我便撤离,这怎么给老百姓交代呢?所以,我一定要留在陕北地区,和老百姓在一起,共同对抗胡宗南部队。什么时候将胡宗南打败了,我什么时候再过黄河。此外,还有一个原因,如今倒是有几个解放区已经取得了主动权,如果我躲避到其他地方,蒋介石将胡宗南的主力再派遣到其他战场,那么就会给那里带来很多困难的。如果把中央留在陕北地区,那么蒋介石肯定会对此加大兵力,我们的担子重一点,那么其他地方的担子就轻一些。我们要竭尽全力将敌军拖住,不能让他转移其他战场,争取在此将他们一举歼灭。"

新四旅第十四团的干部战士负责中央机关的安全转移工作,可是他们内心却不甘心放弃延安地区。毛泽东解释说:"五次反'围剿'的时候,我军就有一些同志,因不愿意放弃任何一寸土地,不考虑敌军进攻的势头,也不估量自身的实力大小,就和敌人浴血厮杀,拼个你死我活,最后还不是被迫进行长征,那个时候我们的损失是多么的惨重啊。"最后,毛泽东同志又说了一句话:"我们要用一个延安来换回一个全中国。"

胡宗南占领延安

1947年3月10日晚,胡宗南召集旅部以上军官,在洛川召开紧急会议。会议上,就进攻延安一事作了详细的部署,而且还设立了前进指挥所,由裴昌会担任主任。胡宗南对众军官说:"蒋介石先生命令我们攻打延安,将共产党的指挥中心彻底摧毁,我们万不能辜负了他的重托啊。大家只要奋勇作战,团结一致,肯定能立下奇功的。"随后,胡宗南还信心满满地表示:"占领延安最多只需要三天的时间,控制住延安后,共产党就不得不东渡黄河了。"

而要说了解胡宗南的人,就非中共将领彭德怀莫属了。1939年初,彭德怀前往重庆和蒋介石进行会谈后,路过西安。为了解决国共摩擦问题,彭德怀曾经和胡宗南接触过一段时日。那个时候,胡宗南刚刚30出头,在军界内也比较有威望。彭德怀返回抗日前线之后,有人便询问他对胡宗南的印象。彭德怀说道:"这个人志向远大,才能却不足。"

这一次,胡宗南要对延安下狠手了。3月11日,在延安驻扎的美军观察组刚刚撤退不到7个小时,国民党便派遣飞机开始对延安地区狂轰乱炸。13日,第一、第二十九军共

15个旅总共14万多人，在裴昌会的指挥下，兵分两路，向北挺进。其由12个旅8万多人组成的第一梯队，对解放区实施多路攻击。西北解放军教导旅和警备第七团等部，在临真镇、金盆湾及牛武、茶坊等延安以南地区，依据地形设立防御组织，实施交替掩护，抗击国民党第一梯队的进攻。16日，胡宗南部行进到甘泉县麻子街至金盆湾一带时，改变了作战策略，谨慎推进。彭德怀、习仲勋则立即下令，让第一纵队、新编第四旅投入战斗。西北野战部队根据其地形优势，积极防御国民党军的攻击，组织兵力进行反击，而且还趁夜灵活出击，袭击、骚扰、抑制国民党军的进攻。17日，国民党从西安、郑州、太原等地调遣了14架军用飞机，以此来配合地面部队进攻，对延安地区投下了59吨的炸药。瞬间，延安成了一片火海。毛泽东所住的窑洞前面也被重磅炸弹炸毁，炸弹的气浪冲进窑洞，将桌上的热水瓶冲倒在地，而毛泽东却依然泰然自若地在桌子上审阅着文件。

18日，胡宗南部已经行进到延安以南的二十里铺、杨家畔一带，此时距离延安还有十公里左右；马步芳、马鸿逵带领部下控制了盐池、庆阳等地；榆林的国民党军也开始进攻横山地区。这个时候，延安地区的学校、机关等单位已经全部转移，当地群众也都已经疏散完毕，延安城里已经能够听见清晰的枪炮声了。当天下午，在王家坪毛泽东同志所住的窑洞里召开会议，参加会议者为中共中央和西北局的部分成员，主要是为了商讨撤离延安之后的工作和西北野战兵团的军事部署策略。会议之后，彭德怀、习仲勋等一再催促毛泽东撤离。到了黄昏时分，毛泽东才从窑洞里走出来，对彭德怀说："胡宗南虽然已经抢占了延安，但这也无法改变蒋介石即将灭亡的命运。"随后，他伸出一个指头，对着彭德怀说："你一个月消灭一个团的敌军，那么用不了三年的时间，我们就能够将延安重新夺取过来。"说完这些话，毛泽东、周恩来同志才告别了彭德怀，告别了延安。西北野战部队经过六天六夜的战斗，一共歼灭国民党军5000余人，胜利完成了预定任务。19日上午，西北野战部队也从延安撤离。

彭德怀

虽然离开了延安，但毛泽东却并没有离开陕北，而是去了在陕北的中央机关、解放军总部，那里有800多人，分为四个大队，都归属"直属司令部"指挥。"直属司令部"的司令为任弼时，化名史林，政委是陆定一，化名郑位，毛泽东、周恩来则化名为李德胜、胡必成，以此来表示自己对解放战争的胜利信心。"直属司令部"的代号是"九支队"。毛泽东带着中央和解放军总部机关在黄土高原的沟壑间辗转，继续指挥着西北和全国的解放战争，这无疑给解放区的军民，带来了极大的鼓舞和信心。

3月19日，胡宗南的部下攻占延安后，蒋介石授予胡宗南"二等大绶云麾勋章"，并且还对美国驻华大使司徒雷登夸下海口："到了八、九月份，共产党要么已经完全消失了，要么就是躲到一些偏远地区了。"国民党开始大肆宣传"陕北大捷"的消息，并且还声称共产党已经沦落为四处流窜的盗匪。经过此次战役，胡宗南的气焰可谓是异常之高，他把这看作是人生当中第一次大功，并且还为自己举办了庆功会，爆竹响遍了西安的每个角落，随后他还让人将延安改为宗南县。

不过，蒋介石被胜利冲昏了头，他的美国主子可还是清醒的呢。在1949年，美国政府发表的《白皮书》上，曾经这样说过："国民党军攻占延安后，曾经将此看作一场伟大的胜利，并四处宣扬，而实际上这场胜利是华而不实、浪费而又空虚的。"

巧设口袋，青化砭之战

3月20日中午，彭德怀带领指挥机关到达青化砭西北的梁村，成立了西北野战兵团指挥机构。司令员为彭德怀，政治委员是习仲勋，参谋长为张文舟，政治部主任是徐立清，后勤司令则是刘景范。司令部的成员只有五六十人。彭德怀、习仲勋便带着这支精悍、高效率的司令部，带着两万多的人民子弟兵，在西北战场辗转战斗。与此同时，他还和远在陕北的毛泽东同志保持着最紧密的联系，每一次重要战役之前，彭德怀都会请求中央的指示，而中央和毛泽东也会给予适当的指导。

毛泽东等人从延安撤离后，想到国民党军占领延安后肯定会骄横异常、放松警惕。于是便指挥西北野战兵团集中全部兵力进行运动战，用一部分的兵力和国民党军周旋，引诱国民党军深入，而主力则在延安东北方向隐蔽，伺机而动。

据此，彭德怀、习仲勋命令第一纵队独立第二旅第三团第二营在延安西北部引诱、迷惑国民党军，引诱国民党军主力前往安塞方向，并在延安东北的甘谷驿、青化砭地区集结，准备突击。和毛泽东同志预想的一样，胡宗南攻占延安后，蒋介石命令他立即对陕北一带进行清剿工作。于是，胡宗南将前进指挥所从洛川转移到了延安。一小部分的兵力巩固拿下的交通线，而剩余的兵力则全部在延安附近集结，全力找寻中国共产党的主力部队，想要和其决一死战。可是中国共产党部队好像凭空消失了一般，任他怎样找寻，都查不出一点解放军的动向。

这时，西北野战兵团第一纵队一个营在延安的活动倒是异常积极，而且还采用且战且退的策略，于是胡宗南便断定，解放军的主力军肯定逃往了安塞方向。随后，胡宗南便整编第一军第一师、第九十师五个旅的兵力，从延安方向向安塞方向挺进。24日，胡宗南部队占领安塞。与此同时，他还命令整编第二十七师第三十一旅，从临真镇进攻青化砭，以此来保证其主力的侧翼安全。

3月21日晚，胡宗南给其三十一旅发的电报被西北野战兵团电台截获，并且成功破译，截取了胡宗南最新的战略信息。野战兵团首长根据这一情报，立即开展研究工作，决定要抓住这个机会，采用伏击战术，趁他们还未立足之际，将侧翼的国民党军第三十一旅全部歼灭。这可是撤离延安后的第一场战役，一定要作好完全的准备，确保胜利才行。

彭德怀和习仲勋、张文舟、徐立清等以下、旅级以上的指挥员亲自前往青化砭周围查探地形。青化砭距离延安东北方向25公里左右，其间还有一条南北走向的20多公里长的蟠龙川。咸榆公路直穿青化砭，公路两边是绵延起伏的山脉，有利于隐蔽，这里可是打伏击的好地方。在现场，彭德怀也制定了详细的战略部署：林坪至阎家沟公路两侧地区由第一纵队第三五八旅负责；房家桥至青化砭以东地区由第二纵队第三五九旅、独立第四旅及教导旅负责；青化砭以东赵家沟以南高地则交由新编第四旅负责，形成了一个口袋阵，等待从咸榆公路北进的国民党军。预想等到国民党军穿过房家桥后，再进行围堵，将国民党军的后路堵住，并且进行两面夹击。此外，预备队则是第一纵队独立第一旅担任，主要负责青化砭西南地区，并且还要负责延安、安塞方向的警戒工作，以此来确保主力侧翼的安全。

24日清晨，野战兵团各部队按照预期计划在制定的伏击地点埋伏，密切注视着河川一带的动向。只是从清晨等到傍晚，都没有看到国民党军的影子。彭德怀得知后，便下令让各部回阵地休息。

25日早上4点，西北野战兵团的各个部队再一次进驻原地点埋伏。早上6点左右，胡宗南部下第三十一旅从川口、拐峁沿着公路朝青化砭方向前进，在此之前，他们派出的空中侦察机和地面火力搜索，都没有发现任何异常，于是便大胆地向前行进，就连保命的机枪、炮衣等都还被捆在驮子上。上午10点左右，国民党军的先头部队已经来到了青化砭附近，后卫队也已经走过房家桥，整个国民党军部队已经全部跨进解放军的埋伏圈内。各个部队按照先前部署的那样，将石绵羊沟地区紧紧地封锁，切断其头尾，从东西两侧勇猛夹击，将国民党军困在一个长约7000米，宽约200米的山沟里。国民党军首尾不能照应，兵力也因为一时混乱而无法集结，国民党军四处逃窜、自顾不暇。近两个小时后，第三十一旅直属队以及第九十二团约2900多人被解放军全部歼灭，并俘虏了旅长李纪云及副旅长、参谋长，而解放军的伏击部队则伤亡265人。

离开延安后，打响的第一仗便是青化砭战役，这一场战役，解放军倚仗有利地形和当地百姓相互配合，将前来的国民党军彻底歼灭，称得上是"模范战例之一"。这一场战役，将胡宗南的嚣张气焰打压下去，也极大地振奋了西北野战军的士气，激起了他们对战役胜利的信心。26日，彭德怀、习仲勋同志接到了毛泽东的来电："祝贺你们取得这次战役的巨大成功，并彻底歼灭了第三十一旅的主力。这场战役意义非凡，希望能够对全体将士们予以嘉奖。"

声西击东，羊马河之战

青化砭战役后，胡宗南又判定解放军的主力部队位于延安东北地区，于是于3月25日，下令第一、第二十九军共11个旅，兵分三路，从安塞、延安、临真镇等地区行进，然后经延长进攻延川、清涧地区，想要将黄河的各个渡口切断，然后再以包围之势将在瓦窑堡附近的共产党军队消灭。

不过青化砭战役也给了国民党一个大教训，所以这一次出战前，蒋介石和胡宗南二人总结道：一是因为兵力太少，二是因为搜索警戒不够，三是因为没有从山地行走，而是走的川道，遇到伏击时，因为没有高地优势而致全军覆没。所以这一次他们便采用"方形战术"，利用"滚筒"式前进方法。将队伍分为三路，几个旅为一路，而且每一路的间隔非常小，这样遇到埋伏时，还可以相互照应。白天的时候在崇山峻岭间行进，轻易不能下山；晚

41

上则在山头休息，构筑防御工事，争取平稳前进。

　　国民党军改变了之前的战略，以重兵集团密集行动，总共有八万余人，而解放军却还不到三万。这样一来，对于国民党军既无法保卫，也无法分割。针对这种情况，彭德怀、习仲勋致电毛泽东道：我青化砭一战后，使得敌军异常谨慎。他们专从山梁小道上行走，而几乎不下平川大道。他们也不在房屋内设营休息，而是在山头露宿。也不再一路单独活动，而是几路并排，间隔三四千米，以致三面伏击是不可能的了。而且依据他们这般行进，我军不管从哪方面进攻敌军，都会变成正面攻击，于我军是不利的。敌军的这一做法，将我军歼敌的机会大大减小了，所以我们要作好长期作战的准备，消耗敌人的精力，等他疲困时，就会被迫分开，这样再寻找歼敌的突破口。彭德怀和习仲勋的这一想法被中共中央所接受，后来在这一思想的基础上，毛泽东还进一步提出了"蘑菇"战术，对这一思想进行完善和丰富。

　　据此，西北野战兵团首长也采取了相应的对策：用一小部分的兵力和山上的国民党军周旋，吸引国民党军的视线，然后再派少量兵力在国民党军阵营的四面八方进行突袭，长时间地消耗国民党军，使其疲软。野战兵团主力则在一些有利位置上埋伏起来，等待国民党军暴露缺点的一刻，再分散兵力将其歼灭。

彭德怀等人在前线

　　解放军一次次无规律地突袭，引得胡宗南几万大军在山沟里面兜了一个大圈子，累得筋疲力尽也没有抓到解放军的一丝影子。就这样，解放军引着国民党军在山沟里面转了12天，国民党军算是"游行"了200多公里。胡宗南的部下不仅被解放军拖得疲惫不堪，士气也一天天低迷，给养补充不足，还得挨解放军突击队的骚扰，简直是苦不堪言。4月初，陈赓部下太岳集团在晋南地区开展了一场大的攻势，晋南的国民党军告急。胡宗南听到消息后，也不敢再冒险北进，于是便命令第七十六师在延川、清涧一带驻守，瓦窑堡则由第一三五旅留守，其余主力均南下蟠龙、青化砭，进行支援补给。

　　4月6日，西北野战兵团趁着国民党军南下的机会，对刘戡的整编第二十九军在永坪地区进行了一次突袭伏击，歼灭国民党军600多人后撤离。这个时候，胡宗南断定西北野战兵团主力已经前往蟠龙西北牡丹川、李家川一带，于是又决定将牡丹川以北地区彻底扫荡，也好趁机将解放军的游击根据地彻底摧毁。12日，胡宗南将八个旅的主力全部集中起来，从蟠龙、青化砭地区进攻西北方向，并且让第七十六师第七十二团将第一三五旅接替下来，负责防务工作。第一三五旅则沿着瓦窑堡至青化砭方向南下接应，想要在蟠龙、青化砭西北地区围歼西北野战兵团。

人民解放军总部电台将国民党的这一消息截获下来，从这里来看，国民党第一三五旅将会沿着瓦窑堡公路南下。而毛泽东又下达命令，让彭德怀和习仲勋在一三五旅转移的途中设下埋伏，打他们一个措手不及。

彭德怀、习仲勋对此也作了相应的战略部署：由第一纵队伪装成解放军主力，以此来牵制胡宗南的集团主力，引诱他们进攻蟠龙西北地区；瓦窑堡以南羊马河地区是一个伏击的好地点，在这里彭德怀埋伏了四个旅的兵力：第二纵队和教导旅、新编第四旅等，争取将国民党军第一三五旅歼灭。4月13日，西北野战兵团召开会议，商讨作战方针。彭德怀听完各部提出的意见后指出：这一次战役一定要将敌军的主力牵制在西面，从而将在东面的敌一三五旅歼灭。为了达到这个目的，一方面要竭尽全力牵制住地方主力，不能让其有机会和一三五旅会合；二是要用最快的速度将一三五旅歼灭，万不可拖延，否则一旦敌军的援军到来，我军不仅无法完成歼灭任务，而且还会让自己陷入腹背受敌的境地。

会议结束已是深夜，可这次战役的总领人物彭德怀却没有一丝困意，因为他很担心自己的部队到底能不能拖住国民党军的主力，并且在最短的时间里歼灭第一三五旅。对此，他很是不放心。纠结之中，他便走出窑洞，带着自己的随行人员，前往第一纵队独立第一旅旅部。独立第一旅旅长为王尚荣，彭德怀询问了他的准备情况后，便指着地图上蟠龙西北的榆树峁子、云山寺、元子沟一带说道："今天，你们旅就在这里摆出一个大的阵势，将敌军的主力部队吸引过去。"随后又说道："第三五八旅已经将第一军的主力吸引到了西面，如果你们能够将第二十九军牵制在羊马河以南，那么歼灭第一三五旅的任务也算是成功一半了。你们只要能够坚持到下午两点，你们就已经完成了这次任务。"

第一纵队自从接到命令之后，便一直采用运动防御，积极抵抗国民党军的主力部队，最后以两个旅的兵力将国民党军8个旅的主力拖住。胡宗南依据解放军阻击部队的阵势来看，认定西北野战兵团主力一定在蟠龙西面，于是便下令第一、第二十九军加强攻击火力，与此同时，他还命令第一三五旅急速南下，配合完成歼灭西北野战兵团主力的任务。

14日上午8点，胡宗南部第一三五旅奉命离开瓦窑堡南下，沿着瓦窑堡、蟠龙两条大道两侧向高地逐步跃进。上午10点左右，碰到了解放军的一个诱敌小分队，并且与之交了火。小分队将第一三五旅引进了解放军的埋伏圈后，西北野战兵团立即将其包围分割。先是歼灭了东山的一个团，接着又歼灭了西山的旅部和另一个团，战斗持续到下午4点，共歼灭国民党军4700多人，而这个旅部的少将代旅长麦宗禹被解放军俘获，这是从延安撤离后的第二场战役，创下了西北战场上歼灭国民党军一个整旅的先例。

中共中央得知这一胜利消息后，便向各个战略区发布了一条通报：这场战役的胜利，充分说明了我军仅靠现在的兵力，不用一丝的外援，就可以逐一将胡宗南的军队解决掉。并提倡不能焦躁，一定要耐心等候时机。最后，中共中央又对全军的将士进行了褒奖。

4月15日，毛泽东在《关于西北战场的作战方针》中作出重要指示："我之方针是继续过去办法，同敌在现地区再周旋一时期（1个月左右），目的在使敌达到十分疲劳和十分缺粮之程度，然后寻机歼击之。"而这就是有名的"蘑菇"战术，主要是说要将国民党军磨得筋疲力尽时，再趁机将其一举歼灭。并且还指出："应向指战员和人民群众说明，我军此种办法是最后战胜敌人必经之路。如不使敌十分疲劳，是不能最后获胜的。"

调虎离山，蟠龙镇之战

羊马河战役后，西北野战兵团转移到瓦窑堡附近的阵地，在那里进行秘密休养整顿工作。胡宗南部主力经过数次的寻找，都没有找到西北野战兵团的踪迹。最后，他们所带的物资已经消耗尽了，士兵们也疲乏不堪，只能放弃瓦窑堡一带，先行撤回蟠龙基地整顿休养。

4月下旬，国民党利用军机侦查发现，在绥德、米脂以东的黄河一带，每个渡口处都集结了一大批船只，而解放军也分成多路，向绥德方向行进，而且还有一些小分队已经从黄河东渡到达晋绥地区（实际上就是中共和部分政府的工作人员）。国民党军根据这一发现便断定，中共中央机关以及西北野战兵团主力都集中在绥德地区，并且正在准备东渡黄河。于是即刻下令，让胡宗南的部队立即沿着咸榆公路北上，随后还命令在榆林驻守的邓宝珊部第二十二军前往米脂、葭（佳）县等地，与胡宗南部配合，试图南北夹击，在葭县、吴堡地区将西北解放军一举歼灭，或者是将他们逼着东渡黄河。4月26日，胡宗南便派遣九个旅的兵力，分两路进军绥德地区，仅仅留下整编第一师第一六七旅（欠1个团）以及陕西保安第三总队等部在基地蟠龙守备。

国民党军出动的那天，西北野战兵团立刻查清了国民党军的去向。在彭德怀、习仲勋看来，此时就是最佳的歼灭国民党军的时机。4月27日下午7点，二人将现在的形势向毛泽东同志作了汇报，并且说："瓦窑堡的东南及西南方向是我军的隐蔽位置，预备等敌军攻打绥德的时候，再将蟠龙地区的敌军一举消灭。"4月28日上午6点，毛泽东收到了彭德怀等人发来的消息，并且立刻给予批准，而且还回复说："作战计划布置得非常好，等到敌军进入绥德或者是进入清涧的时候，然后我军再攻打蟠龙一带的敌军。"

为了进一步扰乱国民党军的视线，彭德怀也进行了一系列的部署：以第二纵队第三五九旅为主，然后还从其他旅部分别调遣了一个排的兵力，再加上绥德军分区部队，让这些兵力伪装成野战军的主力，沿着咸榆公路和胡宗南的部队保持密切的联系，然后且战且退，并且还要在马路两边故意留下一些部队的臂章、符号以及破旧的衣物等，给国民党军造成解放军溃退的假象，引诱胡宗南的主力向前追赶。

蟠龙镇位于延安的东北部，属于胡宗南部的战略要地，也是其前方补给基地。这里存有大批的军用物资。胡宗南部队每一次"游行"之后，便要返回这里，休养整顿。如今在蟠龙镇驻守的国民党军一六七旅可是蒋介石的嫡系主力军，有着精良的装备。蟠龙镇是盆地地形，四周被群山环抱，地势险恶，易守难攻。在蟠龙高地周围，国民党军还修建了很多大大小小的地堡，成立了一个地堡群，在地堡群的四周还有一条深六七米、宽六七米的壕沟。尤其是它的东山主阵地集玉峁，更是有着坚不可摧的工事，明碉暗堡，分布于各个角落。

西北战场上的第一次攻坚战就是蟠龙战役。据彭德怀分析，野战兵团攻打蟠龙地区的时候，国民党军肯定会回来支援的，不过其中最少也要花费三四天的时间。所以，我们要利用这几天的时间，将蟠龙地区拿下。其在作战会议上说："青化砭、羊马河两场战役

44

对我们来说就是肥肉，而蟠龙一带可是一块骨头，我们要作好万全的准备，打好攻坚战，有打硬仗的准备。"4月29日，彭德怀、习仲勋二人针对蟠龙一战进行了详细的战略部署：南进支队由第一纵队独立第一旅、警备第三旅组成，主要攻击国民党军的侧后方；而攻打蟠龙的兵力则由四个旅组成：第一纵队第三五八旅、独立第一旅，第二纵队独立第四旅及新编第四旅；潘龙南部由教导旅负责，永坪以东地区由三五九旅主力负责，主要是切断国民党军的后方支援。30日，西北野战军各个部队悄悄地潜入蟠龙镇附近。

5月2日，胡宗南控制住绥德一带，还没来得及高兴，便已经知道了蟠龙地区被打的消息。西北野战兵团的军备比较落后，面对国民党军的坚强工事，他们也只能采取土工作业和爆破作业的传统方法来对付。从5月2日的晚上一直打到了5月3日的早上，这段时间也就只占领了国民党军的前沿据点，却怎么也通不过外壕地区，几次进攻都没有取得良好的效果。这个时候，彭德怀只好命令先停止进攻，巩固已经得到的国民党军的阵营，整顿兵力，然后再另行打算。

每一个分队也都召开了会议，针对如何夺取阵地一事进行讨论，最后商定，在黄昏时分再发动一次攻击。指战员也都献出自己的计划，提出要先将国民党军的铁丝网、外壕、碉堡一带占领，让各个部队轮番进攻，以此来消耗国民党军的火力等。根据这些提议，彭德怀再次改变部署，将野战军的火力集中起来，改进战术，对国民党军再一次发动猛烈进攻。当天便拿下了集玉峁，动摇了蟠龙国民党军的根本。

4日，蟠龙的东山、北山阵地被攻坚部队占领。黄昏时分，解放军又开始对蟠龙镇守军发动猛烈进攻。直到夜里12点，蟠龙攻坚战胜利结束，歼灭国民党军一六七旅等部6700余人，旅长李昆岗成为解放军俘虏。缴获4万多套夏季军服，1.2万多袋面粉，100多万发子弹，还有一大批的军用物资等。8日，胡宗南部才匆匆赶回蟠龙镇，而这个时候，解放军的主力军早就没有影踪了。

5月8日，新华社记者就胡宗南屡遭败绩的狼狈样儿作了一首打油诗："胡蛮胡蛮不中用，延榆公路打不通。丢了蟠龙丢绥德，一趟游行两头空。官兵六千当俘虏，九个半旅像狗熊。害得榆林邓宝珊，不上不下半空中。"

撤离延安之后，西北野战军在国民党军强解放弱、实力悬殊的情况下，连续夺得了三场大捷即：青化砭、羊马河、蟠龙战役，由此也可以看出彭德怀元帅出神入化的指挥才能。刘戡这样评价彭德怀说："彭德怀有实战经验，指挥相当谨慎，又非常灵活。"

蒋家"王牌军"的覆灭——孟良崮战役

战役档案

时间：1947年5月13日~5月16日

地点：山东省蒙阴县东南孟良崮

参战方：中国人民解放军华东野战军；国民党军（徐州司令部）整编七十四师、整编八十三师十九旅五十七团

指挥官：共产党军队陈毅、粟裕；国民党军队张灵甫

双方兵力：华东野战军27万人；国民党军24个师、60个旅约45万人

伤亡情况：解放军伤亡1.2万余人；国民党军伤亡3.2万余人

战果：华东野战军胜

意义：孟良崮战役是解放战争期间，陈毅、粟裕指挥华东野战军在沂蒙山区进行的一次大规模运动战和阵地战相结合的重大战役。这一战役，开创了在国民党军重兵密集并进的态势下，从国民党军阵线中央割歼其进攻主力的范例，是打破国民党军对山东解放区重点进攻和转变华东战局的关键一战，被陈毅誉为"百万军中取上将首级"。战役的胜利，对挫败国民党军对山东解放区的重点进攻具有决定性意义，对迅速改变山东战局，并且推动全国战局向有利于人民的方向发展起了重要作用。

迷惑敌军，巧"耍龙灯"

1947年3月，国民党统帅部撤销了徐州、郑州两绥署，成立徐州司令部，由陆军总司令顾祝同亲自指挥主持原郑州、徐州的部队，并且还将第二十六军王敬久部和在武汉的整编第九师调往山东；目的就是为了对山东解放区实施重点围攻。整编第七十四师、第五军、整编第十一师是国民党的主力军，为了配合山东战场战斗，国民党将其编为三个机动兵团：第一兵团的司令官是汤恩伯、第二兵团的司令官为王敬久、第三兵团的司令官是欧震，共有17个整编师、43个旅，大约25万人，负责机动作战任务。此外，第二绥区和第三绥区也编为整编师七个、旅17个，总共20万人，其司令官分别是王耀武和冯治安，负责济南、徐州以及鲁西南地区的守备和策应工作。这个时候，国民党军在山东的总兵力已经达到了45万人左右，总共有整编师24个、旅60个，占了解放军总数的27%，解放军重点兵力的64%。由此也可以看出，蒋介石将全部的希望都押在山东战场上，想要放手一搏，改变现在的战略形势。蒋介石曾经说过："陈毅部经过鲁南、莱芜战役之后，已经元气大伤，躲进了沂

46

蒙山,采用山大王的战术和找军周旋。既然这样,我们就让他在沂蒙山消失吧!"

对于山东解放区的进攻计划,国民党也进行了详细的商讨计划:首先,津浦路徐州到济南的路段,和兖州到临沂的路段要第一时间打通,然后尽快将鲁南解放区控制住。其次,国民党的主力都布置在泰安、莱芜、新泰、蒙阴、沂水一线,逼迫华东野战军和其在鲁中山区交战,或者是逼迫华东野战军北渡黄河,有利于国民党军占据整个山东解放区。其具体的战略部署是:汶上、宁阳地区则交由第二兵团指挥第五军以及整编七十二、七十五、八十五师,协同第二绥区部队的战斗,将津浦路济南、兖州路段打通,然后进攻莱芜、新泰方向;兖州、藤县一带交由第三兵团指挥,其兵力为第七军以及整编十一、二十、四十八、六十四、八十四师,协同第一兵团、第三绥区,将临沂通往兖州的公路打通,尽快控制鲁南解放区,随后再进攻新泰、蒙阴地区;东海、新安镇、郯城、李家庄、临沂、阿湖地区则由第一兵团指挥,其兵力为整编二十五、二十八、五十七、六十五、七十四、八十三师,协同第三兵团将临沂至兖州的公路打通,然后再集结全部主力攻打蒙阴地区;徐州外围及青岛、潍县、济南等地区的防御工作则交由第二绥区指挥,其兵力有八、十二、五十四、九十六军以及重建的七十三军,此外,还要配合上述的所有行动等。

国民党军吸取了以往的教训,修正了自己的作战方略,决定采用"密集靠拢、加强联系、稳扎稳打、逐步推进"的新作战方针,将兵力的密集度进一步加大,形成阶梯部署,集团滚进式前进,想要用这种方法来阻止解放军的分割和逐一击破。

3月6日,根据全国战略形势的发展和华东战场的情况,中央军委对华东野战军提出了重要的作战指示:"战略行为的最基础标准就是歼灭敌军。不管在什么地方,只要可以将敌军歼灭,就能对敌军造成威胁,也可以更好地配合其他军区的工作,不用考虑距离的远近"。此外,中央军区还指出,对于国民党军津浦集团向北行进的策略不要理会,就让他行至泰安一线的时候再采取行动,这对于解放军来说是非常有利的。而且还强调:"以后你们作战的时候一定要经常集中60个团行动。"

根据此项指示,华东野战军前线委员会决定:一定要和国民党军进行几次大规模的较量,将全部的兵力集中起来抗战,要打就打几场硬仗、恶战,而且还制订了详细的作战计划,依然将优势兵力集中起来,各个逐一歼灭国民党军。在国民党军发动大规模进攻之前,解放军就应该采用持重待机的方针,用积极作战的方法主动引诱国民党军调动,致使其兵力疲乏,认真对待战场上的每一丝变化,慎重分析国民党军的行动意图和规律,尽最大可能地为解放军创造有利的作战条件。只有具备了歼灭国民党军的条件,解放军才加以行动;如果不具备的话,解放军就要放弃或者改变原有的计划,决不能浮躁、消极应战。

3月下旬,国民党军对山东解放区发起了重点进攻。一时间,山东解放区的上空硝烟弥漫,形势危急。到了4月上旬,津浦铁路徐州到济南的路段已经被国民党军打通,鲁南地区也被国民党军控制。这样一来,国民党军也算是实现了第一步战略目标。

面对如此严峻的形势,华东野战军司令员陈毅、副司令员粟裕带领十个纵队,在鲁南和沂蒙山地区和国民党军玩起了欲擒故纵的游戏,声东击西、避实就虚、时打时退,以此来吸引国民党军的注意力。而趁此机会,解放军将主力部队安排在便于机动作战的位置,拿到了战争的主动权。陈毅将这种战法称之为"耍龙灯":解放军在前方挥舞彩球,引诱长龙般的国民党军在沟里翻转回旋。用这样的方式来引诱国民党军,以给解放军创造有利的作战时机。

陈毅、粟裕初步计划派遣三个纵队前往郯城、码头、新安镇地区,以此来吸引从陇海路北上的国民党军汤恩伯部兵团的火力;在蒙阴东南、临沂西北地区,则是集结五个纵队的兵力,等待时机将国民党第七十四师、八十三师的兵力歼灭。

4月1日,华东野战军南下。4月3日,国民党察觉到解放军的南下行动。紧接着,汤恩伯带领的兵团开始向临沂地区收缩,转入防御状态。为了增强汤兵团的防御力量,4月10日,顾祝同紧急调遣第七军和整编第四十八师前往临沂附近,而新安镇地区则派遣了整编第九师。与此同时,国民党军参谋总长陈诚决定:将王敬久兵团的第五军向东转移至太平邑,作好对攻打蒙阴地区的准备;欧震兵

孟良崮战役期间的华东解放军战士

团的整编第十一师向东转移到费县,作好攻打青驼寺的准备,对华东野战军侧背造成威胁。这样一来,华东野战军南下的战略计划并没有实现,最后只能在新泰、蒙阴、十字路一带休整,等待最佳的进攻时机。

华东野战军停止南下,也给了国民党一个进攻的机会。4月中旬,国民党发动全线进攻。汤恩伯兵团留有一部驻守临沂、郯城、新安镇等地,其余全部兵力都放在临沂、郯城以东和新安镇、海州以北地区的清剿工作上,想要以此来阻止华东野战军南下华中,并且趁机和王敬久、欧震兵团相互配合。王敬久、欧震兵团的兵力主要负责新泰、蒙阴的攻打任务,企图将沂蒙山地区占领,以此将华东野战军主力逼于滨海一角,然后再和其作最后的决战。王敬久则留有一个部的兵力守卫泰安。

陈毅、粟裕为分散国民党军兵力,逐一歼灭国民党军和开辟华中战场的机会,4月中旬,两人制订了泰蒙战役计划:第一、第三、第十纵队由华东野战军参谋长陈士榘指挥,对付国民党的泰安守军整编第七十二师,并且还负责将第七十五、第八十五师的兵力吸引到大汶口一带,将其一举歼灭。此外,还要引诱新泰、蒙阴地区的国民党军前来支援,然后再将野战军的主力集结,在大汶口、太平邑地区围歼前来支援的第五军及整编第十一师等部;第二、第七纵队由华东野战军副政治委员谭震林指挥,主要在青驼寺、双侯集以东地区集结,而第七纵队则是等待时机南下,开辟华中战场;新泰、蒙阴地区则布置了第四、第六、第九纵队,等待出击时机;临淄公路以南山区则由第八纵队进入,将国民党军的六十四师主力军全部歼灭。

泰安,地理位置优越,位于津浦路徐济段要冲,是鲁中地区的重地。在泰安守备的整编第七十二师虽然不是蒋介石的嫡系部队,但是其发展历史也已经有几十年了,是一部精锐之师,装备精良,擅长防御工作。4月22日晚上,华北野战军第十纵队发起了对泰安的攻击,而第一、第三纵队也行进泰安以南、大汶口以北铁路两侧地区,准备随时支援。到了24日,国民党军整编第七十五、第八十五师还没有出来支援。于是陈毅、粟裕调遣了第三

纵队第八师和第九师1部加入泰安的攻坚战斗中。杨文泉为整编第七十二师的师长,面对如此攻击,他曾经多次向国民党总部请求援兵,而蒋介石给的答复便是要整编第七十二师奋勇杀敌,誓死守卫城池等待救援。可是在泰安附近驻守的国民党军因为担心解放军外围应援,都一直按兵不动,对七十二师的呼救置之不理。25日晚上,华北野战军对泰安发起了总攻。26日,华北野战军歼灭了七十二师的师部和其下两个旅的兵力,师长杨文泉被解放军俘虏。

华东野战军攻打泰安期间,国民党军王敬久、欧震兵团主力依然对新泰、蒙阴地区进攻,希望能够夺取蒙阴、新泰地区,以补偿泰安的损失。泰安战役之后,陈毅、粟裕为了引诱国民党等部西下支援,为野战军创作战机,便派遣第一、第三、第六纵队沿着津浦路西侧南下,对宁阳发动攻击,并于28日拿下宁阳城。华北野战军的主力军还主动将新泰、蒙阴地区放弃,转而前往临沂、蒙阴公路以东地区,等待作战时机。

28日,蒙阴地区被王敬久、欧震兵团的先头部队控制。汤恩伯兵团主力则在临蒙公路两边分散布置。华东野战军趁着其根基还未扎稳,于29日晚上,集结四个纵队的兵力,对北陶墟、青驼等地发动进攻。只是国民党军的警觉性非常高,有一丝风吹草动,他们便退到公路以南蒙阴、新泰山区,根本不理会解放军的进攻。到了30日,在青驼寺以南,华东野战军将国民党军的第八十三师大约一个半团的兵力全部歼灭。陈毅、粟裕本来决定要将在蒙阴、新泰地区退守的国民党军七十四、二十五、六十五等部歼灭,但是因为其主力军集中不够,再加上青驼以南地区已经被国民党第七、四十八师进驻,如果贸然实施歼灭国民党军的计划的话,战局可能就会陷入僵持阶段,甚至还会对解放军造成不利影响。所以便决定先行撤退,再作打算。

5月3日,华东野战军决心派遣第四纵队和津浦路西回师的三个纵队,对刚刚占领新泰地区的国民党第十一师发动进攻。3日晚上,解放军各部对第十一师实施了包围计划。只是最后因为国民党军第五军的到来而打消了作战计划,于4日晚上主动撤退。到目前为止,泰蒙战役算是告一段落了。泰蒙战役,华东野战军一共歼灭国民党军整编第七十二师等部2.4万人,收复了包括泰安、宁阳在内的十座城池,以及广大鲁西地区,将国民党的战略部署计划彻底打乱。

4、5两个月的时间,在华东野战军的引诱下,国民党军"游行"了1000多公里。国民党或许会想,进入山东战场后的一个月,基本上没有和解放军主力发生过什么战斗,只是每天不停地行军,每日除了疲惫以外,剩下的就是惶恐。而华东野战军这次行动的目的,其实就是为了迷惑国民党军,创造歼灭国民党军的机会,所以除了泰安战役外,华北野战军几乎没有打过一场比较痛快的围剿战。很多指战员也有些沉不住气,部队里也传出了一些顺口溜:"陈司令的电报嗒嗒嗒,小兵们的脚板啪啪啪。""机动机动,只走不打,老耍龙灯。"

陈毅、粟裕得知了这一情况后认为,指战员们的斗志是值得表扬的,但是在战斗之前,也要认识到细致的思想工作的重要性,要让指战员们在实践过程中进一步加深对运动战的认识和理解,进一步了解解放军的作战思想。陈、粟说:"我们的电报不嗒嗒嗒,他们的脚板不啪啪啪,怎么能调动敌人呢?我们就是要用耍龙灯的战法,把敌人拖得疲惫不堪,造成有利的战机,打更大规模的歼灭战。"

为了进一步分散国民党军,陈毅、粟裕决定,让第一、第六纵队插入国民党军后方,第七纵队则转移到莒县附近，准备南下，领导华中战场的活动，分散国民党的兵力，为运动作战创造有利条件。对于陈毅、粟裕的这一部署，5月4日，毛泽东同志对此作了答复：敌军分布得比较密集，不利于作战。我们要学会等待时机，处置稳妥。只要有耐心，就肯定能够等到歼灭敌军的机会。在胶东、渤海、胶济线以南广大地区布置兵力，都可以引诱敌人深入，让敌军控制莱芜、沂水、莒县等地，把其选入极端困境中，然后再一举歼灭，这样也倒是不晚。所以，一要有耐心，二要集中最大兵力，三要切记不要过早地惊动敌军后方力量。所以，有关一、六两纵南下事宜是否再仔细考虑一下，因为如果过早南下，可能会将敌军吓退，加大歼敌困难。5月6日，毛泽东再一次发来指示："根据现在的形势，敌方要急，我军并不能急。""利用5月和6月，除了七纵需要在滨海驻守外，其他的主力则要全部集中起来，在莱芜、沂水等地等待时机，等到敌军行进或者是有别的变化时，我军再实施歼灭计划。其一不能过急，其二则不能分兵，只要手中握有主力部队，歼敌机会总会有的。在行动之前，都不能只计划一种可能性，而是要准备两种或者是多种可能性。""局势还没有确定之前，我军就一定要作好应付两种可能性的准备。"遵照中央军委的指示，华东野战军前线委员会决定：将主力军撤回到莱芜、新泰、蒙阴以东地区，等待作战时机，也好让国民党的部队大胆前进；第一、第七纵队不再继续南下，而已经南下的第六纵队则在鲁南平邑地区隐伏，不要再牵制敌人的火力，也不采取积极行动，必要的时候可以当作一支奇兵使用，伺机配合我军主力作战。

和毛泽东说的一样，国民党军果然着急起来了。自从蒋介石提出围攻山东战场的计划后，到现在已经有一个多月了，原本以为将部队主力全部集结起来，就肯定能拿下山东地区。可是，谁也没想到解放军竟然使用"耍龙灯"战略，让人摸不清他的主力军到底在哪，再加上蒋介石的部队内部原本就存在着的派系矛盾，很多将领为了保存自身实力，而延误了出兵时机。这一状况让蒋介石焦躁不安，他命令顾祝同一定要加紧围剿的步伐，限其在5月初击毁陈毅、粟裕的主力军。

华东野战军的主力东移之后，顾祝同便命令部队乘机前进。10日，顾祝同部通行至莱芜、新泰、蒙阴、汤头一线，其间很是顺利，并没有经历过什么大型的战斗。这个时候，顾祝同判断华东野战军的主力已经撤退到莒县、沂水、坦埠、南麻、淄博等地区，所以便下决心进行跟踪围剿，在莒县、沂水、悦庄、淄博等地区进进出出，寻找华野主力。并且还将"稳扎稳打"的战法更改为"稳扎猛打"，"逐步推进"也改变成"全线急进"。随后，顾祝同又下令汤恩伯兵团主力进军坦埠、沂水一带；博山、张店地区则由王敬久兵团主力攻击；新泰、蒙阴地区交由欧震兵团负责，等到汤恩伯和王敬久兵团大捷后，再向东扩展，期望能够在胶东地区或者鲁中山区和华东野战军进行一次大对决。

"敌变我变"作战计划的制订

汤恩伯依照顾祝同的命令进行军队部署，5月11日，整编第七十四、第二十五师从垛庄、北桃墟地区向北行进，限于12日拿下坦埠；第七军、整编第四十八师各派出一部分的兵力进攻夏庄、苏村、界湖一带，配合第七十四师等部的行动；兵团预备队则由整编第八十三师担任,并派出一队的兵力搜索界湖、马牧池一带,确保第七十四师的右侧安全,主力则分布在青驼寺附近;蒙阴城的防护工作则由整编第六十五师负责,而且还要负责第二十五师的左侧安全。

第七军和第四十八师也不是蒋介石的嫡系部队,但却是桂系的主力,战斗力非常强,其死缠烂打的功力也不容小觑。钟纪和张光玮分别是第七军、四十八师的军长和师长,他们二人虽然也是桂系战将,但却和蒋介石存在着派别之分。不过,自从他们被编入汤恩伯的兵团后,倒是斗志昂扬、踌躇满志,想要在战场上一展威风,让蒋介石也见识一下桂系部队的能耐。所以,汤恩伯还没有下达攻击的命令,钟纪、张光玮便私自行动,带着部队北上,把进攻目标放在沂水城上,其前进的速度也非常快。5月10日下午,钟纪、张光玮的先头部队已经到达河阳、苗家曲、界湖一带,沂水城就在眼前了。

10日晚,陈毅、粟裕得知这一消息后,便决定将这支已处于孤立无援状态下的冒进部队一举歼灭。于是便在当夜11时制订了作战部署计划:沂水、苏村之间地区交由第二、第七、第八纵队负责,并争取将敌军第七军和整编第四十八师在此歼灭;坦埠、朴里、埠前庄地区由第一、第四、第九纵队在此隐蔽,等待作战时机,阻截从蒙阴等地区前来支援的敌兵;莱芜、博山之间地区则由第三、第十纵队负责,采用正面运动防御方法,将北上的敌军歼灭;在东里店、刁村之间地区还隐藏着一部特种兵,原地待命,准备随时行动。

随后,华野第二、第七、第八和第一、第四、第九纵队则在蒙阴、坦埠周围的地区集结,总共有十几万人。趁着夜色,这些集结部队分为几个小队,快速朝着东南方向奔去。从这样的形势来看,国民党军第七军和整编第四十八师恐怕是插翅难飞了。

可是,事情并没有如愿。5月11日,汤恩伯兵团的各个分队开始行动,集结北上。当天,孟良崮以西的盘龙山庄、新兴、葛墟、圈里均被整编第七十四师占领,而黄斗顶山、杨家寨地区被整编第二十五师占领,孤山以南地区则交由整编第八十三师控制。而国民党第七军一部继续进攻沂水城。国民党军的这一战略部署,让粟裕高度警觉起来,国民党的这一行动究竟是局部的,还是新一轮的全线进攻呢?随即,粟裕和各个相关部门说了这一情报的发现,并要求各单位一定要严格监视国民党军的行动方向和战略部署。没多久,粟裕便接到了情报处的报告:在石崖子村抓到了一名国民党军队,并从他身上找到了一封密电,上面记录着汤恩伯这一次行动的最新计划。明天上午,汤恩伯部将会对我军发起全面进攻,主攻部队就是整编第七十四师,辅攻部队则是整编二十五、第八十三师,主要进攻华野指挥部所在地坦埠。这是汤恩伯在10日晚上对各部队所下发的机密命令。

这封密电对解放军来说非常的重要。从目前所了解的国民党军情况来看,这份电报的内容是极其可靠的。而且解放军第九纵队也向上级报告,在坦埠以南地区,他们已经和国民党军有所交火了。随后,情报部门又接连送来了两份文件:第一份文件是王敬久兵团的第五军和欧震兵团的整编第十一师已经从莱芜、新泰出发,开进东南方向;另一份则是中央军委发来的电报,就国民党军的动态对华野战军作了通报。

面对这种形势,粟裕冷静思考、判断,最后认定虽然国民党的军事行动目的还没有弄清楚,但是可以肯定的是其已经发起全面进攻了,他的主要突击力量就是整编第七十四师,两翼和后续强大兵团负责掩护,由他们来实施中央突破,目标则是解放军的华野指挥部所在地坦埠。

对此粟裕制订了一个大胆的作战计划：敌方改变我也改变，对于歼灭七军、四十八师的计划暂时搁置，而改派兵力攻击国民党的第七十四师。决定调遣几个主力部队，对七十四师发动猛烈攻击，争取切断其与国民党增援部队的联系，然后再集中兵力将整编第七十四师全部歼灭。

对于攻打七十四师的理由，粟裕也想得很充分了：

第一，消灭第七十四师，可以大大削弱国民党军的锐气，挫败其作战计划，改变目前战略形势，得到最佳的战争结果。如果仍把兵力置于敌方第七军和整编第四十八师中的话，那么国民党很可能会将这个部放弃，继续对我军实施中央突破计划，最后让我军陷入两面困境。而且，整编第七十四师是蒋介石手中的王牌部队，其部队的枪械装置也大都来自美国，其战士也大都受过美国教官的训练，其指挥作战技术一流，称得上是蒋介石的精锐之师，被誉为"荣誉军""御林军"。如果将其消灭了，将会大大削减国民党的实力，给敌军带来沉重的打击，并且还宣誓，我既然能够将七十四师消灭，还有什么敌人是值得我害怕的吗？更何况，第七十四师还是我军的死敌。解放战争以来，敌军对我军发起的几次战役中，打头阵的都是这个第七十四师，而我军也曾经多次寻找歼灭此师的机会，可是最后都因为没有遇到合适的战机而失败。如果这一次能够将这支军队歼灭，那也将会更加鼓舞我军的士气，有利于部队的长期发展。

第二，先攻击敌军薄弱的地方，或者其两翼，以此来使敌军陷入孤立无援的困境，这是我军的传统战法，在华北野战军的战斗历程中，也多采用这种战法。我军对敌军的第一次中央突破便是宿北战役，只不过那个时候的敌军距离太远，无法消灭。而这一次我军却要在敌军兵力强大而又作了充分准备的条件下，实施对敌军的中央突破，确实是开天辟地第一回。不过，我们并不能被禁锢在以前的经验中，而是应该根据目前的战争形势来看。我军和敌军已经经历了八个多月的战斗，尤其是进入内线纵深作战后，接连打了宿北、鲁南、莱芜等战役，经过这几场战役的磨炼，我军的战斗水平已经有了很大的提高，各级指挥官也已经积累了丰富的指挥作战经验；我军的军事设备也已经有了明显的改善，特种兵纵队的兵力也已经有了一定的基础；我军已经拥有围歼强敌的基本条件。更何况，敌军集结重兵采用中央突破的战法，估计我军也只有撤退或者是被打的份儿。我军正要利用他们的这种心态，出其不意，攻打他的主力部队，肯定会收到很好的效果的。

第三，从兵力上来看，山东解放区总共有敌军的 24 个整编师（军）中，其中的 17 个整编师（军）都放在攻打鲁中山区上。莱芜到河阳是国民党的第一线，密密麻麻地布置了 120 多公里，整整八个师（军）的兵力。在国民党左翼的第五军、整编第十一、第六十五师和右翼的第七军、整编第四十八师，大部分都和整编第七十四师相聚不远，也就一到两天的日程，而整编第二十五、第八十三师和七十四师相距更近。而我军的兵力却仅有九个主力纵队和一个特种兵纵队，敌我悬殊力量之大，由此可见。不过，担任中央突破任务的敌七十四师，已经进驻到我军主力集结位置的正面，我军主力部署并不需要作多大的变动，就能够和敌军形成 5∶1 的绝对优势。我们可以充分利用山区地形，进行正面反击，将七十四师的两翼分割开来，切断敌人的退路，狙击敌人各路援军，争取围歼其七十四师。只要我军作好万全准备和部署，在战斗指挥中没有失误，那么这一计划还是有可能实现的。

第四，强弱是相对的，部队的战斗力也不是决定胜利的唯一因素，而是由多种因素共同促成的。我军最强大的敌人就是整编第七十四师,不过再强的军队也有其弱点。这个敌军属于重装备部队,一旦进入山区,则不利于其军力开展,机动也会受到一定的限制,重装备的威力在山区并不能完全发挥出来,甚至还会成为部队前进的拖累,这样一来,七十四师强的一面也就大大减弱了。再加上,这个部队在国民党部属于王牌军,这也就养成了其骄横的态度,不把其他国民军看在眼里,和其他国民党军的矛盾很深。所以当我军对其进行围歼,并强力阻截外援的时候,其他国民党军是不会全力搭救的。

粟裕下定决心后,便将自己的意见和根据说给陈毅听。陈毅听完之后,对一些关键地方进行了补充,此后便决定实施粟裕的计划,围歼国民党第七十四师。

陈毅和粟裕可以说是老搭档了,陈毅高瞻远瞩,运筹帷幄;粟裕足智多谋,敢打必胜。陈毅对粟裕也非常的倚重,一些重大战役的指挥权也时常交由粟裕。由此在全军中,还有"陈不离粟、粟不离陈"的说法。

这个时候,各纵队已经按照原计划向沂水方向行进了,就连指挥部的前梯队也已经离开了,后梯队也整装待毕,随时出发。为了保守这一军事机密,陈毅下令停止了电台和无线电话的使用,就连架设的有线电话线也都被收起来了。最后只能依靠司令部参谋处长将现在的参谋人员集结起来,有的骑自行车、有的骑马、有的骑摩托车、有的就干脆跑步前进,去分别通知已经离开的第一、第四、第八、第九纵队和特种兵纵队的领导人,停止行军,原地待命,等候华北野战军司令部的新指令,并且还对已经前往南线的谭震林传达,请他将此情况再转达给第二、第七纵队。

随后,粟裕在作战会议上提出了战役计划,部署五个纵队的兵力负责围攻任务,而阻援任务则由四个纵队负责。其具体的战略部署工作安排为:第一、第八纵队分别从整编第七十四师和其相邻的部署接合点楔入,争取地黄羊顶山、界牌和依汶庄、磊石山、天马山、万泉山等地区控制住,切断左右部队和整编第七十四师的联系,并且配合来自鲁南地区的第六纵队攻打垛庄、芦山等地,切断整编第七十四师的退路,合力围困整编第七十四师;负责正面出击部队则是第四和第九纵队。上面的五个纵队相互配合围歼整编第七十四师。国民党军第七师和整编第四十八师、整编第十一师、第五师则分布在河阳、新泰、莱芜地区,交由解放军第七、第三、第十纵队分别围歼。此外,第八纵队的左翼安全问题则交给第二纵队负责,并且配合第七纵队联合作战。坦埠以东夏蔚地区则是特种兵纵队的主力集结地。临沂至青驼寺公路被鲁南军区地方武装截断,并且还让一个小分队在临沂近郊扰乱国民党军,以此来牵制临沂的国民党军。

围攻的具体任务分配:曹庄南北有利阵地由第一纵队(附独立师)的一个师占领,围堵国民党军整编第六十五师,横切整编第七十四师和整编第二十五师的接合点,切断这两个师部的联系,围堵整编第二十五师,并且和第六纵队配合抢占垛庄,切断整编第七十四师的退路,攻击整编第七十四师的左侧后方;第八纵队则横插进整编第七十四师和整编第八十三师的接合点,切断这两个师部的联系,并且派遣一部主力军围堵整编第八十三师,迅速控制住磊石山、万泉山一带,并且和第一纵队加强联系沟通,配合临近部队从整编第七十四师的右侧后方发动攻击;第四纵队派遣一部兵力占据北楼以北山地,其主力由北向南攻击,抢占孟良崮高地,协同第九纵队、第一纵队控制芦山和垛庄地区,对整编第七十四师发动全面攻击;坦埠及其西南地区被第九纵队的一个师部掌控,坚决抵抗整编第七十四师的进攻，坦埠东南地区则由其主力军掌控，配合第八纵队从东北向西南方向进攻，抢占雕窝，协同第四纵队控制住芦山一带，势必要将整编第七十四师全部歼灭；第六纵队隐蔽在鲁南国民党军的后方，从小道北上，前往青驼寺至垛庄一线，将整编第七十四师的退路切断，联合正面部队完成对整编第七十四师的围歼任务。

部署之后，华东野战军全军上下便进入了紧张的备战状态。各部首领也快速完成了战前的组织工作。各部队准时到达预定集结位置，当围歼整编第七十四师的命令下达后，华野上下军心振奋，斗志高扬，恨不得立马投入战斗中去

5月12日，陈毅、粟裕将军接到了中央军委的来电：国民党军十一师、七十四师都已经出兵了，你们一定要谨慎选择作战方略，抓住时机，对敌军发起攻击。究竟采用怎样的作战方略，则由你们自己决定，决定后一定要即刻施行，我们绝不会干涉。从这里也可以看出中央军委对于陈毅、粟裕二人的充分信任。5月13日，陈毅、粟裕二人向中央军委表明了自己围歼整编七十四师的决心和战略。5月14日，中央军委回复：决定极为正确。

苦战孟良崮

12日早上，对坦埠发动攻击的汤恩伯兵团主力竟然对华东野战军部队发起猛烈进攻，其中最为猖獗的要数整编第七十四师了。一段时间内，黄鹿寨、三角山、杨家寨等要点已经被其占据。整编第二十五师在旧寨附近驻扎，整编第八十三师则控制住了野猪旺地区。13日，国民党军兵分三路，继续对坦埠以南地区的华东野战军部队发起猛攻，华军野战军第四、第九纵队拼死抵抗，战斗至黄昏时，战斗圈已经缩小为黄斗顶山、杨家寨、马牧池一带。华东野战军不仅将国民党的进攻打退，而且还出色完成了出击准备。第一、第八纵队悄悄切入国民党军的纵深处。到了14日上午，曹庄和黄斗顶山、天马山一带已经被解放军占领，并且还隔断了整编第七十四师和左右部队的联系。这个时候，隐藏在鲁南地区的第六纵队，日夜赶路，向北行进，到达了垛庄西南的白埠、石兰地区。

粟裕在孟良崮战役前线指挥战斗

第六纵队的老对头就是整编第七十四师，在第二次涟水战役中，六纵队和七十四师交锋，吃了大亏，很多战士都非常气愤，发誓以后一定要将它干掉。几天前，王必成司令还再三叮嘱：攻打整编七十四师的时候，一定不要忘了六纵！

粟裕也答应，在攻打七十四师的时候，肯定少不了第六纵队。在这次孟良崮战役中，粟裕还特地提醒了一下参谋处，万不可将六纵队忘记。5月12日16时，王必成接到了陈毅、粟裕的电报：命令第六纵队日夜赶路，北上参战，争取尽快占领沂蒙公路上的重镇垛庄，将整编第七十四师的后路切断，并加入歼灭第七十四师的战斗中。王必成可是以"虎

54

将"著称的,他带领第六纵队2万多人马连夜赶路,于14日早上,先头部队到达垛庄以南,比预计时间整整提前了八个小时。15日凌晨,第六纵队的先头部队在和第一纵队的全力配合下,控制了垛庄,歼灭国民党军一个辎重连。汤恩伯下令,由张灵甫调遣重兵把守垛庄,保护好这一交通要道。可是,等到张灵甫部队赶到的时候,华北野战军早就已经控制了垛庄,切断了张灵甫的唯一退路。

垛庄被第六纵队和第一纵队控制,万泉山被第八纵队占领,三个纵队打开了联系通道,合力封闭合围口,并构成了一条有力防线,用来对付整编第二十五、第八十三师;第四、第九纵队担任正面出击,负责唐家峪子、赵家城子一带,并迅速控制住大碾、雕窝一带,在芦山、孟良崮及其以北之狭小地区内围困住整编第七十四师及整编第八十三师。

这个时候,负责外围阻截的部队也进入阵地。第十纵队的一个小分队和莱芜第五军周旋;新泰东南地区则由第三纵队掌控,目的是阻截整编第十一师的东援计划;位于界湖地区的第二纵队则向西南方向牵制国民党整编第八十三师,并在东南方向筑起坚固工事,以此来阻击第七军等;河阳东北地区的第七纵队则负责牵制第七军、整编第四十八师的火力,尽力阻截他们西援;地方武装则主要集中在鲁南及滨海地区,已经渐渐逼近临沂,对国民党后方造成威胁。

华东野战军合围整编第七十四师后,蒋介石却认为七十四师有很强的战斗力,再加上其易守难攻的地形条件,附近还有很强大的后方支援部队,华东野战军是不会有什么大的作为的。于是,蒋介石一边下令让整编第七十四师顽强守卫阵地,拖住华东野战军的主力,一边命令新泰地区的整编第一师、蒙阴地区的整编第六十五师、桃墟地区的整编第二十五师、青驼寺地区的整编第八十三师、河阳地区的第七军和整编第四十八师快速向整编第七十四师靠拢,而且还命令在莱芜地区的第五军南下,鲁南地区的整编第六十四师和整编第二十师朝着垛庄、青驼寺方向行进,楼德地区的整编第九师则支援蒙阴地区,想要用11个整编师(军)来个里应外合,一举消灭华东野战军主力,解决整编第七十四师被围之困。虽然张灵甫那里物资、弹药供应不足,很难坚持下去,但是他却认为自己位于战线中央,肯定能够得到周边部队的应援。所以,他并没有作撤退的打算,他一边请求兵团部空投粮食和弹药,一方面调兵遣将,依据山头优势,部署防御阵地,等待救援。

国民党前前后后已经向孟良崮地区调遣了十个师的兵力,每部都相距很近。根据这一形势,华东野战军立即命令各个阻援部队作好作战准备,阻击国民党的援军。与此同时,还下令各部队主力加快围攻整编第七十四师,要不惜任何代价,赶在各路援军到来之前,将整编第七十四师彻底歼灭。陈毅和粟裕商议,于15日下午,对整编第七十四师发动总攻。

为了方便观察和指挥,粟裕带领几个参谋、机要人员成立了前线指挥所,从坦埠向西转移,在艾山脚下张林村附近的一个岩洞里设立了指挥所,直接指挥前线作战。

陈毅日夜坐在指挥部里。他一会儿给一纵队去个电话:"喂,叶飞吗?党中央、毛主席下达了指示,我们一口气不要贪多,先将七十四师歼灭再说。如今在我们四周有敌人的十个整编师先后打响。目前你们的任务就是齐心协力,和其他几个兄弟部队一起,将七十四师干掉。这样一来,敌军也就没有什么指望了,而我们也就避免了两面作战的危险。如果拖延下去,情况肯定是会逆转的。"一会儿他又打电话给九纵:"许司令吗?敌军的各路援军正在一步步地逼近,前线阻援部队已经很辛苦、很顽强了,能不能将七十四师歼灭,就看这一次了。我们的时间已经不多了,你们一定要在最短的时间内拿下孟良崮!"

解放军各部将这一决心——传达,并且还采用各种方式积极进行战场鼓动工作。就这样,以围歼整编第七十四师为目的的攻坚战正式开始了。华东野战军上下坚决执行此项命令,发扬解放军的优良作战风格,忍饥耐渴,英勇杀敌。15日,华东野战军各部从四面八方往整编第七十四师方向汇合,并对其发起猛烈进攻,整编第七十四师奋起反抗。在大碾、雕窝、孟良崮东北高地等重要阵地处,双方进行了反复争夺。作为这场战役的见证人,粟裕在回忆录中写道:"每克一点,往往经过数次、数十次的冲锋,反复争夺,直到刺刀见红,其激烈程度,为解放战争以来所少见。"

战役后期,陈毅也赶到前线,和粟裕将军一起指挥战斗。到了16日早上,大碾、雕窝、五二〇和五四〇高地被华东野战军占领,并且整编第七十四师困在孟良崮、芦山、六〇〇高地一带狭小地区内。整编第七十四师的活动地方大部分都是山地岩石,根本没办法建筑坚强工事,而人员、物资、马匹等也都暴露在火力攻击范围内,其救援的粮弹也大多都落在了阵地以外,伤兵根本没有机会送出去治疗,整日呻吟,饿了没有吃的,渴了也没有喝的,士气日下,七十四师的军心也不那么稳定了。华东野战军趁着机会,将军中全部的火力集中起来,攻打七十四师。整编第七十四师兵荒马乱,践踏踩伤人无数,战斗队形也早就混乱了,根本无力还击。就这样,华东野战军各个部队突袭整编第七十四师阵地,以白刃格斗将这一顽强的国民党军消灭。

5月16日早上,镇守孟良崮六〇〇高地的张灵甫,此时表情呆滞,内心慌乱。洞外炮声鸣鸣,解放军的攻势根本没有停下来的势头,孟良崮危在旦夕了。张灵甫将这种情况报告给了蒋介石和汤恩伯,希望能够尽快派兵前来支援。这个时候,蒋介石正在徐州督战,一夜未眠,当他收到陈诚的来电时,他浑身颤抖不已,心急如焚。16日早上7点蒋介石又收到了张灵甫的求救电报,8点,蒋介石下达命令,命令周边部队全力支援整编七十四师:"山东共匪主力对我军发起了总攻,这是我军剿灭共匪的大好机会。我军将士应该牢牢把握住这个机会,万众一心、竭尽全力,对共匪予以还击,务必要将共匪一举歼灭,这样才对得起那些阵亡的将士。如果有萎靡犹豫,支援不力,中途停顿而导致将士伤亡的人,肯定是胆小怕事,不敢和共匪正面交锋的人,这样的人一经查出,肯定会严惩不贷。希望奋勉勿误。"

16日下午2点,镇守临沂城的汤恩伯也对外发出了求救电报:"我张灵甫师不分昼夜地镇守孟良崮地区,陷入了孤军困境,处境十分危急。我奉了上级的命令来支援各个部队,不敢有一点耽搁,不顾一切,连夜出击,突破了共匪的包围圈,解救了袍泽的危急。而今,我军陷入困境,还希望能够发扬革命友爱精神前来营救,凡是见危不救者,我同胞肯定是不能忍受的,这也不是我汤恩伯所能忍受的。"

一向目中无人的张灵甫也对黄百韬发出了求救信号:"黄师长,黄师长,共产党军队的进攻实在是太猛烈了,我军已经处于危难之中,还请尽快向我靠拢!"随后,他又向李天霞呼救:"李先生,李先生,看在我们兄弟情谊上,还请赶快支援我们,在这个危难之际,还请帮兄弟一下!"

虽然张灵甫向各个部队都发出了救援信号,但是因为华野战军的顽强阻击,张灵甫一直等不到救援的军队。最后,在救援无力的情况下,整编第七十四师于当日下午集中所有兵力,兵分两路,从垛庄突围,结果被第六纵队逼退;向西突围,又被第一纵队逼退;向东突围被第九纵队逼退,最后又只能重新回到孟良崮、芦山、六〇〇等高地一带。华东野战军突击部队在强大火力的掩护下,连续对整编第七十四师发起突击。在第六纵队的配合下,第八纵队第二十三师于下午1点左右,占领了芦山地区。同时,第四、第九、第六、第一纵队等部也对孟良崮、六〇〇高地发起了猛烈攻击,这个时候的整编第七十四师早就已经没有了往日的威风,基本已经丧失了抵抗能力,部队指挥官也已经无法掌控部队了。

下午3点,张灵甫躲藏的洞口也被华野的大炮打开,张灵甫知道,自己和七十四师的气数已经走到尽头了。最后,他给蒋介石发了一封电报:"主席蒋钧鉴:我军被共匪围困了六天六夜,如今只剩下了一些受了伤的高级卫士,弹尽粮绝,救援的部队也迟迟不到。我军外围有匪军九个纵队的兵力,并且还有继续增加之势。现在我们这些将士也只能以身殉职了,还恳请我们死后,可以给家属一些抚恤金,能够让他们过上安稳的生活。这一次战役本来应该将共匪全部歼灭才对,只是我军内部有人趁机报复,不尽全力,最后才导致了这场溃败。匹夫不可怕,可怕的是将领畏惧战争,畏惧敌人,所以才不上前搭救自己的同胞。如果这种风气不杀的话,那么灭共的日子是看不到头了,真是令人痛心、悲哀啊。学生灵甫绝笔。"

将这封电报发给蒋介石之后,张灵甫又给家人写了一封信:"玉玲吾妻:十多万的共匪将我军包围,如今战况更加激烈了,我军已经陷入了弹尽援绝的困境,水和粮食都没有了,我和仁杰决定,最后拼死一战,上能够报效国家领袖,下也对得起人民与部属。老父亲来京,没能相见实在是很痛心,还希望你能好好照顾父亲,好好养育我们的孩子。玉玲吾妻,今天就永别了。灵甫绝命。"

负责最后突击任务的是解放军第六纵队特务团。当天下午,王必成亲自给特务团副团长何凤山打电话:"何团长,现在是你们发挥的时候了,一定要像刺刀一样,刺向敌人的胸膛,将张灵甫拿下!"

收到命令后,何凤山带着特务团向着张灵甫藏身的地方直扑过去。三连指导员邵至汉在最前面,他的身上已经伤痕累累,军衣也被鲜血染红了。快到洞口的时候,张灵甫的卫队长带着100多名战士冲出来,对着三连疯狂扫射、投弹,邵至汉倒在了血泊中,当场牺牲。三连战士怒火中烧,喊着为指导员报仇的口号,一举将张灵甫的卫队歼灭。随后,三连和后续部队一起到达了洞口附近,并将火力集中起来向其扫射,张灵甫被当场击毙,副师长蔡仁杰和第五十八旅旅长卢醒也命丧黄泉。

当天下午,天气阴沉沉的,华野指战员在山头上集聚,粟裕在清算俘虏人数的时候,发现歼灭的国民党士兵的数量和七十四师的编制数竟然差了七八千人。见此,粟裕立即下达命令,加大力度搜索各个角落,终于在下午4点左右,将七十四师全部歼灭,彻底地消灭干净了。

孟良崮战役取得了巨大的胜利。整编第七十四师及整编第八十三师第十九旅一个团被华东野战军全部歼灭,总共3.2万余人(其中1.9万人被俘)。华东野战军伤亡1.2万多人(其中2043人死亡)。

蒋介石的王牌军——整编第七十四师也成了历史。陈毅得知这一消息后,当场作了一首诗:"孟良崮上鬼神号,七十四师无地逃。信号飞飞星乱眼,照明处处火如潮。刀丛扑去争山顶,血雨飘来湿战袍。喜见贼师精锐尽,我军个个是英豪。"

鏖战鲁西南，挺进大别山——鲁西南战役

战役档案

时间：1947年6月30日~7月28日

地点：山东省西南部地区

参战方：中国人民解放军晋冀鲁豫野战军；国民党军

指挥官：解放军刘伯承、邓小平；国民党军队王敬久、列汝明

参战双方兵力：解放军15个旅，12万余人；国民党军10个整编师、25个半旅、18万余人

伤亡情况：国民党军队损失四个整编师、九个半旅6万余人，其中被俘43012多人

战果：中国人民解放军胜

意义：鲁西南战役的胜利，创造了以15个旅的兵力歼四个整编师共九个半旅约6万人的战绩。从而打乱了国民党军在南部战线的战略部署，开辟了进军大别山的道路，揭开了人民解放军战略进攻的序幕。

58

由战略防御转入战略进攻

经过一年的内线战争，解放军已经彻底击毁了国民党军的全面进攻，几近挫败了国民党军的重点进攻。双方力量对比也发生了很大的变化。

国民党军刚开始时有430万兵力，而今已经下降到370万人。虽然正规军的248个旅的番号还保留着，但是国民党军的人数却已经从原先的200万下降到现在的150万。其中，有113个旅在此次内战中受到了严重的打击。到目前为止，尚有11个旅还没有得到补充。还有一些旅虽然已经得到了及时的补充甚至是更多的补充，但是较之前那些正规军来说，战斗力还是大大下降了。一些师、旅部的高级将领有的被俘，有的战死沙场，致使士兵们的战斗士气急剧下降，官兵都不愿再战。在攻打解放区的时候，国民党派了227个旅，约有92%的兵力。其中有70个旅主要在华北、东北战场周旋，但大多都是守备交通线和重要据点的，真正能够实战的兵力却是微乎其微；157个旅的兵力主要在山东、晋冀鲁豫、陕北战场一带活动，也大多担任防守任务，光算那些能够战斗的部队，也仅有40个旅左右；剩余的20几个旅的兵力大多只分布在长江以南及西北新疆、青海、宁夏等19个省区，这些是国民党的预备队，主要负责后方安全任务。国民党在山东和陕北战场布下了重兵，这也就使得在南线的鲁西南、豫皖苏边区乃至大别山区的兵力非常薄弱，形成了两边强、中间弱的哑铃式的布局。这样一来，战斗一旦打响，就会顾此失彼，大大减弱军队的战斗能力。

在这一时期，人民解放军的总兵力从初始时的127万人扩展到195万人，和国民党的兵力对比也从1：3.4上升为1：1.9。其中，原本仅有61万的正规军也已经发展为将近100万人，与国民党正规军的比例也从1：3.3上升到了1：1.5；而在机动兵力上，解放军已经明显领先于国民党了。在陕北和山东战场上，人民解放军还算是处于被动防御地位，可是在晋冀鲁豫、晋察冀、东北等战场上已经由被动转为主动，开始了一系列的反攻运动，尤其是晋冀鲁豫野战军已经控制了豫北和晋南广大地区，掌握了对黄河以南地区进攻的先机。国民党士气因接连失败而受到了严重的打击，蒋介石的政治地位也更加孤立，人民已经对这个国民党统治集团产生了抵触情绪。在这一时期，人民解放军的武器装备也得到了很大的改良，军队士气也逐步高涨，对胜利也充满了无比坚定的信念。解放区内，解放军实施土地改革，而得到了广大人民的支持和拥护。这么一来，也就为人民解放军转入战略进攻提供了很好的条件。

中共中央军委仔细分析了目前的形势后认为，解放军转入战略进攻的条件已经成熟，于是便下令将人民解放军的主力转移到外线战场，把战争向国民党统治区转移。1947年1月，中央军委、毛泽东主席先后两次给晋冀鲁豫野战军传达命令，作好在5、6月间战略出击的准备，全面转向中原地区，改为外线作战。1947年5月4日，解放军对南线战略战役作了全面的规划，初步决定："第一，刘伯承、邓小平和陈毅、粟裕这两支人军的主要任务就是全力配合，将顾祝同大军一举击破；第二，晋南地区、陕北地区两军的任务就是协作攻破胡宗南系统。"并且还命令邓小平、刘伯承二人在6月1日之后，独军从冀鲁豫地区进攻中原，将根据地设在豫皖苏边区以及冀鲁豫边区，机动地区则设立在黄河以南、长江以北、津浦路以西、渔关、南阳之线以东地区，或者是攻打郑汉，或者是攻打汴徐，或者是攻打伏牛山，又或者是攻打大别山，这里都是最佳的作战位置，并且还可和陈毅、粟裕部队相互配合。陈、谢带领的四个旅应该作好随时作战的准备，原地待命，由彭德怀、习仲勋指挥，从下流或者是上流地区横渡黄河，攻打胡宗南部及其他抵抗势力，争取在最短的时间内收复延安，驻守陕甘宁地区，争夺大西北。

6月至8月，中共中央、中央军委根据目前整个形势的发展状态决定，让整个中国人民解放军的主力全部投入到战略进攻中，从国民党军力量最薄弱的中原地区出发，实施中央突破。

为此，中央军委决定将以大别山为中心的长江、黄河、淮河、汉水等广大地区作为战略进攻的主要方向。这些地区，国民党的守备力量比较弱，解放军在这种情况下不仅有必胜的把握，而且还能够为全局

鲁西南战役纪念馆内再现战争场景的油画

争带来决定性的影响。与此同时，中央军委还指出了"三军配合，两翼牵制"的战略进攻部署，也就是说，负责中央突破的交由以刘伯承、邓小平为主的晋冀鲁豫野战军主力，从鲁西南进攻，然后再插入大别山地带；豫皖苏地区

则主要交给以陈毅、粟裕指挥的华东野战军主力；豫西地区则由陈赓、谢富治指挥的晋冀鲁豫野战军负责。这三路大军的部署正好形成一个"品"字形，在黄河、淮河、长江、汉水一带活动，协助刘邓大军挺进大别山。三军相互合作、配合，共同歼灭国民党军，建立起中原根据地。西北野战军主动攻击榆林，主要目的就是把在陕北地区驻守的胡宗南部队北调，而在胶东南地区的华东野战军也展开攻势，争取把山东地区的国民党军引向海边，以此来掩护三路大军出击中原。同时，中央军委还下达了命令：东北战场和华北战场上的解放军，要展开积极攻势，将眼前的国民党军消灭，收复失地，从战略上策应三军，配合作战。

把拳头猛向敌人胸膛的战略部署

1947 年 3 月，因从陕北到山东地区，黄河的天然地势为"乙"字形，所以蒋介石便决定实施"黄河战略"，将国民党的主力军放在山东和陕北地区，将这两地作为重点攻击地区。后来，因国民党的兵力不足，所以只能在鲁西南及其周边地区以防御状态驻扎，从开封至东阿地带，总共有 250 公里的黄河防线，这里只有国民党第四绥靖区刘汝明的整编第五十五、第六十八师总共六个旅的兵力驻守，企图依仗着黄河这一天然屏障，阻止解放军南下。

在国民党看来，"黄河防线"可谓是铜墙铁壁。但是因为黄河防线全长有 1000 多公里，再加上国民党兵力有限、工事仓促，根本无法形成比较牢固的防线。

其中，东阿西至开封段的黄河防线由国民党刘汝明部负责，其与冀鲁豫解放区相接，他的防线部署为：郓城、皇姑庵地区交由整编第五十五师师部率第二十九旅负责，郓城以北之肖皮口、蔡家庄、师家集地区则由第七十四旅驻守，鄄城、临濮集地区的防守兵力为第一八一旅。菏泽地区是整编第六十八师师部的所在地，东明及其以西地区的主要兵力为第八十一旅，菏泽东北之杜集、白庄、刘集地区的兵力是第一四三旅，菏泽西南之毕寨地区是第一一九旅的所在地。这样看来，郓城、菏泽地区是国民党的防守重点。嘉祥、济宁地区负责机动任务的便是顾祝同直接指挥的整编第七十师（辖第一三九旅、第一四〇旅）。第二绥靖区司令官王耀武整编第十二师则在运河以东从东阿到东经平阴至长清之线驻守；豫皖苏区的守备则是整编第五八师另两个旅及地方保安团队；郑州和豫北地区则由整编第二十六军等部九个半旅驻守。

华东解放军在鲁中地区将国民党的主力拖住，而在鲁西南地区的国民党军大多都是杂牌军，战斗力比较弱。鉴于这种形势，顾祝同决定实施"游击防御"计划，来加固对东阿至开封段黄河防线的防守，并且还有若干机动部队驻扎在陇海铁路沿线，作好了随时战斗的准备。

在撤离延安之前，毛泽东曾经说过：蒋介石制定了一个黄河战略，一个针对山东地区，一个针对陕北地区，想要以这种方式来逼迫我军和他在华北地区决战。可是让蒋介石没有想到的是，他把这两个拳头向前伸，也就暴露了他的胸膛。而我们，就可以给他一个针锋相对，也还他一个黄河战略。将这两个拳头紧紧地拖住，然后给他的胸膛狠狠来上一刀。华东野战军人数众多，兵强马壮，完全有能力兵分两路，一边进攻胶东地区，将蒋介石的右手尽可能地拖向海边，而另一部则穿越黄河，进攻豫皖苏地区。

60

1947年1月2日，刘伯承、邓小平、薄一波、滕代远四人接到了中央军委的来电，指出："今年6月或者是再晚一点，就要实施战略出击计划，在此之前各项准备一定要有一个轻重缓急次序，依次完成。"此外，中央军委还命令刘伯承和邓小平一定要重点解决好三个问题：第一，地方兵团的战斗力要提高，这样才能更好地和野战部队配合出击；第二，准备好足够的手榴弹（30万至50万枚）、炸药、炮弹，作好全面攻占的准备；第三，准备好三个月以上的粮食（供应15万人左右），而其他的则要备齐一年或者是半年的，以此来供给各个出击部队。中央军委、毛泽东非常重视刘邓大军渡黄河，实施外线作战的计划，所以又分别于2月10日、5月8日和6月3日等几次致电刘伯承、邓小平二人，给他们提议，一定要立足于长远计划，充分作好一切作战准备，尤其是做好战士们的思想政治工作，让每个人都明白此次的政治任务是什么，要让每一位战士都发扬不怕牺牲、不怕困难、吃苦耐劳的好品质，并且还下令凡是团级以上的政治机关，都要设立民运工作部门以及宣传部门，而在横渡黄河的时候，一定要积极联合群众，切实整治军队纪律，保证军民之间的联系，建立武装政权，迅速地建立革命根据地。

1947年5月16日，根据进攻中原的需要，晋冀鲁豫中央局提出了建议，由邓小平、刘伯承、李先念等人建立中共中央中原局，此建议被中央军委批准。常委总共有8个人：邓小平、刘伯承、刘子久、郑位三、李先念、张际春、李雪峰、陈少敏，而邓小平兼任书记。郑位三为第一副书记，李先念是第二副书记，李雪峰为第三副书记。刘伯承的副司令员便是李先念，和刘伯承、邓小平二人一起工作。6月13日，为了增强对晋冀鲁豫军区的领导，中央军委下达命令：晋冀鲁豫军区的第一副司令员由徐向前担任，而原第一副司令员滕代远改为第二副司令员，原第二副司令员王宏坤则改为第三副司令员。刘伯承和邓小平依然担任军区司令员和政治委员。刘伯承和邓小平带领野战军主力南下后，军区的工作则交由第一、二、三副司令员和军区副政治委员薄一波负责。

根据中共中央的指示，晋冀鲁豫野战军在豫北、晋南一带作战后，便立刻整顿休息。5月15日，在河北武安县冶陶镇，晋冀鲁豫中央局就战略进攻等各项问题开展了会议。6月10日，在安阳石林村，在刘邓二人的主持下，各纵队指挥员也召开了会议。会议上，刘邓二人向各位传达了中央军委的指示和会议精神，并且就部署进攻中原的各项工作和问题进行了积极讨论，并组织学习了毛泽东军事思想，总结了这一时期的作战经验。

会议研究决定，实施南下作战的部队有：第一、第二、第三、第六纵队共四个纵队11个旅12.4万余人，统一由刘伯承和邓小平指挥率领。并且还要依据外线作战的要求，整顿即将出征的四个纵队：第一，调整编制，每一个纵队大约都补充了8000多名兵力，其中包括国民党俘虏、翻身青年等；第二，补给汽车运输和炮兵部队；第三，武器装备、枪支弹药一定要准备充分；第四，尽可能多地准备一些中原地区地图，了解中原地形，加强军事训练，作好一切战斗的准备。

与此同时，各部队军官士兵还要接受大反攻形势和任务的教育，并且展开了立功运动，召开了英模大会，积极开展练兵活动。野战司令部还给每一个战士发放了《敌前渡河战术指导》，供战士们学习和参考。

同时，在各级党委军官的领导下，解放区的广大群众也自发组建了一支5万人的民兵部队，积极配合解放军作战。冀鲁豫行署和军区，还发动靠近河岸的群众，赶制了120余艘船只,一次可让8000名战士横渡黄河。此外,军区还成立了渡河指挥部,每日操练水手和船工。而对于渡河一带的地形和国民党军的情况也作了比较详细的勘查和调查。

经过这一系列的整顿后,晋冀鲁豫军区的解放军编制有了很大的改变:

原有的六个纵队一个军,分别是:第一纵队的司令员为杨勇,政治委员是苏振华,辖管第一、第二、第十九、第二十旅);第二纵队的司令员为陈再道,政治委员为王维刚,辖管第四、第五、第六旅;第三纵队的司令员是陈锡联,政治委员为彭涛,辖管第七、八、第九旅;第四纵队的司令员为陈赓,政治委员为谢富治,辖管第十、第十一、第十二、第十三旅;第六纵队的司令员为王近山,政治委员为杜义德,辖管第十六、第十七、第十八旅;第七纵队辖管第十九、第二十、第二十一旅;第三十八军的军长为孔从周,政治委员为汪锋,辖管第十七、第五十五师。

7月2日,晋冀鲁豫中央局和军区从外线内线作战要求出发,决定将在太岳、太行、冀南、冀鲁豫军区部队主力联合撤退到晋冀鲁豫军区的原中原军区部队,依次编制为第八、第九、第十、第十一、第十二等五个纵队。第八纵队由王新亭担任司令员兼政治委员,辖管第二十二、第二十三、第二十四旅;第九纵队的司令员是秦基伟,黄镇则是政治委员,辖管第二十五、第二十六、第二十七旅;第十纵队的司令员是王宏坤,政治委员为刘志坚,辖管第二十八、第二十九、第三十旅;第十一纵队的司令员是王秉璋,张霖之为政治委员,辖管第三十一、第三十二、第三十三旅;第十二纵队的司令员是赵其梅,文建武为政治委员,辖管第三十四、第三十五旅。

全野战军一共有11个纵队又一个军,统共28万人。另外,还有90多万民兵,再加上军区部队的14万人。

6月20日、26日,根据当前形势,刘伯承、邓小平发布《鲁西南作战基本命令》和《补充命令》,决定从东起张秋镇、西至临濮集150余公里的防线上发起正面攻击,突破国民党军的黄河防线,而担任此项任务的为第一、第二、第三、第六纵队和冀鲁豫军区独立第一旅,负责将国民党军在河岸驻守的整编第五十五、第六十八师部队歼灭,随后再转移兵力,利用运动作战,将前来支援的部队歼灭。6月30日夜晚,解放军实施战略攻击。

战役部署:兵分三路,横渡黄河。6月27日,由负责东路的冀鲁豫军区独立第一旅先行悄悄渡过黄河,和当地的武装势力联合起来,在30日早上,前往戴庙、蔡家庄地区隐蔽,由此来接应第一纵队渡河。负责西路突击任务的是黄河南部的冀鲁豫军区独立第二旅,联合当地武装势力,悄悄潜入旧城集、临濮集地区埋伏,以此配合第六纵队渡河。第一纵队从魏山、张堂、林楼等渡口渡河,并且在独立第一纵队的配合下,东进郓城以南以东地区,从东、南、西三面,围攻在郓城地区的国民党军。第二纵队负责中路,从林楼、孙口渡河,以一个旅的兵力围攻皇姑庵的国民党军,而在郓城以西地区安插自己的主力,配合第一纵队,围歼国民党军。第六纵队从濮县以东的李桥、于庄、大张村渡口渡河,主要对付郓城以及其北面的国民党军。预备队为第三纵队,于6月30日行进到范县以西的白衣阁附近地区,随后根据具体情况,和第六纵队或者是第二纵队横渡黄河,展开攻击阵势。另外,从太行、冀南军区主力以及冀鲁豫军区部队先分出来一部,先行一步对豫北地区的国民党军发起进攻。为了迷惑和牵制国民党军,豫皖苏军区部队对本地区的国民党军发起进攻。而鲁西南地区的民兵及地方武装部队,则要积极配合解放军主力作战。

与此同时，刘伯承、邓小平决定组织太行、冀南军区部队伪装成解放军主力，在豫北一带对国民党军发起进攻；开封以南地区的进攻任务则交由豫皖苏军区部队负责，主要是转移国民党的视线，麻痹眼前的国民党军，以此达到横渡黄河作战的目的。

毛泽东将晋冀鲁豫野战大军称为"刘邓大军"的主要目的，就是为了将刘伯承、邓小平带领的部队和其他部队区分开来，也是为了扩大刘邓大军的知名度，扩充其士气名声，为以后的作战作准备。

6月23日，刘邓大军从安阳地区前往相隔150公里的鲁西南渡河地点。6月30日，野战军指挥部到达山东寿张。

太行、冀南两军区的兵力伪装成刘邓大军，对豫北地区的国民党军发起进攻；豫皖苏部队则佯装攻打开封以南地区。

这个时候，国民党的统帅已经察觉到刘邓大军的举动，只是却不知道刘邓大军南下的时间和方向。而这个时候，位于刘邓大军主力附近的国民党军王仲廉部，却奉了上级命令，带兵向安阳进攻，正好和刘邓大军来了个南辕北辙，越走越远了。国民党军整编第五十五师、第六十八师担任此段河的防护任务，可他们却认为黄河防线，无可攻破，所以就放松了警惕，没有多加防备。而国民党的指挥官刘汝明也没在此地，而是去了郑州。

刘邓大军，横渡黄河

6月30日晚上，刘伯承、邓小平下令，渡河战役正式开始。

晚上12点，空中闪烁着解放军发起的红色信号，此时，解放军21个炮兵连、山炮、野炮、榴弹炮等一共62门大炮，同时开火。炮声轰轰，震动了整个夜空。霎时间，黄河对岸已经成了一片火海。

几百只木船从芦苇丛中冲出，向河对岸驶去。魏山、张家堂、林家楼、孙口、林楼、李桥、于庄、大张庄八个渡口，总共载着解放军第一、第二、第三、第六纵队的八个旅，同时向黄河渡去。

这个时候，黄河虽然还没有进入汛期，但是河的宽度却依然有500至1000米，水深更是有四五米，水流湍急。第一批渡河的部队，在南岸部队的接应和北岸炮火的掩护下，顺利抵达黄河南岸。当天晚上，刘邓大军的六个旅顺利横渡黄河，在正面战场上取得了决定性的优势。

对岸的国民党守军有些猝不及防，慌乱中急忙还击，但是已经来不及了。

一个晚上的时间，国民党的黄河防线彻底崩塌，这个号称可以抵挡40万兵马的黄河防线，仅用了一个晚上便被突破了。而这也意味着蒋介石的"黄河战略"彻底被击毁。

刘汝明知道这一消息后，即刻命令整编第五十五师集中兵力，在郓城驻守，等待援军的到来。到了7月1日凌晨，第五十五师的第七十四、第二十九旅已经全部进入郓城。整编第六十八师的主力、整编第五十五师第一八一旅则放弃鄄城，退到菏泽驻守。

刘邓大军攻破了黄河防线，将蒋介石的整个黄河防御体系全部打乱，华东战场上几十万的国民党军受到了威胁。这些也标志着解放军胜利地由战略防御转入战略进攻。

针对这一情况,国民党军参谋总长陈诚对记者说:"刘伯承率军前往鲁西地区,对目前的局势确实会造成影响。"而美国驻华大使司徒雷登却将这一事件称之为"六卅事件",并且说"对于国民党来说,六卅事件并不是什么好的征兆。"它可是1947年世界十大新闻中最引人注目的一条!黄河防线,这一条坚固无比的防线,竟然就这样被攻破了!

对于刘邓大军能够横渡黄河,蒋介石的心里是存在很大疑虑的。黄河河面非常宽,还有空军飞机在上空巡航,而之前一点渡河的痕迹都没有,难道说,刘邓大军人人都长了一双翅膀,从黄河北岸飞到了黄河南岸?刘邓大军横渡黄河后,他的下一步计划是什么呢?

蒋介石思考了好长一段时间,都没有得到一个满意的答案。于是,他又将顾祝同找来商议对策。蒋介石说:"共产党军队渡过黄河,他到底想要做什么呢?又有什么样的计划呢?"顾祝同回答说:"刘伯承这样做的目的肯定是想要和鲁南、苏北、豫皖地区的共产党军队联合,策划攻占徐州。"

蒋介石想了半天,又慢慢地说:"你的见解并不对,刘伯承是没有那么大的能耐攻打徐州的。"随后,蒋介石顿了顿,又说:"在我看来,刘邓部队这一次南渡黄河,他的目的就是积极配合山东地区,将陈毅和粟裕解救出来,并且想要打乱我军的重点围攻计划。战争之道,攻守两端,有先发制人,也有后发制人。"

蒋介石一边说着,一边被自己的猜测而鼓舞,随后他又兴奋地说:"所以,我们可以选择后发制人的方式。刘伯承过河倒不是什么坏事,我们就在鲁西南地区将他解决掉。"顾祝同接着说:"也就是说,刘邓大军渡河的目的就是想要和山东战场上的陈毅配合,解决苏北鲁南地区的危机。"

蒋介石无比肯定地回答:"肯定是。不过,如今他们的这一行动已经对我军在山东战场上的军事战略构成了威胁。局势严峻,为了巩固战略要地徐州、郑州,在十天之内,一定要将刘邓大军歼灭在鲁西南地区,将我黄河防线尽快恢复。所以,我决定尽快发兵支援鲁西南地区,巩固党国的战略要地徐州和郑州。具体的战略部署为:将整编第三十二师、第六十六师从豫北地区调遣过来;将第六十三师第一五三旅从砀山地区调遣过来;将整编第八十二师的两个旅从豫皖苏地区调遣过来;然后再从鲁中战场将第二兵团的司令官王敬久调遣过来,作为上述增援部队的指挥将领。并且把这些作为我党主力,兵分两路,从陇海铁路黄口、砀山之线向定陶、巨野推进,与此同时,你要给刘汝明下达命令,让他死守郓城、菏泽地区。"

这样看来,蒋介石的意思也就很明显了。他命令第五十五师死守郓城,其目的就是吸引刘邓大军濒临城下,然后再以右路援军为重点,与左翼守军配合,在巨野形成围拢之势,迫使刘邓大军背水一战。将刘邓大军在鲁西南地区消灭,或者是将其赶到黄河的北岸。

识破蒋介石企图,发动鲁西南战役

刘邓大军横渡黄河后,国民党军只能退守郓城和菏泽。解放军迅速占领了鲁西南地区。鲁西南地区被黄河、运河和陇海路所包围,形成了一个三角地带。

7月1日晚上,左翼第一纵队及冀鲁豫军区独一旅向郓城发起进攻;右翼第二、第六纵队以及后进的第三纵队前往郓城、皇姑庵地区。此时,华东野战军在陈毅、粟裕的带领下,分为两个进攻集团:第一为第一、第四纵队,第二为第三、第八、第十纵队,主要围攻津浦路泰安到临城一线,并且进攻费县、枣庄以及泰安、大汶口地区,和刘邓大军形成夹击之势,相互呼应,相互配合。

7月3日,蒋介石亲自前往郑州督战,以此来表示必胜的信念,这样也能够让美国大使司徒雷登相信他的能力是可以将这一危机化解的。而负责完成这一任务的则是蒋介石的得意门生王敬久。对于这项任务,王敬久心里并不乐意。国民党军队中派系非常多,各个派系之间还存在着很多的矛盾,如果打胜了,各个派系间便争着抢功,如果打败了,各个派系间也不会相互搭救。而王敬久所带领的部队又是各个派系的杂合部队,肯定会有矛盾存在,指挥起来也必然不会太顺利。可是面对顾祝同的一再催促,王敬久也只能率军出征,前往鱼台指挥战斗。

国民党军从豫北、豫皖苏地区调遣的整编第三十二、第六十六、第五十八师以及整编第六十三师的第一五三旅,分兵两路北上支援。7月4日,解放军整编第六十三师第一五三旅到达定陶地区,和在菏泽守备的刘汝明部队合为西路军(左路)。当天,整编第三十二、第六十六师主力到达单县以南地区,和驻守在嘉祥的整编第七十师组成了东路军(右路)。担任后应部队的则是在金乡驻守的整编第六十六师与刚刚到达的整编第五十八师。想要用整编第五十五师的力量,将解放军拖住,然后再派东路大军进行支援,从巨野地区向西推进,攻击解放军后方,形成夹击之势,逼迫解放军背水作战。背水作战可是兵家大忌,这一点刘伯承和邓小平二人心中很是清楚。

不过,刘伯承和邓小平冷静地分析了目前的形势:国民党军的主要兵力都在东部,西部比较弱一点,而在西边驻守的整编五十五师并不是蒋介石的嫡系部队,战斗力相对来说也比较弱。如果趁着右路援军还没有到来的时候,先集中兵力将西路五十五师歼灭,然后再对付即将到来的王敬久大军,这也就算是打碎了蒋介石的阴谋企图。商讨至此,刘邓二人决定背水一战,发动鲁西南战争。

刘伯承说:"这个时候再不进攻,还等待什么呢?"

邓小平也说:"在生与死的问题上,我们只有一个选择,那就是为了人民百姓的利益,我们要尽可能地生存下去,并且让敌军去自行跳入黄河!"接着,二人便制定了详细的攻城策略:先攻打郓城,吸引国民党军来援,然后再攻打定陶,就这样各个击破,以此将国民党的阴谋粉碎。具体战略部署为:攻打郓城的主力部队为第一纵队,攻取定陶和曹县的部队则是第二、第六纵队,想要趁着国民党军第一五三师还没有站稳脚跟的机会,将其一举歼灭,与此同时,定陶以东的冉固集和汶上集地区由第三纵队占领,并就此等待时机,等待战争打响。

刘伯承在自己的回忆录中这样写道:

我们看穿了敌人的诡计,趁势发起了鲁西南战役。将计就计,采取了"攻其一点,吸其来援,啃其一边,各个击破"的战法,一面坚决围攻郓城,吸引援敌北上;一面派有力部队向西南急进百余里,直插敌人纵深,攻取定陶、曹县;又以一部兵力向正南猛插冉固集、汶上集,伏击敌人的侧背。

攻郓城，收曹县，取定陶

7月4日晚上，刘伯承、邓小平在鲁西南寿张以南地区，带领野战军指挥部横渡黄河，进入到鲁西南地区，驻扎在山东郓城以南的郑家庄。

刘邓大军将黄河防线击垮后，郓城便成了国共双方共同争夺的热点。对于刘邓大军来说，攻打郓城能够将国民党的主力部队全部吸引过来，这样就有利于解放军实施各个击破计划。而对于国民党来说，只要将郓城守住，就能够吸引刘邓大军攻城，这样也就为东西钳制解放军创造了条件。

郓城是一座古城，有着千年的历史，外有四关。其中，最大的就是南关。在南关城墙下居住的村民有200余户。在南关驻守的国民党军为五十五师下属的二十九旅、七十四旅，军备齐全，火力较大。北关和西关就比较小了。西关只住了十几户人家，地形比较开阔，不利于隐藏。所以，国民党军也就只派遣了一个连的兵力驻守，北关守军也只有不到一个营的兵力。

蒋介石在黄河防线上的中心堡垒就是郓城，所以其工事比较坚固，防守力量也不弱。郓城有一道环城砖质城墙，七米高、三米宽；城墙下面还挖了一条壕沟，大约深三米，宽四米。壕沟外面，每隔三至五米就会设置一道鹿砦，城内地堡、暗堡更是不计其数。守城国民党军心知守城最为重要的就是修建工事，抵挡外来攻击。特别是在郓城的南关，除了一道又宽又深的壕沟外，国民党军还在南关墙上修建了大量的碉堡。在壕沟外围，还加设了铁丝网。

在王敬久赴任时，解放军已经在鲁西南三角地区拉开全方位战略攻势，总共有12万人。刘伯承、邓小平率领其野战军迅速进攻目标区域，派兵将各城国民党军团团包围。

7月3日早上，刘邓大军派遣第一纵队前行行军，以最快的速度到达郓城，联合晋冀鲁豫军区独立第一旅，包围郓城的国民党军。7月4日，中央军委命令第二纵队的司令员陈再道带兵突袭曹县，将该城的国民党军全部歼灭，以此为解放军南下铺平道路。在曹县驻守的是国民党一个保安旅，听说解放军攻城的消息后，保安旅的旅长一点都没有抵抗，便弃城逃走了。曹县被掌控在解放军手中，这样也就意味着解放军已经切断了郓城国民党军的退路。

对于郓城的国民党军，第一纵队也采用了相对的战法：将其外围收缴，间断郓城守敌的援军，引诱国民党军深入，抓住时机，适时攻击。7月4日傍晚解放军发起了第一轮攻击，第二十旅充当突击部队，在炮火的掩护下，冲入国民党军的阵地。国民党第五十五师依仗着优良的武器装备顽强抵抗，并且还不断地发出求援信号。不到半个小时的时间，解放军就已经将第二十九旅的一个团歼灭了。与此同时，西关也被第一旅占领。国民党军整编第七十师前来救援，但是却被解放军牵制在巨野一带，无法及时赶到。

6日早上，曹县被第二纵队第六旅占领。这样一来，想要发兵支援郓城的国民党军已经无望了，郓城也彻底陷入了孤立无援的状态。

7日，那些原本支援曹县的部队都纷纷进驻羊山集和金乡一带。

对于这种情况，刘邓二人是早就想到过的。于是，刘伯承命令第一纵队司令员杨勇："敌人已经进入我们的圈套，这下要干净利索地将他拿下。如今，到了你们上台的时候了，这出戏能不能完美，可就全看你们了。"

下午6点左右，第一纵队趁夜发起了战略总攻。其战略突破点选在了防守最弱的郓城西关。

曹福林是国民党军五十五师的师长，看到这种情况，他不断地向相距不远的七十师求援。顾祝同心知郓城之困无法解，为了保存军队实力，他便命令七十师师长不要轻易出战。就这样，郓城的国民党军渐渐地败下阵来，曹福林眼看着大势已去，于是便穿上便服，从地道中逃跑了。五十五师没了主将，顿时乱成一团，不知所措。

经过一夜的激战，8日5时，战争结束。这场战役，国民党军整编第五十五师师部以及两个旅1.1万人被解放军全部歼灭。其中，8300多名正规军被俘获，另外还有2000多名地方军。

第一纵队攻打郓城的时候，第六纵队开始进攻定陶地区。

定陶也是国民党军在鲁西南地区的重要据点，国民党军整编第六十三师第一五三旅驻守在定陶，而它也是粤派的一支部队，战斗力不强。不过依仗着城里城外坚强的防御工事，企图和解放军拼死决战。

5日凌晨，第六纵队第十六、第十八旅到达了定陶城外四关，并且迅速将其占领。到了9日时，定陶外围的国民党军也被解放军剿灭。

10日，解放军发动了对定陶的全面进攻。

10日晚上，在猛烈火力的掩护下，东门由第十六旅负责，北门由第十八旅负责，这两个旅趁着炮火发起突击行动，从城墙登入，进入城内，将城内的守军分割成好几块。5个小时后，定陶被第六纵队攻占，并且将守军第一五三旅全部歼灭。

这一次战役，解放军俘虏了3130位国民党军，击毙击伤200多人，并且还收获了大量先进的军事武器装备。

"夹其额，揪其尾，断其腰，置之死地而后已"

从7月1日到10日，这短短的十天时间里，刘邓大军接连取得了郓城、定陶等战斗的胜利，打通了一条广阔的战略战场（北从黄河南岸的郓城、南到陇海铁路北面定陶、曹县），由被动转为主动，长驱直下，攻击国民党军主力后方，摆脱了背水作战的不利局面，粉碎了国民党军攻击解放军侧背的计划，与此同时，也为下一步的军事行动奠定了坚实的基础。

郓城、定陶被解放军占领后，国民党将领顾祝同认为，刘邓大军接下来的目标很可能就是穿过运河，和鲁中地区的华东野战军配合，进攻鲁中，或者是南下徐州。徐州可是国民党的老巢穴了，思及此，顾祝同立即致电王敬久，速速前往鲁西南地区组织战斗，阻止刘邓大军南下。

王敬久不满顾祝同的安排，采用消极避战的态度，这也就预示着国民党必败的结果。

王敬久赶到鲁西后,立刻进行兵力部署工作。而军力部署的依据就是可靠的情报。为了搞清楚刘邓大军接下来的动态,王敬久派出了一个团的兵力进行搜索探查,可是却没有得到任何一点有用的消息。这样一来,王敬久也只能凭借多年的作战经验,来估测刘邓大军的去向了。在他看来,刘邓大军攻下定陶、郓城后,下一步的目标很可能就是菏泽或者是济宁了。

根据这一判断,王敬久发布了命令:东路的守军整编第七十师(第一三九旅(欠1个团)、第一四〇旅)前往离巨野东南15公里左右的六营集;整编第三十二师(第一四一旅、第一四九旅)则前往巨野以南、金乡西北7.8公里的独山集;整编第六十六师(第十三、第一五八旅、第一九九旅)则是前往金乡西北15公里的羊山集,在原地集结,等候命令。王敬久自己则亲自带领司令部以及炮兵营前往金乡指挥驻扎,并且命令第一九九旅防守在金乡城北万福河南岸,也由他直接进行指挥。这样一来,在巨野东南约50公里的地段上就安置了王敬久兵团主力的三个师,其间相隔的距离不过15公里,从北向南,就好比一个弯弯曲曲的长蛇阵,让整个大军都陷入了被动挨打的困境。对于王敬久的这般布置,蒋介石也有点莫名其妙,不知道其中的原因是什么?倒是顾祝同说出了其中的奥秘:"这样布置进可攻退可守,进可以攻打解放军,退也可以驻守徐州。"

7月10日,刘伯承和邓小平又接到了中央军委的来电:"如果能够将故军七十师歼灭,甚至多歼灭敌人几部的话,可以休息几天,然后整顿待发,前往陇海作战。如果在内线多歼灭敌人的话,那么到了外线就更容易发展了。"

刘伯承和邓小平二人根据上级的指示和目前的形势,又作了进一步的分析。

邓小平说:"我想,王敬久部队长途跋涉才来到这里,短时间内脚跟肯定站不稳,对我军也造不成太大的影响。王敬久所带领的兵团,原属于不同的单位,作战的时候,配合度肯定也不会很高。除了整编第六十六师是蒋介石嫡系的部队,战斗力比较强,其他的部队都是杂牌军,战斗力是比较弱的。"说着,邓小平用手指了指羊山集说:"而且他们目前驻扎的地理位置也是极其不好的,除了羊山集以外,其他的地方大多是一些小乡镇,地方较小、兵力较多,根本就没有施展的余地。在这种地方作战,其部队的优势是很难发挥出来的。再者说,这个地方却比较适合我军进行机动作战!"

刘伯承听了之后说:"你说得极对,仔细看看王敬久布置的这个长蛇阵,它并不是孙子所说的'常山之蛇',孙子的长蛇阵首尾呼应,打蛇头蛇尾应援,打蛇尾蛇头应援,如果击打它的中间部位,那么首尾都会应援。可是再看看王敬久的长蛇阵,完全就是一条死蛇,不管打哪里,首尾都无法兼顾,而且进退都不方便,倒是利于我军各个击破。"

刘伯承抽了一口烟,接着说道:"最关键的是,王敬久并不了解我军的情况,心中肯定会有所担忧,指挥的时候也不会太果断。在战争中畏首畏尾,这可是大忌,也是给我军创造战机的最好时机啊!"

邓小平连连称赞道:"没错,没错。再加上鲁西南地区可是老解放区了,百姓们都比较拥戴我们,想要从这里得到我军的情报,可是比登天还难啊。"

当天下午,刘伯承和邓小平向中央军委报告了自己的分析结果和作战方略:"拟定攻打在嘉祥、金乡等驻扎的六十六师、三十二师和七十师等。"

刘伯承、邓小平看准时机,采用"夹其额,揪其尾,断其腰,置之死地而后已"的战法,不给国民党军调整部署的机会,集中四个纵队的兵力对其发动进攻,接连作战,将东路援军各个歼灭。其二人的具体战略部署为:巨野东南由第一纵队进驻,负责从国民党军侧后方攻击,将国民党军三个师的联系切断,并且将整编三十二师重点割裂、歼灭,随后再攻打国民党军整编第七十师;第六纵队负责将整编三十二师和六十六师的联系切断,其主力军则进驻薛扶集地区,和第一纵队配合,将国民党军整编第三十二师全部歼灭;第三纵队从汶上集地区向东行进至羊山集以南、以东地区,歼灭整编第六十六师;曹县东北地区交由第二纵队负责,歼灭整编第六十六师一个部的兵力,随后再和第三纵队配合,围歼羊山集的国民党军。万福河以北地区则由冀鲁豫军区独立第一、第二旅把守,主要任务是阻截从金乡出发的国民党军援军。至于菏泽地区的国民党军,便交由军分区武装牵制。

11日,刘伯承和邓小平下令,全军攻打王敬久兵团。就这样,刘邓大军以极其隐蔽的行动,直捣王敬久的长蛇阵。

7月12日凌晨,解放军第一纵队率先抵达巨野、嘉祥地区,第一纵队第十九旅抵达核桃园以及其西南地区,将羊山集至独山集的公路控制住,并且还将整编三十二师和整编六十六师的联系割断了;曹楼、鹿湾、狼山屯地区则由第二旅掌控,六营集和薛扶集至独山集的交通被截断,国民党军三十二师和七十师的联系也被割断;陶官屯、张家庄、油房、三宫庙地区的负责部队为第一旅,配合第二旅一起围攻六营集的国民党军;十里铺、马宫屯地区则交由第二十旅(欠第五十九团)负责,封锁国民党军退路,并且尽可能地阻截从济宁方向来的国民党军的救兵;杨刘桥地区由第五十九团、纵队骑兵团负责,从何庄、卞庄、姚楼等地进入。

当天晚上,国民党军七十师察觉到解放军的意图后,便撤退到了六营集内。

7月13日,王敬久设置的长蛇,被解放军分割成了三段。得到这个消息后,国民党军队很是震惊,尤其是国民党将领,根本就不愿意相信这则消息。7月14日,中央社发表一则消息:"刘伯承所部渡河后,忽东忽西,流窜不定。"由此也可以说明,国民党军对于刘邓大军的去向是不清楚的,这也是国民党失败的主要原因之一。

这个时候,王敬久还在金乡县举行酒席,听闻他的长蛇阵被分割之后,意识到战争形势不妙,也就无心祝贺了。他一边急急忙忙地往指挥部赶,一边又给部队下达命令:在六营集的整编七十师向南出发,整编六十六师向北行进和整编三十二师合拢,避免被一一击破的局面。不过,王敬久的这一安排并没有如愿,其一是因为解放军的阻拦,其二则是因为独山集地区比较小,根本容不下三个师的兵力。而整编第七十师也在向六营集南面靠拢的过程中,遭到了解放军的围追堵截。王敬久不得不改变自己的命令:整编七十师和三十二师都向南收缩,先解了羊山集六十六师被困之围;三十二师则向北行进,前往六营集地区,接应七十师。7月13日,整编第三十二师向六营集突围。

刚出了独山集,解放军第一纵队便发起了对国民党军整编第三十二师的进攻。只不过因为解放军兵力不足,所以并没有全歼此师。最后整编三十二师和第一四一旅沿着鹿湾、郝庄西边,到达六营集,和整编第七十师会合。国民党军第一三九旅想要从薛扶集东北方向穿过,逃往嘉祥地区,在解放军第十九旅的追击和第二旅、第二十旅、第六纵队第十八旅的侧击下,于7月14日早上,在嘉祥以西地区,将第一三九旅歼灭。14日中午,嘉祥国民党军第九十三旅害怕解放军攻势,便带领其第二七八团向着济宁的方向撤退,解放军顺利收复嘉祥。

　　这个时候,解放第六纵队主力已经到达薛扶集地区,并即刻实施对六营集国民党军的包围行动。到目前为止,在六营集地区,国民党的第七十、三十二师两个师部三个半旅都在我军的包围圈内。当天晚上,解放军决定发起全线进攻。实际上,整编三十二师前往六营集,对于在那里驻守的国民党军第七十师来说,并不是什么好事。

　　六营集是一个小乡村,面积非常小,整个村子也只有200多户人家,粮食、水资源都异常稀缺。六营集地区的房屋建筑大多以土筑为主,根本抵挡不住炮火的攻击。再加上当时正值酷暑,几万国民党军集聚在这么小的村子里,人马混乱,补给不足。很多士兵为了抢夺粮食和水资源已经打成了一团。"外战"还没开始,"内战"已经来了。

　　蒋介石得知情况后,便立刻下令整编第三十二师师长唐永良率领全部守军,突袭羊山集。14日,整编第七十、第三十二师从六营集东南方向发出突围,可惜并未成功。蒋介石只好改变命令,让七十、三十二师原地待命,等待救援。唐永良心里很明白:六营集村外是开阔地形,根本不利于防守,国民党军队目前唯一的道路便是实施突围,不然只能等着解放军来围歼了。

　　这个时候,刘邓率领的第一、第六纵队已经把六营集围得水泄不通了。为了防止国民党军拼死反攻,刘伯承和邓小平决定,对于六营集处的国民党军,从四面包围转变为三面包围,将一个出口给其留下,等他们全部突围后,在将国民党军赶到解放军事先埋伏好的包围圈内,然后再一举歼灭。这样也就会将解放军的伤亡降至最低。

　　针对这种情况,解放军的部署为:在六营集东面,济宁纸坊街以西地区有一块5平方公里的空地,解放军第一纵队主力在那里布成口袋阵地,准备围堵从六营集突围出来的国民党军。六营集的北、南、西三面分别由第一纵队一部和第六纵队主力负责,将东面敞开,引诱国民党军由东面撤离。

　　7月14日晚上8点,解放军发动全面进攻。

　　第一、第六纵队从六营集三面发动进攻。一个小时之后,国民党军果然趁着夜幕想要从东面逃生。左路为整编第三十二师,右路则是整编第七十师,从六营集突围后,朝着济宁方向赶来,由此也就钻进了解放军所设下的包围圈。

　　刚出六营集不到五公里,两个师共2万多人马早就已经没有了队形,兵不知道将在何方,将也不知道兵在何处。人声、马声、枪声,混成一团。预先埋伏在附近的解放军,像潮水一般冲向国民党军大队。国民党军吓得六神无主,早就失去了战斗力。官兵四处逃窜,更多的是将枪摔在地上,一动不动地站在高粱地里,等着被俘。

　　15日早上8点,除了整编第三十二师师长唐永良带着一部士兵逃窜到济宁地区外,其余国民党军队全部被解放军歼灭。

　　在这一次战役中,刘邓大军总共歼灭国民党军队1.9万人,共两个师。其中,3500多人被击毙,1.5万多人被俘虏。国民党整编七十师自从日本投降之后,还专门去台湾训练了一些时日,没想到解放军仅用一天一夜的时间,便将其收编了。

　　战争进行到此,王敬久出兵救援的部队只剩下一个半旅的兵力,在羊山集躲着。

羊山集作战部署

金乡西北 15 公里外便是羊山。鲁西南地区除了金乡、嘉祥外，几乎都是一望无际的平原。而羊山地段便有一座 400 米高，2000 米长的孤山，就好比一只蜷卧着的绵羊，所以被称之为羊山。这座山总共有三个突出的山峰，羊头部位为东峰，羊身为中峰，羊尾则是为西峰。羊头和羊尾都略低于羊身，从羊身那里，可以看到整个羊山和羊山集的状况。

羊山脚下便是羊山集。羊山集是一个大镇子，有 1000 多户人家居住。因为依山而建，所以羊山集百姓居住的房子大多是石头建成的，四周还有明末时期建筑的寨墙，寨墙东、南、西三面还有抗日战争时期，日军挖的三米多深的壕沟。羊山集东南两边有一块洼地，进入 6 月之后，羊山集便会大雨不断，雨水在此积聚，久而久之也就成了一片沼泽地带。

羊山集战斗中部队转移

羊山集地势比较优越，一面靠山，三面环水，要想在这里进行运动作战，是完全不可能的事情。而在羊山集驻扎的国民党军，其火力装备能够控制住羊山集外围 1000 米的地方，能够进行防守和支援，可以说是易守难攻。

7 月 8 日，国民党军整编第六十六师到达羊山集之后，便立刻派兵修筑工事，想要在此防御，等待救援。其战略部署为：守卫羊山集的为第一八五旅，而担任机动部队的则是第十三旅。师长宋瑞珂则负责监督工事的修建工程。

整编第六十六师为蒋介石的嫡系部队，也是一部精锐之师，师长宋瑞珂是黄埔军校第三期的学生。在抗日战争时期，日本人在羊山集外围东西南三面挖了一条三米宽的水沟，并在周围修筑了坚固的军事防御工事。六十六师到达后，除了将那些还没有拆除的日军工事修复外，还增添了很多工事，而且还将羊身、羊头两个制高点和一些百姓民屋连接在一起，构成了核心阵地。另外，野战阵地也被设立在羊山集周围一公里之外的地方。这些野外阵地就好比是国民党军的触角，一旦和解放军接触上，它就会立刻缩回羊山。

7 月 15 日，第二纵队和第三纵队分别在陈再道和陈锡联的指挥下，向羊山集地区的国民党军六十六师发动进攻。因几天的大雨，交通沟里的水已经齐腰深了，这对解放军的行动非常不利。再加上，解放军对于国民党军的战略布局和地形情况不太清楚，致使解放军在进攻的时候，遭到国民党军的火力压制。到了 17 日，我军连续发动两天进攻，都没有取得什么效果，并且还伤亡惨重。

19 日，解放军第六纵队第十六旅亦到达羊山集以北地区，加入战斗。同一天，蒋介石到达开封，亲自督战。

在蒋介石看来，虽然刘邓大军屡战屡胜，但是其连日作战，已经兵乏将疲，不足畏惧了。只有六十六师固守羊山集，等到各路大军一到，就能够将刘邓大军歼灭。所以，蒋介石将羊山集一战当成是扭转鲁西南战局的转折点。他一边命令宋瑞珂死守羊山集，等待救援，一边又督促王敬久立刻带领在金乡的整编第五十八师和第六十六师第一九九旅前往羊山集，以解羊山集之困。此外，他还把第十师、骑兵第一旅从西安、潼关调遣出来，将第二〇六师从洛阳地区调遣出来，第四十师从豫北调遣，第五十二师第八十二旅从武汉抽调，第五、第七、第四十八、第八十五师从鲁中抽调，用以上全部抽调兵力去支援鲁西南地区。

刘伯承和邓小平仔细分析了这一情况，决定先下手抢占先机，用冀鲁豫军区独立第一、第二旅和第七军分区部队堵截国民党军北上支援部队，给国民党军制造大范围的杀伤，然后再引诱国民党军先头部队一九九旅北渡万福河，以此隔断和整编第五八师的联系，以运动作战的方式将国民党军整个歼灭。

20日凌晨3点，刘邓大军再一次发动进攻。羊头被第三纵队第八旅控制，第九旅则一度攻进羊山集村内，和正北面的羊身接近。快天亮的时候，国民党军察觉到解放军的行动，开始用炮火攻击，无奈解放军只能撤回。19日晚，第六纵队第十六旅两个团曾攻占了羊山东北部的两个小山头，后来在国民党军的猛力炮火下，只能退守山腰处。而20日晚上，这两个团再一次发动进攻，将山脚下的几处碉堡全部占领，并且还在附近修筑工事，作为进攻时的依靠。第二纵队则朝着村内和羊身处推进。眼见着刘邓大军越来越多，攻势也一波高过一波，国民党军将领宋瑞珂便沉不住气了，连续向徐州方面发出救援信号。

20日，在蒋介石的一再催促下，王敬久带领的整编第五十八师和第六十六师第一九九旅，在坦克飞机等重型武器的掩护下，从金乡北上，前往羊山集，解羊山之困。当王敬久来到万福河南岸的时家店时，却遭遇国民党军冀鲁豫军区第三纵队的袭击，牵制了其前进的步伐。蒋介石一再催促，王敬久也心急火燎，于是，王敬久于22日严令第一九九旅旅长王仕翘于当天晚上潜入羊山集，不然的话就要以军法论定。

当天，王仕翘率带领第一九九旅共5000多人渡过万福河，北上支援。羊山集守备国民党军得知援军将到的消息，便派出一个团的兵力前来接应。这个时候，还下着漂泊大雨，道路泥泞不堪。当王仕翘带着部队到达羊山集南韩楼、前刘庄地区的时候，又遭到解放我军第三纵队的突袭，经过两个小时的战斗，解放军歼灭了国民党军军第一九九旅，以及从羊山集赶来接应的一个团的兵力。整编第五十八师看到第一九九旅被围歼，心中畏惧，又缩回金乡驻守了。

羊山集国民党军已经陷入了绝境，物资也极其缺乏，如今只能靠马肉为生，人心惶惶，军心不齐。再加上蒋介石派遣的各路援军，均被解放军阻截在路上，羊山集守军等待救援的希望已经破灭了。

7月25日，为了鼓舞国民党军队士气，蒋介石给宋瑞珂发来了电报，说："关于羊山集的战斗，我已经听说了，心里很是着急。还希望你能够转告给部下官兵和同僚，目前形势虽然危急，但也要坚守到底，希望你能够依赖上帝的保护，争取五分钟的胜利。"

7月23日，中国共产党扩大会议在陕北靖边县小河村召开，会议由毛泽东主持，历史上也称之为"小河会议"。会上，毛泽东向众人讲述了关于解放战争的战略蓝图：从1946年7月开始，准备用五年的时间将蒋介石彻底击垮。为了这一目标，我们现在必须要加紧进程，从防御状态转变为进攻状态，和蒋介石进行战略对决。毛泽东将中原、大别山地区作为战略决战序幕的开始，而刘邓大军自然也就成了毛泽东的首选。在这一政策的带领下,刘邓大军南渡黄河,将内线战争转为外线战争。

其基本设想是:首先,6月30日,刘邓大军共13万人左右,在三天时间内,渡过黄河,拉开战略进攻的序幕。而在鲁西南地区,刘邓大军持续战斗28天,将国民党军四个师九个半旅总共5.6万人全部歼灭,由此将大别山的通道打开。其次,刘邓大军作好出击中原的准备,直达大别山。

7月23日,依据这一个设想,刘伯承、邓小平、陈毅、粟裕、谭震林和华东局等人接到了毛泽东的来电:"羊山集和济宁地区的敌军交由刘伯承和邓小平负责,有把握将其一举歼灭时再行攻击,否则就地休息十几天,整顿军队,清扫小股敌军,其余不管,就以半个月时间为限,直逼大别山。将大别山周围的几十个县城全部控制住。在那里,联系当地群众,打好民众基础,建立我军根据地,引诱敌军主力对我军发动攻击。"

与此同时,毛泽东还下令让陈毅率领的华东野战军和陈赓、谢富治率领的军队相互配合,向中原推进,联合实施战略进攻任务,并且还命令陈谢集团进入豫西地区后,其兵力交由刘伯承和邓小平负责。

对于毛泽东此番布置的意图,刘伯承和邓小平心里是明白的。不过作为局部战场的指挥员,刘邓二人也心知,羊山集这一仗并不好打,而下一步棋也没有想象中的轻松,如果不把羊山集一带的国民党军消灭,就会成为他们南下的阻力。而此时,羊山集国民党军的各路援军还被牵制在途中,刘邓大军有将羊山集国民党军消灭的把握。于是,刘邓大军便决定继续围攻羊山集地区的国民党军,争取早日南下。

决战羊山集

刘伯承对将士们说:"这可是蒋介石亲自送上门的肥肉,我们怎么能够放弃呢!"

邓小平也说:"一定要将羊山集拿下,否则绝不后退!"

为此,刘伯承和邓小平二人又对战略部署作了局部调整,最后决定集结四个纵队的兵力围歼羊山集的第六十六师,这个时候解放军和国民党军的兵力比例为10:3,占优势。其详细的战略部署为:从西向东攻击的为第二纵队,从北向南攻击的为第三纵队的第七旅和第六纵队的第十六旅,从东向西攻击的为第三纵队。此外,刘邓二人为了加强火力,还特意将第一纵队炮兵团和野司榴炮营调遣过来,主要负责羊山各制高点的争夺战。

刘伯承和邓小平二人亲自前往前线,将中央军委的指示传达给羊山集战役的指战员,并且对陈锡联、陈再道二人下达了指示:"不要大意,更不能急躁!"并且还命令他们二人要亲自去勘查地形,全方位了解羊山集的地形地势,找寻久攻不下的原因,并且要和指战员一起商讨进攻策略,争取在最短时间内将羊山集内的敌军歼灭。

7月25日晚上,天上下起了倾盆大雨,这也使解放军的总攻计划一再延迟,一直推迟到27日。

7月25日,蒋介石就收到了解放军被大雨所困的消息,于是致电顾祝同:"刘伯承和邓小平的大军被大雨所困,致使交通、通讯都异常困难,这可是将其歼灭的最好时机。责令仲廉在一天时间内,带兵赶到羊山,配合王敬久集团、鲁道源五十八师合力攻打刘伯承部。这场战役如果能够胜利,那么山东战场的战事也就要结束了。从7月26日开始,各个部队应该慢慢地向共匪接近,将战争的主动权掌握在我军手中,还希望各级官兵猛打穷追,完成任务。希望能够遵守命令。"

7月27日,天气放晴。雨后的羊山集成了一个水乡之国。

解放军的阵地上到处都是水洼,掩体里的战士们,身上已经湿透了,交通战壕里面积满了水,成了一条小河。炊事员送饭的时候,直接将饭放在一块木板上,顺水漂过来就可以了。

刘伯承、邓小平亲临前线

昼夜防守,士兵们无法休息,疲惫是难免的。可是,战士们为了这最后的胜利,他们强忍着将各种苦咽下,没有一丝一毫的放松和埋怨。

十几天的时间里,解放军曾三次向国民党军发起进攻,虽然已经击垮了羊山上和羊山外围的国民党军工事,但是解放军也伤亡惨重。

晚上8时30分,在陈再道司令员的指挥下,解放军第二、第三纵队和第六纵的十六旅等合力发起攻击,围攻羊山集的敌军。

全军上下把大小炮全部集中起来,摆成了一条条长蛇阵,对着羊山发动猛烈攻击。炮火冲击着山顶,霎时间,羊山变为一片火海。刚开始,还能够看到火光中敌人慌忙奔跑的身影,到了后来,就看到了任何人的迹象了。

40分钟后,各个部队开始发动冲锋战争。从西向东面攻击的为二纵队五旅、六旅,主要目标是"羊身";而"羊头"的负责队伍为三纵队八旅,由西北方向发动攻击;从北向南发动攻击的为三纵队七旅和六纵队十六旅,主要目标是羊山的主峰。

主攻团为十六旅四十七团,突击队为七连,主要任务是配合三纵队七旅十九团,攻打羊山主峰。这一次,四十七团调整了攻击战略,由集团突破改为了小群多路冲破的方法,激战45分钟后,拿下了羊山主峰。

从羊山集西北实施主要突击的队伍为六旅十六团、十七团,十八团则沿着羊山集的街道南侧向东突击。在进攻过程中,十八团遭到了一股很强大的阻力,国民党军在这条要道上修建了一座钢筋水泥地堡,以交叉火力的方式封锁此条要道。解放军冲过去一波,便倒下一波,再冲上去,再倒下来……一次次的攻击,不仅没能伤及国民党军半分,而解放军伤亡却十分惨重。团长李开道见此情景,也是心急如焚、怒火直烧。其后,二班组长姜金城和副组长于树真主动请缨,前去除掉这只拦路虎。

只见,这姜金城和于树真像猴子一般灵活地穿过国民党军的火力网,一会儿的工夫便爬到了地堡的顶部。国民党军打红了眼睛,数个机枪对他们二人扫射。二人强忍着疼痛,拉开了手榴弹的引线，扔进国民党军的地堡中。只听一声巨响，姜金城和于树真二人便从地堡顶部一起摔到了地堡里。

除掉了这个拦路虎，也就相当于切断了国民党军南北西东的联系，将国民党军分成了几个小块。解放军各个方向的部队从四面八方围堵过来，对国民党军实施歼灭计划。

一夜的时间，宋瑞珂曾经13次组织反扑活动，想着能够将羊山头再次夺回来。只是解放军早有防备，打退了国民党军的一次次进攻。

7月28日上午，陈再道、陈锡联、杜义德等人不辱使命，在规定的时间内，占据了羊山的三个制高点。三人站在羊山之巅，沉着冷静地指挥着最后的战斗。刘华清政委带着六旅战士们进攻羊山集东北角一座二层楼顶，并且下令让十八团三营围攻国民党军警卫一连和二连，二营则负责警卫三连，一营则直逼宋瑞珂的师部。

刘华清指挥部和宋瑞珂指挥部仅仅相隔150米。最后，迫于解放军强大的攻势，宋瑞珂只好选择投降。

到目前为止，蒋介石的第六十六师全部被解放军歼灭，羊山战役持续了12天的时间，最终以解放军胜利而告终。

6月29日至7月18日间，为配合鲁西南作战，豫北解放军对平汉路两侧的国民党军发动攻击，共歼灭国民党军5000多人，将孟县、博爱、沁阳、滑县、封丘等九座县城全部收复；豫皖苏部队接连拿下了亳县、太和等七个城市，共歼灭国民党军6000多人；鲁西南地区的地方部队、民兵和广大人民群众，也全力配合解放军的战斗。

对于刘邓大军来说，羊山战役可以说是一场恶战，是他们从未遇到过的战争。多年以后，当第二纵队司令员陈再道将军再次回忆起这场战斗的时候，说："羊山战役，是我们打得最为辛苦的一次，也是战士们牺牲最多的一次！"羊山战役的胜利，意味着鲁西南战役彻底结束。刘邓大军共歼灭国民党军5.6万余人，俘虏国民党军4.3万余人，将鲁西南地区全部收复，自此为挺进大别山打下了坚实的基础。

跃出山坳，扭转西北战局——沙家店战役

战役档案

时间：1947年8月18日~1947年8月20日

地点：沙家店

参战方：西北野战军；国民党军队三十六师

指挥官：共产党军队彭德怀、张宗逊、赵寿山；国民党军队胡宗南、钟松、刘戡

双方兵力：共产党军队约4.5万人；国民党军队约6万人

伤亡情况：共产党军队1800余人；国民党军队损失约6000人

战果：中国人民解放军胜

意义：沙家店战役的胜利，结束了国民党对陕北的重点进攻，改变了西北战局，从而使西北野战军由内线防御转入内线反攻。

76

作战背景

1947年，解放战争的第二年，解放军的战略计划已经从防御转变为战略进攻形势。

中共中央、毛泽东向晋冀鲁豫野战军下达了命令，要求他们在7到8月间，从鲁西南的东阿、濮县出发，击破黄河天险，挺进大别山，以此拉开战略进攻的序幕。

为了实施这一计划，毛泽东还作了详细的战略部署：三军配合、两翼牵制。所谓的三军配合是：挺进大别山的任务由刘伯承和邓小平带领的晋冀鲁豫野战军主力完成，苏鲁豫皖地区则交由陈毅和粟裕带领的华东野战军主力负责，豫西地区则是陈赓和谢富治率领的晋冀鲁豫野战军的太岳兵团主动出击。这就是毛泽东所谓的三军，这三个部队在长江、汉水和黄河之间的阵势呈现一个"品"字形，三军相互配合，机动歼灭国民党军，建立了中原解放区。这三军可以说是刺进蒋介石胸膛的三把尖刀。

随后，将陕北、山东战场上的国民党军主力调动起来，引诱他们回援，以此来配合解放军内线作战，将解放战争的整个作战局面都完全改变了。两翼牵制是：为了配合三军作战，在陕北战场上的解放军主动攻击榆林地区，引诱国民党军北上；在山东战场上的解放军则攻打胶东地区，将山东战场的国民党军主力，引向海边，配合我三军的行动。

1947年7月，中共中央在小河村召开军事会议。会议规定，陕甘宁晋绥联防军司令员为贺龙，统一管辖陕甘宁、晋绥两地区工作，解决统一后方、精简节约、地方工作三个问题，将一切人力、财力、物力全部集结起来，全力支持西北解放战争。陕甘宁晋绥联防军的

政治委员为习仲勋,副司令为王维舟、阎揆要,副政治委员为张仲良,参谋长为张经武。

为了配合战争,中共中央决定成立西北野战军。1947年7月31日,周恩来起草样纲,根据中共中央的指令,将西北野战兵团改名为西北人民解放军野战军,司令兼政委就由彭德怀担任。与此同时,中共中央还成立了中共西北野战军前委,书记为彭德怀,成员为习仲勋、张宗逊、王震、刘景范。

西北野战军任命情况是:西北野战军司令员兼政治委员由中央军委副主席兼总参谋长彭德怀担任,副政治委员为习仲勋,参谋长是张文舟,政治部主任为徐立清,副参谋长是王政柱,后勤司令员为刘景范。

西北野战军编制以及兵力状况如下:辖三个纵队、两个旅、一个山炮营。张宗逊为第一纵队的司令员,廖汉生是政治委员,管辖独立第一旅,王尚荣为旅长,朱辉照是政治委员;第三五八旅,黄新廷为旅长,余秋里为政治委员。王震是第二纵队的司令员兼政治委员,管辖独立第四旅,顿星云是旅长,杨秀山为政治委员;第三五九旅,郭鹏是旅长,李铨为政治委员。

转战陕北时期的毛泽东

许光达是第三纵队的司令员,孙志远为政治委员,管辖独立第二旅,唐金龙为旅长,梁仁芥是政治委员;独立第五旅,李夫克是旅长,王亦军为政治委员;独立第三旅,杨嘉瑞为旅长,孟昭亮是政治委员,孟昭亮一直在山西战场作战,直到1949年6月才回来。另外两个旅是:张贤约带领的新编第四旅,黄振棠为政治委员;教导旅,罗元发为旅长兼政治委员。这个时候,除了独立第三旅外,全军一共有八个旅,总共4.5万人。并且明确规定:野司担任野战军的作战指挥,联司负责野战军的建制。

1947年7月,解放军内部便形成了五大野战军:西北野战军、晋冀鲁豫野战军、晋察冀野战军、华东野战军、东北民主联军。

1947年3月到7月,国民党军胡宗南部队的几十万大军攻击我西北解放军,西北解放军的兵力仅仅有几万人,面对这般形势,中共中央、毛泽东决定亲自指挥作战。经过五个月的拼死搏杀,我军取得了决定性的胜利,歼灭国民党军2万多人,一时间军心大振,士气高昂。野战军也从开始的2.5万人发展到4.5万人,武器装备也有了明显的改善,军队战斗力大大加强。国民党军受到人民解放军的接连打击,已是筋疲力尽,战斗力大大下降,人心涣散、进退两难。

在这种情况下,根据中共中央军委的指示,西北野战军将胡宗南的主力部队牵制在陕北地区,为陈谢大军横渡黄河争取时间,也为刘邓大军挺进大别山做好配合工作。于是,西北野战军决定主动出击,攻打榆林。

榆林战役

山西、绥远（后并入内蒙古自治区）、陕西的交界处就是榆林地区，也是这三个省的交通要道。绥远北面紧挨着长城，西面和榆溪河相邻，榆溪河外就是一望无际的沙漠，东、南、北三面环山。山上沙丘众多，城垣则是砖石建造，比较结实，城南凌霄塔以及九一八高地能够俯视整个城区，也是控制机场的绝佳位置。

榆林不仅地理位置重要，它也是国民党的一个重要据点。在蒋介石看来，如果榆林失守，那么晋、绥、陕边区间的共匪就能够连成一片，和俄、蒙等道路相通。所以说，榆林地区成了国民党军和解放军的必争之地。因此，蒋介石在榆林地区成立了"晋陕绥边区总司令部"，总司令为邓宝珊，带领陆军第二十二军（辖第八十六师及新编第十一旅）在此防守，以此来保护这一战略要地。1946年11月和1947年春，为了监视邓宝珊部，胡宗南把他嫡系部队第三十六师第二十八旅2个团，共6000多人的兵力，相继运到榆林地区。这样一来，邓宝珊的兵力并有一个军以及一个整编旅，再加上一个地方部队，总共有1.5万多人。

榆林地区的国民党兵力部署情况是：第二、第三营、补充第一营由第八十六师第二五六团团部带领，在高家堡、乔岔滩地区驻守，第一营主要负责响水堡，第二五七团以及补充第二营主要在青云山、古庙梁、店河峁、流泉河、双山堡地区驻守；第二五八团以及补充第三营主要在神木、府谷地区驻守；归德堡、米家园子、刘官寨、鱼河堡地区则由第二十八旅两个团分守；榆林城内及五里墩、三义庙则由新编第十一旅第一团驻守；三岔湾交由第二团负责；横山则由陕西保安第五团负责。

中共中央、毛泽东也意识到了榆林地区的重要性，所以解放军委在很早时候就已经开始部署夺取榆林的战略计划了。1947年5月，毛泽东曾经想过把陈赓纵队从晋南战场调入陕北战场，统一由彭德怀指挥，以此和西北解放军配合作战，将胡宗南集团以及其他国民党军队全部歼灭，以此完成大西北的战略目标。不过，毛泽东又思考到，如果将陈赓部队调入陕北，那么解放军在大西北局势要想改变，就必须要在独立第五旅的协作下攻打榆林。不过，经过再三的思考和衡量，毛泽东决定不把陈赓部队调入陕北，而攻打榆林地区的任务则交由西北野战军独立进行。

7月27日，陕甘宁边区部队接到了中央军委的来电：命令其8月8日发动榆林地区战役，以此来吸引胡宗南集团主力北上支援，配合刘邓大军的南下行动。

西野司令部根据国民党在榆林地区的战略部署，研究决定：西北野战军的八个旅，再加上绥德军分区的两个团，总共有4.5万人，兵力是榆林国民党军的三倍，以这样的兵力优势来攻击榆林地区的国民党军。鱼河堡、归德堡、三岔湾等地交由第二纵队、新编第四旅、教导旅负责，随后城北以及城西北地区则由第二纵队负责，城东南方向则是新编第四旅，预备队为教导旅；绥德军分区第四、第六团在第一纵队的指挥下，进攻响水堡，为第二纵队北渡无定河做好掩护工作，相互配合，将三岔湾的国民党军彻底歼灭，然后再包围城南及城西南；流泉河、青云山地区则是由第三纵队、独立第五旅负责，高家堡、乔岔滩地区为独立第二旅负责，将上面各个据点的国民党军彻底消灭后，再攻击城东地区。

在作战会议上，彭德怀对于榆林战役的重要性进行再次强调，他号令全体指战员一定要将这一场战役打好："榆林可是战略牵制区，我们的目标就是将蒋介石的战略预备队牵制在这里，让他们留在陕北战场，没有转环的余地。我们在这里，党中央毛主席也在这里，这样一来，胡宗南的大军就很难再走了。"

7月上旬，三边战役结束后，胡宗南集团主力继续其清剿活动，其活动范围在鄜县、延安、安塞以西地区。遵照党中央毛主席的指示，为了调遣国民党军主力北上，配合太岳兵团横渡黄河，解放军西北野战军伺机将邓宝珊部歼灭，并且寻机攻夺榆林要地。

7月30日，西北野战军从大、小理河地区的双湖峪、周家峻等地进攻榆林地区。

8月4日，解放军西北野战军已经行至秦寨、镇川堡、响水堡一带。

当天晚上，邓宝珊知道了这一消息后，于次日上午召开了军事会议，针对解放军情况来研究防御政策。经过讨论，邓宝珊采用部下的意见，决定将神木外的所有外围据点全部放弃，集中将大部分兵力都集中在榆林城郊，进行防御工作。7日早上，邓宝珊下令，把指挥部从城外的金刚寺转移到城里。城内的战略部署状况如下：南城由第二十八旅第八十三团（欠一个营）防守；南门外凌霄塔高地及三义庙据点则交由第八十二团（欠一个营）防守；西城则由总部特务营部和第二十二军的工兵、辎重、补充等进行防守工作；北城守卫工作则由第八十六师炮兵营、工兵连以及军通讯营大部防守；东城的守卫任务则交由第二五七团及第八十六师直属队一部负责。

在这一过程中，解放军歼灭了国民党新编第十一旅第二团和国民党第二十二军第二五六团，他们分别负责三岔湾和高家堡的防守工作。

8月6日，城南之南桥、五里墩和飞机场被解放军西北野战军第一纵队占领；城北的镇北台、北岳庙、观音滩等阵地被西北野战军第二纵队攻克；新编第四旅攻克了归德堡、青云山、金刚寺等地区；独立第五旅则占领了流泉河、店河岇及城东无量殿高地；高家堡、乔岔滩等地区则被独立第二旅攻占。7日9时，西北野战军从四方八面集聚，准备围攻榆林城。

8月7日上午，得知消息的蒋介石急匆匆地从西安抵达延安，召开紧急会议，商讨榆林的作战支援方案。会议上决定：(1)榆林地区的守军一定要誓死防守，等待其他援军的到来；(2)整二十六师即刻出发，前去支援榆林；(3)支援的时候，应该以迂为直，避开绥德、横山地区的共匪，避免与之正面接触，阻挠解放军救援路程。其支援路线为从保安（今志丹）、靖边一带，绕过长城，沿着伊盟南端边缘前进，趁着敌军不注意，一举攻下榆林；(4)到达榆林周边后，应该即刻和榆林守军联系，争取内外夹击，将共匪一举歼灭；(5)整三十六师前进时候的补给问题，则会每天派遣空军投递。并且还命令整编第三十六师于11日时一定要到达榆林地区。

8月7日晚上，蒋介石将胡宗南找来，再一次商议榆林地区的作战情况，并且还给邓宝珊、第二十二军军长左世允、第二十八旅旅长徐保等人分别写了一封书函。第二天由空军投入榆林地区，让守军坚守阵地，等待援军。

蒋介石对整编第二十七师军官说："陕北可是主要战场，也是共匪首脑的所在地，如果不将其歼灭，那么以后会有很大的麻烦。原本是命令将解放军在七月底将其歼灭的，如今要延长一个月,到了8月底,一定要将陕北地区的共匪彻底肃清、歼灭。"

为了援助榆林地区的国民党军,胡宗南命令在安塞、保安地区的国民党军队分头实施清剿计划,企图将解放军在米脂、葭县(今佳县)、榆林地区的兵力最大可能地压缩,其国民党军队的主要力量有整编第一军的整编第一师、整编第九十师,整编第二十九军的整编第三十六师(欠第二十八旅在榆林)、整编第十二旅、整编第五十五旅等总共十个半旅的兵力,约有6.3万人。整编第三十六师顺着马向湾、龙州堡、横山方向轻装前行,日夜兼程,支援榆林地区国民党军。他们此次的形成出乎解放军的意料,其沿着长城外的沙漠地形,日夜前进。国民党主力整编第二十九军、整编第一军等部则分别从石湾、安定地区继续向清涧、绥德前进。

8月7日,中央军委了解国民党军行进路程后,便给彭德怀致电,命令其立即派遣部队埋伏在横山地区,阻碍国民党军支援榆林地区。

9日,中央军委又给彭德怀致电:"胡宗南命令钟松带着五个团的兵力,从靖边经由横山赶到榆林郊外支援,希望能够立刻派遣主力军队,将无定河一线封锁,阻碍其前进的步伐,这可是十分紧急而又重要的事情。"

根据中央军委的指示,彭德怀派遣教导旅配属绥德军分区两个团,从鱼河堡、响水堡地区赶到波罗堡、横山地区,阻碍整编第三十六师的支援进程。

榆林作战时期,蒋介石总共派出了165架次飞机,投送粮食达258吨,弹药约4吨。

8月10日,西北野战军主力开始进攻榆林城。东门和北门由第二、第三纵队负责,小西门则由第一纵队一部负责,其将城门炸开后,攻进城内,后因为后续支援部队没有及时跟上,战争到第二日早上,第一纵队又只能退出城外。

11日4时30分,第二纵队司令员王震向彭德怀报告:"昨天晚上,在城墙作业以及运动中,解放军有些伤亡,攻城器材倒没有消耗。我已经命令部队于今天晚上再次登城。"

11日上午,彭德怀致电中央军委:"如果董钊、刘戡两军一直徘徊不进的话,那么就定于今天晚上,再度实施攻城计划,如果在13、14日两天可到的话,那么就负责围城打援任务。"

11日中午,中央军委给彭德怀致电:"榆林并不是迅速进攻能够拿下的,而钟松则还有可能继续增援,所以现在似乎应该先暂停攻打榆林的计划,集结部队,准备在12日晚上或者是13日攻打钟松。"并指令西北野战军"在钟松到达白家涧、古城见的当天晚上,趁着其还未站足脚跟,对其发起进攻。"中共中央的这一指示,西北野战军还没有来得及执行,钟松就已经带着整编第三十六师绕过西北野战军的打援阵地,率先进入了榆林城。

11日晚上,西北野战军发动第二次攻城战争,可惜因为攻城部队的爆破准备不够充分,致使第一、第二纵队的六个爆破口都没能炸开;独立第二旅刚刚到达城郊,还没有准备充分,便匆匆加入战斗,再加上其爆破的药量不足,致使攻城战役并未成功。

攻打榆林的战役失败后,中央军委又命令解放军在榆林、米脂地区休养生息,将国民党军刘戡和钟松的部队隔断,吸引国民党军的注意力,掩护陈、谢大军的行动。12日,彭德怀决定主动将部队撤出榆林地区,第二纵队转移到榆林东北长乐堡,引诱国民党军北上;第一纵队则转移到归德堡以东万家寺一线山区;其他各部队则悉数转移到榆林东南归德堡、响水堡、鱼河堡地区,准备再次发动战役。

西北野战军虽然并没有攻下榆林城，但是却也调动了胡宗南的主力，引诱其北上，协助陈谢大军横渡黄河，并且收复了横山、响水堡、鱼河堡、归德堡、高家堡等城镇及广大地区，削弱了国民党军邓宝珊的军事力量，巩固了陕甘宁边区北线。

这一次战役，西北野战军伤亡约1860人，30人失踪，击毙、击伤国民党军约2000人，俘3200人，一共5200人，缴获两辆汽车、13门迫击炮、17挺重机枪、122挺轻机枪、1800支马步枪。

胡宗南乘胜追击

8月14日14时，胡宗南部下的整编第三十六师主力军进驻榆林城。

第三十六师进驻榆林之后，便大肆吹嘘其巧妙战术，致使胡宗南猜测共产党军队已经溃败而逃，这正是打击、歼灭解放军的大好机会。于是，胡宗南命令其后三十六师征兵南下，前往镇川堡地区，而整编第二十九军军长刘戡则带领部队主力顺着大理河谷的方向，进攻绥德，整编第一师则从清涧北上，前往绥德。

毛泽东根据国民党军的这一行动分析，这一路胡宗南的军队可能会在16、17日攻占绥德、义合。为了确保解放军在无定河、黄河之间的后方机关和医院的安全，中央军委对西北野战军下达了命令："要求西北野战军带领主力将归德堡到镇川堡一带的无定河两岸控制住，并且还要备好七天的粮食，以备不时之需。"与此同时，中央军委还给贺龙、习仲勋二人发了电报，让他们立刻着手布置后方机关及医院，要在五天内分别渡过河东，等待国民党军情稳定后，再转移回来。

贺龙、习仲勋根据毛泽东同志的指示，带领中共中央西北局、边区政府和联防军机关，在西北野战军主力的掩护下，沿着蝎蜊峪大川东行，8月18日从葭县以北东渡黄河。这样一来，也就保障了解放军后方机关和医院的安全，给国民党军队方造成错觉，致使国民党军队方判断错误。

胡宗南根据电台测向、空军和地面侦察等所得情报认为：共产党军队打不下榆林，致使损失惨重，只能仓皇逃窜了。而其逃窜的道路必定是东渡黄河，于是便下令要全速追击，不要错过了这一大好机会。于是便催促其下各部要加快速度，争取尽快将共产党军队歼灭。

8月15日，国民党整编第一、第二十九军到达绥德地区。胡宗南便命令第一师三个旅在整编第一军军部的指挥下，驻守绥德，整编第二十九军和整编第一军的第九十师等共五个旅的兵力，在军长刘戡的指挥下，进攻葭县地区；命令整编第三十六师从榆林前往镇川堡方向，配合整二十九军作战，在葭县附近逼迫彭德怀部的主力，争取在此地将其歼灭，或者是把西北野战军的主力赶到黄河以东，实现蒋介石所规定的8月底肃清中共中央首脑机关的目的。钟松是整编第三十六师的师长，他被"胜利"冲昏了头脑，自以为自己支援榆林有功，而且还受到了蒋介石的嘉奖，性情傲慢蛮横。到达榆林的第二天，钟松将一些辎重部队留下，自己带着两个旅四个团的兵力南下，企图和刘戡主力会合，再次抢立战功。

因为榆林战役的失利，毛泽东、周恩来和任弼时带领的中共中央机关和西北野战军在国民党军几万大军的压迫下，被迫在葭县、米脂、榆林三县间南北20公里，东西30公里的这一狭小地区活动。这样一来，西北野战军的回旋余地就变得很小了，中共中央领导的处境也非常危险！

8月13日，毛泽东接到彭德怀的来电："在我看来，胡宗南部队北上并不可怕，而且他进入得越深，反而越有利于解放军的战斗。这样，第一可以协助陈谢集团的行动，第二西北野战军也能够寻找良机，也好将国民党军一举歼灭。我的打算是野战军要先休息三四天的时候，然后争取将国民党军五十五旅、十二旅或者是第一师一举歼灭。也就是说，要把刘戡的部队一举歼灭。"

8月14日1时，毛泽东给彭德怀去电："在当前形势下，最好集中8个旅的兵力，迎战刘戡大军。"8时，毛泽东又给彭德怀去电："今天早上，在榆林地区钟松已经接受了国民党军空调的粮食，估计今天下午他们就能南下二三十里，明天必须前进到镇川堡地区，其目的便是要攻占米脂。16日上午，刘戡所带领的五个旅的兵力就可能会到达绥德地区。如果解放军集中八个旅的兵力，在归德堡、镇川堡以东以北山地袭击钟松部队，无疑是一个好时机，不知道现在部署还来得及吗？"

这个时候，在彭德怀的指挥带领下，解放军西北野战军在榆林东南、沙家店西北地区集结。这一地区东为黄河，北临沙漠，西南便是无定河和国民党军，虽然回旋余地很小，但是这一地段正是整编第三十六师南下米脂的必经之路，解放军在此隐蔽埋伏，也是最佳的安排。

根据毛泽东的指示，当天中午，彭德怀便将战略部署工作向中央军委作了详细的汇报："我们准备歼击整编第三十六师，总的目标就是将二、三两纵的兵力和教、新两旅的兵力集结起来，在李家沟、鱼河堡、上盐湾及其以北地区将敌军三十六师整个歼灭。"

毛泽东收到此电报的时候，正带着"昆仑支队"穿过绥德城。毛泽东接到这封电报后，15日又给彭德怀去了电，并表示："对于你的战略部署，我完全同意，不过还是要尽可能地把敌军分成几股小势力，然后再将其一举歼灭。至于二十八旅主力，则尾随钟松其后，伺机行动。"

与此同时，毛泽东还指出："16日，刘戡会进驻绥德，17日才会补粮，得到了18日后，他才会率军北上，所以南面对于解放军的影响很好。我们今天就前往乌龙铺。"这里的意思也就是说，刘戡带给共产党的压力是很好的，可以忽略不计。共产党如今要做的就是集中全部主力，攻打钟松部。

毛泽东和周恩来、任弼时带领首脑中央机关从乌龙铺地区向北转移。此时，天上暴雨不停，行军变得异常困难。而国民党军刘戡和钟松部队的距离仅有50公里，如果他们会合的话，黄河渡口就会被封锁，无定河到米脂一线也会被控制。这样一来，就把中央首脑机关和西北野战军阻隔在一个只有几平方公里的狭小地区内。解放军南、西两面面临的是钟松和刘戡的部队，东面是波涛汹涌的黄河，北面则是一望无际的沙漠。以毛泽东为首的中央首脑机关陷入了极度危险的困境中。

彭德怀一想到这些，就有些胆战心惊。他将帽子摔在办公桌上，一会儿拿着地图细细研究，一会又在房间踱来踱去，很是着急。

彭德怀对自己的参谋长张文舟说:"无论如何都要保证党中央的安全,一定要让他们感觉到安全才可以。"并且还立刻派遣许光达带领一个纵队的兵力,掩护中央机关安全转移。随后,彭德怀又致电毛泽东,请求中央机关转移到葭县西北地带。这样一来,就和西北野战军的主力相距较近了,也就大大增强了中央机关首脑的安全度。

与此同时,彭德怀在征得毛泽东和党中央的批准后,便按照计划将主力埋伏在预先设定的地点,加强防备,准备战斗,希望能够一举粉碎胡宗南的合围计划。彭德怀明白,要想解除党中央如今的困境,其最好的办法就是通过战争来打破胡宗南的合围计划,让解放军在西北战场上变被动为主动。

发动沙家店战役

8月15日,国民党整编第三十六师的行进方向并没有按照解放军预想的那样行进,他们没有走鱼河堡至镇川堡公路,而是沿着无定河南岸行进,所以也就躲开了西北野战军的预设阵地。彭德怀想到,隔着河打仗可没有什么优势可言,于是又只好把西北野战军的主力转到镇川堡东北的石窑坪、柏树墕地区,等待时机。8月17日,刘戡带领部队来到了米脂东南的吉征店(今吉镇)以南地区;钟松则派遣第一二三旅附第一六五旅第四九三团作为前梯队,从镇川堡地区绕道而行,前往乌龙铺,后梯队则是师部带领的第一六五旅(欠第四九三团),从沙家店以西地区跟进。预计在乌龙铺地区,刘、钟两个大队会合,以此来消灭黄河边上的西北野战军。

根据钟松和刘戡两路大军的动向,彭德怀分析判断,国民党整编第三十六师主力要想东进,必须得从沙家店地区穿过,所以便决定将主力集中在这一地区,趁着刘戡、钟松两部还没有形成夹击之势的时候,将钟松部在沙家店地区歼灭,打破胡宗南的计划。

彭德怀所指制定的战略部署为:绥德分区第四团、第六团在第三纵队的带领下,以一部的兵力,将川寺以北至炮梁村一线高地占领,主力则秘密隐藏在川寺以南高地,以此来牵制国民党军的前梯队。高柏山、老虎疙瘩地区是第一纵队的集结地,等到解放军第三纵队和国民党军前梯队开火时,第一纵队的主力军则绕至沙家店东南地区,从西南向东北侧击,用一部的兵力将国民党军的退路截断,并且还要派出兵力前往镇川堡方向,负责警戒。教导旅在第二纵

西北野战军迎击国民党援兵团

队的带领下,在沙家店以北的东沟、杜渠、郎山沟地区隐蔽集结。朱家井、二郎山地区则由新编第四旅负责,等到国民党军前梯队通过后,和第三纵队、第一纵队一起截断国民党军后路,配合战斗,并对国民党军后梯队发动攻击。等到国民党军后梯队被歼灭后,再集中力量歼灭国民党军前梯队,限令各个部队统一于8月18日7时到达指定位置。

8月18日早上,西北野战军按照预期部署,到达各个集合地,赶在钟松部队之前隐蔽

起来。

18日上午10时,国民党第一二三旅,附第四九三团在乌龙铺以南和解放军第三纵队相遇,解放军一边抵御一边撤退,在黄昏时分,将国民党军引诱到乌龙铺的北山地区。不过,当天国民党军整编第三十六师的主力并没有出动,来的只是前梯队一营的兵力。他们的行进方向也在解放军预测范围内,等到国民党军走到沙家店以东地区时,已经是下午了。国民党军刚和解放军接触,便溃退而逃。只是当时大雨滂沱,解放军无法追击,也只能让国民党军逃脱了。而解放军则是返回原地,再次隐蔽集结。

8月18日,其主力军继续北进,解放军这种伏击式的战斗并没有引起国民党人的注意,更没有发现解放军的企图。

19日,国民党整编第九十师攻占葭县,整编第二十九军军部行进到神泉堡地区,第五十五旅则攻占李家庄,第十二旅从木头峪穿过,直达桃向疙瘩。19日下午,整编第三十六师师部带着第一六五旅(欠第四九三团)行进至沙家店地区(在镇川堡驻守的就是从绥德开来的补充团)。

解放军由此判断,这股国民党军很可能会在20日经当川寺到达乌龙铺,和第一二三旅会合。所以,解放军抱着全歼整编第三十六师的军心,对战略部署进行了调整:(1)沙家店以南地区交由第一纵队的独立第一旅负责,并且还要派兵前往镇川堡方向,负责警戒,沙家店以西地区则有三五八旅负责;沙家店以北以东地区为第二纵队负责;常新庄地区的是教导旅。上述各个部队要在20日早晨之前,到达指定地区,20日上午7时,就要对国民党整编第三十六师师部以及第一六五旅(欠第四九三团)发动进攻。(2)聂家畔一带是新编第四旅的集结地,主要负责阻拦乌龙铺方向的回援国民党军,并趁机歼灭其一部的兵力。(3)刘家沟以北以西地区是第三纵队(附绥德分区第四团、第六团)的集结地,主要是为了牵制国民党军第一二三旅以及第四九三团。

8月19日,彭德怀向中央军委作了报告:"如今,钟松大军已经进入了解放军预设的阵地,计划于明天早上将沙家店附近的敌军包围,并且从两侧出击,将他们一举歼灭。战役成功后,再将兵力转向东北,实施各个击破。"

19日晚,敌整编第三十六师后梯队刚刚经过沙家店,钟松便发现了在附近埋伏的西北野战军主力,于是一边责令部队就地修筑工事,抢占张家坪以东阵地;一边致电三十六师的前梯队,快速向沙家店靠拢,支援后梯队。不过,前梯队指挥官第一二三旅旅长刘子奇担心晚上行动,会受到解放军的埋伏,于是他仅仅派遣了第四九三团连夜向沙家店行进,支援师部。而一二三旅,则预定在天亮后再行动。

8月19日晚上到20日凌晨期间,毛泽东、周恩来、任弼时率领的中共中央机关已经安全转移到葭县梁家岔,并且还和彭德怀指挥部取得了联系。

20日凌晨3时,彭德华接到了中央军委、毛泽东的来电指示,"你对敌军三十六师的战略计划很好,我完全同意。"同时,毛泽东还非常关心战争的进展情况,关心前线的一切变化,关心战士们工事修筑的进程等。

随后,彭德怀又向毛泽东汇报了针对三十六师的详细战略部署,毛泽东听了后,连声说:"好,好,好。你要把你的部署计划给全体指战员都讲清楚,这一计划对于整个战局来说,都有着决定性意义,我们要坚决、彻底、干净、全部地消灭敌人,不能跑掉一个!"彭德怀听从毛泽东的指挥，对全体指战员道："一定要将三十六师彻底消灭，这可是解放军在西北战场上，由防御转为反攻的转折点；这一战打好了，那么延安收复也就指日可待了；为了人民解放事业，要继续发扬我们的无限英勇精神，誓死将三十六师消灭，活捉钟松，希望你们在今天黄昏之前能够顺利完成战斗任务！"

8月20日早上，西北野战军对国民党军第三十六师发动猛烈进攻。不过这个时候的国民党军还没有脱离阵地，所以形成对临时驻守此地的国民党军进行进攻。

战斗打响后，西北野战军第一纵队派遣第三五八旅攻击沙家店以东高地，独立第一旅（三十五团除外）的主力负责攻打沙家店以南阵地，而第三十五团则在白家峻集结，负责警戒。经过激烈的战斗，到了上午10时，第一纵队将沙家店、均家沟以东一线高地全部控制。解放军第二纵队派遣独立第四旅从拆家屹崂东南向张家坪以南以及西南高地的国民党军发动进攻，第三五九旅由独立第四旅左翼攻击常辛庄以南高地的国民党军。第二纵队接连占领了敌军几处前沿阵地，将国民党军困在张家坪南山到常辛庄以南的高地。

国民党军第一二三旅控制住乌龙铺，其为了支援师部，于20日4时，从乌龙铺出发，前往常家高山方向，想要从侧方围攻解放军。20日10时左右，第一二三旅部下的第四九三团沿着吴家沟川道行进，和其主力军会合。国民党第一二三旅先头部队到达常家高山附近，想要控制住常家高山北侧高地，为其主力通行作掩护。不过，国民党军的这一如意算盘并没有实现，解放军新编第四旅识破了他的阴谋，给其迎头痛击，战斗异常激烈。

20日14时，解放军教导旅赶到前线，和新编第四旅合力，对着国民党军第一二三旅发动攻击。教导旅原先任务主要是为了配合第二纵队作战，争取将整编第三十六师主力全部歼灭。不过当这个旅前进到常家高山附近的时候，正碰上新四旅和第一二三旅在抢夺常家高山制高点。根据目前的状况来看，常家高山阵地的地理位置非常重要，直接影响到解放军主力对国民党军的围歼计划。如果这个高地被第一二三旅控制，这不仅仅会对解放军第二纵队的侧翼造成威胁，而且还会让已经分割开来的第三十六师在此整合，对作战全局造成直接影响。教导旅指挥员对这种情况作了简单分析后，便果断决定，要和新四旅合力围歼第一二三旅。于是，当下便向常家高山方向主动靠拢，迅速加入战斗，从国民党军左侧迂回作战。教导旅的这一决定对沙家店的作战胜利起了决定性作用。在新四旅和教导旅的全力配合下，到中午12时许，解放军将国民党军围困在常家高山地区。

到现在为止，国民党军整编第三十六师师部已经被解放军分成了两个部分，并被解放军全部围困。解放军第一、第二纵队密切配合，对敌军整编第三十六师师部以及第一六五旅发动猛烈进攻，战争进行到下午17时，解放军已经占领了国民党军主要阵地。国民党军伤亡惨重，在等待救援无望、师部情况不明的情况下，想要率军逃跑。解放军第一纵队即刻命令第三五八旅第三团和第七一五、第七一六两团密切配合，沿着泥沟到吴家沟川道进行战斗，插入国民党军人心脏，将其部队分离；解放军独立第一旅第二团配合第七一四团右翼战斗，从井家沟方向迂回，切断了国民党军的退路。到下午18时，国民党军全部溃败，解放军将国民党军阵地全部占领，并且奋起发动追击。除了师长钟松以及旅长李日基和少数士兵逃脱外，其余大部分国民党军都被解放军歼灭。

第三纵队以及绥德分区第四团、第六团，在国民党军第一二三旅向着其师部主力靠拢的时候，除了一部兵力尾击国民党军，并配合新四旅和教导旅合力围歼国民党军外，其主力则是对神泉堡、李家庄地区的援军:国民党军整编第二十九军军部和第五十五旅、第十二旅等,在乌龙铺地区展开斗争,阻止其西援步伐。

当天晚上,解放军已经将整编第三十六师全部歼灭,胜利完成了任务。与此同时,葭县国民党军整编第九十师也于 20 日向西支援,解放军除了留下一部兵力清扫战场外,其余主力全部退守镇川堡以北雪水湾、刘泉塔、梁家岔地区。

8 月 21 日,贺龙、习仲勋、林伯渠等主要负责人向各军分区以及地方兵团发出指示:地方兵团要积极配合部队主力作战;在葭、米间地区,解放军主力歼灭国民党军三十六师,如今激战还在继续。蒋介石军队的后方交通线上的兵力非常薄弱。各军分区内的游击队、地方兵团和民兵等,都要根据实际情况,对国民党军实施严厉的打击,并且要和当地百姓相结合,开展游击战争,将一切可能的反动力量消灭,将反动政权击毁,并且配合北线主力作战,积极配合主力反攻行动。延属军分区要将咸榆公路彻底毁坏,以此来切断国民党军的物资运输通道;绥德军分区的主要任务则是倾尽全力配合主力作战,服从前线指挥,并且还要尽最大可能地将军区人力物力集结起来,解决野战军担架、运输、粮食、军鞋等问题,并且还要把已经集结的新兵,迅速补充到野战军中。

国民党整编第三十六师受到解放军围困后,曾经向胡宗南发出救援信号。只是那个时候的胡宗南在西安坐镇,对此根本就毫无办法。20 日那天,胡宗南在自己的日记中写道:“本夜作战汇报判断匪以全力攻三十六师师部,其对五十五、一二三、一六五各旅皆为牵制隔绝,使眩感于眼前形势,不敢奋进,使三十六师师部陷于孤立而被消灭,夜不能睡。”自己的主力部队被解放军歼灭,胡宗南却也没有任何办法啊!

沙家店战役中,胡宗南的一个主力部队被解放军西北野战军歼灭,4017 人被俘虏,缴获七门山炮、55 门迫击炮、30 挺重机枪、168 挺轻机枪、2093 支其他枪、956 发炮弹、20 万发子弹。西北野战军有 1435 人受伤,379 人阵亡,25 人失踪,一共有 1839 人,双方兵力损失为 3.27∶1。

围点打援——清风店战役

战役档案

时间:1947 年 10 月 18 日~1947 年 10 月 22 日

地点:河北省定州市清风店镇地区

参战方:中国人民解放军华北野战军;国民党第三军

指挥官:共产党军队杨得志;国民党军队罗历戎

双方兵力:共产党军队 6 个旅;国民党军队 5 个师

伤亡情况:共产党军队损失 9000 人;国民党军损失 1.7 万余人

战果:中国人民解放军胜

意义:清风店战役是杨得志围点打援战术的代表作,此役的胜利,开创了晋察冀歼灭战的新纪录,对扭转华北战局起了关键性的作用,并有力地配合了东北民主联军的秋季攻势。

作战背景

解放战争进入战略进攻阶段之后,华北解放军的攻势逐渐加强。于 1947 年 4 月转入战略反攻后,向国民党军发起了正太战役,此次战役是中国人民解放军晋察冀军区部队对河北省石家庄市外围和正定至太原铁路沿线国民党军进行的进攻作战,此役共歼灭国民党军 3.5 万余人。在 1947 年这一年中,解放军共歼灭国民党军 18 万多人,收复 30 多座县城。但是,晋察冀解放区与其他战区相比有很大的差距,其主要表现在仗"打得碎了点",整师、整旅的歼灭战打得很少,所以没有什么战绩。

1947 年 7 月 21 日,在小河会议上,周恩来对各解放区所取得的战绩排了一下名,从高到低依次是:华东解放区、晋冀鲁豫解放区、东北解放区、晋绥解放区、陕甘宁解放区和晋察冀解放区。晋察冀解放区的战绩排在了后面,导致出现这样的结果,有很多方面的原因。对此,聂荣臻指出了一条主要原因,就是解放战争爆发后,军事指导上犯了一些错误,执行大踏步前进、大踏步后退的运动战的方针不够大胆。那时有一种保守性,怕失地盘。在这样的思想下,主动性不足,集中主力主动进攻国民党军,大量歼灭国民党军,这种指导思想不明确,因而运动战的思想贯彻得不是很好。这使得解放军的自卫战争,在这一年中的胜利是很不足的。

1947 年 4 月 26 日,朱德、刘少奇受中央领导的命令,率领中央工作委员会一行去晋察冀解放区帮助和指导工作,他们一行长途跋涉近一个月的时间,才到达了晋察冀军区的所在地河北省阜平县城南庄。

朱德、刘少奇他们到达阜平县的时候，晋察冀解放区的最高长官聂荣臻正在前线指挥正太战役，所以没能亲自去迎接中央工委的领导人。直到5月3日正太战役结束之后，聂荣臻才急忙从前线赶回来，马不停蹄地赶往平山县封城去见中央工委的领导人。在封城他见到了刘少奇和朱德，并向他们汇报了详细的工作情况。朱德、刘少奇同聂荣臻等一起研究了晋察冀解放区的军事工作，根据研究结果，他们确定了进一步集中兵力，在运动中大量歼灭国民党军的作战部署。

6月1日，朱德、刘少奇就晋察冀军事工作的初步处理情况给毛泽东写了一份报告，并建议组建一支可实施攻坚作战的野战军。他们在报告中写道：为了今后能更好地打击敌人，在几次晋察冀中央局会议中决定：(1)组建野战军；(2)建立军区后勤部，使野战军脱离后方勤务工作，只管训练与打仗两件事，这样，部队就可以轻快有力地灵活使用。

接到报告之后，中央领导人仔细分析研究了他们的建议，通过分析一致作出决定，批准了他们组建野战军这一建议。并立刻重新组建了晋察冀野战军，这支队伍直接由中央晋察冀中央局和晋察冀军区领导，杨得志任司令员，罗瑞卿、杨成武任政治委员，耿飚任参谋长。就这样，一支新的解放军诞生了。

晋察冀野战军组建之后，在朱德的指导下，聂荣臻与军区其他领导人立刻拟定了两个战役的作战方案，这两场战役分别是青沧战役和保北战役。作战方案制定好之后，部队即刻向东挺进了。

6月12日，青沧战役爆发，战争非常的激烈，双方激战三天，以解放军胜利而告终。此次战役共歼灭国民党军1.3万余人，解放了青县、沧县、永清三座县城，控制了周围80公里的铁路，并阻止了国民党军九十四军出关增援东北，有力地支援了东北解放军的作战行动。

青沧战役结束后没几天，晋察冀野战军于6月25日又向国民党军发起保北战役。保北战役全歼徐水、固城、满城、完县等国民党据点守军7000余人，取得了全歼国民党暂编第三十一师的胜利，调动了增援冀东部队的回援，使国民党军陷入了疲于奔命的状态，无心应战。至此，华北平原，除几座大城市之外，晋察冀解放军已可随处出击。

从4月到6月，短短两个月的时间内，晋察冀军区主力部队取得了重大的胜利，南下正太，东取青沧，出击保定，三战三捷，完全掌握了战争的主动权。正太、青沧、保北战役后，晋察冀野战军没有再与敌人发动战争，而是集中在无极、深县、任丘等地区进行了为期两个月的停休整训。

7月20日，罗荣桓，杨得志他们给毛泽东、周恩来、任弼时发去电报说："晋察冀工作，这三个月来已有转变。""现在野战军已完全组成，所委人员已到职，人员补充也正在进行。"

为了配合东北民主联军作战，经过一段时间的充分准备，晋察冀野战军于9月初向国民党军发起了大清河战役。但是由于胃口太大，战役之初围攻的国民党军过多，虽消灭国民党军5278人，但自己的军队力量也受到了严重的损失，伤亡6778人，比国民党军伤亡还要多，这一战役打成了消耗战。首次歼灭战就遭到了重创，刚组建的野战军部队情绪不是很好。为了让军队平复心中的波动情绪，朱德总司令亲自赶往晋察冀野战军区帮助整顿了一个时期，并准备帮助晋察冀野战军打好一两个胜仗，将野战军竖立起来。

作战计划的制订

1947年9月14日,东北民主联军在林彪等人的指挥下,向国民党军发起了大规模的秋季攻势战役,迫使国民党军统帅部不得不先后调第九十二军第二十一师、第十三军第五十四师、第九十四军第四十三师等五个师出关前去增援。这样,就造成了国民党军在华北机动兵力的不足,减少了解放军晋察冀战区野战军的压力。为了抓住这一战机,一举消灭当前国民党军,配合东北民主联军作战,晋察冀野战军于10月3日召开了旅以上干部参加的前委扩大会议,讨论了下一步作战方向、作战计划等问题。

提起作战,前来参加会议的干部,个个激情高涨。在所有与会的人员中,晋察冀野战军司令部的司令员杨得志格外地兴奋,他站起来向围坐成一圈的各纵(旅)首长详细地分析了当前国共双方的作战形势。大家你一言我一语激情地讨论着,就这样在首长们的讨论中,一个新的战斗决心产生了。杨得志、罗瑞卿认真地听取了所有首长们的意见和建议之后,反复思考研究,最后,对下一步作战提出了两个方案:一是再出击清河北,二是出击保(定)北,但是出击哪里呢? 这是与会人员需要讨论的问题,对于这两个方案,各首长有着不同的见解:"如果出击大清河,敌军虽不多,但仍必须要打攻坚战,难度不小!""并且兵出大清河作战,我方为背水而战,进攻与后退都不方便,不利于机动。""而如果出兵保北就不一样了,我可进退自如,更有利于牵制敌人,配合东北战场!""打大清河还有一点不好,就是如果一时攻坚不下的话,三四天不能打开战场,则援军到来,仍须被动撤出战斗,发展前途不大。""与此相反,如果打保北的话,我方可以完全集中主力(独七旅可按时参战),就容易创造打援条件,有发展前途。"讨论非常的激烈。

根据讨论结果和利弊权衡,杨得志、罗瑞卿最终决定出击保北。并拟制了三个作战方案:

(1)以第二、第四纵队及独立第七旅,由东向西,第三纵队由西向东,攻克徐水、容城,扫清固城、保定间点碉,开辟打援战场;尔后,以一部由北向保定外围佯攻,引敌来援,以一部扼守徐水,主力准备于徐水附近歼灭援敌。

(2)扫清固城、徐水、保定间小据点,孤立固、徐、保3点;然后采取围城打援,如援敌多,则西转荫蔽于遂城、姚村以西,诱敌向遂城或姚村追击,而各个歼灭之。

(3)以一部围攻涞水,争取于涞水、高碑店间打援,认为以第一、第二案为适宜。

野战军领导人针对此次出击战役的事宜,向中央军委、中工委和军区作了详细的汇报,并表明倾向于第一和第二个方案。朱德、刘少奇看后,即刻复电并同意出击保北并仍以寻求打运动战为主之方针。

随后,晋察冀野战军向全体人员发布了作战命令:"乘东北解放军大举出击,敌北平行辕为应援东北,在我区采取守势之际,我决再度发动保北战役。"

并根据当时的形势作出了具体的作战部署:以第二纵队配属独立第七旅围攻徐水,以此吸引国民党军出兵增援;以第三、第四纵队在徐水以北和以东地区集结,准备在运动中歼灭从北面和东面赶来的援军;以独立第八旅监视石门第三军。

增援东北的国民党军五个师走后,为了防止解放军乘虚而入,便将主力部队作了相对的集中与调整:第十六军驻守大清河以北的雄县、霸县、新城;第二十二师守卫平津间的交通线;第四军第一师第一旅配置在涿县、涞水、定兴;第五师在北河店、固城、徐水;新编第二军的2个师守保定;罗历戎的第三军作为主力中的主力,镇守石家庄。这些地区,除石家庄之外,都在保定以北铁路线的东西两侧,国民党军企图以此缜密的部署来确保平津保三角地带这块战略要地。

国民党军获悉解放军要战保北的消息之后,心中非常害怕,保定绥署的主任孙连仲立即将此消息急报给蒋介石。得到这个消息之后,身在北平的蒋介石立即下令于10月6日召开军事会议。与会人员有北平行辕主任、绥署主任、副主任和各军军长、各师师长等40余人。

会议首先由各军军长轮流汇报作战情况,但是国民党军这些将军们都避重就轻,汇报的都是:粮食、被子、衣物等供应不足,获取困难等类似的问题。对于屡战屡败的战事都没有提起。这令蒋介石非常气愤,厉声训斥道:"你们之汇报乃是本末倒置,只顾到遭遇的困难而忘记了我们根本的任务。"

坐着已经难以发泄心中的愤怒了,蒋介石站了起来,离开自己的座位,接着训斥道:"这次会议不是诉苦大会,你们应该着重于剿匪的经验,要指出匪军的长处,检讨自己的缺点,并研究如何制胜匪军的方法。

"当然,给养问题确实也存在,问题也确实比较大。但是,第三军现在驻石家庄,四面被匪军包围,交通阻绝,真是孤军远戍,试问中央有什么办法来接济你们?"

"因此,"蒋介石的手在空中挥了一下,停在半途,伸开的五指使劲捏到一起,紧紧地握着,"你们要想办法。对于本地的粮食物资要能切实控制,对于附近二三百里匪区以内的粮食,亦要派军队去搜集!"

对于眼前所面临的问题,蒋介石也确实想不出什么更好的方法,他所说的"搜集",就是暗示其部下,向老百姓去抢粮来解决所面临的给养问题。

蒋介石对石家庄这块地非常重视,会议结束之后,专门召见时任第三军军长的罗历戎。

蒋介石对罗历戎说:"石家庄应该固守,可将第三军抽调一师到保定,加强机动部队。"

罗历戎没有吭气,表面上来看是认真地听取蒋介石的指示,其实他心里早有了自己的打算。蒋介石要他守住石家庄,但是又减少石家庄防守兵力北调,这样的结果可想而知。要想个什么计策离开石家庄呢?正在他冥思苦想的时候,只听蒋介石说道:"北调部队由谁率领为佳?"

听到这句话的时候,罗历戎仿佛抓到了一根救命稻草,罗历戎急忙自告奋勇地向蒋介石请命,要求由他率领一部分部队北调,大声说道:"由我带他们北调增员保定。"蒋介石见他如此自告奋勇,对他大大赞赏,实不知他是为了尽快离开石家庄逃命去。

诱敌入围

10月11日,进攻徐水外围的战斗打响了,战争非常的激烈,晋察冀野战军经过一段时间的整修和调整,个个斗志昂扬,以迅雷不及掩耳之势,于第二天早晨全部扫清北河店至徐水间国民党军据点,13日围攻徐水。

14日，晋察冀野战军第三纵队拔除了北河店至徐水间国民党军据点。第二纵队攻占了徐水之南与之北的两个国民党军据点，围攻城垣。

徐水告急，国民党军保定绥靖公署孙连仲急忙下令第九十四军的第五师、独立第九十五旅各一部共六个团在北平行辕战车第三团的配合下，由高碑店、定兴经固城南下支援徐水；此外第十六军的第九十四、第一〇九师等的四个团也同时由新城、霸县出发，经容城援兵徐水。为了确保万无一失，孙连仲还急令第三军马上作好出动的准备，争取在四天之内由石家庄赶到保定，企图从南、北两面共同夹击围攻徐水的晋察冀野战军。

晋察冀野战军并没有把所有的兵力都放在围攻徐水上，而是按照预定的计划，调动一部兵力牵制容城的第十六军之外，剩下的兵力则去迎战由固城南援的国民党第五师等部。15日夜，国民党援军接近晋察冀野战军的阻击阵地。野战军司令员一声令下，第三纵、四纵迅速出击，向着国民党军的第九十四军奋勇杀去。但是由于国民党军五个师猬集成一团，野战军一时没能将其分割开来。

四大激战之后，到17日的时候，晋察冀野战军与国民党援军在徐水、固城、容城地区对峙。经过激战之后，国民党军队伤亡很大，但是这并没有达到晋察冀野战军的目标，为了早日实现作战计划，晋察冀野战军不想与国民党军僵持，想来一场速战速决的战役，以防久拖对自己作战不利。

晋察冀野战军前线指挥部设在了河北容城东马村，此时，野战军司令员杨得志正俯身看着地图，他神情严肃，眉头紧锁，手指缓缓地在徐水和石家庄之间移动，思索着如何走好下一步棋。

战场是残酷的，就像下棋一样，一招不慎就会造成满盘皆输的下场，所以走哪一步都要谨慎小心。战场不比棋局，输了还可以重来，如果在战场上失败了，那就再也没有重来的机会了，所以杨得志一定要走好下一步。

杨得志是安源矿工出身的一位勇猛将军，他18岁上井冈山，年仅22岁的时候就当上红军团长；率领前卫团，突破乌江天险；安顺场强渡大渡河；平型关下，日军闻之丧胆。八年的抗日战争练就了他一身的智谋和胆略。

为了打破这种久拖不战的僵局，杨得志想了很多方法，最后他同领导商量之后，决定向平汉铁路以西的遂城、姚村地区转进，以此来引诱北路的前来支援的国民党军西进。把国民党军引诱到易县、满城地区之后，寻找机会，一举歼灭一部分分散的国民党军。

此时的徐水城仍处在硝烟弥漫、炮声震天的激战中，晋察冀野战军的战士们各个都英勇奋战，彰显出了大无畏的男子汉气概和不畏牺牲的抗战精神。

17日黄昏时分，晋察冀野战军主力向西移动，平汉铁路以东各纵队向路西开始行动。

就在这时期，蒋介石乘飞机来到北平，他错误地认为晋察冀部队在保北地区已被他的主力所钳制住，陷入了被动局面，难以脱身，所以就让孙连仲命令石家庄第3军军长罗历戎率主力马上北上，赶赴保北战场，企图会同由平、津出援的军队，南北夹击解放军晋察冀野战军于保定地区。

1947年10月17日，当晋察冀野战军率主力向西挺进时，战场出现了新的情况。

杨得志、杨成武、耿飚，于17日下午在西进途中接到正在完县参加土地会议的晋察冀军区司令员兼政治委员聂荣臻的一封急电，电文的主要内容是："石门敌七师并六十六团由罗历戎率领于昨(十六日)晚渡河北进,当晚停止于正定东北之蒲城一带。今(十七日)续向北进,上午在拐角铺一带休息。"时隔不久,聂荣臻又发来电报,命令野战军主力急速南下歼灭国民党军,"勿失良机",并告"已令冀晋、冀中用一切努力滞阻该敌。"

原来,罗历戎在接到孙连仲的命令后,立即命令第三十二师留守石家庄,自己率军部、第七师和第十六军第二十二师第六十六团,携带四天粮秣北上,"于十月十五日午后1时由石家庄出发,连续三日行进没有发生情况。"

杨得志、杨成武、耿飚接到聂荣臻的电文后,非常高兴。

晋察冀野战军首长马上召开了会议,全面讨论分析了上述国民党军的情况,认为国民党第三军主力孤军远程奔波北上,处于运动疲劳状态,非常有利于歼灭。所以,晋察冀野战军首长当机立断,决心以主力隐蔽南移,把第三军主力于保定以南的清风店地区歼灭。

"尽快抓住罗历戎,打掉他,歼灭他!这个敌人是送上门的,战机非常难得!"杨得志说道。同志们纷纷表示赞同。

但是该如何打好这一仗,成了接下来他们要考虑的问题,于是杨得志他们打开地图,寻找消灭罗历戎的战场。经过讨论研究,最终决定把战场设在清风店。为赶在罗历戎前面到达清风店,杨得志率领着部队和罗历戎进行了一场时间赛。

17日下午6时,杨得志等向部队下达了口头命令,令第三纵队首长统一指挥该纵队的第五旅、第三纵队和冀中军区独立第七旅,伪装成野战军主力继续围攻徐水国民党军,同时抗击北面而来的援军;令第二纵队司令员陈正湘,政治委员李志民统一指挥第二纵队第五旅、第三纵队第七、第八旅,独立第七旅,在徐水地区坚决阻击南下增援的国民党军队。野战军首长率第四纵队、第二纵队第四、第六旅及第三纵队第九旅共六个旅兵力,于18日趁夜黑紧急南下,经保定东西两侧,于19日早上到达方顺桥、阳城镇附近地区,并隐蔽起来,等待时机,围歼罗历戎率领的第三军。晋察冀军区命令独立第八旅和冀中、冀晋军区部队,以及该地区的广大民兵,对北上的第三军进行阻击,迟滞他们前进的速度,并阻止他们后退,这样一来,为主力南下聚歼国民党第三军创造了有利条件。

没多久,动员令由电波传到了部队,内容如下:"为了打大胜仗,必须集中一切兵力、火力,猛打、猛冲、猛进,发扬解放军的传统作风,狠打、硬打、拼命打,丝毫不顾虑,冲垮敌人,包围敌人,歼灭敌人!必须不顾任何疲劳,坚决执行命令不怕夜行军、急行军,不管有没有饭吃,有没有水喝,不怕困难,不叫苦,更不许怠慢,走不动也要走,爬着、滚着也要追,坚决不放跑敌人。全体干部以身作则,共产党员起特殊作用。敌人顽抗须坚决摧毁,敌人溃逃必须追上歼灭。号召打大胜仗,为人民立功!"

从接到情报到完成动员,前后只用了不到半个小时的时间。

这时,聂荣臻收到了野战军司令部发来南下歼灭国民党军的电报,立即回复,电文如下:"南下打敌如果时间短促,可以先派一个团急行前进到望都以南进行阻击,这样以争取一些时间,即使这样,主力也必须要急速前进,千万不要错过这个歼敌的良机。我已经命令冀晋、冀中的部队要用一切努力来滞阻该敌。"

收到野战军司令部发来的急令的时候,晋察冀野战军各部正行进在诱国民党军西进的途中。部队刚出发没多久,走了还不到10公里的路程,野司骑兵通信员就骑着快马,把军区的紧急电报送来了。军区领导要求除部分力量继续攻打徐水外,大部军队都调头向南疾进,把国民党第三军歼灭于方顺桥以南的地区。国民党第三军从新乐到方顺桥不过45公里的行军路程,而解放军从徐水到方顺桥则需要从徐水以北绕过保定,这样行程远远比国民党军多出了一半多的距离,在100公里以上,这就要求解放军必须用比国民党军快近两倍的速度急速行军,才能赶到国民党军的前面到达徐水。全体官兵都为此捏着一大把汗,担心不能很好地完成任务。

时间十分紧迫,接到命令之后,各部立即掉头向南行军。部队昼夜兼程,饭顾不上吃,水顾不上喝,只为了能赶在国民党军前面到达目的地,实在太饿了,就边走边吃,也不敢停下来。部队已经连续战斗了七天七夜,没有休息,就赶紧投入到通宵达旦的急行军中,这其中的辛酸疲惫可想而知。但是战争是残酷的,稍有怠慢,可能就会导致整个战役的失败。

为了争取时间赶到国民党军队前面,各部队尽量都轻装上路,只留下手中武器和少部分食物。道路崎岖就走路前进,道路平坦就跑步行军,战士们各个满眼血丝,疲惫不堪。有的走着走着就睡着了,后面的战士赶紧推一把,惊醒后,揉揉干涩的眼睛,继续前进。

为了使战士打起精神,在行军途中,部队中的宣传小队,不断给战士们做思想政治和鼓动工作;干部们也不断地组织战士们唱军歌,以此来振奋精神;战士们之间也不断地激励士气,身体强壮的战士帮身体弱的战士背枪,干部帮战士背弹药。

为了在行军速度上战胜国民党军,战士们以惊人的意志和超强的忍耐力,不顾劳累地往前走。到19日凌晨左右的时候,晋察冀野战军各纵队大部分都走完了一百二三十公里路程,比野战军司令部规定的时间,提前五六个小时到达指定位置。

地方部队的阻击战斗很成功,从新乐到定县仅仅约25公里的路程,国民党第三军在罗历戎的带领下,走了一昼夜多的时间才走完。当解放军主力军到达方顺桥以南的时候,罗历戎带领的1.4万多人马,像蜗牛爬一样刚刚走过定县县城,行军非常缓慢。这也怨不得他们,他们一过滹沱河地区,便遭到了解放军地方武装力量和民兵的阻击。不仅道路遭到了严重的破坏,而且还在路上埋下了好多地雷,不断地发生爆炸,令国民党军胆战心惊,不敢向前行走,在罗历戎的严厉命令下,不得不冒着生命的危险,继续缓慢地向前走。此外,解放军地方武装力量和民兵们还会不时地给国民党军放点冷枪冷炮。这更给罗历戎行军带来了困难。17日的时候,罗历戎发现野战军独八旅正尾随其后行军。为避免袭击,减少伤亡,于是,他急忙下令部队向中间靠拢,这样一来,万余名战士紧紧地挤成了一团,由于行动不便,行军速度更加迟缓了。

在孙连仲的催促下,罗历戎带着密集挤在一起的部队日夜兼程地向北行军。

19日下午3点左右的时候,行军中的罗历戎,获得情报,得知解放军南下的消息,这个消息不仅令罗历戎大吃一惊,他急忙命令士兵们加速前进,争取以最快的速度到达望都。但是,就在他的心情还没有平静的时候,一条消息又传到了他的耳朵里,说解放军有一大股力量向着他们那个方向前来,而且距离很近。这下,罗历戎彻底惊住了,一时间不知如何是好,深知自己的第三军已成了落网之鱼,等着解放军来收网,想到这些,罗历戎的心一下子凉透了。他立即下令,停止行军,放弃到望都宿营的计划,改在清风店附近的东南合及南北合等几个村庄宿营,并令部队加紧构筑工事,进入战斗的准备中来。同时,向北平的孙连仲和三十四集团军司令李文上报了情况,请求"北平行辕"派兵接应,并速运粮弹。孙连仲接到报告之后,急忙派遣飞机,给罗历戎的第三军投下了大量弹药和食物。

为了掩护第三军北上和迟滞晋察冀野战军行动国民党空军从17日至19日，三天的时间里先后派出了30架次飞机，轰炸扫射行进中的解放军，但最终也没能帮助第三军摆脱困境。

19日下午，解放军晋察冀野战军二纵队四旅第一个与国民党军作战，并牢牢地把国民党军拖住，后续部队源源不断地加入战斗。到了晚10时左右的时候，解放军将国民党十九团宿营村庄攻破，十九团大部分官兵被俘缴械，一小部分士兵逃往国民党二十团宿营地南北合村和第三军军部宿营地西南合村两处。罗历戎立即命令十九团团长柯民生将逃出的国民党官兵收容起来，并督促部下加快构筑防御工事，作好防御准备。

19日当晚，解放军晋察冀野战军第六、第九、第十及第十一旅，分别进到北南合、东西瓦房、北营及清风店附近，第四旅及第三十五团进到西南合以南地区，第十二旅进到市邑地区，控制了唐河渡口。尾随国民党军而来的解放军独八旅和三个民兵团也在唐河南岸布了防。迅速将全部国民党军队包围在清风店东北的几个村子里，当天夜里天下着雨，但是解放军战士们个个斗志昂扬，连夜冒雨进行着战斗准备工作。

发动清风店战役

解放军将国民党第三军包围起来之后，为确保歼灭全部的国民党军，杨得志、杨成武、耿飚立即发布作战命令："北面阻援兵团应不惜一切代价，在敌人前进的过程中消灭敌人的一部，大量杀伤消耗敌人，坚决阻止敌让敌人向南增援。等到我南面军队将敌人的第三军四个团歼灭之后，再把南援之敌放过来；南面各兵团，一定要集中兵力、火力，发扬三猛战术，坚决歼灭北进之敌。对北面敌军不必顾虑，即使北面的国民党军进到了望都，解放军也会把他们打下去，一直到歼灭这股敌人为止。"

20日凌晨，解放军晋察冀野战队对国民党军队发起了全面的进攻。

密集的枪炮声，划破了寂静的夜空，炮声连连，杀气震天，整个清风店立刻沸腾了起来。双方交战之后发现，罗历戎把部队全部驻扎在以西南合为中心的几个村子里，构筑工事，形成了梅花形防御体系，兵力、火力均较集中，固守等待援军。

罗历戎认为，解放军经过长途跋涉，一定十分疲劳，而且是两线作战，既要攻击他的第三军，又要挡住北面的援军，想要获胜，几乎是不可能的事情。只要援军一到，对解放军形成两面夹击，不仅可以转危为安，而且还可转败为胜。于是，他一面组织士兵极力顽抗，一面向北平和保定方面请求增援。

20日上午9时，罗历戎将19日夜同解放军战斗的情况报告给了孙连仲和李文，并要求他们赶快派援兵和空军前来增援。对此，李文复电："即调兵南下。"同时孙连仲也复电："本部已达徐水，决于即日摧破当面之敌向方顺桥挺进。"罗历戎心中甚是高兴，但是他左盼右盼，盼了一整天，也没能把援军盼来。此刻，罗历戎心里开始没底了！

解放军晋察冀野战军冒着猛烈的炮火和飞机的轰炸扫射，对南合营、南合庄、高家佐、西南合村的国民党军展开了猛烈攻击，但是由于国民党的兵力、火力都非常的集中，因此，战斗进行得非常不顺利，打了一整天，也没有什么进展。

20日晚，野战军领导研究决定，把国民党军分割开来，逐个歼灭。于是，他们连夜制

94

定了进攻方案,进行进攻物资器材的准备,并做好了思想动员工作。

罗历戎见解放军的进攻如此猛烈,再加上20日的援兵还没有到达,而且还面临着粮弹缺乏的困境。面对这样的处境,罗历戎于20日夜12时作出了突围的决定,准备带领全军突围。于是他立刻把这个决定上报给了三十四集团军总部,接到罗历戎的报告后,李文表示不同意突围,李文在复电中说:"援兵已由保定派出,约在本晚12时乘汽车南来,计时21日拂晓可到,希望坚守待援。"这下,罗历戎突围的计划全落空了,即使这样,但也给了他一丝希望,援军马上就可以到达了。于是,罗历戎急忙将保定援兵即将到来的消息转告给各部,以鼓励属下尽力坚守防御。

清风店战役

21日凌晨,解放军第十旅集中35门大炮,对南合营猛烈轰击,将国民党前沿工事全部摧毁,然后在炮火的掩护下向国民党进行了全面攻击,仅用了40分钟的时间就结束了战斗,歼灭了国民党军。看这个方法很奏效,解放军晋察冀野战军其他各部也纷纷采用这个办法,攻占国民党据点。

到21日晚,晋察冀野战军各部队攻占了南合营、高家佐、东西同房等国民党据点,大大巩固了西南合村东北面和西南面突破口。罗历戎剩下的1万多人马,被解放军团团围困在西南合村。西南合村是一个不满400户人家的小村子,此时国民党军被围困在这个小村子里,到处狼奔豕突,乱成一团。在面临全军覆灭的情况下,罗历戎连连向北平发送了好几条求救电报,但是仍不见援兵到来。

解放军第四旅和第六旅21日早晨,开始向罗历戎军部所在地西南合村发起了全面的进攻,但是由于国民党的工事牢固,而且又占据了有利位置,所以等到21日晚上7时左右的时候才突破其前沿阵地,将西南合村团团包围起来。

22日3时40分,晋察冀野战军集中五个多旅的兵力,在强大炮火的掩护下,向退守西南合的罗历戎部发起了总攻。

罗历戎一直都在盼着援兵,但是,直到22日6时,都没能把援兵盼来。这次罗历戎的心完全冰凉了,此时,即使突围也为时已晚。他从军部走出来,见村内已经打成巷战,情形非常混乱,急忙跑到第七师师部与师长李用章向北突围。在突围时,李用章不仅突围没能成功,右腿还负了伤。

早上8时许,经过2个多小时的激战,罗历戎、李用章同时被俘,其余各部见主将被俘,也纷纷放下武器投降。

22日11时30分,战斗以解放军全胜落下了帷幕。

在21日战斗时,国民党军出动了10余架飞机,在解放军阵地和后方的上空低空盘旋扫射轰炸,但是被解放军用轻重武器击落、击毁各一架,此外有六名飞行员被俘。

罗历戎左盼右盼的援军未能到来,是因为被解放军的阻援部队给拦住了,所以才没能到来。就在保南清风店战役打的正是激烈的时候,保北的一场恶战也在进行。

解放军主力部队南下之后,第二纵司令员陈正湘和政委李志民、三纵司令员郑维山和政委胡耀邦四位纵队首长留在保北负责阻援指挥。此时留在保北的解放军晋察冀野战军只有二纵五旅、三纵七旅、八旅及冀中军区独立第七旅，共12个团。而当面的国民党军队却是五个美械装备师，共19个团。他们心里非常明白，北线阻击与南线阻击是在同一战役中的两个战场，两者相互依赖，任何一个战场都不能出现闪失，否则都会造成整个战役的失败。如果19个团的国民党军主力突破了解放军保北阻击南下，不但可以解罗历戎第三军之危顿，而且对解放军南下部队也形成夹击之势。这样一来，整个战局就会发生扭转，对解放军作战非常不利。因此，只有保北部队坚决阻击前来支援的国民党军队于保北战场，才能确保歼灭国民党第三军。

18日，解放军四个旅依然摆出一副决战架势，围攻徐水。

19、20日两天，解放军依靠一道又一道阵地，沉着地抗击着国民党军的猛烈攻击，炮弹雨点般地落在解放军阵地上，飞机狂轰滥炸，坦克轮番冲击，可是一次又一次进攻硬是被顽强的解放军战士打了回去。

21日，阻援到了最紧张的关头。孙连仲和李文以10个团的兵力向解放军阵地进行猛烈进攻，孙连仲甚至亲自飞临上空督战。在解放军独八旅扼守地伸向南方的公路上，国民党军派出了约三个团的兵力，在炮火和轻重机枪的掩护下，对解放军阵地进行集体冲锋，一个浪头卷着一个浪头向解放军阵地冲来。但是无论怎样凶猛，都抵不过解放军钢铁般的战士，英勇的解放军战士击退了国民党军一次又一次的突围，解放军阵地前，布满了国民党战士的尸体，战役进行得非常残酷。

双方战斗进行到22日的时候，随着清风店主战场上国民党军的失败，保北的国民党军也都无心恋战，纷纷退了回去。晋察冀野战军阻援部队从19日拂晓开始到22日上午，英勇地击退了李文集团的多次猛攻，将其死死地阻止在保定附近地区，有力地保证了清风店决战的胜利。

清风店战役取得重大胜利后，中共中央致电祝贺："你们领导野战军在保定以南歼灭敌第三军主力，俘虏军长罗历戎，创晋察冀歼灭战新纪录，极为欣慰，特向你们及全军指战员致庆贺之忱。"

朱德当即赋诗一首，题为《贺晋察冀军区歼蒋第三军》：
南合村中晓日斜，频呼救命望京华。
为援保定三军灭，错渡滹沱九月磋。
卸甲成云归故里，离营从此不闻笳。
请看塞上深秋月，朗照边区胜利花。

清风店这一激战中，解放军晋察冀野战军以损失9192人的代价，取得俘虏罗历戎以及属下11098人，毙伤6155人，共计17253人，缴获各种炮72门、轻重机枪489挺、长短枪4512支及许多弹药物资的胜利。清风店战役，是晋察冀野战军转入战略进攻后取得的第一次大胜利，对扭转华北战局起了关键性作用，并为不久之后夺取石家庄创造了有利条件。

夺取重要城市的先例——石家庄战役

战役档案
时间：1947 年 11 月
地点：河北省石家庄市
参战方：中国人民解放军；国民党军
指挥官：共产党军队杨得志、罗荣桓、杨成武；国民党军队刘英
双方兵力：共产党军队晋察冀野战军和地方武装一部；国民党军队第三十二师及保安团队约 2.4 万
参战双方伤亡：晋察冀野战军和军区部队伤亡 6147 人；国民党军损失 2.4 余万人
战果：中国人民解放军胜，解放石家庄
意义：石家庄战役是二次国共内战早期的一次典型的两军之间的攻防战。战役的胜利使晋察冀、晋冀鲁豫两大战略区连成一片，开创了人民解放军夺取大城市的先例，为以后进行城市攻坚作战提供了宝贵经验。

作战背景

1947 年 10 月，东北民主联军发动了秋季攻势战，华北地区的国民党只好派兵增援东北。解放军晋察冀野战军趁此机会，对平汉路保定以北地区发起攻击。10 月 11 日，解放军派遣一个纵队的兵力进攻徐水地区，徐水以北是解放军主力的集结地，其目的就是为了引诱国民党军派兵增援，而解放军则在运动作战中将其消灭。这边解放军和北线前来支援的国民党军队陷入对峙局面，而在北平的蒋介石却认为解放军兵力不足，已经陷入被动境地，于是急忙下令让在石家庄驻守的第三军军长罗历戎带领其部下第七师以及第十六军第二十二师一个团，共 1.3 万多人的兵力，前往保定，想要和援军一起对晋察冀野战军实施夹击攻势。晋察冀野战军司令部得知这一消息后，当即命令日夜兼程，以一昼夜行军100 余公里的速度南下。20 日，国民党第三军主力被解放军围困于清风店地区。到了 22 日中午，解放军将国民党军第三主力军全部歼灭，并活捉罗历戎。这场战役，连同保北作战在内，一共歼灭了 1.7 万多国民党军，这对扭转华北战局起到了决定性作用。与此同时，第三军主力的消失，也为解放石家庄奠定了基础。

1947 年 10 月 22 日，中央军委、中央工委接到了晋察冀军区司令员兼政治委员聂荣臻、副司令员萧克、副政治委员刘澜涛、黄敬、罗瑞卿的来电，提出想要乘胜抢夺石家庄的

建议。中央工委刘少奇、朱德对这一建议持支持态度，在他们看来：石家庄内外并没有城墙，而其地的国民党军守军也只有三个团，周边20公里都是战线，第三军正、副军长已经被解放军俘虏，军心动摇，情况也差不多了解了。如果乘胜进攻，那么就很有可能将石家庄的大门打开，即便打不开，也能够引诱国民党军第十六军等部南下增援，这样解放军就可以在石家庄、保定之地设立埋伏，趁机将其一举歼灭，这对于解放军来说也是非常有利的。23日，刘少奇、朱德一边将这一想法报告给中央军委，请求同意批准聂荣臻等人的计划；一边又联系聂荣臻等人："请你们一定要作好充分的准备，准备好战后的各种补充。等到中央军委同意后，我们要拼尽全力来对付这场战斗。"

23日12时，毛泽东复电指出："清风店一战，解放军取得了巨大的胜利，这对于解放军区战斗有很大的进步意义。目前，北面敌军南下，则将其一部歼灭，北面敌军就会停止不前。所以，解放军目前应该休息十几天，将队伍整顿好，将精神养足后，将所有准备都作好后，再行出发。集结地方的旅部，以攻石门打援兵姿态实施攻打石门，把攻击的重点放置于打援上。"

攻打石门作战部署

石门市是石家庄和休门庄的合称，休门庄为路东原，而石家庄则在路西原。1947年冬，石门市的面积达到121.8平方公里，约有28万人，而城区人口却只有三四万。华北战略要地便是石德、平汉、正太三条铁路的交接点。抗日战争结束后，这里由蒋介石嫡系第三军掌控。在原侵华日军修筑的工事基础上，国民党军又进一步加固整修，已然形成了一条坚固完善的环形防御体系。从郊区到市中心，国民党总共修建了三道防线：第一道防线是一条外市沟：八米宽、六米深、30余公里长，在外市沟的外围村庄上还修建了工事，最坚实的有东西三教、大郭村飞机场、云盘山和大北翟营诸点；第二道防线则是依托市区的高大建筑物和北兵营，建筑了一条内市沟：五米宽、五米深、18公里长，在内、外市沟中间还修建了一条铁路，总长为25公里，有六辆铁甲列车日夜巡逻，这也被称之为"活动地堡"；第三道防线则是以饭店、大石桥、铁路工厂、电灯厂和火车站等为中心，建构了核心阵地。市内外的每一个村庄和街巷都有钢筋水泥工事和铁丝网，光是碉堡就有6000多个，碉堡之间还设有地道和交通壕，二者可以相互联系。石门地区虽然没有城墙，但是却有层层深沟，还有数不清的暗堡，有交织成蜘蛛网般的电网和铁丝网，密密麻麻的地雷设置，被称为"地下城墙"。国民党军曾经扬言："石门可以说是城下有城，光是凭借工事防守，就能够抵抗三年的时间。""共产党军队如果制造不出飞机大炮，要想拿下石家庄，可以说是做梦啊！"

第三军主力被解放军歼灭后，在石门驻守的国民党军还有2.4万人，统一由第三十二师师长兼石门警备司令刘英指挥。第二、第三道防线交由第三十二师和第三军直属队（两个坦克连、一个山炮连、一个汽车连、一个野炮营）；坚守第一道防线及其前沿阵地的则为石门外围19个县的地主和游杂武装；石门外围元氏、获鹿及大郭村飞机场和西、北焦诸要点则由河北省保安第五、第九、第十团防守。为了增加守备力量，11月初，保定绥署还把他的独立团、第三军炮兵营以及七八吨弹药,空运到了石门。

石门防御坚固,工事牢不可破,像这种情况,在解放战争中还是第一次碰到。人民解放军总司令朱德对于这件事情很是关注,并且亲自指导作战。25日,朱德来到了驻扎在河北省安国县南关的晋察冀野战军司令部,和野战军领导人一起,做好战前的准备和动员工作。当天,依据朱德、聂荣臻的指示,晋察冀野战军前委召集各部干部召开会议,商讨攻打石门的具体计划和准备工作。31日,朱德出席了会议。和野战军司令员杨得志、政治委员罗瑞卿、第二政治委员杨成武等共同商议研究,制订了详细的作战部署计划。石门地区位于平原,而解放军却没有飞机、坦克等这种重型武器作掩护,很难接近。鉴于此种情况,解放军决定进攻的主要方法为阵地战,采用稳打稳进的方针;以坑道作业来一步步地接近碉堡,然后再使用炸药实施爆破,用炮击的方式,将国民党军的防守工事一一击破;然后再让步兵突击,将国民党军各个阵地夺取过来。并决定将第三、第四纵队以及冀中军区独立第七、第八旅,冀晋军区独立第一、第二旅和军区炮兵旅等集中起来,总共5.6万余人的兵力,合力围攻石门;在定县南北地区,第二纵队配合独立第九旅,选择有利地形,尽可能多地构建防御阵地,以此来牵制从保定方向赶来的国民党军援军;察哈尔军区独立第四旅进攻北平到保定铁路沿线,协助解放军主力,配合作战。

关于攻打石门的详细部署为:西南、东北方向则分别由第三纵队、第三纵队担任主攻;东南、西北方向的助攻则由冀中军区部队和冀晋军区部队负责。炮兵旅和从华东军区调遣的一个榴炮营,共分成立了四个炮兵群:第一炮兵群,有24门山炮、24门野炮、24门迫击炮,主要目标是协助第三纵队作战;第二炮兵群的武器装备有17门山炮、17门野炮、17门战防炮、17门重迫击炮、17门榴弹炮,其任务则是配合第四纵队作战,伺机支援;第三炮兵群,则有15门野炮、15门迫击炮,和第七旅配合作战;第四炮兵群,共有12门山炮、12门野炮,主要负责炮兵指挥所的安全,是其机动火力。

在会上,朱德花费了两个多小时的时间,对此次战役作了详细的报告,他指出:这一次战役一定要统一计划,统一指挥;要尤为加强组织纪律性,强调三大纪律八项注意。最后,朱德又说道:"今天前来开会的都是旅部以上的干部人员,你们一定要尽快学会攻坚战术,对我们这次战役可有着非常重要的作用。我们将石家庄就看成是一所难得的学校,我们在战争中学习战争。""攻坚战是石家庄战役的主打战,我们一定要勇敢加技术才行。"在朱德的指挥下,"勇敢加技术"的口号,迅速传遍了各个野战军的角落,成了最有力量的动员令,这对石家庄战役起到了极其重要的作用。

在这段时间内,朱德还要深入基层,给连、排、班干部和战士一一会谈,了解他们的实际情况,尽可能地在短时间内将发现的问题解决掉,并且还给予重要指示;朱德还亲自前往每一个炮团视察,和炮兵、工兵

毛泽东、朱德检阅八路军

部队一起钻研技术上的问题;他还将在清风店战役中的俘虏找来,向他们探听石门的防御设置情况,并且还强调一定要将军事进攻和政治瓦解相互结合起来战斗。

石门攻坚战

石门战役马上就要打响了,而这个时候的朱德也并未离开,而是依旧留在晋察冀野战军司令部,指挥全员战斗。国民党的飞机时不时地对解放军指挥部所在地进行轰炸,全军将士非常担心总司令的安全问题。这时,在陕北的毛泽东也听说了朱德前往前线的消息,对此非常不放心,于是便给中央工委书记刘少奇去电说:"朱德同志亲自前往杨得志、杨成武处帮助整训,倒也是一件好事,不过等杨得志、杨成武二人发动石门战役或者是转移到别处作战的时候,请务必让朱德同志回来,千万不可跟着去最前线。"后来,在杨得志等人的再三劝说下,11月1日,朱德才离开,来到冀中军区所在地河间县。

为了确保石门战役的胜利,晋察冀解放区党政机关和当地的群众力量,都以极大的热情投入到战前准备工作中。光是参战的民兵就达到了1.1万余人,民工有8.2万余人,一万多副担架,4000多辆大车,1万多头牲口。石门战役开始后,总共为部队运送了150多万发枪弹、8万多发炮弹、6万斤炸药、20万斤攻坚器材、24万多斤主副食。为了迅速瓦解石门驻守国民党军,晋察冀军区还将在清风店战役中逮捕的960多名俘虏,经过几番教育后,分批放回石门,回到了国民党的队伍中。

11月6日早上,晋察冀野战军对石门发动攻击。到了8日,解放军将外围据点全部肃清。其中,最为激烈的争夺战就数大郭村飞机场和石门东北郊制高点云盘山战役了。战斗开始没多久,冀晋军区部队便控制住了飞机场。守城的国民党军为了保住这唯一一个空中通道,于6日8时开始组织兵力,在飞机的掩护下实施疯狂反扑。7日早上,冀晋军区独立第一、第二旅两面夹击,将保安第九团一个营全部歼灭,飞机场被解放军占领。外市沟大约600米的地方就是云盘山,它是一个制高点,也是石门东北部的唯一屏障。在这里守备的是保警大队一个加强连,他们以山上的一座庙宇为中心,建筑了一些防御工事,并配置重机枪四挺、大机枪九挺、大炮四门,交叉火力网非常密实,国民党还将其称为"铁打的云盘山"。在解放军炮火的掩护下,第四纵队第十旅第三十团第三营第八连以地面和坑道爆破相结合的办法,在8日6时对云盘山发动进攻,仅仅用了10分钟的时间,便结束了战斗,解放军控制云盘山。

这时,野战军炮兵将石门内的发电厂击中,断绝了市区内外的电力供应。在火力的掩护下,解放军各个部队修筑交通壕,到了8日早上,交通壕已经挖到了距离外市沟100米以内的地方,而坑道则挖到了外市沟的外沿部分。

8日16时,在炮兵部队的火力掩护下,突击部队采用强行爆破坑道的方法,对在外市沟防御的守城国民党军发动进攻。首先,西兵营的突破任务交由第三纵队第七旅负责,其主要目的是占领西焦、城角村和农业试验所,将那里的国民党军一部歼灭,并摧毁一列铁甲车;外市沟阵地被第三纵队第八旅突破后,就要抢占振头镇、西里村等地;云盘山西面部位由第四纵队第十旅负责,其主要任务则是控制义堂村、花园村以及八里庄,将保定绥署独立团主力全部歼灭;北宋附近则是第四纵队第十二旅,他们的主要任务就是攻占范谈村;东三教、槐底村的攻占任务则交由冀中军区独立第七、第八旅负责;北焦等据点则被冀中军区独立第一、第二旅包围。战争持续到 9 日的早上,除了北焦、苑村、元村、彭村等据点外,内、外市沟之间的守军阵地已经全部被解放军拿下。攻城部队将一部兵力留于此地,负责监视、围困上面所说的据点,其他部队主力则继续攻打内市沟守军,继续向前推进。

为了完成突击准备,攻城部队于 9 日当晚再一次展开土工作业,修筑交通壕和坑道,在 10 日早晨完成。10 日 16 时,在炮火的全力掩护下,攻城部队朝着内市沟防御工事发起了猛烈进攻。第三纵队第八旅第二十三团的爆破队仅仅用了六分钟的时间,便将内市沟突破,为解放军的全面进攻开辟了道路,到了 18 时,全旅进入内市沟,几经战斗,才将西南兵营和东里村拿下,将国民党军第九十六团主力全部歼灭。随后,第七旅又从内市沟突破,到了 11 日上午,解放军大部分军队都已经攻进了市区,将中华路、复兴路地段完全控制住,并开始向北兵营进军。东面被第四纵队第十旅突破后,国民党军曾在坦克的掩护下,组织了 7 次反扑,但最后都被解放军打退,对东面突破口进一步巩固。随后,第十旅又和第十二旅配合,攻进内市沟,将西门以及中正路东侧市区占领。11 日,北焦村被冀晋军区部队攻克,随后便攻进了内市沟,逼近北兵营地区。冀中军区部队除了在元村、彭村处留有一部分的兵力外,其余主力则都从东南方向突入,将大兴纱厂占领,并朝北扩大攻势。10 日、11 日,第四纵队第十一旅、第三纵队第九旅也先后加入战斗。到了 11 日 12 时,解放军攻城部队已经全部攻进市街,进行下一步战斗。解放军英勇顽强,将国民党军的主力部队分割开来,各个围歼。经过激烈战斗后,国民党军守城大军被解放军围困在火车站、大石桥和正太饭店一带。刘英指挥剩余的兵力,依据工事,誓死对抗,负隅顽抗,企图用这种方法等到援军。国民党空军也派出了轰炸机、战斗机等对解放军的据点进行空中打击。

12 日早上,晋察冀野战军根据目前形势,对战略部署进行了调整。第四纵队第十一旅将铁甲列车炸毁后,在坦克、炮火的掩护下,开始进攻国民党军的核心阵地,将火车站和正太饭店完全掌控住。紧接着,西面和南面则由第三纵队负责突破,东面和东北面交由第四纵队负责,西北面则由冀晋军区部队负责,几面夹击,进攻守军指挥中心大石桥。战争持续到 11 时,守城国民党军停止抵抗,解放军将刘英等人俘虏。经过六天六夜的石门攻坚战,以解放军的胜利而告终。随后,晋察冀军区又占领了元氏县城。到现在为止,解放军已经解放了石门以及周围地区。石门市解放后,便改称为石家庄市。

唱响胜利的凯歌

石家庄战役是在清风店战役之后,晋察冀野战军取得的又一次重大胜利。在这场战役中,解放军共歼灭约 2.4 万余国民党军,解放军伤亡人数为 6147 人(其中有 988 人阵亡)。这场战役,将国民党在华北的一个战略据点拔除,让晋察冀和晋冀鲁豫两大解放区连接在一起。蒋介石得知石门失守的消息后,哀叹:"这是国民党军的一大损失,也是国民党军重要都市第一次失陷!"

11 月 13 日,中共中央发来贺电其内容为:

101

祝贺解放军将石家庄拿下，更是歼灭了2万多敌军，是一次值得祝贺的胜利。当天，朱德同时也来电嘉勉："石门战役，仅仅用了一个星期的时间，便把守城敌军歼灭了。这是解放军取得的巨大胜利，也是抢占大城市的首例，全军将士们都应该得到嘉奖。"朱德还即兴作了一首诗：

石门封锁太行山，勇士掀开指顾间。

尽灭全师收重镇，不教胡马返秦关。

攻坚战术开新面，久困人民动笑颜。

我党英雄真辈出，从兹不虑鬓毛斑。

解放石家庄

石家庄战役是城市攻坚战的开始，也为解放军积累了不少攻城经验。11月18日，朱德前往晋察冀野战军政治部所在地束鹿县东小庄村，参加关于石家庄战役经验总结的座谈会。在会上，朱德强调："一定要把学习的重点放在阵地攻击战术上，这也是解放军建军以来的最新课题，代表着我国革命已经进入到一个新阶段。"12月1日，朱德全面总结了石家庄攻坚战的经验，朱德认为："这一次石家庄战役，我们所缴获的物力人力非常多，不过我们最大的收获就是战术的提高。在这场战役中，我们学会了攻坚，掌握了攻打大城市的基本要领。"那么，在这场战役中，我们到底学会了哪些经验呢？朱德指出：第一，战争之前一定要准备充分；第二，战前做好全军动员工作；第三，采用合理的战术；第四，俘虏也要善于利用。

12月10日，中共中央、毛泽东接到了朱德的来信，信中从另一个方面再次对石家庄战役进行了总结。在信中，朱德讲到，在这一次战斗过程中，解放军充分发扬了军事民主精神，群众、士兵很好地联系起来，上下一致，这才迎来了战争的胜利。毛泽东对此也非常高兴。1948年1月31日，毛泽东把朱德的信转交给了各个中央局、野战军，并且还写下了一段按语（朱总司令这封信提出的问题很重要）：用民主讨论方式，发动士兵、群众，在作战前、作战中、作战后讨论如何攻克敌阵，歼灭敌人，完成战斗任务。特别是在作战中，放手发动连队支部、班排小组，反复讨论如何攻克敌阵，收效极大。陕北将此种情形叫作军事民主，而将诉苦运动，三查三整，叫作政治民主与经济民主。这些军队中的民主生活，有益无害，一切部队均应实行。

夺取开封,围歼区兵团——豫东战役

战役档案

时间:1948 年夏

地点:河南省开封及睢县、杞县地区

参战方:中国人民解放军华东野战军和中原野战军;国民党军

指挥官:共产党军队粟裕、刘伯承、邓小平等;国民党军队黄百韬、顾祝同、刘汝明等

双方兵力:共产党军队 20 万;国民党军队 25 万

伤亡情况:共产党军队约 3.33 万人;国民党军队约 8.57 万

战果:中国人民解放军胜

意义:豫东战役,是人民解放军同国民党军在中原地区进行的一次会战。豫东战役的胜利,削弱了中原国民党军的有生力量,打乱了其防御体系,动摇了其据守战略要地和远程机动增援的信心,为进一步开展中原、华东战局、歼国民党军主力于长江以北创造了有利条件。

渡江南进

解放军进入战略进攻阶段后,经过半年时间的战斗,战争的主动权已经掌握在解放军手中。南线的刘伯承、邓小平,陈毅、粟裕,陈赓、谢富治三路大军摆开阵势,以"品"字形实施战略展开,阻止了国民党进攻大别山根据地的战略计划,将主要战场转移到江淮河汉地区,直接威胁到国民党的统治。中共中央、毛泽东计划用五年的时间除去国民党反动统治,1947 年,在中共中央 12 月会议上,对"打倒蒋介石、建立新中国"也进行了全面部署。

对于目前的形势,蒋介石还在垂死挣扎。为了改变其在战略上的被动地位,他派兵固守华北和东北地区,并且集中力量增强中原防御的战略部署。在中原战场上,蒋介石布置了 37 个整编师、86 个旅,总共 66 万的兵力,建立八个绥靖区、六个机动兵团,想要倚仗兵力和装备上的优势,进攻中原地区的解放军,摧毁解放军在大别山建立根据地的战略计划,从而对长江防线加以巩固,由此来保证江南基本统治区的安全。

这样一来,中原战局便进入僵持阶段,尤其是大别山地区,形势异常严峻。

1948 年 1 月,根据这一形势,毛泽东指示三军,要求其齐心协力,设法调动国民党军,以中等规模战为主,将国民党军一一歼灭,而且还指示,要派遣一部主力军,过江南下等。

1 月 27 日,毛泽东起草电报,决定将第一、第四、第六纵队交由华东野战军副司令员

粟裕统一带领,过江南下,执行宽大机动任务,建立闽浙赣根据地。在毛泽东看来,用一部主力军的兵力,将战争继续引向国民党统治区的深远后方,势必要逼迫国民党军改变其战略部署,引诱国民党军20至30个旅返回江南驻守。与此同时,毛泽东还指示,让粟裕所带领的兵团,以七八万的人数前往江南,先在湖南、江西这两个省份,待至半年或者是一年的时间,沿途兜兜转转,让作战时间要远远低于休息时间,分好几个阶段,一步步向闽浙赣行军,让国民党军处于被动状态,让其摸不透解放军的行进方向,只是一味奔波,疲于奔命。

这一政策在下达之前,毛泽东还特意和华东野战军司令员陈毅当面商讨了一番,陈毅对此方案也尤为赞同。为了执行这一南进任务,中央决定建立东南野战军,成立中共中央东南分局。关于东南野战军的部署,毛泽东还特地给陈毅写了一个手令:任命陈毅为东南野战军司令员兼政治委员,粟裕为副司令员,邓子恢为副政治委员;粟裕是东南野战军第一兵团兼司令员及政治委员,管辖第一、第四、第六纵队,叶飞为副司令员,张震为参谋长,钟期光是政治部主任;东南野战军第二兵团则预计于1949年初出发,至于兵团核心人选,则到时再议,管辖第三、第四、第十纵队;粟裕还是党东南分局的书记,叶飞和金明为副书记。

1月22日,粟裕就如何发展中原战局一事向中央军委和刘伯承、邓小平作了报告。粟裕指出,三路大军应统一由刘伯承和邓小平指挥,在往后的一个时期内,解放军的作战方式应该忽集忽分,尽可能地将国民党军一部主力彻底消灭……歼灭战争结束后,国民党军肯定会向这个地方靠拢,而这时解放军就可以转移到临近郊区,或者是分散布置,有利于歼灭国民党军。这样举行两三次歼灭战,就有可能改变现在的形势。

1月27日,粟裕接到了中央军委的电报,他察觉到,中央军委采用这一战略决策的目的,就是为了将战争引向国民党军的深远后方,由此来协助解放军在中原战场上的战斗工作,发展战略进攻。与此同时,粟裕还意识到,这一行动决定着华东战场和中原战场的形势,决定着解放全局,有着很重要的影响。

1月31日,粟裕和华东野战军参谋长陈士榘、政治部主任唐亮细细商讨研究后,向中央军委作了详细报告:一边是对渡江时间、路线和方法作了具体的战略部署报告,一边则就22日的电报内容进行补充和说明:"如果能够在最近一段时间内打几场歼灭战,那么敌军形势就会有所变化。所以,在最近一段时间内,三路大军应该统一由刘伯承和邓小平同志指挥,采用忽集忽分(要有突然性)的战法,在三个地区周旋,伺机将敌军歼灭,这样一来就有可能在短时间内取得巨大的胜利。如果能够降低敌军的机动兵力,那么解放军的机动兵力就肯定会逐渐增多,这样一来,解放军也能够因为战役的胜利,而得到更多的休整时间,并加以提高作战技术。如果解放军在数量上及技术上都占了上风的话,那么战局的发展变化肯定是急转直下,这也就进一步推动了政治局势的变化。"

很明显,粟裕的思想和毛泽东有所不同,粟裕主张在中原战场上打几场大的歼灭战争,而毛泽东则主张分兵渡江南进。毛泽东的战略构想主要是以两个千里跃进为核心的。第一个跃进,是刘邓大军千里跃进大别山,这一目标已经完成了,而且还带来了中国革命战争的一个新的历史性转折;第二个千里跃进,则是华野三个纵队在粟裕的带领下渡江南进。在毛泽东看来,派遣一部的主力南下,第一,可以逼迫国民党军从中原战场抽回一部分精锐之师，南下江南援助，这样也就减轻了中原三军的负担；第二，就可以给国民党统治区腹地带来巨大震撼，致使国民党军心不稳，并且还要鼓励国民党统治区域的百姓参加解放战争，和解放军密切配合，加快蒋介石统治集团的崩裂；第三，为解放军日后南下江南奠定基础，促使全国解放战争胜利的到来。基于上述的种种考虑，毛泽东收到粟裕的电报后，便将陈毅找来，和他一起商议对策。最后研究决定，粟裕按照原计划，带领三个纵队的兵力南下。

果敢改变作战计划

根据党中央、毛泽东的指示，华野指挥机关和第一、第四、第六纵队等三个纵队在粟裕的带领下，实施渡江计划。2月下旬，粟裕带领的大军行进到濮阳地区，成立了东南野战军第一兵团，并在此休整，准备南进事宜。

张震为第一兵团的参谋长，他在自己的回忆录中写道：

在濮阳，粟司令员一面督促各部队加紧完成南渡长江的各项准备，一面深入思考如何进一步发展解放军的战略进攻问题，形成了对尔后战争进程具有深远影响的重要战略构想。……那些天，粟司令员工作到深夜。每当我去汇报、请求工作时，就看见他手拿中央军委的电报，默默沉思，有时则站在地图前比来画去，一看就是几个小时……

从这段话中，可以知道，彻底贯彻中央军委的指示是粟裕主要的中心工作，是贯彻毛泽东的分兵渡江计划，还是实施在中原打几场歼灭战的计划。粟裕回忆这段往事的时候，也曾经说过："经过一个多月的反复思考，我对这个问题逐步形成了一些看法。我觉得，从全局来看，为了改变中原战局，进而协同全国其他各战场彻底打败蒋介石，中原和华东解放军势必还要同国民党军进行几次大的较量，打几个大歼灭战，尽可能多地把敌人主力消灭在长江以北。从当时情况来看，要打大歼灭战，三个纵队渡江南进是做不到的。"

粟裕分析，解放军总共有十个纵队的主力被安排在中原战场上，此外还有两广纵队、特种兵纵队和地方武装等，只要把这些兵力统一指挥起来，打几场大的歼敌战争是肯定没有问题的；虽然中原地势比较平坦，交通发达，利于国民党军的打援工作，但却也利于解放军进行机动作战；虽然国民党军在中原地区有重兵把守，但是其机动兵力有所降低，重要点线防守的压力也比较大，解放军可以采用运动作战，将国民党军调动起来，伺机将国民党军歼灭；值得一提的是，在中原地区，解放军已经有了一定的基础，中原解放区又紧挨着山东和晋冀鲁豫老解放区，战争一旦开始，解放军就能够从这两个地方进行人力物力的补充，要把人民战争的优势充分发挥出来。上述种种条件都有利于解放军在中原战场上的国民歼灭党军计划。在粟裕看来，解放军深入国民党军后方作战，虽然可以给国民党军带来相当大的震动，对中原战场上的国民党军起到一定的牵制作用，不过这对于解放军来说也存在着很多无法克服的不利因素。粟裕又想到了1934年红军北上抗日先遣队事件，从中猜测渡江之后，解放军可能遭遇的各种问题：3个纵队再加上地方干部总共10万兵力，在国民党军的统治区内辗转，行军几千里甚至会上万里，在没有后方补充的情况下持续作战，这样一来，解放军兵力补充、物资枪药和其他物资的补充、伤病员的安置和治疗等都是解放军即将面临的巨大问题。初步估算，解放军将会有五六万人的折损，而剩下的这些人对于国民党军根本造不成什么大的威胁。粟裕判断，解放军三个纵队主力南下计划，虽然能够将江北部分国民党军调到江南防守，但是对于中原战场上的四个国民党军主力却是调动不了的。这四个军（整编师）可以说是国民党军中原战场的骨干，有着很强的战斗力。在这四个国民党军中，有两个都是蒋介石的嫡系部队：第五和第十八军。这些主力以机械化斗争为主，江南并不是它所发挥的主场，所以蒋介石肯定不会把他们调到江南，和解放军游击的；其余两个主力部队为桂系部队：第七和第四十八军，不管从哪一方面考虑，蒋介石都不会让他们南下，这有着放虎归山的危险。解放军的这一行动如果无法调动中原战场的国民党军主力，就肯定达不到解放军预想的效果。仔细考虑一番后，粟裕还是认为应该将这三个纵队的主力，留在中原战场上，能够充分发挥他们的作战优势，可以花同样的代价，歼灭更多的国民党军。而如果按照中央指示，将这三个纵队放到江南，那么解放军在中原战场上的困难也会进一步加大。两面对比一下，粟裕便认为最有利的作战方式就是将三个纵队留在中原。

　　虽然粟裕将这些事情考虑得已经很清楚了，但是还是有些顾虑。因为他不知道自己该不该将这些看法提交给中共中央，害怕自己看问题的眼光有局限，如果贸然提出自己的建议，会不会干扰到统帅们的决定。随后，粟裕召集了兵团的其他几位领导人，将自己的看法说与大家一起商讨、交换意见。粟裕的想法得到了叶飞、金明、张震等人的大力支持。4月初，陈毅来到濮阳，将中共中央、毛泽东的想法传达给粟裕："变江南为中原，变中原为华北。"粟裕又把自己的看法再次向陈毅进行详细汇报。陈毅听完之后，心里非常震撼，一时间根本无法接受。在陈毅看来，粟裕的这一方案，完全颠覆了中央跃进江南的战略决策，这可是一次发动全身的举动，不得不慎重考虑。陈毅再三思索下认为，还是应该把粟裕的这一想法，报告给中共中央和毛泽东同志。

　　4月16日，粟裕将自己对这一事件的整体看法和具体观点、建议，先向刘伯承和邓小平同志作了报告。报告最后提出："根据上述各个方面的考虑，拟定今后作战意见报告，呈递给党中央。为了使解放军主力及时得到补充，充分发挥其准备作用，解放军主力应该和后方（陇海路北）联合作战，有利于解放军大量歼灭敌军，推动战局的发展。"粟裕慎重表示："上面都是一些还没有考虑成熟的意见，最近奉命赶到中央接受任务，才拟出这些意见和观点，至于是不是正确，还请长官给予指正。"随后，陈毅、粟裕、李先念等人，就这一方针进行商讨和交换。在李先念看来，粟裕的建议是非常好的，就是应该在中原地区打几场大仗，然后再实施南渡计划。

　　4月18日，粟裕就中原战局这一问题向中央军委提出报告，阐述了自己的观点和建议。粟裕认为：解放军三个纵队的主力暂时不过江，而是将中原野战军和华东野战军的主力全部集中起来，在中原战场上打几场大规模的歼灭战，这样一来就可以推动战局的发展。同时，将几个旅或者是几个团的兵力派往淮河以南和长江以北地区，以游击部队为主，协助解放军正面战场作战。派出多路游击队，攻打长江以南国民党军的深远后方，每一路游击队大约五六百人，以此将国民党军的地方武装全部消灭，将国民党军基层发动政权彻底摧毁，以此来切断或者是破坏国民党军的兵源、粮源和其他战争资源，发动当地群众，和解放军配合，协助解放军在中原战场作战。最后，粟裕还写道："上面都是我个人的意见,有些不成熟,再加上我对战局了解少之又少,所以才壮着胆子提出,是否正确还请指示。请党中央放心,解放军还在积极准备南渡计划,不会因为这样的想法而有半点松懈。"

当天,中央军委、陈毅和粟裕接到了刘伯承、邓小平的来电,他们认为,依照目前的形势来看,解放军最为担心的就是,对于过江并没有多大的把握。刘、邓二人曾分别道:"在自身还没有准备充分的情况下,过江计划还是推迟几个月比较好,可以先派遣几支小部队前往。""粟裕部队先将过江计划搁置一边,而加入中原作战,这样就能够歼灭更多的敌军,然后再实施过江计划,这一想法倒也十分稳妥,也能够打开中原战局。"

毛泽东是中共中央的最高统帅,虽然他从来不轻易改变已经指定的重大战略计划,不过对于那些理由充分,具有真知灼见的建议也不会充耳不闻。粟裕三次将自己的想法报告给上级领导,这便引起了毛泽东等人的高度重视。4月21日,为了慎重起见,毛泽东召集陈毅、粟裕二人,前往中央工委,就行动问题展开讨论。陈毅、粟裕收到毛泽东的来电后,日夜赶路,于4月29日来到中央工委所在地西柏坡。第二天,陈毅、粟裕二人便和刘少奇、朱德、任弼时等同时一起来到了毛泽东所住的地方城南庄。

因会议是在城南庄举行,于是又称为城南庄会议,会议召开了八天:从4月30日到5月7日。参加这次会议的有:毛泽东、刘少奇、周恩来、朱德、任弼时、陈毅、粟裕、彭真、薄一波、聂荣臻、李先念等人。这是"五大书记"会合后第一次集体会议,对解放军取得解放战争的胜利有着极大的影响。在会上,毛泽东根据战略话题,提出了三条意见:第一,虽然说把战争引向国民党地区有着非常大的困难,解放军主力在这一战役中也会有所减少,胜仗更是屈指可数,但是我们也知道,没有这一条,我们是不可能打败国民党的;第二,要使后方农业、工业长一寸;第三,将地方政权缩小,不能没有政府没有纪律。会议上,各关键人物对于毛泽东的这三条建议进行了仔细讨论,最后一致认为都是战略性建议。后来,毛泽东的这三条建议被归纳为"军队向前进,生产长一寸,加强纪律性,革命无不胜",作为全党的行动方针。

会议的重要课题,就是陈毅、粟裕兵团的行动问题。第一天,毛泽东、刘少奇、周恩来、朱德、任弼时五人听了粟裕的汇报。粟裕认为,这三个纵队暂时不南下江南,而是将所有的兵力集结起来,举行几场大规模的歼灭国民党军的战争。在会上,粟裕还将方案的依据作了详细的说明。中央书记处当下便同意了粟裕的意见,华东野战军三个纵队可以暂时停止南渡计划,留在中原地区,举行大规模的歼灭国民党军活动。5月5日,刘伯承、邓小平接到了中央军委的来电指示:"如今,粟裕兵团(一、四、六纵)的主要人物是开辟渡江道路,而不是立刻实施渡江计划。预计在4到8个月的时间内,粟裕兵团和其他三个纵队相互配合,主要在汴徐线南北地区活动,争取歼灭敌军5到12个正规旅的兵力,以此来准备渡江计划。"5月9日,中共中央决定,陈毅为中原局第二书记,中原军区和中原野战军第一副司令员,仍兼华东野战军司令员及政治委员。在中原工作期间,陈毅在华野的党政军职务则交由粟裕全权处理。这样一来,粟裕也就处在了一个代行华野主帅职权的位置。

粟裕回忆说:"中央和毛泽东同志采纳了第一兵团暂缓渡江南进、集中兵力在中原打大仗的建议。陈毅同志又要暂时离开华野,我深感自己的担子沉重,觉得这次是向中央立了'军令状',一定要把仗打好,以战场上的胜利来回答党中央和毛泽东同志的殷切期望。"

"攻取开封,调敌西援"方针的确定

中央军委决定:粟裕兵团暂时不用实施渡江计划,而是在中原战场积极作战,并且中共产党军队委还将华东野战军主力的指挥权交由粟裕负责,争取将敌军邱清泉整编第五军全部歼灭。根据党中央、毛泽东的这一指示,1948年5月12日,朱德前往濮阳,慰问华东野战军,并进行指导工作。朱德表示,各野战军战士一定要认真学习战术,仔细地分析目前国民党军情况,尤其是面对第五军、整编第十一、第七师等国民党军主力部队时的战略状况。朱德还提出,对付整编第五军的最佳办法就是"钓大鱼",国民党军打,解放军退,碰到有利条件就反击一下,没有有利条件那就不反击,直到将其拖得很疲劳,枪药也消耗得差不多时,再派遣解放军主力部队前去,将其一举歼灭。

战役指挥者

5月21日,中央军委指示:华东野战军第一、第三、第四、第六、第八、第十纵队和两广纵队、特种兵纵队及中原野战军第十一纵队,交由粟裕指挥,以完成歼灭国民党军整编第五军的作战目标。为了确保这一战略任务的实施,刘伯承和邓小平二人负责牵制第十八军,不让其东援;华野东线兵团则负责牵制济南以及济南徐州线上的各路国民党军,阻止他们西援。22日,中共中央再次强调:这一次作战的重心就在于解放军各部力量要全力协助粟裕兵团歼灭国民党军五军,只要把国民党军五军歼灭了,也就赢得了歼灭国民党军十八军的有利条件,只要把国民党的这两支部队歼灭了,那么中原战局也就可以顺利发展了。"

5月23日，根据中央军委的指示，粟裕下达了歼灭整编第五军的预备命令：淮阳方向交由在平汉路许昌附近的第三、第八纵队负责，引诱商丘地区的整编第五军南下；第一、第四、第六纵队和两广纵队、特种兵纵队一部伺机从濮阳出发，经张秋镇、旧县之间横渡黄河，前往出定陶、城武（今成武）地区，和中原野战军第十一纵队会合，相互协作，力求将整编第五军部下的第七十五师全部歼灭，以此来调动整编第五军北上救援；解放军第三、八纵队趁着第五师北上的时候，在后尾随，和解放军纵队实施南北夹击，将第五师在鲁西南地区彻底歼灭。

5月24日，第三、第八纵队在陈士榘、唐亮的带领下，按照计划行事，经许昌地区向淮阳方向推进。整编第五军其下的整编第五师和整编第七十五师则开始向太康、淮阳方向聚集，想要配合胡琏兵团，将解放军第三、第八纵队歼灭。5月30、31日，粟华东野战军第一、第四、第六纵队、两广纵队、特种兵纵队在粟裕的带领下，寻机南渡黄河，前往菏泽、巨野一带，和那里的中原野战军第十一纵队会合。

国民党军得知华东野战军主力的这一行动后，大为震惊，国民党军陆军总司令部徐州司令部急忙下达命令，让已经南下的第五军从淮阳、扶沟地区北上，阻截解放军的军事行动，并且还把第八十三、第七十二、第二十五和第六十三师一个旅的兵力从苏北地区钓到鲁西南地区，试图和华东野战军主力决一死战。这样一来，国民党军主力都集中在鲁西南地区，队形比较密集，不容易实施分割围歼；而国民党军在开封地区的兵力就相对较弱，解放军有把握将其拿下；第三第八纵队正好行进到通许、陈留地区，和开封相距一天的行程距离，如果这个时候解放军突然转移行军方向，攻取开封，国民党军肯定措手不及；再加上解放军一旦进攻开封地区，那么整编第五军等部肯定会派兵增援，解放军就可在运动作战中将援军消灭。想至此，粟裕便制订了攻打开封、调遣敌军西援的计划，并且针对这一战役，作了详细的部署计划：攻城集团由华野第三、第八纵队担任，统一由陈士榘、唐亮二人指挥，决定采用奔袭手段攻占城关，随后便实施攻城计划；郑州、开封方面的阻援工作就交给中野第九纵队负责，主要阻击前来应援的国民党军；巨野地区的兵力为中野第十一纵队和冀鲁豫军区独立第一旅，主要目的就是对整编第五军实施牵制计划；定陶、曹县、民权、考城地区则由华野第一、第四、第六纵队负责，阻碍整编第五军西援；东明、兰封（今兰考）地区则由冀鲁豫、豫皖苏军区部队负责，破坏袭陇海铁路兰封至野鸡岗段，阻挡国民党军西援。

经讨一番部署后，粟裕一边将这一计划报告给中央军委和刘伯承、邓小平二人，一边还命令部队加紧执行。毛泽东为其复电，完全同意粟裕的作战方针和部署，并且还特意指示："情况紧急时，可以自己拿主意，不必再请示。"

出其不意攻打开封城

当时的河南的省会就是开封，北面濒临黄河，南面是陇海铁路，是中原重镇。开封城周围大约20公里，总共有六门四关。第十三旅、整编第六十八师一个团及河南省保安第

一、第二旅和三个保安团在国民党军整编第六十六师师部的带领下，守卫着开封城，兵力有三万余人，由河南省政府主席刘茂恩统一指挥。开封城内的部署为：城区、曹关、西关的防御任务交由第十三旅负责；城南是整编第六十八师一个团的所在地，它是国民党的预备队；负责警卫任务的就是保安第一旅一个团，其他的保安部队则都在南关、宋关负责防御。

开封一战，出乎国民党军意料。就算战争快要发起的时候，驻守开封城的国民党军还坚称"在开封这个地方，根本不会发生真正的战斗"。而南京国防部和徐州"剿总"虽然曾经察觉到解放军有攻打开封的苗头，但是又见解放军华野两大集团南北夹击，所以便认为华野兵团的目的是歼灭邱清泉第五军。更惹人发笑的是，华中"剿总"还一直认为华野第三、第八纵队的兵力还在方城以东地区，根本还没有到达开封地段。

6月17日，开封战役打响。当天早上，第三、第八纵队步步逼近开封城关，在其他部队的配合下，对开封城展开了进攻，到了18日晚上，解放军将开封外围及四关全部控制，并歼灭了国民党军一部的主力，其他国民党军则都纷纷撤退到城内。当天22时，位于南关的第八纵队开始准备火力攻击。24时，第八纵队攻克南门，不过并没有摧毁城门两边的一个地堡群，再加上国民党军用火力封锁住了突破口，致使后续部队并没有进入城内，而那些已经突入的部队则迅速占领城楼，作为打仗依托，顽强坚守。19日1时，第三纵队突破宋门，并快速突入城内。9时，新南门外地堡群已经被解放军第八纵队肃清，突破口再度控制在解放军手中，和城内部队会合，接着大南门和西门也被解放军突破。各个入城部队展开了激烈斗争，战争持续到20日23时，除了核心阵地龙亭、华北运动场以外的地区，全部被解放军占领。当天晚上，粟裕和张震、钟期光一起，来到了开封南边的攻城部队指挥所。粟裕指出，攻城部队千万不要在开封战场上周旋，除了给攻打龙亭留下充足的兵力外，其他部队要尽快从开封城内撤离，为歼灭国民党军援军作好准备。

开封西北角的一个大土墩上就是龙亭的所在地，这是开封城唯一的制高点。在龙亭周围，国民党修建了很多碉堡、堑壕和交通壕，并且还建有巨大的地下室，能够屯兵储粮。龙亭南面挨着潘家湖和杨家湖，两湖之间还有一条土路和市区大街相接，其他三面则都是比较开阔的平地。在此驻守的是由李仲辛率领的整编第六十六师，共有上万人的兵力。

21日，陈士榘、唐亮进入开封城，就地组织攻城部队，相互协作，攻打龙亭。将第八纵队三个山炮连（九门炮）、二门步兵炮和三个团的迫击炮集中起来，在省政府以北地区设立炮兵阵地；大南门下则是第三纵队的榴弹炮阵地。21日17时，野炮分队在炮兵第一团的榴弹炮掩护下，把大炮推到了距离国民党军工事几百米的地方，实施就近射击，将龙亭工事彻底摧毁。之后，突击队对龙亭发动猛烈进攻，战争持续到23时，解放军将龙亭占领。在华北运动场上据守的国民党军一片混乱，其中有一部分兵力投降，一部分则企图向西北突围，最后被解放军歼灭。到了22日早上，解放军解放了开封。

在开封战役期间，蒋介石还曾经乘坐飞机，在开封上空指挥作战，并且命令空军日夜对解放军据点轰炸，派出整编第五军等部全力支援。西援的邱清泉兵团被华东野战军第一、第四、第六、两广纵队和中原野战军第十一纵队阻拦在兰封以东地区；东援的孙元良兵团则被中原野战军第九纵队和豫皖苏军区一部阻隔在中牟地区；南面的胡琏兵团被华东野战军第十纵队和中原野战军第一、第三纵队阻隔在上蔡以北地区，由此为攻打开封的解放军提供了有力保障。津浦铁路线上的兖州被华东野战军山东兵团围困，陇海铁路线上的阿湖则被苏北兵团占领，以此来配合解放军在开封城的战斗。

开封战役，解放军共歼灭国民党军3万余人，再加上阻援战争，共歼灭国民党军4万余人，整编第六十六师师长李仲辛被解放军击毙，俘虏了参谋长游凌云，河南省政府主席刘茂恩乔装逃跑。解放军在关内攻占的第一座省市就是开封，有着很大的政治意义，也为豫东战役的发展制造了有利条件。这场战役最有意义的并不是歼灭了多少国民党军，而是将国民党军的整个作战方略全部打乱，引诱国民党军进入解放军的伏击范围，让解放军在解放战场上进一步得到了战争的主动权。

抓住战机围歼敌军

开封被解放军占领，引起了国民党内部很大的轰动，惹得民众议论纷纷。在南京的河南省籍"监察委员""立法委员"们，都自发前往蒋介石的所在地，为开封请愿，要求蒋介石要尽快再收复开封城，并追究开封失守者的责任。后来，这些人还来到参谋总长顾祝同的住地，跪在其院内大喊大叫，甚至还拦住徐州"剿总"总司令刘峙，在其面前痛哭流涕。为了安稳民心，扳回败局，国民党军统帅部责令邱清泉兵团和第四绥区刘汝明部快速向开封行进；将整编第七十五师和整编第七十二师合为一个兵团，统一由第六绥区副司令官区寿年指挥，从民权地区经睢县、杞县迂回到开封，试图和在此地的华东野战军主力进行决战。根据"先攻打开封城，然后再消灭援军"的方案，粟裕对目前形势进行了详细的分析。24日19时，粟裕和陈士榘、唐亮、张震等人向刘伯承、陈毅、邓小平以及中央军委致电提议，解放军应该主动放弃开封，并集中兵力歼灭邱、区兵团。25日，粟裕又制定了详细的歼灭兵团的方案：等到邱清泉的部队进驻开封城后，由第三、第八纵队负责切断邱、区之间的联系，而在杞县以南歼灭区兵团的任务则交由第一、第四、第六、第十、第十一纵队及特纵、两广纵队完成。比如当邱清泉的兵团进入开封后，区兵团又迟迟不愿意前进，那么解放军就向北推进，将区兵团的大部分或者是一部兵力歼灭。26日3时，中央军委复电指出："粟裕、陈士榘、张震等人的部署是非常合理的，如果能将敌军第七十五、七十二两个师的兵力歼灭，自然是好的，就算只歼灭敌军七十五师也不错。"国民党指挥官中区寿年因与解放军的作战比较少，缺乏经验，摸不清解放军的套路。

粟裕收到指示后，立刻着手部署：在睢县、杞县、太康之间和民权地区之间，部署的是华东野战军第一、第四、第六纵队和中原野战军第十一纵队组成南北两个突击集团，主要负责区寿年兵团的攻打任务；杞县以西地区部署的是解放军第三、第八、第十纵队和两广纵队组成的阻援集团，负责阻止邱清泉兵团东援；郑州方面的援军则交由中原野战军第九纵队负责，而且还要从侧后牵制邱清泉兵团的行动；陇海铁路徐州到民权地段由冀鲁豫、豫皖苏两军区各一部兵力负责，并且和野战军直接协同作战。这个时候，中原野战军主力依然在阻击胡琏兵团等部，其位置在平汉路南段西平、上蔡与商水之间。

6月26日早上，华东野战军第三、第八纵队从通许方向转移，离开开封。向杞县以南傅集地区转移的是解放军第一、第四、第六纵队。邱清泉误以为解放军是害怕援军，所以才撤离开封城的，于是他只留下了一个旅的兵力来掌控开封城，其余兵力则都被派往通许方向，企图将解放军第三、第八纵队歼灭。区寿年却是一个多疑之人，面对这种情况，一直徘徊不前。就这样，原本距离比较近的邱、区两兵团，在区寿年的犹豫下，瞬间拉开了40公里的距离。

在粟裕看来，这可是歼灭国民党军的大好时机，于是还没将国民党军的部署情况摸透，他便于27日下达了歼灭这一兵团的命令。当天晚上，以尹店集、龙塘岗、榆厢铺地区为中心，突击集团各个部的主力在此实施合围计划，与此同时，还派遣一部兵力楔入纵深，将区兵团的部署全部割裂。到了29日上午，区兵团部及整编第七十五师被解放军围困在龙王店、常郎屯、杨拐、渝厢铺、陈小楼等地，并且被完全分割；在铁佛寺周围，解放军围困了整编第七十二师。杞县、齐砦、高阳集、王崮之线则交由第三、第八、第十纵队负责，由此也切断了邱清泉和区寿年的联系。29日晚上，国民党军第七十二师被解放军突击集团用一个部的兵力将其包围，主力则攻打龙王店周围的各个村庄，到了7月1日中午，解放军歼灭了整编第七十五师部下的第六旅以及新编第二十一旅。接着，解放军对龙王店的国民党军发动猛烈进攻，战争一直持续到2日的凌晨3时，解放军将国民党军区兵团部、整编第七十五师师部以及第十六旅1个团全部歼灭，区寿年和整编第七十五师师长沈澄年被解放军俘虏。西线阻援集团阻碍了邱清泉兵团支援区寿年的脚步，并接连打退了国民党军队在飞机、坦克、大炮掩护下的多番进攻，为歼灭区寿年部提供了有力保障。

6月29日，国民党军统帅部调回了在山东滕县的整编第二十五师，和第三快速纵队、交警第二总队组建了一个新的兵团，司令官为黄百韬，在其带领下，立刻发兵增援豫东。7月1日，这一兵团来到帝丘店附近。粟裕分析，黄百韬兵团经过长时间的徒步跋涉，兵疲将乏，再加上其根基还未站稳，周边七十五师伤亡惨重，根本无力支援，这将是歼灭其的大好时机。于是，粟裕决定，先集中兵力歼灭黄百韬兵团，然后再集合兵力去歼灭整编第七十二师。其具体的战略部署是：负责对邱清泉阻击任务的就是第三、第十纵队以及第八纵队一部；攻打榆厢铺、何旗屯的整编第七十五师残部的兵力为解放军第八纵队主力以及第六纵队一个师，预备队则是中原野战军第十一纵队，负责监视整编第七十二师；歼灭黄百韬兵团的任务就交由第一、第四纵队和第六纵队主力以及两广纵队负责。

7月3日，第一、第四、第六纵队等部在帝丘店西北曹营、谢营集结，发动全线战争，围攻黄百韬兵团，并且将其两个团的兵力迅速歼灭。紧接着，解放军又调遣第八纵队参战。5日晚上，解放军对其发动了战略总攻，到了6日早上，老集、孙庄等地被解放军控制，并歼灭了其一个团的兵力。到目前为止，睢杞之战，一共击毙5万国民党军。这个时候，东援的邱清泉兵团已经来到了帝丘店右侧，并且开始向东南方向迂回；宁陵以西地区则是国民党军整编第七十四师；而国民党军张轸集团（包括胡琏兵团）已经到达了淮阳、商水地区。在这样的形势下，如果华东野战军继续实施围剿黄百韬兵团的计划，那么肯定会和这几路援军相遇，不利于解放军作战。再加上，此时战区已经很久没有下雨了，井里河里的水已经干了，没有水资源，又是盛夏酷暑，疫病很容易流行。为了保证解放军的主动权力，粟裕当下决定，结束这场战役。7月6日晚上，华东野战军西线兵团和中原野战军各部队在粟裕的带领下退出战斗，转移到睢县、杞县以南及鲁西南地区。

豫东作战，是人民解放军在中原战场上，和国民党军进行的一次大规模会战。这一次战役，解放军歼灭了国民党军一个兵团部、两个整编师师部、四个正规旅、两个保安旅的兵力,共计9万多人,这是解放军大兵团作战史上的模范案例。

豫东战役的胜利充分说明中央军委、毛泽东同志采用粟裕的建议是十分正确的。对此,毛泽东又取消了让粟裕兵团在4~8个月之后的渡江计划,并命令粟裕集团继续在中原战场上战斗,围歼国民党主力军。1948年7月13日,粟裕、陈士榘、唐亮接到了毛泽东同志的来电,来电中指出:"粟裕集团继续留在此地作战,到明年春、夏季节时,就应该将敌军五军和十八军等主力歼灭,打开解放军南下的道路,然后再行南进。"同年9月,中共中央政治局召开会议,会上决定:"解放战争第三年的计划重心依然在长江以北和华北、东北地区,解放军要将此地的敌军逐一歼灭。"正是因为毛泽东的这一决策,才大大缩短了解放战争的胜利进程。济南、淮海战役胜利后,国民党军的主力在长江以北地区被解放军全部歼灭。1949年4月,百万雄师过大江,拉开了解放全中国的序幕,胜利总归要属于英勇的人民解放军。

进军济南，泉城虎啸——济南战役

战役档案

时间：1948年9月16日~1948年9月24日

地点：济南

参战方：中国人民解放军华东野战军；国民党军第二绥靖区、第二兵团、第七兵团、第十三兵团

指挥官：共产党军队粟裕；国民党军队王耀武、杜聿明

双方兵力：解放军34万；国民党军27万

伤亡情况：解放军约2.6万；国民党军队约10.4万

战果：中国人民解放军胜

意义：济南战役，是中国解放战争时期，中国人民解放军华东野战军对国民党军重兵守备的山东省济南市进行的大规模攻坚战。经8昼夜激战，以伤亡2.6万余人的代价，共歼国民党军10.4万余人，开创了人民解放军夺取国民党军重兵坚守的大城市的先例。

“攻济打援”方针的确定

1948年秋的华东战场，华东野战军外线兵团与中原野战军作战配合紧密，把大量国民党军歼灭了，把许多县以上城市和广大乡村收复和解放了，把中原、华东解放区的联系打通了，将南线战局的发展进一步推进了。山东兵团和苏北兵团坚持内线作战，与外线兵团的进攻相配合，将山东解放区逐步收复和扩大了，苏北地区的斗争形势得到了发展。尤其是山东兵团取得周张、潍县、兖州等战役的接连胜利后，对济南的包围之势已形成。在作战中华东野战军不断发展壮大，到1948年8月，野战军发展到34万余人，其中1个特种兵纵队、15个步兵纵队，地方兵团有30万人。与此同时，在豫西宝丰地区中原野战军主力正在休整，雨季过后准备有更大的攻势要发动起来，以与华东野战军的作战行动配合。

此时，在山东境内，尚有青岛、烟台、临沂、济南等数个国民党军据点残存。国民党军虽然在济南重兵坚固设防，但济南已经被解放区四面包围了，解放军已把对外水陆交通切断，运输接济仅依靠空中，东面与青岛、南距徐州各有三四百公里的距离，中间是解放区，做到增援很不容易。尽管王耀武苦心经营对济南的防御，但是，在广阔的防区内，机动力量不足，兵力有限，固守待援的部队信心动摇，战斗力与士气都很低落。7月14日，中央

114

军委向华东野战军电示:以山东兵团攻克济南,"如能在八九两月攻克济南,则许(世友)、谭(震林)全军可于 10 月间南下配合粟(裕)、陈(士榘)、韦(国清)、吉(洛)打几个大仗,争取于冬春夺取徐州"。

由于马上开始的济南战役是一次规模比豫东战役更大的作战,攻坚打援都要进行,粟裕作为华东野战军代司令员兼代政治委员认为,华东野战军内外线兵团会师尚未完全,只凭山东兵团现有兵力,既攻占济南又打援军的作战任务是很难完成的。因此,7 月 16 日,粟裕与参谋长陈士榘、副参谋长张震向中央军委联名建议,把华野主力集中,先进行一个月的休整,尔后对济南协力攻打,并同时打援。他们估计:"只要济南能解决,打援方面又取得胜利,则战局可能迅速向南推移,今冬攻占徐州之计划似有极大可能。"7 月 23 日中央军委对粟裕的建议加以批准,华野全军休整一个月,然后根据情况,在陇海线南北打几仗,然后向济南进攻,或先对济南进行打援,由粟、陈、唐、张依情况提出计划,并统一指挥。

随后,粟裕等认真思考了下一步作战方案,三个可供选择的作战方案被提出,于 8 月 10 日与陈士榘、唐亮(政治部主任)、张震向中央军委联名上报。第一方案,集中全力向豫皖苏及淮北路东地区作战转移,把徐蚌铁路截断,孤立徐州,把打援作为重点,求得于运动中首先将邱清泉第二兵团歼灭,继而把战果扩大把其他兵团歼击。第二方案,集中主力首先攻占济南,仅以必要之兵力阻击可能北援之黄百韬、邱清泉兵团。第三方案,同时进行攻占济南与打援,但配备与使用兵力应有重点。分为两个阶段进行战役,第一阶段以两个纵队把济南机场抢占并对其加以巩固,将其守备兵力削弱。同时,以其余 11 个纵队打援,将援军一路或两路歼灭。只要歼灭援军,则攻济南就有保障。如果没有援军则主要攻打济南。第二阶段是将援军主要一路歼灭后,以一部担任阻击,主力向攻打济南转移。在对三个方案的利弊得失进行分析后,他们认为第三种方案较为可行。

8 月 12 日,中央军委复电粟、陈、唐、张,指出:济南作战,预计有三种可能的结果。一是打一个极大的歼灭战,即将济南攻克,又将邱清泉兵团等部大部分援军歼灭;二是打一个大的但不是极大的歼灭战,即将济南攻克,又把一部分但不是大部分援军歼灭;三是既未将济南攻克,又没有打退援军,出现僵持局面,只好另寻战机。"我们目前倾向于攻城打援分工协作,以达既攻克济南,又歼灭一部援军之目的。"26 日 3 时,中央军委致电粟裕、谭震林(副政治委员)、陈士榘、唐亮,指出:攻济打援战役必须预先对以下三种可能情况有个估计:在援军有较远距离时攻克济南;在援军有较近距离时攻克济南;在援军有很近距离时攻克济南。作战部队应首先争取第一种;其次争取第二种;再次应有办法对付第三种。在第三种情况下,即应将作战计划临机改变,由攻城为主变以打援为主,把援军打败后再攻城。预算到这一点,在作战部队将全军区分为攻城集团和阻援打援集团之后,两个集团都应该有必要的预备兵力留出来,尤其是阻援打援集团应有强大预备兵力留出,准备在第三种情况下,作战部队歼灭援军时手里有足够的力量。至此,就完全确立了"攻济打援"方针及兵力使用原则。分工协作攻城打援,在以足够的兵力用于攻城的同时,集中更大的兵力于打援、阻援方向,既夺取城市,又把国民党援军一部或大部歼灭是这个方针和原则的出发点和落脚点。

中央军委决定,由粟裕指挥整个攻济打援作战,由山东兵团司令员许世友、华东野战军副政治委员兼山东兵团政治委员谭震林统一指挥攻城部队。为与华东野战军的攻济作战配合,中央军委又指示中原野战军继续在豫西地区集结休整,待国民党军在济南、徐州吃紧,华中国民党军被迫增援时,歼其一部,阻止他们东进参战。

根据中央军委"攻济打援"的战役方针和一系列指示,25日至29日华东野战军军委由纵队以上领导参加的济南战役作战会议在曲阜召开。会议就济南战役的指导思想、兵力使用、组织指挥和后勤保障等问题进行了详细的讨论,并在此基础上对攻济打援的兵力部署进行了制定。

攻城集团由华东野战军总兵力的44%约14万人组成,攻城集团分东、西两个兵团,由东西两面钳形攻击。由第三、第十纵队和两广纵队、鲁中南纵队一部编成攻城西兵团,统一指挥者是第十纵队司令员宋时轮、政治委员刘培善。首先将济南机场攻占和控制,并抓住一切有利战机对商埠进行攻占,尔后由东兵团协同攻入城内;冀鲁豫军区部队一部围攻齐河,两广纵队与野战军警卫团围攻长清。由第九纵队、渤海纵队及渤海军区一部编成,攻城东兵团,统一指挥者是第九纵队司令员聂凤智、政治委员刘浩天。首先将济南东郊防御地带据点肃清,尔后与攻城西兵团协作攻城;渤海军区部队攻占泺口,控制黄河铁桥,尔后向南突击。以特种兵纵队炮兵第一团(欠一个营)、第三团(欠两个连)及山东兵团炮兵团组成两个炮兵群,分别配属攻城东、西兵团,对攻城作战进行支援。以第十三纵队为攻城集团预备队,在济南东南的上港、西营之间地区配置,准备随时进行攻城作战。

阻援、打援集团由总兵力的56%约18万人组成,夹运河而阵,筑构多道阻击阵地。其中阻援集团由第四、第八纵队和冀鲁豫军区独立第一、第三旅等组成,于运河以西城武(今成武)、金乡、巨野、嘉祥地区,对可能由徐州以西北援的国民党军进行阻击;打援集团由第一、第二、第六、第七、第十二纵队和中原野战军第十一纵队及鲁中南纵队一部组成,于运河以东邹县、滕县地区待机歼击北援的国民党军。另配属特种兵纵队炮兵第二团、第三团两个连,在济宁、兖州和滕县以东地区集结,进行支援、打援作战。

国民党作战部署

济南,是国民党山东省省府、第二绥区司令部所在地,是津浦、胶济铁路的交会点,战略位置十分重要,其南倚泰山,北靠黄河,地势险要,坚固工事筑在城区内外,易守难攻。早在1947年2月莱芜战役结束后,为了保障济南的稳固,蒋介石就曾亲自到济南进行防务布置,面授山东省政府主席、第二绥区司令官兼山东省保安司令王耀武统领10万余人的正规军及地方保安部队在济南防守。山东战场的局面不断恶化,1948年5月15日,王耀武飞到南京与蒋介石见面,建议把济南放弃,把在济南一带的军队撤到兖州及其以南地区,与徐州一带的部队连成一片。蒋介石严厉斥责了这个建议,强调为了保障徐州,将华北、华东两个解放区的联系隔断,并阻止华东野战军南进,必须"确保济南,不能放弃"。并允诺,"济南如果被围攻,我当亲自督促主力部队迅速增援"。豫东、兖州战役后,美国驻华联合军事顾问团团长巴大维也向蒋介石当面提出建议,把王耀武部从济南撤出退至徐州。蒋介石回答说:"由于政治上的理由,济南是山东省会必须防守。"

8月初,王耀武向南京国防部报告济南周围有很多人民解放军,情况紧急。蒋介石也觉得济南孤立无援，必须将守备兵力加强。遂于 8 月上、中旬命令紧急空运青岛的整编第三十二师第五十七旅和徐州的整编第八十三师第十九旅到济南；命令国防部迅速空运武器弹药对济南的整编第八十四师进行补给。同时，根据蒋介石关于坚守济南、组织会战的作战意图，国民党军统帅部制订了一个济南会战计划：华中方面以"清剿"行动，对中原解放军主力进行牵制，以与徐州方面作战配合。徐州方面，以第二兵团集结于商丘一带、第七兵团集结于新安镇一带、第十三兵团集结于宿县、固镇地区，加紧整理补充；以第二绥靖区王耀武部 10 万余人在济南坚守，对华东解放军主力进行消耗。在济南遭到攻击时，三个兵团北上迅速增援，与华东解放军主力在兖州、济宁决战，一举将华东解放军主力击败，并将济南解围。并对王耀武固守济南的作战要领作了如下规定：应尽量将防御圈缩小，守备要点；注意夜间防御战，勤加演练；把强

济南战役纪念雕塑

大预备队控制好，防御采取机动方法，凭借火力及机动部队向进犯之敌出击并歼灭。

这时，国民党军部队有一个整编军、三个整编师、十个旅及四个保安旅，加上特种部队，共计 10 万余人守备济南地区。由外围防御地带与基本防御地带构成国民党军的近岸防御体系。外围防御地带构筑有警戒阵地和主阵地，由 160 多个支撑点组成主阵地，纵深达十余公里。由三线阵地组成基本防御地带。内城为核心阵地，商埠为第一线阵地，外城为第二线阵地。其兵力部署是：将济南地区划为东西两个守备区，其分界点是添口（今洛口）、马鞍山。东守备区自城北黄河添口（不含）至城南八里洼之线以东至郭店，其主阵地是黄台山、茂岭山、砚池山、千佛山一带，担任守备的是整编第七十三师第十五、第七十七旅，整编第二师第二一三旅及特务旅、保六旅等部；西守备区自城北沿黄河添口至城南八里洼（不含）之线以西至长清，以腊山、周官屯、白马山、青龙山一带为主阵地，担任守备的是整编第八十四师第一五五、一六一旅，整编第九十六军独立旅，整编第二师第二一一旅及青年教导总队、保八旅等部。另外总预备队是置于党家庄、北药山的第五十七旅、第十九旅。仲宫、崮山分别由第二一三、第五十七旅各派出一部分部队守备，齐河由保四旅守备，外围独立据点王舍人庄由历城县自卫团等守备。9 月 14 日王耀武飞往南京，请求蒋介石将济南守城部队增加。蒋介石允诺迅速将整编第七十四师由徐州空运济南。

攻商埠,破外城

1948 年 9 月 9 日至 13 日,华东野战军攻城部队自济宁、汶上、泰安及莱芜地区,隐蔽向济南前进,15 日夜间迫近济南。东兵团渤海纵队在开进期间将龙山镇和三官庙等据点占领,主力抵达城东郊。西兵团两广纵队(附野战军警卫团)将长清以西肥城、平阴保安团队扫清后,在 16 日将长清城包围了,主力到达长清东南宋村、讲书院地区。此时,王耀武判断西面是解放军的主攻方向,首先攻占飞机场是其目的。遂将其预备队第十九旅调至飞机场西面的古城方向待机,将第五十七旅由张夏、崮山等地撤入市区,准备转用于西郊。

16 日午夜,正式打响了济南战役。在南北、东西各百余里的广阔战线上,华东野战军攻城集团同时猛攻济南守军外围防御地带。针对外围防御地带支撑点多、纵深大、空隙多的特点,东、西两兵团穿插迂回,分割围歼,大胆楔入,以将守军防御体系支解。战至 17 日,西兵团第十纵队先后将藤槐树屯、匡李庄、杜家庙、古城、常旗屯等据点攻占,突过玉福河;鲁中南纵队攻占仲宫、双头山、崔马庄、长庚山、大涧沟、张夏、崮山等要点;两广纵队攻占长清;第三纵队攻古董家庄、仁里庄、罗尔庄、陡沟桥等地;冀鲁豫军区第六军分区部队攻占齐河。西兵团各部乘胜向西郊飞机场、腊山、党家庄等地进逼。东兵团第九纵队将城东屏障茂岭山、砚池山、回龙岭等阵地及窑头庄、甸柳庄等据点攻占;渤海纵队将东郊韩仓、辛店、郭店、祝店、曹家铺攻占,包围了王舍人庄据点。

攻城部队攻势迅猛,尤其是将守军的东部屏障突破,极大地震撼了守军。王耀武又据此判断东面是解放军的主攻方向,急忙东调预备队第十九、第五十七旅,并以整编第七十三师第十五旅及刚空运到济南的整编第七十四师七个连,自七里河方向向茂岭山、砚池山进行反击,企图将城东屏障恢复。同时,将其嫡系整编第二师第二一一旅由飞机场以西后撤至商埠,只留整编第九十六军军长吴化文率整编第八十四师和独立旅防守在商埠以西。

18 日,攻城东兵团凭借地形的优势,在炮火的掩护下,将守军的多次反击击退了,将茂岭山、砚池山、回龙岭等既得阵地巩固了,并乘机向前推进。攻城西兵团分路继续猛进,第十纵队将杨家庄、吴家庄、尤李庄、大刘家庄一线以北阵地攻占,并以炮火将济南飞机场控制了,中断了国民党军空运的路线;第三纵队相继将琵琶山、玉皇山、簸箕山等阵地攻占;鲁中南纵队党家庄、岳尔庄、南北康尔庄、甲山坡等地攻占了。攻城集团指挥部为将战果扩大,调预备队第十三纵队加入西集团作战。

面对人民解放军的强大攻势,在华东野战军国民党军工作部门和中共济南地下组织的政治争取下,守卫城西的整编第九十六军军长吴化文在 19 日晚,率整编第九十六军军部兼整编第八十四师师部、第一五五、第一六一旅、独立旅等部 2 万余人举行战场起义。9 月 25 日,起义部队向北渡过黄河到达禹城地区。10 月,起义部队改编为中国人民解放军第三十五军,辖 3 个师,吴化文任军长。

攻城西集团将吴化文部撤离战场、守军西部防线出现缺口的有利战机抓住,将吴化文部防区迅速接收,并乘势迅速向商埠前进。第三纵队接收腊山、段店、陆军营房,逼近商

118

埠;鲁中南纵队接收白马山、七星山、井家沟、辛庄、十里铺、王官庄,逼近商埠;龙窝防务由第十三纵队接收并占领兴隆山、马武寨、青龙山、郎茂山、万灵山阵地,逼近商埠。至20日拂晓,攻城西兵团将商埠以西、以南守军阵地全部占领。东集团也将黄河铁桥抢占了,燕翅山、马家庄、泺口、新城、黄台山等要点也被攻占了,主力直逼城垣。至此,仅四天人民解放军就全部占领了被王耀武宣称可防守半个月的外围防御地带,攻城兵团从四面将济南市区包围。

9月20日,中央军委电示粟裕、陈士榘、唐亮、张震,指出:面对吴化文起义和攻城集团进一步攻城的紧急情况,王耀武可能向天津或向青岛或向临沂等处突围逃跑,华东野战军应布置好各方面,不让他有机可乘,将其全部歼灭。刘峙已令邱清泉兵团在临城集结待命援济,应迅速在邹县、滕县地区集结阻援打援集团全力,准备将其援军歼灭。粟裕针对攻城和防守军突围逃跑随即作了如下部署:令第十一纵队由曲阜向莱芜、新泰、蒙阴和临沂地区进攻,苏北兵团抽调1个纵队进至蒙阴桃圩地区,第六纵队由邹县、泗水进至新泰,组成三道防线,以便将济南突围的国民党军截击。第一纵队主力位于济(宁)、兖(州)之间。同时指示攻城集团向商埠迅速攻击,得手后,则全力攻城。

人民解放军进攻勇猛神速和吴化文率部战场起义,将济南国民党军防御部署打乱了,引起了国民党军统帅部的极大震动,将王耀武固守济南的信心动摇了,准备率部突围。他分别向南京国防部和徐州"剿总"致电说:"吴化文部投共,济南腹背受敌,情况恶化,可否一举向北突围?"蒋介石严厉地拒绝并再次下令"将阵地缩短,坚守待援"。同时,严令邱清泉、黄百韬、李弥兵团"星夜前进,以解济南之围"。

王耀武为了拖延时间,等到国民党援军,立即进行部署调整,除将从西守备区撤回的整编第二师第二一一旅、两个保安旅及整编第七十四师第一七二团一部在商埠及省立医院、火车站、邮政大楼配置外,令守备农林学校、红家楼子、马家庄等处的整编第七十三师及第十九旅,守备兴隆山、郎茂山的整编第二师第二一三旅及保安部队撤回市区,守备黄河南岸的特务旅,配置于外城及内城。

商埠是济南城西工商业集中的地区,是守军的基本阵地,是国民党山东省党部、第二绥靖区司令部所在地。根据华东野战军首长的指示,许世友、谭震林决定将有利战机抓住,实施连续突破,不留任何机会给驻守此地的国民党军变更部署、加修工事和喘息。遂令西兵团向商埠立即实施突击,东兵团一面继续将城东外围残余据点肃清,一面将总攻城垣的准备作好。

20日黄昏,在猛烈的炮火掩护下,攻城西兵团将炸药的威力充分发挥,由南、西、北三面向商埠同时突击,迅速将多路守军阵地突破。第十三纵队由南面经大槐树向商埠突入,沿经六路、经七路直插商埠东头,将内外城守军的联系切断了,其一部于21日拂晓向外城西南角的永绥门进逼,主力在鲁中南纵队配合下于当日将省立医院攻占;第十纵队由北向南向老商埠攻击,于21日将济南火车站攻占,主力向商埠继续纵深推进,一部直插外城永镇门,堵截了守军退进内城的通路,并与第十三纵队打通联系;另一部攻占经一路,并向国民党军第二绥区司令部推进。第三纵队由北面向商埠突入,沿经二路、经三路,迅速向东推进,于21日将国民党山东省党部占领,22日拂晓前向纬四路、纬三路之间进攻,午前与第十纵队配合,围攻第二绥区司令部;鲁中南纵队由第十三纵队突破口向商埠突入,于21

日下午与第 13 纵队协作将省立医院攻占后向纬六路继续发展。

国民党军第二绥区司令部，各楼四周有明碉暗堡构筑院内外 1000 多个步枪射孔和 100 多个火力点，是济南守军火力强大、工事坚固的防守据点，由整编第七十四师第五十八旅第一七二团守备。22 日午后，第十、第三纵队发起攻击，突击部队冒着枪林弹雨向院内冲去。国民党军依靠既设工事和楼房，投弹、施放毒气弹，上下射击，顽强抵抗。双方对楼层、房间逐个争夺。战至黄昏，将第二绥区司令部攻占。至此，西兵团已将商埠完全攻占，歼灭守军 2 万余人。与此同时，在炮火及坦克支援下攻城东兵团，将王舍人庄守军全歼，将城东外围残余据点和阵地肃清了，逼近城垣，展开迫近作业。

华东野战军攻城集团将商埠攻占后，王耀武认为，经七昼夜连续作战，解放军"伤亡重大""疲惫不堪"，要想攻城，势必会经过三五天的休整。于是，一面请求南京国防部调动大批飞机，狂轰滥炸商埠区，以求将大量解放军杀伤，将解放军的攻城准备破坏；一面对部署重新调整：以一部分兵力在城外千佛山、马鞍山、齐鲁大学、花园庄等阵地坚守，以保安第三、第六旅坚守外城，将第十五、第十九、第五十七旅在内城集中坚守。蒋介石则向北援兵团各军、师长严下命令"恪遵命令，迅速行动"，并派空军出动大批飞机继续轰炸商埠、外城施行区域。23 日上午，刘峙偕空军副总司令王叔铭在济南上空给王耀武打气："总统很关心你们，援军几天即可到济，解围有望，必须坚守待援。"

由于攻城部队对兵力轮番使用，实行"随战随补，随补随战"的办法，对战斗编组及时调整，使突击力一直保持强大。攻城集团指挥部决定，抓住国民党军调整部署混乱的机会，采取东西对进，钳形攻击，集中力量攻击外城。其部署是：东兵团第九纵队（配属坦克四辆）实施攻击时从城东永固门及东南角开始，渤海纵队一部佯装攻击城东北角，主力位于城东北准备将可能突围逃窜的国民党军堵截；西兵团实施攻击时第十三纵队由城西南永绥门及其以北进行攻击，第十纵队实施攻击时由城西普利门及永镇门、小北门开始。第三纵队和鲁中南纵队各以一部协助第十三、第十纵队攻击外，主力为攻城东、西集团预备队。

22 日晚，东、西兵团在猛烈炮火掩护下，向外城同时发动强攻。各纵队突击部队连续组织对外城城墙、城壕爆破，激战仅用一小时，就将突破口打开，后面的部队也迅速突入，与国民党军战斗更加激烈，战果不断扩大。鲁中南纵队和西兵团第十三纵队一部由永绥门突破外城城墙，将振亚火柴公司、自来水厂、警察局连续攻占，于 23 日拂晓将万字会守军歼灭后又将麟祥门攻占，沿内城根继续向东发展，与第九纵队一起，使齐鲁大学守军青年总队（相当于旅）被迫投降。永镇门由第十纵队一部突击，冒着国民党军密集的枪林弹雨，将鹿砦、地堡排除，连续五次爆破，将永镇门炸塌，攻入外城，另一部将普利门突破。第三纵队一部在第十纵队右翼突入。东兵团第九纵队从爱美学校以北向外城突入，将守军的疯狂反扑击退，将永固门占领。守军纷纷向内城退逃，第九纵队向南继续发展，一直向新东门以东、以南和老城东南角插入，一边将剩余守军肃清，一边迫近作业。渤海纵队亦将外城防御阵地突破，向纵深攻击前进。23 日下午战斗结束，华东野战军攻城集团将守军第二一三旅及保安第六旅残部全歼，占领外城，逼近内城城垣，准备向内城进行攻击。

占外城,破内城

济南内城,城墙高 14 米,宽 10 至 12 米,是王耀武防御体系的核心阵地。墙上的射击工事有三层,并筑有消灭死角的侧击火力点,火力网相当严密。有地堡、鹿砦、梅花桩等多层障碍在城墙外。护城河宽 5 至 30 米,水深 2 至 5 米。国民党军第十五、第十九、第五十七旅等部在此守备,凭借工事的坚固,充分利用各种火力与障碍进行顽抗。

为了能将内城迅速攻占,将因国民党空军的狂轰滥炸和守城国民党军对城市的破坏所造成的市民伤亡及财产损失减少,根据华东野战军首长的指示,攻城集团指挥部决定即刻发动向内城的攻击。其部署是:以第九纵队、渤海纵队由东及东南攻击;以第十三纵队、鲁中南纵队由西南攻击;以第三纵队主力、第十纵队一部由西攻击;第十纵队主力为预备队。攻城集团榴弹炮配置在城外,以猛烈炮火压制内城守军火力和杀伤其有生力量;各炮群所属山炮和野炮进至城内,直接支援部队作战。

23 日晚 6 时许,攻城集团各炮群集中火力猛烈轰击内城城墙及防御工事。攻城各突击部队英勇作战、连续战斗,冒着国民党的强烈火力涉水通过护城河,冲上对岸,将障碍、暗堡扫除,向内城城垣直接进攻。王耀武督率部队拼命抵抗,战斗非常激烈。

西兵团第十三纵队第三十七师第一〇九团主要向西面进攻,从城西南坤顺门实施突击。该团突击队两个营与团指挥所的联系被国民党军的炮火隔断,但营、连指挥员充满智慧,方法灵活,连续组织爆破,经四次冲击,该团第三连和第九连登上了内城城墙。东兵团第九纵队第二十五师第七十三团主要进攻东面,把城东南角作为突破口。在炮火的强力掩护下,该团突击队连续爆破,经四次冲击终于将突破口打开,登上内城城墙。因守军炮火将护城河浮桥打断,后续部队很难迅速跟进,已登上城墙的 2 个连与多于自己数倍的国民党军展开激战。王耀武下令第七十七旅立即反击,将缺口封闭。东、西兵团各突击部队在突破口与守军反击部队奋力拼搏。第一〇九团插进内城的 2 个连战员用刺刀、手榴弹肉搏守军。战士曲光苗一只胳膊被打断后将一颗手榴弹拉响与国民党军同归于尽,剩余人员将少数房屋占据坚持顽强斗争。在与国民党军进行 1 个多小时的激战后,第七十三团 2 个连指战员全部壮烈牺牲。国民党军将东、西兵团打开的突破口全部封闭。

第一次攻击受到了打击,攻城集团指挥部迅速将兵力调整,在主要突击方向集中使用炮弹、炸药,再次组织突破。24 日 2 时许,经过紧张、周密的准备,攻城集团各突击部队将炮火、爆破、突击紧密结合,运用这样的战术进行第二次攻击。东兵团第九纵队第七十三团于 2 时 25 分成功突破城东南角。第一个登上城墙的是该团第三营第七连班长李永江,他向耸立城头的气象台冲去,将 20 多个国民党士兵用手榴弹和冲锋枪逼进一间屋内迫其缴枪投降,在气象台制高点把"打到济南府,活捉王耀武"的红旗插上了。拂晓时,东兵团主力不断向内城突入。西兵团已攻入内城顽强坚持战斗的第三、第九连接应第十三纵队第一〇九团,使其从城西南角再次将突破口打开,后续梯队迅速跟进,将突破口巩固扩大,兵团主力迅速攻入内城。战后,中央军委授予第七十三团为"济南第一团"、第一〇九团为"济南第二团"光荣称号,以对他们英勇顽强,不怕牺牲,为解放济南作出的突出贡献进行表彰。

攻城集团各部突入内城后,与守军随即展开了逐巷、逐街、逐楼、逐点的争夺战,直插纵深,东西对进,节节击退守军。王耀武自己化装潜逃,把指挥权交给第二绥区参谋长罗辛理,被人民解放军地方武装在寿光县境内俘获。24日黄昏,省政府大院被攻城集团攻破,罗辛理被迫投降,攻城集团全歼内城守军,济南战役取得了胜利。

经攻城部队的炮击和政治攻势,于25、26日,据守济南外围马鞍山、千佛山等孤立据点的国民党军残部缴械投降。济南解放后,菏泽、临沂、烟台等地国民党军先后弃城撤逃。至此,除青岛及少数边沿据点和岛屿外,山东全省均获解放。

在华东野战军攻城集团将济南外围防线突破之际,蒋介石命令徐州"剿总"副总司令杜聿明指挥第七、第十三兵团分由新安镇、固镇地区向徐州集结,准备沿津浦铁路北援,第二兵团由商丘经鲁西南北援。华东野战军打援、阻援集团分别在邹县、滕县地区和城武、金乡、巨野、嘉祥地区布阵等待。蒋介石虽然再三督促国民党援军,但都恐惧华野打援兵团强大的兵力,都不敢贸然前进,直到济南解放,第七、第十三兵团依然在集结之中;第二兵团进抵城武、曹县地区后,听说解放军已把济南守军全部歼灭,立即仓皇逃走。

济南战役期间,中原野战军对中原战场的国民党军进行严密监视和牵制,有力地配合了华东野战军的攻济作战。苏北兵团一部和华东军区所属各军区以及豫皖苏、冀鲁豫军区部队及民兵也积极配合,主动向当面的国民党军出击,把数十处据点都攻克了。华东解放区共动员50万民工、1.8万辆小车、1.4万副担架,并且有大量后勤物资作保障,为取得战役的胜利贡献了巨大力量。

华东野战军激战8昼夜,将济南攻克,俘第二绥区司令官王耀武、副司令官牟仲珩、参谋长罗辛理、山东省保安司令部副司令聂松溪等高级将领23名;歼灭国民党正规军一个绥区司令部,一个整编军部,两个整编师部、10个旅另一个团,非正规军一个保安司令部、四个保安旅、四个团以及特种兵一部,共计10.4万人(内含起义2万人)。华东野战军有2.6万人伤亡,其中壮烈牺牲的有第三纵队第八师师长王吉文、第十三纵队第三十七师政治委员徐海珊等2930名官兵。

济南战役的胜利,开创了人民解放军夺取国民党军重兵坚固设防大城市的先例,沉重打击了国民党军坚守大城市的信心,锻炼和提高了人民解放军攻坚作战能力。中共中央发来贺电指出,济南大捷,"证明人民解放军的攻坚能力已大大提高,成功影响并动摇了蒋介石反动军队的内部,这是两年多革命战争发展中给予敌人的最严重的打击之一。"新华社在《庆祝济南解放的伟大胜利》社论中指出:济南的攻克,"证明人民解放军强大的攻击能力,已经是国民党军队无法抵御的了,任何国民党城市已无法逃脱人民解放军的攻击了。"包括美国一直为蒋介石撑腰,现在也意识到这一点。他们说:"自今而后,共产党要到何处,就到何处,要攻何城,就攻何城,再没有什么阻挡了。""共产党军队已变得强大到足以攻击并可能攻克长江以北任何城市。"日本《朝日新闻》发表评论说:"大城市济南的攻占,已大大地改善了中共的经济形势及加强了他们的军事地位。"并预言:由中国共产党领导的全国政府不久将告成立。

东北解放战争的最后一战——辽沈战役

战役档案

时间:1948 年 9 月 12 日~1948 年 11 月 2 日

地点:辽宁省、吉林省

参战方:中国人民解放军东北野战军;国民党军

指挥官:共产党军队林彪、罗荣桓、刘亚楼;国民党军队卫立煌、杜聿明、范汉杰

双方兵力:东北野战军 70 万人;国民党军 55 万人

伤亡情况:东北野战军伤亡 6.9 万人;国民党军伤亡 47.2 万人

战果:中国人民解放军胜

意义:辽沈战役,是东北解放战争的最后一战,又是全国解放战争时期人民解放军同国民党军进行战略决战的第一个战役。辽沈战役的胜利,使马克思主义军事理论和毛泽东军事思想得到了空前发展,也为东北解放军入关组织平津战役提供了良好契机。

123

权衡利弊,决战东北

从 1948 年夏天开始,毛泽东就曾多次提出要打几场大的歼灭战。在中共中央九月会议上,便制定了和国民党进行决战的策略,其决战的地点则选在长江以北、东北、华北之间的地区,预备在这些地方将国民党军队一举歼灭。

决战地点知道了,那么哪里才是决战的第一战场呢?是将战场放在中原地区,还是华北地区,或者是东北地区?毛泽东作为全军最高统帅,他对此事非常重视。经过反复推敲琢磨,最后决定将解放军的第一战场放置在东北地区。

中国最大的重工业基地就在东北地区,其地大物博、物产丰富,有着很重要的战略地位。日军在东北地区制造九一八事变后,解放军带领东北地区的抗日联军,联合东北地区的人民群众,用了 14 年的时间,才将日本侵略者赶出中国。1945 年 4 月,解放军在延安召开了中国共产党第七次全国代表大会。会上,毛泽东对东北地区的战略任务进行了说明。抗日战争胜利后,中共中央快速制订了"发展北部,防御南部"的战略计划,并将一大批的干部、部队从关内各个革命根据地调派到东北地区,和当地的东北抗日联军建立东北人民自卫军,和苏联红军相互配合,对日军作战,接收日军、伪军投降,并且在东北地区,解放军还建立了中共中央东北局和东北解放军领导机关,其主要任务是负责东北地区的保卫工作,和日军撤退后的东北建设工作。严格地说,东北地区是蒋介石拱手送给日军的,日军

投降后，蒋介石却是倒打一耙，不承认解放军在东北的管辖权和地位。在美帝国主义的大力支持下，蒋介石方面一边命令伪满洲政府和日军的残余势力继续执掌东北的控制权，一边还调遣部队攻打解放军在东北地区的军事力量，企图通过这种方法来建立自己的反动政府，并在东北地区建立自己的反动独裁统治。

东北野战军四纵队与华北野战军三兵团部分指挥员前线合影

　　根据当下情况，中共中央、毛泽东对解放军下达了指示，要求解放军一边积极组织部队和当地民众力量，抵御国民党军队的大举进攻，一边又加快步伐，在东北地区建立解放军的革命根据地，方便解放军开展东北方面的工作。1945 年 10 月之后，在东北各级百姓的支持和努力配合下，解放军在东北地区相继开展了几场战役：山海关保卫战，秀水河子歼灭战，本溪、大洼作战和四平保卫战，鞍（山）海（城）和拉法战役，都取得了决定性的胜利，摧毁了国民党军攻打解放军东北根据地的战略计划。经过这几场战役的较量，国民党军已从进攻状态转变为防守状态。

　　在这种情况下，东北地区的解放军在共产党的指挥下，从 1947 年 5 月到 1948 年 3 月，接连向国民党军发起了三次进攻：夏季、秋季和冬季，共歼灭 30 多万国民党军，收复了 77 座城市，将解放军在东北地区解放区的面积扩大了 30.7 万平方公里，解放了东北地区 86% 以上的人口和 97% 以上的土地。这一时期，东北解放区工农业发展比较迅速，特别是军工生产。解放区修筑的铁路就达 1 万多公里，是东北铁路总长的 95%。

　　东北地区的解放军队伍也得到了空前发展和壮大。辽沈战役之前，东北地区的野战军已经有 12 个步兵纵队、36 个师、15 个独立师、三个骑兵师、一个炮兵纵队、一个铁道纵队及一个坦克团的兵力，大约有 70 多万人；再加上地方武装和补充兵团的 33 万人，总共达 100 多万人。不仅如此，通过这几次战争，解放军的军事装备也得到了很大的改善。目前，解放军拥有的大炮有 2370 多门，其种类有战防炮、迫击炮、山炮、野炮、榴弹炮、高射炮等。冬季攻势期间，沈阳、长春地区是东北野战军主力的集聚地，在沈阳和锦州之间，还有解放军两个纵队的兵力，唐山和昌黎周围则有 1 个纵队的兵力。这些部队经过较长时间的休整和训练后，大部分指战员的作战技术和作战指挥能力有了大幅度提高，这也为解放军解放战争的胜利打下了坚实的基础。

国民党的情况则和解放军不同。在东北战场上的两年多时间里，国民党军队有 57 万人被解放军歼灭。为了摆脱这一被动局面，蒋介石曾经 3 次更换了东北主帅人选，并且还多次更改作战方略。

1948 年 1 月，蒋介石任命卫立煌为东北"剿总"总司令。卫立煌上任后，他把在东北驻扎的国民党军整编为四个兵团、14 个军、44 个师（旅），此外还有一些地方保安团队。其中具体的战略部署为：郑洞国为东北"剿总"副总司令，同时也是第一兵团的司令官，他带领两个军六个师的兵力，和地方部队相互配合，共同驻守长春，其总共有 10 万兵力，以此来牵制位于北线战场的解放军主力；范汉杰任东北"剿总"副总司令，同时他也是锦州指挥所的主任，由他带领国民党军第六兵团等部，一共四个军 14 个师的力量，和地方武装部队相配合，驻守锦州，并对义县到山海关一线进行防守，其兵力约为 15 万人，保证关内外陆、海路畅通，加强国民党内外联系；而在沈阳驻守的就是卫立煌，第八、第九兵团等部八个军 24 个师的兵力直接归他指挥，再加上地方武装的力量，总共有 30 万人左右，防守沈阳，固守沈阳附近各个据点，这里就是国民党军在东北地区的核心地带。

这样看来，国民党在东北地区的兵力有 55 万人，确实是一股很大的势力。只是国民党的这一大部队已经被解放军分割，并分别围困在长春、沈阳、锦州这三个地方，让其陷入孤立无援的境地。解放军控制住北宁线部分区域和营口，这也就切断了长春和沈阳之间的交通联系，这两个地方的物资补给只能靠空运，这根本就无法满足作战部队的需要，国民党军队在东北地区的处境非常困难。

上面种种迹象都说明，在中国五大战场中，对解放军最为有利的战场就是东北战场。在东北战场，不管是经济力量还是军事力量，解放军都远远超于国民党军。这也就说明，解放军已经具备了和国民党军进行大会战的条件；而如今，东北战场上的国民党军因为物资供应不足，和友军也无法取得联系，致使国民党军过于犹豫和举棋不定，这也有利于解放军在东北战场上的战斗，有利于实现解放军在东北战场上的战略目标。

对于这种情况，叶剑英同志也曾经分析过。他说："毛泽东同志为什么会把决战地点定在东北战场呢？这主要是因为毛泽东同志不仅抓住了敌我双方决战的最佳时机，而且也选择了敌我双方最佳的决战场所。"那个时候，纵观全国局势，虽然从总体上来说，对解放军是有利的，不过国民党军却想要尽可能延长在东北战场镇守的时间，以此来牵制住在东北战场上的解放军，逼迫解放军无法进入关内作战。与此同时，国民党还企图将东北战场上的国民党军撤回华中地区，增强华中地区的防御力量。

在这样的前提下，如果还把解放军的战略方向置于华北战场上，那么结果就会使解放军受到东北、华北国民党军的双面夹击，致使解放军陷入被动状态；如果将解放军的战略战场放置在华东地区，这样东北地区的国民党军就能够快速撤退，进而让国民党军的战略企图实现。这么说来，东北战场也就成了中国解放战争胜利的关键所在。那个时候，东北战场的形势又对解放军是最为有利的。

国民党方面：东北战场的三个部队被解放军孤立，其所在地区比较狭小，各项补给也无法及时到位；长春被解放军围困，国民党却没有办法解救，或者撤退或者防守，一直犹豫不定。而在解放军方面：在东北战场上，解放军的兵力有着很大的优势，而且武装配置也得到很好的改良；在东北地区，解放军根据地连成一片，加强了各部队和各个据点的联系；土地改革之后，解放军后方更为巩固；关内各个区域，都能够及时支援。只要解放军将东北战场上的国民党军歼灭，就可以将国民党军战略收缩的企图粉碎；就可以实施战略机动策略，利于解放军在华北战场和华东战场的战斗；东北是重工业基地，东北战场的胜利就能够为解放军在以后的战争中提供支援，巩固解放军战略总后方。

根据上面种种情况，毛泽东同志把解放军的决战地点选在东北战场是非常稳妥可靠的，这也是毛泽东同志下的一步好棋，对于解放战争的胜利起着积极作用。卫立煌集团成了毛泽东同志在东北战场上的首要目标。决战要从局部开始，然后再慢慢过渡到全局，争取最大的胜利。再加上辽沈战役的巨大胜利，改变了全国战局形势，也大大缩短了解放军胜利的进程。

将国民党三军孤立在长春、沈阳、锦州这三座城市后，从哪里开打，也就成了下一个最为紧要的问题。

1948年2月7日，东北野战军接到了毛泽东的来电，电中指示"先将蒋介石在东北战场上的势力封闭起来，然后再一一歼灭"。电报上还表示：国民党如若无法应对，其很可能会从东北战场向华北战场撤退，这一形势你们也应该作好完全的准备。蒋介石曾经就考虑过将东北战场上的兵力全部撤回到华北战场，后来又因为南线大军还未横渡长江，未能给国民党军带来很大的打击，这才打消了这一计划。电报里面还问："上一次你们给我发电报说，锦州一带根本没有什么仗可打，这一地带的具体形势到底是怎样的呢？如果解放军能够将阜、义、兴、绥、榆、昌、滦地带完全控制，这样一来，是不是更有利于牵制国民党军撤退？"电报中还指出："从解放军的战略利益上出发，最佳的歼敌方式就是把东北战场上的蒋军全部封闭起来，然后再一一突破。"

很明显，这一设想是非常大胆的。不过从电报内容来看，那个时候毛泽东也并未下达肯定的命令，而是在征询他人的意见。

对于攻打工事坚固的锦州，解放军统帅之一林彪却对此顾虑重重，担心如果短时间内无法将锦州拿下的话，国民党军再从华北和海上地区向此增援，那么解放军就会陷入被动地位。于是林彪再三提议，先攻打长春，并且于4月18日，将这一情况报告给军委，说明攻打长春的有利条件，并且保证，用不了十天半个月，战斗就会全部结束。

对于林彪的报告，中央军委、毛泽东同志也异常重视，4月22日，中共中央给林彪致电，表示同意了他的请求。不过，与此同时，中共中央还特意强调，"我们之所以同意先攻打长春，主要是因为相较之下，打下长春要比打下其他地方更有利于解放军，而不是害怕先打他处而对解放军造成什么不利影响，或者是给解放军带来什么无法克服的困难。""而你们也要对自己的战士说，只因为现在攻打长春是最为有利的，而不应过分强调南下作战的困难，免得动摇军心，使解放军处于被动地位。"

5月下旬，东北野战军派出两个纵队和七个独立师的兵力，进攻长春，共歼灭6000多国民党军，将大房身机场完全掌控在解放军手中，只是这一次长春战役，解放军的伤亡程度也比较重。随后，在军事力量上，解放军部队和驻守长春的国民党部队相比，并没有什么太大的优势,这也致使解放军攻打长春的难度比较大。

6月5日,根据这一问题,东北解放军统帅又向中央军委提出三个方案:第一,现在即刻攻打长春,但是解放军却没有任何把握,也就是说成功的可能性非常小;第二,派遣一部分兵力以长春为主,而解放军的主力则前往北宁路作战,不过军委认为,如果南下作战的话,很有可能会四处扑空,或者是因为国民党军兵力过于集中而不好进攻,再加上解放军的粮食供应非常困难,而长春的国民党军随时都有潜回沈阳的可能,这样一来,解放军两头都得不到什么好处;第三,花费两到四个月的时间,对长春实施长久战,将长春围困一段时日后,再发起攻击,攻打长春城。而在解放军看来,最好的策略就是第三种方案。

6月7日,中央军委致电东北解放区,告知通过第三种方案,"预计用3到4个月的时间控制住长春,还要将长春城的国民党方援军歼灭,而攻打承德或者是其他地方的计划则放到秋后进行。"此外,毛泽东和朱德针对长春攻克计划还作了详细的布置和指示,希望东北野战军在长春这一战役中取得最终胜利,并为以后解放军南部作战打下坚实的基础,积累城市作战经验;与此同时,毛泽东、朱德再次强调:"承德、张家口、大同等地的作战计划必须同步完成,或者是做好冀东、锦州地区粮食、枪支弹药、棉被衣服等的补给工作,要打通各项交通要道。"

依据中共中央、毛泽东的指示,6月15日到20日,东北野战军就攻打长春的方案和部署问题召开了会议。会上决定,派遣8个师的兵力负责围困长春城,总共投入了10万人,对长春城实施封锁计划,切断国民党军物资供应通道。等到长春城弹尽粮绝,军心不稳的时候,解放军再作攻城计划。

7月中旬,东北局常委重新商议东北野战军在此地的战略行动问题。常委一致认为,国民党军在长春城布置的兵力就达到10万以上,再加上其工事坚固,防守严密,在解放军攻打长春的时候,还可能会面临着沈阳、锦州方面的20万国民党军的威胁。所以说攻打长春是比较冒险的行动;长春战役,一旦解放军失败,那么这将会严重影响解放之后的军事行动。这样说来,最好的策略就是南下作战,而不是攻打长春,让解放军处于不利的被动地位。

20日,中央军委便收到了林彪、罗荣桓、刘亚楼等人的报告,将上面那些情况一一报告给毛泽东,并且建议:东北的夏季过后,也就是到了8月中旬左右,东北解放军主力就可以南下作战了。首先,东北解放军要以奔袭手段将义县、锦西、兴城、绥中、山海关等地区的国民党军包围并予以歼灭,随后大军再攻打承德,占领承德,并伏击前来支援的国民党军。

22日,中央军委又接到了林彪、罗荣桓、刘亚楼的来电,提议:从华北战场上调遣一部分的兵力进攻大同,调遣北平附近的国民党军傅作义集团带兵西进,掩护东北解放军南下作战。

7月22日晚上,毛泽东同志详细地研究这项提议后,便致电林彪、罗荣桓、刘亚楼等人,对于东北野战军主力南下作战的提议,表示同意,并且还说:"南下作战对解放军非常的有利,解放军越是向敌人的后方行进,就越能够将敌人孤立在解放军侧后方,这样一来,敌军据点的势力将会减弱,或者是被迫撤退等,这一情况已经在南线作战中体现出来了,这也为你们南下作战提供了有力的依据。既然没有把握将长春拿下来,自然就应该停止这一攻打计划,而将南下作战的计划提前。""如今你们既然已经把注意力转移到南下作战方面,并且还彻底研究南面的敌军情况、南方地形、粮食供应等问题,能够找出对解放军有利的方面,这样是非常好的,也是值得鼓励的。""而今,到你们预计南下的时间还有不到一个月,关于粮食准备和政治动员的工作,一定要抓紧时间进行准备了。不然的话,到了8月,还无法打响在北宁、平承、平张等地区的战役。此外,对于具体的作战部署,还需要你们慎重、详细地策划和考虑,想出合适的方案后,再来电请示。最好先派遣你们指挥机关南下和程子华、罗瑞卿等人会合比较好。"

30日,林彪、罗荣桓、刘亚楼三人又接到了中央军委的来电:"我们看了你呈递的作战报告,在我们看来,锦州和唐山地区的作战是你们首要考虑的问题。有可能的话,你们应该先攻克锦州、唐山地区,将范汉杰集团兵力全部或者是大部分都歼灭";"如果先攻打傅作义集团的话,那么卫立煌就会派遣国民党大部分的兵力集结在锦州和唐山一带,再加上范汉杰的支援,那个时候解放军将会处于被动地位,形势也会异常艰难。"

8月3日,毛泽东召见了华北军区司令员聂荣臻和华北第二兵团第二政治委员杨成武,商讨东北解放军南下作战的问题。此外,在场的重要领导人还有刘少奇、周恩来、朱德、任弼时等人,制订了"东北打、华北牵"的战略计划。

聂荣臻、杨成武二人看了毛泽东起草的7月20日、7月30日给林彪、罗荣桓、刘亚楼的两份电报。对于电报提议,杨成武和聂荣臻二人表示完全赞同,于是毛泽东当即宣布成立华北第三兵团,华北第三兵团的司令员兼政治委员就交由杨成武担任,并命令其在20天的时间里,要作好一切作战准备,并带兵进攻绥远,打通新战场的通道,在平绥线一带拖住傅作义的兵团主力,配合东北解放军作战。毛泽东布置完后,还询问杨成武有没有困难?杨成武答道:"保证完成党的任务,没有任何困难。"

毛泽东听后,打趣地说:"困难最多的就要数绥远一线了!"随后,毛泽东还对杨成武他们分析了其中的困难所在:"绥远地区可是傅作义的老家,是他的地盘,如果他实施坚壁清野计划,那你们去了肯定是要挨饿的。想要从华北地区求援,那也是不容易的事情,另外,在绥远地区作战,恐怕也不会很顺利的。"毛泽东这样说的目的,就是希望他们出征之前,能够将这些困难想明白,并且还要想出解决困难的办法,为绥远战役作好万全的准备。

杨成武听了之后,心里很是感激,说:"毛主席宵衣旰食,各地战场情况都要亲自关心过问。把任务分给部下后,还得为部下将未来所遇到的困难看透,给部下指点迷津。这些战场,在毛主席的手里就好比是一盘棋,如何取胜,皆在其掌控之中。"

在东北地区的林彪却是犹犹豫豫、举棋不定,他对于南下作战的困难还是有些顾虑,因此基于这些考虑,他一直都没有确定好南下的具体时间。8月6日到11日,他给中央军委去了几次电报,提出:第一,华北解放军可以先行进攻绥远地区,吸引一部分傅作义集团的兵力,而东北解放军的行动时间,就要看杨成武部什么时候行动了;第二,南下作战时,所遇到的道路交通、粮食供给等问题都非常困难,甚至难以解决,所以解放军南下作战的时间还不能确定。

8月9日,中央军委给林彪等人发去电报,并表示对于林彪陈述的那些问题非常不满,而且还强调:"当下,你们最要紧的任务就是赶快确定下来出征时间,并且立即行动。

如今,北宁一线正起战事。你们所说的出征时间由杨成武的行动时间所决定,这是极为不正确的想法。"

8月12日,中央军委又给林彪等人发来电报,内容如下:

两个月之前,我们就提示你南下作战之前一定要准备好粮食。两个月内,你们似乎根本就没有执行我们的这一命令。现在再看看你的来电,看来这两个月的时间,你们根本就没有作任何的准备,才致使军队缺粮,无法南下作战。而你们自己,一定要对战事顾虑周全,摸清敌人的情况,制订好粮食、雨具的补充计划;至于杨成武部,就一切都没有问题了。""再问问你们,如果你们一直无法出兵行动,倒是让杨成武带兵出发,让其陷入孤军境地。如果中途被傅作义集团赶走,这对于我们的战况又有什么好处可言?关于敌军是否会从东北战场撤回到华中战场,这一点我们也早就告诉你们了,希望你们能够将这批敌军抓住。如果这批敌军转移到华中战场的话,那么将会对解放军在华中战场的战斗带来不利影响。

最后,毛泽东还严厉批评到:"从你们最近几次的电报中可以看出,你们根本就没有探清敌军在北宁线上的情况。为了谨慎起见,我们才提出了上面那些问题。如果你们有什么不同意见,可以再说出来,我们 起探讨。"

8月13日,中央军委、毛泽东接到了林彪和罗荣桓的来电,对于北宁线国民党军情况一事给予道歉,并且还承认了自己的判断是错误的。至于南下作战事宜,则表示正在努力准备当中。

8月24日,中央军委接到林彪、罗荣桓、刘亚楼的来电,电报中指出:"解放军南下计划在本月底或者是9月初就可以进行,9月6日左右,就能够打响在北宁一线的战役。"9月3日,林彪等人又致电中央军委:"解放军已经拟定了计划,决定先慢慢靠近北宁线解放军各部,然后再对北宁线各城实施突袭,等到北面主力到达后,我们再施行各个突破计划,将敌军一一歼灭。对于沈阳地区的敌军则由北线主力掌控,监视敌军行动,并且阻援从沈阳地区向锦州方向增援的敌军,或者是歼灭长春南下的敌军。"

9月5日,毛泽东致电林彪等人,同意了他们的作战计划,并且指出:北宁线上的敌军相互间联系较少,几乎处于孤立状态,要想歼灭他们,倒是并不困难。你们可以将作战地点选在北宁线上,从这条线上补给战争所需品都比较便利,再加上这也是中间突破的好方法,能够切断卫立煌集团和傅作义集团之间的联系,所以解放军主力万不可轻易放弃北宁线。在电报中,毛泽东还分析了国民党军的一些状况:"卫立煌依然是你们的主要目标,所以你们将七个纵队,六个独立师的兵力布置在新民以及沈长线是十分正确的。"长春和沈阳方面的国民党军,只有在解放军攻打锦州的时候,才会勉强出动。

随后,毛泽东又指出,东北解放军一定要作好打歼灭战的准备,而且要有必胜的决心,即便这场歼灭战是你们从来都没有遇到过的大规模的战争。

9月7日,中央政治局会议召开,因东北野战军在忙南下事宜,所以其领导人无法前来参加。于是毛泽东便以中央军委的名义,给他们发去了电报。电报中,将中央关于全国战略部署的计划介绍得很是详细,而且还要求他们应该将主力布置在锦州、山海关、唐山一线,不用管长春和沈阳两方面的国民党军,而且在攻打锦州的时候,还要注意长春和沈阳方面的援军,争取在这一地区将长春、沈阳方面的国民党军歼灭。在锦州、唐山等战役期间,如果沈阳、长春的国民党军倾巢来援,解放军就能够利用这个机会,将卫立煌部队全部歼灭,这是解放军所设想的理想状况。基于此,就应该注意:第一,一定要有拿下锦州、唐山等地区的决心。第二,在卫立煌大军前来应援的时候,解放军一定要拿出巨大的决心和勇气,敢于和卫立煌的军队作战。第三,为了完成上述任务,解放军应该重新考虑作战部署,制订好军需用品补给计划,和处理俘虏等相关事宜。

9月10日,中央军委接到林彪、罗荣桓的来电,表示:对于中央军委的指示完全同意,争取改变华北和东北战场上的战争布局。

这样一来,在中央军委的指示下,东北野战军关于辽沈战役一事终于尘埃落定了。东北野战军南下作战的第一步,就是切断北宁线,将蒋介石大军封锁在东北战场,然后在攻打锦州,狙击前来支援的国民党军部队,争取在这个地方歼灭卫立煌集团。

9月10日,在这一方针的指导下,东北野战军制订了具体的战略部署计划:首先,除了山海关、锦州和锦西地区的敌军外,其余敌军则以奔袭动作的方式歼灭,并将关内外敌军的联系切断;其次,在攻打锦州的时候,一定要把解放军兵力集中起来,并且歼灭其外援敌军。其具体的布置为:义县到昌黎一线的敌军则交由第三、第四、第七、第八、第九、第十一等六个纵队以及炮兵纵队主力,第二纵队第五师,冀察热辽军区三个独立师配合歼灭,随后再乘机攻占锦州、锦西、山海关地区;沈阳西北以及长春和沈阳之间的地区兵力为第一、第二(欠第五师)、第五、第六、第十等五个纵队,主要是为了歼灭从沈阳方向赶来的敌军支援部队,并且还要作好参加攻锦战役和长春战役的准备;而在长春附近围困的兵力则是第十二纵队和六个独立师、炮兵纵队一个团及内蒙古军区骑兵第二师等部。

蒋介石与卫立煌各执己见

对于东北野战军的动机,蒋介石心里非常清楚。蒋介石知道后,对此也非常担心。要知道,自从1948年之后,蒋介石就一直在犹豫着,要不要将东北地区的国民党军撤回关内。3月,蒋介石收到驻华美军顾问团团长巴大维的建议,希望他能够放弃东北战场。在巴大维看来,"一直据守在已经处于孤立状态的满洲城市是毫无意义的事情。我们空军也不能无休止地去为沈阳和长春这两座孤城提供补给。"对于这一点,蒋介石也想到了,也知道,如果再这样僵持下去,那么东北国民党军几十万大军将有可能面临全军覆没的危险。可是,从军事上来说,国民党的这一布置又是有利的,这样才使得蒋介石一直犹豫不定。

第一,那时,国民党行宪国民大会召开,其目的就是选出国民党的总统与副总统,这让蒋介石很是忙碌,对于东北战场方面的局势更是分身乏术。蒋介石知道,美国人已经对他失去信心了,而且依据中国目前的情况,人们需要更有感染力的领袖出现,很显然,蒋介石根本就做不到这一点。可是,蒋介石却不甘心,他要坐上中华民国总统的宝座,以此来巩固他在中国的统治。而这个时候,如果他将东北战场上的国民党军撤回来的话,很可能会引起人们的非议,不利于他的当选。

第二,这个时候也正值美国总统大选。当时的美国总统是杜鲁门,杜鲁门虽然对蒋介石也是倾心援助,但是对于蒋介石这个人却非常不满意,经常给他难堪。这让蒋介石很是愤恨。所以,在美国大选中,共和党候选人杜威成了蒋介石竭力支持的对象,希望能够通过这件事情,而得到美国更多的援助和支持。基于此,蒋介石还以"道德重整委员会"的名义派遣陈立夫出使美国,在美国当地进行政治活动,以此来支持杜威竞选总统。在这个关键时刻,如果放弃了东北战场,那么对于杜威的影响也是非常不利的,这也是蒋介石犹豫的原因之一。

第三,解放军已经把长春重重包围了,郑洞国要想带着自己的10万大军突破重围,前往沈阳地区,和沈阳的守军会合,再一起南撤,这也是极为危险的举动。

第四,如果共产党控制住东北地区的话,这不仅会使共产党的经济力量大大增加,而且东北地区的几十万共产党军队也会对华北、中原地区的国民军造成威胁,这样一来,又把华北、中原地区陷入了困境。

此外,还有一个很重要的原因,就像毛泽东说的那样,蒋介石并没有被逼到一定的地步,他对东北战场局势还抱有希望。4月,国民大会举行。会上,蒋介石指出:"自从解放军在东北战场作战以来,总共有八个师的兵力折损在东北战场。不过这几个师大都是临时组成的,因为缺少实战经验,所以才会惨遭败仗。而解放军的正规军,倒是没有太多的损失。"所以蒋介石才命令卫立煌、郑洞国二人一定要竭尽全力守卫沈阳、长春两座城市,稳住东北战局。

蒋介石的这一意思,也正好符合卫立煌、郑洞国的心意。在他们看来,主力部队一旦冲出沈阳、长春,就很有可能被沿途的解放军歼灭,自然不能轻举妄动。最好的办法就是让主力在沈阳固守,并且对刚充入的新兵训练,伺机而动。为此,他们曾经多次派人将这些事情向蒋介石作了报告。不过,蒋介石和卫立煌心里也明白,一味地死守城市,只能使国民军处于被动地位,无法保障国民军在东北战场上的势力范围。从这里也可以看出,蒋介石已经陷入了两难境地,想要守,守不住;想要撤,又撤不回。

关于在东北战场上的作战方略,卫立煌和蒋介石各持己见。卫立煌任职"东北剿总司令"后,国民党军在东北战场上的地位越来越下降。沈阳外围的几个据点已经被解放军所占领,并且还截断了沈阳和锦州地区的交通要道。后来解放军还占领了小丰满水电站,其掌控着东北战场一半的电力资源。

冬季攻势结束后,东北野战军停战休整。蒋介石推测,东北野战军的下一个目标很可能就是入关,并且在关内进行机动作战。为了牵制住东北战场上的解放军,让其无法入关,以便巩固国民党军在华北战场上的势力,所以才下了死守东北战场的命令。6月,蒋介石给驻守在锦州的范汉杰发了一道手令,指出:统帅部对于东北战场的唯一要求,就是要固守当前局势,不能再丢失一城一兵了,这样才有利于关内作战。7月19日,总统官邸会议再次决定,东北战场的目前策略就是以防守为主,长春城能够固守,而北宁线却一直打不通。蒋介石左右分析之后,便下令一定要打通沈阳到锦州的这条线,将国民党主力撤回到锦州地区,这样就能够打通海上运输通道,为国民党军解决军需供应问题。这样一来,国民党军还能够将辽西走廊地区控制住,此地区背靠华北,将东北地区的国民党军挡在关外。而且如果形势急剧恶化的话,国民党军还能够从海上或者是陆上撤退。

可是这个方案并没有得到卫立煌的认可。如果他奉蒋介石的命令放弃沈阳和长春,这也就等于放弃了整个东北地区，这个黑锅，他是不愿意背的。而且他还考虑到，一旦国民党主力军离开沈阳，去开通沈阳、锦州一线的时候，定会被共产党中途"吃掉"。因为自从卫立煌担任东北国民党军负责人后，在作战方面他几乎一直处于下风，这也使得他很是谨慎，不敢轻举妄动。所以，卫立煌才决定将主力集中在沈阳附近，固守不攻，而蒋介石却主张派兵打通沈阳、锦州一线，并将主力撤回到锦州地区，这一安排恰恰是和卫立煌的初衷相反。

为此，卫立煌在东北战场的兵力安排是：郑洞国担任东北"剿总"副总司令并兼任第一兵团司令官，其直接指挥新七军、第六十军共六个师以及非正规军、地方兵团等驻守长春，一共有 10 万兵力，目的就是将东北解放军的部分兵力牵制住；东北"剿总"直接指挥第八兵团(辖第五十三军)、第九兵团(下辖第三、新六军)和新一军、整编第二〇七师、第四十九、第五十二、第七十一军等共 24 个师(旅)及"剿总"直属部队和其他部队驻守沈阳、铁岭、本溪、抚顺、新民一带，共有 30 万兵力，上述地点作为国民党军的防御枢纽，主要是为了保卫沈阳，并且当长春和锦州遭到围攻时，也好给予及时救援；范汉杰则担任东北"剿总"副总司令，兼任锦州指挥所主任，带领第六兵团(辖第九十三军)、第五十四军、新五、新八军共 14 个师以及非正规军在义县到山海关一线防守，总共有 15 万兵力，其主力主要驻守在锦州、锦西一带，保证关内外陆、海之间的联系。此外，第一、第四大队带着战斗机、轰炸机和运输机等总共 45 架重型武器，在驻沈阳空军第一军区司令部的带领下，负责全区作战的支援战争；而在北平驻守的空军第二军区，也要对东北作战提供支援。此外，承德地区由第十三军两个师的兵力在华北"剿总"指挥下，进行防守，而唐山到昌黎一线则由第六十二军等四个师防守，这样就可以保持和东北范汉杰集团的联系，能够相互支援。

在东北战场上，蒋介石和卫立煌的意见相反，这也是国民党内部不团结的主要特征之一。其实，卫立煌和蒋介石的矛盾不是一天两天了，蒋介石担心卫立煌有独大之心，所以始终没有给卫立煌实权。所以卫立煌虽然位居高位，但是手中的权力并没有多大，纯属一个光杆司令。这一次蒋介石将其派到东北，卫立煌到东北的第一件事情就是想方设法地在混战中增强自己的实力。再加上蒋介石的建议有着很大的冒险性，一不小心主力军可能就回不到沈阳了，这种赔钱的生意，他是说什么都不会做的。

1897 年 2 月 16 日，卫立煌出生在安徽省合肥县的一个小村子里。1911 年 10 月 10 日，辛亥革命爆发后，合肥的革命党人纷纷揭竿而起，响应号召。1912 年初，卫立煌被这滚热的革命烈火吸引了，他将自己的长辫子剪去，随后便跑到县城，加入其大哥立炯所在的军事学习班，接受军事训练。当时，卫立煌只有 15 岁。

过了没多长时间，卫立煌一个人前往武汉。湘军在武汉成立了学兵营，而卫立煌此次就是奔着它去的，在学兵营里，卫立煌系统地学习了作战知识。其后，卫立煌又前往广州，加入了粤军。1917 年 8 月，有人将卫立煌推荐到大元帅府，成为孙中山先生的卫士。1918 年，卫立煌被调到粤军许崇智部队中担任排长，并随即参加了第一次北伐战争，后因在战争中立功而被提拔为连长。后来又被升为营长。1922 年，卫立煌随军征讨陈炯明，随后被任为团长，这个时候的卫立煌只有 25 岁。1926 年 7 月，国民革命军出师北伐，东路军第十四师副师长兼前敌总指挥便是卫立煌。攻占福州后，卫立煌被升任为第十四师师

132

长,这个时候他29岁。

1926年冬,卫立煌娶了朱韵珩女士为妻。朱韵珩女士是镇江一带出了名的才女,才貌双全,当时担任镇江崇实女子学校的校长,毕业于美国卡罗瑞州的登威尔大学。

1928年,卫立煌进入北平陆军大学特别班学习。1930年底,卫立煌快要毕业的时候,"第一夫人"宋美龄小姐给卫立煌夫人朱韵珩发来了一封信,信中说:蒋介石希望卫立煌能够赶快结束学习,返回安徽,带兵守卫南京。朱韵珩原本是打算等到卫立煌从北平陆军大学毕业之后,再陪着他前往欧美国家,学习军事技术的。只是卫立煌不想放弃这一扬名立万的好机会,他说服夫人之后,便前往南京任职了。卫立煌到达安徽后,便立刻组织了四十五师的兵力,在蚌埠驻扎。第二年,四十五师扩充为第十四军,军长则是卫立煌,负责杭州方面的防守工作。

1932年5月,蒋介石集结30万大军,兵分三路,进攻鄂豫皖苏区,目的就是为了消灭红军。中路第六纵队的指挥官就是卫立煌,管辖第十师和第三十八师的兵力。到了8月上旬,在黄安地区,卫立煌部和红军展开了激烈斗争,在战争中,卫立煌险些被红军俘虏。

抗日战争胜利后,蒋介石给了卫立煌一个闲活,让他代表国民党出国"考察"。一直到1947年10月,东北战场形势危急,国民党将领无法扭回败局,这个时候,蒋介石才想起卫立煌这一得力上将来,于是便决定重新重用他。蒋介石对卫立煌可谓是寄予了很大的希望,期盼着他能够挽回败局,出奇制胜,夺回东北战场的主动权,打败以林彪为首的东北人民解放军。卫立煌受到多年冷漠,如今蒋介石却丢给自己一个烂摊子,他自然是不肯接的。只是蒋介石接连派遣顾祝同、张群等人前去说服,这才勉强答应下来。

1948年1月17日,蒋介石任命卫立煌为东北"剿匪总司令部"总司令、东北行辕代主任,卫立煌没有办法,只能带兵前往沈阳就职了。

到了东北战场后,卫立煌便一心想着如何利用自己手中的权力,避免和共产党军队的正面接触。而蒋介石给他的命令却是要挽回东北战场的败局,驱走中国共产党。所以,蒋介石在卫立煌到达东北战场后,就一再催促,命令卫立煌调遣部队主力将北宁路沈阳和锦州一线打通。对于蒋介石的这一命令,卫立煌是坚决反对的,并且曾两次派人前往南京,将自己的意见当面转述给蒋介石。蒋介石心中很是不高兴,不过当时碍于总统竞选的事宜,他才勉强同意了卫立煌的要求,暂时让东北的国民党军维持防守现状。

11月2日,东北野战军占领了沈阳,东北全境解放。卫立煌可是上将,自从内战以来,国民党军还没有上降级的人物被俘,如果卫立煌被俘了,那岂不是丢尽了蒋介石的脸。于是,10月30日,在沈阳解放的前一天,蒋介石便秘密派遣飞机将卫立煌接走了。

卫立煌上任的时候,蒋介石曾经许诺,即便他在东北战场上失利了,也绝不追究他的责任,可是如今,蒋介石早就将自己的承诺抛到九霄云外去了,他不顾卫立煌的抗议,于11月26日,将卫立煌撤职查办。

卫立煌被撤职后,先是在北平的家中过了一段闲散日子,后来又被蒋介石派人押回南京,将其囚禁在卫立煌在南京的家中。除夕晚上,卫立煌剃光了胡子,将自己乔装打扮一番,偷偷渡去了香港。在香港,卫立煌夫妇过起了隐居的生活,不与外人来往,隐姓埋名。1949年10月1日,中华人民共和国成立。卫立煌得知这一消息后,心情非常激动,他亲自起草了一份电报,发往北京,向毛泽东同志祝贺。电报的内容为:

北京毛主席：

先生英明领导，人民革命卒获辉煌胜利，从此全中华人民得到伟大领袖，新中国富强有望，举世欢腾鼓舞，竭诚拥护。煌向往衷心尤为雀跃万丈。敬电驰贺。朱副主席、周总理请代申贺忱。

1955年春，通过卫立煌夫人的侄女，周恩来总理给卫立煌写了一封信。信中表明，希望他能够尽快回国，祖国将给予他最热烈的欢迎。3月15日，卫立煌从澳门转机，偷偷回到了祖国的怀抱。卫立煌用行动得到了全中国人民的尊重。卫立煌回来之后，先后任职全国政协常委、国防委员会副主席、全国人大代表、民革中央常委等职，给了他极大的荣誉。有时候，毛泽东同志还会特意抽出时间来，设宴款待卫立煌，和卫立煌就好比多年的老友一样，聊着新中国成立之前的事情。

1960年1月17日，卫立煌因病去世，享年64岁，被葬在八宝山革命烈士陵园。

那么，归根究底，蒋介石和卫立煌之间的嫌隙到底从何说起呢？要知道，东北战场时期，蒋介石手下的能将并不多，而卫立煌算是其中很有才干的一个人了，虽然蒋介石将卫立煌当作杂牌军，但是形势紧迫，他不得不重用他。可是，蒋介石又不甘赋予卫立煌太多的权力，于是便给卫立煌设下重重障碍，别说让卫立煌成立自己的军队了，就连一个最简单的干部调动问题，对卫立煌来说也是有限制的。只允许他在东北战场范围内调动官员，而不允许他从别处调动自己的老部下。例如，当时卫立煌向蒋介石推荐自己的老部下陈铁和彭杰前往东北战场担任要职，要知道，陈铁和彭杰这两个人可是黄埔一期的骄傲，是军事奇才。可是尽管这样，蒋介石就是不答应卫立煌的要求。后来，在卫立煌多次致电请求下，蒋介石才松了口，将这两个人调往东北战场。

可是，蒋介石对卫立煌的钳制，远远还不止这些。蒋介石既然将东北战场的指挥权交给卫立煌，可他还从中非得给卫立煌设下一些障碍不可，让卫立煌无法真正掌握实权。要知道，不管做什么事情，最可怕的就是越级指挥，而蒋介石恰恰就犯了这一条。他时不时地向东北战场调来一个直接指挥，有时还会直接指挥一个师一个军的兵力，这也就致使卫立煌在东北战场上的工作不好展开。由此一来，卫立煌和蒋介石之间的矛盾就进一步加深了。

后来，这种情况愈演愈烈，不管什么事情，蒋介石和卫立煌的意见都处于相反的状态，二人的关系也越来越僵。比如，美帝国主义当时的态度，是希望国民党军继续在东北驻守，防止俄国势力扩张。1948年，美帝国主义表示，愿意再给东北战场的国民党军配置十个师的兵力和物资。卫立煌得知后，他亲自致电美国顾问团团长巴大维，并请求，希望能够将这些物资直接运送到东北战场，无需再经过南京了。巴大维心里对这个南京政府也已经很厌烦了，不管运送什么东西，南京政府都会克扣一些。所以，巴大维也决定同意卫立煌的请求，将物资直接运往东北战场。蒋介石知道这件事情后，极为震惊。卫立煌竟然跳过自己，和美国直接联系，这可了得。这样一来，不就相当于在东北战场上会出现一个独立的小国吗？于是，蒋介石便抓住这一事情吵吵闹闹，最后美国人只能放弃了这一打算。

卫立煌前往东北战场之后的原则，就是不和解放军正面接触，一直固守到事件结束为止。就连一些外围据点被解放军围攻的时候，卫立煌也很少会出兵救援。在这期间，蒋介石曾经将他召回南京三次，对他的做法当面提出批评。可是不管蒋介石怎么做，卫立煌还是坚持自己的原则,按兵不动。

东北战场上的几十万大军可是蒋介石最为担心的,因为这些部队所用的装备大多是美国人提供的,装备精良,战斗力也很强。可是如今,东北战场的形势对国民党军极为不利,连带着南京政府都不得安稳。再看着卫立煌一直按兵不动,便致电催促其赶快出击,从沈阳地区进攻辽西走廊,并且还提议将沈阳方面的主力部队撤回锦州,在不得已的时候,从锦州再撤回关内。

卫立煌说:"那样肯定不行,对于共产党的一些战略方法我们早就知道了,他们总喜欢采用'围攻城市,攻打援军'的办法,我们上的当还少吗?如果我们的主力部队从沈阳撤回锦州,正好经过共产党军队辽北、辽西根据地的边缘地带,他们在那里肯定设下埋伏,就等着我们前往了。再加上,要想撤回到锦州,中间还会遇到三条大河——辽河、大凌河和饶阳河,而我们部队的配置大多是重型武器和很多辎重,这样可不利于我军过河啊,而且还给共产党机会,对解放军节节截断、分别包围、各个击破的策略,让我军陷入全军覆没的险境中。解放军在沈阳地区的部队经过长时间的战争,已经是残缺不全了,要想恢复整编,还有很长时间的路程要走。所以我们最好的办法就是固守沈阳,补充部队,等到一切准备妥当后,才能够寻机打通沈阳、锦州 线。"东北战场上的各个将领都非常支持和赞同卫立煌的看法,可是蒋介石却不答应,他甚至还想撤去卫立煌的帅印,由自己的亲信范汉杰等人替取。不过最终因为当时战况紧急而作罢。实际上,在东北战场上蒋介石的嫡系部队一直都是蒋介石本人指挥的,他并没有将卫立煌这个东北战场的总指挥看在眼里。

解放军围困锦州城后,范汉杰向蒋介石求援,蒋介石又把卫立煌召去南京,逼迫卫立煌发兵救援范汉杰部。可是卫立煌还是坚持自己的看法,认为如果他出兵救援的话,中途肯定会遭到解放军的伏兵,而不利于国民党军作战。并且还表示,最好的办法就是从关内派兵前往救援。蒋介石可不同意,最后,蒋介石特意派参谋总长顾祝同和卫立煌一起前往东北战场,监督卫立煌,执行蒋介石的命令。

顾祝同来到沈阳后,卫立煌找来自己的亲信陈铁,当着韩权华说:"蒋介石这一次将我召回南京,主要是想让我出兵增援锦州,对于这一点我是坚决反对的。只是蒋介石不顾我的反对,特意将顾祝同派来监督我出战。而如今,和解放军撕破脸并不是什么好事儿,所以你现在快去把东北战场上军长以上的干部全部找来,引导他们反对出兵。"

顾祝同到达沈阳后,便以督战官的身份催促卫立煌赶快出兵增援。卫立煌不好明着反抗,所以才找来陈铁,由他说服军长以上的将领,同意自己的意见,并且搜罗了一些不利于出兵的意见,还让廖耀湘提出一个折中方案,将沈阳主力撤退到营口地区,取代出兵辽西走廊的计划。顾祝同听完这些建议后,便说道:"蒋介石总统的命令怎么可以违抗呢,我是来监督出战的,并不是来听取建议的。"

随后,顾祝同还将这一情况报告给了蒋介石,蒋介石才不管什么建议不建议的,依然坚持让卫立煌按照原计划带兵出征,攻占辽西走廊,支援锦州地区。事情发展到现在,也没有转圜的余地,卫立煌气愤地说:"出兵辽西,我们只有挨打的份儿。如果你不相信的话,我们可以打个赌,我给你画个十字!"("画十字"是民间说法,古时候的百姓画押,并不是签上自己的名字,而是画一个十字)

大战锦州

这边，蒋介石和卫立煌等人争论得非常激烈，而那边东北解放军已经开始按照原定计划，开始实施南下作战策略了。首先，解放军开始进攻北宁线地区，随后便派兵围攻锦州，作好了打攻坚战的准备。

9月7日，东北野战军首长下达全军政治动员令，指出解放军新的作战方略为"将解放军大部主力放在南下作战上，并且向北宁线行进，以奔袭作战的方法，将在北宁线一带分散驻守的敌军坚决歼灭，并且将东北敌军和华北敌军的联系切断。"

9月12日，按照原定计划，东北野战军开始进攻北宁线一带。

北宁线是连通关内外的重要交通要道。为了保护这一交通枢纽，国民党军在北宁线的咽喉城市——锦州，成立了东北"剿匪"总司令部锦州指挥所，范汉杰是东北"剿总"副总司令兼任指挥所主任，统一管辖第六兵团下的六个师，再加上特种兵、后勤和地方部队等兵力，驻守在锦州城。为了巩固国民党对锦州的掌控权，控制关内外交通要道，国民党还在义县设置了一个师的兵力，在高桥地区也设立了一个师的兵力，在锦西、葫芦岛和兴城等也分别设置了一个师的兵力，绥中、北戴河、山海关、秦皇岛一带则布置了三个师的兵力。另外，唐山到昌黎一线则由华北"剿总"所属第六十二军等部的四个师防守。

针对国民党军的这一布置，解放军也作了相应的战略部署调整。昌黎到兴城一带的国民党军则交由第二兵团司令员程子华负责，指挥第十一纵队和冀察热辽军区3个独立师以及炮兵旅等兵力作战，由此也打响了北宁线一带的战役。当天，绥中、兴城等地的国民党军则由冀察热辽军区独立第四、第六、第八师和炮兵旅负责围攻和歼灭。

在锦西驻守的国民党第五十四军听说这一消息后，急忙调兵遣将，前往北宁一线支援。解放军趁机以运动作战的方式，给国民党军援军以沉重的打击，随后便主动撤离兴城周围的兵力，集中攻打绥中的国民党军。

13日，石门、安山、后封台等车站被解放军第十一纵队占领。14日晚上，解放军又攻占了昌黎县城。紧接着，解放军整兵东征，分别进攻留守营、烟筒山、北戴河、起云寺等方面的国民党军。

9月11日，解放军第四、第九纵队分别从台安、北镇地区出发。9月16日，解放军将义县地区包围，义县和锦州地区的国民党军之间的联系也被解放军切断。

9月14日，解放军派遣第三纵队和第二纵队第五师和炮兵纵队一部，从西安、四平等地出发，前往阜新。9月20日左右，这几支兵力到达义县周围，将第四、第九纵队替换下来，继续实施对义县的围攻计划。

锦州地区的进攻计划由第九纵队负责。而第四纵队则是从锦州地区绕过，向南攻打兴城。第八纵队从八面城出发，经过彰武、北镇，前往锦州以北地区。

25日，葛王碑、帽儿山等地区在第九纵队的配合下，被解放军所占领，国民党暂编第二十二师两个团部的兵力也被解放军全部歼灭。

第七纵队则从四平地区南下。9月27日，在第九纵队的配合下，将高桥和西海口地区占领。

9月28日，第九纵队和炮兵纵队对锦州飞机场发动攻击，当下便用炮火击毁了国民党军五架飞机，将整个锦州机场控制，由此也就断了国民党军用空运方式向锦州国民党军运送援兵或者是物资的通道。与此同时，绥中地区也被冀察热辽军区的三个独立师占领。

9月28日，第四纵队占领了塔山，第二天，又控制住兴城，一共歼灭4000多名敌军。

南下作战大军更是如猛虎般勇猛，仅仅用了半个月的时间，便连续攻克很多城池。为了清除义县地区的国民党守军，从9月中旬开始，东北野战军便着手准备围歼义县外围据点等相关事宜。经过一段时间的准备后，解放军于9月29日对义县外围发动进攻，9月30日，解放军将义县周围的据点全部扫除。

10月1日，解放军发起攻城战争，战争持续了四个小时，解放军才将义县攻克，国民党第九十三军下的暂编第二十师等1万多兵力被解放军全歼。东北军区炮兵司令部司令员朱瑞亲自前往义县前线地区指挥作战，在入城查探战况的时候，不幸触雷牺牲。

到现在为止，东北野战军已经歼灭国民党军2万余人，彻底将北宁线切断了，并且将锦州城内的国民党军团团包围。

北宁线战役打响后，蒋介石心知，东北国民党大军撤退的愿望算是彻底破灭了，而东北战场上的国民党军也是危在旦夕，形势异常紧迫。在这种形势下，蒋介石也是越急越乱，他一边命令卫立煌即刻出兵支援锦州，另一边还派遣参谋总长顾祝同，赶赴沈阳，督促作战。

9月27日，在蒋介石的逼迫下，卫立煌采用空运的手段，向锦州方向支援。不过刚刚运过去两个多团的兵力，解放军便把锦州机场给炸毁了，由此也就切断了空运救援的通道。蒋介石得知这一情况后，心情更加焦虑。9月30日，蒋介石从南京飞往北平，命令傅作义抽取三个军的主力，北上支援东北战场。可是傅作义却以华北解放军正在进攻察绥为由，只愿意向东北战场输送五个师的兵力。10月2日，蒋介石又赶赴沈阳。

蒋介石刚一到沈阳，便即刻召见了卫立煌，并且强行命令他派兵增援锦州，只是卫立煌固守己见，不愿意听从蒋介石的吩咐。蒋介石非常生气，立刻召集了师级以上的干部，斥责他们消极应战的态度。随后，又鼓励将士们一定要有杀身成仁的精神，一定要把所有的精力都放在战场上。还告诉东北战场的将领们说："我这一次前来，就是为了把你们救出去。以前，你们找共产党找不到，可是如今共产党就在辽西走廊地区，这可是你们建功立业的大好机会啊。如果这一次你们都无法胜利的话，那么我们下辈子再见吧。"

会后，蒋介石又找来他的嫡系将领廖耀湘，廖耀湘是第九兵团的司令官。他的手中掌控着沈阳地区的国民党主力。所以，蒋介石和廖耀湘的这一次谈话，也决定了沈阳地区最后的命运。

蒋介石很生气地问廖耀湘："你可是我的学生，连我的命令都敢不听吗？这一次，沈阳主力增援锦州方向的事宜由你全权负责。如果再有耽误，我拿你是问。"

碍于蒋介石方面的压力，廖耀湘只好答应，听从蒋介石的指挥，带兵支援锦州地区。

随后，蒋介石又调来了11个师和三个骑兵旅的兵力，组成"西进兵团"，在廖耀湘的带领下，先攻打彰武、新立屯地区，和长春地区的国民党守军配合突围，然后再向西行进，和"东进兵团"一起，对锦州地区的解放军实施两面夹击，"防守兵团"则是由第五十二军三个师、第二〇七师、新一军一个师和其他部队组成，统一由第八兵团司令官周福成率领，主要在沈阳和铁岭、本溪、抚顺等地防守，牵制当地的解放军。另外，辽河地区则由国民党第五十三军负责，主要掌控西进兵团和沈阳方面的交通问题。

部署完毕后，10月3日下午，蒋介石乘坐飞机返回北平，10月5日，蒋介石又飞往天津，查探塘沽港后，又前往葫芦岛地区。

10月6日，蒋介石就锦州支援问题在葫芦岛召开会议，从海陆空三个方面支援锦州，并鼓励葫芦岛的将领们。他说："这一次战役很重要，华北派遣两个军的兵力，烟台地区派遣一个军的兵力，等这三个军到达锦州后，便和沈阳西进兵团配合，将锦州地区的共产党军队围困，然后再掩护沈阳主力到达锦州。这一战役，我们每一个将领肩上的担子都非常重，都挑着几十万人的生命，这些都托付给你们，你们一定要有必胜的决心，将共产党军队歼灭。"

中央军委和毛泽东主席对于蒋介石的这一行动意图也有所了解，9月29日，林彪、罗荣桓等人接到了中央军委的来电，命令东北野战军争取在国民党军援军到来之前，将锦州守军歼灭，这可是取得主动权的关键所在。东北野战军领导也一致认为，"锦州地区是敌军比较薄弱的环节，也是其很重要的战略据点，所以沈阳方面的敌军肯定会大举增援锦州，而长春方面的敌军也会趁着这个机会撤退。""所以说，锦州这一战可以说是东北战场上的一大决战，如果胜了，东北战场的战役也几乎要结束了。所以，对于这场战役，我们一定要竭力争取。"

9月30日，东北野战军首长带领指挥机关从双城出发，前往锦州。在行军路上，林彪、罗荣桓等人向部队下达了战斗动员令，要求作好抢占锦州的准备，争取在最短时间内歼灭国民党军，并且还指出："解放军在北宁战线上的第一任务已经完成了，接下来的目标就是围攻锦州，彻底将锦州的国民党守军歼灭，并且还要作好攻打沈阳敌人援军的准备和从长春突围出来的敌军。""锦州战役很可能会演变为敌我两军主力的大决战。……所以还希望各位作好打硬仗的准备，发扬吃苦耐劳的精神，坚决地执行我党任务，不怕牺牲，不怕困难，哪怕付出再大的代价，我们也要将锦州拿下，争取这一战争的胜利。"

10月2日早上，东北野战军指挥机关行进到郑家屯以西地区。这个时候，东北野战军的领导已经知道了国民党军新五军以及独立第九十五师采用海运的方式，从葫芦岛地区运送援军。考虑到锦州地区一时不可能攻下，如果这个时候国民党军增援主力赶到的话，就会使解放军陷入被动状态。想到此，东北野战军领导致电中央军委，并提出了两个行动方案。10月3日9时，东北野战军领导还没有等到中央军委的回复，便再一次致电中央军委，表示仍然按照原计划攻打锦州。其具体的兵力部署为："锦西、葫芦岛方面总共有敌军两个师的兵力，解放军则派遣四纵和十一纵全部兵力，配合热河地区的两个独立师应对；攻打锦州的任务则交给第一、二、三、七、八、九六个纵队；至于沈阳地区的敌人援军，则交给第五、六、十、十二等四个纵队负责；对于长春方面突围的敌军则交由大、小、新、老九个独立师负责。"

毛泽东收到这封电报后非常高兴，于4日早上6时给林彪、罗荣桓等人回复："你们下定决心攻打锦州，非常好，非常好。"随后还说："从开始行动到现在，你们部队已经花费了一个多月的时间了，这个时候你才弄清楚攻击的重点问题。从这件事情中，你们一定要吸取教训才行:第一,你们的指挥所应该赶在部队前面到达所要攻击的城市,可是你们没有这么做,所以才致使你们的眼光受到限制;第二,一般情况下,在攻击的时候最忌讳的是将兵力分散开来,而是要集中兵力,才能够让战役有保障。"并且还表示:"此事之前的我们和你们之间的不同意见,如今已经没有了。"与此同时,毛泽东同时还指示:蒋介石已经飞往沈阳,但他的主要目的就是为了给那些垂头丧气的将士们打气,至于他们商讨的什么,则不必理会,一定要按照你们的计划行进,不可妄自改动。

10月5日,根据上面的这些安排,林彪、罗荣桓等人前往锦州地区,驻扎在离锦州20公里的牤牛屯。随后,林彪带着主攻队的领导人对于当地地形进行了详细的勘查,最后制定了攻打锦州的具体行动战略步骤。

10月9日,锦州外围战打响。10日,林彪、罗荣桓等人收到了中央军委、毛泽东的来电,指出:从现在开始,你们的战局都会紧张一段时间,还希望你们每隔两天或者是三天的时间,就向中央军委报告一次敌情以及解放军战斗状况。这个时候,对于下一步的战略发展问题,毛泽东已经考虑到了。电报还提出:这一次的战役,结果可能就会如你们之前预想的那样,发展为对我们极为有利的形势,不但可以将锦州地区的敌军歼灭,而且还能够将来自葫芦岛、锦西方向的援军歼灭,能够阻截从长春突围出来的一大部或者是一部敌军。当你们攻克锦州的时候,沈阳地区的援军也大概行进到大凌河以北地区,这个时候你们就可以转移解放军主力,对其实施包围,将沈阳方面的援军彻底歼灭。要想这一切能够顺利发生,那我们就必须在一星期内占领锦州。"

关于打援的布置办法,毛泽东也给予了相应的指示,要求林彪、罗荣桓等人依据进攻锦州的进度和锦州援军的进度而决定。毛泽东认为:如果沈阳地区的敌人援军行进速度较慢,而葫芦岛和锦西方向的援军行进速度较快时,解放军就应该将总预备队加入四纵、十一纵队里,然后再将敌人援军一部歼灭,阻止敌军继续前进。如果葫芦岛和锦西地区的援军已经被解放军牵制,无法继续前行或者是速度很慢,而沈阳地区的敌人援军行进很快,并且那个时候锦州地区的敌军已经被围歼,锦州城濒临攻克,那么解放军就可以将沈阳方面的敌军引诱至大凌河以北深处,当解放军兵力全部转移后,再将这股敌军围歼。毛泽东还指示:锦州城方面的作战才是解放军的重中之重,希望能够在最短时间内将此城攻克。即便其他的计划都没有完成,只要拿下了锦州城,你们也就掌控了主动权,这就是最大的胜利。上述所说的几个方面,解放军一定要多加注意,特别是锦州战役的前几天,锦州城周围的援军是不会轻举妄动的,这一时段内,解放军一定要把所有的注意力都集中在锦州城方面。

毛泽东的这封电报让东北野战军领导人意识到了锦州作战的重要性,更加坚定了夺取锦州的信心。

锦州就在辽西走廊地带,京哈、锦承铁路的交界处,地理位置十分优越。春秋战国时期,齐桓公出兵山戎,就曾经在锦州地区作战。三国时期,曹操追击乌桓,也曾经与袁氏兄弟在此地作战。明清时期,满汉相争,锦州也成了兵家争战要地。清皇太极曾经在这里擒住了洪承畴,大破明军,为入关创造了有利条件,随后发兵直攻山海关。抗日战争胜利后,蒋介石想要窃取东北人民的胜利果实,也是派遣杜聿明部从锦州出发,进攻东北地区。锦州的地理位置之所以重要,主要因为它是控制南来北往的咽喉,是关内关外的交通要道。

锦州和山海关相距 200 公里,和沈阳相距 230 多公里。如果解放军能够攻克锦州,也就代表着解放军切断了华北傅作义集团和东北卫立煌集团之间的联系,让这两个兵团陷入孤立无援的状态。国民党军如果退守锦州,两大兵团就会联成一体,那个时候解放军要想再拿下锦州,就没有那么容易了。与此同时,国民党军还能够从海路和华东战区相接,对解放军非常不利。

要知道,这一次战役的中心枢纽就是锦州,得到了锦州也就得到了整个战场的主动权,就能够进一步逼迫国民党军就范,也能够调动国民党军,创造出新的战机。

不过,锦州城工事牢固,周围群山环绕,地势优越,外围阵地异常坚固。锦州城内的工事经过 7 次修整,建构起以制高点和坚固的建筑物为支撑的主阵地,然后又以主阵地为中心,点点相连,以点制面的防御系统。锦州城的城墙上还布满了密密麻麻的明暗火力点,锦州城内外还建有壕沟、铁丝网、鹿砦和雷区。城区也有倚仗高大建筑建成的各个核心据点。

虽然说在锦州驻守的国民党军并不是什么精锐之师,但是有这些防御工事的辅助,其士兵的战斗力也会有所提高。解放军 25 万人去进攻国民党军的 10 万人马,肯定是有困难的。所以,解放军一定要作好打硬仗的准备。

战争刚开始,就异常激烈。国民党守军凭借着坚固工事,顽强抵抗,反复抢占外围要点。

城北配水池是国民党设防据点之一,位于高地之上,能够俯瞰全城的景色,而且还控制着通往锦州城内的一条大道,战略位置非常重要。这里有国民党的一个加强营驻守,总共有 800 人,自称为"第二个凡尔登"。东北野战军则用了一个师的兵力,经过八个小时的激战,将这一据点占领,并击退了国民党军几十次的反扑和增援,为解放军攻克锦州奠定了有力基础。

在锦州南面还有一道屏障,为城南罕王殿山,负责攻克的部队为第七、第九纵队,经过一夜激战,罕王殿以东、以西地区被这两纵队分别占领。紧接着,解放军就打退了十几次国民党的反攻。

锦州东面的屏障为城东紫荆山,先是被解放军第八纵队占领后,国民党军又将其夺了回去。10 日,第八纵队再次发起攻击,两个小时后,又夺回了紫荆山的掌控权。

10 月 13 日,经过四天四夜的战争,东北野战军占领了锦州城北、城南、城东外围国民党的全部据点,并把国民党军逼退到锦州城内。

解放军将锦州外围的国民党军肃清后,为了减少解放军伤亡,东北野战军全部进入了紧张准备状态,作好攻打锦州城的准备。东野攻锦部队派遣 2/3 的兵力,不顾国民党军炮火的轰炸,不分日夜地抢挖交通壕。这一种做法则是参考义县战斗时的战法。义县战斗时,解放军便挖出了一条从外围直接通往义县城区的交通壕,既将解放军的伤亡程度降到最低,又为解放军发起总攻创造了条件。在解放军发起总攻之前,就已经挖出了一条 2 万多米的交通壕。这样一来,虽然在锦州城外有几十万大军驻扎,但是基于交通壕的保护,从表面上根本看不到多少部队。此外,攻下锦州的最主要的关键,还在于能否阻拦住其他方面的国民党援军。

当知道地方援军"东进兵团"的具体位置时,林彪又犯了愁。他对参谋长刘亚楼说:

"我们的兵力只能够阻挡一部兵力,如今一下子来了两部。这两部兵力相隔50多公里,万一阻拦不住敌人,这就要给攻锦部队带来很大的麻烦啊。"

刘亚楼说:"这两天,解放军第四纵队已经相继到达塔山地区,并在那里积极建筑军事工事,为攻打渔山、塔山、白台山等地的敌军作准备。第十一纵队也在塔山地区附近,到时候就可以和四纵配合作战。我们用两个纵队和两个独立师的兵力来阻拦敌军,攻打锦州是绝对没有问题的。再者说,在高桥地区还有总预备队第一纵队,随时都能够增援。"

野战军司令部根据这一情况在牤牛屯召开军事会议,制定了锦州总攻和国民党军打援的具体作战方案。在锦州北部,解放军攻占的地势比较优越,便于火力攻击,将锦州城北当作主要突击重点。因为在城北地区,有国民党的两个坚固据点——配水池和化工厂点,所以除了安排第二纵队、第三纵队作为攻坚部队外,解放军还将第六纵的第十七师作为预备队,第十七师有"攻坚老虎"之称,由第三纵带领。其城北的主要突击方向那里安置了炮兵的主力、坦克营等。配合第二、第三纵队的则是七纵、九纵的兵力,可以两面夹击国民党军。负责从东向西突击的为八纵队。攻占城区后,对国民党军实施分割包围,然后再各个歼灭。阻援部队的指挥员为第二兵团司令员程子华,其具体的战略部署为:渔山、塔山和虹螺岘一线,由四纵、十一纵以及分布在热河地区的两个独立师攻打,以此来对付葫芦岛和锦西方向的国民党援军;山海关地区为热河独立第八师,负责佯攻,以此来牵制关内国民党军;新民以西、以北地区则是解放军第五纵、十纵、六纵(缺十七师)、一纵之第三师、内蒙古军区骑一师和辽南独立第二师,围攻从沈阳地区前来支援的廖耀湘兵团。锦州和塔山之间的高桥地区则由一纵负责,是整个战役的总预备队,北上可攻打锦州,南下可增援塔山。

葫芦岛这个小地方竟然有国民党军九个师的兵力,而且蒋介石还打算再从山东战场调遣两个军的兵力。而解放军的阻援部队只有八个师的兵力,要想阻拦国民党军11个师的兵力,任务艰巨啊!

防线最为敏感的地区就是塔山一线,在这一地方驻守的是解放军第四纵队。第四纵队原先在胶东战场,后来转移到东北战场后,也打了不少胜仗,不过像这种死守阵地的情况还是很少经历的。

为了确保战役万无一失,罗荣桓将苏静找来,对他说:"苏静同志,我们决定让你前往第四纵队,在那里将会有一场恶战。第四纵、十一纵和两个独立师的主要任务就是阻隔敌人援军,不让其过塔山以北地区,这样才能够保证解放军可以顺利拿下锦州。你到了第四纵队之后,找到第四纵队指挥吴克华和莫文骅同志,将这一现状解释清楚。而我们派你去第四纵队,也是为了让你给他们做参谋,协助他们完成这一次驻守任务。一定要发扬不怕苦、不怕牺牲的精神,不管处于何种状况下,都不能动摇我们歼敌的决心。对于总部的战略方案,你是比较清楚的,不过各部队却不一定能够明白。你要将总部的这一意图反复说给指挥员听,一定要压制住敌军,只要将敌军压制住了,就是胜利。"

10月10日,苏静到达第四纵队,将自己了解到的战略状况,报告给林彪、罗荣桓等人,并表示,第四纵队的将士们对于守住塔山地区有着很大的信心,不过目前手榴弹是第四纵队急缺的武器,还希望总部能够尽快安排。林彪、罗荣桓等人看完电报之后,便即刻命令其他部队调取一部分手榴弹运给第四纵队救济,与此同时还吩咐解放军后方,要尽快补充手榴弹的空缺。

10月10日，在炮火、飞机的掩护下，国民党"东进兵团"中的三至五个师，对锦州西南方面的塔山发动进攻。10月11日至10月13日，从沈阳出动的廖耀湘"西进兵团"，也相继到达彰武以及新立屯以东一线地区，并将其迅速占领，切断了义县一带的东北解放军的物资供应。

为了补给前线供给，东北人民自发组织了民工队，采用骆驼、骡子等运输方式，驮着粮食、弹药等物资，在宣传部长肖向荣的带领下，从通辽地区穿过沙漠，绕到前线地区。

10月12日，中共中央了解到前线情况后，致电指出：廖兵团占领彰武一事就充分表明了卫立煌想要用这种方法来引诱解放军支援，借此解决锦州城的危机，只要你们能在一星期之内将锦州占领，那么这股敌军不管怎样都不会再逼迫锦州。锦州城被拿下，这敌军肯定会立刻撤退的。没错，中共中央确实猜透了卫立煌的这一做法。卫立煌在蒋介石的再三催促下，只能支援锦州，最后就想出了这个"围魏救赵"的方法。只可惜，他的这一做法早就被共产党看穿了，而他的意图自然也就落空了。

塔山阻击战持续了七天七夜，战争异常激烈。蒋介石对这一次战役也极为重视，曾经亲自前往葫芦岛参与作战部署工作。为了拿下塔山地区，在督战队的驱赶下，国民党军队轮番攻打解放军阵地。飞机、大炮、军舰等，用尽各种办法，向解放军阵地轰炸。一批国民党军倒下了，另一批国民党军接着又冲上来。阵地得失也是反反复复……国民党军尸体已经堆积了6000多具，可最终还是没能前进一步。

塔山阻击战的第四天，锦州的总攻战役也打响了。10月14日上午10点，解放军几百门大炮对准锦州城，一声令下，炮声轰轰，这是解放军在同一地点同一时间第一次使用的这般大而集中的炮火，解放军的军事战斗能力也得到了空前提高。在炮火的攻击下，蒋介石部的阵地已经变成了一片火海。解放军部队利用挖好的交通壕，快速向前行进。

11时，在炮火和坦克的掩护下，南、北两个突击向锦州城发动全线进攻。

将城墙突破后，解放军第二纵队又沿着惠安街、良安街进入城内，第三纵队主力则从伪省公署东边翻墙而入，第六纵队十七师也沿着康德街、大同街先后攻进城内。南集团第七、第九纵队从小凌河穿过，将锦州南面城防突破后，又沿着纵深方向进行攻击。随后，东集团第八纵队等部也攻进城内。

各部队攻进城区之后，又和国民党军开展了激烈巷战。首先解放军将城区守军进行分割，而后面的部队则在炮火、坦克的掩护下，攻击在据点守卫的国民党军。广大指战员在国民党军的疯狂扫射下，不顾个人生命安危，奋勇杀敌，将国民党军的一个又一个碉堡炸毁，击退了国民党军一次又一次的反攻，大显英雄本色。

这个时候，作为锦州城的守将，范汉杰已经濒临崩溃。他先是将指挥所设在锦州铁路局，后来又转移到中央银行地下室。可不管他走到哪里，解放军的炮火就会跟到哪里。

14日下午，范汉杰召开会议：锦州地区被攻克只是时间问题了，而沈阳和锦西方向的援军也迟迟未到，所以国民党军决定，于今天夜里实施突围，向锦西方向行进。当下，还拟定了具体的突围计划：撤退的时候，北面部队向北发动攻击，掩护突围部队从东门突围，朝着高桥、塔山等方向行进，然后和从锦西向塔山方向进攻的部队会合。不过，范汉杰的这一打算并没有实现，因为在塔山一带的解放军驻军就好比磐石一般坚固，范汉杰部队想要突破重围,是不可能的事情。

10 月 14 日,锦西方向的国民党援军,以四个师的兵力向在塔山地区的解放军发起战略总攻,一批接着一批,反反复复,不过最终还是没能打破解放军的防线。

15 日早上,在白云公园、中央银行地带,解放军完成攻城部队会师,将国民党锦州指挥所以及第六兵团司令部和九十三军军部彻底摧毁。

锦西国民党军开始作最后的挣扎。趁着黎明时分,解放军将士正处于疲乏状态时,国民党将领侯镜如带领五个师的兵力,用炮火轰击的方式,突袭解放军阵地。解放军紧急集合,投入战斗,和国民党军短兵相接,打碎了国民党军突袭的企图。随后,国民党军再次发动攻击,反反复复,一直持续到 15 日 12 时,国民党军才停止进攻,全部撤退。

到目前为止,塔山战役算是告一段落了,东北野战军和国民党军激战 6 天 6 夜,击毙、击伤国民党军 6549 人,其中还有五名团长。解放军伤亡人数为 3571 人。塔山阻援部队的胜利对锦州战役有着极其重要的作用,也给锦州方向的攻城部队清除了后顾之忧。

在塔山战役进行得正激烈的时候,锦州地区的国民党军也决定拼死一搏,负隅顽抗。负责锦州战役的东北野战军,立刻派遣第二、第七纵队进攻在锦州老城退守的国民党军。经过一番激烈的战争,第二纵队和第七纵队分别从西北角、东南角方向进攻锦州城,到了下午 6 点左右,锦州城内的残余国民党军已经被解放军全部歼灭。

从 10 月 14 日 10 时至 10 月 15 日 18 时,经过 31 个小时的激战,解放军解放了锦州城。东北野战军将驻守锦州的 10 万国民党守军全部歼灭,并将国民党东北"剿总"副总司令兼锦州指挥所主任中将司令官范汉杰、中将冀热辽边区司令贺奎、第六兵团司令卢浚泉副司令杨宏光、九十三军军长盛家兴等 31 人俘虏。缴获了 1121 门火炮、4.1 万支枪支、八辆坦克、一架飞机、258 台汽车装甲车,炸毁 11 架飞机。而解放军则有 2.4 万人伤亡。

锦州战役的胜利,为解放军取得辽沈全面胜利打下了坚实的基础。15 日、17 日,中共中央曾 2 次致电东北野战军,祝贺其攻破锦州城之喜。10 月 19 日 22 时,中央军委再次致电林彪、罗荣桓、刘亚楼等人指出:锦州战役让人深感欣慰,部队精神值得鼓励和表扬,作战战术值得学习,再加上指挥员指挥得当,进攻有力,所以才取得了这次战役的成功,还希望你们能够嘉奖全军战士。

锦州城解放之后,也就算把东北战场上国民党军撤退的计划全部打消,这样一来,也就切断了东北战场和华北战场上国民党军队之间的联系。

锦州战役结束后,林彪、罗荣桓二人还特地召见了国民党将领范汉杰。林彪、罗荣桓二人询问范汉杰对这场战役的具体看法,范汉杰沮丧地说:"只有那些雄才大略的人才想到攻打锦州 事,否则是没有人敢下这样的决心的。锦州貌似一根扁担,一边连着东北,一边又和华北相接,如今扁担断了。"随后,范汉杰又说道:"贵军的火力比较猛烈,完全出乎我们的意料。我们的炮火力量竟然全部被你们压制住了。贵军对于交通壕的作战方法很是熟悉。我们从表面上看去,根本就不知道贵军部队的运动,进而更不能展开阻击了。贵军的冲锋战争,也比较勇猛,让人无法抵挡。"

10 月 16 日,蒋介石再次来到葫芦岛。当他知道锦州已经被解放军占领,而范汉杰又不知所踪的时候,蒋介石一气之下,就要将负责塔山地区的第五十四军军长枪毙,并且还大骂道:"你哪是黄埔学校毕业的,你就是一只蝗虫,一只蝗虫!"随后,他又命令下属继续向塔山地区发动进攻。到了这个时候，蒋介石还做着安全撤退的梦。最后，蒋介石听说范汉杰部已经被解放军全部歼灭的消息后，他又与16日下午悄然离开了葫芦岛。

林彪和罗荣桓将苏静召回，听他报告第四纵队在塔山作战时的情况。听完苏静的报告后，林彪和罗荣桓心里大为高兴，连夸第四纵队打得好。罗荣桓高兴地说："塔山和锦州这两个战役，确实带有一定的冒险性。因为这两处都是敌军的要害，他们必然会倾巢而出，作垂死挣扎。在解放军历史上，这么大的战役还算是头一回碰到，任务艰巨而光荣，这场战争的胜利是多么不容易啊！幸好，在进行这场战役之前，解放军用足够的时间进行准备和部署，为这场战役的胜利打好了坚实的基础。而我们之前的部署，也在这场战役中，充分体现出来了。"

部队进驻锦州城之后，严格遵守解放军纪律，保护城内私人工商业及公共机关。就连被俘的国民党军将领的私人财产，解放军也未动分毫。解放军某部当时住在一座苹果园中，那个时候正赶上苹果丰收，可战士们却一个都没有吃，一时间被人们传为佳话。毛泽东听说后，也称赞道："在战士们的心中，吃了就是最卑鄙的，不吃才是高尚的。这可是百姓的苹果，我们有纪律，而我们的纪律就是需要这种自觉去维护的。"

在锦州战役中，解放军俘获的等级最高的国民党军方将领就是范汉杰。

1895年10月29日，范汉杰出生在广东的一个乡绅家庭。1911年，范汉杰进入广东陆军测量学堂第五期三角科天文测量班学习。1913年，范汉杰担任广东陆军测量局三角课课长。1918年之后，范汉杰又担任了援闽粤军总司令部任军事委员、兵站派出所所长等职。1923年之后，投入桂军门下，在总司令部担任中校参谋、作战课长、第六路军司令等职。

1924年4月，范汉杰进入黄埔军校第一期，成为第四队的学员。从黄埔军校毕业后，范汉杰曾经担任军校教导第一团二营五连排长、第二团副连长等职。

1925年夏天，范汉杰担任粤军第一师司令部少校参谋、第一师第一旅中校主任参谋。1926年7月，北伐战争时期，范汉杰又担任国民党第四军第十师第二十九团的上校团长。1926年10月，范汉杰被提升为第九师副师长。1927年，蒋介石发动"四一二"政变，范汉杰被任命为浙江警备师师长。在黄埔军校的这些学子里面，最早当上师长的就是范汉杰。1935年，范汉杰成为陆军第二师少将参谋长，曾经随着国民党军在保定、徐州等地区驻守。1936年9月，胡宗南向蒋介石推荐，将范汉杰调到"天下第一军"当副军长，这可是蒋介石眼中的王牌部队啊。

1945年后，范汉杰任职第一战区的副司令长官兼参谋长。1946年9月，又被调到陆军部，担任副总司令兼郑州指挥所主任。1947年6月，范汉杰被蒋介石派往山东战场，是第一兵团的首席指战员。不过，他去了山东战场后，国民党却很少能够打胜仗，于是同年12月，蒋介石解除了其在第一兵团的职务，并命其返回南京，担任副总司令。

1948年1月，范汉杰前往秦皇岛驻扎带兵，带领十个师、三个交警总队的兵力，隶属东北战场和华北战场两方面指挥。同年5月，范汉杰司令部转移到锦州。

兵不血刃，解放长春

锦州战役，给了国民党不小的冲击和打击。而那些被围困在长春城的国民党将领们也都清楚，长春失守也只是时间问题了。驻守在长春城的国民党也只有两个下场：第一就是缴械投降，第二便是成为解放军的枪下亡魂。

国民党军在东北战场上的败局已成定势，很显然，蒋介石也已经意识到了这一点。他知道，长春的守军们已经无法牵制东北战场的解放军了，不仅如此，长春守将还成了蒋介石肩上的一大包袱。而目前他唯一的办法就是命令长春守将郑洞国带领部队，实施突围。其实，在10月2日的时候，蒋介石曾亲自前往沈阳部署作战计划，那个时候就下令郑洞国寻机突围。郑洞国根据蒋介石的意思，带兵突围，最后不仅没能成功，而且还让自己损失了一批得力干将。这一战，也让他感受到国民党军和解放军之间的力量差距，再加上沈阳和长春距离比较远，于是便决定放弃突围，继续在长春固守。

10月10日，蒋介石又给郑洞国空投了一封亲笔信，信中命令他从四平以东地区向东南方向突围，并且还说他已经命令沈阳地区的国民党前来接应。郑洞国收到信后，便召集驻军将领开会，商讨突围问题。在所有人看来，长春地区的国民党军战斗力很弱，要想从解放军的层层封锁中突围出去，那简直比登天还难。如果强行突击的话，国民党肯定会面临全军覆没的下场，这样一来，还不如继续在长春城固守下去，还可能会坚持一段时间。会后，郑洞国和其他领导人联合致电蒋介石，希望其能收回命令，驻守长春。

10月15日，蒋介石再次给郑洞国等人致电，对于他们的要求给予严厉批评，并且还命令郑洞国立即带领部队实施突围。并指出："10月10日给你们传达了命令，如今共产党的各个分队都被解放军吸引到辽西一带，你们各个部队都应该遵守命令，立刻实施突围行动。现在粮食已经出现短缺现象，再晚一点的话，你们都会被饿死的。长春守将的副总司令、军长等，都以违抗军令者论处，应该受到严厉的军纪处罚。"

其实，蒋介石对于长春突围后的后果是心知肚明的，只是他不愿意担当长春失守的罪名，所以才令自己的部下突围，将罪名推到属下身上。

10月16日，碍于蒋介石的命令，郑洞国只能再次召开了会议，并决定在第二天清晨实施突围计划。不过，令郑洞国没有想到的是，在这之前，第六十军军长曾泽生已经偷偷派人出城，和解放军联合攻占长春了。

长春是东北腹地，亦是东北地区的交通枢纽，有着非常重要的战略地位。抗日战争时期，日军在这里建筑了很多军事工事，有永久性的、也有半永久性的。尤其是在长春城内的主要大楼和主要街道间，都与钢筋水泥的地下坑道相连。

1946年5月，国民党军占领长春后，又在日军工事的基础上增加了不少工事，这也就让长春变成了一座被防御体系所包围的坚固城市。1947年，东北解放军在冬季攻势中，让长春变为一座孤城。尽管如此，长春依仗着这些坚固工事，其防守力量还是不容小觑的。1948年初，郑洞国来到长春，组建第一兵团。3月，解放军将国民党第六十军赶出吉林，进驻长春，并和国民党军嫡系部队新七军一起驻守长春东西各半部。这样一来，长春就有了 10 万国民党兵力。从这一形势上看,解放军也只能先包围长春,等其形势有一定转变后,再另行攻击。1948 年 10 月中旬,解放军已经围困长春守军 5 个月了。在这段时期内,解放军重点封锁长春城内的经济。

后来,担任长春围困指挥的萧劲光很详细地描述了长春战役:

6 月 15 日至 20 日,解放军在吉林召开会议,针对围困长春一事进行商议。

会上决定,对长春实施长久围困政策,然后封锁其经济、政治等,让其弹尽粮绝,军心动摇的时候,再商讨攻城战略,并且还指定了围攻长春城的部队:第十二纵队之三十四师、三十五师、第六纵队之十八师,以及第六、第七、第八、第九、第十等几个独立师和一个炮兵团,而后撤整训部队则为第一、第六纵队。

其围困的总任务为:切断国民党军粮草,不让国民党军出入,控制住当地,断绝国民党军空运道路,而对于那些出城扰乱的国民党军,要予以歼灭;找寻国民党军的弱点,压缩国民党军生存空间,完成各项攻城准备……而对于那些负责围城的各个部队,也都分别下达了具体任务。

为了方便指挥,将围城部队分为东西两部分,东区围城部队为独六、独八、独九师,其机动部队为第十八师,统一由围城指挥所直接指挥;西区围城部队为独七、独十师,其机动部队为第十二纵,统一由十二纵队的首长指挥。6 月 22 日之前,围城部队都要到达指定位置待命。

长春围困战就这样开始了。将长春城外 50 里的土地围得严严实实,解放军派遣了10 万兵力,在此处建筑了一道"城外之城",而城内的 10 万国民党军便成了"瓮中之鳖"。

在长春驻守的国民党也有 10 万人之多,在长春西部驻守的是蒋介石的嫡系部队,也是国民党中的王牌军;在东半部驻守的则是云南滇系的部队,虽然说他们自从来到东北战场,便屡屡受挫,军中士气也不高,但实力还是有的;其他那些地方武装、土杂顽匪改编的部队,也是十分反动的。

更何况,长春这十万国民党军,都配有先进的美式装备,这对于解放军来说,可是从来没有遇到过的。

包围长春后,解放军便开始在城外修建工事,架设通信网,查探周围地形地貌,了解国民党军外围据点,制定反突围方案。为了防止国民党军突围,解放军在城外作了纵深梯次部署,建筑了两道比较坚固的工事,并且将国民党军的机动部队控制住,这样一旦国民党军突围,那么解放军就可以沿着阵地,在运动作战中,将其歼灭。

解放军在长春城外的战略部署可谓是密密麻麻,工事也异常密集,阵地与阵地之间相互连接,纵横交错,形成了一个强有力的封锁圈。6 月 28 日,围城指挥所下达命令,要求解放军再一次加固工事,挖交通壕,在地面组建了一个道路交通网。从地面上看,看不到解放军一兵一卒,而地下却藏着十万大军。交通壕的最前端和国民党军相距不过 100 米,将国民党军的一举一动都看得清清楚楚。解放军筑建的通信网也比较大,光是电话线就架设了两道,一道位于封锁区内侧,一道则位于封锁区外侧。每一个部队都能够联络上前沿阵地,随时下达指挥命令。

刚开始围城的时候,国民党军还经常派遣一小部分兵力,偷袭解放军阵地。后来,一股股的兵力有去无回后,他们才意识到问题的严重性,便开始试着进行一些突围行动。

8月16日,围城指挥所找来会议。根据东北野战军总部的指示,将兵力进一步压缩至长春城,进一步缩小国民党军的活动范围。这个时候,解放军围城指挥所已经改为第一兵团。司令部也转移到了四家子村,这里和长春相距20里。在围城3个多月的时间里,解放军大大小小总共进行了30多次战斗,击毙、击伤、俘虏国民党军将近3000人。

10月上旬,锦州战役开始。10月初,解放军得到消息:蒋介石严令郑洞国带兵进行突围,郑洞国则前往洪熙街查探地形;国民党军连夜演习夜行军、急行军;每个人都配发了3天的粮食;国民党军将领家属都在海上大楼中集聚;国民党军杀掉了一些老马等这些情况都表明,国民党军正准备突围行动。

于是,解放军围城部队急忙召开会议,动员全军,准备战斗。不久后,解放军又得知,国民党军认为西南口中长路是解放军重点防守地段,于是便把目标放在了长春以西大房身机场上,试图用精锐之师突围。得知这一情报后,解放军第一兵团司令部又制定了几种作战方案。

10月7、8两天,国民党新三十八师对解放军全力发动进攻,想要控制住大房身机场,进而在其他部队的接应下突围。解放军逐一击破,国民党军的突围行动很是缓慢,士兵志气也逐渐下滑。这一次小突围战役中,国民党军受了很大的打击,只好再退回长春城内,突围计划遂成泡影。这个时候的长春,飞机无法降落,步兵无法突围,国民党联系中断,长春成了一座真真正正的死城。

此外,解放军在长春各交通要道上设置检查站、检查哨,截断国民党军一切军需品的运输通道,严防走私分子进入城内,重点对其进行粮食封锁。这就好比掐住了国民党军的脖子,把长春城内10万国民党军的命运全部抓在手中。

要知道,要想在长春城内等待援军,粮食可是生存的关键。围城初期,国民党军经常派遣一小部分兵力去城外村庄里面抢夺粮食,储备起来后用。其后,解放军部队逐渐向城内压缩,和国民党军的距离也越来越短,最后逼迫国民党军无法再出城,只能依靠空投,来维持部队供给。刚开始,长春地区的守城国民党军将领李鸿对下属说:"解放军的这些对我们没有影响,没有柴火烧,我们就拆房子;没有粮食吃,总部也会给我们空投的。"

后来,每当国民党军再来空投食物时,解放军就用高射机枪射击,有时候,还没来得及投递食物,飞机就仓皇逃走了,有些则毫无目的地随意投放,很大一部分粮食都被投到了解放军阵地,成为解放军的物资。随着国民党物资越来越少,国民党内部也出现了间隙和矛盾,蒋介石嫡系部队和非嫡系部队开始为了食物而械斗。后来,郑洞国只好发布告示说:"如果再有不顾法纪私自抢夺、藏匿者,一旦被查出来,就地枪决。"由此可见,国民党内部的矛盾是非常尖锐的。

根据当时美联社专家分析:要想满足长春城内国民党军的需求,一天需要20架飞机空投粮食才可以。可是,最多的时候一天也就12架,后来慢慢变为一天三四架,再后来每个星期几架。有时候,飞机在解放军的炮轰下,还投不中目标,这样一来,空投的食物对于长春城内的国民党军来说,可谓是杯水车薪了。后来郑洞国回忆的时候,也说当时最困难的事情就是粮食问题。

在这种前提下,国民党军只能搜刮城内居民的粮食。由于粮食稀缺,指示城内粮价飞涨。那个时候一斤高粱米都已是天价之物了:6月10日,每斤4万元;7月28日,每斤330

万元;8 月 18 日,每斤 2300 万元;9 月 10 日,每斤 2800 万元(均为东北流通券)。在这三个月内,粮价总共上涨了 700 倍。随后,粮价继续上涨,而市场上却已经没有粮食可卖了。据后来投降的国民党军说,那个时候,就算是一捆草都需要用一捆钞票去换,一锭金子只能买一个馒头。

为了接济长春市难民,减轻解放区内百姓的负担,解放军战士每月每人会节省下两斤的粮食,救济难民。到了夏天,部队还积极组织战士们种植粮食、蔬菜,和百姓自给自足,开展生产;到了秋天,帮助当地百姓收割粮食,保护秋收成果。当地的百姓对解放军很是感激,纷纷自发组织起来,和解放军一起配合工作,封锁长春。儿童负责放哨,青年负责缉私,昼夜不停。军民联系起来,建筑了一道铜墙铁壁,争取不让一粒米、一根草流入长春城。

在解放军的控制下,长春成了一座孤岛、死城。国民党军内外受困,叫天天不应叫地地不灵,军心动摇,士气低落。随后,解放军又开展了强大的政治攻势,国民党军内部开始分崩离析。

6 月 28 日,围城指挥所召开了第一次政治工作会议。会上,肖华指出,围城战役主要是攻心、心战,而非攻城、兵战。

为了向国民党军宣扬解放军的优良作风,指战员指挥战士们朝阵地喊话,用木船等方式,将宣传品运送到国民党军阵营:慰问袋,里面装有宣传品;有的还会邀请国民党军过来一起用餐,并送给他们宣传品,让他们将其带回国民党营。

解放军的这一行动彻底动摇了地方军心,很多国民党军从城中逃出,投入解放军阵营。开始,逃亡到解放军阵营的大多是国民党的杂牌军,很少有正规军。为了吸引正规军,解放军围城指挥所针对国民党新三十八师的情况进行具体分析,不宣扬投降口号,而打亲情牌,比如"你们是怎样来当兵的""你们的家庭、父母妻子在盼望你们""你们出来,我们一定发路费,放你们回家"等。这种口号在正规军中起了很大的反响,国民党新三十八师中前来投诚的正规军越来越多。前来的士兵还说:"除了家这个字,你们说什么都没有用,一说到家,我就忍不住流泪。"

从 6 月 25 日到 9 月底,国民党有 13500 多人前来投诚,其中新七军有 3700 多人,60军有 3800 多人,土杂部队有 6200 多人。

除了引诱国民党军投诚外,解放军还打入了国民党军内部,对六十军上层军官做工作。六十军并不是蒋介石的嫡系部队,而是滇系部队。抗日战争时期,解放军就派遣了几名解放军在这支部队中工作,除了一起抗日外,还要给他们进行革命教育。1945 年,蒋介石将这支部队强行收编后,就把他们派往东北战场打内战。党中央利用蒋介石嫡系和非嫡系部队之间的矛盾,想要引诱这支滇军起义。

10 月 14 日,张秉昌、李峥先携带曾泽生(六十军军长)、白肇学(六十军一八二师师长)、陇耀(六十军暂二十一师师长)给解放军送来了联名信,这几人都是曾经被解放军俘虏,而后又放回国民党阵地的。接到这封信后,政治部主任唐天际和潘朔端、刘浩等人对信的内容进行仔细研究,认为这封信的内容是比较真实的。于是便立刻上报东北野战军总部,野战军总部随即下达命令,策应六十军起义。

16 日晚上,六十军派遣二十一师副师长李佐和一八二师副师长任孝中带着蒋介石 15

日发布的手令和郑洞国的突围计划图来到解放军阵地,和解放军商议起义事宜。

唐天际接见了他们,并且表示,很欢迎他们加入解放军阵营,起义结束后,起义军都会享受和解放军一样的待遇,没有任何偏差。随后,李佐等人还提出要参与攻打新七军的请求,而解放军则认为:解放军已经围困了六十军很长一段时间了。如今,六十军的官兵们长时间吃不饱饭,身体已经很虚弱了。所以你们起义之后,要立即出城,对于新七军的战斗,你们就不必参加了。

二人将解放军意见转达给曾泽生后,曾泽生非常高兴,17 日,他又和刘浩一起,出城前往阵营,和解放军商议最后的交接计划。

17 日晚上 12 点,根据原计划,接防部队偷偷摸进城内,而六十军也快速撤离城内,前往九台地区休整,井井有条,接防工作很是顺利。天刚蒙蒙亮,解放军就占领了长春市南北的大同街以东地区。起义第一天,一兵团首长和曾泽生等人见了面。萧劲光说:"你带领部下们起义,解放军自然是非常欢迎的,从今往后,我们可都是一家人了。你们在我们这里,不会被孤立,前途也是光明的。要知道,我解放军部对待起义部队和解放军部队是一视同仁的,各方面待遇也都和解放军一样,没有人会歧视你们。"

曾泽生军长说:"非常感谢共产党,能够对我六十军以真诚地对待,将我六十军引导到正确道路上来,使我六十军能够在这场纷乱中生存下去。从今之后,我六十军肯定会遵从党的领导,接受党的教育。"

六十军向九台行进时,士兵们都摘下了自己的帽徽,有的干脆将帽子一起扔掉,人人脸上都挂着微笑,很是高兴。六十军到达九台后,一兵团又专门派人前去慰问,并邀请六十军官兵观看《白毛女》《血泪仇》等戏,以此来启迪起义官兵的阶级觉悟。

六十军起义惹得长春守军更是人心惶惶,人人自危,军心不稳。

那个时候,中共中央还曾经考虑要把郑洞国说服,让其投诚。因为郑洞国不仅是东北"剿总"副总司令,而且还是黄埔一期生,带领的是蒋介石的嫡系部队,其守卫的又是有着坚固防御工事的大都市。如果他可以主动投诚的话,这无疑是给了国民党军一个巨大的打击,对解放军争取解放战争的胜利也有着很大的意义。

10 月 18 日,中央军委副主席周恩来给郑洞国发去一封电报,指出:"如今,胜负已成定局。如今,你驻守一座危城,城中军心涣散,人心向背,蒋介石几次命你带领部队突围,可是长春城已经在解放军的包围之中,如何能突围出去呢?曾军长这一次起义,已经为你开了一道为百姓立功的大门。在这旦危祸福之际,兄弟应该想想当初进入黄埔一期的初衷是什么,你应该重新举起反帝反封建大旗,带领长春城的守军,反对美帝国主义,反对蒋介石,反对国民党反动统治,加入中国人民解放军……"

不过,郑洞国的思想还是比较愚钝的,为了所谓的"忠",断然拒绝了周恩来的好义,不愿意起义。可是驻守长春西半部的新七军内部却已经分崩离析了。其中的某些部队已经和解放军有所联系。有的部队和解放军不断地通电,有的官兵甚至还会走到解放军阵营,和解放军一起吃饭。他们将自己的武器放下,不管长官如何要求,他们已经不在乎了。

10 月 18 日,新七军派遣代表和一兵团谈判,商议投诚事宜,双方达成共识。

19 日,东北野战军首长发来电报,祝贺曾泽生将军和其带领的六十军官兵能够弃暗投明。19 日上午 10 时,根据原计划,解放军又接收了驻守在长春西部的新七军。

到目前为止,除了郑洞国和其护卫队所占领的中央银行大楼外,解放军已经全部解放了长春市。从那个时候来说,要使用武力解决中央银行大楼,可谓是轻而易举的事情。那么最后为什么不使用武力呢?第一是为了再给郑洞国一个机会,这样也能够教育起义投诚的部队;第二,也是为了照顾一下郑洞国属下的良苦用心。原来,郑洞国的属下曾经私自联系过解放军,要求其以中央银行大楼为据点,"反抗"几天后再投诚,并且还要求解放军要向外散步郑洞国是"负伤被俘"的。双方约定,21日早上4点,郑洞国带领部队投降。21日凌晨,萧劲光亲自来到了中央银行大楼,准备接受郑的投降。凌晨4点,中央银行大楼突然枪声大作,大楼里面的国民党军毫无目的地向外射击。不过他们的枪打得很高,并没有伤及解放军。过了一会儿,枪声停下来了,郑洞国带着部下出楼投降。这样,解放军也就算彻底解放长春城了。事情过后,第一兵团首长曾经问过他们打枪的原因,郑洞国说:"也只能这样啊。"据说,枪声响起的时候,郑洞国便致电蒋介石,并且对蒋介石说:"曾泽生叛变,李佐投降,我军已经走到了弹尽粮绝的境地,现在我正带领我部撤出中央银行大楼。"这也算是给蒋介石一个最后的交代。

长春战役在国民党军与解放军双方对峙五个月后,彻底结束。这场战役还富有一定的戏剧色彩。驻守长春的是郑洞国率领的国民党军第一兵团10万人,而负责围困长春城的解放军,其番号和人数也正好是第一兵团10万人,不得不说,历史真有很多巧合啊。

第二天,萧劲光和肖华接见了郑洞国。解放军表示,很高兴他能够加入解放军阵营,并且还热烈邀请他加入中国人民解放军,为解放人民事业作贡献。那个时候,郑洞国的心情很是沮丧,他表示,自己只想解甲归田,从此不理战事,做一名普通的老百姓就好。随后,一兵团还准备了丰盛的饭菜,来款待他。郑洞国接连道谢,并表示这是他几个月来吃过的最好的饭菜。

历史上第一次比较大的围城作战就是长春围困战,这也是解放军采用"久困长围"方针和平解决有着坚固防御体系的大城市的第一个成功的战例。这场胜利,将蒋介石回兵沈阳、增援荆州的计划全部打碎,消灭了东北战场上的一大强劲对手。这样一来,解放军就可以集中全部的兵力,对付辽西会战,为解放军辽沈战役的胜利奠定了基础。

黑山阻击、辽西围歼,廖兵团的覆灭

占领锦州,收复长春,这些都给国民党军带来了致命的打击。

10月15日和18日,蒋介石曾两次前往沈阳,和卫立煌、杜聿明一起商议对策,看如何挽救这败落的局面。蒋介石判断:锦州战役,解放军也有很大的伤亡,必须要经过一个多月的休整,才能够投入下一次战斗。随后,他又得到情报,解放军攻锦部队正大批转移到北票、阜新一带,还有一批解放军正前进到山海关方向,因此他便认为,解放军并没有留下太多的部队固守锦州。

得到这一结论后,他命令卫立煌把第五十二军两个师以及整编第二〇七师3个旅的兵力全部交给廖耀湘,由他统一指挥,继续进攻锦州地区,配合葫芦岛、锦西地区的兵力,夺回锦州。可是卫立煌却担忧廖耀湘兵团孤军远行,很可能会被解放军全部歼灭,于是便不听从蒋介石的命令,坚持在沈阳驻守。廖耀湘也不同意蒋介石的提议,不赞同再次攻打锦州,而是应该将大军撤到营口一带。三人意见不统一,争争吵吵,几天都没有一个明确的答案。杜聿明虽然也不同意蒋介石的主张,但是他又不敢违背蒋介石的意思,于是便想出了一个折中方案,即:第五十三军、整编第二〇七师主力交由第八兵团司令官周福成带领,主要任务是驻守沈阳;"西进兵团"则由廖耀湘指挥,先进攻大虎山、黑山一带,将其攻下后,在进攻锦州地区,如果攻不下,那么就撤退到营口一带;此外,第五十二军负责攻占营口,并且责令天津市政府集结船只,廖耀湘兵团受到阻碍的时候,可以和沈阳守军一起,从海陆撤退。对于这一建议,蒋介石非常赞同,可是他又担心卫立煌违背自己的命令,于是又将杜聿明提升为东北"剿总"副总司令兼冀热辽边区司令,做这一行动的总指挥。

炮兵入城

中央军委和东北野战军所制订的作战计划是:想要以攻打锦州这一方法,引来卫立煌的援军,并在此地将其全部歼灭。可是,直到锦州被解放军占领后,廖耀湘兵团还在彰武、新民、新立屯地区之间徘徊,不知其是进是退。中央军委了解了这一形势后,又调整了下一步作战策略。

17日,林彪、罗荣桓、刘亚楼、谭政四人接到了中央军委的来电,指示:"你们下一步的目标,应该是攻打锦西、葫芦岛地区,而且行动要快,不宜太迟。""解放军攻打锦西、葫芦岛的时候,沈阳方面的敌军很有可能会派兵增援。只要敌军离开了沈阳,从打虎山、大凌河等地支援锦西、葫芦岛地区,这对战局是非常有利的。"

18日至19日,东北野战军领导得知廖耀湘兵团一部已经攻占了新立屯地区,并且继续率兵南下的情报,便认定沈阳地区的国民党军极有可能会从锦州或者是营口地区,实施总撤退计划。并且还说,如果廖耀湘兵团依照蒋介石的命令,强行进攻锦州地区的话,那么攻打锦西和葫芦岛的计划就要搁置一下了,等解放军将沈阳地区的援军消灭后,再行打算。

19日，林彪、罗荣桓、刘亚楼、谭政四人再次接到了中央军委的来电，提出："如果长春战役之后，蒋介石、卫立煌二人依然坚持派遣锦葫、沈阳方向的敌军攻打解放军的方针时，这对解放军是非常有利的。在这种情况下，你们可以采用诱敌深入的办法，打一场大的歼灭战，这是最为正确的做法。因沈阳方面的敌军已经下定决心要撤退了，所以你们一定要付诸全力，将沈阳方面的敌军抓住，而锦西和葫芦岛方面，我们可以暂时放下。没有攻下沈阳地区时，锦西、葫芦岛方面的敌军只适宜大军制，而不可攻击"。并且指示："要在营口地区部署一些兵力，只要这一点成功了，敌军就无处可逃，而从战略上来说，你们已经胜利了。"20日，东北野战军又接到了中央军委的来电，指示："如廖兵团继续前进的话，那么等敌军再进一步时，再对其发起进攻。如果发现敌军有撤退或者是停滞的情形时，要立刻将彰武、新立屯两处敌军包围，然后逐一击破，将廖兵团全部歼灭。希望你们能够按照这一方针，严格部署，动员全军上下，努力完成任务。"

依据中央军委的指示，东北野战军决定先把廖耀湘兵团的先头部队阻截，然后再牵制住其后续部队，而对中间部队实施两头夹击的办法，借此将廖耀湘兵团歼灭。10月20日，东北野战军作了具体部署：新立屯、大虎山、黑山方向由锦州地区的第二、第三、第七、第八、第九纵队，第一纵队主力，第六纵队十七师和炮兵纵队负责，主要任务是从两边夹击包围国民党军；第五纵队则从彰武西南的饶阳河一线转移到阜新东北的广裕泉地区，第六纵队主力依然在彰武东北地区，原地待命，寻机南下，尾随国民党军；第十纵队和第一纵队第三师、内蒙古军区骑兵第一师则撤退到黑山、大虎山地区，倚仗医巫闾山地形，建筑工事，牵制廖耀湘兵团行进，为解放军主力争取回师的时间，然后再和主力军配合，歼灭国民党军；第四、第十一纵队等继续驻守塔山地区，阻击锦西方面的国民党援军，做好保障主力安全的后方工作；第十二纵队和五个独立师及内蒙古军区骑兵第二师迅速集结到铁岭、通江口地区，牵制沈阳地区的国民党军；独立第二师则要在四天之内赶赴营口，将国民党军的海上退路切断。如果在解放军还没有到达之前，廖耀湘兵团已经撤向营口地区时，解放军就要全力追击，争取在营口、牛庄一带将廖耀湘兵团歼灭。

同一时间，林彪、罗荣桓、刘亚楼、谭政也向东北野战军士兵传达了命令，要求集结全军力量将东北国民党全数歼灭，并表示："如今，解放军的任务就是堵截东面来的敌军增援部队和攻锦部队，将从沈阳地区出来的廖耀湘兵团抓住，并在作战中将其歼灭。""在这样的形势下，各部队一定要有打大胜仗的雄心，我们要有一气击毁敌军七八个师甚至十几个师的魄力，一次吃掉敌军七八万乃至十几万的兵力"，"要发扬不怕吃苦，不怕牺牲的精神，争取发挥解放军全力，击溃蒋介石在东北战场上的兵力，解放沈阳，解放东北全境。"每一个部队都要依据野战军首长的命令安排军事工作，并且在辽西地区将廖耀湘兵团歼灭。

在国民党将领中，廖耀湘可以说是出了名的足智多谋，他是国民党陆军中将。

廖耀湘毕业于黄埔军校六期，后来前往法国陆军大学学习。在廖耀湘的军旅生涯中，一直在蒋介石的嫡系部队工作，并长期担任中高级指挥职务，可是蒋介石旗下的一匹黑马。后又任职第九兵团中将司令。

1906年4月23日，廖耀湘出生在湖南邵阳县的一个农民家庭中。1925年，大革命风潮席卷全国，孙中山先生在广州创立了黄埔军校。廖耀湘和其他热血青年一样，怀着报效祖国的热情,投入到战争事业中,考入黄埔军校。后因旅费不够,而失去了一次机会。1926年秋,在长沙,黄埔军校设立了分校,这又让廖耀湘燃起了希望,一考即中,进入第六期骑兵科学习。1930年9月,廖耀湘又被派送到法国留学。对于学习的课程,廖耀湘背诵得很熟练,笔记做得也是非常精致,学习非常优秀。军事理论家蒋百里曾经前往欧洲,考察留学生的学习状况,并对廖耀湘提出了高度赞扬,而且还向蒋介石推荐廖耀湘,说其学识渊博,学习刻苦等。蒋介石听了之后,心里也非常得意,因为廖耀湘可是他亲自点名选送的留学生,可是他的得意门生啊。1936年,廖耀湘以第一名的成绩毕业于法国陆军大学。

1936年,廖耀湘学成回国。回国之后,便相继参加了上海抗战和南京保卫战。在南京保卫战中,其经过重重危险后,逃到了武汉,正赶上国民党军官训练营成立,主要就是为了收留失散的国民党军官。廖耀湘到了后,被任命为这一总队的上校大队长。1938年3月,国民党军事委员会决定组建一个机械化师,廖耀湘被升任为机械化师的少将参谋长。从那之后,成为蒋介石嫡系部队的高级将领。

1946年3月,廖耀湘带领新六军用空运的方式到达东北战场,开始成为蒋介石的内战打手。新六军可是国民党的五大主力军之一,由此也能够看出蒋介石对廖耀湘的重视。从这个时候开始,东北战场上的种种不利,在廖耀湘心里留下了很大的阴影。

刚开始的一年里,解放军基本上采取的都是以防守为主的方针,尽量避免和国民党的正面冲突。所以,国民党军才能够顺利地攻占东北主要城市,控制了主要交通线。这一年,廖耀湘部也是风头十足,占领了辽阳、鞍山、营口、本溪、长春和一大批县镇地区。1946年6月3日,廖耀湘占领长春没多久,蒋介石便亲自前来召见了廖耀湘,并且赞赏他指挥有方,战绩不凡。让他们没想到的是,表面上看似风光无限,实际上他们早已落入了解放军的圈套,处于挨打不利态势中。

从1947年开始,东北解放军开始进行重点攻势,歼灭了一大批北满、南满国民党军。廖耀湘部可是杜聿明手里的王牌军,因为共产党的这一突然行动,被搞得手忙脚乱,焦头烂额。共产党攻势全面展开后,东北战场上的国民党军也陷入了被动包围中,将士们的士气也越来越低落。8月,廖耀湘被提升为兵团司令。

共产党军将东北战场上的国民党军分割为三部分:长春、沈阳、锦州,面对这个情况,国民党军中总共有三种不同的意见:继续固守沈阳、撤退到营口、攻打锦州,廖耀湘、蒋介石和卫立煌三人针对这三个方案一直争论不休,争执持续了半年多时间。

10月3日,廖耀湘被蒋介石任命为辽西兵团(西进兵团)司令,带领十几万兵力支援锦州地区。不过,廖耀湘也担心会陷入解放军的包围圈中,所以才会畏头畏尾,总想方设法地寻找退路。最后,在他的举棋不定下,廖耀湘的11万大军一直停滞不前,在应援的时候也没有使出全力。等到解放军占领锦州后,廖耀湘的部队才算是真正处于危险之中。

辽西地区河流众多(辽河、巨流河、柳河、饶阳河、沙河、大凌河、女儿河)等,其主要包括沈阳以西各县及锦州南北地区。河水中大多都是淤泥,根本无法徒步前行;黑山到沟帮子之间,还有绵长的山地丘陵;丘陵中间还穿插着两条铁路——北宁与大(虎山)郑(家屯)铁路。北面还有高达1000多米的医巫间山脉,和南面50公里的沼泽地带相连,就好比两道铁门,打开了就能够畅通无阻,关上则就会堵塞。东北野战军和廖耀湘兵团便是在这样的地形中展开战斗的。

10月21日，廖耀湘带领第七十一军两个师、新一军一个师、新六军一个师，及整编第二〇七师第三旅共五个师的兵力，从彰武、新立屯地区向南行进。23日，在200多门重炮和几十架飞机的增援下，进攻驻扎在黑山、大虎山25公里的解放军阵地，想要占领黑山、大虎山地区，打通南北通道。

驻守在此地的东北野战军第十纵队、第一纵队第三师和骑兵第一师等部，抱着必死的决心，和国民党军展开了激烈的斗争。尤其是高家屯、一〇一高地、九十二高地和石头山一带，战斗更为惨烈。在一〇一高地，解放军和国民党军短兵相接，经过反复争斗，终于将国民党军二〇七师和新六军的进攻打退了，这两者可是国民党军的先锋、王牌部队。在九十二高地驻守的解放军分队，和国民党军浴血奋战，最后壮烈牺牲，无一人生还。

在此战役中，国民党军曾经多次以整团、整营的兵力反复围攻解放军阵地，只是在解放军的顽强抵抗下，国民党军并没有得逞。阻击部队经过艰难斗争，最后保住了黑山、大虎山阵地，为解放军阻击廖耀湘兵团赢得了有利时机。

廖耀湘兵团的进攻屡次受挫，再加上东北野战军的主力部队已经返回到黑山附近，这也让廖耀湘产生了撤退的心理。同时，国民党军第五十二军2个师已经占领了营口地区，其后来部队也陆续攻占了鞍山、辽阳地区，将沈阳到营口一带的通道打通。廖耀湘也心知情势危急，于是便决定放弃这一次的进攻计划，改为从黑山、大虎山以东地区经过台安渡辽河，撤退到营口一带。

10月25日，廖耀湘兵团派遣新六军、第二〇七师三旅和第七十一军继续攻打黑山地区，为撤退大军作掩护外，然后命其第四十九军、新三军十四师、新六军的骑兵部队为先头部队，经由大虎山以东向营口方向快速撤离。

25日上午，在大虎山以南地区，解放军第八纵队包围了廖耀湘兵团前卫第四十九军的先头部队，击毁了国民党军电台，使其和国民党总部失去了联系。军长郑庭笈不知道前方发生了什么事，只是一味地寻找先头部队，希望能够尽快恢复联系，可他却没有向廖耀湘及时报告，也没有想到前方的道路已经被解放军切断。紧接着，四十九军第一〇五师和新六军骑兵旅南下进军的时候，又和解放军独立二师在台安西北部相遇。这个时候的国民党军犹如惊弓之鸟，发现独立二师竟然带着重炮，便认为是解放军的主力部队，又急忙朝着新民、沈阳方向溃退。先头部队阵脚一乱，后面部队的阵脚都跟着乱，车马物资等都拥挤在一起，走也走不了，动也动不了。到了第二天，廖耀湘才了解到这边的形势，耽误了作决策的时机，也延误了国民党军撤退的时机。

随后，东北野战军有命令第六、第五纵队强行军250华里，在25日晚上到达黑山东北的铁路线上，将廖耀湘兵团撤回沈阳的主要通路切断。这样一来，除了提前溜掉的一小部分骑兵外，其余全部被解放军阻截。廖耀湘自己并不了解前方情况，所以依然下达命令，让大部队南下进击，这也就中了解放军圈套，陷入解放军合围之中。在大虎山以东、饶阳河以西、无梁殿以南、台安以北的纵横80华里的地区，国民党军与解放军双方40个师的兵力在此展开会战。

10月26日早上，东北野战军对廖耀湘兵团展开围歼行动。解放军各个部队按照原计划，将作战区域选在黑山以东、大虎山东北、饶阳河以西、无梁殿以南、魏家窝棚以北地

154

区,乘着国民党军混乱的机会,向其发动突击。负责从黑山正面从东向西突围的有第一、第二、第三、第十纵队,第六纵队十七师和炮兵纵队主力军;负责从大虎山以南地区,从南向北突击的有第七、第八、第九纵队;负责从二道境子、饶阳河以东向西突击则是第五、第六纵队的兵力。各部队发扬不怕困难、不怕牺牲的精神,插入到廖耀湘兵团各个部队之间,将国民党的部署全部打乱了。

当天晚上,第三纵队七师占领了胡家窝棚西坡,摧毁了廖兵团指挥所。随后,国民党各军、各指挥机构也先后被解放军摧毁。

指挥机构被摧毁,廖耀湘等指挥官无法和自己的部队取得联系,只能和溃退的士兵们一起东躲西藏,躲避解放军的攻击。新一、新三军军长见形势不好,自己则孤身逃回了洛阳。部队没有人指挥,自乱阵脚,行军毫无章法,人马拥挤在一起,忙乱不堪,溃不成军。解放军则抓住这一机会,对国民党纵深勇猛穿插,以分割围歼的办法,将其包围。解放军各部都积极主动地寻找国民党军作战,解放军的指战员也充分显示了其英勇果断、灵活机动风格,只要抓住国民党军的一点踪迹,即可追击歼灭。只要听到枪响,便循着枪声找过去,看到国民党军就打、抓,更加剧了国民党军的恐慌。在解放军的强大攻势下,国民党军根本无力阻挡。

战况传到北平,蒋介石惊慌失措:廖耀湘可是他的得意门生,而廖耀湘的部队更是国民党军中的王牌军,哪能这么容易被打散呢? 想到此,他连夜召开会议,商讨计策。蒋介石很是着急地说:

"如今,我们和廖耀湘兵团的通讯已经断开了,能不能将葫芦岛地区的'东进兵团',通过海路运输到营口地区,策应廖耀湘兵团突围。"

杜聿明说:"走海路运输兵团,至少得花费一个星期的时间。在这段时间内,如果廖耀湘兵团还在的话,他们自己就能够攻进营口了,不让等调遣的部队过去后,廖耀湘兵团早就被解放军围歼了。部队调遣也没有什么用。"

蒋介石心知杜聿明说得对,便再也不摆往日的威风,而是虚心求教,询问接下来的战略方法。杜聿明说:"依我看来,廖耀湘兵团是不行了。你应该尽快将营口地区的第五十二军撤出来,至于沈阳地区的部队,能不能撤出来都很难说啊。"

蒋介石听后,急忙命令桂永清点兵遣将,集结部队前往营口,并命令杜聿明配合卫立煌,服从沈阳地区的作战部署策略。随后,又命令"东进兵团"在葫芦岛地区建筑牢固工事,对于要点地区要派重兵把守,以此来接应从东北战场上撤回来的部队。

蒋介石亲眼看着廖耀湘兵团被解放军围歼而无能为力,最后只是叹息地说:"东北全军,似将陷于尽墨之命运。寸中焦虑,诚不知所止矣!"

战争持续到 28 日早上,辽西围歼战役,以解放军的胜利而告终,廖耀湘兵团 5 个军、12 个师(旅)及特种兵部队共 10 万余人的兵力被东北野战军全歼,其中就有蒋介石的嫡系部队新一军主力以及新六军主力。解放军俘获了国民党第九兵团司令官廖耀湘、新六军军长李涛、第七十一军军长向凤武、第四十九军军长郑庭笈、新一军副军长文小山等将领。

当东北野战军主力占领锦州并歼灭廖耀湘兵团的时候,在塔山、锦西、葫芦岛一线,第二兵团的阻击战还在继续,战斗非常激烈。10 月 26 日至 28 日,为了接应廖耀湘兵团,在锦西、葫芦岛地区的国民党军,曾经多次进攻解放军阵地,而第十一纵队防守的西段阵地成了国民党的主要攻击方向。尤其是第三十三师驻守的沙河营等地带上的战斗最为激烈,阵地争夺也是反反复复,几次易主。阻击部队经过顽强的抵抗,最终保住了这一阵地。东北野战军主力将廖耀湘兵团全部歼灭后,第二兵团也完成了塔山地区的阻击任务,任务完成后,部队则后撤休整。国民党军攻占了塔山,但是却并不敢继续北进。

廖耀湘兵团被东北野战军歼灭,这对东北战场的解放有着很重要的意义,起着决定性作用。10 月 28 日,中共中央给东北野战军司令部发来贺电,祝贺辽西大捷,并将这一胜利称之为"对于全国战局贡献极大"的战役。

攻占沈阳、营口解放全东北

东北野战军将廖耀湘兵团歼灭后,东北国民党残军也濒临灭亡的境地。蒋介石除了下令让国民党参军死守沈阳外,已经没有其他办法了。

廖耀湘兵团被解放军歼灭,沈阳城失去了防守,算是解放军囊中之物了。卫立煌见此情形,便以去葫芦岛指挥为由,乘坐飞机逃离沈阳,把沈阳地区的诸多事宜交付给第八兵团司令官周福成,由其率领沈阳共 14 万人的驻守兵力,让他们誓死固守,或者是寻机突围。

面对这种形势,在沈阳驻守的将领们召开了紧急会议,商讨应付对策。五十三军副军长赵国屏和一三〇师师长王理寰都反对再兴战事,这让周福成大为恼怒,他一把拍在桌子上,连桌子上的杯子都被他震碎了。会议结束后,王理寰便一直躲在他带领的部队中,不敢和周福成见面。

这时,解放军又打起了宣传牌。每天都会有人对五十三军将士的广播,号召他们起义立功。接着,除周福成以外的将领们,又聚集在同泽街王化一家中,秘密召开会议。最后商讨决定,放下手中的武器,投诚解放军,用和平方式解决沈阳问题,而且还派遣赵毅为代表,前去和解放军谈判。

10 月 27 日夜里,辽西会战已经快要落幕了,东北野战军又接到了中央军委的来电,指示:"解决了当前敌军后,还希望派遣几个有力兵团日夜赶程,前往营口、牛庄、海城一带,将那里的敌军歼灭,截断敌军海上运输道路。""如果在这几天时间里,沈阳地区的敌军已经或者是正要向营口逃跑,你们则要集结全军之力,迅速赶往营口、海城地区,追击敌军。"

为了将东北地区的国民党军全部歼灭,东北野战军首长当即下达命令,铁岭周围的第十二纵队,留下一部兵力继续围剿铁岭附近的国民党军第五十三军一一六师,其余兵力和开原地区的五个独立师、内蒙古军区骑兵第二师和辽西战场上的第一、第二纵队,以及本溪地区独立第十四师等部会合,向沈阳行进;第七、第八、第九纵队和独立第二师、内蒙古军区骑兵第一师,则向着鞍山、辽阳、海城、营口等地区行进;并且命令辽宁军区部队立刻在辽河架桥,协助主力东渡。

周福成是国民党军第八兵团的司令,他算是东北军的老军官了,身上带着很浓重的军阀味,想要将财、枪、实权等都抓在自己的手中。蒋介石提拔他为兵团司令后,他依然抓着第五十三军军长的职务不放。后来,周福成作战接连失利,蒋介石便想要撤去他军长的职位,周福成听到之后,竟然跑到蒋介石面前大吵大闹,这让蒋介石毫无办法。最后蒋介石只好将这件棘手的事情推到卫立煌身上。卫立煌可是一个聪明人,他顺水推舟,便留下了周福成军长一职,也算是卖了一个人情。

周福成的女儿是解放军的地下党,也是北平的一个学生。解放军围歼沈阳之前,党中央还曾经派遣飞机把他女儿接到了沈阳,想要让他女儿劝说周福成弃城投降,退出内战。可是周福成却并不听女儿的话,他说:"你就是一个乳娃娃,知道什么是内战、外战吗?你当前的任务就是读书,把书读好就行了!"

周福成冥顽不灵,但周福成的属下可没有这么顽固不化。赵国屏是第五十三军的副军长,主要负责日常军务。在1936年的时候,他曾带兵围攻解放军陕甘宁边区,和解放军有过几次交往。辽沈战役打响后,赵国屏和解放军城工部的同志联系密切,曾积极策划国民党军五十三军的起义事件。五十军的几个师长和赵国屏的私人关系非常好,而且他们是非嫡系部队,长期受到蒋介石嫡系部队的倾轧,对于蒋介石一党早就失去了信心。听赵国屏一说,便立刻响应起义,纷纷表示愿意和解放军停战。至于五十三军其他中下层将领,心里也是不愿当炮灰的,最后在解放军的攻击下,五十三军不战自溃。解放军攻打到铁岭地区时,五十三军的一个师的师长向赵国屏请示,问接下来的作战计划。赵国屏只是淡淡地说:"事情都到了这个地步,你自己琢磨吧。"当下,这个师长带领整个师放下了兵器,投诚解放军。

10月29日,经过一天一夜的行军,第十二纵队横跨大凌河,迂回到沈阳西南,将国民党军出城的退路切断。不久,新民地区也被解放军第一、第二纵队占领,并横渡巨流河,一直进攻到沈阳城下,对沈阳地区形成三面包围形势。驻守沈阳的国民党军被解放军围困在城内。

兵临城下,最高指挥官卫立煌又匆匆而逃,周福成见此情景,他的心情反倒很高兴。因为卫立煌一走,他就成了东北战场的主角,成了这掌控战局的人。几天下来,周福成一边部署着房屋工作,一边四下巡视,真有要打一场防御战的架势。他在北陵至东陵一线布置了第五十三军驻守,而在沈阳兵工厂地区则派遣新六军五十三师把守,第二〇七师则掌管沈阳西南地区的防务工作。每一个部队设防的时候,周福成都会乘坐汽车,带着他的副官、参谋等人,一遍遍地前去督促,可以说是"鞠躬尽瘁"了。

28日晚8时,国民党第八兵团司令部召开紧急会议,研究防守的最后方案,参加会议的都是师级以上的干部,其中包括赵国屏。会上,赵国屏指出,如今的沈阳城已经守不住了,与其和解放军正面交锋,搭上解放军十几万人的性命,倒不如全军起义,保住两方利益。周福成刚刚掌握大权,哪能听得进去这些话,随即便把桌子一拍:

"赵国屏,你居心不良,煽动叛变,信不信我一枪毙了你!"说着,还掏出了手枪。

看此情况,赵国屏的几个手下也纷纷掏出枪来,指着周福成,大声嚷嚷着要拥护赵副军长的意见。经此一闹,整个会场的气氛都降低到零点,周福成气得说不出话来,身子一歪,便瘫倒在沙发上,总算是避免了一场火拼。周福成肯定没有想到,第五十三军的将士们竟然会和自己对着干。

30日，东北野战军一步步逼近沈阳机场和市郊区，切断了沈阳国民党军的对外运输。首先，第五十三军和暂五十三师师长许庚扬取得了联系，许师长表示也不想再继续内战了，并且还请五十三军牵线，能够和解放军取得联系，商议起义事宜。不过第二〇七师师长戴朴的态度却是模糊不清，一直强调要和下属商议后再给答复。沈阳其他国民党军有的解散，有的投降，早就乱成一团了，而沈阳地区的国民党军防御体系基本上也瓦解了。

　　11月1日，东北野战军对沈阳地区发动总攻。负责从沈阳以西、西北方向进攻沈阳市内的有第二纵队司令员刘震、政治委员吴法宪带领的第一、第二纵队；从城南向北攻击的则是由第十二纵队负责；沈阳以东和以北的突击任务交由各独立师负责，指挥官为第一兵团司令员萧劲光、政治委员肖华二人。除了整编第二〇七师和第五十三军的部分军队还在顽强抵抗外，其余官兵早就无心恋战，纷纷表示愿意投诚。同时，中国共产党走政治路线，派遣国民党军投诚人员和民主人士开展政治工作。很多国民党军表示愿意商议投诚、起义事宜。还有的国民党军把人员和物资装备都清查好，等待解放军接收。当日，国民党第八兵团司令官周福成亦率先放下武器，使得攻城战役非常顺利，到了17时，沈阳市区全部解放。而国民党军第二〇七师依然在郊区顽强抵抗，直到11月2日才全部歼灭。

　　到现在为止，东北最大的工业城市被东北野战军解放，歼灭与起义、投诚国民党军总计有东北"剿匪"总司令部及其所属一个兵团部、两个军部、七个师（旅）、三个骑兵旅及地方部队共13.4万余人。

　　在解放沈阳的同时，东北野战军向辽阳至营口段追击的第七、第八、第九纵队等，在第九纵队司令员詹才芳、政治委员李中权指挥下，也正日夜兼程急速前进。东北"剿总"为打通海上退路，趁东北野战军全神贯注于辽西鏖战之际，曾令其第五十二军于10月24日占领营口。廖耀湘兵团走台安受阻企图回退沈阳时，卫立煌曾令第五十二军回返沈阳，但第五十二军顾虑北返途中被歼，并未执行。廖耀湘兵团被歼后，该军在营口急切催船，企图由海路逃走。

　　为追歼该国民党部队，10月28日，东北野战军第七、第八纵队和独立第二师在辽中以西渡过辽河。31日相继解放了辽阳、鞍山、海城等地，截断了沈阳国民党军的退路，接着迅速向营口逼近。第九纵队则先期于26日由台安以南地区取捷径向营口疾进，10月31日进抵营口外围，抢占了周围要点。

　　11月1日，第五十二军为掩护其在海上逃跑，对第九纵队发起七次猛烈反击，均被击退。当日夜，第五十二军仓皇登船。11月2日晨，第九纵队与独立第二师发现第五十二军有从海上逃走的迹象，当即向国民党军发起攻击。解放军一面集中火力轰击海上逃跑的国民党军，一面趁国民党军混乱之际，迅速插入市区。

　　战至上午10时，市区国民党军即被全歼。正在混乱中企图逃走的国民党军运输舰一艘、军用商船22只，均被解放军炮火摧毁，3000余人落水溺死。仅第五十二军军部率一个师计万余人乘舰船逃离营口。东北野战军解放了营口，共歼国民党军1.4万余人。

　　3日晚，东北野战军首长在沈阳设宴招待在沈阳战斗中投诚的蒋军将领。沈阳大饭店一夜之间主顾两易，堪称一瞬千秋啊。周福成虽然到最后还有些顽固不化，但仍被东北野战军首长邀请。他走进宴会大厅惭愧地说：

　　"咳！我也是昏了头，悔不该……错了！错了！"众人看到他那神色，不禁开怀大笑。

11 月 8 日,蒋介石在南京主持总理纪念周时说:"最近东北重要据点锦州、长春、沈阳相继沦陷""这一次东北战役是我们革命史上最大的教训,也是我们革命过程中最大的挫折和最壮烈的牺牲,我们永志不忘。"接着又吹嘘说:"各位可以相信我一定有转危为安的把握。"

为了找一只丢掉东北的替罪羊,他下令对卫立煌撤职查办,令云:"东北剿匪总司令卫立煌迟疑不决,坐失军机,致失重镇,着即撤职查办。"李宗仁在回忆中说:"立煌不但被拘禁,几遭枪决。直至蒋先生下野后,我才下令将卫立煌释放。"

伟大的辽沈战役胜利结束了,这场血战的意义和影响远远超过了东北战场的范围,久久地荡及中华大地。

人民解放战争终于迎来了一个新的、历史性的转折。在辽沈战役中,东北人民解放军以伤亡 6.9 万人的代价,共歼灭国民党军一个"剿匪"总司令部、四个兵团司令部、11 个军部、33 个整师,连同其他部队共 47.2 万余人,其中俘国民党军 32.4 万多人,包括将级军官 180 人。缴获各种火炮 4700 门、飞机 16 架、坦克 76 辆、装甲车 151 辆、汽车 2000 多台、骡马 5600 匹、各种枪械 10 万支。加上全国其他战场的胜利,人民解放军终于在数量上也第一次超过了国民党军队,从而大大加快了全国解放的进程。毛泽东在 1948 年 11 月 14 日为新华社撰写评论时指出:

"今年 7 月 1 日至 11 月 2 日沈阳解放时,国民党军队即丧失了 100 万人。……这样,就使我们原来预计的战争进程,大为缩短。原来预计,从 1946 年 7 月起,大约需要五年左右时间,便可能从根本上打倒国民党反动政府。现在看来,只需从现时起,再有一年左右的时间,就可能将国民党反动政府从根本上打倒了。"

东北全境的解放也使解放军今后发展获得一个巩固的后方基地。东北数省物产丰富、工业发达、经济实力在当时是居于全国各省之首的。有了这样的大后方,解放军解放华北、华东,乃至解放全中国都有了可靠的战略保障。特别是美国长期以来一直企图借蒋介石之手,控制东北,限制共产党、解放军发展,以对抗苏联的力量,确保帝国主义在远东的利益,解放军一举解放全东北,美蒋长期盘踞下去的迷梦从此化为泡影。

辽沈战役后,战略主动地位进一步巩固,而国民党战略形势更加恶化,国民党反动统治处于风雨飘摇之危机中。国民党军队中的许多高级将领通过辽沈战役,日益看清了为日薄西山的蒋家王朝卖命,前途十分渺茫。蒋介石背信弃义,把东北战败之责统统推到"五虎上将"卫立煌头上,众将目睹如此"领袖"道德,一个个更是心寒万分。在以后展开的淮海战役、平津战役中,国民党军倒戈起义蔚成风潮,从内部动摇了蒋氏政基。

159

逐鹿中原，加快解放进程——淮海战役

战役档案

时间：1948 年 11 月 6 日~1949 年 1 月 10 日

地点：以徐州为中心的广大地区

参战方：中国人民解放军；国民党军

指挥官：共产党军队刘伯承、邓小平、陈毅、粟裕、谭震林；国民党军队杜聿明、刘峙、黄百韬、邱清泉、黄维

双方兵力：中国人民解放军 60 万；国民革命军 80 万

伤亡情况：解放军伤亡 13.4 万余人；国民党军伤亡及被俘 55.5 万

战果：中国人民解放军胜

意义：淮海战役，国民党称之为"徐蚌会战"，是三大战役中解放军牺牲最重、歼敌数量最多、政治影响最大、战争样式最复杂的战役，创造了中外战争史上以少胜多的光辉范例。

160

因势造势，发动淮海战役

依照中央军委的安排，东北野战军与国民党反动派在东北发起了第一场大决战，与此同时，人民解放军则在关内徐州地区与国民党军展开了第二场大决战。

1948 年 9 月 24 日，经过八天的浴血奋战，华东野战军以其代司令兼代政委粟裕为指挥将济南城攻陷，即使济南有国民党军队的坚固设防，但也未能挽回颓势，11 万余国民党守军几乎被全歼，其中，国民党第二绥靖区中将司令兼山东保安司令王耀武及副司令牟中珩、国民党山东省党部主任委员庞镜塘等被俘虏。济南被攻克之后，亦即代表华东野战军南下的最后障碍终于被拔除了。粟裕立足于济南城头，目光紧紧盯着东南方向，那里是国民党重兵集团集中的地区——徐州。

黄淮平原以徐州为中心，自古便是兵家必争之地，它位于四省——江苏、安徽、山东、河南的交界处，纵横交叉有津浦、陇海两条铁路，华东、中原、华北三大区域也以此为交通枢纽，铁路交通与公路交通四通八达，东西南北各方为之贯穿，此外，该平原地形平坦，地势开阔，对于大兵团机动作战非常有利。此时，对于人民解放军想要进攻南京的企图，国民党亦作好了防御部署，调集重兵在以徐州为中心的黄淮地区进行防守。国民党统帅部作出部署，以徐州"剿总"总司令、蒋介石嫡系将领刘峙全面统率四个兵团和三个绥靖区，

总兵力达60万人，在津浦路徐州至蚌埠段、陇海路连云港至郑州段的两侧地区进行防守，如此一来，以徐州为中心形成十字架态势展开防御，从而对南京、上海这一国民党统治的心脏地带实施防护。蒋介石作出这一意图的目的是想在一处重点防守，四方予以支援，从而将徐州控制在手，巩固江淮地区，亦对南京形成屏障作用。但是，这两条长蛇阵却因四头不能相顾，而暴露出其致命的弱点，这一下子最终只能是遭受挨打的厄运。

济南成功解放对于解放军方面来说意义重大，它不仅完成了山东大部分地区的解放，此外，中国共产党所领导的华东解放区与华北解放区也连成一片，增强了作战力量。大部分华东野战军也从战事中抽身而出，行动更加自由，从而为展开更大规模的战斗作好了准备；另一方面，中原解放区不断巩固，在河南禹城、湖北襄城、叶县等地，中原野战军也实现了主力的集中，行动上获得自由，可以随时与华野策应，联手作战。有了广大解放区为依靠，人民解放军两大野战军更加游刃有余，此时总兵力达到了60万人，南京这一国民党统治的心脏在此威慑之下，也不得不战战兢兢。

解放张家口

来自湖南的粟裕是解放军的年轻将军，这位日后的新中国第一大将仿佛将打仗看成是游戏，从不知满足，不仅如此，他在筹划战役行动时善于从战略高度出发，在指挥大兵团作战时往往非常漂亮。攻下济南之后，当天他就向中共中央军委主席毛泽东发了一份求战电报，提出建议称必须即刻发动淮海战役，在他的设想下，这场战役划分为两大阶段，其中，第一阶段是以苏北兵团加强一个纵队对两淮地区发动进攻，攻克之后转入第二阶段，以三个纵队对海州、连云港实施攻击。等淮海战役落下帷幕后，再对全军进行休整。

粟裕又在这一建议之下，为中央军委设想了三套行动方案，以供其参考。

第一套方案,全面发动淮海战役。第一阶段,抓住两淮国民党军兵力空虚之机,派出苏北兵团司令员韦国清、副政委吉洛(姬鹏飞)所部,将淮阴、淮安、高邮、宝应攻下,同时在宿迁至运河车站线部署野战军主力,阻击徐州方面来援的国民党军。第二阶段,派出3个纵队向海州、连云港展开进攻,随之将战役结束。

第二套方案,只实施海州作战,将海州、新浦、连云港等地攻下,同时在新安镇、运河车站南北及峄(县)枣(庄)线部署主力军队,边休整边备战。此方案有利于部队进行休整,"但亦增加今后攻占两淮的困难(国民党军可能增兵)。"

第三套方案,以自徐州增援济南的国民党军为作战目标,解放军派出全力南下实施围歼,"但在济南攻克,国民党军加强警惕,可能退缩,恐不易求战"。

三套方案之中,实施淮海战役最为有利,粟裕认为通过这一战役可以将中原战局进一步巩固,亦是对津浦线造成孤立之势。基于此,国民党军不得不向江边及津浦沿线退守(至少要加强),从而实现了对其机动兵力的牵制,有利于今后的渡江作战;同时也为日后华野全军进入陇海路以南作战提供了便利,这一方面解决了交通运输供应方面的难题,另一方面也能将华中的人力、物力争取过来,全面支持战争的进行。

9月25日,在毛泽东收到电报的第二天,身在西柏坡的毛泽东又收到一封中原野战军司令员刘伯承、副司令员陈毅(仍兼华东野战军司令员、政治委员)、参谋长李达联署的电报:

济南攻克后,我们同意乘胜进行淮海战役,以第一个方案攻两淮,并吸引援敌为最好。

事实上,中央的九月会议还未将在淮海与国民党军决战提上日程,看到几位前线将帅强力促成此事,运筹帷幄的毛泽东精神为之一振,在几乎占了一面墙的军用地图上,他与朱德、周恩来等人对国民党军的兵力部署情况作了一番研究:

蒋介石自被迫转向重点防御之后,将部队沿津浦路、陇海路、平汉路一线部署开来,以实现对该路段的控制,目的是对华野与中原两大野战军的会合形成障碍;与此同时,郑州由孙元良第十六兵团两个军负责驻守,商丘由邱清泉第二兵团五个军负责驻守,开封由刘汝明第四绥靖区(后改第八兵团)两个军负责驻守,确山由黄维第十二兵团四个军负责驻守,徐州由冯治安第三绥靖区四个军负责驻守,碾庄由李弥第十三兵团三个军负责驻守,新安镇由黄百韬第七兵团五个军负责驻守,海州由李延年第六兵团四个军负责驻守。在津浦、陇海沿线,蒋介石以徐州为中心以两条长蛇阵全面部署开来。毛泽东看到蒋介石的上述部署后,戏称,蒋介石在徐州部署的十字架就像是为自己量身而定的,不辱他基督徒的使命啊。审时度势的毛泽东立即意识到,所谓的十字架阵势面临着致命的弱点,解放军正好可以利用这个机会发挥传统战法的优势,将国民党逐个歼灭。

毛泽东决定顺势而为,他同意了粟裕的建议,准备发动淮海战役。25日19时,华东军区政治委员饶漱石、粟裕便收到了毛泽东发来的电报,刘伯承、陈毅、李达的电报也一并转发了过来。电报内容为:我们认为,举行淮海战役甚为必要,目前不需要大休整,待淮海战役后再进行一次大休整。淮海战役可于10月10日左右开始行动。

在电报中,毛泽东还提出准备进行的三个作战:第一个作战,邱清泉兵团预计不久就会向商丘、砀山地区撤退,黄百韬兵团则向新安镇、运河车站地区撤退,此时,首要目标是将黄百韬兵团歼灭。第二个作战,将淮阳、淮安、高邮、宝应地区的国民党军歼灭。第三个作战，将海州、连云港、灌云地区的国民党军歼灭。毛泽东认为：进行这三个作战是一个大战役。打得好，可以歼灭国民党军十几个旅，可以打通山东与苏北的联系，可以迫使国民党军分散一部兵力去保卫长江，而利于下一步进行徐州、浦口线上之作战。

10月11日，华东、中原野战军和华东局、中原局正式接收到毛泽东发出的一份《关于淮海战役的作战方针》，此次，毛泽东代表中央军委具体指示了华东野战军的一系列作战行动。方针重点指出：本战役第一阶段的重心是集中兵力歼灭黄（百韬）兵团，完成中间突破。为达到这一目的，应以六至七个纵队分割歼灭黄百韬所属三个整编师，以八至十个纵队，阻击由徐州东援的邱清泉、李弥兵团；第二阶段以大约五个纵队，攻歼海州、新浦、连云港、灌云地区的国民党军，并占领各城，而以其余兵力（主力）担任钳制邱李兵团任务；第三阶段，在淮阴、淮安方向，亦须准备以五个纵队左右的兵力去担任攻击，而以其主力担任打援及钳制。

刘伯承在同一日也接到毛泽东的电报，毛泽东指示，中原野战军应立即采取有力行动，对华中白崇禧集团形成牵制，同时策应华东野战军的作战。除此之外，指示中还强调，中原野战军对于郑（州）、徐（州）线的国民党军也要重点防范，即刻作出部署将此部国民党军歼灭，从而对孙元良形成牵制，否则一旦徐州方面得到孙兵团的助力，华东野战军这一新的作战部署也将受到严重影响。

华东野战军开始南下采取行动，另一方面中原野战军亦在中原地区展开行动。国民党政府在解放军的步步紧逼中也感受到危机的日益临近。蒋介石原本正在北平指挥东北守军与东北野战军的决战，看到中原战场形势陷入危机，10月30日，蒋介石马上飞回南京，并召开国民党高级将领会议，以找出应对之策。

事实上，蒋介石在9月底济南失陷之后，就产生过放弃徐州的想法，因为他已充分了解到解放军南下的强势。他说，作为四战之地，徐州易攻难守，而且后方需要较长的联络线才能维持，军需补充困难重重，此外，联络线一旦被截断，徐州则会陷入重重包围之中，无力回天。雄霸一时的项羽曾在此地受困，此地与徐州距离很近，蒋介石极为担心四面楚歌的故事将再一次上演。自知蒋介石有此担心，国防部对即将到来的大战也是步步惊心，不知应该如何应对。国防部曾在蒋介石回南京的前两天提出了两套方案。第一套方案认为，南京的北部屏障由徐州充当，要对南京实施有效防卫，固守徐州是必为之举，而现在必须采用攻势防御固守徐州，可在徐州、蚌埠之间津浦路两侧部署主力军队，维持徐蚌通道的畅通，同时以一至两个军在徐州坚守，伺机与解放军展开决战。第二套方案认为，现应退守至淮河南岸，并以河川为天然屏障实施防御。经过一番研究，一致认为退守淮河之后将有诸多不利，一方面日后向平汉路或苏北方面机动将形成障碍，另一方面陇海路被解放军打通之后，其东西间的兵力调动将更为顺利，从而对国民党军造成不利。因此，国防部在会议中决定采取第一套方案。

蒋介石回到南京之后，以上述意见为基础又添加了一项"徐蚌会战计划"。这一计划的主要目的是，以兵力集中于蚌埠附近，将共产党军队攻势击破……徐州"剿总"所属各兵团及绥靖区各部队主力向淮河南岸蚌埠东西地区（包括临淮关、怀远、凤台间地区）转移，将阵地占领之后，采取攻势防御阻击进犯军队，随后伺机转守为攻，将解放军歼灭。

国民党统帅部以这一计划为依据作出部署调整：原驻河南商丘的孙元良第十六兵团

向安徽蒙城一带转移，对津浦路徐蚌线以西地区实施防卫；安徽砀山、河南永城一带仍由邱清泉第二兵团负责驻守，对徐蚌线西侧陇海线实施防卫；原驻商丘的刘汝明第四绥靖区向宿县以西的淮关转移，并就地展开防守，防范中原野战军自西面进入徐蚌地区；原驻徐州以东碾庄圩的李弥第十三兵团向安徽灵璧、泗县一带转移，并承担机动任务；原驻苏北新安镇的黄百韬第七兵团向运河以西地区转移，逐渐靠拢于徐州，对运河西岸实施防卫，并确保一、二两绥靖区之间的密切联系；第三绥靖区冯治安部放弃山东临城（薛城）、枣庄，退守至台儿庄以南，将战线收紧，防御于徐州东北面、陇海线北面，以此对李、黄两兵团西移形成掩护；第七十二、一〇七、六十六、九十六军直接由徐州"剿总"指挥，在徐州、睢宁、蚌埠等地驻守。与此同时，原属华中"剿总"白崇禧指挥的黄维第十二兵团也被国民党统帅部抽调出来，即刻启程自华中进发安徽阜阳、太和地区，加入到徐蚌会战中，从而进一步将徐州地区的作战力量加强。

此外，国民党统帅在徐蚌地区调集了空军第一、三、五、八、十、二十大队共 158 架飞机，以对徐蚌地区的作战形成有力支援。

根据蒋介石及其参谋部所作计划能够分辨出，蒋介石仍然是骑毛驴看唱本，无法决断对徐州是撤是守，因而只能一步一步走着瞧。在如此紧要关头，蒋介石在战略指导上又出现了失误。后来，徐州"剿总"总指挥刘峙后在《我的回忆》曾这样记述道："因陈毅、刘伯承将合攻徐州，图一战获胜，直下江南，乃极明显的企图，而我方则有两个对策，撤淮河之线取攻势防御，或者增加兵力与匪于徐州附近决一生死。惟参谋本部对攻守之计迟未确定。"

在作出部署调整之后，蒋介石对徐州守将刘峙很不放心，担心他不能承担如此重任。一直以来，刘峙被看作是国民党军队中无能的将军之一，很多将领都对他不屑一顾，当时很多人都称他为"福将"，因为在屡次作战中，他指挥不力却能够获得连连高升。刘峙在抗战初期还获得过"长腿将军"称号，因身为第一战区第二集团军总司令的他在大战之际一触即溃，率部一路溃逃，阵地也被一举攻下。但蒋介石因刘峙为人"忠实可靠"，一直对其非常信任。1948 年 5 月，刘峙奉蒋介石之命担任了徐州"剿总"司令，许多国民党将领都对此极为不满，当时有人戏称："徐州是南京的大门，应派一员虎将把守；不派一虎，也应派一狗看门，今派一只猪，眼看大门会守不住。"蒋介石自知此次作战非同小可，也非常担心刘峙之能，最终决意撤换人选。

事实上，在华中地区，桂系白崇禧在国民党军队中势力最大，而且他一向被人称作是"小诸葛"。蒋介石决定由白崇禧兼任徐州"剿总"总司令，以此也能够利用白崇禧的桂系军队对徐州予以增援。然而，以李宗仁、白崇禧为首的桂系却另有打算，他们不但不希望替蒋介石背这个黑锅，而且还希望蒋借此下台，并趁机取而代之，因此，蒋介石的任命遭到了白崇禧的拒绝。

面对刘峙的无能指挥，而白崇禧又不肯就范，蒋介石决定由华中"剿总"副总司令兼第十四兵团司令官宋希濂担任徐州"剿总"副总司令，并指示宋希濂"迅即赴徐州与刘总司令及各将领妥善部署"。面对徐州当下的几个兵团，宋希濂深感指挥将非常困难，而邱清泉、孙元良两人尤甚，因此便以鄂西形势危急，而又对徐州方面缺乏了解为由，建议蒋介石另请有能之人。此时蒋介石身边只有远在关外葫芦岛指挥撤退的杜聿明能担此任，蒋介石不得已只能再次选中此人。11月3日，蒋介石向杜聿明发出了一封亲笔信。当时杜聿明因在东北决战中失败而失业，面对蒋介石的力邀，一周之后，他便身赴徐蚌战场重新担任了徐州"剿总"副总司令之职，并兼任前进指挥部主任。当时，淮海大战已经开始了。

在感觉一切已经安排妥当之后，11月6日，蒋介石便将调整部署的命令下达出去。但是，他并未预料到，正是因这一命令，华东野战军获得最佳机会对李弥兵团与黄百韬兵团实现了分割，并率先将黄百韬兵团歼灭了。

围歼黄百韬，切断徐蚌线

震惊世界的淮海大战于1948年11月6日全面爆发。

战役打响之后，华东野战军和中原野战军便集结了20多个纵队，总兵力达几十万。他们按照预定部署，自四面八方向徐州国民党军展开了进攻。中原野战军一部和华东野战军一部即刻自河南出发，一路沿陇海路向东挺进，将豫东重镇商丘攻下，刘汝明的部队落败而逃，向西撤退而出。解放军在其后展开跟踪追击，将其一八一师歼灭，砀山随之解放，邱清泉兵团的精锐第五军也被扭住。中原野战军主力一、三、四、九共4个纵队自河南永城地区出发，沿陇海路一路东进。当时华野第三纵队配属于中野指挥，此部自萧县地区出发，向黄口、徐州一线进发而去。

此时，华东野战军主力12个纵队也声势赫赫地自山东境内出发，部队兵分三路向南齐头并进。其中的7个纵队自临沂地区出发，分路向南挺进，意图直取新安镇——黄百韬兵团所在地；山东兵团的3个纵队自山东滕县地区出发，向鲁南台儿庄挺进，直逼第三绥靖区冯治安部；苏北兵团指挥2个纵队自邹县地区出发，意图南下经新安镇以东随后向黄百韬兵团南侧迂回，并与中野十一纵在宿迁地区队会合直至推进徐州方向，与山东兵团形成南北夹击之势，截断黄百韬与徐州的联系，同时作出攻打徐州的态势，给刘峙集团造成错觉。

按照预定部署，在8日，华野对新安镇地区黄百韬第七兵团的合围就将完成。然而，黄百韬于7日晨得到了华野全军南下的消息。了解到其欲进攻徐州与新安镇之间的台儿庄和邳县的意图之后，黄百韬异常惊恐，不顾蒋介石的命令匆忙令部下即刻向徐州收缩，当时蒋介石原本是要其在原地驻守等待自海州撤退的第九绥靖区。粟裕在得到这一情报之后，迅速致电山东兵团第七、十、十三纵队，令其排除万难立即插入徐州以东大许家、曹八集地区，从而将黄百韬兵团向西溃逃的退路截断，阻断其与徐州的联系；华野第十一纵队和东淮军区两个旅自陇海路以南皂河地区向土山镇向大许家挺进，随后由南向北与山东兵团形成配合，断国民党军后路；新安镇及其以西地区的华野第一、六、九纵队和鲁中南纵队及中野十一纵队，沿陇海路南侧一路向西，追击国民党军；陶勇、郭化若则指挥华野第四、八纵队与之配合，沿陇海路北侧一路向西，追击国民党军。华东野战军当时喊出了一句作战口号："不怕疲劳，不怕困难，不怕饥饿，不怕伤亡，不怕打乱建制，不为河流所阻，国民党军跑到哪里，坚决追到哪里！全歼黄兵团，活捉黄百韬！"

　　华野追缉令于11月8日下达下去,随后数个纵队势如破竹,将陇海路两侧国民党军阵地一一攻下。无数双脚步急进向前,以风卷残云之势向西对国民党军紧追猛打,当时汽车装满弹药、马车驮着重武器连带着无数炮队车轮追势汹汹,道路上扬起的尘土满天。

　　在华野行动的前一天,黄百韬兵团便已动身向西撤退,然而身负沉重包袱,5个军严重耽搁了行军路程。黄百韬要向西撤至徐州地区,渡过运河是必由之路,此时运河之上只有一座铁桥可供通行。黄百韬一味按照蒋介石的命令,在新安镇等待接应海州撤下来的第九绥靖区和第四十四军,竟全然未想到可以在运河上再架设一座桥,以备应急之需。此刻,黄百韬率领5个军10多万人西撤,而仅有一桥通行,试想这十几万大军要行至何年何月?与此同时,华野行动迅猛,顿时让黄百韬和其部下慌了手脚。之前计划的防御部署、交替掩护也已毫无意义了。

　　正在过河的国民党军遭遇了尾追而至的解放军的炮火猛攻,阵脚顿时大乱。黄百韬兵团在危急时刻不得已采取了分散过河的方法,当大军历尽千辛万苦渡过运河之后,此时,二十五军遭受了多半损失,六十三军也已丧失。

　　11月9日,黄百韬大部兵团已经渡过运河,然而形势所逼,其后卫2个军在尚未渡河之时,黄百韬就慌忙下令将铁桥炸毁,船只也被破坏殆尽,以截断解放军追击之路。当晚,军队赶至碾庄圩会合。黄百韬在渡河的惊险中尚未缓过神来,贾汪、台儿庄地区的第三绥靖区副司令何基沣、张克侠率第五十九军2个师和第七十七军1个半师宣布起义的消息又接踵而至。原来,何基沣、张克侠是中共秘密党员,在淮海战役进展中的关键时刻,他们率部2~3万余人起义,将国民党的既定部署完全打乱,徐州东北的门户由此大开。8日,粟裕派出一部接替第三绥靖区的防守任务,与此同时,又即刻派出一支劲旅日夜兼程挺进了曹八集地区。

　　张克侠、何基沣起义的消息一经传开,身在徐州的刘峙也异常惊恐。为了加紧徐州东郊和西郊的防御力量,他匆忙下令,徐州东面邳县的李弥第十三兵团放弃曹八集,徐州西面砀山的邱清泉第二兵团则放弃砀山,两方面军队即刻出发分别自东西向徐州收缩。李弥的第十三兵团原本的任务是要驻守曹八集,等待黄百韬的第七兵团。刘峙的命令下达之后,正向此地挺进的华野山东兵团正好可以长驱直入于曹八集,这一极其关键的地区便被华野顺利插入,而截断黄百韬兵团与徐州联系的任务也因此顺利完成。

　　山东兵团在11月10日以迅雷之势越过不老河,继续向南挺进,第十纵队向徐州东北之东贺村逼近,第七纵队将大许家、单集之间地区控制在手,第十三纵队也将陇海路上之曹八集攻陷,至此,黄百韬兵团退向徐州的道路便被彻底切断。

　　此时,第四、八、六、九纵队尾追黄百韬不舍,部队想方设法完成了渡河之举,随后便向黄百韬兵团展开了猛攻。11月11日,黄百韬兵团四个军被华东野战军包围,华野将其锁定在以碾庄圩为中心,南北三公里,东西六公里的范围内。

　　自此,华野的预定目标已经实现,黄百韬兵团被全面拖住。与此同时,中野又展开了新的行动,当时国民党军注意力完全集中在徐东一线,中野趁此时机直出宿县,实施了切断徐蚌线的作战。

　　中原野战军原本接受的中央军委所下的任务是与华野作战形成配合之力,然而中原野战军将领人才辈出,在如何完成作战任务,及领会军委意图上,中原野战军屡出高招。

11月3日,在豫西召开军事会议后,刘伯承司令员对当前形势审时度势,认真分析,他以粟裕的设想为基础提出了自己进一步的主张:

蒋匪重兵守徐州,其补给线只一津浦路,怕解放军截断,故令孙元良兵团到宿县……只要不是重大不利,陈邓主力似应力求首先截断徐、蚌间铁路,造成隔绝孙兵团,会攻徐州之形势,亦即从解放军会战重点之西南要线斩断国民党军中枢方法收效极大。盖如此,则不仅孙兵团可能来援,便于解放军在运动中给予歼灭,即邱兵团亦可能被迫南顾,减轻其东援之压力,对整个战役帮助较大。

根据这一主张,将宿县攻陷,同时将津浦路切断,至此,对徐州国民党军的战略包围也便宣告完成,如此一来,仅凭华野、中野两大主力,就能够歼灭徐州国民党军守军,并截断其南逃之路。毛泽东在看到电报之后大喜过望,11月9日、10日,他先后与陈毅、邓小平连电,只是他们即刻行动将津浦路切断,以对徐州国民党军守军的最后围歼创造有利条件。在电报最后毛泽东还强调,"愈快愈好,至要至盼"。

11月10日,刘伯承率领中野指挥所的人员向东挺进,与陈毅、邓小平方面会合。随后,依据中央军委的指示,他们立即制定出一套攻取宿县、斩断徐蚌线的行动方案,全面指导徐蚌线作战:四纵、华野三纵和两广纵队接受中野四纵司令员统一指挥;向徐州和宿县之间的地区直插而去,力求将向徐州收缩的孙元良第十六兵团歼灭,并自南侧直逼徐州;陈锡联三纵与秦基伟九纵向宿县挺进,争取将徐蚌线上的重镇宿县攻下;杨勇一纵则作为战略总预备队,向宿县西部地区插入。

津浦线徐州至蚌埠段即为当时的徐蚌线,它是徐州国民党几个兵团军需补给的必经之地,也是纵贯徐淮平原的南北交通动脉。因此,徐州刘峙集团与南京之间的联系及其向长江以南的后退之路,都必须经过徐蚌线。为此,国民党军在徐蚌线上部署了几个非常重要的战略要点,其中,宿县距离徐州非常近,可谓其重中之重。同时,宿县也是徐州通向蚌埠的第一个重镇,蒋介石在此地调集了徐西的孙元良第十六兵团、刘汝明第四绥靖区部队,进一步增强了宿县的防守力量。但刘峙在淮海战役爆发之后,担心华野对徐州实施进攻,便命令孙元良兵团向徐州收缩,从而大大削弱了徐蚌线上敌军的防守兵力。

11月12日,徐蚌线的作战全面展开了。

在宿县以北,迅速赶到中野四纵将孙元良后卫第四十一军军部和第一二二师歼灭,击毙国民党军3400余人,14日,在徐州以南三堡地区,又将国民党军第三绥靖区所属第三十七师歼灭,击毙国民党军4000余人,不断向徐州之地逼近。三纵、九纵在陈锡联的指挥下,于13日将宿县县城全面包围。15日傍晚,中野开始总攻已经陷入包围的宿县国民党军。国民党军的防御阵地遭到解放军30门重炮的猛轰,顿时　片狼藉,砖石横飞。在东西两面,两路大军向城内突围而入,与固守国民党军展开了一场逐街争夺战,战争持续到16日凌晨,1.2万余名国民党军全被歼灭,其中,津浦路护路司令部副司令兼宿县城防司令中将张绩武被俘获。

此时,中野九纵和豫皖苏军区的独立旅也将蚌埠以北的固镇攻占下来,随即徐州以南的曹村至固镇之间的300里铁路线全被控制在手,对徐州国民党军的战略包围也宣告完成。

蒋介石此时可谓气急败坏,黄百韬第七兵团陷于围困之中,宿县失守,徐蚌线这一徐

167

州与南面的唯一通道也被切断。他迅速下达命令，指示黄百韬固守于碾庄圩，并凭借原来李弥第十三兵团构筑的工事进行抵抗，等待援军的到来；与此同时，指示驻守于徐州西部的邱清泉第二兵团向徐州东部转移，在与李弥第十三兵团回合后，共同向东挺进，为黄百韬提供增援，助其突出重围。为了将南线的防守兵力进一步增强，蒋介石作出了重新部署：原李延年的第九绥靖区改组为第六兵团，第九十九军和刚从东北战场上撤下来的第三十九、五十四军由其全面指挥；第四绥靖区的刘汝明部改组为第八兵团，第五十五、六十八和原在蚌埠的第九十八军受其指挥；抽调华中黄维第十二兵团被迅速赶至徐州予以增援，并务必于13日前抵达阜阳、太和地区，加入到徐州会战中。如此一来，蒋介石在11月6日作出的兵力向徐州、蚌埠间收缩集中的计划便被完全改变，此次，他在徐州附近集结了所有能够调动的江北部队。自东北决战全线溃败之后，蒋介石的神经似乎变得异常脆弱，再也经历不起再一次的重击了，基于此，他选择在徐州与解放军决一死战。

蒋介石在淮海战役爆发之后，调兵异常频繁，最后，国民党军队有80余万兵力集结到了淮海地区，不断扩大了战争规模。在发动淮海战役之前，华东野战军领导乃至中央军委、毛泽东的原本只是想在淮海地区发动一场较大的歼灭战，能够发展至当前的形势是绝未预料到的。毛泽东对此曾经说道："在战役发起前，我们已估计到第一阶段可能消灭敌人18个师，但对隔断徐蚌，使徐敌完全孤立这一点，那时我们尚不敢作这种估计。"但是，蒋介石面对解放军的逼近自乱阵脚，计划一变再变，而且每一次都变本加厉，赌注如同滚雪球，越来越大，致使战役局势发生转变，发展的方向反而于我方越来越有利，使得决战的最后时机日益成熟。

几乎是在同一时刻，毛泽东和他的前线将帅便意识到必须抓住这一战机。11月7、8日两天，在发动战役后的一两天时间内，毛泽东与在前线的刘、陈、邓、粟、陈、张便进行了多次连电，最后，与蒋介石在江北淮海平原展开一场空前规模大决战的计划被确定下来。当前淮海战役的发展规模，已经完全超出了战前制定的作战目标，原本只是"小淮海"计划，即将淮阴、淮安、海州、连云港攻陷，将黄百韬等部十几个师歼灭；现在它演变成为一个"大淮海"计划，即以徐州为中心，北起临城、南至淮河、东起海州、西至商丘，逐步将整个江北的徐州国民党守军全部歼灭。

这场战役充分显示出毛泽东大战略家的英勇气魄。战役依照既定的设想实现了顺利发展，16日，毛泽东向华野和中野方面致电，他满怀信心地指出：此战胜利，不但长江以北局面大定，即全国局面亦可基本上解决。毛泽东还明确指出："望从这个观点出发统筹一切。统筹的领导，由刘伯承、陈毅、邓小平、粟裕、谭震林五同志组成一个总前委，可能时，开五人会议讨论重要问题，经常由刘伯承、陈毅、邓小平三人为常委，临机处置一切。(邓)小平同志为总前委书记。"

血战碾庄圩，黄百韬军团的覆灭

10日，黄百韬的第七兵团在碾庄圩被重重围困，蒋介石作出指示，军队即刻转为就地防御，等待增援军队的到来。

碾庄圩位于运河西侧，陇海路北侧，被周围一群大小不等的村落环绕着。黄百韬兵团将十多个村落全都控制在手。最初，李弥第十三兵团在这一地区担当防卫，他在此修筑了坚固工事，以有效防范解放军的攻势。每个村落房屋都修筑了距离地面二三米高的的土围子，在此基础上又增加了许多水壕、水塘予以防御。陷于包围之中的黄百韬，以原有工事为基础，又对其展开了增强加固，每个村庄通过挖设的交通壕实现了连接，从而形成了村村设防之势，以期集团固守。此外，在以碾庄圩为中心的东、西、南、北四周村落，他又部署了第六十四、四十四、一〇〇、二十五共4个军，同时以空军为掩护，与解放军队展开殊死抵抗。

从11月11日开始，华野对碾庄圩采取了猛烈的攻坚战。

起初，华野突击集团对黄百韬部工事的作用完全低估了，依然按照运动战的方法展开进攻，但是由于尚未摸清其守备特点，再加上攻击部队是尾追而至，采取的是先到先打的方法，以为只要三五天就能将其攻下，在这种形势下，其部署包围缺乏有效组织与统一指挥，攻坚武器装备也非常紧缺。最后，在仓促之间的进攻，致使部队在头三天里遭受了很大损伤，并未取得很大进展。

华东野战军司令部于14日召集了一次紧急军事会议，参加的各攻坚部队首长对这几天来作战的经验教训进行了总结，随后对作战部属予以重新调整：各攻坚部队接受谭震林、王建安的统一指挥，南侧部署有九纵、西南部署有六纵、西北部署有十三纵、北侧部署有四纵、东侧部署有八纵，几个方向的各攻坚部队以特纵为配合，对碾庄圩重新展开进攻。各攻坚部队在进攻中也对战法作出调整：采取"先打弱敌，后打强敌，攻其首脑，乱其部署"的战法，同时充分发挥部队的夜战特长，决定在夜间暗地逼近国民党军，向各村之间不断插入，实施突然袭击，将各个据点逐个攻破，歼灭国民党军。

对于谭震林、王建安两员猛将，粟裕可谓信心十足。华野的副政委谭震林练达世事，做事谨慎，他也是粟裕的老战友。粟裕在进攻济南前将他调去兼任了山东兵团政委，以进一步增强山东兵团的指挥能力。王建安这员虎将也是有勇有谋，他不仅在抗日战争中得到了历练，解放战争开始之后，在鲁中、鲁南多次硬仗中也表现骁勇，得到了将士的肯定与拥护。王建安随后被调往华北太原前线，毛泽东在济南战役前亲自点将，又将他调回了华野，担任山东兵团副司令员。

接受命令的谭、王二人随后连夜调整作战部署。自15日凌晨开始，碾庄圩陷入一片寂静，枪声、炮声、喊杀声在整个包围圈附近似乎销声匿迹了，甚至连个人影都找不到。随之出现的是挖土声、倒土声、搬运木头的喘息声，这种声音虽远不如震天动地的枪炮声有威力，但是依然显示出其不动声色般的魄力。黄兵团官兵深陷于包围之中，而这如死神到来之前的寂静，弄得他们个个心惊胆战。

攻坚部队一步步地吞食着黄百韬兵团负隅顽抗的防御阵地。

16日晚，碾庄圩外围的前板桥、老祁庄、王家集、火烧房子等村庄被攻坚部队攻陷；17日晚，碾庄圩西面约六公里的彭庄被攻占下来；18日晨，碾庄圩外围的黄滩也被占领。至此，攻坚部队基本肃清了碾庄圩外围的阵地，黄百韬兵团数十万人被紧紧围困，最终将其锁定在以碾庄圩为中心，南北不到六华里，东西将近十华里的狭长地带。

围歼黄百韬的战斗进行得非常顺利，与此同时，在徐东打援的宋时轮却深陷于一场苦战之中。

粟裕当时作出的安排是：七、十、十一纵由十纵司令员宋时轮统一指挥，驻守于大许家、大庙、曹八集，对东援徐州的国民党军实施正面阻击；苏北兵团二、十二、鲁中南纵队和中原第十一纵队作为预备队，接受韦国清的统一指挥，在单集待命。粟裕在打仗过程中非常重视留有足够的机动力量，从而在关键时刻对国民党军重击，协助取得战争胜利。在这次部署中，东援徐州的国民党军两个兵团便是由韦国清的苏北兵团负责，从侧后对其实施分割，从而为下一步歼灭邱、李兵团作好准备。如此一来，宋时轮3个纵队则要承担起更加艰巨的任务。

当时，邱清泉第二兵团、李弥第十三兵团拥有五个军，总兵力达16万人，宋时轮要面对的是如此强大的兵力。除此外，邱、李兵团是在东侧40公里之外向碾庄圩进军，解放军阻击兵团要实施防御只能在东西30公里的范围内，这样防御的纵深变得非常浅。此时，蒋介石自知双方会战的成败目前全在于黄百韬兵团的安危，因此派出其精锐部队实施增援。第二兵团司令邱清泉和第十三兵团司令李弥也是身经百战，骁勇善战。然而蒋介石对此依然不能放心，命令杜聿明亲自挂帅全面指挥作战。

11月11日，以杜聿明为指挥，邱、李2个兵团发动了全面进攻。轰炸机匆忙扔下最后一批炸弹后，国民党空军便纷纷掉头，飞向了徐州机场；一个基数的炮弹已经被重炮打完，随后疲劳之下，滚烫的炮管依然不管不顾，垂直而下。紧接着，三颗信号弹在空中燃起，坦克履带的撕裂声轰鸣而来。一片灰白的人潮浩浩荡荡地出现在南北40余里的范围内，如同恶虎一般，猛扑向东方的华野阻击阵地。

国民党军队方面有来自步、空、炮、坦克的密切配合，自认为向前推进必定极为顺利，殊不知解放军阻击部队的抵抗亦非常顽强，虽然火力攻势稍逊一筹，但其燃烧的斗志却异常猛烈，甚至耀人眼目。国民党军队率先发动空军实行猛轰，接着便以坦克为前导向前推进，直至行驶到百米的范围内，排成一行对解放军发动正面猛攻，但解放军均未曾后退。战士们利用集束手榴弹对驶来的坦克进行轰炸，等到国民党军距离较近时，便与其展开白刃战；村庄遭受了大范围的摧毁，但承担阻击任务的战士依然在奋勇抵抗，绝不退缩；有时国民党军打入村内，但立即又被打了出去；国民党军再施以极具压倒性的火力，以此为掩护实行猛攻，且进攻兵力也极具压倒性，但均未能推进一步，相继被赶了出去。国民党见久攻不破，解放军势头强劲，个个谈虎色变。

邱清泉见形势不利，开始捉急，他将兵力重新集结，并调集火力，意图再次发动一场猛攻。邱清泉将希望寄托于机动力与火力联合的神奇威力，这位30年代在德国柏林陆军大学留学的高材生，所受教育使其颇具普鲁士精神，他对暴力的作用极为信仰，以德国的克劳塞维茨为偶像，这次亲自督战，他对这攻不破的防线虎视眈眈，信心十足。

因此，邱清泉以一线攻击部队第五军打前阵向前猛扑上去，全线官兵如同灰色浪潮向前席卷未来。邱清泉原本预期的结果却事与愿违，并未让他看到什么奇迹。将士吼声震天般向前猛扑，然而不多时，又以惨绝人寰之哭号向后撤退出去。人群鬼哭狼嚎般向后退去，到处是一片凄惨的呻吟，受伤之人不可胜数。

攻击的浪头再次集结，以更加凶猛的阵势再次向前扑去。然而，一道用手榴弹和步机枪联合组成的死亡的高墙却横亘在这二三十米的空间之内，坚不可摧……进攻再次败下阵来。

前线作战改由杜聿明亲临线指挥。他以一座小山为基点,眺目四望:战场上的烟火还未熄灭,双方官兵横尸其间,残肢断臂让人不忍直视,遍布狼藉,情景异常惨烈。杜聿明向来以血战沙场为快,面对此刻的情景他竟然也低下头来。他经历过无数的血战,昆仑关、缅北丛林等都留下过他的足迹,但是现在他不得不承认,他从未见过比这更凄惨的战场。

阻击战在第一天以惨烈收场,国民党军队虽配备有飞机、大炮、坦克等先进武器,但华野指战员凭借其坚不可摧之士气,相继将邱清泉、李弥实施的数十次攻击打退。邱清泉、李弥在这次徐东防御作战中,严重受创,损失了数千兵力。

另一方面蒋介石步步催逼,邱、李两兵团只能不顾惨重损失,拼着血本铆足劲向前拱进。从11日至14日,国民党军相继实施了数百次冲锋,均遭受了重大伤亡,每天的推进距离也只有三四公里。至14日,国民党军突然增加3个军的兵力,展开了全线推进。宋时轮在正面防御指挥中肩负的压力已经达到极点,第一线几乎遭受了全线损失,后续兵力无以为继,最后参谋、干事、警卫员、炊事员、饲养员全都端起枪,奔赴了战场,就连团长、政委也成了一名普通战士。一旦抓住俘虏,往往只匆忙交代几句就发给他一把枪,早上还是国民军,现在竟掉转枪头打起了原来的部队。但是问题依然未能解决,守军在这种形势下只能是边战边向后退。最后,团山、寺山防线,大庙、侯集、魏集防线均被国民党军队突破了,守军被迫退至距离碾庄圩30多公里的地方。面对取得的成效,前线督阵的杜聿明大喜过望,在他看来增援黄百韬的大功马上就能到手了,于是他一面督促邱、李加紧攻势,在坚持几天以解黄百韬之围,一面便开始向蒋介石报喜。

杜聿明随后又调集了总预备队第七十四军,预备以更大规模的进攻,迅速将最后一道防线打通。与此同时,粟裕方面的阻击任务已经基本完成,接下来的一步,他将目标对准了如何歼灭邱、李兵团上,为了将邱、李兵团吸引到东侧,他指挥部队主动撤出阵地,同时命令苏北兵团向徐州和东援国民党军之间插入,将东援国民党军的后路切断。16日,宋时轮接受命令指挥部队向大许家一线撤退。

华野放弃阵地之后,17日午后,邱、李兵团即刻进占上去,推进至大许家华野阵地前沿。此时,国民党军队已经推进到距碾庄圩10多公里的范围内。在徐州的刘峙得到这一消息后,喜出望外,迅速向蒋介石汇报了消息。蒋介石对此亦深信不疑,随后便组织力量大肆宣传开来,与此同时,为了犒赏徐州三军,他专门派出慰问团,并送来了大量勋章、奖章和白银。国民军一面在徐州为徐东大捷大肆庆祝,另一面,黄百韬兵团却在碾庄圩面临着致命打击,他的末日也即将到来。在19日,谭震林、王建安率领围歼部队向其实施了最后的总攻。

19日,山东兵团在谭震林、王建安的指挥下,开始猛烈进攻碾庄圩。

在炮火猛轰了40分钟之后,以华野特纵坦克部队为引导,在碾庄圩北侧部署四纵发动佯攻,在西侧六纵负责助攻,东南面、正南面为主攻战场,分别由八纵、九纵负责发动全面进攻。国民党军队亦顽强抵抗,他们凭借几座院落构筑起蛛网阵地,并以遍布的四周地堡、掩体和犬牙交错的交通沟为依靠,形成防御工事。不久之后,在东南和正南方向,第八、九纵主攻部队便突入了碾庄圩核心阵地。战场上弥漫着硝烟,飞进的流弹遍地开花,灰暗的夜空在炮火的震荡中发出惨烈的光芒。激战一夜,大约在20日晨5时,华野将碾庄圩全面攻占下来,歼灭了国民军兵团部及二十五军军部全部,上万余国民党军被俘虏。最后,黄百韬龟缩于大院上村,率领六十四军和二十五军一个师作最后的负隅顽抗。

21日晚,华野围歼部队将兵力与火力集中起来,针对防守于大院上、小院上的国民军残余部队展开了最后的进攻。

22日晨,四野被大雾弥漫,国民党军无法实施攻击,来往较少。围歼部队抓紧这一有利时机,对国民党军守军发动了猛攻,不久,碾庄以东大、小院上及其附近的国民党军阵地相继被攻克。国民党军残军继续收紧,撤退至大院上以北的几个小村落,随后又遭遇了华野围歼部队的围困。

22日下午4时,黄百韬自知大势已去,进攻也无以为继,遂命令部下分散开来实施突围。命令一下,国民党军残军如同决堤的洪水,纷纷向村庄外涌出。围歼部队见状即刻发动猛扑,一时间,喊杀声、冲锋号声自四面八方爆发出来,如同海啸雷鸣响彻天际。华野指战员冲杀上前,不断高喊着:"不要叫黄百韬跑了!""活捉黄百韬!"四面而上的战士一起向最后的几个村庄涌去。村庄四周人声鼎沸,个个摩拳擦掌,国民党军与解放军相混其中,根本无法分辨。半个小时之后,枪声沉寂下来,喊杀声沉寂下来,冲锋号声也沉寂了,随后上空爆发起各种颜色的信号弹,地上的战士欢欣鼓舞,庆祝胜利的到来。围歼黄百韬兵团的战斗终于宣告结束。六十四军军长刘镇湘见形势无法回转,仓皇出逃,但被围歼部队抓了个正着,成了俘虏;第二十五军副军长杨廷宴扶持着灰心丧气的黄百韬也逃了出去,在行至碾庄圩西南约十里的一棵大树时,黄百韬看到十多万大军在他手中灰飞烟灭,深感绝望,最终举枪自杀。

在临死前,黄百韬对杨廷宴诉说了他的"三不解":"其一,我为什么那么傻,要在新安镇等待第四十四军两天;其二,我在新安镇等两天之久,为什么不知道在运河上架桥;其三,李弥兵团既然以后要向东进攻来援救我,为什么当初不在曹八集附近掩护我西撤。"

如此看来,黄百韬真的是死不瞑目了。

"吃"掉黄百韬,"挟持"黄维

自华野歼灭黄百韬兵团之后,就徐州的部署来说,蒋介石已经完全陷入了被动局面。此时,妄图实施东援的邱清泉、李弥两兵团已经失去了目标,增援的黄维兵团自华中"剿总"远道而来,此时也毫无目标。不仅如此,各兵团在失去目标之后陷入了一片混乱之中,邱、李匆忙间撤回了徐州;黄维兵团因距后方较远,只能艰难地向前挺进,但因没有明确的目标、目的,根本不知去往何处。蒋介石原本意图是将解放军引入徐蚌地区进行会战,然而面对这种情况,他也陷入了为难境地。

在南京,蒋介石于11月23日在其官邸召集作战会议,就徐蚌地区部署计划的重新调整进行讨论。依据美国民党军事顾问巴大维的建议,会议最终作出决定:徐州主力撤出,向宿县以南地区退守。根据此计划,蒋介石命令徐州的邱、李、孙兵密切配合并形成合力,向南挺进;刘汝明第六兵团、李延年的第八兵团自蚌埠出发北上,并与南下的徐州主力策应,以南北夹击之势对进。与此同时,命令已经到达宿县西南黄维兵团继续向东北推进，攻至宿县。通过此举，蒋介石企图以三路会攻宿县，将徐蚌线完全打通，为徐州主力撤出的作战计划作好准备。为了保证此举顺利完成，总参谋长顾祝同奉蒋介石之命，到蚌埠亲临指挥南线两路的行动。

但是要实现这一计划，有两个关键问题是必须要解决的。首先，国民军方面的兵力亟待加强。解放军方面设有层层阻拦，单靠现有兵力突破异常困难，甚至形势还可能逆转，反而被解放军各个分割歼灭。基于此，11月24日，杜聿明在召开的会议中便向蒋介石强调："这一决策我同意，但是兵力不足，必须再增加五个军，否则万一打不通，黄(维)兵团又有陷入重围的可能。"其次，必须确保南北两面同时行动。这是非常关键的，因为只有徐州、蒙城、蚌埠三路在同一时间实施进攻，才可能应付解放军的抵抗；否则，行动及可能因步调不一，被解放军逐个突破。然而，两方面的问题未能实现解决，三路军队随即出现了不和谐，黄维兵团冒进行动，徐州集团徘徊不进，蚌埠集团稍有行动之后却又向后退去。黄维的冒进也为他招致恶果，果如杜聿明所言，在淮海战场上，解放军将其牢牢盯死，视其为第二个歼击目标。

支前车队

当时，第十八军、第十军、第十四军、第八十五军和一个快速纵队配属于黄维兵团，其总兵力达12万人。是年42岁的黄维是兵团司令，出生于江西贵溪。作为黄埔军校第一期的毕业学员，其后又于德国留学，相继担任过团长、旅参谋主任、师长之职。黄维于1938年奉命担任第十八军军长，在抗战其间立下不少战功。这位高官在从军前是教书先生，散发出一股书生气息，他并不看重官场仕途，随后几经辗转，出任了武汉新制军校学校校长兼陆军第三训练处处长。其上级陈诚对这位部下较为器重，在第十二兵团编成时经他多次推荐,黄维才奉命担任了兵团司令。第十二兵团实力雄厚,属于国民党军的主力兵团之一,其中的第十八军更是颇负盛名,被誉为国民党军的"王牌""五大主力之一"。十二兵团原本属于华中"剿总"建制,在解黄百韬被困之围时,徐州缺乏可供调动的机动力量。因此,黄维接受蒋介石的急令,即刻从河南确山和驻马店地区出发,参加到淮海作战中。

原本,黄维兵团并不是解放军急于攻打的对象。淮海战役第一阶段作战结束了,然而对于接下来的行动,当时并无明确方向,套用毛泽东的话就是:"歼灭了黄百韬,可淮海战场仍是一锅夹生饭。"毛泽东与粟裕起初想以邱清泉、李弥两兵团为寻歼对象,并为此制定了多套行动方案和动作,在11月16日之时,华野对东援黄百韬的邱、李兵团部队实施阻击,部队还曾根据中央军委的指示故意向后撤退,以吸引邱、李两兵团向东继续推进,诱使其逐渐脱离徐州,并趁机实施隔绝包围。然而,在华东、中原战场上,邱、李两兵团与解放军经历了多年的周旋,在面对粟裕时他们便显得极其小心翼翼,自始至终不肯远离徐州。基于以上情形,军委对邱、李两兵团的围歼计划始终未能成形。

正在此时,恰逢遇到了冒进而来的黄维兵团。黄维兵团依仗精良而又高度机械化的装备,不知深浅地沿下(阳)新(蔡)公路浩荡而来。中原野战军担任着黄维兵团的阻滞任务,见此情形,马上意识到这正是对黄维兵团实施围歼的最佳时机。11月19日,军委接到了刘、陈、邓的致电,他们分析到:华野动用了六个较能攻坚的纵队用于徐东作战,在歼击黄百韬的过程中,激战了12昼夜,而战斗尚未解决。剩下的部队中,只有两三个较能攻坚的纵队,而且经历一番苦战之后部队已经疲惫至极,刀锋也已经显出钝势,如果再继续以其歼击比黄(百韬)更显强势的邱、李,必将困难重重。所以,就当前形势来说,歼灭黄百韬之后,最好在徐东徐南集中主力,对邱、李、孙三兵团实施监视,争取获得十天半月的休整时间,与此同时,在南线部署尚未使用之五个纵队或三个纵队,联合起来对黄维、李延年展开歼击,这一步骤是最为稳妥的。23日,军委再次接到他们的致电,他们提出建议:第二阶段的重点应是对黄维兵团实施歼击。

看到电报之后的毛泽东即刻起草了一份回电,电报中强调的意见与近几天来军委研究的意见大致相同:

"23日22时电悉。(一)完全同意先打黄维。(二)望粟、陈、张遵刘、陈、邓部署,派必要兵力参加打黄维。(三)情况紧急时,一切由刘、陈、邓临机处置,不要请示。"

总前委接收到中央军委的复电之后,即刻对兵力进行了调整,同时为将黄维兵团诱入口袋开始部署作战计划。刘伯承研究了当前形势,一个绝妙的计划出现在脑海中:在朱口、任家湖、半埠店、东平集等地区部署中野四纵、九纵和豫皖苏独立旅等部队,以此形成一个袋形阵地,采用"围三阙一,网开一面,虚留生路,暗设口袋"的战法,争取将黄维兵团一网打尽。等黄维兵团进入袋形阵地之后,四、九两纵队负责将国民党军主力十八军牵制住,一、二、三、六、十一等五个纵队自东西两侧对进,将国民党军夹击其中,最终将其彻底包围消灭。陈赓也是黄埔一期学院,与黄维是老同学,对其有深厚了解,刘伯承便把将黄维诱入口袋的任务交给了陈赓。

领命之后的陈赓为完成任务作了一番准备,为此他专门来到浍河南岸勘察地形。与此同时,陈赓对这位黄埔老同学的脾性也非常了解,在从军前黄维是一副书呆气十足的优等生，带兵打仗中行事谨慎，进退大多遵循兵典才敢进一步行动。与黄维相比，陈赓的性格却截然相反。陈赓为人诙谐幽默，足智多谋，用兵时变化无穷，常能出奇制胜，令人叫绝。早在1947年8月，他便协同谢富治政委指挥四纵、九纵等部队横跨黄河，将豫陕鄂解放区开辟出来，在中原战场上，其与刘邓、陈粟两支大军形成了品字阵势，战略反攻的序幕也由此揭开。如今，面对这样一位因循守旧的书呆子，陈赓决定给他来个意外"惊喜"，在浍河南岸南坪布置了一场背水阵。

在用兵打仗中，背水结阵可谓一大忌讳。然而，陈赓却有些非同寻常的想法，他研究了国共形势后，意识到黄维拥有火炮优势，而解放军在此方面却稍显劣势；除此外，黄维方面配有飞机能够实现远距离作战，如果隔河作战，解放军将无法发挥近战的优势，在河北结阵只能是被动挨打。与之相反，背水结阵对国民党军来说必定出乎意料，借此可以力挫其有生力量，为后续部队执行包围任务并按时进入指定地点，赢得充裕的时间。

黄维方面果然中计。23日，黄维兵团主力十八军率先迎了上来。9时左右，国民党军队飞机开始发动空袭，一串串重磅炸弹接连投下。随后，炮击接踵而至，无数高达数米的水柱在浍河中升腾而出，南坪集的房屋受到重创，接连倒下，硝烟与炮火交织在一起，在空中迅速弥漫开来，遮天蔽日。激战持续了一整天，黄维将第十八军、第十军、第十四军三个军投入进来，对南坪集阵地展开了攻击，历经五进五出，国民党军始终未能向前半步。

黄维生性傲慢、武断，遇挫的他无法咽下这口气，第二天，一轮新的猛攻再次袭来。哪知，南坪集此时早已不见中野的一兵一卒，原来，陈赓早已经趁夜悄悄撤了出去。

狂妄自大的黄维彻底被激怒了。随后，他命令部队立即渡过浍河，向着宿县扫荡前进。渡河之后的黄维兵团主力，大摇大摆地向前推进着，一路如入无人之境，他当然不知道，他正一步步迈进刘伯承给他量身定做的大口袋。

不久之后，黄维便发觉四周到处都有解放军的身影，这才感到不妙。此外，他发现全兵团正受困于涡河、北淝河和浍河之间的狭窄地区，背后的北淝河和涡河将对他的行动产生障碍和威胁。当时，全兵团的行军已长达500余里，联络后方的路线已经被切断，在这样继续下去，全兵团必将会深陷困境之中，无法自拔。与此同时，陈赓又指挥四、九纵掉转方向，与国民党军迎头而战，展开了反冲击。黄维这才明白过来，自己正中了刘伯承为他设下的陷阱，黄维急令部队立即撤出袋形阵地，收缩于浍河南岸，但是此举为时已晚。在浍河南岸，中野第一、二、三、六、十一各纵队早已作好了埋伏，给后撤部队以迎头痛击，最终，黄维第十二兵团后卫部队第十八军四十九师被一举歼灭，黄维后路也被切断，自此，中野完成了对黄维兵团的三面包抄。双方血战至25日晨，黄维第十二兵团被中野包围在浍河南岸以双堆集为中心的地区内。

此时，距离黄百韬兵团覆灭不过两三天时间，而黄维兵团也深陷于包围之中。蒋介石紧急下令，催促杜聿明以南北对进之势，将徐蚌线迅速打通，同时借此增援受困的黄维兵团。杜聿明在蒋介石的再三催促之下，命令邱清泉第二兵团和孙元良第十六兵团自徐州南下，同时李延年、刘汝明兵团自蚌埠北上。然而，华野部队对此早有部署，国民党军刚出动即遭遇了一场痛击。

原来，围歼黄百韬后，华野便奉军委指示将中野十一纵队归建，随后，以参谋长陈士榘统一率领华野三纵、鲁中南纵和以前归中野指挥的七纵、十三纵，投入到对黄维兵团的围歼作战中。此外，为阻击南下之国民党军，派出八个纵队在徐州以南约 30 公里的纵深部署了三道防御阵地；为阻击北上之国民党军，派出苏北兵团五个纵队在靠近蚌埠地区实施防守。因此，南下北上的国民党军刚一出动便迎来了华野阻击部队的顽强阻击，激战至30 日，国民党军只向前推进了 10 到 15 公里。

战局的发展对于蒋军越来越不利，受困者，被围得越来越紧；意图施救者，不是被解放军打得举步维艰，就是被迫回缩。蒋介石也已经无计可施，而且他非常清楚，再继续僵持下去，杜聿明徐州的三个兵团可能将面临全军覆没。最后，他只能被迫下令，杜聿明率领军队撤至徐州西南。他打算在杜聿明的 30 万人马退到永城后，自背后对中原野战军造成威胁，协助黄维实施突围。

12 月 1 日夜，夜空被一层阴云笼罩着，大地已经落入沉睡之中。此时，孙元良、李弥两兵团在前面冲锋，殿后由王牌邱清泉兵团全面负责，杜聿明则率领 30 万人马撤出徐州，打算弃守。徐州城当即便被华野十二纵占领。这时在萧（县）永（城）公路上，杜聿明集团三个兵团的汽车、辎重、摩托车、坦克、炮队、马夫、大车、部队和眷属异常狼狈，人马嘈杂，这股大军如同一条漫无边际的混浊污流，向西南方向争先恐后地逃窜而出。在东北的葫芦岛，杜聿明曾经成功地组织过一次撤退，在当下的徐州，他企图让葫芦岛撤退的一幕重新上演。所以在杜聿明的组织和部署下，徐州国民党守军最初的撤退非常机密，然而就算杜聿明再神通广大，面对部队的溃散之势，他也无力扭转与阻止。所有人几乎都已经意识到，现在已经并非撤退，而是彻彻底底地逃命。因此，部队自出徐州之后，便陷入了一片混乱，纷纷争道抢行以求生机。各兵团的军、师、团之间的联系被冲散，统一指挥也无力维持。逃亡的部队充斥在徐州到萧县之间不到 50 华里的道路上，交通拥堵不堪，徐州"剿总"副总司令杜聿明也受困其中，他所乘坐的汽车根本无法向前开动，无奈之下，他只好下车步行，跛着脚在艰难中行进。

将国民党军逃跑方向弄清楚之后，粟裕立即派出南线机动兵团展开了平行追击，他命令第三、第九纵队向祖老娄直插而入；一、四、十二纵从徐州南面迂回至西北方向，向前推进；二、十、十一纵沿宿（县）永（城）公路、固（镇）涡（阳）路前进，截击国民党军。各纵队行动异常迅猛，战士们不畏艰难险阻，跋山涉水，数路军队一起推进，以漫山遍野之势，追击徐州西南方向的国民党军。两天以来，战士们日夜兼程，废寝忘食，生怕追丢了国民党军。为了进一步加快行进速度，辎重、骡马被暂时搁下，只身扛起火炮的炮兵在步兵后面紧追慢赶。在通向永城的大道上，指向永城的路标遍布公路岔口。在高速的追击中，部队之间出现了异常频繁的交替，此时根本无法分清到底是哪个单位的路标，各纵首长只好下达命令："路标就是路线，枪声就是目标，追得上就是胜利！"

为歼灭逃跑的国民党军，华野各部采取的是"平行追击，多层拦击，多处兜捕"的策略，对其展开猛烈追击。历经三天时间，12 月 4 日拂晓，在徐州西南 130 华里处的陈官庄地区，最终全部包围了杜聿明集团的三个兵团。12 月 6 日，孙元良第十六兵团以师为单位打算在西侧实施突围，解放军给予其迎头痛击，最终歼灭了孙元良兵团大部，俘获了兵团参谋长和两个军长，孙元良本人则通过乔装逃了出去，如此一来，便对孙元良兵团造成了毁灭性打击。杜聿明集团受此重创，军心出现动摇，他们意识到此时已经走投无路，再也无法扭转局势。这样，黄维兵团和杜聿明集团分别被围困起来，而两军团被围困之地南北相距仅 160 多华里。

徐州守军纷纷向永城一带逃窜,这不仅无法对黄维的围困实施增援,反而让自己置身于人民解放军的另一个大包围圈中。蒋介石对此异常苦恼,然而对于接下来应该如何行动也是束手无策。此时在徐蚌地区仅剩下李延年兵团和刘汝明兵团这最后一点机动力量,蒋介石将希望完全寄托于此,希望能够解除杜聿明集团的险情并将黄维兵团解救出来。12 月 3 日,蒋介石命令李延年、刘汝明全力向北推进,力图将解放军的封锁线全面摧毁,以解救黄维兵团。为了激发李延年的斗志,促使其死命作战,蒋介石还派出了自己的儿子、装甲兵司令部参谋长蒋纬国,命其亲自率领两个坦克营参与到作战中。

面对蒋介石的催促,李延年一下派出了 8 个师的兵力,部署于浍河、浍河之间津浦路西侧 70 余里的战线上,开始疯狂地进攻蚌西北的阻击部队。坦克部队对解放军展开了猛烈轰击,国民党军以此为配合,凭借凶猛的火力向前拼命突进。此时,阻击部队的防御工事根本无法承担国民党军如此猛烈的炮火,最终大部被摧毁,在裸露的大地上,解放军指战员依然顽强地展开阻击。因此,李延年部的进展异常缓慢。连日激战之后,至 12 月 9 日,国民党军才将解放军的第一道防线突破。

如此一来,淮海战场当前的形势为:中野与华野两人主力被分散到三个战场上,且国民党军有两大集团相继被其围困。要想彻底吃掉两大集团,各个战场均感到兵力尚且不足。此时,南线对李延年兵团的阻击,是总前委刘伯承、陈毅、邓小平、粟裕最为担心的,当前此战线兵力紧缺,并且遭受了较大伤亡,一旦阻击失败,对黄维及杜聿明两大战场的作战也会造成影响。总前委分析形势后认为:当下必须抓紧时间将黄维兵团歼灭,从而使战役的主动权始终握在手中,之后,再将兵力集中消灭杜聿明集团。基于此,总前委作出紧急部署调整:在蚌西北阻击战增调华野十一纵和豫皖苏军区地方武装五个团、豫西军区两个团;为围歼黄维集团,抽调华野三纵和鲁中南纵队南下。

针对这一部署方案,一向风趣幽默的刘伯承曾将此形容为:"一个胃口很好的人上宴席,嘴里吃一块(黄维兵团),筷子上夹一块(杜聿明集团),眼睛又盯着一块(李延年、刘汝明两兵团)。""我们现在的打法,就是吃一个(黄维兵团),夹一个(杜聿明集团),看一个(李延年、刘汝明两兵团)。"

双堆集大血战,蒋介石损兵 12 万

双堆集的包围圈延展至周围大约 10 公里的范围内,此地地势平缓,唯一的制高点便是尖谷堆,然而这也仅是东南角位置一座十几米高的土堆。在双堆集西侧有一条南北流向的小河蜿蜒而过,除此之外便是分散的村落,就连树木也很少见。总的来说,双方都没多少可供利用的地形地物。这里视野一片开阔,作战部队的行动将暴露无遗,根本无法隐蔽,可谓易守难攻。

中野部队在对黄维兵团实施合围时,并未摸清其防守力量。此外,长期以来中野部队一直采用的是运动作战,在攻坚武器和阵地攻坚战中欠缺经验,因而最初的攻坚战遭遇了较大伤亡,进展非常缓慢。基于此,中野开始改变作战思路,在对前期作战的经验与教训

作出总结后,他们决定改用壕沟迫近战术,通过挖设直通国民党军的工事交通壕,向国民党军阵地不断逼近。因此,纵横交错的交通壕如同无数条巨蛇,向围歼圈内蜿蜒伸进,同时它更像是无数的绞索,慢慢地扎牢、收紧,最后将其牢牢捆缚起来。

此时的淮北正是严冬12月,寒风刺骨,天寒地冻。为实现"以地堡对地堡""以战壕对战壕",解放军开展了工程浩大的壕沟迫近作业。夜色降临之时,在夜色掩护下的解放军战士们,以百人为单位,摆出长蛇队形向国民党军前沿非常隐蔽地前进而去。在离敌阵地六七十米时,尖兵便一起趴到地上,如此一来,从解放军堑壕到国民党军阵地,士兵头脚相接,一条又一条二三百米长的"人龙"摆好了阵势。一声令下,土工作业便紧锣密鼓地开始了。成百来个卧姿散兵坑率先被挖了出来,紧接着卧姿变成了跪姿,很快,士兵们已经变成了立姿。散兵坑接二连三,最后连成一线,掩体和防空洞遍布两侧,由此形成可供大部队隐蔽与运动的交通壕。在广阔的平原上,无数条的壕沟奇迹般地出现了,而这就是在国民党军的眼皮底下完成的,与国民党军相距不过五六十米,甚至一些壕沟直挖到了国民党军的鹿砦以内,就此,一套完整的进攻阵地终于完成。以交通壕为掩护,国民党军步枪、机枪也将失去威力,根本无法瞄准士兵,即使以炮弹轰炸,也杀伤不了几个人,凭借这些阵地,国民党军根本无法掌控神出鬼没的解放军战士,作战也变得异常轻松起来。

如此的阵势突然冒出,国民党军十八军军长杨伯涛一看便沉不住气了,他命令炮兵立即向阵地实施轰炸,想要把交通沟全部炸翻。炮火的轰鸣声沉寂下来,散兵壕、交通沟也随之消失。然而等到第二天拂晓,散兵壕、交通沟又以更刺目的姿态出现了,数量反而变得更多。

在这些挖好的交通沟内,解放军利用夜晚调集兵力,在冲锋准备位置完成就位,只等一声令下,便以火炮为配合向国民党军展开猛攻,蒋军每每被打个措手不及,根本无力阻挡。中野曾经历了大别山游击战,当时损失了不少重武器装备,而军需又异常紧缺,战士们为弥补不足发明出土炮、土坦克、"飞雷"等武器。一种被称为"飞雷"的炸药包尤其突出,取得了非常好的战场效果。"飞雷"是在一个大铁疙瘩里装满炸药,随后以土发射筒将其抛出。在发动进攻时,这东西虽然杀伤力不大,声势却非常惊人。只见它晃晃悠悠飞向国民党军阵地,那姿态还真像一只黑老鸹,但随着一声闷雷炸响,顿时一片飞沙走石,巨大的硝烟升腾起来,直将人震得头晕目眩。黑老鸹三五成群,一批接一批地直闯入国民党军之中,轰隆巨响下,仿佛让人感觉是在地动山摇,而且没完没了。在这景象之下,敌人连惊带震慌了手脚,变得不知所措。等到被炸得天昏地暗的敌军终于清醒过来,大部分都已成为解放军的俘虏。面对解放军一步步的迫近,一阵阵的冲锋,黄维兵团在沉重的打击之下无不胆战心惊。

中野军以这种方式将双堆集外围的敌军逐渐消灭了,国民党军一个又一个支撑点相继倒下,黄维兵团则被迫压缩,最后集中于以双堆集为中心的狭小地区。

面对着日益缩小的包围圈,黄维兵团渐渐已经濒于绝望。此时,粮弹日益吃紧,内部混乱情形也一日大过一日。

黄维兵团遭遇围困之后,与后方的联络线也随之被切断,由此停止了地面上大规模的军需补给。12万人每天都要消耗粮食,4000多头骡马需要草秣维持,500多辆机动车辆和其他机器需要燃料供给,100多门山野炮、1000多门小口径炮、300余挺重机枪、2000余挺轻机枪、2000多支冲锋枪、几万支步枪每日吞吐的弹药量也非常惊人。此外,通讯、卫生器材等的消耗也非常快,合计下来,每天的消耗总共要200吨以上,这需要100辆大卡车才能实现供给。原本,黄维兵团所属各军辎重部队、汽车部队携带了不少粮弹、燃料,但是当时并没有明确的作战方针,以致中途遭围困后,军队并未形成要节省粮弹的意识。到了受困的第八天,粮弹果真开始出现紧张。随后,空投物资虽有增援,但也仅维持了最初的几天而已,随着情况的日益恶化,到了12月,空投量已经明显减少,物资一天比一天紧张。

部队一旦出现粮食紧张问题,人心便再也无法约束。在饥饿的煎熬之下,一遇空投,成群结队的士兵便开始疯抢起来。黄维一得到报告,便派出部队前往镇压,然而镇压也无济于事,反而使得秩序更加混乱。人人手中都握有枪支,无以畏惧,这拨镇压不下去,另一拨又跟着效尤,唯恐落人脚步而吃亏。之后情况进一步恶化,有些部队甚至故意派人抢夺物资。在混乱之中,一包落下的东西便可能引发冲突,由于数百人蜂拥而上予以争抢,抢不着的必定心中气愤,为了宣泄愤恨之情,直至端起冲锋枪怒目相向,如此一来,空投场俨然变成了另一个战场,黄维兵团内外受制,蒋军自相残杀,情景异常惨烈。

在遭围困的开始阶段,黄维曾在11月27日调集了四个主力师,包括十八军的十一师、一一八师和十军的十八师以及八十五军的一一〇师,意图以此实现突围。然而,中国共产党地下秘密党员、一一〇师师长廖运周率领该师发动起义,此次突围由此以失败告终。之后,黄维便按照固守待援的方针采取行动,同时命令各军加紧构筑工事,在原地实施坚强防御,其部署调整为:十八军作纵深防御,防守于尖谷堆、平谷堆地区;八十五军向西防御,防守于腰周圈、李庄地区;十四军向东防御,防守于张围子、杨四麻子地区;十军向北、向南防御,防守于马围子至杨庄、李庄间地区;在小马庄设置兵团部,并修建空军补给基地,临时机场设在双堆集与金庄之间,这也是当时军队补给的唯一基地,与此同时,将防御设施进一步完善,增强火力配置。除此之外,他下令把全部汽车都装满土,与被打坏的坦克、装甲车排成一列,以其组成的坚如城墙般的钢铁防御工事,准备展开长期的固守。

然而,总前委决定必须尽快将黄维兵团歼灭,不能拖延时间。12月5日,总前委下达命令,准备发动了对黄维兵团的总攻:于6日午后4时半起对国民党军实施全线总攻击。在东侧,调集中野第四、九、十一纵队、豫皖苏独立旅和华野特种兵纵队的炮兵主力为东集团,统一指挥由四纵司令员陈赓担任,作战任务是将双堆集以东沈庄、张围子、张庄地区黄维兵团第十四军残部和第十军一部歼灭;在西侧,调集中野第一、三纵队和华野第十三纵队、炮纵的一部分为西集团,统一指挥由中野三纵司令员陈锡联担任,作战任务是将双堆集西部三官庙、马围子、许庄等地区之第十军主力消灭;在南侧,调集中野第六纵队、华野第七、三纵队和陕南第十二旅为南集团,指挥由中野六纵司令员王近山担任,作战任务是将双堆集以南玉皇庙、赵、庄、周庄之第八十五军等部歼灭;此次,东集团承担重点攻击任务,成功后便将南集团置为重点,在南侧发动主要突击,目标直指双堆集,从而将在双堆集内龟缩的国民党第十八军和黄维兵团部一举歼灭。

在双堆集地区,12月6日下午4时30分,伴随着惊天动地的轰隆炮声,全歼黄维兵团的总攻终于揭开了序幕。

打头阵的任务交由陈赓所率领的东集团。炮声刚刚停歇下来,交通壕内的战士们便冲锋而出,向国民党军阵地直接冲杀过去。对面应战的是黄维兵团第十四军,军长熊绶春与陈赓也是黄埔校友。在 11 月底之时,陈赓率领中野四纵对国民党军营发动夜袭,熊绶春及其副军长谷炳奎被双双就擒,成为俘虏。然而当时黑灯瞎火,熊绶春也并不为人所识,致使他趁机逃脱。陈赓在之后从俘虏口中得知了此事,后悔莫及。发起总攻之前,陈赓还曾让俘虏给熊绶春带去了一封信,希望他能趁此起义,化解干戈,然而熊断然拒绝。到了现在,陈赓下定决心要将他一举拿下,再不给他机会,因此,各部秉承以往连续作战的精神,对敌人连连施以重击,阵地不断被攻克。第十师驻守的李围子等村庄率先被攻陷,随后直接逼近了八十五师和第十四军军部所在的杨围子。

对于陈赓如此神速的进展,大大出乎熊绶春的意料,如今死期将至,不禁悲从中来,绝望的他几次坐在掩蔽部无声饮泣。在 11 月 24 日之时,熊绶春的参谋长梁岱早也曾被俘虏,但他假称自己是军部书记官,而被解放军释放。他也曾规劝过熊绶春投降,但是熊有所顾忌,而且对于战事还心存侥幸,认为自己占据着四周开阔平坦之地,地理位置优越,且有复杂的工事为依托,必定能支撑到两路大军会师的一天。但是现在一切都晚了。

11 日下午 4 时半,熊绶春即将迎来他的最后时刻。陈赓架起成排的炮弹,向蒋军阵地的前沿和纵深发动了如狂风暴雨般的猛烈轰击。暗堡被炸飞上天,鹿砦也被炸得荡然无存,杨围子顿时陷入了一片火海之中。解放军即将打进掩蔽部附近,熊绶春见状张皇失措,想赶紧逃出,参谋长梁岱向劝说道外面枪炮无情,出去只能是让自己置于危险之中。然而,熊绶春为了逃命已经全然不顾,如同兔子受惊一般夺门而出,仅跑出十几米,四处扫射的机枪便将他打死,梁岱又一次成为了解放军的俘虏。

南集团总指挥王近山被称为中野的"王疯子",因他打起仗来仿佛不要命一般。根据计划中的部署,东集团成功之后南集团才是整个战役进攻的重点,但南集团在王近山的率领之下进展迅猛,早早便完成了对第八十五军的歼灭任务。12 月 8 日,总攻发起才两天时间,第二十三师便宣告投降,第八十五军仅剩下军长吴绍周这一光杆司令而已。如此一来,南集团接着便与黄维的王牌第十八军对峙起来。

十八军杨伯涛对军队向来训练严格,且所配装备精良,其内部也异常团结,众多优点使其被誉为是王牌军队。陈诚最初起家便依赖于十八军之迅猛,此后军队一直将陈诚"经济公开,人事公开,思想公开"的老规矩沿袭了下来,兵团司令黄维、副司令胡琏都曾出任过十八军的军长,所以部队士气良好,在作战中也非常英勇。

12 月 9 日,王近山率领部队向双堆集中心继续推进,路经大王庄时,与第十八军一一八师三十三团相遇。要想到达双堆集唯一的制高点尖谷堆,距其一里多路的大王庄是必经之路,王近山派出华野七纵和中野六纵的两个团负责攻取。经历一番激战,大王庄终被攻克,国民党三十三团被全歼。

大王庄失陷之后,黄维考虑到当前为了保持军心稳定,万万不能让十八军丢失阵地,遂向杨伯涛下达命令,务必要夺回大王庄。领命之后,杨伯涛趁夜调集兵力,除派出一一八师能被调动的全部兵力外,又抽调了十一师一个团,连同八十五军仅存的野炮营,并将所有的榴弹炮、山炮集中起来,倾其全力发动反扑。至此,整个大王庄被硝烟弹雨淹没,双方冒着炮火展开厮杀,寸土必争,针对一墙一沟反复展开争夺战。战至 10 日下午 5 时,王近山终于指挥部队将杨伯涛的反扑全面粉碎了。

这时,西集团陈锡联也将东西马围子等地攻克,正向双堆集中心迫近。

至12日,中野以华野为配合,将黄维兵团最后的残余一再压缩,将其锁定于双堆集东西长不过三里,南北宽不过五里的狭小地区内。为了促使国民党残军投降,这一天,刘伯承、陈毅联名发出《促黄维立即投降书》,指出黄维只有放下武器才有生路,否则必将陷入全军覆没的境地。从12日到15日,当时设在邯郸的人民广播电台不厌其烦地播放着这则文告,但黄维不识时务,始终不肯投降。

华野参谋长陈士榘此前接到命令,要求其参与到最后围歼黄维兵团的作战中,此时,他率领华野三纵、十一纵和鲁中南纵及部分炮兵赶到了炮火连天的双堆集。总前委于12月13日作出部署调整:以陈士榘替换王近山,在南集团投入增援而来的华野三纵、十一纵,并接受陈士榘统一指挥,其任务为在最后总攻中担当主要攻击,以东西两个集团为配合,向双堆集中心阵地发动进攻,实现全歼黄维兵团的目的。

傍晚的天空中,一颗信号弹划破长空,一片震天撼地的炮声顿时传遍四野。历经两天激战,三个集团层层攻破黄维兵团的防守,在解放军的猛烈攻击下,完全暴露出来的敌兵团机关岌岌可危。12月15日17时,为尽快肃清顽抗的国民党军,各集团攻击部队适时发动了最后进攻。陈士榘所指挥的南集团,势如破竹,连连攻克敌阵,向国民党军双堆集中心工事迅速突入而进。东、西集团冒着浓重的烟雾穿过交织如密的火网,向南集团会合,国民党军以汽车筑成的防线,以堑壕、地堡群组成的阵地一一被攻破。很快汇合的三股力量将黄维兵团的指挥中心一举摧毁。在冒着浓烟的地堡里,深深的地洞里,无数衣衫褴褛、蓬头垢面的国民党军相继爬出,举手投降。

黄维仍未放下一贯的骄横与傲慢,与兵团副司令胡琏分别乘上一辆坦克,想要趁乱逃出去。胡琏的坦克挨了一炮,然仍侥幸突出重围,只身逃走。黄维所乘坦克因出现故障,不得已他只能下车与士兵同行,最后在一条犁沟里,解放军战士将这支队伍一举擒获。至24时,全歼黄维兵团的任务终于完成。除黄维外,兵团副司令官、军长吴绍周等人也一起被俘虏。

黄维兵团12万大军由此覆没,淮海战役第二阶段也随之胜利结束。

黄海大战完美收场,杜聿明集团全军覆灭

蒋介石在黄维兵团覆灭后,便对自身的处境有了明确认知,江北局势已经无法扭转,因此,他便逐渐将兵力收缩,打算继续巩固长江以南。全歼黄维兵团后的第二天,即12月16日,蒋介石命令李延年兵团即刻从与解放军的周旋中抽身,在淮河以南地区集结主力机动,同时也预备命令刘汝明兵团向南撤退。12月20日,他随即又命令"京沪杭警备总司令"汤恩伯尽快完成长江的防御准备,并对身在蚌埠的刘峙作出指示,令其适时将不必要人员及笨重辎重向南转移输送。

这时,蒋介石在华北还有傅作义集团将近60万的兵力,这是他手中1颗极其重要的棋子。自12月5日,华北解放军便发动了平津战役,此时东北野战军尚未进入关内,因此还未真正到决定傅作义集团死活的时刻。基于此,蒋介石对傅作义集团持有很大希望,他

既希望通过傅作义对解放军南下实施阻击,为江南重整军力提供掩护,同时,他还希望将傅作义集团经塘沽海运至江南,以此扼守长江或对华东战场予以增援,作最后的奋力一搏。蒋介石一贯是骑着毛驴看脚本,考虑到这几点,他对傅作义集团究竟是继续在华北固守,还是转战江南一直迟疑不决,无法决断。除此外,傅作义因并非蒋介石嫡系部队,他本身对南撤也难下决策,致使蒋介石更加犹豫不决。

对于蒋介石此番心思,毛泽东早有料想,为了让东北野战军入关并部署好围歼傅作义集团的准备,促使蒋尽量不让傅作义集团南调,他决定为蒋准备一块过河石头。12月11日,总前委接到了毛泽东的电示:于歼灭黄维之后,留下杜聿明指挥之邱清泉、李弥、孙元良兵团之余部,两星期内不作最后歼灭之部署。同时也对华北军区部队作出指示,令其对傅作义实行"围而不攻""隔而不围"的办法,以混淆蒋介石的作战部署,"不使蒋介石迅速决策海运平津诸敌南下"的考虑,为解放军将江北国民党军队进行最后彻底的消灭争取时间。12月22日,总前委再次接到毛泽东的电示:可集中华野全军多休整数日,养精蓄锐,只要杜部不大举突围,应休息到1月5日左右开始攻击,较为适宜。

以中央军委和毛泽东的指示为依据,总前委作出部署调整:为对平津战役形成配合,华东野战军自16日起进行战场休整,同时进一步增强对被围的国民党军的围困,对国民党军开展政治攻势;中原野战军在宿县、蒙城、涡阳地区进行休整,并担任对杜聿明集团歼灭战的总预备队,根据情况适时投入战斗或对突围国民党军实施阻击。

就淮海战场来说,此时放缓攻势,为部队提供休整时机好处多多,一方面,它能将解放军的战斗力进一步提高,另一方面,它有助于最后将被围困的国民党军歼灭,使淮海战役大获全胜。杜聿明集团四处受困,宛如笼中之鸟,现在只是何时将其消灭的问题,在此解放军方面掌控着主动权。部队在前阶段一直是连续作战,此时已经陷入疲劳,短暂的休整正好为恢复战斗力赢得了时间。杜聿明集团却已经受不起时间上的拖延,由于天气恶劣,风雪连绵,空投物资遭遇不顺,无需解放军投入作战,杜聿明30万大军面对着呼啸的朔风和漫天的冰雪,已然处于绝境。

利用战场休整之机,华野对被围国民党军开展了成效显著的政治思想攻势,争取在国民党军内部实施分化瓦解。12月17日,即华野全军转入战场休整后的第二天,毛泽东替中原和华东两人民解放军司令部亲自撰写了一篇《敦促杜聿明等投降书》的广播稿。在广播稿中,毛泽东向杜聿明等强调:你们现在已经到了山穷水尽的地步。你们当副总司令的,当兵团司令的,当军长师长团长的,应当体惜你们的部下和家属的心情,爱惜他们的生命,早一点替他们找一条生路,那就是学习长春郑洞国将军的榜样,学习这次孙良诚军长、赵璧光师长、黄子华师长的榜样,立即下令全军放下武器,停止抵抗。只有这样,才是你们的唯一生路。

此时,华野前委也下达了一份通知,号召全军对群众性的火线劝降、瓦解国民党军的政治攻势加大力度,使其得到全面开展。因此,形式各样的宣传形式和攻心方法在在火线上出现了,战士们或打宣传弹,或者直接喊话,甚至是赠送礼物。与之前的金戈铁马、枪林弹雨形成对比,此次运用的是另一效果显著的战术,通过兵不血刃、攻心策反协助取得胜利,两种战术相映生辉,软硬兼施,在淮海战役中构成一道独特的景观。据统计,在12月16日至翌年1月5日这20天的时间内,有1.4万余国民党军先后投诚,约占了国民党军两个师的兵力。

一面是解放军的全面休整，提升战斗力，另一面，包围圈内的国民党军却日益濒临绝境。其中，粮弹补充问题是他们最急需解决的，为此，杜聿明向蒋介石一再发出请求，要求其提供空投物资，然而当时天气正赶上雨雪交加，飞机每日最多提供 120 架次，但当时受制于陈官庄的蒋军官兵多达 30 万人。即使出动国民党的全部空投力量，最多只能使 10 万人满足需求，平均下来，也只够每人一餐。包围圈的范围仅有 20 华里，受到风向等因素影响，有限的空投想要完全收到也很困难。因此，兵团与兵团间及军、师、旅、团各单位间，常常因粮食的分配问题发生争执。为了改善情况，杜聿明下令，在"剿总"驻地陈官庄专门修筑一个空投场，同时以层层的岗哨把守，周围以红绿小旗为界，上面标明"入内抢米者杀"。然而，士兵在饥饿之下已经无所顾忌，飞机轰鸣一到，各部队就成群结队地派武装去争抢。对这异常混乱的局势，就连"剿总"派来调解的大官也无能为力，士兵为了获得一小袋米，出现数十人的死伤也见怪不怪。空投场由此变为"包围圈内的第二战场"。

不仅如此，除国民党编入建制的官兵外，在包围圈中还有不少闲散人员，包括国民党军政人员、机关公务人，以及盲目随国民党军队出逃的来自海州、徐州、连云港的"难民队伍"。这些人也达到 10 万之众，也均要张口吃饭。时至此时，人人都追悔莫及，悔不当初，恨自己误投罗网，自讨苦吃。

正所谓灾患丛生。几十万人的吃饭问题在正常空投之下尚且无以为继，如今又要面临日渐恶劣的天气情况，在 12 月 19 日后，天空雨雪不断，仅有的空投也无法正常进行。国民党军受困于包围圈，处于极端的饥寒交迫境地。陈官庄好像是被上帝遗忘了，阳光不再，生气不再，仅剩野蛮、兽欲和一颗颗几近扭曲的心灵。

在资料中曾这样记载过当时国民党军的吃饭情况：邱清泉兵团第七军九十六师二八六团雪后 3 天内，各连每日只能领到 14 碗米，到第四天，14 碗米也没有了，领来一头毛驴。毛驴因很久没有草料吃，已瘦得只剩皮包骨头，用汤姆枪将驴打死，剥皮后洗了洗，心肝肚肠全都在内，切成两锅，刚煮个半熟，士兵们就来抢，抢到手的就啃着走了，没抢到的追逐着抢到的就厮打起来。

柴火在连日雨雪天气下，也日益紧张起来。在包围圈内，数十个村庄范围内的树木被悉数烧光之后，电线杆、汽车胎、手榴弹木柄、枪托、降落伞、麻袋布片、骨头均被拿来当作了燃料，简直是无所不用其极，甚至连深埋地下的棺材也被挖了出来。临时飞机场附近挖出的 36 具棺材全被当作了燃料。25 日，又一具半新棺材被九十六师二八六团挖了出来，平均分发下去，每班仅得到一片。实在无可奈何，一个团干脆将阵地上的鹿砦拿来当柴烧。

是时，那些盲目跟着蒋军出逃的妇女和女学生最为可怜。走投无路之下，很多人不得不以卖身求生。死亡随时都可能来临，包围圈里的每个人都笼罩在末日的恐惧感中，最先成为牺牲品的往往便是女人，很多妇女被强奸，一些下级军官的太太、女儿也难逃厄运。每到夜晚，女人的哭叫声便在庄上连成一片，让人听上去顿感毛骨悚然。

如瘟疫般的绝望情绪迅速蔓延开来，每个人都无法避免。杜聿明往日的神气早已消失不见，消沉、沮丧度日，一味躲入洞中。不肯说话，不肯见人；李弥也变得神经紧张，惶惶不可终日，他在这个防炮洞躲了几日，又匆匆跑到另一个防炮洞，还对他的卫士破口大骂，说他们的防炮洞造得不坚固。邱清泉平日一向狂妄嚣张,此刻绝望情绪也挂在他的脸上,他终日不理正事,只顾同后方医院的女护士饮酒作乐。

陈官庄几十里范围之内被肆虐得满目疮痍,俨然变成了一个魔鬼的王国,一座活地狱。能吃的、能烧的都被抢得一干二净,树木、五谷和房屋被夷为平地,飞禽走兽也在此绝迹,就连鸡鸣狗叫之声也消失于耳。在这里,人性之恶被充分张扬,互相摧残,弱肉强食。在这里,不是吃人,就是被人吃,凄惨的哭叫声在耳边不断回荡,周围尸横遍野。面对死期将至,蒋军充分暴露出人类一切的丑恶面目,一面是畏惧、恐慌、战栗、混乱,另一面是无耻、荒淫、贪婪、残忍。

1949年1月初,历经20天的休整之后解放军已达到了目的,与此同时,在华北、东北和华北野战军对傅作义集团的分割、包围也已完成,而且已经展开了围歼战,蒋介石企图将平津兵力海运南下也无法实现了,圆满完成了南线淮海战场配合平津战役的任务。此时只剩下杜聿明集团余部彻底解决了。毛泽东适时将命令下达给总前委:淮海战场上可以放开手打了!

1949年1月6日,华野数十万将士接到淮海总前委的开战命令,这场总攻由此爆发。

下午3时30分,巨雷一般的炮声响彻天际,国民党军阵地顿时成为万道火光的众矢之的。解放军的炮火异常强大,一时间,整个陈官庄似乎都在震颤。陈官庄在国民党军手中饱受蹂躏,如今这最后一场血战宛如洗礼,借此将满身的创伤与污秽全部撤净。

炮声隆隆震天,这么么像是庆祝的喜炮之声,预示着好事将近。华野健儿个个蓄势待发,全神贯注地等待着冲击信号。冲在最前面的是各主攻突击队的爆破手,此刻他们三五成群,以炮弹爆炸的烟雾为掩护,纷纷跳出工事,向着早已摸透了的爆破点机智、熟练地冲去。爆破手英勇向前,前赴后继,逐一将大小碉堡炸毁,为步兵冲锋扫清了障碍。

大约半小时后,阵地上几颗烟幕弹爆炸开来,指挥员见状立即发出了总攻信号。突击部队个个勇猛无比,如同锋利的钢刀一般向国民党军纵深狠狠插入。当天,国民党军先后有13个村落据点被攻克,万余人被歼灭。事实上,华野进攻部队可以像往常一样,奋不顾身地拼命进攻,猛烈穿插,完全有实力在一天之内就结束战斗。然而,正是因为把握十足,他们才更要运筹帷幄,从而最大限度地减少损失,使力量保存下来以应对下一步的渡江作战。因此,各部队步步为营,稳扎稳打,逐个收拾一个个阵地,一座座村庄,向中心不断压缩。1月9日,战线终于推进到了国民党军中心阵地。

杜聿明想利用最后时机组织部队发动突围。9日,以20余架飞机为掩护,杜聿明开始发动猛烈反扑,作最后的垂死挣扎。在解放军阵地和后方,飞机施放了大量毒气弹,想以此掩护杜聿明向西突围。华野八纵、九纵因此担负起巨大的压力,最终将杜聿明牢牢地控制在包围圈内,其突围的企图也宣告破灭。

傍晚时分,战场逐渐被暮色笼罩,罗纱似的白云中有半轮新月悬挂其间。此时,这场歼灭战永城东北地区发展到了顶点。华野各纵势如猛虎向杜聿明残部的腹心阵地扑了上去。冲在最前面的是宋时轮的十纵部队,因刚刚粉碎了鲁河东岸国民党军的最后抵抗线,顺着国民党军溃退的方向,宋时轮便趁机自东向西猛插,直逼陈官庄——杜聿明的指挥中心。二营作为先头部队从搭好的浮桥上率先渡河登岸,此时,国民党军正在西岸河堤上烤火。

先头连长小声命令道："别出声，手榴弹赶紧都准备好。"随着连长一个行动手势，一班长率领一个组向着国民党军的掩体迅速冲了进去，大声喝道："缴枪不杀！"国民党军被这突如其来的喊声吓得呆住了，全部将双手举起跪着向洞外爬出去。邻近掩体的国民党军看到这样的阵势，自知大势已去，争先恐后地逃了出去。十纵队趁机在敌后紧追不放，又一道防线顺利被突破。至10日凌晨2时，四纵、二十纵、三纵队向陈官庄及陈庄逼近，这里正是杜聿明、邱清泉指挥中心所在地。

9日黄昏时分，杜聿明、邱清泉便已经离开了陈官庄，向第五军司令部陈庄逃去。在杜等到达陈庄之时，解放军也已经火速尾随而至，并向其发动猛烈炮击，逼得他们不得不躲到掩蔽部。李弥及第五军军长熊笑三等也赶来，他们一致要求杜聿明必须趁夜实施突围，因为当时蒋介石命令杜聿明在10日上午白天突围，所以他并未同意。但面对邱清泉等人的一再坚持，杜聿明最终下令连夜分头突围。杜聿明当晚曾向蒋介石发出一封电报："各部已混乱，无法维持到天明，只有当晚分头突围。"而这也是他最后一封电报。

国民党军此时自知已经无力回天，纷纷逃命而去，整个部队一时溃不成军。这时，华野四纵、十纵以三纵队为配合，向蒋军中心阵地全面插入。国民党军受扰顿时混乱不堪。杜聿明在危急时刻赶紧将上兵的棉服和破大衣胡乱披在身上，将他心爱的小胡子也匆匆剃掉，乔装一番之后率领十几个随从慌忙逃命。第四纵队医疗队战士在张老庄附近抓获了这伙国民党军。在审问中，他与黄维一样，开始施展欺骗手法，企图蒙混过关，假称自己是十三兵团的军需处长高文明，直至抵赖不成，最终才绝望地承认："没错，我就是杜聿明。"

战斗在10月10日上午便已基本结束。杜聿明集团20万人几乎全部被歼，其中包括一个"剿总"前进指挥部、两个兵团部、八个军部、20个师部，解放军还击毙了第二兵团司令官邱清泉，仅有第十三兵团司令官李弥等少数趁乱逃跑。

历经66天之后，淮海战役终于落下了帷幕。

徐州的硝烟尚未完全散尽，但这场惊心动魄的大决战宛然已经在徐州的历史上留下了壮烈的篇章。自古徐州之地便屡屡创造闻名于世的大战，以其鏖战之地彪炳青史，如今此次规模宏大的决战之页必定让人更加注目。此次大决战，人民解放军遭受了13万人伤亡的惨重代价，国民党军主力部队则损失更重，伤亡达55.5万人。最终，长江中下游以北的大部分地区均告解放，为日后渡江战役的全面展开，并实现全中国的解放奠定了基础。

古都春晓，解放平津——平津战役

战役档案

时间：1948 年 12 月 5 日~1949 年 1 月 31 日

地点：平津一线地区

参战方：中国人民解放军；国民党军

指挥官：共产党军队林彪、罗荣桓、聂荣臻；国民党军队傅作义

双方兵力：共产党军队 100 万人，国民党军队 60 万余人

伤亡情况：解放军伤亡 3.9 万人；国民党军损失 52 万人

战果：中国人民解放军胜，北平、天津等重要城市及华北平原被共产党攻占

意义：平津战役是人民解放军同国民党军进行的战略决战的最后一个战役，历时 64 天，歼灭和改编国民党军 52 万人，基本上解放华北全境，创造了战争史上独一无二的天津、北平、绥远三种方式。

186

识破长蛇阵，牵着傅的鼻子走

1948 年的冬天，宽广无垠的华北平原上，冰封千里，雪飘万里。这是一个银装素裹、粉雕玉砌的世界。这时候的西柏坡村头，毛泽东迎风站在那里，在他的胸膛中已经有千层波浪在奔腾翻涌。此时的中国民党军事形势已经有了很大的变化，从今往后，估计再有一年左右的时间就可以将国民党反动派彻底打垮打倒。看着眼前这纷纷扬扬的漫天大雪，毛泽东心中思绪万千，他恍惚觉得时间又倒转到 1936 年 2 月的时候，那时候正是毛泽东写下轰动一时的《沁园春·雪》的时候，诗中这样写道：

"北国风光，千里冰封，万里雪飘。望长城内外，惟余莽莽；大河上下，顿失滔滔。山舞银蛇，原驰蜡象，欲与天公试比高。须晴日，看红装素裹，分外妖娆。江山如此多娇，引无数英雄竞折腰。惜秦皇汉武，略输文采；唐宗宋祖，稍逊风骚。一代天骄，成吉思汗，只识弯弓射大雕。俱往矣，数风流人物，还看今朝。"

看着眼前的皑皑白雪，毛泽东的思绪由眼前的雪景转到了如今战火纷飞的战场上。辽沈战役已经结束意味着整个东北已经获得解放；西北战场上的战况，国民党军的胡宗南集团主力军已经被消灭压缩到关中地区，已经不足为虑；至于广大的中原地区，华东、中原战场，山东全境和郑州、开封及豫北广大地区也已经得到了解放，就连海线东段、平汉线南段的铁路，都已经牢牢控制在了解放军的手中；至于华东地区的淮海地区，由于淮海战役

已经顺利展开，驻守徐州的刘峙集团军用不了多久，就会成为华东、中原野战军的囊中之物。可以说如今的形势已经是一片大好。唯独值得注意的就是驻守华北的傅作义的集团军，虽然这时候的形势是驻守华北的傅作义集团军已经是孤立无援了。但是如何将傅作义彻底打败同样也是毛泽东要仔细思量的事情。

这个时候在华北地区，蒋介石的国民党军队仍然还有 50 多万人，这些军队的统帅就是被称为华北"剿共"总司令的傅作义。傅作义是山西荣河人，字宜生，从很小的时候就已经在军队中了，之前在阎锡山手下任职。1924 年曾经参加过北伐，当时因率领部队坚守涿州城三月之久而声名鹊起，扬名中华。1928 年就已经升任为第三集团军第五军团总指挥兼天津警备司令。1930 年以阎军第二路军总指挥的身份参加蒋阎冯战争，虽然最后失败了，但是之后却为张学良所重用，从此傅作义便脱离了阎锡山，1931 年便担任了第三十五军军长和绥远省政府主席。傅作义在抗日战争时期进入了他的第二个辉煌发展时期，这个时期的傅作义曾多次率部与日军血战，多有建树。早在全面抗日战争爆发之前，傅作义就已经参加了长城抗战，1936 年取得百灵庙大捷，屡屡震动中外，影响颇大。在全面抗日战争爆发之后，傅作义以总司令的身份领导的第七集团军参加了忻口战役、南口战役、太原战役等，虽然没有太多建树，但是和八路军的合作还是很好的。1938 年傅作义担任了第八战区副司令长官，在绥远后套五原与日军作战。1940 年又发起了五原战役，这场战役一举收复了五原，同时这场战役值得一提的就是将日军绥西警备司令水川一夫中将击毙。由于五原大捷是抗日战争以来国民党战区第一次收复失地，所以国民党政府特将"青天白日勋章"授予了傅作义。但是由于傅作义对蒋介石领导的国民党的抗战政策感到不满，所以就公开发表辞勋呈文。直到抗战结束的时候，傅作义的势力已经大大膨胀，这时候的傅作义已经担任了第十二战区司令长官。抗日战争胜利之后，傅作义坚决贯彻执行蒋介石反共反人民的政策，在解放战争开始的第一年，他就通电向全国作出声明："如共产党能胜利，我傅某愿执鞭！"这次声明被毛泽东称为是"奇文"。由于傅作义对蒋介石的忠诚换来了蒋介石的更多奖赏。最后蒋介石将华北五省（河北、山西、热河、察哈尔和绥远）两市（北平、天津）的军政大权交给了傅作义。后来为了方便傅作义统一军权、统一指挥，蒋介石索性就将北平行辕也撤销了，最后甚至将华北地区所有的国民党中央军、青年军以及交警总队等都交由傅作义统一指挥。这个决定对于非蒋嫡系的傅作义来说，已经是破天荒、无法想象的了，傅作义因此红极一时。所以解放战争暴发之后，蒋介石将华北的所有希望都寄托在了傅作义的身上。

对于蒋介石的重用，傅作义感到很是感激，为了报答蒋介石对他的重用，于是傅作义在华北执行蒋介石"剿共"方针时，极为卖力。傅作义于 1948 年 10 月曾派兵偷袭石家庄，企图将设在西柏坡的中共中央机关彻底摧毁。傅作义这样卖力剿匪，也不能改变国民党江河日下的局面，就连傅作义自己所在的华北战场也已经日益危险。当时，徐向前领导的华北解放军第一兵团正在猛攻太原，第二兵团的领导者杨得志正出兵冀东，第三兵团的杨成武也正在向察绥、克包头展开战斗，战争已经威胁到绥西河套，搅得傅作义五脏俱焚，疲于应付。更令傅作义担心的是，这个时候辽沈战役已经结束，东北 80 万解放军进关已成定局。那时候傅作义将面临东北、华北解放军的联合打击，在这样的形势之下，傅作义不禁为他的傅家军的生死存亡担忧起来。

骑兵入城

这时候的傅作义担心的是自己军队的命运，但是他不知道的是蒋介石此时正在担忧自己奋力打出的天下是否还能保住。辽沈战役结束的第二天，即11月4日，蒋介石发出一纸电令将傅作义召到南京来参加国民党的最高紧急军事会议。这次会议整整开了4天，这时的蒋介石已经认定华北守军处于多面夹击的危险之中，所以为了集中兵力在徐蚌地区同陈毅、刘伯承的华东、中原野战军进行决战，同时避免华北守军坐以待毙，所以蒋介石主张放弃平津，将傅作义的4个兵团近60万大军南调到长江以南。这时候蒋介石的意图十分明显，那就是集中兵力在徐蚌地区同共产党一决胜负，如果这场战争能够胜利，那么将一举扭转中原的形势，那么全国的形势也会进而改变。退一步说，如果这场战争失败，徐蚌失利，还是可以保有江南半壁河山，积蓄力量同解放军打持久战。所以蒋介石向傅作义许以"东南行政长官"的要职，就是希望傅作义能够动心并率部南下。

但是令蒋介石没有想到的就是傅作义是杂牌出身，他对蒋介石的为人十分了解，同时他也有自己的打算。华北作为傅作义发迹的地方，他所率领的所有官兵基本上全是北方人，江南虽然是一个十分吸引人的地方，但是再好的地方也没有自己的故土更让人喜爱，再加上江南地盘也并非没有其主，自己到了那里之后难免会受到制约，况且虎落平阳被犬欺，傅作义靠部队起家，当然知道实力就是一切的道理。一旦到了别人的地盘下，寄人篱下，就只能听人摆布了。不仅如此，傅作义对于蒋介石还是有一定的了解的，他和蒋介石之间还有一定的矛盾存在。

傅作义和蒋介石的矛盾还是在抗日战争时期产生的，那是在1940年，傅作义率领部队与日军在五原展开大战，傅作义部队将日军水川中将击毙，同时歼灭日军3700人，这一场战斗使国人为之振奋。基于这场胜利蒋介石特授"青天白日"勋章于傅作义，傅作义由于对蒋介石的对日妥协政策和不择手段吞并异己的做法感到不满，所以公开发表辞勋呈文，这种做法伤了蒋介石的面子。进入解放战争之后，蒋介石眼见傅作义的部队在华北逐渐壮大，于是就想要削弱傅作义的实力。于是于1947年冬天，蒋介石将傅作义部一〇四军调去东北。在这滴水成冰的隆冬时节，蒋介石的嫡系军队身着皮大衣，脚穿棉皮鞋，但是傅作义的一〇四军却连单衣也没有，这样的做法令傅作义感到很愤怒，于是愤然命令军队撤回关内。经过这件事情之后，傅作义对于蒋介石的为人已经十分了解了，所以对于蒋介石的提议傅作义感到不能苟同。

所以傅作义在听完蒋介石的建议之后，对蒋介石心中的想法已经十分了解。傅作义心中已经明白这又是蒋介石的一次排除异己的行为，一旦傅作义听从蒋介石的建议撤至江南，到时候人为刀俎，我为鱼肉，自己几十年苦心经营的血本迟早会被蒋介石吞掉。到时候傅作义别说是统领军队，就是生命说不定都会保不住。所以傅作义认为自己坚决不能离开华北，所以任蒋介石说得天花乱坠，傅作义就是坚持自己的观点，不撤离华北。傅作义的理由十分充分，那就是军队一定会撤退，但不是在这个时候，更不是不战而退。傅作义认为共产党的东北野战军在经过辽沈战役之后，虽然战斗胜利了，但是兵力损失一定很大，至少需要三个月的时间，兵力才能休整完毕入关。在这三个月内，傅作义认为凭现有的50多万部队支撑整个华北局面，是绰绰有余的。战争胜利之后，傅作义还会支持华东徐蚌会战。最后蒋介石被傅作义说服，遂决定赞同傅作义的提议，命傅作义暂守平津，保持海口，扩充实力，以观时变的方针。

在决战当中国民党军队屡次采用以观时变的作战方针，但是屡用屡败。如今傅作义又在蒋介石的支持下使用这一惯用方针。傅作义回到北平之后，就开始调整战略部署，11月中旬的调整部署中作了如下决定：北平及其附近以蒋系中央军之第四、九兵团部，第十三军、十六军、三十一军和傅家军之第三十五军、一〇一军、一〇四军；作为驻守军队以傅家军第十一兵团部与第一〇五军置于张家口、张北、宣化；以中央军第十七兵团部与第六十二军、八十六军、八十七军、九十二军、九十四军置于天津、塘沽、唐山、滦县一线；另以暂第五军的四个师防守绥远的归绥，以第二七五师防守山西大同。为了贯彻逃守兼顾、以观时变的这一方针，傅作义便制造了一个长蛇阵，他将主要兵力部署在东起塘沽海口、西至张家口长500多公里的战线上。

傅作义的这个长蛇阵为共产党的军队造成了一定的麻烦，毛泽东与朱德、周恩来等在面对傅作义在华北所设的长蛇阵时陷入了深思。

原来中央军委的作战计划是，先将南线徐州的"夹生饭"吃掉，在华北战场上则应该先夺取归绥，然后攻克太原，进而解放绥远、山西全境，最后将华北解放军主力和经过休整的东北野战军主力集中起来，用半年的时间来攻克解决傅作义集团军。自从淮海战役开始后，虽然淮海决战进展顺利，蒋介石的兵力运用已经越来越显捉襟见肘。现在决战双方最关心的问题就是华北傅作义集团军的动向。中央军委认为蒋介石一心想要将傅作义的部队向南调动，如果傅作义拒不从命，那么傅作义的17个师就由他去好了，但是蒋介石领导的中央军的25个师则一定会撤回来。因为这25个师对于目前的蒋介石来说，就像是溺水之人手中最后的一根救命稻草一样，这25个师的机动兵力既可以帮助蒋介石直接用于长江防线，又可以在淮海战场协同黄维、李延年等部接出邱清泉、李弥、孙元良的三个兵团。很明显的结果就是如果傅作义一旦向南撤退，那么今后的战况将极为艰难。

眼光精准的毛泽东将视线停在了傅作义的长蛇阵上，解决问题的关键一下子被毛泽东找到了:眼前傅作义设下的这个长蛇阵,反映出的是傅作义犹豫不决、撤守难定的心态。这种犹豫不决的心态只要能够被共产党充分利用好,就可牵着傅作义以及他的集团军的鼻子走,将傅作义及其部队留在华北地区,阻止其南撤或西逃。还应该注意的就是,要想将傅作义及其部队打败,光是调用华北解放军是远远不够的,东北野战军必须进关协助才能使战争顺利。

经过长时间思考,毛泽东在11月16日凌晨4时下了决定,决定对最初有关平津战役的构想进行了重大的改变,决定认为:共产党应该撤围归绥,停止攻打太原,命令东北野战军主力提早入关,平津战役的攻打时间要提前。

于是,毛泽东马上给东北野战军负责人发出了一封电报,电报内容如下:

林罗刘:

15日13时电悉。你们提出的问题,我们曾经考虑过,认为如以杨罗耿部(华北第二兵团)位于绥东与杨成武集结一起,可以阻止傅作义部向绥远撤退,但不能阻止傅部及中央军向海上撤退,包围张家口也不能达此目的。因敌共有35个步兵师、四个骑兵师,敌如决心从海上撤退,可以集中十几个师将张家口之敌接出来,集中于津沽逐步船运。……傅部主力在北平附近。我们曾考虑过你们主力早日入关,包围津沽、唐山,在包围姿态下进行休整,则敌无从海上逃跑。请你们考虑,你们究以早日入关为好,还是在东北完成休整计划然后入关为好,并以结果电告为盼。

军委

6日4时

这封电报,毛泽东用的是商量的口气,但是希望能够得到认同,但是最后还是被林彪拒绝了。林彪于11月17日回电说,要想使东北主力提早入关这是很困难的一件事,原因是东北解放后,部队中有些人的思想有了很大波动,那些东北籍战士不想离开家乡,担心走路太远,军队中已经有某些干部开始滋生享受情绪;再加上部队的冬装还没有发下来。要想将这些问题顺利解决,都要有足够的时间,最后林彪还说到各纵队的指挥员全部提出延长休整时间的要求。

但是这样的战机是十分难得的,一旦国民党军部署完毕,将会造成难以想象的后果,时间就是胜利。双方意见相左,毛泽东要争取时间,林彪则要休整时间。时间已经到了18日,毛泽东经过与朱德、周恩来的商量,紧急作出如下部署:

一是利用傅作义、蒋介石对我军的积极性估计不足,迅速将东北野战军秘密调入关内,在敌人尚未察觉的情况下,将军队调入战区内,达成对平、津、张地区之敌的战略包围和战役分割,这样就可以达到抑留和就地歼灭敌人的目的。为了争取时间,中央军委命令程子华率东北先遣兵团首先进入关内,预作准备。

二是巧施缓兵之计。为了迷惑敌人,避免刺激平津守敌,进而使其逃跑,中央军委在调集东北野战军入关的同时,同时命令华北军区副司令员徐向前指挥的华北第一兵团停止对太原的攻击,并命令杨得志、耿飚指挥的华北第二兵团留在阜平地区待命,暂时停止他们原来准备参加太原作战的进攻计划,还命令杨成武、李井泉指挥的华北第三兵团暂时停止对归绥的攻击,最后命令聂荣臻在接到命令之后,转而命令攻击保定之孙毅华北第七纵队停止攻击。

190

三是打谈结合,拖住傅作义集团军。命令华北第三兵团在平绥路中段首先发起攻击,将柴沟堡、万全、张家口三地包围,吸引傅作义西援,拖住傅作义集团军;同时积极与傅作义保持接触,希望通过谈判来稳定傅作义。

中央军委和毛泽东关于战况的分析、决定以及对关于平津战役的设想和所作的部署随着西柏坡的电波,发到了林彪、罗荣桓、聂荣臻、杨成武、杨得志、程子华等前方将领的手中。为了战争能够顺利进行,各路大军同时开始转移阵地的行动。同时由于东北野战军的入关时间对这场即将到来的大战的成败至关重要,所以18日,毛泽东再次向林彪发出了一封口气十分严峻的电报,电报内容如下:

望你们立即令各纵以一、二天时间完成出发准备,于21日或22日全军或至少八个纵队采取捷径以最快速度行进,突然包围唐山、塘沽、天津三处敌人,不使其逃跑并争取使中央军不战投降。望你们在发出出发命令后,先行出发到冀东指挥。

由于战争的部署已经准备停当,所以林彪这次不敢有丝毫怠慢。截至11月19日,林、罗、刘同时向中央报告:"我们决遵来电于22日出发。"

11月21日,林彪、罗荣桓、刘业楼决定将兵力分为南北两路向关内进发,军队夜行晓宿,经喜峰口、冷口隐蔽进入关内。11月23日,东北野战军开始了有重大历史意义的胜利大进军。这支部队共有一纵、二纵、三纵、五纵、六纵、七纵、八纵、九纵、十纵、十二纵,共10个步兵纵队和特种兵部队约80万人,火炮1000门,坦克100辆,装甲车130辆,战马10万匹,随军民工15万人,告别了东北的白山黑水,沿着已经制定好的路线,浩浩荡荡向着关内,向着华北进发。

东北野战军的两路大军以迅雷不及掩耳之势进入关内后直接向平津逼近。到月底的时候由于军队行踪暴露,所以部队由最初的夜行晓宿,变成昼夜疾进。在古老的长城线上,东北野战军汹涌而入,这其中有数不清的山炮、野炮、榴弹炮和汽车、牵引车、骡马车、坦克、装甲车,遮天蔽日,烟尘滚滚。一直到12月8日,东北野战军各部队就已经以神一般的行动分别从喜峰口、冷口、山海关(行动暴露后的后续部队直接通过山海关)突击进入关内,这时的东北野战军已经逼近了北平附近的蓟县、玉田、丰润等地,至于东北野战军的指挥机关也已经于前一天进至蓟县南的孟家楼。

揪蛇尾,断蛇头,斩蛇身

由于东北野战军提前挥师进入关内,以至于之前双方之间的战争局势发生了完全改变。这时候,傅作义集团军集中在平、津、张地区的军队总共只有42个师的兵力,官兵共50余万人,而他要对抗的解放军仅东北野战军入关的部队人员就已经达到了80余万,这还不止,再加上华北军区的部队46万人,解放军的总数已经突破了100万,这个数量已经远远超过国民党军队,占据了绝对优势。

但是对于现在的战争局势,此时的傅作义竟然全然不知。他仍然按照之前的部署将他的嫡系部队放在北平至张家口一线,将蒋介石系统的部队摆在北平至唐山一线,形成一条长约500公里的长蛇阵。这个长蛇阵的蛇头在唐山、天津一带,蛇腹在北平,蛇尾在宣化、张家口一带。傅作义的作战意图就是一旦东北野战军入关，如果自己的军队坚守不住，就可以采取逃跑方针，这样东西两便，西可遁入绥远，进而西去；东可从海上南运。但是他怎么也没有想到，无论他怎样做，毛泽东都已经有所洞察，早已为他的长蛇阵准备了利剑。

其实早在辽沈战役刚刚结束的时候，林彪就曾经向中央军委提出过先攻打唐山、滦县的建议，林彪认为只要东北先遣兵团将唐山包围，这样唐山守军不能南撤，这样等到东北野战军主力来接替包围任务后，然后再继续向南将滦县包围，这种打法叫作"拖住敌人，等候主力"。这样的战斗打法是一种符合常规的战斗打法。这就是俗话说的打蛇先打头。同时这样的打法还与辽沈战役开始时的打法有些相似，辽沈战役时，东北野战军就是先包围锦州以南义县等地，将锦州与关内联系的道路打断的打法而取胜的。

但是毛泽东是一位拥有天才的军事统帅，他在军事行动中很少按照常规战术来指挥战斗。《孙子兵法》有云："兵无常势，水无常形，能因敌变化而取胜者，谓之神。"毛泽东就是这样一位拥有神一样指挥才能的人，他的战斗目标是要将傅作义的集团军全部消灭，而不是部分。所以，毛泽东认为在没有切断傅作义集团的退路尤其是海上退路之前，在东北野战军主力距唐山、天津尚远的情况下，如果以一部分兵力先去攻打唐山，这样做无异于打草惊蛇，这样做只会促使国民党军在北平附近的各军甚至是傅作义集团军一部或大部或全部进至津、塘、唐战线，但是其主力位于塘沽，则可以将唐山的国民党军接出来，同时国民党军还会完成从海路撤退的准备，到时候想要将国民党军全部歼灭那将是难上加难。经过反复思考之后，毛泽东认为还是应该先揪蛇尾。一旦抓住长蛇阵的蛇尾，蛇头必然回头咬人，这是蛇的本性使然。换句话说，这场战争要先从西线打起，傅作义的根据地就是绥远，傅作义集团军从平、津地区退守绥远的唯一交通线就是平绥路。张家口作为傅作义的一个军事基地，它西连绥远，东接北平、天津，在东北野战军还没有到达北平、天津、唐山地区以前，就要从这里打响这场战争的第一枪，打在这里就是打在傅作义集团的神经上。为了挽回局势，他一定会由北平、天津地区增兵来确保这条战线的畅通。只要将傅作义的几个军吸引到这条战线上，并歼灭这条战线上的一部或大部国民党军，使傅作义既不能西逃，也不能南撤，那就是最大的胜利。解放军正是按照这样的作战方针进行平津战役的。事实证明，从战线的尾部打起的确是决定这场战争成败的关键一步，这一种做法的确是全局在胸的一着绝妙好棋。

杨成武的第三兵团于25日接到包围张家口、宣化地区国民党守军的命令之后，就立即撤出已经包围的归绥，将兵力秘密东进。到29日时，杨成武带领的第三兵团突然向张家口外围的国民党守军发起进攻，至12月1日，杨成武已经完成了对张家口的包围。名震中外的平津战役就是这样被打响了第一枪。

那时候在北平的傅作义于11月29日接到了第十一兵团司令孙兰峰的求援电报。此时的傅作义对于毛泽东的作战意图全然不知，所以傅作义断定解放军对张家口的进攻只是一次局部行动，并不会影响全局，他认为东北野战军主力还在关外，所以傅作义就没有重视。基于现在的这种形势，傅作义认为必须要将西去的路线保住。于是他立即下令给当时驻扎于丰台的主力部队三十五军（两个师）和位于怀来的一〇四军一个师，全部交由第三十五军军长郭景云率领，星夜兼程驰援张家口。另外，还将驻扎于昌平的第一〇四军主力调至怀来,将驻扎在涿县的第十六军转移到昌平、南口。他的作战意图就是要在东北野战军主力入关之前,首先要做的就是将华北解放军击破,然后再集中兵力与入关的东北野战军展开决战。

在郭景云将要离开原来驻扎的驻地时,傅作义以特殊的绝对信任的语调对他说:"我30年积蓄的精英就是三十五军了,三十五军里面的一兵一卒,一枪一弹不仅凝聚着我的心血,甚至印有我的手迹。它是我最重要的机动部队,当初我费了好大的力气才从美国盟帮手中得到了400多辆大道奇,现在已经全部装备了你,你们军的武器也是最新式的。这支部队在我心中的地位你应该明白。这次对张家口的增援,一定要速战速决,千万不要因为一些小事而滞留。盼你马到成功!"

从傅作义的话中可以看出,三十五军是傅家军的一张王牌,同时三十五军也是傅作义发迹的家底。傅作义之前跟着阎锡山参加中原大战的时候,那时候阎锡山战败,张学良就以陆海空军副司令的名义将晋绥军进行了改编,又因为张学良特别赏识傅作义的为人,所以便任命傅作义为三十五军军长兼七十三师师长,傅作义就是从此开始了他作为一方势力的独立发展。再加上傅作义在抗日战争过程中极有作为,最终三十五军得到扩展,到1940年,傅作义以三十五军作为基础,另外扩编了新编第二军和骑兵第四军,就是后来的一〇四军、一〇五军,这些军队构成傅家军的基干。

如今傅作义逃往绥远老巢的道路上出了问题,于是他便毫不犹豫地拿出了自己的王牌军三十五军。领受任务回来后的三十五军军长郭景云对他的部属说:"总司令命令我们去增援孙兰峰,我觉得应该没有什么大的事情。但是你们要始终记得,那就是如果北平没有我们三十五军,总司令是不放心的。所以他命令我们速战速决,打完了就赶紧回来。"骄傲自大、傲气十足的郭景云无论如何也没有想到,这次去了就再也没有回来。

三十五军于11月30日下午就到了张家口,并会同张家口国民党守军向东西两面出击。这时的杨成武见这次战斗已经完成了吸引傅作义主力西出的任务,于是便命令部队主动撤退,与郭景云率领的部队始终保持不即不离状态。

这时的毛泽东看见鱼已上钩,国民党军已经中计,傅作义的主力部队已经向西移动,于是就命令华北第三兵团在切实包围张家口的国民党军的同时,还要将张家口与宣化之间的通道切断,这样做是为了防止郭景云回师东突;于是就命令杨得志率领第二兵团日夜兼程,经涿鹿到达宣化、下花园,将怀来与宣化国民党军的联系通道彻底打断;另外命令程子华率领的东北先遣兵团迅速向西开进,将怀来与康庄之间的通道隔断。

但是,如此严密的作战计划仍然出现了一些微妙的变化。那就是杨成武在完成吸引国民党军主力西移的任务后,由于担心张家口国民党守军会向西突围,于是就将大部分兵力驻扎于张家口西面,这样做的结果就是张家口东南面的兵力不多,只是将一个纵队留下来负责执行隔断张家口与宣化间通道的任务。在此之间,12月5日,东北野战军先遣兵团一举攻克密云,直逼平西,这些消息引起了傅作义的极大恐慌。密云和北平之间的距离只有80公里,是京畿的一道屏障,傅作义1933年曾经在密云率部进行过长城抗战,对于密云的重要性,傅作义的认知更加深刻。当得知密云已经被占领之后,傅作义才感觉到上当了,叫苦不迭,于是立即飞往张家口,召集高级将领开会,并命郭景云即刻回师北平,孙兰峰依然固守张家口将杨成武牵制住。12月6日,郭景云奉傅作义命令率三十五军乘车沿平张线向东返回，这个举动出乎杨成武意料，由于担任阻击任务的第一纵队此时正在调整部署，第一纵队刚刚撤至铁路两侧，就看到郭景云的部队乘着400辆汽车从他们面前轰鸣而过。这时的第一纵队已经来不及作出任何反应，只能眼看着国民党军从自己面前绝尘而去。

当毛泽东得知三十五军突破沙岭子阵地扬长而去，向东返回时，顿时感到火冒三丈。如果就这样任三十五军回到北平，那么之前所作的一切努力，前一阶段精心制订的决战计划将有泡汤的危险。于是，毛泽东对有关将领提出了严肃批评，毛泽东在给前线各将领的一封急电中明确指出：

杨、李过去违背军委多次清楚明确的命令，擅自放弃隔断张、宣联系的任务，放任三十五军东逃，是极端错误的。今后杨、李任务是包围张家口的孙兰峰，务必不使该敌向西向东或绕道跑掉，主要不使西逃，如敌逃跑则坚决全歼之。杨、李应严令所部负此完全责任，不得违误。现三十五军及宣化敌一部正向东逃跑，杨、罗、耿应遵军委多次电令，阻止敌人东逃，如果该敌由下花园、新保安向东逃掉，则由杨、罗、耿负责。军委早已命令杨、罗、耿应以迅速行动，于5日到达宣化、怀来间铁路线，隔断宣、怀两地联系，此项命令亦是清楚明确的，杨、罗、耿所部即便5日不能到达，6日上午应可以到达。三十五军于6日13时由张家口附近东逃，只要杨、罗、耿于6日上午全部或大部到达宣、怀段铁路线，该敌即跑不掉。程、黄应令所部迅速到达并占领怀来、八达岭一线，隔断东西敌人联系，并趁机歼灭该段敌人。

同时毛泽东又另发电报重责东北野战军领导人：

你们几次给杨罗耿电令都不合具体情况，都与军委隔断张宣两敌联系的规定冲突。现杨李已放任三十五军东逃，又不知杨罗耿能否于新保安阻住该敌。你们自己不以后卫军打密云，偏以先头军打密云，致耽搁时间，在这种情况下，可能你们尚未到达，三十五军及怀来之敌即已一起东逃，你们到后毫无事做，空劳往返。虽然如此，程黄仍须星夜赶进，希望杨罗耿能于6日夜或7日早在下花园、新保安线上抓住三十五军及一〇四军主力，而怀来之敌亦未跑掉，你们可协同杨罗耿消灭该敌。

这两封电令发出去之后，毛泽东仍然寝食难安。他始终担心三十五军逃回北平，一旦三十五军逃回北平，将会严重影响此次战役的顺利进行。

此时比毛泽东更为焦急的是杨得志。当他知道郭景云往回逃的时候，这时候他的第二兵团还远在洋河附近，距离这里几百里之外。想要赶上并截住沿公路乘汽车东逃的三十五军那几乎是不可能的事情，山高路远不说，中间还横着洋河、桑干河。当杨得志收到12月7日毛泽东又一封要第二兵团在宣化、下花园一线堵住国民党军的电报的时候，三十五军已经冲过了毛泽东为第二兵团规定的终点线——下花园，这时的三十五军直奔15公里外的新保安。但是，这时的第二兵团距离新保安还有一天多的路程。这可如何是好，难道就这样让国民党军扬长而去，这时候的战争气氛极其紧张。再加上当时寒冷的气候，军队中每个人的心中都感到胆战心惊。三位兵团领导杨得志、罗瑞卿、耿飚都在思考着一旦完不成任务将会有多么严重的后果。这时候罗瑞卿严肃地说："如果三十五军从我们手中逃出新保安，将会和怀来的一〇四军会合，一旦那两个部队完成了会合，那么我们就完不成上级交给我们的任务，那是要铸成历史大错的！"

就在这万分危急的时刻，发生了两件事情使战争形势发生了转机。首先就是华北二兵团四纵十二旅先期已经进入了新保安地区，他们奉杨得志的命令，以一旅之兵力，将兵力超过自己3倍的三十五军拖得硬是停滞了1天，使三十五军这支机械化部队在12月7日1天仅仅前进了30里，除了占领了新保安之外寸土未进。另一件值得一提的事情就是郭景云在关键时刻居然自掘坟墓、自寻死路。当天晚上三十五军在进占新保安后，该军副军长王雷震曾经向郭景云提出，由于新保安地形北靠大山，南临洋河，军队在此如在锅底，在这种狭隘的地方，万一发生什么情况，国民党军只要将道路两头堵住，造成的结果就是进退两难，补给断绝，增援不易，这个时候应该连夜速回北平。但骄傲自大蛮横的郭景云，根本没有将解放军放在眼里，仍刚愎自用地命令全军在新保安地区安营扎寨，等待次日天亮再走。

在郭景云睡觉的这一个晚上，正好给了杨得志日夜兼程的时间。到12月8日拂晓，杨得志领导的第二兵团主力在经过几天的强行军之后终于赶上了三十五军。这时杨得志丝毫不敢懈怠，赶忙下令第二兵团主力将新保安的三十五军团团围住。当一觉醒来郭景云准备出发时，发现周围已经全是解放军了。

当傅作义在北平得知三十五军已经被围困了新保安时，急得如热锅上的蚂蚁。要知道三十五军可是他的命根子，不到最后时刻他是绝对不会抛弃的。于是傅作义急令一〇四军和十六军向西援助三十五军，接三十五军出新保安。同时傅作义还命令位于张家口的一〇五军向东展开进攻，企图东西展开双面夹攻，将三十五军救出重围。最好的情况就是将三十五军接回北平，如果实在不行的话，退回张家口也是可以的。傅作义的如意算盘打得不错，但是不知解放军之所以要拖住三十五军的目的，就是要他往这个坑里扔部队。

当时的安春山是一〇四军的军长，由于这支部队和三十五军一样同为傅家兄弟部队，所以打起仗来极为卖命。由于有18架飞机的配合，所以安春山一下子出动五个团，向围困新保安三十五军的华北第二兵团第三纵队的阻击阵地发起了猛烈疯狂的进攻。这时候的三十五军也同样从新保安拼命东进，战争打得极为激烈，战争最激烈的时候，解放军阻击阵地一度被突破。这时候的安春山简直是欣喜若狂，他立即通过无线电向新保安的郭景云叫道："郭兄，迅速向东边突围，我部在怀来接应你。"

但是，事情总是这样凑巧，在安春山向郭景云发无线电的时候，傅作义为了调动安春山解救郭景云的积极性，也在8日向郭景云和安春山分别发了一份电报，电报任命安春山为"西部地区总指挥"。但是，三十五军的译电员将这封无线电译为"西部收容总指挥"。这时候一向以嫡系自居、心高气傲的郭景云听到这些，无论如何也咽不下去这口气，他在无线电中骂道："老子用不着你收容，老子不走了！"

对于郭景云的气愤，安春山感到莫名其妙。但是就算这样安春山仍然坚持郭景云突围，走出新保安与一〇四军会合，但是郭景云则坚持要安春山进入新保安来接应他。安春山没有这样的胆量。于是两人在无线电中吵来吵去，最终也没有吵出个结果。于是解放军三纵队就乘机将国民党军打出来的缺口重新安排上兵力，稳定了阵地。之后的这场包围战，无论两路国民党军如何努力，再也无法将解放军的包围阵地突破，虽然郭景云与安春山两支部队之间只有四公里之隔。

正在双方僵持的时候安春山突然得到了一份紧急报告，这份报告中显示已经有一路解放军从侧后方猛扑过来，之前随同一〇四军前来的十六军已经在康庄被他们消灭了，撤回北平的道路已经被切断了。令他们想象不到的是带给他们严重打击的部队竟然是东北野战军先遣兵团四纵、十一纵，他们经过连续四昼夜兼程行军，终于在12月9日经密云出其不意突然出现在平张线的怀来、康庄、八达岭地区。怀来驻扎的军队原来是傅作义集团军的一〇四军，驻扎康庄的是其十六军。这两支军队原来是奉了傅作义的命令向西到新保安去接应向东撤退的三十五军的，但是他们怎么也没有料到事情的最后竟然是这样，原来是去救人的最后竟然还要别人来接应。东北野战军先遣兵团首先将康庄的十六军变成了刀下鬼，四纵仅用了六个小时，就将十六军的大部消灭干净了。这时候的安春山已经是腹背受敌，哪里还顾得上郭景云，于是最后弃城南逃。到了11日的时候，当安春山刚逃至横岭、白羊城一带，就被四纵追上，安春山部瞬间乱作一团。四纵乘其大乱展开战斗，天刚亮战斗就已经结束了，一〇四军被东北野战军先遣兵团全歼，最后安春山乔装成一位伙夫才得以逃脱活命。

平津战役打响的三天时间里，也就是11月29日到12月11日这三天，中国共产党领导的军队已经在平张线上歼国民党军两个军、五个师，同时还将傅作义军团的第三十五军和第十一兵团部、第一〇五军等部队分别包围于新保安、张家口等地，另外将津塘的国民党军的第九十二、第九十四、第六十二军调到北平地区，彻底将傅作义的整个作战部署打乱，而且拖住了傅作义集团，使傅作义的如意算盘不能顺利实施，破坏了其南逃或西撤的两全布局。此时的傅作义已经是焦躁不安，东望而踯躅犹豫，西顾而寝食不安，进退不得，惶恐不安。

与此同时，毛泽东终于确信平津战役已经完全进入他设定的程序。于是，毛泽东于12月11日这一天，发出了《关于平津战役的作战方针》。

这时的东北野战军接到作战命令之后，于12月12日开始兵分三路开始实施作战行动，开始执行对北平、天津、唐山三地的国民党军实行战略包围和隔断任务。东北野战军以第二、七、八、九、十二纵队及特纵为左路，执行的任务就是隔断天津、塘沽、唐山三地国民党军之间的联系；以第一、三、六、十纵队和华北七纵为中路，执行的任务就是隔断北平、天津的国民党军的联系，并让国民党军感觉到从东、南两面已经威胁到北平；以第五、十一纵队为右路，从北面、西面逼近北平，完成对北平的合围任务。最迟到22日，各纵均到达指定位置，完成规定的任务。

就这样到12月中旬，平张线上的国民党军已经被东北、华北人民解放军全部包围，不仅如此，就连傅作义精心挑选的海上路线也已经被打断。至此，傅作义精心布置的长蛇阵，已经被人民解放军拦腰斩成了张家口、新保安、北平、天津、塘沽五段。傅作义东逃西撤两如意的算盘落空了，傅作义集团一下子变成了欲收不能、欲逃无路。

横扫平张线，傅家"王牌军"覆灭

新保安的位置十分有利，它北依八宝山，南靠洋河，东西山涧起伏。位于宣化以东约40公里处的平张公路、铁路的南侧，这是一个十分坚固的城堡，虽是明代所修，但9米高的城墙一砖到底,相当坚固,绕城有东、西、南三座城门,宏伟壮观;这个城堡向前可以镇守张垣(张家口),向后可以保卫京畿,素有"锁钥重地"之称。1900年八国联军攻打北京城时,慈禧太后仓皇逃出北京城,就曾经到此落脚。那时候的老太后饿得头晕目眩,太监呈上一碗稀粥,太后喝过之后获得一时安心,所以太后赐此地名为新保安。

第三十五军在新保安被包围之后,郭景云曾经数次展开突围,但没有一次突围成功。于是军长郭景云感到突围无望,随后便在城内日夜修筑工事,希望能够等到增援。

步兵入城

虽然郭景云其貌不扬,满脸大麻子,人们都将他称作是郭大麻子,但是郭景云确实是傅作义手中的一员大将。郭景云出生于陕西长安,虽然已经是一位军长,但是他出身贫寒,从小逃荒要饭流落于天津,在大沽盐场做苦力。最后逼不得已从军在傅作义部下当兵,由于郭景云作战勇猛,屡建功勋,所以很受傅作义的器重,不久就当上了三十五军的团长、师长。三十五军是傅作义最早起家的依靠,所以此后三十五军的军长都是极受傅作义重视与信任的人,这些人当中有第二任军长董其武、第三任军长鲁英麟,这两位都是一色的傅作义的山西老乡。由于郭景云战功颇著,最后又极得傅作义的信任,所以1948年1月在涞水战役中鲁英麟战败自杀后,就被傅作义特别提拔为三十五军军长。郭景云在就职演说中说:"虽然三十五军是常胜军,但是常胜军的军长就那么好当吗?军长手下的这些师长、团长、营长、连长、排长都不是好干的差使。之前几任军长已经为我们作出了榜样。如果你们打仗失败了,给我丢了人,我也自杀。"

当郭景云带领着三十五军被困于新保安时,傅作义为了解救他的这支"王牌军",几乎将手中所有的飞机都调动上了,傅作义希望这些飞机或协助第三十五军打突围战,或向新保安的三十五军投送粮弹。但是,令傅作义没有想到的是投送粮弹的飞机因害怕被解

197

放军击落，不敢超低空飞行，于是只好在高空投放了事。在这寒冷的冬天，北风呼啸，投放下来的粮食和弹药，在风力的作用下多被吹至解放军阵地上。被包围在新保安城内三十五军官兵，只能眼睁睁望着空中一架架穿梭往来的飞机，无奈地看着空降的物品最后降落到解放军的阵地上，心中不禁泛起一阵阵悲凉与无奈。

自从共产党中央军委下达围而不攻的命令之后，杨得志带领的第二兵团在半个月内，抓紧时间练兵，随时作好攻击准备。被包围在城里的三十五军知道通过自己的力量顺利逃脱的可能性不高之后，也抓紧时机加固原有工事，并构筑新工事。郭景云为了鼓动部下的士气，召集营以上级别军官在城隍庙训话："我们三十五军一直都有跟随傅总司令守城的传统。直奉联阎对战冯系的作战，那时候我们守过天镇；北伐战争的时候我们三十五军守过涿州；抗日战争时期，我们又坚守过太原；之前的剿共战斗，我们守过绥包。之前的几次守城战斗，我们没有一次不胜利的；如今只是守个小小的新保安，那还有什么说的！"这位出身于盐工的军长越说越得意，"如今我们坚守新保安，这个地名很吉利，我郭景云是长安人，我的儿子叫永安。长安、永安、保安，听到没有，这就保证我们三十五军一定会平安无事！弟兄们一定要有信心，我们一定能返回北平，这是天助我三十五军也！"在郭景云的鼓动之下，三十五军的所有官兵都信心高涨，于是所有的官兵便日夜赶工，构筑巷战工事，将数百辆汽车也当作工事之用，堵在大街小巷，并加修城中心的钟鼓楼，作为防御和指挥中心。同时在新保安城外，有外壕、有地堡、有鹿砦、有支撑点，特别是东关方面，可以和城上的火力点遥相呼应，已经构成城防的坚固屏障。

进入12月份的新保安，天气已经十分寒冷，气温常常可以达到零下30度。在城外实施包围工作的华北第二兵团的战士们，在这样的冰天雪地里面，每天一面进行工事的构筑，一面还要进行战场练兵。虽然这时候的气候十分残酷，但是战士们的作战情绪却极为振奋。他们在等待着军委下达最后攻击命令的到来。

一直等到了12月20日，这时候的东北野战军已经对北平、天津等地实施了包围战术，这个时间比之前预定的时间提前了五天，这时候一道命令飞来：已经是时候对新保安展开进攻了！

21日下午4时，已经对新保安包围数天的华北第二兵团的3个纵队连同东北野战军第四纵队的1个炮兵团，在统一命令之下，开始对新保安发起攻击。经一夜的激烈战斗，外围阵地便已肃清。

第二天早上，随着太阳的升起，白昼的来临，此时的三十五军的阵地已经完全裸露在解放军的炮口之下。早晨7时10分，杨得志作为华北第二兵团的司令员下达了总攻命令。一时间从兵团部飞起了三颗信号弹，在灰蒙蒙的天空中划出一道绿色的弧线，悠悠然上升到新保安上空。一瞬间，解放军手中的156门大炮向新保安东关一致射来数枚炮弹，炮弹像雨点一样落在方圆约100平方米左右的阵地上，仅仅只用了五分钟就发射了8000多发炮弹。数枚炮弹在城墙上爆炸，爆炸声震撼着冰封的大地。经过一个小时的炮弹的轮番攻击，新保安城墙上的堡垒终于被摧毁了，国民党军的火力点被粉碎了，九米高的坚固的城墙被轰开了一个缺口。

上午9时许，新保安东南面的四纵十一旅首先利用炮火轰开的缺口攻入城内，紧接着十旅以集团爆破也将东门炸开，随后相继而入。战旗升起在硝烟滚滚的突破口里面！

已经巩固了突破口的炮兵部队随即便向城内展开射击。炮弹落在城内的各个地方,炮弹将三十五军辛苦修建的街垒毁得一干二净,炮弹将他们用作巷战的装满沙土的汽车也炸毁了。一时间烟雾冲天,战火弥漫。之后攻入新保安的部队像一股不可抗拒、连绵不断的洪流,源源不断地涌入新保安城内,勇猛穿插,将国民党军一块块分割开来,最后一个个吃掉。

　　进入新保安城内的解放军已经越来越多了,巷战越来越激烈。三十五军用来指挥、防御的核心就是新保安城中心区的钟鼓楼。攻打新保安城的解放军第一梯队各部,分路穿插,向中心区的钟鼓楼逼近。虽然三十五军顽强抵抗,并以小股兵力,不断施行反冲击,战斗进行得异常激烈,但是依然挽回不了即将失败的颓势。从上午9时突入城内时开始,一直打到下午4时,太阳快要落山,各路进攻部队已经进攻到了郭景云的三十五军军部。

　　此时郭景云军部所在的半个城区已经被枪炮声、喊杀声填满了。平日里狂傲自大的郭景云已经束手无策了,于是郭景云在军部的指挥中心紧张地向北平总部发电报,郭景云表示要死守新保安。但是令人遗憾的是这个电报还没发完,就有一个解放军战士已经爬到了郭景云军部的屋顶上,该战士用枪将无线电天线打掉了。

　　此时的郭景云感到绝望极了,于是他气急败坏地向他的副官命令道:"快!快!快将汽油推到掩蔽部口,然后点火。"他是想在最后关头,将自己、副军长王雷震以及参谋长田士吉等全部烧死在掩蔽部里,这样就实现了他忠于傅作义的最后愿望。然而参谋长田士吉早就准备投降,于是他阻止了郭景云的这一愚蠢行动。这时候的郭景云看到自己已经是众叛亲离,无奈之下掏出手枪准备自杀,自杀之前郭景云冲着北平方向喊了一声:"总司令,我郭景云对不起你!"最后对准太阳穴,"嘭"的一声,倒地身亡。

　　郭景云自杀之后,剩下的副军长王雷震、参谋长田士吉以及两个师长和他们手下近2万人均做了俘虏。傅作义引以为傲的三十五军转眼间消失了。

　　当得知新保安已经被解放军占领之后,被困在张家口的孙兰峰即时慌乱起来。

　　平津战役一开始的时候,张家口就被解放军包围了,这里是国民党军的一个重要的据点之一。在张家口里面不仅有傅作义军团的五个步兵师、2个骑兵旅约5.6万人,而且这里城防工事也异常坚固。1946年10月,傅作义从解放军手中夺取张家口时,就是以此为基地,然后着手修筑工事。1948年6月,由于傅作义担心华北解放军突然夺取张家口,所以他又强迫2万多名老百姓在张家口外围修筑了500多个碉堡,就这样将张家口围得严严实实。作为第十一兵团司令的孙兰峰曾经吹嘘说:"修筑这些工事,它的作用不亚于万里长城,这样张家口就披上了铁甲,无论国民党军有多强,在30里内都无法接近。"

　　虽然孙兰峰曾经这样吹嘘,但是战争一旦打起来,张家口局势的发展并不是像他最初所想的那样顺利简单。在得知新保安已经丢失后,孙兰峰知道继续死守张家口已经没有任何意义了。所以当得知三十五军已经覆灭时,傅作义就发电报给孙兰峰,告诉孙兰峰:"事发突然,守张家口已无价值。趁杨成武主力在东,尽速西走,与其武配合,保住队伍就有希望。"

　　但是,傅作义与孙兰峰这个时候都没有料到,在傅作义的电报发出之前,杨成武的主力部队已经不在东而在西面了。原来,料事如神的毛泽东在决定攻打新保安的时候就已经替傅作义想到在张家口孙兰峰的出路了。所以在攻打新保安前两天,也就是12月20

日，毛泽东便命令东北第四纵队由怀来、康庄地区调到张家口以东，接替杨成武的战斗；并命令杨成武将华北第三兵团主力调到北面和西北面。

12月22日22时，根据傅作义的战斗突围部署，国民党军的一〇五军第二五九师乘夜偷偷溜出大镜门，向东北方向运动，希望逃过解放军的攻击。华北第三兵团司令员杨成武发现张家口傅作义军队全力向北突围后，立即命令第一纵队第三旅在张家口北面坚守西甸子、朝天洼，在正面阻击准备逃离的国民党军；同时，命令其他各纵队立即赶至张家口的北面，对国民党军形成包围之势，务必要将国民党军全部歼灭。

距张家口北门（大镜门）不到十公里的地方有一个叫西甸子的村庄，这个村庄的两面分别是东西太平山，两山之间夹着一条约500米宽的河滩。这个时候正值大雪纷飞的严寒季节，河滩中间的河道已经被冰封住了，一条公路从河床左侧村庄旁边通向绥远。傅作义集团军要想要逃跑，必定要经过这条公路。孙兰峰之前的部署是希望能够分散解放军的主攻方向，于是就命令骑兵第五、十一旅应向张家口以西展开突围。但骑兵第五、十一旅发现解放军在西面集结有重兵，便转而向大镜门方向涌来。就这样孙兰峰领导的5万多人就全部涌到了一个方向，这样就造成了突围出现了混乱。从大镜门往外，沿着河滩、公路，到处都是孙兰峰领导的部队。骑兵、步兵、炮兵、骆驼队、辎重、马匹像赶庙会似的挤成一个疙瘩，人喊马嘶，乱成一片，这时候的国民党军遭到三旅的围追堵截。

遭到围堵的国民党军在无奈之下，只好选择孤注一掷。所以孙兰峰派了两个师的兵力向第三旅的阵地发起冲锋。展开冲锋的国民党军，由几面国民党旗作为引路的标识，在挥舞着大刀的督战队的驱赶下，密密麻麻地向三旅阵地扑去。国民党军由于急于想要突出重围，于是就展开了一次又一次的冲锋，想要杀出一条血路，国民党军甚至一度夺取了西甸子村。但三旅马上又组织兵力夺了回来，双方陷入了胶着之境。最后三旅硬是以一旅之众，生生顶住了于自己来说几倍的国民党军的进攻，一直坚持到其他各部赶到支援。

当追击部队得知国民党军想要逃跑，于是就将一切置之度外，拔脚便追。开始追击的时候各部队还按原来部署进行，但是等到追过张家口城北大镜门后，那时候的天已经黑了。这时候的追击部队只好听到哪里有枪声，就往哪里追，看到哪里有火光，就往哪里追。这时候的各部队建制已经全部打乱，大家只有一个目标，那就是追到前面就是胜利，不能让国民党军逃脱。

从怀来经四昼夜急行军刚刚赶到张家口的东北野战军四纵，这时候的他们还没有来得及休整，便又投入追击战斗中去。他们由白天追到夜晚，又追到午夜过后，终于在南面的陶赖庙小山口将孙兰峰的部队拦腰截断。东北野战军四纵的先头排为了迷惑国民党军，于是就反穿棉衣，从混乱的人群中挤过来，冲上了陶赖庙西南的小山上架起机枪，向正在逃命的国民党军猛扫过去。这突如其来的袭击，将国民党军吓得只好慌忙退到对面的大山上隐蔽。

当国民党军看清楚眼前自己所处的环境时，便想要夺回山口，杀出一条活路。国民党军在一〇五军军长袁庆荣的指挥下，每次发起冲锋的兵力都是以两个营以上作为冲锋单位。从午夜一直打到黎明，解放军一个排已经连续战斗了七个小时，打退了国民党军的11次冲锋。这时候阵地上的雪，早已经被国民党军的炮火轰击得都融化了，大地已经焦土一片，由黄色变成了黑色。

战争一直持续到 24 日拂晓，孙兰峰带领的数万国民党逃兵，被解放军追击到大镜门外至朝天洼、西甸子之间十公里长、不到一公里宽的狭窄山沟里。步兵、汽车、骑兵、火炮以及各种物资把这条通道填得满满的，这时孙兰峰的部队已经成了一锅粥，乱作一团麻。随着天色逐渐转亮，国民党军开始意识到自己的末日就要来临，便争相逃命。军队中乱作一团，骑兵撞倒了步兵，汽车将大车撞翻了，随即大车翻进了人群中，又有人群被压住，同时又有解放军的枪林弹雨，国民党军乱成一片。

5 万多人的部队乱成这等模样，孙兰峰看到这些感到十分焦急，但是又感到很是灰心。于是，孙兰峰下了最后一道命令，那就是："各自逃命，逃出多少算多少。"这句话刚说出口，孙兰峰自己就已经迫不及待地先逃走了。其他各级指挥官见总指挥官已经率先逃命去了，也都趁天还没大亮纷纷溜之大吉。其中，一〇五军军长袁庆荣率军直属队逃到张家口东面一个山上，但是他没有想到这里却是一个悬崖，在走投无路的情况下，只好做了俘虏。运气最好的要数孙兰峰了，他带着几个随身卫士，仗着对地形的熟悉，绕道西去，最终才逃得活命。

关于张家口的这场战役一直持续到下午 3 时才结束。解放军除了将放张家口顺利解放外，还悉数歼灭了孙兰峰第十一兵团部、第一〇五军军部、二〇〇师、二五一师、二五九师、三一〇师、一〇四军的二五八师、整编骑兵第五、第十一旅、保安第四、五团，兵力共计有 5.4 万余人。与此同时解放军的伤亡只有 900 余人。

无论如何傅作义都没有想到，他辛辛苦苦半辈子攒下来的作战的本钱，只用了几天的时间就已经化为乌有，烟消云散。此时还在北平城内的傅作义感到想要作战胜利已经无望，想到自己多年的心血已经化为乌有，瞬间感到悲伤不已。

201

活抓陈长捷，解放天津

北平，傅作义所住寓所。

傅作义将自己关在一间屋子里，也不知道过了多长时间。他想要得到片刻的安宁，所以不让任何人打扰他，这时候的傅作义就那么静静地坐着，低垂着头，一言不发，从早坐到晚。当太阳落山的时候，屋子里的光线已经没有了，显得死沉沉的。但是这些傅作义好像全然不觉，就那么坐着。家里面所有的人都能理解傅作义此时的心情，家里面静悄悄的，没有一个人敢张嘴说话。

最近发生的事情对他的打击太大了，原本部署得好好的，但是一切都被打乱了。先是三十五军全军覆没，接着是张家口的丢失，所有他钟爱的部队和将领在一夕之间竟然都消失了。不知过了多久，他将茶几上的火柴拿起来，就这样一根根地咬着，希望借此能让自己心中的激荡平静下来。

这时候的傅冬菊也在傅作义的书房中，她正在思考的是如何抓住这个机会进一步对父亲做好工作，希望他能够看清眼前的现实，早日起义。傅作义的女儿傅冬菊与自己的父亲傅作义两人所走的道路截然不同。青年时期傅冬菊是一个追求进步的有为青年，早在西南联大读书的时候就参加了民主青年同盟，毕业之后在天津《大公报》当了一名记者，随后加入了中国共产党。当平津战役打响之后，为了将傅作义争取过来，她接受中共地下党组织的委派，回到北平，回到自己的父亲傅作义的身旁。这个时候的傅冬菊感觉到这正是做父亲思想工作的最好时机，于是便在傅作义情绪稳定后开始劝说傅作义，希望他放弃这场战争。

对于女儿的提议，傅作义感到很奇怪，一开始他甚至没有明白女儿的意思，当他听明白女儿的话之后，就急忙摇着头说："不，这是不可能的，我不可以投降，这样做的话是要对不起蒋先生的。另外我还有几十万的军队和几百架飞机哩，怎么可以投降呢？"

傅作义这样的回答已经被傅冬菊料到了，她就知道自己的父亲不会同意自己的提议。因为傅作义作为一名实力雄厚的军阀，在他的所有兵力丧尽之前，他是不会轻易认输的。所以傅冬菊又乘机向傅作义陈说利害，说："那您还是想跟解放军打下去？可是我希望您仔细想想，这场战争您能打赢吗？如今您最引以为傲的两支军队已经悉数被人家给灭了，难道您要等到所有兵力都被消灭之后，您再逃跑吗？但是您可以逃到哪儿去？往南面逃吗？那时候您一个'空军'司令，那边的人会要您吗？蒋介石是什么样的人您还不了解吗？这种人是靠不住的，到时候，他一定会翻脸不认人的。再说，看这种情势他迟早也会彻底完蛋的。那时候您又要怎么办呢？"

让傅作义感到女儿的话也有一定的道理，但是他似乎不相信这些话是眼前的女儿说的，于是，他疑惑地说道："也许是共产党派你来的吧。"

令他没有想到的是，听到这句话后的女儿大吃一惊，她惊讶地说道："您猜对了，爸爸，真的是共产党派我来的，我来这里的任务就是想让您以民族大义为重，能够和平解决北平问题。"

"到底是谁派你来的呢？聂荣臻还是毛泽东？"

"派我来的人当然是毛泽东。"

对于女儿的话傅作义虽然难以辨出真假，但他却不能不思索女儿所提出的建议。事实上这并不是女儿一个人的意思，已有许多人向他提出和平解决问题的意见了。

经过再三考虑，傅作义于12月23日鼓起勇气，向中共中央主席毛泽东发了一封电报。电文如下：

毛先生：

一、今后治华建国之道，应交由贵方任之，以达成共同政治目的。

二、为求人民迅即解救，拟即通电全国，停止战斗，促成全面和平统一。

三、余绝不保持军队，亦无任何政治企图。

四、在过渡阶段，为避免破坏事件及糜烂地方，通电发出后，国民党军队即停止任何攻击行动，暂维持现状。贵方军队亦请稍向后撤，恢复交通，安定秩序。细节问题请指派人员在平商谈解决转圜时期，盼勿以缴械方式责余为难。过此阶段之后，军队如何处理，均由先生决定。望能顾及事实，妥善处理。余相信先生之政治主张及政治风度，谅能大有助于全国之底定：

傅作义

12月23日

傅作义之所以会派发这样一封电报，说明他已开始考虑和谈的问题了，但是他还抱有一些抵抗幻想，不想马上缴械投降。

就在因为傅家军的灭亡傅作义为其而感到痛心的时候，这时候东北野战军已经按照毛泽东的命令开始实施先打两头，后取中间的部署，当解放军完成对西线的作战后，于是又在东线准备发起作战行动。

按照毛泽东的作战计划，西边的战役如果打下新保安后，为阻止华北国民党军队利用海上通道逃跑，紧接着就是要打东头的塘沽。

塘沽的地理位置十分重要，它位于渤海湾，距离天津港只有约45公里，是华北地区的重要港口，同时也是华北地区国民党军唯一的出海口。为了保证这一出海口能够顺利发挥它的作用，以便必要的时候能够从海上逃跑，傅作义将天津、塘沽单独划为津塘守备区，十七兵团司单独驻守，其中侯镜如为司令，天津警备区司令陈长捷为副司令，傅作义命令他们要重点防守。

12月中旬，在东北野战军入关最开始的时候，就按照毛泽东的部署，将天津与塘沽之间的军粮城首先攻占了，这样就切断了天津与塘沽之间的联系。这时候防守塘沽第十七兵团司令侯镜如得知这样的消息之后就马上加强了塘沽的防务。他根据塘沽地形狭窄的特点，将国民党独立第九十五师和交警第三旅放在塘沽正面，并派保安第五团担住塘沽以北和东北的防守，而将主力八十七军部署在新港纵深地带，并以三一八师为机动部队。另外，他还将国民党海军第一舰队司令马纪壮率领的主力舰"重庆号"等数十艘军舰，停泊在渤海湾内，一方面可以增强塘沽守军的火力，另一方面也可以掩护守军从海上撤退，他认为这是万无一失的准备。

针对国民党军的这一部署，东北野战军领导人通过认真研究，形成了一个新的作战策略。塘沽地形不利于东北野战军打攻坚战，而且北宁路与海河之间便于接近，突破前沿后碰到的就是建筑物，虽然建筑物的坚固程度不大，但是对连续扩张造成一定困难，其他方向又是一片平坦的盐田，没有办法顺利通过，炮火亦无法封锁海口。在这种形势之下，为了防止平津地区国民党军突围，就应该攻打天津。经过再三研究东北野战军领导人感到还是先攻打天津对这场战役更为有利，于是就致电毛泽东和中央军委，建议："我军准备以五个纵队的兵力包围天津，进行攻打天津的准备，万望批准。"

对于东北野战军的这一决定，毛泽东完全同意。于是12月29日复电：集中五个纵队准备夺取天津并放弃攻打塘沽的计划，是完全正确的。

这时候东北野战军参谋长刘亚楼听到中央军委对于之前改打天津的计划已经批准，心想平津战役之后，恐怕就不会有什么大仗可打了，自从辽沈战役以来，自己还未有独立指挥过一次大仗，于是便请求由他来指挥攻打天津。在经中央军委和平津前线指挥部同意后，刘亚楼就率一、二、七、八、九共五个纵队、22个师及两个炮兵师共34万余人，转而率领军队将天津包围住了。

刘亚楼带领的东北野战军30多万人向天津杀去，其声势之大，惊天动地，当然这样的声势就要惊动傅作义和蒋介石。听到这样的消息之后坐镇南京的蒋介石已经急得如热锅上的蚂蚁，因为此时华北的局势已经完全明朗，已经成为一盘死棋，如今的蒋介石又被华东危局所牵，正在发愁没有机动力量可调，所以他才坚持要傅作义南下，主动放弃平津，保存力量。12月23日，他派徐永昌去北平劝傅作义未果后回南京，一个星期之后，蒋介石就又派他的次子陆军装甲兵司令部参谋长蒋纬国带着他的亲笔信飞往北平去说服傅作义。这封信的主要内容是:"双十二事变"上了共产党的当,第二次国共合作,是生平一大教训。现在,你因处境艰难,又主动和共产党合作,我要借此一劝,特派次子纬国前来面陈,请亲自检查面陈之事。

蒋纬国当面将蒋介石向傅作义的许诺告诉傅作义,许诺只要傅作义能够由海陆两路撤至青岛,就会有美军援助南撤,到时候蒋介石一定会任命傅作义为东南军政长官,统帅所有国民党军队。

蒋介石的用意傅作义当然十分了然,所以傅作义在表示谢意之后长长地叹了一声,道:"如今的我已经是四面楚歌,想要南下已经是不可能了,为今之计只有与古城共存亡,以报委座对我的厚爱。"

这次又说蒋纬国无获而返,但是蒋介石仍然不死心。于是就在 1949 年 1 月 6 日,蒋介石派第三个说客也就是国防部次长、军统特务头子郑介民来游说傅作义,他携着蒋介石的亲笔信来到北平。信中称:宜生弟,仰以全局为重,即放弃华北,率北方各军全部经济南撤向青岛,中央已商由美国海军舰队白吉尔司令,率海军接运部队撤回南京,由弟任东南军政长官,集中力量确保江南,勿再延误为盼。

对于这次游说,郑介民也没有很好的办法,只好对傅作义进行老调重弹。就在郑介民对傅作义进行蛊惑时,传来了一个十分不利的消息,那就是解放军已经向困守陈官庄的杜聿明集团发起了最后的总攻。听到这些消息之后傅作义略带鄙夷地对郑介民说:"此时大势已去,即使南撤也是绝路,死路一条。"这场谈话就此结束了。

对于大军压城这样严重的事情,傅作义心中当然也是万分焦急的。但是此时的傅作义在中共和平政策的感召之下已经决定探索和谈的道路。于是就在 1 月 6 日,也就是郑介民到北平的同一天,傅作义也派出了自己的和谈代表。

傅作义派出的谈判代表是周北峰、张东荪。其中周北峰曾经在法国留学,回到国内之后曾任山西大学法学院教授,与傅作义是同乡。自从 1937 年起周北峰就已经作为傅作义的代表专门与中国共产党打交道。傅作义与中国共产党的接触,几乎全部都是由周北峰经办的。周北峰可以说是一位与中国共产党谈判的老手。张东荪的身份则是中国民主同盟的副主席,同时也是燕京大学的教授。他原来是受民盟委派,来北平劝说傅作义与中共罢兵言和,巧合的是,傅作义正好也想请第三方面的党派或知名人士来出面斡旋,就这样张东荪便被委托与周北峰一起出城与中共谈判。

1 月 8 日,与周、张二人进行谈判的人是林彪、罗荣桓、聂荣臻、刘亚楼等人,地点设在北平郊外的八里桥。傅作义的代表周北峰首先向解放军表达了四点意见,那就是:

1. 北平、天津、塘沽、绥远一起解决;

2. 平、津等地要有其他报纸,即不只是中共一家报纸;

3. 政府中要有进步人士;

4. 军队不用投降或在城内缴械方式,采取出城分驻地用整编等方式解决。

谈判过后的当天,林彪、聂荣臻即将傅作义提出的四点意见向中央军委作了翔实的汇报。收到汇报的毛泽东第二天就复电指示:

(一)所有军队一律解放军化,所有地方一律解放区化;

（二）平、津、塘、绥均应解决,但塘、绥人民困难尚小,平、津人民困难甚大。两军对峙,军民的生活都有很大的困难,故应迅速解决平、津问题;

（三）为使平、津地区免遭损失,人民解放军可以按照傅作义提出的条件,傅作义的军队调出平津城外,遵照人民解放军的命令开到指定地点,根据人民解放军的编制整编成人民解放军;

（四）双方代表在三日内规定具体的办法,平、津两城守军应在1月12日13时出城接受改编;

（五）释放所有被俘傅系军队的官兵,一律不作为战俘看待。

根据毛泽东的这一指示精神,双方会谈形成了一份纪要,周北峰带着这些回城复命,限定1月14日24时为最后的答复期。

刚一回到北平城的周北峰,立即就受到了傅作义的紧急召见,当傅作义看到周北峰带回来的这份纪要时,突然仰天长叹一声,之后就陷入沉默之中。这时候的傅作义手下还有几十万人,还是有资本进行平等谈判的,对于就这样一枪不放就束手就擒的最后结果,傅作义感到有些不甘心。于是,傅作义沉思了很久,最后他终于说话了:"你们谈的内容和会谈纪要我已经研究过了,你可以电告林、罗、聂等人,我这边还有些不清楚的地方,限定14日前答复的话,这样时间未免太仓促,过几天你和邓宝珊再去谈判一次。"

之前这个让部队出城接受改编的建议是傅作义自己想出来并提出来的,如今解放军已经同意了他的建议,傅作义自己却又说时间太过仓促,这样的做法明显是缺乏诚意,还想着要讨价还价。

当这封由平津前线指挥部拍来的电报被毛泽东看到时,他简直有些愤怒了。

这时周恩来说:"如今傅作义困坐愁城,难以下定决心,为今之计是要我们帮他下这个决心了。"

正在看着地图的朱德说道:"天津就是帮他下决心的地方。"

周恩来听到后,继续说:"就是这样,只有打下天津,将傅部海上南逃的退路打断,北平的问题也就迎刃而解了。"

毛泽东听到后,当即拍板说道:"好,那就打天津。具体日期定在哪一天?"

朱德回答道:"1月14日如何?"

"很好,就是要选择这个日子。这就是对傅作义的有力警告,同时这一天也是答复期限的最后一天嘛,我们是言而有信的。"

傅作义和中共双方的心思都想到了一块,他的确是想用天津来试探一下解放军的实力。奉傅作义的命令驻守天津的是天津警备区司令、津塘防守副司令、天津防守司令陈长捷。陈长捷与傅作义之间有很深的渊源,他们一样出身晋军,又都是保定军校毕业,由于陈长捷与傅作义共事已久,所以与傅作义有多年的袍泽之谊。傅作义掌管华北之后,念其旧谊,于是就将陈长捷从兰州调来华北出任天津警备司令。对于傅作义的为人陈长捷还是很敬佩的,又感傅作义对于自己的知遇之恩,所以对傅作义忠心耿耿。到了天津之后,陈长捷对天津城防、部队训练以及各项战备工作都抓得很紧,他常常说道:"华北是一个非常重要的地方,华北的门户就是天津,所以天津的地理位置更为重要,傅先生信任我,让我来把守这个大门,所以,天津绝不能在我手中出差错。"

早在日军侵占天津的时候天津的碉堡工事就已经开始建造了,当年日军曾在市郊主要的交通要道上构筑了很多的红砖碉堡,高的有一丈多,低的则高出地面数尺,铁丝网在碉堡周围架设着。自从日本投降后,美军就接替了日军,他们在外面又加筑了一些铁丝网。直到1947年初美军撤走之后,第十一战区司令长官上官云相开始防守天津。在他的监督催促之下,截止到1948年建成了长达84华里的环绕天津的环城碉堡工事,其中有各种大型碉堡380多个,另外还挖了一道宽五米、深三米的护城河,在护城河的内侧又筑有40公里长、六米高的环城土墙,这个土墙每间隔30米就建有一个碉堡,土墙上布满了铁丝网和电网,墙后是纵深碉堡群。

　　陈长捷到任天津后,对本来已经建造的工事进行了进一步的加固。为了能在城外形成有效射击区域,陈长捷下令将城周围数里以内的村庄全部焚毁,造成广阔的无人区,形成一片旷野。陈长捷的这一举动令上万户人家,流离失所,无家可归。同时他还将护城河由原来的五米拓宽到十米,深度由三米加深为五米。在这条护城河中水深经常保持在三米左右,人只要一不小心跌进去就会立即没顶。天津被围之后,他又充分利用这些已经建造好的防御措施,利用天寒地冻的天气,每天命士兵往城墙上面泼水,使城墙结冰变滑;为防止护城河水面结冰以保持较深水位,陈长捷下令将天津附近的所有水闸都关闭,这样运河、海河的水就都会流入护城河,就这样护城河水满溢出,泛滥成灾,致使天津附近方圆二三十公里都已经被河水淹没。

　　对于自己对天津工事的改造,陈长捷感到颇为自负,经常自诩为"固若金汤"。其中有一次傅作义问他:"如果共产党军队围住天津城,你军能撑多久?"

　　骄傲自大的陈长捷故意将长春拿来作对比,说:"定会比长春要久,最少耗共产党军队半年。"

　　实际上,虽然天津城池坚固,防守严密,但是也不是无懈可击。驻守天津的军队有两个军十个师共13万人,在这些的国民党守军当中,在东北战场上有五个师遭到过东北野战军的重创,遭受过毁灭性打击的部队中就有第一八四师;其中有两个师是由地方部队改编而成的,战斗力较弱。值得一提的就是,自从天津被解放军包围之后,天津现在已经是一座孤城,驻守天津的军士的情绪普遍低落。

　　接到命令之后的刘亚楼对天津的敌情作了仔细分析,他认为天津的地形特点就是南北长、东西狭,南部多有各种高大建筑物,中部、市郊开阔较多时平方,水网区大多是在南部。天津的中部和北部有重兵把守,防守较弱的部分在南部。国民党守军对于天津的防御特点就是:天津北部有较重兵力把守,天津南部的军事工事较为强劲,天津的中部则是防守较为薄弱的地方。根据国民党守军这样的守卫特点,刘亚楼首先决定实施东西对进的打法,将国民党军的防御体系拦腰斩断,之后再向两边扩展。简单说来就是:东西对进,拦腰斩断,先南后北,先将其分割开来之后再进行围歼。

　　为了使战斗能够顺利进行,刘亚楼命第一纵队司令员李天佑、政治委员梁必业指挥第一、二纵队、特种兵部大部炮兵和20辆坦克,从天津西部向东突击;命第七纵队司令员邓华、政治委员吴富善指挥第七、八纵队、特种兵部队炮兵一部和十辆坦克,从天津东部向西突击。两路兵力的集合地点设在天津城内的金汤桥,这样就将国民党守军的防御拦腰斩断。然后再兵分两路向天津城的南北进行穿插,将国民党守军的防御体系打乱。最后以

206

九纵和十二纵的三十四师由南向北进行助攻,辅助主路攻击,最后以八纵的独立四师、二纵独立七师等12个团在城北进行诱敌佯攻,做总预备队的是六纵十七师。

刘亚楼已经部署好了一切,万事俱备,只欠东风。直到1月13日17时,毛泽东代表中央军委致电平津总前委,致电中同意攻打天津,另外还指出:

"攻天津时除应注意工厂外,还应注意学校。如果敌人占据学校顽抗非用战斗手段不能解决时,自应使用战斗手段,即使有所破坏亦在所不惜;但如果使用劝降方法亦能解决时,则应使用劝降方法,以减少对学校的破坏程度。"

1949年1月14日早晨,坐落于华北海滨的天津城的上空,弥漫着像往常一样的白茫茫的浓雾。上午10时,当太阳升起来时,浓雾渐渐消散,驻守在天津城外解放军便开始展开了攻击,上千门火炮向天津城发出了怒吼,对于天津的作战开始了。

战争已经开始了,带着刺耳啸声的成千上万颗炮弹,划过长空飞向了天津城的城墙、碉堡,整个天津城都在震动。只见天津城内烟尘滚滚,砖石横飞,国民党军坚固的碉堡也在这漫天的火光和烟雾中纷纷倒塌,之前埋在护城河前面的地雷也相继被引爆,那些被陈长捷精心赶制的铁丝网被地雷炸得飞上了天空。国民党军的炮火已经完全被压制住了,前来助战的两架国民党机也毫无用武之地,刚刚飞临战地上空,就被高射炮击中而坠落。

战争进行了40分钟之后,嘹亮的冲锋号响起来了,随后突击部队发起了冲锋。由于有40辆坦克的掩护,所以工兵迅速将残存的地雷、鹿砦、铁丝网等排除掉,紧接着就是爆破组、架桥队相继而上,紧张地工作着,步兵突击队紧随其后,攻击部队像决堤的洪水一样冲向天津城。

原本护城河是天津守军的守护神,但是当突击部队来到护城河时,令人想不到的是此时的护城河已经结了一层厚厚的冰。守军无论如何也没有想到,经过几次放水之后,河面上的冰已经越结越厚了。等到解放军发起总攻时,这时候的冰层已厚得可以通过人。所有准备的渡河工具已经用不着了,而守军所倚仗的安全带,也完全不起作用了。

此时由于护城河已经可以过人,所以战争进展得更加顺利。10时50分,一纵就已经攻占了西城的突破口;11时,二纵就已经攻上了城头并与国民党军展开了白刃战。而此时的守军刚从震荡中清醒过来,于是国民党军开始拼命反扑,在城东、西两个突破口,双方展开了一场恶战。但是,随着解放军后续部队的不断涌来,很快就粉碎了国民党军的反扑。11点半的时候,各突击集团已经分别从东、西、南三面攻入天津城内,并向纵深迅速发展。

冲进天津城区的解放军,编成"四组一队"的战术队形,相互交替掩护,穿插分割,对天津城进行了逐屋逐街的争夺战。一路上,爆破碉堡,凿穿墙壁,开辟道路,解放军勇猛冲击,边清扫,边突进。

随着战斗的进入,指挥所也随之跟进。第一纵队副司令员曹里怀乘着坦克冲进天津城内,当他到达二师师长贺东生的指挥所时,立即招呼贺东生跳进坦克,然后接着向前冲,撞倒大楼,摧毁碉堡,所向披靡,攻无不克。当夜晚来临的时候,纵队司令员李天佑和政委梁必业也已经将指挥所迁到市区,并在地窖里就近指挥战斗。

到了第二天凌晨,也就是15日5时,实施东西对进的两个突击集团已经在金汤桥胜利会师,天津国民党守军已经被顺利拦腰斩断,天津城内的阵地已经被分成数块,此时的天津国民党守军已经陷于极度混乱中,有的逃,有的藏。其中一纵队的一个指导员带着一名战士,一枪未放就令500多国民党军缴械投降,还有一个连一下子抓获国民党军1845人。

上午12时,在地下室里的警备司令部中,陈长捷正在以无线电话向北平的傅作义报告战况。他难以相信,自己以为固若金汤的天津工事,居然会在一夜之间就被解放军突破。正在他汇报战况的时候,只听一声"共产党军队打到大院门口啦!"接着就有数名解放军战士在手榴弹的爆炸声中向司令部冲了进来。

"全部不许动!都举起手来,你们已经被俘虏了!"

随着解放军的一声猛喝,地下指挥所中已经有七个国民党军官颤抖地举起手来,其中有三四位是将官。此时的陈长捷手中还拿着话筒,他本能地喊了一声:"他们已经来了……"

"他们已经来了……"这句话成了陈长捷向傅作义报告的最后一条军情。

被包围之后的陈长捷道:"我们缴枪投降,但是请你们的一位长官过来,我好交代一下具体事项,马上通知部队不打了。"

解放军战士押着陈长捷吃力地走到外面,这时的陈长捷艰难地下达了他在天津的最后一道军令:"投降。"电话员立即将这一道命令转达到了各方面,一时间"投降!"之声,在地下室的指挥所中响起来。

天津城内的枪声随着陈长捷的下令投降而逐渐稀疏下来。到了下午3时,驻守天津城北的一五一师也缴械投降。

攻打天津的战役从1月14日上午10时发起总攻开始到战斗结束,总共只用了29个小时,这场战役共歼灭国民党守军的一个警备司令部、两个军部、十个整师和一些特种部队,总共歼国民党军13万多人。其中警备司令陈长捷、副司令秋宗鼎、八十六军军长刘云瀚、六十二军军长林伟俦、市长杜建时等军政要员悉数被俘。

截至17日,驻守塘沽的5万多国民党守军,当听到天津已经被攻破,一时间像丧家犬般垂头丧气,争先恐后地爬上船去,由海上向南逃去,至此塘沽也获得解放。

直到解放军将天津攻打下来,傅作义在平绥线上部署的长蛇阵已经彻底不存在了,西边的尾巴已经被斩掉,就连东边的蛇头也已经被割断了。傅作义剩下的只有最后一个据点了,那就是北平古城。战局发展到这里,傅作义的北平国民党守军已经成为网中之鱼,没有丝毫的反击之力了。

施压促和,古城和平解放

对于傅作义的长蛇阵,毛泽东之所以会选择先打两头、后取中间的作战策略,目的之一就是向对傅作义实行最大限度的压迫,促使傅作义走和谈之路。

北平在天津被攻克之后就成了不折不扣的孤城。在1948年12月东北野战军按照既定战斗部署向东西两面进攻时,中路大军萧劲光兵团和华北野战军一部就已经将北平给包围了。12月12日到月底,北平城外的平西、香山、石景山、通县、丰台、八里庄、万寿寺以及南苑机场等地已经相继被解放军攻克。北平城中的国民党守军已经完全陷入东北、华北野战军的重重包围之中。此时北平城内的国民党守军已经是欲战不能，欲守无力，欲逃无路。

北平作为一座历史悠久的古城。自从12世纪金主完颜亮在此建都之后，元明清三代又因袭相传，均以北平作为都城，因此在北平留下了颐和园、故宫、天坛、景山等无数亭阁台榭和数不清的古迹文物。除此之外，北平还有不少驰名国内外的高等学府，那些校园环境优雅，散发着千年古国的浓郁书香。如何将北平和平解放，是摆在毛泽东以及总前委每个人面前的一项重大而艰巨的政治任务。

历史上有多少名城因为无情的战火而化为灰烬。历史久远的暂且不提，就说那时候八国联军入侵北平，将圆明园给烧了，多少文物古迹遭到了毁灭性的破坏！这一浩劫将永远铭记在北平古老的历史记忆之中。

毛泽东之所以会如此关心对于北平的作战，就是基于这些考虑。1949年1月16日，毛泽东以中央军委的名义专门为解放北平问题电示林彪、罗荣桓、聂荣臻，毛泽东指出：

按此攻城，必须作出精密计划，力求避免破坏故宫、大学以及其他著名而有重大价值的文化古迹。你们务必使各纵队的首长明了，并确守这一点。让敌人去占据这些文化机关，但是我们不要攻击它，我们其他区域占领之后，对于占据这些文化机关的敌人再用谈判及瓦解的方法使其缴械。即使占领北平延长许多时间，也要耐心地这样做。为此，你们对于城区各部分要进行精密的调查，要使每一部队的首长明了，哪些地方可以攻击，哪些地方不能攻击，绘图立说，人手一份，当作一项纪律去执行。为此，你们必须召集各攻城部队的首长开会，给以精确指示。你们指挥所要和每一个攻城部队有准确的电话联系。战斗中的每一个进展均须在你们的指挥和监督之下进行。

虽然中央军委和毛泽东已经作了最坏的打算，但他们始终没有放弃和平解放北平的希望，他们始终相信，当天津问题顺利解决之后，傅作义最终将会走上和谈的道路。

正像他们所预料的那样，当傅作义手拿电话听到陈长捷在电话中说天津已经被攻占的时候，傅作义最后的一点希望也破灭了，他颓然跌坐于沙发里。这时，他才意识到自己的和谈行动已经晚了。

之前的谈判中，当周北峰携座谈纪要回到北平城中时，傅作义还认为那些谈判条件过于苛刻，所以就没有采取任何行动。此时最了解傅作义心情的人就是马占山。当看见傅作义愁眉不展，无计可施，又没有新的举动时，马占山就明白了傅作义的症结所在，于是主动找上门来，期望自己能在关键时刻帮助傅作义一把。他见到傅作义就说："我觉得你是自己的刀无法削掉自己的刀把。我给你出个主意，你将宝珊请来，让他帮你分担点儿，怎样？"

马占山、傅作义和邓宝珊三人是结盟兄弟，这三人中以马占山居长，邓宝珊次之，傅作义最小。他们不仅仅是因为私谊而结盟，这其中更是一种政治结盟。

邓宝珊此时的职务是华北"剿总"副总司令兼榆林地区总司令。邓宝珊同时也是国民革命的元老辈，他早在辛亥革命时就曾经参加过伊犁起义，是民国初年国民党军中宿将，久负声誉。抗战期间曾担任第八战区副司令长官，驻守陕北重镇榆林，同中共关系比较融洽，在两党关系中有鲁子敬之称。

傅作义听到这些话之后感到很有道理,于是就派自己的追云号飞机急飞绥远,将邓宝珊接到了北平。

转眼间已经到了1月14日,已经是谈判的最后期限了。傅作义将邓宝珊、周北峰叫到自己的办公室里,希望他们立即启程,到解放军平津前线司令部进行再次谈判。

周北峰说:"总司令,如今已经是14日了。上次会谈纪要上说的答复时间已经到了,这时候应该对他们有个明确的答案才好。"

此时的傅作义还是微微摇头,说:"你们先去,到那里后,就说有些条款还需再进行商量。"

邓、周一行四人于下午1时走出德胜门,分乘两辆吉普车驶进北平郊区的五里桥村。这时候林彪、聂荣臻、罗荣桓等人快步走上前来迎接,相互之间握手寒暄后,接着走进一个宽敞素雅的房间内,开始谈判。

当邓宝珊等人入座之后,聂荣臻便单刀直入地说道:"如今已经是14日下午4时,距离最后的答复期限只剩8小时了。对于攻打天津的命令我们已经下达,那这次谈判就不包括天津了,贵方还有什么意见吗?"

这时候,邓宝珊问道:"聂将军预计多久将会拿下天津?"

"四天之内。"

对于天津的防御力量邓宝珊还是很有把握的,于是他说:"傅先生亲自指挥布防的天津,你们用四天就想将天津给打下来,别说四天,就是40天也不一定能拿下来。"

林彪淡然一笑:"虽然贵军以前曾经有过坚守涿州三个月的战例,但是这里不是涿州,我们也不是张学良啊。"

果不其然,第二天上午正式会谈开始的时候,刘亚楼已经将天津收拾得差不多了。到了下午时分,一共没有用到30个小时,天津就获得了解放。

为了推动与傅作义的和平谈判,毛泽东在1月16日时,起草了一份给傅作义的最后通牒。这是以平津前线司令员林彪、政治委员罗荣桓的名义写的,通牒要求傅作义按下述两种方法和平解决北平问题:

(一)自动放下武器,并保证不破坏文化古迹,不杀戮革命人民,不破坏公私财产、武器弹药及公文案卷;

(二)如果贵将军及贵属不愿意自动放下武器,而愿意离城改编,则我军为保卫北平不受破坏起见,也可允许这样做。

天津城被解放军用了不到30个小时就攻克了,这给了傅作义以最后一击,这时候他已经意识到即使再挣扎也是无益的。于是在16日同一天,邓宝珊被傅作义授权与解放军达成了《和平解决北平问题的初步协议》。

这个时候,身处北平的傅作义感到万分焦急,他担心关键时刻会有什么差错出现。于是他对他的一位心腹王克俊说:"这件事我是冒着三个死来做的,那就是:首先,这几年来,我一直对自己的手下讲'戡乱、剿共'的话,如今却秘密地来了个180度大转弯,他们若是想不通,就一定会将我打死;其次,如果这件事情处理不好,泄露出去,蒋介石一定会以叛变的罪名将我处死;最后,共产党也可以按战犯罪将我处死。"

为了使这个和平谈判计划顺利进行下去,17日时,傅作义在新华门对面参议会楼内

210

举行了七省市参议会，这次会议将级军官全部列席，讨论的结果是一边倒，所有的与会人员一致要求和谈，并在会议当中推举北平市长何思源、吕复以及康有为的孙女康同璧等11人起草通电，会议最后确定由何思源等五人明日出城与中共进行接洽。虽然列席将领中也有不服者，但是敢怒不敢言。而这正是傅作义让他们列席会议的目的所在。

北平城以和平谈判的方式最终得以解决，正是人心之所向，这样的结果蒋介石无可挽回，丁是就黯然给傅作义发来一封电报，电报中这样说道：

相处多年，彼此知深，你现厄于形势，自有主张，无可奈何。我今要求一件事，即将派飞机到北平运走十三军少校以上军官和必要的武器，望念多年之契好，予以协助。

傅作义对于蒋介石的最后一个要求，一面复电"遵照办理"；一面又令"剿总"政工处长王克俊将此消息告知于解放军，并要求解放军用炮兵炮击天坛机场。最后蒋介石希望运走自己嫡系兵团离开北平的计划宣告破产。

1月21日，中国人民解放军平津前线司令部代表苏静在东交民巷一所西洋建筑风格的豪华庭院内和国民党华北总部代表王克俊、崔载之正式签署了名为《关于和平解决北平问题的协议》。也是在同一天，傅作义在中南海召集北平高级军政人员会议，向所有人宣读了《关于和平解决北平问题的协议》：

为迅速缩短战争，获致人民公意的和平，保全工商业基础与文物古迹，以期促成全国彻底和平之早日实现，使国家元气不再受损伤，经双方协议公布下列各项：

(1)自本月22日上午10时起双方休战。(2)过渡期间，双方派员成立联合办事机构，处理有关军政事宜。(3)城内部队兵团以下（含兵团）原建制原番号，自22日开始移驻城外，于到达指定地点约一个月后实行整编。(4)移驻城外之部队，可携带一星期之补给，以后由联合办事机构负责补给之。(5)华北总部成立结束办事处，其中作为对出城部队之管理约束，并与联合机构联合办理出城部队之补给事宜，其结束之时间，俟以上工作已逐步移交于人民解放军平津前线司令部及其补给机构接管完毕时为止。(6)城内秩序之维持，除原有警察及看护仓库部队外，根据需要暂留必要部队维持治安，俟解放军警卫部队入城后，逐次接替之，但傅作义先生仍得留必要之警卫部队。(7)北平行政机构及所有中央、地方在平之公营公用企业、银行、仓库、文化机关、学校等，暂维现状，不得破坏遗失，听候前述联合办事机构处理。(8)河北省政府及所属机构暂维现状，不得破坏遗失，听候前述联合办事机构处理。(9)金圆券照常使用，听候另定兑换办法。(10)军统、中统情报人员停止活动，听候处理，除违背此项命令别有企图，从事破坏行为有确凿证据者依法处理外，一律不咎既往。(11)一切军事工程一律停止。(12)在不违背国家法令下，保护在平各国使领馆外交官员及外侨生命财产之安全。(13)联合办事机构成立后，即释放政治犯，原华北区被俘高级军官于北平接交后，一律释放。(14)原华北区伤患官兵之医疗，阵亡者之安置，在双方协助下仍得由华北总部结束办事处分别妥善办理。(15)邮政电信不停，继续维持对外联系。(16)各种新闻报纸仍继续出刊，俟后重新审查登记。(17)保护文物古迹及各种宗教之自由和安全。(18)人民各安生业，勿相惊扰。

当傅作义将这份协议宣读完毕之后，其中绝大多数将领表示赞同，反对这份协议的唯有中央军嫡系将领兵团司令石觉和李文，他们要求离开北平。对于他们的提议傅作义表示同意，他同意放他们离开北平，但是傅作义要求他们必须保证部队不出事。之后，石觉、李文等人乘飞机离开了北平。

到了1月22日，傅作义领导北平守军共26万余人，全部离开北平到解放军指定的地点接受改编。这天上午，傅作义一个人登上景山，迎着冬季凛冽的朔风看着那些与自己曾经并肩作战的战士向城外开去，他在向他们告别。截止到1月31日，北平城内的所有国民党军队已经全部开出城去接受改编。

曾经的首都、古城北平在一夜之间换上了新的面貌。谁也想不到如今宁静的北平数日之前到处还是轰鸣的炮火，如今已经一切归于平静，欢乐和生机似乎又重新回到了这个古老的曾经的都城。

1949年2月3日，人民解放军举行了庄严的入城仪式。上午10点时分，那些兵团以上的高级将领包括林彪、罗荣桓、聂荣臻、叶剑英等，他们精神抖擞、春风满面，健步如飞似的登上箭楼。紧接着四颗彩色信号弹升上天空，划出一道道优美的弧线，在天空中绽放，永定门下，作为先导的是挂有毛泽东、朱德大幅画像的彩车和三辆装甲车以及军乐队，后面接着就是机械化部队，这里面有百余辆卡车组成的摩托步兵，也有汽车牵引的大口径炮队以及由各型坦克组成的装甲车队；再接着就是骑兵；一眼望不到头的步兵走在最后。整个北平城已经是万人空巷，故都北平的人民完全沉浸在了前所未有的欢乐之中。

就这样，平津战役终于落下了帷幕。

平津战役只用了64天就解放了华北绝大部分地区。在这64天的战役当中，解放军一共歼灭和改编国民党军队一个"剿总"司令部、一个警备司令部、三个兵团部、13个军部、50个师，共52万余人，但是解放军仅仅以伤亡3.9万人作为代价。

平津战役的结束，标志着中国共产党领导的人民解放军与国民党军队主力军之间的决战，解放军取得了完全的胜利。同时也标志着解放战争从此进入了战略追击阶段，更标志着中国革命的胜利已经指日可待了。

百万雄师过大江——渡江战役

战役档案

时间:1949 年 4 月 21 日~1949 年 6 月 2 日

地点:长江中下游

参战方:中国人民解放军;国民党军

指挥官:共产党军队粟裕、刘伯承;国民党军队汤恩伯、白崇禧

双方兵力:解放军 100 万人;国民党军 70 万人

伤亡情况:解放军伤亡 6 万余人;国民党军伤亡及投降共 43 万余人

战果:中国人民解放军胜

意义:渡江战役是战略追击阶段的一个大规模战略性战役,也是人民解放军进行的一次最大规模的强渡江河战役。人民解放军以木帆船为主要航渡工具,一举突破国民党军苦心经营的长江防线,继以运动战和城市攻坚战相结合,合围并歼灭国民党重兵集团,大大加快了全国解放的进程。

213

坚决阻止国民党分割中国的企图

国民党反动统治集团经过辽沈、淮海、平津三大战役之后,在军事、政治、经济上都陷入了总体崩溃的处境。现在,中国人民解放军具备了所有夺取全国胜利的条件。

从 1946 年 6 月全面内战爆发开始,到 1949 年 1 月战略决战结束止,国民党军总共损失 495 万人,其令国民党军骄傲的精锐师团也已经丧失殆尽。不过即使这样,国民党军残存的正规军仍有 71 个军、227 个师的番号,不过却只有 115 万人,加上其他部队,总兵力仅为 204 万人,然而,在这 204 万人中能用于作战的部队只有 146 万人。在这些部队中,除了华中军政长官公署白崇禧和西安绥署胡宗南集团的少数部队没有受到严重打击之外,其余的多是刚刚组建或重建的,战斗力非常弱,有的甚至已成了乌合之众,毫无组织、纪律可言,就更不用说战斗力了。从战略态势上看,国民党军在长江以北的防线已经全面崩溃了,其残存的 200 万部队,都分布在从新疆到台湾的广大地区内的漫长战线上,在战略上完全无法组成一个有效的防御。蒋介石此时面临着前所未有的挑战,他所面临的不仅是军事上的崩溃,同时也面临着“经济改革”的失败,不仅战场上一片惨败,市场上更是一片混乱不堪,物价狂涨,整个经济陷于崩溃之中。此时国民党的政治更是四分五裂,在以蒋介石为主的国民党统治集团中,每个领导阶层都有自己的打算,都有着自己的算盘。以李

宗仁和白崇禧为首的桂系集团,在美国当权者的支持下,甚至加快了逼迫蒋介石下台的步伐。1948年12月25日,白崇禧甚至直接向蒋介石提出了"和平解决"的主张。在他的授意下,湖北省参议会通过致电,要求蒋介石"循政治解决之常规,觅取途径,恢复和谈"。随后,河南省、湖南省的参议会也分别效仿湖北省参议会的做法,致电蒋介石,要求他恢复和谈,和平解决,逼迫蒋介石下台。在这种逼迫和压力之下,蒋介石怀着极度悲凉和无奈的心情,被迫于1949年1月21日宣布"引退",受命李宗仁代总统,虽然李宗仁顶替了蒋介石的职位,但是他仍然受制于蒋介石。时任南京行政院院长的孙科更是没有经蒋介石的同意,自行率行政院迁往广州。此时,整个国民党统治集团已是众叛亲离。

在国民党集团濒临崩溃的时候,人民解放军则在战争中不断壮大,与国民党军的情况形成了一个鲜明的对比。现在人民解放军的总兵力已达到了358万人,在兵力上远远地超过国民党100多万,其中野战军有188个师(旅)共218万人。全军士气高昂,装备也得到了进一步的改善,大兵团作战经验也更加丰富。在两年多的内战中,人民解放军已解放了长江中下游以北的广大地区,东北、华北、西北、中原、华东解放区已连成一片,总面积达261万平方公里,总人口约2亿,拥有县以上城市776座。除此之外,在南方各省,中国共产党领导的游击武装也已发展到了5万余人,除早就活动在海南岛的琼崖纵队外,又新组建了粤赣湘边、闽粤赣边、桂滇黔边、闽浙赣边等游击纵队,这些地方游击武装成为配合主力作战的重要力量,为解放军进一步解放长江以南的大片土地作出杰出的贡献。此外,解放区的工农业生产得到了迅速恢复和发展,尤其是一些具有重要经济意义的大城市的解放,为战争物质支援提供了有力的保障。中国共产党领导的民族民主统一战线迅速扩大,各民主党派和民主人士纷纷前来解放区,准备参加新政治协商会议,讨论成立民主联合政府的事宜。

在这样的形势下,国民党反动当局意识到了共产党的强大,于是便策划出了一个阴谋,打着"和平"的幌子,抓紧时间部署长江防线。李宗仁作为代总统在前台积极筹划着"守江谋和",而幕后的蒋介石则加紧策划着战斗准备,企图凭借剩余的残兵败将,"划江而治",在中国搞新的南北朝。然而,对于蒋介石这样的企图,共产党领导人毛泽东是坚决不同意的,他决不让历史在中国重演。

1948年12月30日,毛泽东发表了《将革命进行到底》的新年献词,以此号召革命战士将革命进行到底,坚决打倒国民党反动派。同时宣布了中国人民解放军将于1949年向长江以南进军,争取在全国范围内推翻国民党的反动统治,建立无产阶级领导的以工农联盟为主体的人民民主专政的共和国,同时提出了同南京国民党政府及其他任何国民党地方政府和军事集团进行和平谈判的"八项条件"。中共中央在1949年1月上旬和3月上旬分别召开的政治局会议和七届二中全会上,确定了向全国进军的指导方针,方针指出:必须灵活运用天津、北平和绥远三种方式,铲除残余国民党势力;在进军过程中,先占领城市,后占领乡村;必须加强共产党军队的工作队作用,除作战外,还需要担负起经营和建设新区的任务。同时还确定了向全国进军的战略部署:首先以整编后的第二、第三野战军在第四野战军一部配合下,举行渡江战役,占领宁沪杭等地。随后,以第二野战军向西南进军,以第三野战军向福建进军,以第一野战军向西北进军,以第四野战军向中南进军,解放全中国。

为适应大规模作战的需要，根据中央军委1948年11月1日和1949年1月15日两次关于统一全军组织和部队番号的训令，人民解放军于1948年冬至1949年春先后进行了整编。西北、中原、华东、东北野战军分别改称第一、第二、第三、第四野战军，华北军区三个兵团归中央军委直接指挥。整编中，各野战军将一批翻身的农民及解放战士补入部队，将许多地方部队升级编入野战军，充实了各级军政干部，调配了武器装备。整编之后的解放军，全军编成了17个兵团共58个军，连同各军区部队和南方各地区的游击力量，总兵力达到了400万人以上。人数远远超过了国民党军，通过整编，人民解放军向着正规化建设的道路迈进了一大步，各个整装待发，挥军南下。

渡江南进的作战部署

国民党统治集团为阻止人民解放军挥军南进，命令京沪杭警备总司令部总司令汤恩伯统一指挥江苏、浙江、安徽三省和江西省东部的军事，与华中军政长官公署主任白崇禧集团一同组织长江防御，企图阻止解放军渡江南进。截止到1949年4月，国民党军在宜昌至上海之间1800余公里的长江沿线上，共部署了115个师约70万人的兵力。

除此之外，汤恩伯所率领的75个师约45万人，部署在江西湖口至上海间800余公里的地段上。除派遣一部兵力控制江上若干个江心洲及江北据点作为警戒阵地之外，还派遣主力18个军54个师布防在长江南岸的沿线上，其重点置于南京以东地区，企图在人民解放军渡江时，凭借滔滔的长江之险，依托早已筑好的工事，并在海空两军的支援下，把人民解放军歼灭在渡江过程中。国民党其他六个军共20余个师则设防在浙赣铁路沿线及浙东地区，担任第二线防御任务。白崇禧集团的40个师约25万人，布防在湖口至宜昌间近1000公里地段上。其中，派遣27个师担任江防，主力第三兵团设防于武汉及其以东至九江地区；派遣13个师设防于长沙、南昌之间地区。同时，以海军海防第二舰队和江防舰队一部共计军舰26艘、炮艇56艘分别镇守在安庆、芜湖、镇江、上海等地的长江江面，江防舰队主力计舰艇40余艘分别镇守在宜昌、汉口、九江等地的江面上；以空军四个大队共计300余架飞机分置于武汉、南京、上海等地，支援陆军作战。除此之外，美、英等国也各派遣军舰停泊在上海吴淞口外海面上，威胁、阻挠人民解放军渡江。

长江，是中国的第一大江，亚洲第一大河，在世界上也是排名第三的长河。长江下游江面宽二到十余公里，历来被兵家视为天堑。1949年二、三月间，中央军委依据向长江以南进军的既定方针，命令人民解放军第二、第三野战军和中原、华东军区部队共约100万人，由第二野战军司令员刘伯承、政治委员邓小平，第三野战军司令员兼政治委员陈毅、副司令员粟裕、副政治委员谭震林组成的总前委（邓小平为书记）统一指挥，准备在汛期到来之前的5月，由安庆、芜湖、南京、江阴之线向国民党军发起渡江战役，一举歼灭汤恩伯集团，夺取国民党政府的政治、经济中心南京、上海以及江苏、安徽、浙江省等广大地区，并作好一切准备随时对付英、美帝国主义对解放军可能的武装干涉。同时，命令第四野战军以第十二兵团部率第四十、第四十三军约12万人组成先遣兵团，由平、津地区南下，一切行动听取第二野战军指挥，首先攻取信阳，继而威胁武汉，会同中原军区部队牵制白崇禧集团,策应第二、第三野战军渡江作战。

　　总前委依据中央军委的作战意图和国民党军的军队部署以及长江中下游的地理条件,于1949年3月31日制定了《京沪杭战役实施纲要》,决定根据渡江战役的需要组成东、中、西三个突击集团,采取宽正面、有重点的多路突击战法,时间定于4月15日,从江苏省靖江至安徽省望江段实施渡江作战,首先歼灭沿江防御的国民党守军,随后向南发展,继而夺取国民党的经济政治中心南京、上海和杭州等地,分别占领江苏、安徽省南部地区以及浙江全省。具体的兵力部署是:以第三野战军第八、第十兵团八个军另三个独立旅,共35万人组成东突击集团,由粟裕、张震(三野参谋长)指挥。其中第三十四、第三十五军位于江北全椒、仪征、扬州等地,战役打响之后直接攻占瓜洲、浦口、浦镇等地,以此来吸引和牵制南京、镇江地区的国民党守军;主力六个军由扬中以北的三江营至靖江以东的张黄港段实施渡江,成功之后向宁沪铁路挺进,并控制该路一段,阻击南京、镇江的国民党军东逃和上海方向的国民党军西援,并向长兴、吴兴方向继续发展,会同中突击集团切断宁杭公路,封闭南京、镇江地区国民党守军南逃的通道,完成战役合围,然后协力歼灭被围困的国民党军队。以第三野战军第七、第九兵团七个军,共30万人组成中突击集团,由谭震林指挥,在芜湖以北的裕溪口至枞阳段渡江,成功之后用一部兵力歼灭沿江的国民党守军,同时监视芜湖守军;主力则迅速向东挺进,会同东突击集团完成对南京、上海、杭州地区国民党军队的包围,然后协同歼灭被围的国民党军队。第七兵团并准备夺取杭州。为求使中、东两集团行动上协调,迅速合围南京、镇江地区的国民党军队,中突击集团过江之后统归粟裕、张震指挥。以第二野战军第三、第四、第五兵团九个军和中原军区部队一部,共计35万人组成西突击集团,由刘伯承、张际春(二野副政治委员)、李达(二野参谋长)指挥,由枞阳至望江段实施渡江,成功之后用一个兵团的兵力挺进浙赣铁路衢州及其以西、以北地区,并控制该路一段,切断汤恩伯集团与白崇禧集团的联系;主力沿江继续向东挺进,接替第九兵团歼灭芜湖守军的任务,并准备参加夺取南京的作战。4月3日,中央军委批准了以上计划。4月17日,总前委又决定西突击集团过江后,第三、第五兵团撤出浙赣铁路沿线,第四兵团执行东进任务。邓小平、陈毅位于合肥以南的瑶岗,代表总前委统一指挥渡江作战。

　　4月21日,中国人民革命军事委员会主席毛泽东和中国人民解放军总司令朱德联名,发出《向全国进军的命令》。随着毛泽东的一声令下,人民解放军百万雄师开始了席卷江南的伟大战役。

先遣部队,渡江侦察

　　从铜陵、芜湖之间的荻港、黑沙洲地段渡江的任务由中集团第九兵团指挥的二十七军担负着。为了查明国民党军江防部署及敌后纵深的情况,第二十七军首长经过研究之后,决定先派遣一个"先遣渡江大队"过江进行侦察。先遣渡江大队由二十七军侦察营的两个连和从各师部抽调的三个侦察班组成,由第八十一师二四二团参谋长亚冰(章尘)、军侦察科长慕思荣指挥大队。在大队过江之前,先进行了政策纪律教育、政治思想动员、水手训练和技战术训练,小规模的偷渡侦察也一并组织进行,3月初,二连三班在夜色掩护下乘一只小船到达对岸,将两个为国民党军夜的更夫抓了,士气大为鼓舞。3月13日,二连三、六、八班又被组织各划一条船驶向江心洲和南岸,将七个俘虏抓了回来,其中一个是排长。俘虏供称:守备比较薄弱的是江岸一线,纵深也无兵力,并把登陆地点的工事和地形情况交代了。几次偷渡侦察,经验丰富了,信心也得到了鼓舞。宋时轮司令员、聂凤智军长先后听取了先遣队的汇报,作了详细的指示,要求他们一定要搞清楚预定渡江地段的敌情、地形,向兵团用电台报告。

4月6日夜晚,先遣队从北岸分乘15只小船出发。国民党通常在20时以后结束军舰的巡逻,趁着夜色,亚冰于21时30分率领一部开始渡江,到达十里厂、皇公庙登陆点是在20分钟后。三班的一只船在南岸碰到了国民党军的木桩,班长下令跳水登陆,他们有的被国民党军火力杀伤,有较大损失,班长也牺牲了。亚冰决定迅速上岸,把国民党军摆脱。他们把堤埂抢占后,即沿着内河搜索前进,一路上没有遇到国民党军,部队向狮子山直奔去,准备一直隐蔽直到黄昏后再行动。亚冰刚将警戒部署好,便发现有一队人马从山脚下的大路上过来,对方看到山上有人,在路边马上把机枪架起来,接着发现东西北三方都有国民党军,很快,国民党军又换装成繁昌保安团来送信,询问"贵部是何部?往何处去?"由于这队国民党军不是国民党主力部队,而先遣队都穿着黄军装,从表面上好像"国民党军队主力",于是党委会临时决定:避免正面冲突,同国民党军大胆周旋。亚冰回信称:"我们是八十八军一四九师师部搜索队,前往某山区执行特别任务,不便奉告。"签名后把一颗大的篆体字章盖了上去。让负责警戒的连长高锦堂把排哨放到半山腰,副班长王春林向敌人喊话。这时,从王春林耳边擦过一发国民党军的子弹,一只鸟被惊得飞上了天去,王春林一枪瞄准就打下了那只鸟。山下的国民党军把这动作看得清清楚楚。紧接着,王春林把美式卡宾枪端起向国民党军扫了一梭子,给了对方一个下马威,并大声骂道:"奶奶的,你们竟敢向老子开枪,你们是哪个部分的?我们队长有命,由我们负责山上发生的情况,由你们负责山下发生的情况。遇到情况你们要向我们迅速报告,听到了吗?"国民党军赶忙回答:"是,听到了。"为了迅速将国民党军摆脱,大队首长命令一排、三排及电台人员迅速转移,高锦堂带二排与国民党军继续周旋,估计大部队已经下了山,一直坚持到黄昏,才从狮子山迅速撤离。另一部分由慕思荣带领以夹江口为登陆点,渡江是22时,25分钟后到达南岸。国民党军发现了五班的一只船,用炮火击灭了,九人掉进江里牺牲,其他的登陆顺利,然后直插杨山。8日拂晓,与在南陵县牧家亭东南三里多路的塌里牧村两个分队会师,渡江行动取得成功。

由于有船只在渡江时被发觉,亚冰判断我方已经暴露意图,需要进入山区隐蔽,将国民党军搜捕躲避,取得与江南游击队的联系。他们潜入铜陵、繁昌、南陵三县结合部的张家山,进行了两天的隐蔽休息,将体力恢复。然后他们研究了情况,把部队分为三组分散活动,有的侦察江边敌情,去找游击队接头,有的去外面寻找粮食蔬菜。为了和沿江游击队尽快取得联系,10日上午,在向导何道纯的带领下,先遣大队刘参谋和三名侦察员到南陵寻找游击队。何道纯是南陵县人,1946年曾跟随南繁芜游击队负责人王安葆打过游击,对这一带情况相当熟悉。当晚,在地下党员罗玉英的帮助下,他们就在南陵县板石岭找到繁昌县委负责人王佐、王安葆。繁昌县委派叶明山等人随刘参谋一行迅速向事先约定的地点老庙赶去，与先遣大队在11日凌晨会合。傍晚，叶明山带先遣大队与沿江支队支队长陈洪和南陵县委书记陈作霖等人见面，见面的地点是泾县北贡乡陈塘冲。两天后，沿江支队主力在沿江支队政委孙宗溶和副支队长李友白率领下赶到陈塘冲，和先遣大队会师。先遣大队过江后，皖南人民热情接待了他们。当时春天闹饥荒，生活非常艰难，看到战士们没有菜吃，陈塘冲的百姓就上山给部队挖野菜；看到战士缺鞋穿，妇女们就日夜赶工做了100多双鞋。庄里村有位老妈妈都70多岁了，很惦念山上站岗的战士，就让小孙子陪着她，拄着拐杖，拎着一壶热茶，带着一篮香喷喷的锅巴，给山上的战士送来，把战士们感动得都哭了。

12日，先遣渡江大队向泾县的陈塘冲转移后，在沿江支队配合下，敌后侦察活动积极开展，大量情报被搜集过来并向江北传达。

4月18日，第二十七军军部对先遣大队作出指示："渡江战斗决定在20日发起，晚10时半全面打响。先遣侦察部队主要是迎接八十师，其任务是攻占龙门山，并扰袭繁昌、旧县、横山桥间，将电线破坏，把国民党军的部署弄乱，扰乱国民党军的指挥，对大军渡江进行有效迎接。"电报对地方游击队有三项任务的要求：一、把迎接大军渡江的各项准备工作做好；二、20日晚8时把国民党军电话线切断；三、放火堆在国民党军占领区为记。

先遣大队和沿江工委研究决定：沿江支队主力在泾县、南陵一线对渡江和阻截国民党军溃散部队进行接应；先遣大队立即北上，迅速向江边行进，策应大军渡江。当夜先遣大队冒雨出发，行走在泥泞的山路上，一夜行军90里，19日拂晓隐蔽休息在张家山，19日夜又行军90里到黄莲山，与王安葆（化名杨鹏）会合。亚冰、慕思荣在杨明处把伤员、电台留下，先遣队兵分四路，分头将国民党军在交通要道上的电线破坏。20日18时，当开始攻击江北时，先遣队一部在山顶燃起火堆，这成为渡江部队的向导。看到后方山上起火，江边的国民党军惊慌失措。先遣队于20日夜里由黄莲山出发，21时把寨山占领，向龙门山迅速搜索前进，一路上将国民党军电话线都割断，七十九师侦察连一个班将横山桥、三山街与江边之军用电话线都割断，八十一师侦察连一个班也于21日2时全部破坏繁昌通荻港、横山、黄浒、三山与江边之军用电话线，但都未遭遇到国民党军的主力。先遣队一部于21日拂晓前在两山之间高地与八十师二三八团二营胜利会师，一部在江边鸡头山与七十九师会合。他们报告了纵深敌情，聂军长、刘政委在江边接见了他们，对他们完成先遣渡江的任务，为人民立了大功进行表彰。

根据第二十七军渡江的素材，加上其他军的事迹，建国后文艺工作者拍成电影《渡江侦察记》。

解放金华

218

中集团率先渡江

1949年4月20日首先实施渡江的是中集团。

晚5时，人民解放军中集团各炮兵群开始试射。第七兵团第二十四军首先对江心的闻新洲、紫沙洲进行炮轰，将国民党军前沿阵地的地堡轰掉。当对岸的国民党军炮兵反击时，人民解放军立即将目标抓住进行压制射击，国民党军陷入混乱之中，使国民党军四处逃窜。

人民解放军突击部队在炮兵掩护下将大堤的出口打开，隐蔽在河道里的船只翻坝入江。开始渡江原定为晚8时，但各部队有不一样的翻坝情况，19时20分第九兵团第二十七军第七十九师才开始拖船，二三五团一小时后拖出大部，二三七团只将少部拖出，此时对岸敌军的射击已经开始了。军首长命令不必等齐，渡江立即开始。在近21时，二三五团的渡江行动率先开始了。21时第二十四军统一开始渡江，在22时有些翻坝慢的部队则开始渡江。

在夜色中，中集团首先在枞阳至裕溪口段发起突击。从枞阳至裕溪口100公里的长江段有蜿蜒曲折的水道，江面较窄，江心洲珠串连环，也有相对平缓的水流，对突破有利。在强大炮火掩护下，第一梯队四个军（第七兵团之第二十一、第二十四军，第九兵团之第二十五、第二十七军）乘坐数千只木船，趁着夜色纷纷扬帆起航。当时正刮西北风，木船在风浪中竞发前进，迅速向南岸行进。至21时许，第二十五、第二十七、第二十四军首先将鲫鱼洲、黑沙洲、紫沙洲、闻新洲等江心洲攻占，歼国民党军一部，随后强渡夹江，先头船与南岸有300米距离时，才被国民党军发现，用炮火匆忙拦截。江面顿时浊浪滔天，波涛汹涌。为使船速加快，战士们纷纷用铁锹、钢盔对船工划船进行协助，船被打穿漏水，就用棉絮、衣服，甚至身体堵，有的船工负了伤，还依然不停地摇橹。为了将船工的伤亡减少，许多战士毅然在船工前面站着，用自己的身体掩护船工。人民解放军炮兵群向对岸再次齐轰，对步兵渡江进行掩护。江南岸立即变成一片火海。按预定要求，第九兵团第二十七军先遣渡江大队在山顶、高坡将一处处火堆点燃，为渡江大军导向。炮火与篝火交相辉映，黑夜像白昼一样，胜利的曙光在熠熠生辉。

金华群众夹道欢迎解放军

这时，从铜陵、芜湖窜出国民党海军太平、安东、楚同、美亨等舰，东奔西突。人民解放军采取近战战术，靠近国民党军舰，用火炮轰，用手榴弹炸，结果国民党军舰"致均负伤，弹痕累累"，"乃被迫驶向芜湖下游"，从战场上逃离。

219

从 20 日晚上渡江开始至 21 日早上 6 时，第一梯队四个军中，渡过长江的有第二十四、第二十七军全部，第二十五军七个团，共 28 团。第二十一军则按计划于 20 日当晚将长生洲、余水洲攻占，将国民党守军第五十五军二十九师一个加强营歼灭，与西突击集团于 21 日一道南渡长江。

在突击部队中，动作最快的是担任第一梯队的第九兵团第二十七军第七十九师。21 时整，第一梯队与南岸滩头只有 20 来米的距离了。着急的战士们争先恐后地跳入江中，登梯爬崖，涉水抢滩，如猛虎一般向国民党守军前沿阵地扑去。有的梯子刚刚架好，国民党守军就用炮火炸断。一架木梯被炸断，就竖起十架木梯！第七十九师一名战士，登陆时被炸断一条腿，当时就昏迷过去。苏醒以后，他强忍剧痛，单腿向国民党守军前沿爬去，用尽最后力气将炸药包拉响，用生命把国民党守军防御工事炸开了。解放军通向胜利的大道，正是用这些大无畏的英雄们的鲜血和生命铺成的。

21 时许，在荻港至旧县之间的第七十九师登岸，一举将国民党军第八十八军防线突破。冲在前面的是该师突击团第二三五团，即“济南第一团”。第二三五团一营三连五班的木船在夏家湖附近首先登上南岸，成为百万雄师的“渡江第一船”。各部队也陆续到达南岸，渡江的平均时间为 15~20 分钟。

人民解放军第二梯队一只运送物资的木船行至江心时，一艘国民党炮舰突然从上游东窜出来。人民解放军木船悄悄向国民党军舰后靠近，战士们向国民党军舰突然投掷一批手榴弹，抢登国民党军舰动作异常迅猛，把舰上的国民党军一下子打懵了，他们乖乖成了人民解放军俘虏。这个以木船俘获炮舰的故事，在部队很快就传开了。

随同第二梯队过江的还有第九兵团第二十七军军长聂凤智、政治委员刘浩天和第七十九师师长萧镜海。他们双脚在长江南岸的土地上刚落地，聂凤智便指示向总前委发电报：“我们已胜利踏上江南的土地！”在渡江战役中这是最短却是最激动人心的电报！

中突击集团渡江成功后，总前委决定：第九兵团第一步是在 25 日之前将繁昌、荻港、治港地区之国民党军消灭，第二步对南陵、青弋江、湾沚地区进行控制，并将宣城包围向东挺进；第七兵团第一步是在 25 日之前将铜陵、青阳地区的国民党军消灭，第二步将泾县及其以东地区控制。

第九兵团登岸部队直扑国民党军，如猛虎下山。激战两个多小时，第九兵团第二十七军登岸部队在油坊嘴、旧县镇附近将国民党守军一个团全歼，在荻港将国民党守军一个团重创，共歼国民党守军 3000 余人，把荻港、旧县等要点控制了。国民党守军四处逃窜。与此同时，第八十师将黑沙洲攻取，将国民党守军一个团部和两个营全歼，21 日晨强渡夹江，到达南岸。第二十七军趁着胜利登岸的机会，主力迅速向纵深挺进。21 日上午，将繁昌县城攻占，把繁昌至南陵的公路切断了。于 20 日 23 时半第九兵团第二十五军在大套沟至洛港段突破，先后将双窑、汪家套、横山桥、铜山、岳山等要点攻占，把国民党军第二十军一部歼灭。22 日凌晨，向三山、头棚以南地区进抵，向峨桥以东逼进，与第二十七军会合。在芜湖西侧，国民党军的一个重要据点就是三山，由此可对向纵深发展的人民解放军随时侧击，原先防守的只有第二十军一个团，又抽调三个团于 21 日前往增援。鉴于此，第二十五军及时将部署调整，准备将该国民党军围歼，正当各部在急速运动时，国民党守军见情况不利，就仓皇逃窜。

第七兵团第二十四军先将闻新洲、紫沙洲两个大江心洲攻占，将国民党守军全歼，将国民党军第八十八军一四九师副师长以下1500余人俘获了，然后强渡夹江，在铜陵至荻港段将国民党军江防突破。21日，将太平街、顺安、石村攻占，与第九兵团第二十七军会合。第二十一军第六十三师于20日夜将长生洲、余水洲攻克后，在江心洲集结，第二天黄昏，在炮火掩护下，与右翼第二野战军第三兵团齐头并进，将上江口、六合煤矿等要点攻占了，22日，将大通、贵池、青阳攻占。至22日，中集团渡江部队即提前三天把总前委赋予的艰巨任务完成了。渡江部队在南岸纷纷将火堆点燃，向大江南北传递胜利的信息。船工们把第一梯队运完，马上返回北岸再运送第二梯队。至21日晨，中集团过江的有28个团，东西120多公里、纵深20多公里的江南阵地建立了起来，拦腰截断了敌千里江防。渡江战役首战取得胜利。在中集团将芜湖至铜陵段江防突破后，在21日国民党军京沪杭警备总司令汤恩伯慌忙飞到芜湖部署堵击，急令其机动部队第九十九军前往增援，该军到达宣城之时，得知国民党军第二十、第八十八、第五十五军等江防部队已经将阵地放弃，向南逃跑，随即转向，向杭州逃窜。至22日中午，中集团向国民党防御纵深突入达50公里。23日，中集团第二梯队第七兵团第二十二、第九兵团第三十、第三十三等3个军也全部到达南岸，随即对逃国民党开始追歼。

东、西大突击集团全面渡江

　　就在汤恩伯对堵击进行手忙脚乱部署的时候，人民解放军、第二野战军西突击集团、第三野战军东突击集团的更大规模的渡江行动开始了。4月21日晚7时30分，西突击集团在枞阳至望江段，东突击集团在三江营至张黄港段，向长江南岸国民党同时发起强大进攻，在长达500多公里的江面上，船桅如林、群帆如画的壮观场面再次出现。

　　在强大的炮火掩护下，第二野战军西突击集团进行渡江。战前，刘伯承强调："现代战斗的权威就是火力，而炮兵的火力就是要掩护步兵突击的成功。"据此，野战军司令部对炮兵编成进行适时强化和调整，除把少量炮兵留下对付国民党的舰队和飞机外，主要炮火都在第一线集中支援渡江，特别是在安庆段长江上下游集中。第三、第五兵团在主要地段上突击，在正面不到30里就将各种火炮300余门放列好。炮兵群于4月21日16时开始试射，由于事先周密地侦察和精确地测算，炮弹如急雨一般纷纷将目标击中。炮兵转入摧毁性射击后，震天动地的轰响在安庆段长江上下游的主要突击地段上发出。猛烈轰击了整整一个小时后，摧毁了南岸国民党大部分堡垒，显得国民党的炮火极为微弱。陈赓在21日的日记中说："我秦军黄昏开始炮击，顷刻间，香口至毛林段化为一片焦土（国民党报话机中自述），可见我炮火之猛烈。"刘伯承在《关于渡江作战情况致毛泽东等电（1949年5月31日）》中说："经过4月21日18时渡江前一小时的火力准备之后，国民党南岸十之八九的堡垒都被摧毁。解放军第一航成功之步兵六个团（三、五两个兵团），伤亡不到十人，唯四兵团先头两军在彭泽上下流渡江，遭到国民党军六十八军较为顽强的抵抗，伤亡达350余人。"17时起，在枞阳镇至望江地段西集团第三、第五、第四兵团实施渡江，第三兵团第十一、第十二军，第五兵团第十六军，第四兵团第十三、第十五军等五个军担任第一梯队,相继登船起渡,竞相南驰的有数千只木船,国民党守军疯狂集中火力进行拦截,渡江突击部队凭借过河卒子的精神,有进无退,抢至长江南岸时仅用了15~30分钟,第十一、第十二军在乌沙闸以西,第十三军在马当附近,第十五军在香口附近,第十六军在黄石矶及其以南地区分别登陆,将滩头阵地抢占了。陈赓在21日的日记中说:"我十三军攻占八宝洲及三号洲,颇有缴获。我秦军黄昏开始炮击,""至晚十二时止已渡过五个团。十三军无船只,只好望江兴叹。"国民党军吹嘘江西省彭泽县八宝洲为"永远炸不沉的军舰"。在22日的日记中,陈赓说:"昨晚我秦军渡过两个师。周军在马当亦渡过约两个团。当我突击部队登陆时,敌即仓皇溃退,遗弃山炮、野炮、榴弹炮、机关炮及火焰喷射器等武器甚多。至此,敌吹嘘的所谓长江天险,不一日即土崩瓦解。下午据报,敌舰两艘在小姑山以西向我射击,经我轰击后,狼狈逃回九江。昨天到今日,只闻飞机嗡嗡声,但始终未见飞机,我白日横渡自如,毫无阻碍,大概敌机正忙于输送'要人'逃离宁沪故也!"各部队协作密切,向左右两翼及纵深迅速扩张。各军后续部队向南源源渡过。至当晚21时,西突击集团已有16个团渡过,将宽100余公里、纵深10余公里的陆上阵地控制了,担任第二梯队的第四兵团第十四军和第五兵团第十七、第十八军等三个军登陆后,向敌后纵深迅速推进,到23日,西突击集团将彭泽、马当、至德、贵池等地连续攻克。

对西突击集团的渡江,安庆船民给予了有力支援。约3000名船工直接出动参战,其中44人将宝贵的生命献出了。桐庐白柳一家父子二人同时参战,父亲牺牲后,儿子强忍悲痛,一夜三次往返驾船将大军运送渡江。在怀宁和望江境内聚居的回民,纷纷报名参战,一支127人的回民渡江突击队很快就组织起来了,他们研究出了一种快速水轮船,而且不用帆,并将20多只改装了,和战士们一起训练,经过激烈的战斗,回民渡江突击队年迈的丁宪友负伤,副队长马吉荣和队员丁宪良牺牲。二野第五兵团把写有"伊斯兰的英雄"的锦旗赠给他们,每人一张"渡江船工光荣证"。

21日19时许,东突击集团在强大的炮火掩护下,第十兵团指挥的第一梯队第二十三、第二十八和第二十九军等三个军,分别由七圩港至夹港,由夹港(不含)至八圩港,由八圩港(不含)至张黄港并肩南渡,直向国民党防御重点地域江阴一带插去。在长江下游这里是最窄的地方,只有1500米宽的江面。兵团指挥所随第二十八军第一梯队过江。第三十一军担任第二梯队,在第一梯队之后向南渡江。渡江时,冲在前面的船只到达南岸仅用了10多分钟。突击部队上岸后迅速将国民党军火力点消灭,把滩头阵地扩张,向纵深发展。第二十三军第六十九师第二〇七团二营五连一排所乘的七十一号机帆船,航行至天生港附近时被国民党军火力拦截,有20多人伤亡,排长也牺牲了,一班长挺身而出代替指挥,没有因此停止前进,将国民党军火力封锁一举突破,一个连的国民党军被歼灭,强行登陆,稳妥地占据了滩头阵地,为后续部队顺利登岸作了保障,战后,该排荣获"渡江英雄排"的光荣称号。20时许,第二十三军将壬坍港、天生港、下三圩港、桃花港攻占;第二十八军将徐村、朱家垫、老新沟攻占;第二十九军将石碑港、长山北麓攻占。后续部队渡江也是争分夺秒,甚至有的船只一夜之间往返八次。

人民解放军东集团在江阴一带将江防突破后,汤恩伯严令第五十四、第二十一、第五十一、第一二三军组织反击,企图在滩头阵地围歼人民解放军或赶到长江里去,将登陆场夺回,战斗进行得非常激烈。

22日凌晨,第二十三军第六十七师第二〇一团主力2个营担任前锋,向潘墅镇、师姑墩一带急进,遭遇国民党第五十四军第二九一师,激战进行了两个多小时,将该师一个多团的多次反扑打垮,三营第八连冲入国民党师指挥所,将其师长击毙,其副师长被击伤,国民党指挥中心失掉,迅速被溃退,至22日中午,第二十三军相继将圩塘、石庄、徐墅、璜土、百丈镇等地攻克。

敌第二十一军和第五十一军各一部是解放军第二十八军攻击的正面国民党守军。22日6时许,国民党第五十一军第一一三师北进,与申港地区国民党守军第二十一军第二三〇师协同,向第二十八军阵地舜歌山一带分两路发起猖狂反扑。第二十八军以两个团在舜歌山阵地坚守,将国民党军的进攻击退,将少将师长骆周能以下2000多人俘虏,并乘胜追击,将战果扩大。至22日中午,到达三河口、秦皇山、南闸一线。

第二十九军登陆后,奋力将国民党军第二十一、第一二三军的多次反扑打退,歼国民党军一个团,把张家港至黄山沿江阵地控制了。22日上午,向南闸、云亭、周庄一线挺进。

21日午夜,第三十一军跟随第二十九军南渡。22日下午,把江阴县城攻占。国民党守军第二十一军闻风而逃。第三十一军当即留一个团对江阴县城进行控制,主力向常州疾速攻击前进。此时,在中共地下组织的争取下,江阴要塞国民党国民党守军于22日3时许宣布起义,至23日,将常州、丹阳、无锡等城占领了,把宁沪铁路切断了。

在第十兵团南渡的同时,第八兵团各部的渡江作战也开始了。21日20时,第二十军担任第一梯队,从龙窝口、永安洲一线渡江。由于是逆风,内河大部分船只起航困难,只有两个营把逆水逆浪克服了,于22时30分在扬中强行登陆。在长江上,扬中是第二大岛,南岸江面狭窄,水流平缓,北岸江面宽阔,水流湍急,因此,扬中是国民党的江防重点,在岛上防守的是第五十一军。这2个营攻上扬中岛,与力量占绝对优势的扬中国民党守军三个团进行激烈战斗,多次将国民党军进攻打退,将登陆点守住了。22日凌晨,第二十军过江的有四个团,全面进攻开始发起,击溃国民党守军。22日中午,解放扬中县。23日,第二十军强渡夹江,登上南岸,向丹阳至陵口一线进抵。第二十六军担任第二梯队,将裕龙洲、公兴洲、通心港之敌扫清了,于23日下午登上长江南岸,至24日,该军除一个团协助特纵炮三团将江面封锁外,其他的均已到达南岸,向天王寺、薛埠镇方向开始追击国民党逃军。22日,第三十四军由仪征至扬州段渡江,在炮火掩护下将北新洲、瓜洲占领了,23日,进入江南将镇江占领,镇江国民党逃军撤逃。24日,成立镇江市军管会,袁仲贤任主任,随后镇江地、市委和专署市政府开始办公,陈光任地委书记,韦永义任市委书记,刘烈人任专员兼市长,吴光明任军分区司令员。中共镇江地下工委(隶属南京市委,书记胡果),为了解放镇江做了大量工作:1949年3月,通过打入江苏省保安司令部的地下工作者吴伊明把镇江的军事地图弄到了,送到解放大军手中;组织江苏医学院的党员和进步青年进入学院应变委员会,利用这个组织开展合法斗争,动员师生反对学院搬迁;采取灵活的斗争策略应对江苏学院迁校问题,省立江苏学院是国民党第三战区司令长官顾祝同在抗日战争期间创办的,学院具有强大的反动力量,1948年10月7日迁到镇江,学院内的党团组织利用在学生中具有举足轻重作用的徐(州)属同乡会和河南同乡会,做学生工作,争取学生对再次迁校的反对。1949年1月18日,学院党支部把公告贴在饭厅,把院方秘密布置迁校的阴谋揭露,全院学生分成两派,反动的赞成迁校,进步的反对迁校,最后院方强行迁校。2月3日，只有少数不到1/3的学生随院迁到上海；组织护厂队对电厂和水厂安全进行保护，24小时有可靠的人在要害部门值勤，对机器加强维修检修，对必要的燃料进行储藏，巡逻加强，使水电厂未遭遇任何破坏。第三十五军担任钳制南京国民党守军任务，于21日夜间开始进攻南京江北正面江浦、浦镇地区。22日晨，随即解放江浦、浦口。

在第二、第三野战军渡江作战的同时，担任策应任务的第四野战军第十二兵团之第四十军和第四十三军及江汉、桐柏、鄂豫三个军区部队的攻势也分别发动，将荆门、汉川、浠水、黄梅等地占领后，向长江边继续进逼，对武汉、九江国民党守军进行牵制，使西突击集团的右翼安全得到保障。

人民解放军以迅雷不及掩耳之势，一举将国民党军的长江防线突破，大大震惊了国民党反动集团。汤恩伯更是惊慌失措，向蒋介石连连告急。于22日上午蒋介石急忙从溪口乘飞机赶到杭州，召集代总统李宗仁、行政院长兼国防部长何应钦、总参谋长顾祝同、华中军政长官白崇禧开会，共商政策，决定把南京放弃向广州迁"都"，在浙赣线和上海组织新的防御。汤恩伯按照蒋介石的指示，于22日下午下令全线撤退：芜湖以西的部队退向浙赣线，芜湖以东、常州以西的部队退向杭州，常州以东的部队退向上海。于22日晚至23日上午，留在南京的国民党政府官员，向上海或广州、桂林等地逃去。

在中共南京地下市委的接应下，于23日晚第八兵团第三十五军开始渡江，进入南京。除林遵率领的舰队起义外，另有舰艇23艘在镇江附近江面向人民解放军投降。

至此，人民解放军东、中、西集团主力已在长江南岸展开，且已向国民党军防御纵深30至70公里深入，营造了下一步追歼逃国民党军极为有利的态势。一直被国民党作为屏障，借此苟且偷生的长江防线，除上海附近地段外，已经被完全彻底击溃。解放军彻底破坏了国民党反动派凭借长江天险负隅顽抗的企图。渡江战役关键性的第一阶段取得了胜利。

攻克南京，红旗插上"总统府"

南京是我国六朝古都，在长江附近，从1927年"四一二"反革命政变后至1937年、1945年至1949年是国民党反动统治中心。淮海战役结束不久，解放了长江中下游以北广大地区，人民解放军对南京有着直接的威胁。国民党军首都卫戍司令官张耀明所辖的第二十八、第四十五配置在南京及其附近地区。配置在江北的江浦、浦镇、浦口地区的是其第二十八军刘秉哲部，利用当地起伏的丘陵地形，南京的北部屏障主要是他们构筑的壕沟和各式碉堡。

1949年2月25日，中央军委向陈毅、粟裕、谭震林电示，为使军事斗争与和平谈判的政治斗争相配合，三野应有"攻占浦口，炮击南京"的作战计划，准备工作限3月10日完成。3月4日，三野将作战预案向中央军委汇报，狮子山炮台、飞机场、几个兵营、总统府等是其炮击目标。后来，鉴于南京是六朝古都，中央军委于3月27日将炮击南京的计划取消了。

第八兵团第三十五军按照野司、兵团要求该军在渡江作战开始时负责南京地区国民党军的指示进行钳制,于4月上旬向南京江北正面"三浦"的前沿推进,确定在战斗发起后先从右翼将江浦拿下,从正面将浦镇夺取,再将浦口夺取,争取先机渡江。4月20日晚,第三十五、第三十四军分别进攻"三浦"地区和北新洲、瓜洲。

21日零时,第三十五军强大的炮火先后轰击江浦、浦镇。第三十五军第一〇三师第三〇七团担任江浦县城主攻,江浦县有二三米厚、六七米高的城墙,大山包在城墙后面,炸药炸不倒,炮火轰不开。第三〇七团连续两次架梯子爬城都失败了,随后,全师的炮火支援集中,第三次突击成功,江浦县城被占领,国民党守军全被歼灭。第一〇四师把浦口前沿阵地扫清了,严重创伤了国民党守军;第一〇五师从乌衣东南大片水网地带越过,沿东葛至浦镇的公路两侧向浦镇直插,他们越战越勇,先后把浦镇以西的大顶山、二顶山(即定山)制高点占领了,接着展开了与国民党军逐个山头、逐个碉堡的争夺战。激战进行了一整夜,至22日晨,占领了国民党军主要阵地全部,迫使国民党军第二十八军向浦口地区退缩。当日下午,国民党军第二十八军接到全线撤退的命令后,便乘坐事先在浦口江边抢夺停靠的大小船只,慌忙过江,撤向南京。追击国民党逃军的第三十五军向浦口江边直奔。第一〇五师第三一五团先头部队追在前面,用机枪火力追击,击中了行至半渡的一只国民党军船,船沉入江底。

第三十五军于22日深夜接到第八兵团急电,称:南京国民党守军决定于22日晚起撤离,要对南京的国民党军严密监视。如发现国民党军已确实撤退,应抓住时机从南京正面强渡,向南京进驻(因其他部队赶不及),把治安秩序切实维持好,把大小工厂、仓库、电台及一切建筑物看管好;如国民党军的一部顽强抵抗,应将其包围,把其歼灭;如国民党军大部固守,即予包围,等主力到达与其协作歼灭之。第三十五军立即对进占南京的部署进行研究,决定以最快的速度过江。

但是在国民党军被溃退的时候,江北的船只全部被掠走了。4月23日下午,在三河乡桥北村的江滩芦苇丛中,第一〇四师找到一条载重一百二三十担的木船及船主童达兴,请他帮助解放军渡江。老船工既不收钢洋,也不讲条件,很快就答应了,并在老江口找到一位贫苦的船工当助手。黄昏后,侦察连指导员杨绍津和六位战士便坐船自南京石油公司浦口储蓄所(即南京造纸厂所在地)出发,军民齐心协力,划着船逆流而上。在南岸石油公司码头附近国民党警察发现了这只船,战士们立刻把国民党军击毙,接着在下关煤港顺利登岸。童达兴置个人安危于不顾,在大江南北往返六趟,把一个连安全送过江,使第三十五军的侦察兵和先遣队与南京地下党组织及时有了联系。解放军高度赞扬他的英雄行为。南京解放后,童达兴接受第三野战军政治部和华东支前委员会颁发的"功劳船"证书。

在浦口的小河汉里第一〇三师侦察连找到一只小划子,经动员,他们渡江得到了船主们的帮助。得到军部同意后,在火力掩护下,第一〇三师侦察班长魏继善带着四个侦察兵渡江。到达下关码头是17时左右,见江边没有国民党军,连忙用旗语将射击制止。他们把下关发电厂找到,一条小火轮在工人帮助下被找到,回到浦口,第三十五军开始渡江。后来又把火车轮渡船找到了,这时,接应解放军渡江的中共南京地下党组织和广大工人群众船只也赶到,第三十五军在一夜之间就全部到达下关。军容整顿后,开始入城接管。

第三十五军第一〇四师从南京左侧向紫金山、中山陵直下,对南京城从东侧进行控制。4月23日具有重大历史意义,是日午夜,第一〇四师第三一二团一部的勇士们,举着

225

红旗,跨越国府路(今长江路),向总统府直奔去,在总统府的门楼上,鲜艳的红旗被牢牢地插在那里。原来在那里挂着的国民党青天白日旗,随着人民鄙视的目光,从旗杆上跌落下来,在人群里被淹没了。对人民解放军表示欢迎的群众向总统府附近涌去,争相目睹插在南京的第一面红旗和护旗的解放军战士。不一会儿,在中山东路设立的励志社的第三十五军军部作战室接到第三一二团的报告:"我们团已经把总统府占领了。总统府的日历只翻到4月22日。"这张日历告诉人民:中国历史新的一页从此揭开了。

第一〇三师从右侧向清凉山、五台山等制高点直插,从西侧对下关江面进行控制;第一〇五师直向南京市中心,把新街口、中山门一线市区占领了。于23日马青苑、吴贻芳等民主人士组成南京市民"维持会"协助维持城内秩序,并与人民解放军接洽接收。守卫中山陵的国民党军一个营护陵部队向人民解放军投诚,完好地将中山陵转交到人民手中。

攻克南京,红旗插上"总统府"

当时《申报》报道:

共产党军队于今晨3时45分接受南京。军队系由西北门开入,由军官乘吉普车一辆开路,士兵沿中山路向焚烧之司法院大厦开进。共产党军队进城后,迅速占据各要点,并接收各政府机关、银行与公用事业。共产党军队入城未遇抵抗,早起之市民均在街头,用好奇眼光观看共产党军队。共产党军队散布城内后,即分组排齐坐定,唱歌并听官长训话。

为了南京的警备力量的加强,4月25日,第八兵团电令占领镇江、句容后正向南追击的第三十四军向南京回师,参加警备。该军军部率两个师日夜兼程在26日赶到南京,在孝陵卫、汤山一带部署,另一个师在镇江驻守执行警备任务。

毛泽东在北平香山的"双清别墅",阅读"人民解放军解放南京"的号外,心情激动,挥笔把《七律·人民解放军占领南京》的诗篇写下:

钟山风雨起苍黄,百万雄师过大江。

虎踞龙盘今胜昔,天翻地覆慨而慷。

宜将剩勇追穷寇,不可沽名学霸王。

天若有情天亦老,人间正道是沧桑。

5月1日,中共中央向人民解放军参加渡江作战的各部队致电,向渡江胜利和南京解放表示祝贺。

追歼南逃之敌

1949 年 4 月 23 日，六朝古都的南京回到了人民的手里，逃窜的国民党残军退向杭州方向。中央军委要求中国人民解放军各部队乘胜向南追击，把国民党逃军歼灭。渡江战役总前委于 4 月 22、23 日向第三野战军下达指令，担任镇江、南京地区的警备任务的是第八兵团所率第三十四、三十五军，以第十兵团第二十九军东进将苏州占领，开始警戒上海方向，粟裕统一指挥第三野战军主力，以东、西两路大军向国民党逃军追歼。西路第九兵团由南陵、宣城、广德一线向吴兴地区疾进；东路第十兵团由丹阳、金坛、溧阳向长兴、吴兴方向疾进。东西两路大军将"跑得，打得，饿得"的传统作风充分发扬，以快追、快堵、快藏、快歼的打法，急速进攻吴兴方向！

第九兵团司令员宋时轮、政治委员郭化若命令人民解放军第二十五军：经湾沚把里头桥抢占，直插宜兴，将南京、镇江南窜的国民党军退路切断，阻止国民党军。经过研究，第二十五军军长成钧、政治委员黄火星、副军长詹化雨、副政治委员兼政治部主任邓少东、参谋长熊应堂等军首长决定：以七十四师经小淮窑向湾沚镇以南绕道，把湾沚攻占，将里头桥抢占；以七十五师将白马山、石炮镇攻占，然后由竹丝港经湾沚镇以北，向东门渡地区进占；以七十三师随七十五师后跟进；原调归第二十五军指挥的八十八师在归建第三十军的同时，进击芜湖方向。

湾沚镇位于芜湖通往宣城的铁路线上，与三山有 100 多里距离，中途需要将青弋江跨越。青弋江是长江的支流，旌德是其发源地，由南向北，汇入长江。

全军部队于 23 日下午 3 时冒着春雨奉命出发。詹化雨副军长和副政治委员兼政治部主任邓少东率领七十四师，向青弋江的芳山镇渡江前进；师长谢锐、政治委员何志远率领七十五师，沿着三山街到湾沚的大路疾进；七十三师在第二十五军指挥所带领下，在七十五师后出发。

午夜时分，七十四师二二二团前卫营越过芳山镇后，突然在湾沚镇地区与国民党军遭遇，他们迅速将桂花树山、皂角树山、芳山镇等要地抢占了，抢修防御工事。国民党逃军一看退路被抢占，恼羞成怒，临时组织起来一片黑压压的密集国民党军，像一窝疯狂的野蜂扑向二二二团的临时阵地。

在詹化雨、邓少东两位首长的直接指挥下，七十四师师长张怀忠顶着瓢泼大雨率领部队，置追击的疲劳和饥饿于不顾，勇猛顽强地将国民党第二十军的数次猖狂反扑击退了，沉重打击了国民党军，将阵地死死地扼守住了，将国民党军第二十军从湾沚镇地区南逃之路彻底关闭了。

24 日凌晨时分，在湾沚镇东南，解放军七十五师二四四团渡过青弋江，向五里墩直扑去，并与国民党军开始战斗。

据抓获的俘虏交代，正是国民党第二十军全部、第九十九军一部和一个保安旅被七十四师、七十五师拦截住了。为此，成钧等军首长迅速决定，坚决将该敌在湾沚地区聚歼，对上级赋予的任务光荣完成。同时命令张怀忠师长指挥七十四师在正面对国民党军进行坚决阻击,谢锐指挥七十五师向国民党军侧后以最快的速度插进,与七十四师一起把对国民党军的合围态势形成,然后将国民党军围歼。

冒着滂沱大雨,英勇的解放军指战员像一支支利箭出发了。同志们在泥泞的羊肠小道上,甚至是跋涉在没有道路的荆棘丛中。下午2时许,形成了一个包围圈,把国民党军压缩在五里墩、查山头、老旗千、朱村、双池塘等一带方圆不过五六里的地盘里。

到3时过一点,经过短暂的准备,攻击开始的命令被第二十五军军长成钧和政治委员黄火星下达了,刹那间,只见人民解放军对国民党残军的猛烈攻击犹如排山倒海之势,湾沚地区上空顿时硝烟翻滚,枪炮声汇成一片,"缴枪不杀,优待俘虏"的喊声,在山谷中交织回荡。黑压压的国民党军慌乱成一片,犹如无头苍蝇到处窜逃。除了一部分向东把人民解放军的包围圈扯开了进行逃窜外,大部分国民党军逐步被压缩、分割,已成瓮中之鳖。

到了黄昏时分,国民党残军一看已经无望抵抗,硬撑下去也是死路一条,于是都耷拉着脑袋,举手缴械投降。湾沚追歼战取得圆满胜利。

此次战斗,国民党第二十军军部及所属一三三师、一三四师全部,第九十九军和保安第四旅各一部被歼灭,1.3万多国民党军被俘,大量的枪炮、弹药和骡马等物品被缴获了。国民党第二十军长杨干才在皂角树山的山脚下被人民解放军击毙,平时耀武扬威的他化成一堆烂泥。

被俘的国民党一三三师师长景嘉谟嘟嘟囔囔地说:"真是太出乎意料了,我们来不及吃饭就坐着汽车跑,还是被你们围住了,你们用两条腿硬是把我们的汽车轮子追上了。想突围出去,连军长都被打死。看来,一旦被你们围住,抵抗是起不到作用的。"

人民解放军能用一双脚板,把国民党军的汽车轮子追上,能用劣势装备将装备精良的国民党军队打败,靠的是什么?靠的是人民子弟兵把人民军队全心全意为人民服务的宗旨牢记在心,靠的是人民解放军特有的强有力的思想政治工作,靠的是将反动派打倒,将全中国解放的坚强决心。

首场追歼战取得胜利,对广大指战员有极大的激励和振奋,大家在无比的喜悦之中沉浸着。成钧等军首长登上山顶,看到全军官兵忘记了饥饿疲倦,忘记了风吹雨打,在夜幕初下的战场上,正在有序地集合收拢队伍,押送俘虏,打扫战场,听到欢乐的喧腾在整个湾沚地区满山遍野响彻……

成钧军长极目远眺,深深陷入对未来的遐想中。

"报告。"作战参谋的一声报告,把成钧军长的思绪从想象中拉回到现实。

作战参谋向军长敬了一个庄重的军礼,报告道:"军长同志,刚接到兵团首长的电报。"说完,把电报给军长呈送过去。

成钧军长定了定神,把电报夹翻开,对宋时轮等兵团首长的指示仔细阅读起来:南京、镇江的国民党军均已沿京杭国道逃窜向杭州方向,解放军已占领南京、镇江、丹阳、武进、无锡一线。各部队应分别迅速猛进,对国民党军进行阻击、截击与尾追歼灭。第二十五军与第二十七军沿宣城、广德至吴兴、杭州公路南北迅速东进,太平桥、梅溪镇之线以东务求于明后日赶到,以与小吕山镇的第二十八军配合打通联系。如第二十八军尚未到达,则第二十五军和第二十七军继续前进将吴兴抢占,以完全将向杭州之退路封锁国民党军,阻止其逃窜。

下达命令后,全军上下斗志高昂,只有一个坚决追上国民党军,不使国民党军逃窜的念头。全军部队将行装打点好,奔袭前进又开始了。

到 25 日中午时分,兵团总部又突然电令第二十五军,要求立即向郎溪一线折回,将向郎溪南逃之国民党军队的嫡系部队——第六十六军截住并歼灭。一听说是截击国民党军的嫡系部队,广大指战员一下子就有了劲头,个个瞪起了双眼,人人摩拳擦掌,把连续行军作战的疲劳、饥饿早都抛在了脑后。踏着泥泞的道路,部队大踏步地急速前进,傍晚时分向十字铺、誓节渡一带进抵。

短暂休息之后,26 日,天刚蒙蒙亮,军首长亲自指挥,第二十五军主力向郎溪方向继续追击前进。一路上,随处可见国民党军狼狈逃窜的迹象,丢弃的枪炮、弹药、被服、抛锚的汽车等,路上横七竖八地躺着国民党军丢弃的东西。

七十四师担任先头部队,在向郎溪进抵时,把一股正在没命逃窜的国民党军追上了,经过一阵猛打,把国民党军 1000 多人歼灭了。七十四师除把少数人员留下看押俘虏、清点战利品外,主力继续向前追击前进。下午,在到达梅渚时把大股的国民党溃军追上了,刚开始接火,国民党军就仓皇逃窜,四处奔命,嫡系部队的样子一点都没显示出来。

人民解放军第二十七军奉命向东追击,不顾连日来的国民党机轰炸、霪雨霏霏、道路泥泞等给追击行动带来的困难,在聂凤智军长、刘浩天政治委员的率领下,日夜兼程地向国民党残军追击。连续追击了八天,八座城被攻克,长驱 800 多里,先后将从南京逃出的国民党第九十九军及从芜湖、繁昌等地溃逃的国民党第八十八军、第二十军、联勤总部等各一部歼灭,终于追到了国民党军的前面。

第二十七军到达誓节渡时,河水突然多了,水流也急了。据当地老乡说,以前从来没有见过在春天发这样的大水。没法涉水,又找不到船。好在毛竹在当地盛产,军民齐心协力,将竹筏编扎好,把部队运送过河。国民党军的几架飞机在后续部队刚刚离岸时就俯冲下来,战士们用轻、重机枪和高射机枪向空中开火,国民党军不敢战太久,胡乱地在西岸扔下一批炸弹交差后,抓紧飞走了。

第二十七军指挥所到达广德以东 20 里的界牌时,进行了短暂的休息。由于连续行军作战,战士们都很疲劳,有的人刚一歇下就睡着了。聂凤智军长钻进一座小茅屋,把地图刚摊开还未来得及仔细看,忽听外面在很近的地方一片枪声大作。

警卫员冲进来报告:"首长,村北发现国民党军!"

聂凤智军长三步并作两步向屋外走去,只见村北国民党军有很猛的火力,这根本不是一般的散兵游勇。国民党军发射的 60 迫击炮弹,就在聂军长前面六七米的土坡上落下,聂军长的身上溅满了泥土。

"糟糕,国民党军窜到军部来了。"聂军长心里很是吃惊。由于各部队的过快穿插,并没有作战部队在军部附近跟随,事情突然又无法联系,此时的情况十万火急。

正所谓"狭路相逢勇者胜"。只见军参谋长李元,把刚赶上队伍的一门山炮拦住,指挥其迅速轰击国民党军;作战科长刘岩顾不得别的事情,一把将架在军指挥部旁的一挺高射机枪抓住,对国民党军进行了一顿平射;聂军长赶紧对手边仅有的侦察连、通信连进行指挥,让他们从国民党军的翼侧包抄过去;军机关的干部和炊事员、饲养员、文印员等纷纷拿起枪从正面对国民党军进行阻击。

经过激烈斗争,把这股窜到第二十七军指挥部的国民党军消灭了。

结束战斗后，有的机关干部边喘着气边对聂军长说："今天军长亲自当了回基层指挥员，我们当了回战士，看来我们机关及直属队的战斗力还真的很强呢！"

聂军长爽朗地笑出声来。

27日，人民解放军第三野战军第九兵团第二十七军与第十兵团第二十八军向东从南北两个方向实施大迂回，一起到达了吴兴地区，乘势将国民党军的退路封住了，一道坚固的屏障形成了。在郎广地区集聚了10万之众的南逃国民党军，欲作困兽之斗。

形成牢固的包围圈后，各部队的勇猛攻击就展开了。国民党军本身就是败将，现在又被解放军重重包围，他们完全陷入绝望之中，没有排、没有连，一片混乱。

第二十五军一字将三个师排开，一起前进，猛插猛打广德北门口塘地区的国民党军。国民党军东奔西突，四处碰壁。战至29日上午，9000多国民党军被歼灭。

在3军的共同攻击下，大部分国民党军都纷纷举手投降。到战斗结束时，只见成群结队的俘虏，在丘陵山谷之间排成蜿蜒曲折的长蛇，首尾不相见，非常壮观。

至此，经过两天激战，郎广围歼战已有五个军8万多人的国民党逃军被歼灭，其中国民党军长以下官兵5万多人被生俘，本场战役战绩显赫，以胜利宣告结束。即日，继续担负追歼任务的部队又在风雨之中开始了新的遥远的征程。

武汉、南昌获解放

在人民解放军第二、第三野战军取得渡江的胜利，追歼国民党逃军，把浙赣铁路杭州至东乡一线控制，将汤恩伯、白崇禧两集团的联系割断的情况下，国民党军慌忙将兵力收缩，妄图进行垂死的挣扎。

在武汉、宜昌地区盘踞的白崇禧集团共有15个军25万人，企图以一部分兵力将第四野战军渡江迟滞，掩护主力退却到湘赣边、湘中、湘鄂西地区，以将实力保存，从而把新的防线组织在汨罗江以北、长沙以东和大巴山地区，对人民解放军南下和西进进行阻止。

为将白崇禧集团的企图粉碎，中央军委、总前委决定：第三野战军一部向浙江东南部继续进军，将浙江全省解放；第二野战军一部对第四野战军第十二兵团进行支援渡江作战，并与该兵团协作向南浔线突击，相机向南昌进占；第四野战军第十二兵团，没等野战军主力赶到，便从汉口至田家镇地段渡江，以与第二野战军第四兵团作战策应，将武汉三镇占领，主力则由左翼向鄂南迂回，将向华南进军的大门打开，并以一部分兵力突击南浔线，将九江、南昌解放。

5月6日，第十二兵团的司令员兼政治委员萧劲光等兵团首长召开第四十、第四十三军及湖北军区首长会议。经过研究，决定遵照中央军委和总前委的指示，以第四十军从武昌正面的团风至韦源口地段实施渡江；以第四十三军在韦源口、龙坪地段强渡长江，向武昌迂回。

军长李作鹏、政治委员张池明率领第四十三军，以一二七师将黄冈至下巴河一线之国民党军袭歼，一二八师将兰溪镇之敌袭歼，一二九师对蕲春、田家镇之敌进行袭歼，一五六师对团风、堵城等地之敌进行袭歼。并令各部队都在5月14日凌晨3时发起进攻。

5月14日凌晨，各师根据预定部署猛烈攻击长江北岸国民党桂系的第四十六军、第四十八军和第一二六军的江防部队据点。一五六师攻占团风，将国民党军第一二六军三〇四师九一二团一个营及一个保安团歼灭；一二七师攻击黄冈，将国民党军三〇四师九一一团两个营歼灭；一二八师将兰溪攻占，歼灭国民党军一二六师三〇五师九一四团；一二九师将浠水攻占后，又相继将蕲春攻占，把国民党军一个保安团歼灭了。第四十三军在连续把团风、黄冈、兰溪、浠水、蕲春等地夺取后，又把西起团风、东至武穴（广济）100多里的江北沿江地段控制了，于15日清晨从兰溪及其东西地段发起渡江作战。

官兵们在国民党军炮火的攻击下，飞舟南渡，迅速将国民党军江防阵地突破，顺利登上南岸，随即发展进攻国民党军的防御纵深，向黄石港、石灰窑、大冶地区直插。

就在第四十三军将长江防线突破之际，在长江南岸黄石港、铁山地区驻守的国民党军第一二六军三〇五师九一三团和九一五团的一个营，在郭坚、马祥雅两个团长的统领下举行战场起义，并派出人员与解放军主动联系。第四十三军了解到此消息后，立即命令起义部队将其控制的船只向江北开去，迎接解放军渡江。在起义部队的接应下，于15日下午3时第四十三军一二八师全部渡过长江；一二七师、一二九师、一五六师亦从黄冈、黄石港、蕲春等地分别渡过长江。

黄石港的和平解放，保护了各厂矿和人民生命财产的安全，使其免受炮火的破坏。

第四十三军渡江时，天突然下起了倾盆大雨，各部队发扬不怕困难、不怕牺牲的英勇气概，顺利渡过长江，并在泥泞的道路上冒雨向国民党军纵深迅速攻击前进。战至16日，将阳新、大冶、黄石、鄂城等长江以南的鄂东地区占领。

17日，第四十三军将江西瑞昌、九江占领后，继续沿南浔路突击前进。

在兵团副司令员兼军长韩先楚、军政治委员卓雄的率领下，第四十军于15日开始攻击汉口外围的国民党军，将标子湾、刘家庙地区的国民党军肃清了。16日拂晓，第四十军一一八师到达武昌、汉阳市郊的谌口附近。此时，发现武汉的国民党军已弃城向南逃去，随即向市区急进，于当日7时将整个武汉市区占领，将武汉保警部队及警察局所属武装全歼。同日下午，一二〇师、一五三师与第四十三军配合将黄冈、团风一线国民党军江北阵地攻占后，渡过长江。与此同时，江汉军区独立第一旅和第五十八军一七二师部队相互配合将汉阳攻占。

第四十军一五三师17日进占武昌。至此，已胜利解放武汉三镇。

18日，一二〇师主力和一五三师一部进抵贺胜桥，并在追击途中将河南保安第三旅歼灭。

在此期间，在中共地下党的长期争取下，国民党河南省主席、华中军政长官公署副长官兼国民党军第十九兵团司令官张轸率第一二八军军部及3个师和第一二七军1个师共2.5万多人，于5月15日在武昌以南的贺胜桥、金口地区举行起义，并在贺胜桥附近将白崇禧部的截击击退，光荣地编入了中国人民解放军的序列：人民解放军第五十一军。

第二野战军一部，即第四兵团在与第四野战军第十二兵团配合渡江的情况下，于5月中旬先后将浙西、闽北、赣东北和赣中广大地区解放了。当第四兵团向赣中进攻时，第二野战军和总前委于5月9日向中央军委致电，认为在第二野战军把浙赣线完全控制，并逼近赣江的情况下，南昌的国民党军可能会提前撤退。因此，建议在国民党军撤退时以第四兵团,适时向南昌进占。并令第四兵团把随时进占南京的准备作好。次日,中央军委复电对上述建议表示同意。

此时,在南昌驻守的白崇禧部夏威兵团,故弄玄虚,吹嘘要将南昌死死守住。其实信心早已经失去了,并向赣江两岸开始逃窜。

第四兵团按照上级的命令,决定以第十四军向樟树、丰城进占后,西渡赣江,突击高安及其以南地区,以第十三军将四十三师加强由大小港口西渡赣江,沿第十四军之右侧前进。5月19日,第十四军将樟树、新淦攻占,准备向赣江西渡,第十三军主力急速向丰城以北前进,21日天亮前,在南昌东南的河里绿先头团渡过扶河,开始攻击谢埠,守军南昌县伪保安团举手投降的有400多人。当前卫营向南北安冲一线时进抵时,被南昌守军发现,守军立即组织两个师反击前卫营,企图趁其没立稳足,就将其退回河东。面对装备优势是自己八倍的国民党军,前卫营奋勇抗击,连续将国民党军的八次反扑击退,将既得阵地守住,并将1000多国民党军歼灭,迫使国民党军队向城内退回。

见第四兵团和第四野战军先遣兵团已经对南昌形成夹击之势,驻守南昌的国民党军即于22日拂晓前全部撤离。第四兵团第十三军一部当日向南昌进占。

23日,第四十三军沿南浔路把德安、永修、安义进占了。与此同时,在游击队的配合下,第三野战军一部将浙东和浙南的广大地区解放了。

血战上海滩,解放上海

钳击吴淞口,将黄浦江封锁,是上海战役的第一阶段。在把外围扫清之后,主要在市郊吴淞、高桥附近主阵地前沿进行战斗。第十、第九兵团各以两个军分别向浦西吴淞和浦东高桥进击,协力将黄浦江封锁,以将上海国民党军海上退路切断;其余各军在把上海外围警戒阵地之守军横扫后,向市区进逼,待命向市区发起总攻。

中国人民解放军在解放上海战役中,严格遵守城市政策,不住民房,露宿街头

5月12日,第九、第十兵团各军统一向外围发起战斗。军长刘飞、政治委员陈时夫率领第九兵团第二十军,于12、13、14日先后将平湖、金山卫、奉贤县南桥镇攻占了,国民党军第八师一部被歼,军部把嘉兴进占了,全军向松江东南地区进至待机。第三十军跟随第二十军之后,于14日将奉贤旧城和南汇攻占,向川沙进逼。第二十七军于12日至14日把嘉兴、嘉善、松江、青浦等县城进占,待命向市区攻击。

第九兵团三个军的攻击行动,对国民党的海上通道和防御重点高桥有直接威胁。汤恩伯急调在市区驻守的第五十一军至川沙、白龙港地区,以对浦东防守力量加强。15日又将第五十四军军长阙汉骞指派为浦东兵团司令,对浦东地区的第十二、第三十七、第五十一军及保安部队统一指挥。15日晨,第三十军先头部队第八十八师大胆越过川沙,向国民党守军之后插去,将第五十一军和第十二军的联系截断,于当日将川沙占领后,迅速挺进。16日晚,第三十军运动中在川沙东北之白龙港地区将第五十一军大部、第三十七军一部围歼,将第五十一军军长王秉钺以下8000余人俘虏,在上海战役的外围作战中这是取得的第一次大胜利。

第九兵团第三十一军以一部将第二十军之平湖、金山卫防务接替,主力与第三十军并肩展开,分两路向高桥逼近。在前进途中,其第九十一师于16日将周浦镇围攻,经过10个小时的激战,全歼守军,海防支队司令耿子仁以下2500余人被俘。威胁到高桥防御。汤恩伯又从市区抽调第九十五师对高桥进行增防。

高桥地区濒江临海,地形狭窄,三面环水,其间河沟港汉纵横交错,从长江口南侧到黄浦江边东西最窄约7公里,有很高的地下水位,对土工作业不利,河水很快就把临时挖掘的交通壕淹没。而国民党守军的碉堡都是钢筋水泥,在海空军和坦克支援下,与解放军顽强周旋。正是在这样极其困苦的条件下,第三十、第三十一军开始攻击高桥地区。

第三十军18日拂晓将高桥外围的严家桥等地占领,并以一部向黄浦江边插入,将王家湾等地攻占。19日,在严家桥阵地,守军第九十五师连续7次反击第九十团,有较大伤亡,全团最后只有三个连兵力剩下,依然在阵地坚守着。当晚,第三十军另一部向高桥以东插去,于次日将益仓桥、徐家宅等地攻占。守军以飞机、舰炮大肆轰击该地,后又在六架飞机、九艘军舰的支援下以第十二军两个团反复对该阵地进行争夺。战争呈胶着状态。

第三十一军之第九十二师于17日将高桥以南之新陆车站攻克,19日将金家桥和黄浦江边的庆宁寺等地攻克。21日拂晓,守军以一个团兵力由市区东渡黄浦江,反击第九十二师阵地,但其先头部队一上岸就被全歼。11时又在炮火掩护下以一个多营的兵力再次进攻,但解放军都将其击退。同时,在舰炮、飞机、坦克的支援下,高桥守军以一个团的兵力,进攻第九十二师王家码头、蔡司庙阵地,激战进行了一天,将守军的反扑击退了。

由于浦东告急,汤恩伯于22日第三次抽调第七十五军增援高桥。22日从拂晓到黄昏,守军进行了多次反扑。多次突破第三十军和第三十一军的阵地。解放军与国民党军反复争夺,重创了国民党军,将阵地巩固了。23日,国民党军向第九十二师第二七五团阵地先后以约五个团的兵力发起轮番进攻。激战至午后,将一营的杨家宅阵地突破了。营长刘金文组织一连进行反击,击退了国民党军。在抗击国民党军进攻时二连有较大伤亡,连排干部多数伤亡,部队从阵地撤离了。国民党守军一部突到营部,一营教导员杨品一命令工连连长由司号班长殷明义代理,组织营部及二、三连仅有的30名战士向国民党军坚决反击,警卫班在副团长王亚明的带领下也赶到战场,同阵地上的部队一起击退国民党军,将阵地恢复了。同日,另一路守军从第九十二师第二七五团阵地突入,与团指挥所的距离仅200米,该团副政委林风将团指挥所的参谋、干事、侦察兵和前去送弹药未及返回的随队民工组织起来一起投入战斗,把国民党军击退。

23日下午,三野特种兵纵队重炮兵到达浦东,立即将高桥东南王家湾附近阵地占领了，突然猛烈轰击高桥东北海面十余艘国民党军舰，击伤七艘。遭此打击的国民党军舰，纷纷逃窜。至此，解放军将高桥以东的海面封锁了，封锁黄浦江的目的部分部队达到了。

于5月12日，第十兵团的外围作战也开始了。

第十兵团之第二十九军主力于12日将浏河占领，第五十二军1个多营守军被歼。第二十八军之第八十三、第八十四师于12、13日将太仓、嘉定占领，守军第一二三军共2000余人被歼。第二十六军12日将昆山占领，14日进占南翔，第一二三军第一八二师一部守军被追歼，俘1000余人。外围战斗比较顺利，数千国民党军被歼，有些国民党军队闻风丧胆，但国民党军守备的上海主阵地带，战斗非常艰苦。

5月13日清晨，第二十九军第八十七师和第八十五师一个团三面包围月浦镇，黄昏发起攻击。在舰炮、要塞炮火支援下，守军第五十二军二师五团，将解放军前进的道路封锁了。守军在坚固的地堡中隐蔽着，组成密集交叉的火力网，负隅顽抗。解放军部队在枪林弹雨中冲锋，把月浦镇前沿部分阵地攻占了。14日黄昏，解放军以三个团的兵力从西、北、东北三个方向进攻，激战进行了40个小时，于15日晨将月浦街区攻占。国民党守军向月浦外东南的小高地撤离，以坦克作掩护，依托碉堡群继续顽抗，反复向月浦镇内解放军阵地冲击。在国民党海、空军的狂轰滥炸下，月浦镇成为一片废墟。第八十七师有较大伤亡，但对月浦街区已得阵地仍牢牢坚守。

刘行之战是另一个激烈的战斗。5月14日，第二十八军第八十三师并第八十二师1个团、军山炮营和工兵连，开始攻击刘行镇和刘行国际电台。在那里固守阵地的是国民党第五十二军，地形复杂，工事坚固，易守难攻。由于没有细致的战场侦察和足够的准备，进攻部队激战一夜才将四个碉堡群攻克。第八十三师将守军工事特点查明后，调整战术，改用小群攻击战术，于15日14时将刘行镇攻占。向刘行国际电台进攻的部队，经14日和15日两昼夜的攻击，虽将部分阵地攻占了，又遭国民党守军连续反击，部队有较大伤亡，一时难以将电台攻克。

月浦、杨行、刘行，位于吴淞两侧，是吴淞和宝山的重要屏障。国民党军为使其海上通道有保障，布设在这一线的是主力第五十二军，凭借星罗棋布的坚固工事，在海空军的支援下，以炽热的火网将解放军攻击的道路封锁。又在坦克、装甲车、飞机的掩护下，连续实施多次反冲击。解放军每将一地攻克，均要进行反复争夺，有的反复达7次之多。15日，汤恩伯又从市区抽调第二十一军和第九十九师对月浦、刘行地区的防守力量进行加强，致使该地区的战斗进行得异常激烈。从13日至15日，第二十八、第二十九军有达8000余人的伤亡，却没有大的进展，预定的作战目的未能实现。

以上是阻止解放军进攻的客观因素，那主观因素是什么？《中国人民解放军第三野战军战史》认为，"主要是因为渡江作战不断取得胜利，有的领导有了轻敌思想，对国民党军败逃后的战斗力消耗和混乱情况有过重的估计，不能全面估计对国民党军的负隅顽抗和防御能力，攻坚的精神准备和物质准备事先准备不足，对作战任务提出了过高过急的要求；再加上在作战实施中，面对国民党军坚固设防，攻击部队采用了不适当的猛打猛冲作战"。

西线负责攻城的指挥员、第十兵团司令员叶飞在其回忆录中还认为，在作战命令中有过高过急的要求，命令西路军由常熟出发，要求其在两日内到达吴淞口，而常熟到吴淞口有120多公里的距离，需要经过太仓，渡过浏河，经过嘉定、月浦、杨行、刘行永久性要塞设防地域,吴淞口才能到达。即使不打仗,强行军也只能一天走六七十里。之所以下此命令,是因为对情报轻易相信了,说是该地有准备起义的国民党军,因此认为从常熟到吴淞口,不会有战争发生。

5月15日、16日,三野前委粟裕、张震将关于攻占川沙、高桥、宝山、吴淞的部署重新调整了,并向总前委、中央军委汇报,指出吴淞、月浦、刘行均为敌主阵地,有多至7道的钢骨水泥碉堡群,且国民党军均将附近村庄拆除了,一下插入吴淞有一定难度。在对国民党军的守备特点进行分析后,指出"目前我作战已不同于野战,亦不同于一般攻坚战,已为我济南战役后再次之攻坚战。因此,对永久设防阵地攻击,应慎重周密组织"。根据总结的经验,粟裕等给第九、第十兵团首长下达了战术指示:

(一)将敌外围肃清之后,对主阵地攻击应紧密侦察,选择攻击敌突出部或接合部与较弱的地方,向敌之纵深楔入。尔后,由敌侧背或由内向外打,来将敌之防御体系撕破。太原战役证明此种方法有很大收效。

(二)集中兵力(而应是小群动作,群群攻击),尤应将火力集中(实行制压射击与破坏射击)与发射筒对一点进行轰击,以炸药来将敌钢骨水泥工事软化,攻击时要轮番不停,这样使敌的防御不易重新组织,更可将敌已测量好之火力封锁避免。

(三)交通壕作业,迫近敌人。可采用淮海战役歼灭杜聿明时钳形作业交叉攻击,力求在阵地内歼敌。

(四)孤胆攻击与守备精神充分发扬,将爆破威力发挥出来,冲锋道路的开辟与敌之反击部队的歼灭用炸药,与进行打战车、装甲车之教育,将集团攻击与集团守备方式纠正,将不必要伤亡减少。

(五)指定对空射击部队。

总前委对粟裕、张震的意见表示同意,要求粟、张明确向负责攻城的第九、第十兵团首长告知:"攻沪战役不要性急。我军应立于主动地位,作充分准备,大量使用炸药,配合炮兵及坑道作业去克服敌之钢骨水泥碉堡"。

三野第十兵团遵照上述指示,将攻击部署调整了:以第二十九军集中兵力对月浦周围之碉堡群进行攻取。第二十八军主力将杨行攻取。并调第三十三军之第九十八师与第二十八军配合作战,第九十九师与第二十九军配合作战,并令第八十五师由苏州归建。

17日至22日,第二十九军并第三十三军之第九十九师,采取"锥形攻击"战法,先对孤堡进行攻击,再攻打群堡,反复争夺,将守军联合兵种的反击打垮,逐步推进,稳扎稳打。攻打杨行的第二十八军之第八十三师和第八十四师,将国民党守军的多次反扑打退了。在第三十三军之第九十八师一部配合下,攻打刘行国际电台的第二十八军之第八十三师,经过16日至18日3天的反复作战,将国际电台外围各点肃清了。19日20时,守军一部向南逃窜,大部被歼,对刘行国际电台攻克宣告胜利。

在10天的外围和近郊作战的上海战役中,国民党守军第五十一、第一二三军和暂八师等大部被歼灭,2万余人被俘获,把外围阵地占领了,南北钳击吴淞的强大攻势形成了,迫使汤恩伯不得不将主力在吴淞口东西两侧地区集中,使市区兵力空虚,为解放军攻城部队发起全面总攻击,将守军主力在市郊歼灭,把上海市区攻占,创造了有利的条件。

激烈的战斗进行了10天,除尚未完全封闭吴淞口外,解放军已从东、南、西三面紧紧把上海的国民党军包围了。于是上海战役的第二阶段开始了，就是对上海市区发起总攻，把国民党守军全歼。关于怎样攻击，需要进行反复的商量。

5月17日，总前委向粟裕、张震致电并告中央军委，在国民党军固守上海的情况下，在部署上实行攻击时应同时由南向北，因国民党军防御配备较弱的部分为苏州河南，且多面攻击才能将国民党军势力分散，使解放军易取得明显效果。

第二天，根据总前委意见，粟裕、张震向中央军委、总前委建议：如果对沪攻击没有时间地区限制，我们建议，向市区的攻击从四面八方进行，"唯不知接管准备与其他方面是否已准备完毕"。总前委当日复电："我们不限制进入上海的时间。"5月19日，中央军委向总前委复电："在我军已包围上海后，不宜把攻城时间拖得太长。你们接收准备工作已做到什么程度？于辰有(5月25日)前后开始攻城是否可以？似应照粟、张意见攻城，先将苏州河南及市区的国民党军歼灭，再将苏州河北及吴淞的国民党军歼灭。"第二天，中央军委又向粟裕、张震致电并告总前委：据邓、饶、陈电告，对上海的接收工作已基本就绪。至此，只要军事条件许可，你们即可对上海发起总攻。攻击步骤以先将上海解决，后将吴淞解决最合适。如吴淞阵地对攻击不利，亦可采取攻其可歼之部分，放其一部不攻，让其从海上逃去。

根据中央军委和总前委指示，5月21日，粟裕和张震将总攻上海的作战部署上报。第一阶段，将浦东地区的国民党军全歼，把黄浦江右岸阵地控制住，把国民党的海上逃路封锁。限于5月25日前完成这一任务。第二阶段，把吴淞、宝山地区之外围碉堡夺取，完成对苏州河北地区国民党军之包围。发起攻击内定于5月27日。第三阶段，将可能溃缩苏州河以北、吴淞宝山以南、黄浦江左岸、以江湾为中心的国民党军聚歼，达成全部攻略淞沪全区之目的。中央军委22日复电指示："同意马午(21日午时)电所述攻沪部署，望即照此执行。"粟裕随即将《第三野战军淞沪战役攻击命令(京字第四号)》发出。

5月22日，粟裕接到敌情侦察报告：一部兵力在汤恩伯率领下逃到吴淞口以外的军舰上，苏州河以北的国民党军正向吴淞收缩，只有5个交警总队在苏州河以南。他判断，国民党将从上海撤退。于是决定在第二天晚上提前发起总攻，同时进行第一阶段与第二阶段计划。再次对攻城部队进行提醒：为了不将城市打烂，进入市区作战时，重炮轰击尽可能不去使用。

解放军部队有四个军攻入市区：于22日，第二十七军从泗泾镇一带沿青(浦)沪公路挺进市区，当天将虹桥机场占领，24日将虹桥镇、龙华镇和龙华机场占领，向苏州河以南市区边缘进至。在22日，第二十军主力开始攻击浦东市区及其附近地区，24日拂晓将浦东市区占领。第二十三军先头部队向漕河泾、龙华地区进至。第二十六军自南翔向市区逼近。

第二十七军于24日晚沿中正路(今延安路)、康脑脱路(今康定路)、林森路(今淮海路)、徐家汇路、南京路横扫挺进，迅速开展。25日凌晨基本将苏州河以南的主要市区攻取了。但向苏州河南岸开阔地段进至时，遭到河北守军阻击。凭借百老汇大厦等高大建筑物和成片厂房，国民党守军居高临下构成火力网，将第二十七军突击道路封锁。第二十七军突击部队攻击多次都没成功，反而被国民党守军严重挫伤。对峙到中午，僵局仍未被打破。部分指战员开始有激动的情绪，强烈要求使用炮火攻坚，为死去的战友报仇。军长聂凤智闻讯后,亲自到前沿察看,随即将军党委召开紧急会议,将思想认识统一,决定尽最大努力将人民生命财产和国家建筑保护好,重武器坚持不准使用;将战术改变,避免正面强攻,待天黑后对国民党军进行迂回袭击;采取政治攻势,争取让国民党军把武器放下。会后,通过与上海地下党联系,把国民党留守上海市区的最高指挥官、淞沪警备司令部副司令兼第五十一军军长刘昌义的电话号码查到,聂凤智与刘昌义通话,晓之以理,动之以情,劝其放下武器。刘昌义于25日19时到第二十七军指挥所接洽投降,并于26日凌晨率4万余人向江湾、大场地区撤去,向人民解放军缴械。第二十七军随即向苏州河以北市区推进。国民党第三十七军及交警总队一部对刘昌义的命令不服,继续顽抗。第二十七军即分路攻击对拒不投降的国民党军。26日下午,将火车站攻克,把国民党守军全部歼灭。至27日凌晨,全部肃清苏州河以北、九龙路以西的国民党军。

第二十军除把第五十八师警备留在浦东市区外,于25日拂晓军主力由高昌庙向西渡过黄浦江,到达苏州河以南市区。第六十师与第二十七军配合作战并归其指挥。26日上午,将绍兴同乡会、铁路管理处等处青年军第二〇四师等部包围了,共约1500人,当日下午他们全都被迫投降。

第二十三军25日晨到达徐家汇、西站一带市区,26日晨兵向苏州河以北地区分两路进攻。一路将造币厂攻占,将国民党交警1000余人俘虏,然后又进攻江湾。27日拂晓,把国民党淞沪警备司令部附近国民党守军歼灭,7000余人被俘获和接受投诚。另一路向真如攻击前进,1400余交警被俘。

26日,第二十六军兵分三路进攻。当日下午,真如车站、国际电台、大场等地被攻占,向江湾以东地区推进,3.2万余人被俘获和投诚。

在浦东地区,进行了一周的高桥外围争夺战。为此,第九兵团下令:第三十、第三十一军由第三十一军军长周志坚统一指挥会攻高桥,把国民党军海上退路切断。会攻部署:首先将兵力集中中央突破,将高桥镇之守军歼灭,向吴淞口江边直插,尔后把两侧沿江之残敌割歼。25日19时,用炮火向高桥国民党军发起攻击。第三十一军第九十一师一部趁炮火延伸之时,把国民党军的集团碉堡攻占了,沿河北岸向前攻击;第九十二师一部由西南向镇内突入,挺进东北、正北方。第三十军从正东将前沿突破,向纵深插入。此时国民党军纷纷溃退。26日6时,全部肃清高桥及周围地区之国民党军。尔后,两军主力猛插西北方向,将企图登船逃路的国民党军歼灭。26日9时30分,第三十军把三岔港攻占了,从吴淞口东岸把江面封锁了。12时,第三十一军发现江心洲的国民党军有逃跑的企图,当即将其退路断绝,在江心洲东岸将其全歼。至此已完全解放浦东地区。

在向苏州河以南市区进攻的同时,也打响了吴淞口两侧的战斗。第十兵团第二十九军于5月23日夜首先把月浦镇南侧高地之守军歼灭了。国民党军为将该高地夺回,于24日8时,在9辆坦克掩护下,以一个多团兵力,连续反击三次。第二十九军与国民党军经过一整天激战,牢牢守住了阵地,但坚守高地的解放军有一个营出现严重伤亡,全营只剩下80人左右。

第二十九军和第三十三军第九十九师自25日17时全力挺进吴淞、宝山,至26日拂晓将宝山城占领,攻击吴淞。于26日,第二十五军拂晓沿月(浦)吴(淞)公路向东追击,到达吴淞黄浦江边是8时。江边码头上的国民党军争先恐后地上船逃窜。该军立即发起攻击,将他们全部歼灭,8000余人被俘。另一部把吴淞要塞攻占,守军一部被歼。

于23日18时第二十八军对杨行发起攻击,24日将杨行以南外围大部阵地攻占。随即全力挺进攻击吴淞。26日11时攻击吴淞,将国民党守军残部围歼,与兄弟部队会师。

25日,第三十三军之第九十七、第九十八师和第八十四师一部,将杨行西北外嗣基地阵地突破,26日晨攻占杨行。然后第三十三军主力向东继续攻击,到达吴淞是26日上午11时,与兄弟部队会师。至此,解放吴淞、宝山。

27日上午,第二十七军攻至上海市区东北角杨树浦地区。在该地发电厂和自来水厂据守的国民党军第二十一军第二三〇师约有8000人。这是淞沪最后一部分国民党残军,他们都必败无疑。如用武力解决,很容易办到。但为水电设备的保全,使全市水电能正常供应,第二十七军决定,在军事压力加强的同时,争取以政治形势迫其投降。正在这时,陈毅来到第二十七军,把汇报听取后,提供了重要社会关系。当日下午,通过这一关系,该师全部被劝说投降。至此,已完全解放上海。

在上海战役过程中,在黄浦江外发现有外国民党军队舰载运国民党军队逃出吴淞口,或者对解放军阵地进行炮击。粟裕两次向中央军委、总前委报告,请求处置办法。中央军委指示:"黄浦江是中国内河,不允许任何外国民党军队舰进入,有敢进入并自由行动者,均得攻击之;有向我发炮者,必须还击直至击沉击伤或驱逐出境为止。"三野部队奉命行动,坚决还击侵入黄浦江向解放军开炮者,显示了对中国领土领海保卫的坚强决心。一直在吴淞口外游弋的帝国主义军舰不得不偷偷离开,蒋介石集团对帝国主义武装干涉进行挑拨的阴谋连同帝国主义的炮舰政策统统失败了。

解放上海后,国民党暂编第一军仍盘踞在长江口的崇明岛。5月28日,第二十五军奉命将崇明岛攻取。第二十五军前锋部队于30日由吴淞北渡,顺利登岸成功,一举向纵深发展。31日,暂一军第十一师副师长刘贺田率该师1987人,在中共江南工委派遣的地下党的策动下起义。6月2日全部解放崇明岛,国民党军3700余人被歼。

上海战役激战了16个昼夜,共歼国民党军第三十七、第五十一军和第二十一军之第一四五、第一四六、第二三〇,第一二三军之第一八二、第三〇八、第三三四师,第八师及交警7个总队全部;第十二、第七十五军大部;第五十二军及第九十九师一部,共约15.3万人。缴获各种火炮1370门、枪8万余支(挺),坦克、装甲车119辆,汽车1161辆,舰艇11艘,以及大量装备物资。

在解放上海的战斗中,有许多上海地下党员、群众运动领袖、爱国民主人士、人民解放军指战员和支前民工,都献出了自己宝贵的生命。在1949年1月至5月,上海有关方面共有100人牺牲。其中为工人运动、学生运动、护厂斗争而牺牲的有9人;在地方武装斗争中牺牲的有12人;为瓦解国民党军警、策动国民党军队起义和为获取国民党情报而牺牲的有33人;其他从事各种革命活动、地下斗争而牺牲的有46人。为迎接解放而牺牲的有:工人7人、学生3人、职员7人、警察8人、教育工作者7人、国民党爱国民主党军队人7人、解放区党政机关干部和工作人员6人、国民党政府任职人员2人、郊区武装战士12人、民主党派专职工作者5人。牺牲的100位英烈中,中国共产党党员92人,中国农工民主党党员5人、民主同盟成员1人、中国国民党革命委员会成员2人。

在上海战役中负伤的人民解放军指战员有24122人,有的终身致残。阵亡的解放军

238

达 7612 人。其中,在月浦、刘行的攻坚战中,第二十八军连以上干部牺牲 53 人;第二十九军连以上干部有 77 人牺牲;第三十三军第二阶段攻打杨行、吴淞战斗中连以上干部牺牲 23 人。在浦东特别是高桥争夺战中,第三十军连以上干部有 64 人牺牲;由浦东进入市区的第二十军连以上干部有 14 人牺牲;第二十七军牺牲连以上干部 31 人;第二十六军牺牲连以上干部 31 人。尚有在解放上海的战斗中牺牲,但他们的生前所在单位已无法查考的连以上干部 65 人,其中有营长郭斌、聂其周、郑家宪、崔中庭、李家祥;政治教导员周凤美、副营长宋玉、副教导员刘汝杰。

上海战役中共有 410 名连以上干部牺牲,其中军部处长 2 人、科长 1 人、正副团长 3 人、团参谋长 1 人、正副营长 37 人、营正副政治教导员 19 人、正副连长 204 人、连正副政治指导员 99 人、参谋 8 人、后勤部门工作人员 17 人、团政治工作人员 8 人、军医 3 人、会计 3 人。

解放军战士具有惊天地、泣鬼神的英勇事迹。在浦东高行镇的攻击中,某团指挥所与前沿联系的电话线被炸断。电话员陈秀全冒着炮火,摸着线路前进,把一个个断裂处接上了。他身旁有炸弹爆炸,他被炸晕了。醒来后见接上的电话线又被炸断,他因中弹失血过多而无法接线,就挣扎着用手紧握着线的两端,把自己的身躯作导体,使通信得以畅通,而他的生命却因此丧失了。

在高桥战斗中,某部排长杨世功率领三班战士将国民党军 1 个连的进攻击退了,弹片从他的大腿穿过。当国民党军以 2 个营的兵力进行反扑时,负伤的杨世功仍然率部抵抗,从战壕率先冲出去与国民党军搏斗,再次负伤,血流不止的他仍继续指挥战斗,把国民党军击退,将阵地保住了,但他却英勇牺牲了。

在激烈的月浦攻坚战中,在飞机和坦克的掩护下国民党军疯狂反扑,在月浦东南小高地坚守的第三十三军第九十九师第二九六团第一连已经把子弹打光,手榴弹也没有了,副连长戈振东带领战士用刺刀、枪托、铁锹、木棍与国民党军拼杀,刺死 4 个国民党军后戈振东牺牲。国民党军的坦克冲过来,战士赵福来爬上坦克,把炸药包压在身下,与国民党军同归于尽。

在解放上海的战斗中,有无数个像这样的战士壮烈牺牲,人民永远怀念他们,他们将永垂不朽。

在上海战役中还有 72 位随军支前的民工和干部牺牲,其中民工 64 人,干部 8 人。来自湖北浠水的程正春、河北海兴的呼广壮,来自江苏南通、如东、大丰等 13 县的邵于忠、曹国祖、刘海凤、陈炳福等 41 人,来自山东莱阳、文登、曹县等 14 县的王世高、王文周、宋文芝、张景远、王守梅等 16 人,上海本地有宝山、吴阿兴等 3 人,川沙、卫章根等 2 人。随军支前干部牺牲的有中共山东齐县县委委员马福远、浙江八分区民运部部长徐农、华东财经总队的郑树才、上海军管会铁路先遣队干部王衍功、上海军管会文管会教育处干部李广英、粮食局干部刘桂安、上海市嘉定外岗区干部王士英、山东支前干部赵建华。为了上海的解放,来自 5 个省 31 个县的农民兄弟和干部,背井离乡,在上海这片土地上牺牲了。

历时 42 天的渡江战役,人民解放军以付出 6 万人伤亡的代价,将国民党军 11 个军部、46 个师共 43 万余人歼灭,将国民党政治、经济中心南京、上海、杭州和武汉等重要城市,以及江苏、安徽两省全境和浙江省大部及江西、湖北、福建部分地区解放,为以后华东全境的解放和进军华南、中南、西南地区创造了有利条件。

阎军的覆灭——太原战役

战役档案

时间:1948 年 10 月 5 日~1949 年 4 月 24 日

地点:山西省太原市

参战方:中国人民解放军;国民党军

指挥官:共产党军队徐向前、彭德怀;国民党军队阎锡山、梁敦厚

双方兵力:共产党军队早期 8 万人,后期 33 万人;国民党军队 10 万人

伤亡情况:共产党军队 4.5 万人;国民党军队 10 万人

战果:中国人民解放军胜,太原国民党军队守军被全歼

意义:太原战役是解放战争中历时最长、战斗最激烈、付出代价最大的城市攻坚战。太原战役的胜利,拔除了国民党反动统治在华北的最后堡垒,标志着山西全省解放,结束了阎锡山对山西省长达 40 年的统治;太原的解放,标志着华北地区的彻底解放,推动了全中国解放战争的进程。

作战背景与部署

1948 年 7 月晋中战役后,阎锡山和在太原孤城的阎锡山残部被压缩。他们一面整顿战力,一面对防御工事加以抢修,想要凭借顽固的反抗,在太原孤城放手一搏。

阎锡山把 11 个师、21 个保安团,在太原城外集结组成了东、西、南、北 4 个防守区:

东防区,总指挥由第十九军军长温怀光兼任;

西防区,总指挥由第六十一军军长赵恭兼任;

南防区,总指挥由第四十三军军长高倬之兼任;

北防区,总指挥由第三十三军军长韩步洲兼任。

设专门要塞司令于城东南的双塔寺,司令由第四十三军军长刘效曾兼任。城内中心防区由特务团、宪兵团、装甲团担任;另作为预备队留下了七个师,并把第十兵团司令王靖国任命为太原守备司令,作全局指挥。

(一)我收复榆次、太原县城及控制南机场后,太原市外围的作业已基本结束。我主力现已接近太原郊外筑垒地带,今后则将进入攻取太原外围据点的阵地攻击战。总之,晋中保卫麦收战役已经结束,进攻太原战役的准备阶段已开始。

(二)阎匪太原外围据点工事,南起王村、亲贤村、狄村、椿树园,北全韩寨、西庄、新

城、风阁梁、后沟,东起盂家井,西至石千峰、白家庄、西铭,长宽各 20 公里左右。据点棋布,堡垒林立,且多系洋灰做成,一般颇为坚固。

(三)阎匪主力除此次歼灭的约 5.5 万人外,其余兵力计四十九师、四十五师、六十九师全部,六十八师、四十师、八总队残部及三十八师一部或全部(正空运中),阎匪直属部队以及 12 个保安团,至少在 6 万人以上。此外,由外县带到太原民卫军约万人,住太原市组织者不详。另有西安空运太原之三十师一部及由忻县南下之三十九师尚不在内。另阎匪兵农合一执行后,每师都有一个新兵团,故补充及时,各师兵力数量充实。

(四)现我各纵最大问题为兵员不充实。八纵六十五、六十六、六十八、七十、七十二等团战士只 800 人左右,每团步枪兵只百余人;十五纵一二九团三个连,每连只六个步枪兵。全兵团 1000 人以上的团只有两个。干部伤亡甚大,八纵二十三旅六十七团,全团连级军政干部只剩三人,营级干部只剩一人;六十八团团干部全部负伤;六十九团连干部只剩四人;必须补充休整后方能继续战斗。

(五)根据上述情况,在攻取太原作战以前,必须经过一个适当休整阶段,完成下述工作:补充兵员(争取俘虏,我方伤员归队),整顿组织,调整装备,后方准备,弹药准备,及攻城战术技术训练等工作。同时抽派一部继续完成控制机场,攻取东山、西山某些据点及工矿任务。

(六)攻取太原之作战原则拟定如下:切实完成对太原市之包围围困,控制南北机场及若干外围工矿,断绝其外援及粮弹、燃料补给,逐步攻取必要的外围据点,消灭其有生力量,瓦解动摇敌人,以造成攻城的有利条件,开辟攻城道路,完成攻城准备,然后一举攻取之。

——徐向前 1948 年 7 月 21 日发给中央军委、华北局和华北军区的电报

这一作战方针和计划获得了中央军委的认可,并命令成立以徐向前为书记、周士第为副书记的第一兵团前敌委员会,对该兵团第八纵队(辖第二十二、第二十三、第二十四旅)、第十三纵队(辖第三十七、第三十八、第三十九旅)、第十五纵队(辖第四十三、第四十四、第四十五旅),以及华北军区炮兵第一旅、西北野战军第七纵队(辖独立第十、第十二旅)作统一指挥,而且西北野战军第一纵队独立第七旅、第三纵队独立第三旅和陕甘宁晋绥联防军区警备第二旅也接受其指挥。攻打太原的作战方案由周士第和第一兵团前委于 9 月 28 日向中央军委作了报告:

(一)用围困瓦解攻击把敌人逐步削弱,然后把太原一举攻下,争取此次战役在三个月内结束。

(二)进攻共分三个步骤。第一步把敌人第一防线阵地突破,为方便瓦解工作,把南北机场用火力控制,使敌人的外援被截断;第二步把东南、东北攻城必需的据点攻破;第三步攻城。

(三)东南、东北为选定的两处攻击方向,主要方向为东南。东南用两个纵队,东北用一个纵队。

(四)尽量不打妨碍攻城不大的据点,战术上则力求持续攻击。

在看了毛泽东批转的第一兵团攻打太原的作战方案后,正在石家庄住院养病的徐向前回复说:

"……首先我们要做到一直不断地打下去,上策是把敌人在最短时间内全部歼灭,中策是先打再围带打而下之,此种策略消耗较大,下策就是必须先把力量增加再攻之,即影响别线作战,只是最后之一途……"并且他对于兵团前委的决定也表示同意,在 10 月 18 日,正式发起太原战役。

这边解放军正在为战役进行积极的准备的时候,阎锡山也为了达到破坏解放军的战役准备、拖延攻城时间的目的,已从 1948 年 10 月 1 日起,沿汾河以东、同蒲路以西,分三路向南进犯,妄图乘秋收之际,抢下太原城南平原地带产粮区的粮食,使城内的粮荒得到缓和。

徐向前考虑到国民党军现在已没有坚固的工事,正好对解放军野战歼灭国民党军有利,随即立刻复电将对进犯的国民党军发起攻击的日子提前到 10 月 5 日。

太原战役爆发整整提前了 13 天。

进攻东山战略部署

从 10 月 5 日发起对太原外围国民党守军的进攻以来,实战中发现国民党军最坚固的工事在城东南马庄、双塔寺一线。现在证明原先前委认为地形较开阔,易于展开兵力,也比较方便供应补给,把主攻方向确定为东南方向是十分不利的,因此主攻方向需要重新选定。

徐向前按照中央军委连续作战的指示,在 10 日返回太原前线,随即为讨论部署下一步作战,召开了兵团前委会议。

其间,几天前冒着生命危险从国民党军占领区东山柳沟村送情报来的一位地下党支部书记赵炳玉得到了徐向前的接见。赵炳玉不仅对国民党军的许多内情十分了解,还提供了可以隐蔽地插到距城仅约五公里、国民党军东北防线后方的牛驼寨的东山防线中间一条秘密小路。这个地方,正是在徐向前的作战预案中,急需找到的突破口中最理想的。

兵团前委会议正在太原前线总指挥部进行中。

徐向前指着挂在墙上的作战地图,说道:

"从敌人的防御重点和太原的自然地理形势来看,若想进攻城区,必须把城东的群山防线首先攻破,把牛驼寨、小窑头、淖马、山头这'四大要塞'坚决占领并控制住,也就是所谓的阎锡山的'第二道坚固防线'。我的主张是:由南北两个方向,直接向东山'四大要塞'插入,从中间把太原与东山主峰一下切断。把'四大要塞'一线阵地攻下来,就等于把敌人在太原城防的咽喉割断了,这样我军就会控制整个东山,既可以把攻取太原的基础奠定下来,又可以为支援我军作战的后方人民打通道路,'土皇帝'就真的沦为'瓮中鳖'了。"

徐向前顿了一下,喝了一口水,继续说道:

"看起来东山最险,但要是打得妙,打下来就不成问题。我们有柳沟村地下党同志提供的一条路线,我们从这里插进去,因为这里是敌人东山守备区与北区的分界线,两区都不大管,攻上东山,占领牛驼寨一定不成问题。目前,我们在城南、城北刚刚发起进攻,敌人的兵力正在这两处集中顽抗。我们可乘敌不备,用突然袭击的方法,坚决把牛驼寨夺取,进而把'四大要塞'一举拿下。"

然后,围绕徐向前的提议,前委的各位委员又进行了热烈的讨论。

很快会议意见取得一致,并作出了趁南北方向已将国民党军注意力完全吸引住,东山正是薄弱空虚的时候,把东山各要点占领,确实把城北机场控制在解放军手里的决定。

攻取东山时,第一兵团的作战部署:

为了袭取牛驼寨,利用炮火把新城机场控制住,由第七纵队全部并晋中军区第一军分区一个团及一个支队从太原东北榆林坪一线楔入东山纵深,大北尖由另一部袭击并占领,然后连接上南面的第十五纵队,把国民党守军在罕山、孟家井的退路切断并歼灭之;

第十五纵队从石咀子出发向淖马方向攻击,并向大窑头方向派一部攻击,与第七纵队一起把阎军在罕山、孟家井的退路切断;

第十三纵队并晋中军区第二、第三军分区部队把南坪头、马庄夺取后,继续攻击双塔寺,成功之后攻击城东南角;

在汾河西除派一部积极活动外,晋中军区部队的主力安排在太原以南,牵制性地攻击各据点。

10月15日,正式开始战斗,进攻东山。

攻击牛驼寨

坐落在太原东山山麓的牛驼寨,既是东山要塞的核心阵地,又是太原城东北面的第一要塞。它曾被阎锡山称为"塞中之塞""堡中之堡"。它比太原城垣高出300米,与城垣仅1.5多公里路的距离。东顾,可从于家井经过,直达罕山——东山最高峰;南向,可到双塔寺——"生命要塞"。屏障城东数十里长的外围防线就是由淖马、小窑头、山头这几个点,紧紧地连在一起构成的,所以它不只对太原城东,对城北的战略支撑作用也十分重要。

阎锡山也因此把最多的本钱花在了这里。从对面的山梁上向牛驼寨望去,寨上只看得见密密层层、林立的碉堡。最前边是直上直下三四丈高的峭壁。有数十层台阶式的劈坡在峭壁的上面,而且上面还都架有铁丝网,起码有五六尺宽。还将地雷埋在铁丝网下及其附近。再往里,看到的就是各式各样的碉堡了。

结束兵团作战会议之后,第七纵队司政委孙志远和司令员彭绍辉同志立刻率领部队,马不停蹄地向东山连夜隐蔽神速地挺进。

来到上下阳寨,部队还没有来得及放下背包,几个旅长就被彭绍辉司令员带着前往勘察了。

第七旅旅长傅传请示道:"司令员同志,能否取得攻克太原的胜利与我军能否攻下牛驼寨息息相关。我请求今夜察看地形一事由我亲自去一下。"

彭司令员说:"是的,我们一定要摸清楚地形道路。但是派个侦察科长去就行,这用不着你去。

后来经过傅旅长的一再要求,彭司令员只好同意了,他说:"摸清地形对打胜仗是至关重要的。你去也好。但是在路上要谨慎,尤其是隐蔽要作好。"

根据第七旅傅传旅长10月16日的地形侦察结果,加上第七纵队党委研究,作战方案已初步确定:攻克牛驼寨时,采取两面牵制,中间突破的战术,争取一举拿下。

确切的部署是:主攻由傅传旅长所在的七旅担任,助攻由另两个旅担任。为使主攻方向两翼和侧后的安全得到保障,由三旅攻击石柱沟,由十二旅攻占榆林坪。

攻击牛驼寨的战斗打响了。

17日深夜,在柳沟村地下党支部书记赵炳玉带领下,西北野战军第七纵主力从秘密小道直接深入牛驼寨,把国民党军第二七六师一个团歼灭后,相继攻占牛驼寨八个阵地,另一部同时把大、小北尖等据点攻占,并用炮火把城北新城机场再次控制了。17日,第十五纵队把南坪头、于家坟及石咀子全部阵地攻占,18日把石儿梁、道巴沟等地攻克后,会合第七纵队南插之部队,把东山与太原的联系也切断了。

为了把牛驼寨夺回来,从18日开始阎锡山组织了一系列的反扑行动,但连续的几次进攻都被解放军击退了。21日,国民党军第三十军及独立第十纵队在各要塞阵地百门以上山野榴炮交叉猛射与飞机支援下,又以三个精锐团,再次反扑向牛驼寨。这一天,上万发炮弹落在阵地上,毁尽工事,也填平了交通壕。最后因伤亡过大,解放军第七纵队第七旅第十九团还是放弃了对牛驼寨的防守,转至以东阵地。

炸开阎锡山的"王八盖"

打响东山战斗后,四大要塞是阎锡山要全力固守的,为扫清攻城道路,四大要塞是解放军要夺取的,对东山四大要塞的这场激烈争夺战,是不可避免的了。10月23日,对东山四大要塞的攻击命令由华北军区第一兵团司令部颁布。命令规定攻击于10月26日晚发起,并对作战部署作了重新调整。

第七纵队于10月26、27日两度发起进攻,但都失了利,遂以第三旅对5、6、7号碉堡发起强攻,以第十二旅对10号碉堡发动袭击。第三旅于31日,7号碉堡被解放军迅速攻占,凭借连续爆破,3、8、10号碉堡也被解放军第十二旅顺利攻占,2号碉堡守军被逼投降,守在9号碉堡的国民党军逃窜,接着1号碉堡也

太原战役中被击落的国民党运输机

被解放军攻占了。11月1日，第十二旅击退了在"执法队"的威逼下组织的，而且还使用毒气弹的庙碉守军的五次反扑。但此时第十二旅正面受到猛攻，退路又被5、6号碉守军切断，处在十分危急的境地。纵队以警二旅接替第三旅续攻5、6号碉堡，以使第十二旅多面受攻的形势得到改善。经过20个小时的激战，11月2日，警二旅把5、6号碉堡攻占。千余名守军人依托有利地形，聚集在庙碉上拼命固守。第七旅于11月12日，接替第十二旅继续攻4号碉堡。

在炮火的掩护下，我七旅二十团和二十一团于11月12日开始分两路攻击4号碉堡。带领12名突击队员的突击队长背插一面红旗，犹如猛虎出山，迅速把国民党军的前沿阵地突破了。随第二营行动的团长钟声善，在重机枪的掩护下，绕到国民党军碉堡的侧后，指挥突击队向国民党军展开了连续冲锋。

4号庙碉因为堡壁太厚，火力又强，解放军连续爆破了几次都没有成功，冲了几次也未能拿下。钟团长生气了，于是把全团有名的张玉山爆破小组调来爆破4号庙碉。

张玉山小组的五个队员，在解放军火力的掩护下，每人腰间挂着手雷和手榴弹，背着重50斤的炸药，利用遍布碉堡四周的弹坑，利用国民党军的火力间隙，慢慢接近4号碉堡。就在他们迂回向4号碉堡前进的过程中，在4号碉堡右后侧洼沟内一个暗火力点突然冒了出来，把一名爆破手炸成重伤倒下了。

火力组立刻全力封锁国民党军洼沟的暗火力点。趁着这个机会，张玉山一鼓作气地冲出来，从4号碉堡左侧后，采用一个大迂回，绕到这个暗火力点的背后，炸掉了它。

天色渐渐暗了下来。枪声密集，火舌飞舞的牛驼寨上，张玉山的另外三名爆破手由他带领着，双肘、膝盖都磨出血了，还在不停地朝前爬着。

最先摸到4号碉堡跟前的是张玉山和大老李，但是他们身上共100斤的炸药并没有炸开碉堡。

这时，替补爆破手(接替负重伤爆破手)也跟上来了。张玉山斩钉截铁和4个组员每人背着50斤炸药，又爬向了4号碉堡。他们爬到碉堡跟前，把250斤炸药都聚集在一起，一点火，仍是一声巨响，但抬头看时，4号碉堡依旧一动不动地竖在那里。

就这样，连续炸了六次。每炸一次，炸药的数量都在增加。在国民党军火力的射击下，突击队也冲了连续六次，但4号碉堡还是喷吐着凶焰。

直到第七次，用了500斤炸药，才炸开了一个大洞，但碉堡仍旧没有炸透。

张玉山两眼通红，愤恨地说：

"给我炸！我倒要看看阎锡山的干八盖究竟有多厚！"

第八次，张玉山爆破组和兄弟部队的爆破组一起，运上去了800多斤的炸药。仍旧在原先炸过的地方放着。张玉山和其他同志撤下去，埋了一把雷管在炸药里，一连检查三遍，确认后才把系在导火线上的火绳点着。他一直到燃烧了大半截火绳后，才双手抱着头，就地向左侧五六米深的沟底滚去。

"轰！"一声惊天动地的巨响之后，腾空而起一股浓重的烟雾。这时，躺在地上的张玉山，什么也感觉不到了。

终于把4号碉堡炸开了。

突击队一起冲了上去。在碉堡里已经没有一个活着的国民党了，被炸死的只有少数，被震死的占了大多数。

人们把苏醒过来的张玉山抬起来，傅传旅长把张玉山的手紧紧地握在手里说：

"好一个爆破大王！你又立了一大功！我代表旅党委向你祝贺！"

经过28天，60多次的反复争夺，解放军终于在11月13日，占领了阎锡山的东山要塞牛驼寨的全部阵地。

与此同时，小窑头、淖马、山头等要塞也被解放军部队先后攻占了。

异常激烈的争夺四大要塞的战斗，共歼1万余国民党军，解放军共8500人伤亡，战后，各主要阵地上有一米厚的焦土，地上敷了一层手榴弹木柄，遍野都是国民党军的遗尸，可见战况之惨烈程度。

黄樵松弃暗投明，率部起义

第一兵团在坚决地进行军事打击的同时，政治争取工作也在积极地开展。其中做了大量工作来争取黄樵松率部起义。

时任太原守军第三十军军长的黄樵松，之前是西北军杨虎城部下。空运第三十军到太原后，第一兵团就调高树勋（从平汉战役中起义的原西北军将领）到太原前线，专门争取黄樵松的工作。高树勋给黄樵松写信，动之以情，晓之以理，劝其率部起义。黄樵松经过不停地思考与比对后，作出了弃暗投明的决定，同时还作出了在争夺四大要点战斗开始后举行起义的准备。

10月31日，黄樵松为与第八纵队接洽，派其谍报队长王正中（又名王震宇）和谍报员王玉甲出城，表示为了接应解放军入城，愿意交出该部防守的东、北两城门。11月3日，第二次来到第八纵队司令部的王正中、王玉甲，表示为了与黄樵松共商起义的具体行动方案，要求解放军方面派代表进城。经过研究，为了便于里应外合，把太原夺回来，兵团决定派第八纵队参谋处长晋夫和侦察参谋许翟友，于4日凌晨随同进城联络。

11月3日，黄樵松把起义计划跟第二十七师师长戴炳南讲了，并让他传达给各团长，但是戴炳南转身就把这件事告诉了阎锡山。黄樵松当晚就被捕了。次日凌晨，刚进入第三十军防地的王正中、晋夫一行也立刻被捕。黄樵松、晋夫、许翟友、王正中、王玉甲后来被押往南京。国民党军判处黄樵松、晋夫、王正中死刑，最后在雨花台英勇就义，王玉甲、许翟友分别被判无罪和被"另案处理"。

戴炳南因告密有功，被阎锡山升为第三十军军长。虽然黄樵松的起义并没有成功，但守军内部却受到了黄樵松起义很大的影响。共有守军5400余人在外围作战中起义或投诚。

彭帅奔赴太原，指挥作战

解放军在攻占四大要塞作战后，因为伤亡较多，十分需要好好休整和补充一下。再加上国民党为了增援太原，又调来第八十三师，阎锡山在汾河西红沟、圪了沟、万柏林、三角村、城北炼铁厂附近，趁解放军在东山鏖战之时，又把5个新机场抢修起来，一时间难以切断其外援通道，解放军已不可能迅速攻克太原了。

11月8日，华北军区第一兵团致电中央军委：

"……为争取早日打下太原，避免旷日持久，增大消耗，特提议在可能条件下增加2个纵队的兵力，以免牛抵触，从敌人弱点上突破，便利防线配合东山主力，迅速解决战斗……"

与此同时，平津战役即将开始，从全局出发，中央军委于11月16日致电徐向前、周士第：

……估计到攻克太原过早，有使傅作义感到孤立，自动放弃平、津、张、唐南撤，或分别向西、向南撤退，增加尔后歼灭的困难，请你们考虑下列方针是否可行：(一)再打一二个星期，将外围要点攻占若干并确实控制机场，即停止攻击，进行政治攻势。部队固守已得阵地，就地休整。待明年1月上旬东北我军入关攻击平、津时，你们再攻太原。(二)如果采取此项方针，杨罗耿部即住阜平休整，暂不西进……

11月17日，徐向前、周士弟复电中央军委：

……(一)经前委讨论完全同意军委16日5时电示。(二)我们执行的部署如下：以巩固东山之牛驼寨、小窑头、淖马、山头四要点继续向前推进，再打下数要点，以利有力围困敌人与展开政治攻势。另以晋中军区三个分区部队攻占河西重要阵地，以炮火确实控制机场，我东山部队即准备在东山过冬，加做窑洞并开井修路，运粮克服困难……

11月19日，中央军委复电同意。部队开始转入围城休整。

解放北平后，中央军委决定把第四野战军炮兵第一师和第十九、第二十兵团调去西进，会和第十八兵团等部一起向太原发起进攻。

1949年3月上、中旬，第二十兵团经大同附近，第十九兵团及第四野战军炮兵第一师经石家庄、娘子关分头开进，先后于月底到达太原城下。第六十三、第六十四、第六十五军由第十九兵团司令员杨得志，政治委员罗瑞卿率领。第六十六、第六十七、第六十八军由第二十兵团司令员杨成武，政治委员李天焕率领。这样，攻打太原的解放军兵力达到32万余人，共三个兵团、十个军、36个步兵师、三个步兵旅、两个炮兵师，拥有1150余门各种火炮。

3月17日中央军委决定：太原前线司令部成立，第十八兵团司令部为太原前线司令部，司令员兼政治委员由徐向前担任，副司令员由周士第担任，副政治委员由罗瑞卿担任，对第十八、第十九、第二十兵团实行统一指挥；以徐向前、罗瑞卿、周士第、杨得志、杨成武、陈漫远、胡耀邦、李天焕八人组成太原战役总前委，第十八、第十九、第二十兵团的前委均受其领导，书记由徐向前担任，第一副书记由罗瑞卿担任，第二副书记由周世第担任，以统一指挥并协调各部行动。30日，第十八兵团政治部兼太原前线政治部得到中央军委及总政治部同意。中央军委又于4月2日批准总前委常委由徐、罗、周、陈、胡五人组成，并批准赖若愚(太原市委书记)参加总前委。

中共七届二中全会后，3月28日，在西返途中的解放军副总司令兼第一野战军司令员和政治委员彭德怀来到了太原前线，他与当时正在抱病工作的徐向前一同指挥太原战役的决定得到了中央军委的同意。

4月7日,在太原大峪口村,召开了太原前线总前委扩大会议。

十八兵团副司令兼参谋长陈漫远,向与会的所有首长们介绍敌情:

"太原经过阎锡山几十年的苦心经营,现在已经属于国内第一流的要塞化城市。在外围防御地区集中布置主要兵力,进行防御时把宽广纵深和坚固的据点式筑城作为依托,是太原城里的防御布势。阎锡山曾打比方说:"太原的防御体系,就跟人的形状一样。头是东山,脚是汾西,两只眼睛是石咀子和风阁梁,五脏是太原城,分居南北的武宿、新城两个机场,则是两只手。全部的防御,浑然一体,相互保护,十分坚固。"

彭德怀副总司令员听到这里,站起来说了一句话:

"我们要先把它的'双手'截断,把它的'头'砍掉,把它的'眼'挖去后,再把它的'腿'和'脚'截下,使整个太原防御体系,四肢不在,身首各处,然后向'五脏'进攻,最后把它的'命脉'砍断!"

"哈哈……"彭总这几句比喻,实在是太形象生动了,把与会众人一下子都逗得笑了起来。

陈漫远同志又继续说:

"自从我军沉重打击阎锡山之后,阎锡山于去年12月至今,又在正规军加入了其暂编第八、第九、第十总队的残部和保安团、民卫军等。还把市民和学生强行抓来,组编了'铁血师''神勇师''坚贞师',拼凑了第十、第十五两个兵团部,有六个军部、15个步兵师、三个特种兵师是其下属;又在汾河以西红沟附近,构筑临时机场,把第三十三师从陕西榆林空运来增援。其也重新划定北区、西区、南区、东南区、东北区五个防区为防守区,进行最后的抵抗。"

走到地图前,陈漫远指着国民党军的部署具体介绍说:

"北区为太原以北、汾河以东的东张村、阳曲镇、拦岗、郭家窑、向阳店、西岗、峰西、歇子寨、黄家坟、新城地区,由第三十三军军部指挥第七十一师、暂编第三十九师和第四十六师守备。

"西区为汾河以西的万柏林、大小王村、南屯、义井、大小井峪、聂家山、神堂沟、姚吉村、后北电、瘐流、东社、南社、马头水、白道、芮城等地区,由第六十一军军部指挥第六十九师、第七十二师、第八十三师、工兵师、坚贞师守备。

"南区为太原以南、汾河以东的什方院、椿树园、黄家坟、狄村、亲贤村、杨家堡、老军营、北坞城地区,由第三十四军军部指挥第七十三师、第六十六师守备。

"东南区为五龙口、伞儿树、郝家沟、马庄、王家坟、双塔寺、照辟坟地区,由第四十三军军部指挥第七十师、暂编第四十九师守备。

"东北区为西岭、下岭、丈子头、牛驼村、陈家峪、剪子湾、山庄、卧虎山地区,由第十九军军部指挥第六十八师、暂编第四十师和第三十军之一个团、暂编第四十六师的一个团,守备。

"太原城垣由第三十军军部,指挥'铁血师''神勇师'守备。并打算组成其战役预备队,预备队由从西铭调回城去的第八十三师,与第二十七师一起组成。为支援东北区,'铁血师'也随时作好准备。

"在太原城的东南角、大东门、小东门、双塔寺、卧虎山、剪子湾、狄村、丈子头、聂家山等阵地分别配置以亲训炮兵团、榴弹炮兵团和以日本人为骨干的今村炮兵队及六个独立炮兵营，共130门大炮，组成十个炮兵群，指挥是日军今村中将、岩田少将。"

陈漫远同志介绍到这里，分析说：

"我军以太原的地形特点和敌军的防御部署为依据，准备采取割裂包围的战术，将敌军在主要防御地区外围全部歼灭，尔后，把敌人的最后防御地区城垣夺过来。根据敌情、地形的不同，会分别采用不同的战术在不同的方向上：在西南方向沿汾河并肩实施中央突击，协同东南和西北的辅助突击，分别围歼西面和南面之敌。东面，从正面突击。北面，从两翼突破，实施向心的钳形突击，合围歼灭敌军于北机场以北地区。从全局看，这是多路突击多方向合围，以构成多个合围圈，分别将敌围歼。也是从四面八方多路向心突击来实施夺取敌人最后防御地区的城垣。"

周士弟对司令员补充说：

"我们分别采用三种方式突破太原的守敌。一是选择敌军支撑点与支撑点间的间隙，楔入敌军纵深，实施侧后突击。二是经过炮火准备，把敌军依托城墙所构筑的坚固阵地摧毁，然后准备突击。三是以短促的火力急袭，突破敌军的防御，以主力突贯敌军纵深。当然，具体的打法我们还要根据情况来确定。"

经过不停地研究，彭德怀同志把大家的意见集中起来，代表总前委，最后把太原战役的作战方案定了下来。

作战指导方针：

首先，集中兵力，分割包围外围之敌，进行连续攻击，争取歼敌大部，占领攻城的有利地形。尔后，集中全力，一举攻城。

战役部署：

以第二十兵团和西北军区第七军，由东北面和西北面突破敌人防御，歼灭北区守敌，尔后，由大北门和小北门攻城；

以第十九兵团和晋中军区三个独立旅，由南面和西面突破敌人防御，歼灭南区和西区守敌，再由首义门、大南门和水西门攻城；

以第十八兵团和西北军区某部，由东西攻击，首先在杨家峪、淖马、松庄等地区积极佯攻，并各以一部兵力策应南、北两面我军的作战，在第十九兵团、二十兵团攻击开始时，即攻占城东各点，然后，由大东门的南、北地区攻城。为了保证部队顺利攻击，要加强炮兵的指挥，充分发挥炮火的威力。

4月20日是定下的太原总攻时间。

3月29日，统治山西38年之久的山西的"土皇帝"——阎锡山，找借口说要与总统李宗仁在南京共商国是溜走了。

发起总攻，解放太原

1949年4月20日，开始全面进攻太原。解放军十几路部队先后把前沿守军突破后，继续向纵深猛烈发展，一时间，城外的守军防御体系完全土崩瓦解。

249

城北,20日2时,解放军第二十兵团及第七军两个师分三路攻击南面:皇后院、七府坟等地由第六十六军沿同蒲路南下先后占领;第六十八军及第七军第十九师由城西之兰村沿汾河两岸直插新城、新店、芮城及芮城以东之汾河大桥;丈子头、牛驼寨等地由第六十七军及第七军第二十师由城东北之西岭向西攻击占领。当夜就把城北十里铺以北之守军肃清了。21日,3路部队又把城北工厂区及享堂村左右地区攻占了。

城南,20日5时,第十九兵团及晋中军区三个独立旅也分三路发起攻击。第六十三军及第六十二军第一八六师在城东南把双塔寺以南以东之守军肃清了,21日把面粉公司、民众市场等地占领了;第六十四军及晋中军区部队沿汾河西岸向北突击,把大小王村攻占后,迅速向万柏村地区挺进,会合第七军第十九师,接着把汾河以西守军包围歼灭后,击毙了张恭(国民党军第六十一军军长);第六十五军沿汾河东岸向北攻击,先后把杨家堡、老军营、西寇村、大营盘攻占,向大小南关直接逼近。

城东,20日下午第十八兵团和第七军主力发起攻击,首先对太原绥靖公署发动炮火轰击并把大东门等地守军炮火控制住,部队于18时展开攻击,先后把剪子湾、大把沟、那家沟、黑土港、大东关等地攻占。

至21日18时,除双塔寺、黄家坟两点外,已肃清了太原周围其余全部守军。

22日,第六十七军与第七军二十师把黄家坟(卧虎山)攻克,第六十三军把双塔寺攻克。

至此,结束太原外围作战,守军共12个师被歼灭。

为将太原人民生命财产的损失降到最低,4月22日,太原前线司令部发布了《告困守太原敌官兵书》,接着《最后警告阎锡山书》也以最后通牒的形式发布,但太原守军依然拒绝投降。24日,孙楚、王靖国、梁化之、戴炳南等战犯被解放军太原前线司令部通令缉拿。

4月24日清晨5时30分,随着直上云霄的三颗绿色信号弹,解放军正式开始向太原国民党守军发动总攻。

一瞬间,1300门大炮齐鸣,使得太原城头到处都是硝烟、遍地都是火光,碉堡一个个往下垮,城墙一段段地塌了下来,国民党军的尸体、残枪、断炮在空中飞舞着。

之后,第十八兵团及第七军主力、第十九兵团及第二十兵团,分别从城东之大东门、城南之首义门、城北偏西方向一起发起总攻。

在今太原市五一广场一带,素有"铁门"之称的太原的首义门,是阎锡山退守太原城垣之后,防御最为强固的城门之一。有三丈六尺高,二丈五尺的上宽,四丈五尺的下宽,左有胜利门,右有复兴门。阎锡山把它吹嘘为"坚如钢铁的要塞""太原铁城之铁门"。

赵世铃(太原绥靖公署参谋)也嚣张地扬言:"倘共产党军队由首义门攻城,我可在几秒钟内,将城前变成一片火海,使共产党军队死无葬身之地。"

十九兵团第一八八师是担任首义门攻坚任务的部队,这支英雄部队能攻善守,尤以长于攻城作战而在多次战斗中闻名。他们计划在这次突破太原城垣作战中,以2个团并肩突击。主攻团五六三团的"钢铁第一营"担任突击首义门以西第十二号突出部的任务。尖刀连是该营的第一连。赫赫有名的该团第二营担任突破在首义门以西的第十一号突出部的任务。尖刀连是该营第六连。

4月24日凌晨5点30分,打响了攻打太原城最后的战斗。

一时间，解放军齐发的万丈炮火，就像闪电和打雷一样，划过天际，似要撕裂天地一般。当时天还没亮，到处都是黑黝黝的，解放军战士借着炮火的光亮，看到了城墙的影子。它像是一道神秘莫测的在云雾里时隐时现的陡峭的山冈，又像一个挡在那里的不可逾越的黑乎乎的庞然大物。

不一会儿，已经看不见城墙的影子了，它被浓烈的硝烟吞没了。

压抑不住心头激动的战士们，一刻也不能等了。趁着解放军炮火袭击的这一有利时机，首先组织了连续爆破，快速把冲击道路上的障碍扫清，把登城通路开辟出来了。梯子组迅速地把梯子靠向城墙，犹如离弦之箭的各突击分队，开始争先恐后地登城。

突击国民党军第十一号突出部的五六二团二营第六连，在城南，紧靠首义门的西边，在解放军炮火才开始打响时，就发起了勇猛地冲锋。由两个班组成的梯子组由三排长魏连增带领，把重360多斤的梯子一起抬着，冒着四散的砖石和"嗖嗖"乱飞的子弹，乘着重重烟雾，向城墙那边飞快地冲去。他们刚刚把云梯在首义门以西100米处靠上、放稳，由一排组成的突击组就由副连长杨俊杰带领着飞速登上了城垣。

副连长王福全率领的与六连并肩突击的五六三团"钢铁第一营"尖刀第一连突击组，也于5时50分向首义门以西的国民党军第十二号突出部位，开始勇猛突击。因为解放军的炮火已经把国民党军第十二号突出部位的城墙轰开了一个五尺多宽的口子，一些砖石土块塌下来，使城墙外出现了一个斜坡，大概有70多度。所以他们都不用云梯，直接就顺着斜坡向上爬。斜坡上，遍地的沙石，带给前进中的突击组非常大的阻碍。但是战士们迎着飞来的子弹，不停地往上猛冲，没有任何人愿意落后。6点10分，城墙上插上了尖刀一连的红旗。

同时登城成功的两支英雄的突击队，把两面鲜艳夺目的红旗插在了太原城头，它们迎风飘扬在冲天的火光和轰鸣的炮声中。

按照师党委事先明确布置的任务，登上城墙的各突击组，为了保证团主力向纵深进攻，迅速扩展向两翼，把突破口巩固，给登城的连主力和突击营以接应。

与此同时，第二十兵团和第十八兵团和西北野战军第七军，也分别在太原城北、太原城东登上了城墙，城墙上一面面鲜艳的红旗正在四处飘扬。

打破城垣后，各个部队立即挺进城里面，开展与国民党军的巷战。

4月24日上午9时，解放军在市中心、太原绥靖公署和省政府一带把残余守军全部被包围。守军在强大的军事压力下，先后缴械投降。

这时候，早已是一片混乱的太原绥靖公署内，太原守备总司令王靖国、市长白志沂，就像无家可归的狗一样，急得团团转。绥靖公署恐怖、绝望的气氛更是因为粗野地叫骂、病态地狂笑的军官们，啼哭的太太小姐们，以及在这里开来开去发出隆隆声的十几辆退守的坦克而愈加让人恐惧了。

从外面清晰地传进来越来越近的外面的枪声，解放军的喊杀声，国民党守军的哭叫声。

和太原绥靖公署副主任兼十五兵团司令孙楚小声说了几句后，王靖国便命令人们集体自杀。可平日里张口闭口"不成功，便成仁"的那些国民党高级将领们，谁也没有听他的。

这时,日本战犯今村(当时被阎锡山委任为第十总队队长兼炮兵大队长)给出主意:一面把坦克也开出去,以拖延时间,集中火力把解放军顶住;一面在会议厅四面堆满汽油、棉花、炸药,准备点燃引爆,同归于尽。

就在一场"集体自杀"的闹剧正要在这些乱作一团的国民党军政要员们中间上演的时候,从四面八方来的解放军已向太原绥靖公署和山西省政府,发起了最后的攻击。

解放军用猛烈的炮火袭击和爆破把太原绥靖公署和山西省政府四周的工事全部摧毁了。而且解放军很快打退了国民党军的两次反扑。当惊恐万状的国民党军看到一营三连和二营六连的指战员搭乘国民党军的坦克,冲击太原绥靖公署南面的时候,把火力一下子都集中到南面来了。

就在这时,由东面攻击的团第一梯队第二营指战员马上跃起身来,大喊着"冲啊",向最前面飞般地冲了过去。第四连三班的战士是冲在最前面的。他们越过已经被炸塌了的围墙,直接从院内向太原绥靖公署的办公大楼冲去。

飞步跨入楼内的解放军第四连一排三班长孙振江和随即跟了进来的几个战士大喊:"缴枪不杀!"

楼内的国民党军束手就擒。

会议厅内的国民党军,这时就如热锅上的蚂蚁一般,如坐针毡。王靖国、孙楚也因为受惊吓,一句话也没有说。

今村走过去,在孙楚耳旁小声说了几句。孙楚立刻把王靖国拉上,来到放阎锡山棺材的会议厅东南角旁,让士兵把两个夹竹桃花盆推开,把一块大地板掀开后,露出来了一个五尺见方的大洞。

这个地洞很深,里面有个能容下几百人的地下室。不少人都知道修了这个地下工程,但是却不知道会议厅内还有洞口。但是孙楚、今村、王靖国都是知道这个洞口的,只是刚才因为受惊吓一下子懵了,没反应过来。现在今村一提醒,他们便一起在地下室里躲了起来。

可是没过一会儿,人民解放军战士便把这些像老鼠一样躲进地洞里的国民党军高级将领们揪了出来。

阎锡山对太原的反动统治长达38年,现在太原终于获得解放,回到了人民的怀抱。

从1948年10月5日开始,至1949年4月24日止,太原战役共历时六个多月。解放军共歼灭国民党军13.5万余人,包括一个绥靖公署、两个兵团部、六个军部、17个师及地方武装,把其中3.3万余人毙伤,9.7万余人生俘,使5300余人投降。缴获6283门各种炮、6943挺各种机枪、3.7784万支长短枪、236.5万发各种子弹、5.4386万发各种炮弹、20.5万枚手榴弹、九辆坦克(以上数是除军需仓库库存以外的)、千匹骡马。解放军共3.2万余人伤亡。

太原的解放,使阎锡山对山西人民长达38年的血腥统治彻底结束,使人民获得了一个重要的工业基地,对恢复经济及对全国解放战争的支援都有很大的意义。

252

将计就计，釜底抽薪——兰州战役

战役档案

时间：1949 年 8 月 12 日～1949 年 8 月 26 日

地点：甘肃兰州

参战方：中国人民解放军；国民党军

指挥官：共产党军队彭德怀；国民党军队马步芳

伤亡情况：解放军伤亡 1.2 万人以上；国民党军队损失 4.2 万人

战果：中国人民解放军胜，兰州解放

意义：兰州战役是解放军为解放全西北而与国民党军进行的一次决战，也是西北战场上规模最大、战斗最激烈的一次城市攻坚战。战争的胜利，使西北其他反动军队完全陷入分散、孤立的境地，彻底粉碎了国民党政府利用"二马"盘踞西北作最后挣扎的企图，打通了进军青海、宁夏和河西走廊的门户，为新疆乃至整个西北地区的解放铺平了道路。

253

作战背景

1949 年 4 月，突破长江天险的解放军百万雄师，势如破竹，一路横扫残余国民党军，相继把江南大片土地解放后，开始进军东南、中南和西南。大势已去的国民党蒋介石集团只好向台湾、广州、重庆分开逃窜。蒋介石明知失败已成定局，却依然对彻底失败感到不甘心，幻想以盘踞在西北的胡宗南和青海马步芳、宁夏马鸿逵(以下简称青宁二马)所部和退缩在西南的白崇禧所部的力量为靠山，把西北和西南保住，作为反革命的最后基地，然后争取时间，等待时机卷土重来。1949 年 5 月，解放军第一野战军为执行中央军委向全国进军的命令，把国民党反动派彻底歼灭，解放全国，进行了陕中战役，把西北战略要地西安解放了，青宁二马与胡宗南集团在这次战役中进行了联合反扑，但以失败告终；7 月第一野战军又进行了扶郿战役，把胡宗南主力 4 个军歼灭了。因为主力被歼，胡部被迫退守秦岭。看见大势已去的青宁二马，为了把实力保存下来，免遭被歼的厄运，随后立刻撤退到了北面。

第一野战军前委面对国民党军溃逃，分析认为：退守兰州、银川的二马，虽然已经处在孤立的境地，但仍有较强的实力，解放军由于兵力分散，如果同时进攻二马，要胜利恐怕很难；如果先对宁夏展开争夺，又会给青马动员甘肃、青海、新疆三省的国民党军部署新的防线提供了机会，会使整个西北的解放时间延误，甚至还可能使国民党军从临洮、武都逃进川北，给解放军尔后的作战造成严重困难。同时认为，二马之间，一直有很深的矛盾，且实力较强的青马，以西北霸主自居，力图把宁马吞并。如果解放军先歼青马，宁马不一定会支援。因此决心与国民党军在兰州决战，把二马反动势力彻底歼灭。

8月4日，解放军决定向兰州进军，把青马歼灭。8月9日，右路第十九兵团的部队，从平凉、固关等地率先出发，沿着西兰公路前进攻击兰州方向。于13日连续把西吉、会宁两座县城攻克。把西吉、会宁攻占后，留给"宁马"从兰州东侧迂回，强渡黄河，攻击银川或攻击宁夏的印象。8月10日，从秦安地区悄悄地经过通渭、内官营、新营镇的中路第二兵团的部队，前进攻击兰州方向，在兰州的近郊出其不意地出现。在宁夏方向，第十九兵团向其虚晃一枪后，沿着西兰公路加速前进，很快也在兰州的东郊出现。8月11日，左路第一兵团出甘谷、武山，把陇西、漳县、渭源、合川等县城接连解放，16日把临洮攻克，把被马家军破坏了的洮河大桥迅速修复后，渡过了洮河，并于20日把康乐解放，接着发起对临夏的进攻。在解放军第一兵团的攻击下，国民党军右翼的新编骑兵军刚打就崩溃了，被歼了一部，逃散了大部，从而把"青马"部队逃向川北的退路也切断了。在攻占临夏后，西宁成了第一兵团攻击的直接矛头，就这样，马步芳的老窝西宁处在了人民解放军的炮口之下。至此，彭德怀把围歼"青马"的主动权完全操控在手中。

第一野战军的各路大军兵临兰州城下。西北战场上最后一次大决战，也拉开了解放大西北最大的一次攻坚战的序幕。西北国民党军不断发出"兰州危急！银川危急！"的惊呼。

国民党召开"西北联防军事会议"

1949年8月14日，正是盛夏的时节，地上热的都在冒烟。虽然在一直扇着扇子，但阎锡山依然汗流浃背。太原一战，坚守孤城的阎锡山，硬是把徐向前华北野战军十几万大军6个多月的猛打猛攻顶住了，这在三年多的解放战争中几乎是没有过的。太原失守，主力部队几乎被灭光，但阎锡山感到虽败犹荣。蒋介石对阎锡山更是鼓励有加，提议其为国民党逃亡政府行政院长。阎锡山面对蒋的器重，感到受宠若惊，十分感激的同时，也有些自鸣得意。然而，近日不断失利的西北战事，让阎锡山坐卧难安。西北的大片土地在短短几个月的时间里，都成了解放军的囊中之物，纷纷得手的还包括西安、咸阳、宝鸡、天水、平凉等重要城镇。眼下告急的还有兰州、银川，这大大增加了逃亡到广州的国民党政府和蒋介石的惊恐和不安。阎锡山在蒋介石的授意下，主持召开了国民党广州"西北联防军事会议"，参加会议的有胡宗南、青宁二马。

在一种异乎寻常的严肃气氛中，会议开始了。阎锡山首先做了个"开场白"：

"有胜就有败，打仗更是如此，我军虽然在西北战场上吃了几个败仗，但是，从总体局势上看，还是挺乐观的嘛！只要各位在座的团结起来，共同努力，共产党军队要想把西北拿下，不会容易的！"

会场里的紧张气氛因为阎锡山的这几句话终于缓和了一点。阎锡山接着说：

"兰州战役是我们下一步的关键所在。总裁也是这个意思。兰州，我军城防工事和黄河天险都很坚固，而且兵力集中且精锐，以逸待劳，弹药、粮食充足。共产党军队呢，却是长途跋涉，人困马乏，后方供应也很难。因此，我军有把握在兰州会战时，把彭德怀的主力在兰州坚城之下歼灭，那么，西北战局从根本上改变也就为期不远了！"

马步芳、马鸿逵和胡宗南听了这番话，没来由地都松了一口气，眼睛放出了兴奋的光芒，脸上也开始有了一丝笑意。会议就兰州决战的具体兵力部署七嘴八舌地商讨了一阵，最后由阎锡山宣布命令："命令马步芳部，沿华家岭节节抵抗，尔后退守兰州，吸引共产党军队主力于兰州城下，紧紧咬住敌军，实施兰州决战计划！命令马鸿逵部，待主力退出固原一带后，迅速折向兰州，参加兰州决战！命令胡宗南部，进击陇南，对共产党军队实施包围合击，最后完成兰州决战！"接着，阎锡山又把任命马鸿逵为甘肃省政府主席的委任状宣读了一下。

会后，阎锡山对马步芳和马鸿逵设宴款待，席间又好好安抚了二马一番，为他们继续打气。

马步芳借着酒力，信誓旦旦地说："请院长放心，我一定在兰州城下打败彭德怀，叫他们有来无回，死无葬身之地！"

不甘落后的马鸿逵，也拍着胸脯说："有马家军在大西北，它的天下就是马家的，彭德怀想进来都不可能！"

阎锡山高兴了，举起酒杯说："来，为了二位的胜利，干！"

马步芳离开广州前，再三邀马鸿逵到兰州赴任，实际是为了得到宁马的支援，想以马鸿逵为人质。两个人多次抱头痛哭，发誓要同生死共患难，并商定一同坐飞机回兰州。不料马鸿逵在飞机即将起飞时，突然变卦了，找了个回宁夏亲自部署出兵援兰的借口，作出了先回银川的决定。于是两马分道扬镳。

彭帅运筹帷幄，马继援夜郎自大

彭德怀在兰州东南的乔家营设了野战司令部的指挥所。前沿阵地离这里不远，可以清楚地听到枪炮声。

野战军司令部进至乔家营后，没等指挥所完全安顿好，急性子的彭德怀就马上跑到前沿阵地，亲自观察了一遍兰州外围"马家军"的一些主要阵地。他发现，北临黄河，东、南、西三面的兰州被东岗坡、皋兰山、沈家岭、狗娃山紧紧环抱起来，地势相当险峻，易守难攻。特别是环抱城垣之皋兰山峰峦高耸，成为该城之天然屏障。山上有在抗日战争时期国民党军队修筑的永久性国防工事，解放战争中又不断加固。筑有钢筋水泥碉堡群的主要阵地与通向城里的环山公路相连接。对外有一至两道峭壁，峭壁后的山腰部设有暗藏的侧射机枪掩体，前面挖有几道外壕，各壕间又有暗堡和野战工事，并有交通沟和暗道相通。在阵地前还敷设有密布的铁丝网和地雷群。兰州因此被国民党军吹嘘为"攻不破的铁城"。依托强固工事的国民党军，既在发扬火力方面有利，又在组织反扑时十分方便，而从下向上仰攻的解放军，不但难越沟壕，难攀峭壁，且运动和展开兵力也十分不便。北望黄河巨流，傍城依山滚滚东去，雨季水大流急，浊浪涛涛。国民党军夹河而阵，解放军很难渡河四面围攻国民党军。

彭德怀看到这些，不由得紧皱眉头：对手是目前国民党军中最有战斗力的部队，又是在地形如此特别的兰州，如果让他们在兰州打顺了、打疯了，那可麻烦了。该怎样打、从哪儿打起呢？彭德怀背着手，来回踱着步子。对了，应该把南山阵地和北面的黄河铁桥不惜一切代价先拿下。把南山阵地攻下来控制在手中，便可以把制高点掌握，居高临下，发动对兰州城内"马家军"的攻击；把黄河铁桥占领，就相当于把"马家军"逃往西宁的唯一退路切断了。好，就这么打。

第一野战军兵临兰州城下的共有五个军，即许光达指挥的第二兵团之第三军、第四军、第六军；杨得志指挥的第十九兵团之第六十三军、第六十五军。

这一天，第一野攻城部队的主要将领在乔家营聚齐了。第一野战军司令部的兰州战役军事会议，在第一野副参谋长王政柱的主持下召开了。会上，大家对当前的国民党军情作了认真的分析研究，也就攻打国民党军的对策进行了商讨。有人担忧地问："兰州有个障碍——黄河。如果国民党军真要死守，我们要怎么应对？"还有人建议，是不是掉头回去，把胡宗南的残部先消灭。

正当会议开得十分热烈时，彭德怀推门而入。

"同志们讨论得很好嘛！"看着自己的爱将，彭德怀铿锵有力地说："解放兰州将是解放大西北的最后一个重大战役，兰州战役的胜利，对把西北国民党反动军队彻底消灭，把全国反动残余势力肃清，对全部解放西北五省辽阔的祖国疆土，都具有非常重要的历史意义。如果我军能够把力量集中起来歼灭青马，那么解放兰州和西北问题即基本可算解决。"

说到这里，彭德怀端起茶缸呷了口水，接着说："马步芳要死守兰州，这太好啦！他守我们不怕，我们怕的是他跑掉。如果他果真没跑，那时就是我们在兰州把他消灭的时候到了。至于胡宗南嘛，暂时还是把他放一放。因为胡宗南背靠四川，过早地把他压到四川，对第二野战军入川不利。"

彭德怀的这几句话，听得人是口服心服，也增加了不少信心。随即，彭德怀说："许光达第二兵团进攻营盘岭、沈家岭和七里河，然后向兰州城西关和南关发展进攻，并以一部把黄河铁桥夺取下来，一部找好机会从七里河地区北渡黄河，把北岸国民党军歼灭；杨得志第十九兵团沿西兰公路首先攻占路南之马架山、古城岭、豆家山和路北之十里山，然后向兰州东关发展进攻。"

彭德怀最后言近旨远地对大家说："我们不只是在战略上要藐视敌人，在战术上还要重视敌人。马步芳还有一股'牛劲'，我们部队大部分还没有同他交过手，不是有个'困兽犹斗'的故事吗？大家万万不可对敌人疏忽大意。给你们三天时间，把攻城准备充分作好。切记查明敌人守备兵力配备和防御措施，这是除调整部署外最重要的事。同志们，这个马步芳一定不能小看！"

8月19日，第一野战军第二兵团第六军军长罗元发率军部一行人来到了兰州正南方向的邵家泉，刚刚安顿下来，军作战科值班参谋便跑来报告："彭总来了。"几个军里领导听到这个消息，不约而同地说："彭老总来得真快呀！"罗元发同张政委、饶正锡副政委、陈海涵参谋长连忙到村口迎接，却没看见彭德怀的人，问过别人才知道原来彭德怀没有到军部就直接登上对面的山头了。

罗元发一行人上山后见到彭德怀正举起望远镜站在一个高坎上，向皋兰山瞭望观察。巍峨的皋兰山，呈现在他们眼前。第六军将要进攻的营盘岭是首先映入罗元发眼帘的。营盘岭是国民党军在皋兰山的主阵地，核心的集群工事由钢筋水泥的明碉暗堡构成。三营子这个山梁围绕着主阵地，有三道环形峭壁自上而下围绕着它。每道高二至三丈，峭壁外挖有二丈多宽的外壕，外壕内外两面均设有铁丝网，并每枚重30磅小型航空炸弹布满了整个阵地，不同型号的地雷又与炸弹连接成梅花式连环雷，把一个踏响，就会有一串连响，"马家军"称此为土飞机。整个阵地上，明碉暗堡，火力组成交叉火网，并以可容纳两个营兵力的地道相互串通。既能打又能藏是这种"马家军"工事的特点。营盘岭右有马架山，左有狗娃山、沈家岭国民党守军的火力支援，火力体系十分完整。马继援派其精锐主力第二四八师扼守营盘岭，并有恃无恐地吹嘘说："营盘岭是牢不可破的铁阵，是固守兰州的南大门，如果共产党军队能够攻破它，我就自动撤出兰州。"第六军的肩头肩负了人民解放军主攻营盘岭的任务。营盘岭是皋兰山最高的位置，第六军顺利把它拿下了，也就解决了完成这次战斗任务的关键问题。

看到这里，彭德怀指着营盘岭下面一个名叫下庄的小村子对罗元发说："根据这个地形和敌人设防的重点，你们要把敌人的火力好好组织侦察弄清，再仔细地研究一下，该怎么从正面突破。"

罗元发向彭德怀提出了他的想法：主攻部队在强大的炮火支援下从下庄正面攻击，从侧翼以少数兵力助攻，把国民党军火力吸引过来，兵力等正面得手后再从两翼投入。彭德怀认可了他的建议。

看了一阵地形，彭德怀和第六军的指挥员们在山背后找了个地方坐下来。彭德怀把地图摊开，一面看图，一面让大家谈谈打法，说说自己的不同的意见。于是大家毫无拘束地你一言我一语谈了起来。大家的看法和彭德怀的想法基本一致，觉得从下庄强攻比较好，也有个别同志认为，当前形势是"秋风扫落叶"，兰州"马家军"未必死守。

听到这，彭德怀的脸上爬上了一丝忧虑的神情，浓黑的眉峰不由得抖动了一下，十分严肃地说："马家父子不一定是这么想，这只是你的一厢情愿。"

他看大家不再讲话，又语重心长地说："'知己知彼，百战不殆'，马继援是六军的老对手，西府战役的教训还不够深刻吗？"一句话，拨动了在场人的心弦。

去年在陇东、西府与"马家军"作战时，由于第六军轻敌，遭受了严重的损失，许多重伤员惨遭"马家军"杀害。这一画面一下子出现在战士们的脑海中。所以，一提起马继援，没有哪一个六军指战员不是恨得牙痒痒的。

彭德怀又说："马步芳、马继援父子都是反动透顶的家伙，他们是不到黄河心不死的。像个大赌棍一样，他们很善于搞'孤注一掷'。马步芳直到今天，还想着自己有固若金汤的防线，企图凭借自己易守难攻的地势，在兰州押上了最后一点赌注。以为我们是长途跋涉，后方运输线长，补给困难，而他们则以逸待劳，妄想把我军主力吸引到兰州城下，然后把我军有生力量消耗掉后，等待反扑关中的胡宗南。然而，这个赌棍有他狂妄的一面，也有他虚弱的一面。他毕竟只有那点有限的本钱，在这里，我们势必让他输得精光。"

8月20日，彭德怀在乔家营，第一野战军司令部。拿着放大镜，一遍又一遍仔细地看着摊放在桌面上的作战地图。彭德怀站起身来，在想着什么：对兰州我军形成包围的只是东、西、南三面，"马家军"仍控制着北面的退路黄河铁桥。因此，现在还不能完全排除在我强大火力打击下，"青马"主力突然逃跑的可能性。必须来一次试探性攻击，让乳臭未干的马继援彻底定下死守兰州的决心。

彭德怀坚定有力地说："通信员记录！"

"命令：8月21日，我以九个团的兵力，对国民党兰州守军的全线阵地进行一次试探性攻击。具体部署是：敌军豆家山、古城岭和十里山一线的阵地由郑维山和王宗槐指挥的第六十三军，王道邦和肖应棠指挥的第六十五军以5个团的兵力攻击；敌军在沈家岭的阵地由张仲良和高锦纯指挥的第四军，以2个团的兵力攻击；敌军皋兰山主峰营盘岭的阵地由罗元发和张贤约指挥的第六军，以2个团的兵力攻击。"

试攻命令发布后，彭德怀背着手，信步走出乔家营指挥所，远眺南山"马家军"的阵地，深沉地说：

"这个妄自尊大的马继援，他想在兰州把我们吃掉，那咱们就走着瞧……"

8月19日，马步芳从广州回来之后，便立刻在"三爱堂"主持召开了西北长官公署作战会议。并宣布了兰州会战的作战部署：以陇东兵团主力之第八十二军、第一二九军及榴弹炮第一营在狗娃山、皋兰山、东岗坡一带占领阵地，利用既设工事，置强有力的机动部队于四墩坪、七里河地区。该兵团的骑兵部队配置在兰州至河口一带的黄河北岸，沿河守备；以陇南兵团之九十一师、第一二〇师，配置在兰州、靖远一带，以固守兰州之左翼；以韩起功之骑兵军守备洮河一线，以巩固兰州的右翼，并把守青海的大门。并宣布由自己的爱子马继援统领兰州会战，自己退守西宁，会议结束之后，马步芳嘱咐了儿子几句便走出了"三爱堂"，直接驱车去了飞机场，离开兰州飞往西宁。马步芳离开兰州后，马继援把指挥所设在黄河北岸的龙尾山上。他坐镇黄河北岸的指挥所里总揽全局，一幅兰州会战兵力部署图正挂在大厅的墙面上。

主要的防御阵地由马继援的王牌第八十二军三个精锐师守卫，马家山及豆家山、古城岭及十里山一线由第一〇〇师固守，营盘岭一线由第二四八师固守，沈家岭及狗娃山一线由第一九〇师固守；预备队由马步銮精锐第一二九军的两个师担任，在拱星墩和兰州西关两地部署；刚从新疆调来的榴弹炮营不久前，在兰州的东教场配置使用；在东岗镇及城内有甘肃省保安队的三个团驻守；驻守临洮、临夏的韩起功的骑兵新军，对青海老巢门户的安全进行防守；为了策应兰州和临洮方面的作战，在河口至民和一线，由马继援第八十二军的马成贤骑兵第十四旅、马步銮第一二九军骑兵第八旅以及第一〇〇师、第一九〇师、第二四八师和第二八七师、第三五七师所辖的五个骑兵团，集中布防。

看着兵力部署图，马继援不禁自鸣得意起来："这真是固若金汤啊，看你彭德怀怎么吃得下我！"

向兰州守军发起全线试攻

8月20日入夜，军政治委员张仲良和副军长兼参谋长高锦纯，仍在第一野战军第四军前沿指挥所看着作战地图，就攻击方案进行商讨。由于攻击沈家岭和狗娃山的作战任务由第四军担负，张仲良和高锦纯的目光一直集中在地图上的沈家岭和狗娃山区域。

沈家岭的形状，如果是站在解放军的出击地，由南向北望去，则酷似一个葫芦。葫芦头上有"马家军"设在那的防御阵地。在这里，"马家军"将其东、西、南三面削坡为壁，高二至三丈，分布在峭壁之上的暗堡与伏地堡以环形堑壕相连接，密如蚁穴蛇洞，交通壕纵横交错，连接着堑壕。细长的葫芦柄，伸向解放军进攻的方向，易守难攻的狭窄地带，又设有难以跨越的横沟障碍，沟前还有密密麻麻的布雷场。很显然，要对这样的地形和障碍进行突破，可想而知其难度。扼守沈家岭和狗娃山的"马家军"，居高临下，把公路也截断了。如果解放军拿下了这两座高地，就可沿公路直捣兰州西关，切断黄河铁桥，将"马家军"从四面围困在兰州城内，形成关门打狗之势。但是，很难选择攻击沈家岭的突破口。山高谷深的两侧，坡陡如壁，不仅没有可攀援的路，而且"马家军"东、西两面火力还可能夹击解放军部队，从正面实施强攻是突破"马家军"的唯一办法。沈家岭，这个葫芦形的阵地，简直像个缩头的刺猬，要拿下它，非常棘手。马继援将沈家岭阵地称为兰州的一把"金锁"，所以可想而知沈家岭阵地的战略地位的重要性。

看着这些，高锦纯不禁说道："政委，这可是一场硬仗啊！"

张仲良略有所思，回答道："是啊，这是一场实实在在的攻坚战啊！我们一定要把打攻坚战的准备作好，不怕伤亡大，坚决把阵地夺取，把一切国民党守军歼灭。"

8月21日拂晓。第一野战军在彭德怀的指挥下，对国民党兰州守军发起了全线试攻。随着3发红色信号弹的腾空而起，人民

学生们组织起来缝军被

解放军齐发万枚炮弹，马架山、营盘岭和沈家岭瞬间沦为一片火海。炮声稍停，九个团近万名担任攻击的勇士，从各个方向向国民党军阵地杀去。

邵家泉，第六军前沿指挥所里，军长罗元发手拿望远镜焦急地注视着正在进行的战斗。战士们已经攻击到了营盘岭国民党守军前沿阵地，他们把上了刺刀的钢枪端在手中，向国民党守军阵地冲去。双方在崖坎前和崖坎上面的开阔地，展开激烈的争夺，战斗一开始就进入了白热化和胶着化的状态，打得难解难分。

正在这时，罗元发接到十七师司令部报告说："五十团攻击受阻。"

"什么情况？"罗元发在电话上问程悦长师长。

"刚才发起攻击时，炮火只把敌暴露在前沿的工事摧毁了，没能把暗堡彻底摧毁。躲在狗洞里的敌人趁炮火转移时，钻了出来，用火力拼命拦阻，担任爆破的分队因此很难接近崖壁，爆破也就无法实施。我们正在重新组织火力，准备再次突击。"程师长报告说。

罗元发听罢，又赶快打电话问十六师，吴宗先师长报告说："他们那里的情况也不好。四十六团的邵队受到敌人正面阻击，加上不利的地形和在运动中受到了三营子和马架山

两面火力的射击,有较大伤亡,李光华——该团一营副教导员也牺牲了。"罗元发听到这个消息,内心感到非常沉痛。

战斗仍在进行,国民党守军在拼死抵抗。

从西边沈家岭的狗娃山到东边的马架山,都打得异常激烈、艰苦。

在兰州城东金家岸的指挥所里,六十三军政委王宗槐听到十九兵团的六十三、六十五军也出师不利的消息后心急如焚!这天拂晓,该军一八七师首先对十里山发起攻击。战至第二日上午9时,五六〇团才突破了国民党守军第一线阵地。但是突破口被国民党守军集中火力封锁,并且国民党守军以一个营的兵力赤膊上阵,挥着战刀,持续疯狂反扑。解放军突入的分队终因兵力不足,第二梯队遭国民党守军火力封锁支援受阻,被迫撤出阵地。几乎是同一时间,被眼前的战斗弄得心急火燎的还有十九兵团六十五军政治委员王道邦。他的心从清晨打响战斗后,就一直是悬着的。在刚才的电话里,一九三师郑三生师长向他汇报:该师首攻马架山战斗受挫!

因此,出动九个团的第二、十九兵团首次攻击都没能成功。

正在这个时候,野战司令部下达命令:全线暂停攻击,认真总结经验教训,以利再战。

22日晚,彭德怀、张宗逊向中央军委报告说:"试攻兰州外围,十九兵团5个团、二兵团约4个团,结果未攻下一个阵地,守敌尚顽强,工事很坚固。"

此时,毛主席虽然身在北平,但整个心都被兰州战况牵着,即使是到了深夜,也睡不着觉,这时,推门进来的机要秘书,把一份刚刚收到的电报递给了毛泽东。毛泽东一手捏着铅笔,一手压着电报,目光迅速地扫视着电文,很快脸色就变得阴郁起来。深思良久,长长地出了一口气,自言自语地道:"我们早就应该料到,兰州这场战斗是一场硬仗。血的教训告诉我们,不能小视马家军的战斗力。这一仗我们一定要打好!打不好这一仗,整个西北,乃至全国战局的发展进程都将会受到影响。"毛泽东独自思索了好一阵子,将纸摊开,拿起笔给彭德怀回电:"既马步芳守兰州决心已定,则对我军歼灭该敌有利,为此,在攻兰战役中必须把三个兵团的力量集中起来。攻击前似须有一星期或更多时间作充分战斗准备,并须准备一次打不开而用两次、三次攻击去歼灭马敌和攻占兰州。"

初战失利,重振旗鼓

8月23日,已经下了一夜雨的猪嘴岭,还在淅淅沥沥地下着,一点停的迹象也没有。位于猪嘴岭的十九兵团指挥所一大早就迎来了驱车前来的彭德怀。

此时,因为试攻的仗没有打好,杨得志司令员和李志民政委的心情都很沉重。一见彭德怀的面,杨得志就检讨说:"彭总,在历史上,这样的情况十九兵团的部队还一次都没有遇到过:打了两天,硬是没有能拿下一个敌人的几个阵地。我们军、师、团的干部都很憋气,为了出这口气,特别想再打一下。毛主席再三指示我们,'二马'的实力千万不可轻视,不然一定会吃亏。现在,我们吃了亏正是因为轻敌所致。虽然我们常常给自己敲警钟,并再三教育部队,要把轻敌思想克服掉,但是部队最近放松了这种教育,所以轻敌思想就有所抬头。没打好这一仗,我们兵团领导要负主要责任。"

彭德怀听完后，说："部队试攻之所以受阻，轻敌是主要原因，敌工事坚固、敌人顽强是次要原因。是我决定的这次试攻，而且时间太紧，部队准备得不充分。不过，通过试攻，了解敌人的目的我们还是达到了。你们告诉部队要沉住气，把经验教训总结好，对敌人进行仔细研究，并且把准备工作扎扎实实做好，等再次向敌人发动进攻时，争取打个漂亮仗。"

此时，马继援正在兰州城北。他在龙尾山的指挥所里，正急着给蒋介石发电报："兰州会战，初战告捷，激战竟日，击退共产党军队数十次冲锋，杀伤共产党军队万余人，战果辉煌！"

刚发完电报，带着"劳军团"的国民党西北长官公署的副长官刘任就吹吹打打地走进来。"旗开得胜""打了大胜仗"……飘然飞来的满天的恭维话，让马继援十分得意。马继援狂言道："此次兰州会战，只能打胜，不许战败。全军将士要奋勇杀敌，誓与兰州共存亡！"大家对他的这番讲话报以热烈的掌声，这让马继援更加飘飘然了，随后立刻宣布：重赏活捉彭德怀者，黄金1000两！

8月24日，在乔家营指挥所里，彭德怀对毛泽东的来电再一次进行了认真的研究后，开始起草向毛泽东和中央军委要求尽快再行发起攻击的电报："决以三个兵团打兰州，王兵团决定从兰州上游迂回兰北。……现第二兵团和第十九兵团攻城准备工作已妥，疲劳尚未恢复，粮食不足，油、菜更难解决，青马匪不断反袭，故很难得到休息。以现在准备工作看，攻占兰州有七八成把握，故决定在25日晨开始攻击。如未解决青马，而宁马援军迫近时，即以四个军围困兰州，集结五个军打宁马。"彭德怀起草完电报，站起来，舒展了一下身体，大步向指挥所走去。这天，雨又下了起来，所以有些凉凉的。在细雨中，伫立了很久的彭德怀，想了许多跟未来有关的事情。

"彭总，中央来电了！"一份由司令部机要参谋送来的电报，把彭德怀的思绪打断了。彭德怀打开以后发现是毛主席发来的复电指示。电报中，毛泽东不仅对第一野战军于8月25日发起总攻兰州的作战计划表示同意，还在电报中指示要"集中兵力，充分准备，继续进攻……"彭德怀看着电文，为之一振，一下子没了寒意，内心涌动出一股喜悦之情："值班参谋，通知各部队：立即向部队传达毛泽东主席的指示精神，立即进入临战状态，再次检查一下各部队的准备情况和战术思想，坚决贯彻落实毛主席的指示精神，坚决打好解放兰州这一仗！"

英勇作战，解放兰州

8月25日凌晨，迎面吹来一阵清风，兰州城外一片沉默。

忽然，大地震颤，腾空而起的三发红色信号弹，万枚齐发的大炮以及冲天的火光，预示着兰州战役正式打响！解放军数万名官兵，在长达几十里的地段上，在猛烈的炮火掩护下，向国民党守军阵地勇猛地冲锋。经过激烈搏斗，第四军首先把沈家岭主阵地上的中狗娃山、下狗娃山攻占了；第六十三军之第一八九师于16时把主阵地豆家山攻占；17时，第六军把南山最高峰营盘岭主阵地三营子攻克了，当晚第六十五军之第一九三师又把古城岭、马架山攻占了。战斗中,马继援向其指挥官下达用机枪、大刀督战的命令后,向解放军实施了连续的反冲击,但并没有使解放军一一突破其阵地受影响。在指挥所里的马继援,就像缩头的乌龟一样,满脸沮丧,眼见着一一失守的城郊阵地,越来越没有希望的胡宗南和马鸿逵的支援,完全丧失了坚守兰州的信心,于是作出了撤出兰州,退守黄河北岸的决定。16时,国民党守军开始把在城内的指挥机关和直属部队向黄河以北转移,但其主力一时撤不下来,因为其大都在阵地上,而且很害怕其企图被解放军发现。于是撤逃一直推迟到当晚才秘密进行。但解放军第三军很快发现了他们,第三军一面组织追击,一面报告。由副团长申文范带领的第三军第七师第十九团的突击队一个营,很快趁国民党守军混乱之际,追到了兰州西城门,并把全营火力组织起来掩护第八连把黄河铁路大桥夺占下来,使大部分国民党守军没能过桥北逃。此时,解放军看到撤退到城内的国民党军陷入了惶恐状态,决定乘此机会,与国民党军展开巷战,至26日12时,就把城内全部的国民党军肃清了,随即以一部兵力越过铁桥,把白塔山占领了,河北的国民党守军见此,还没开战就退出阵地逃跑了,兰州至此宣布解放。彭德怀、张宗逊、甘泗淇等率领第一野战军指挥机关进驻。

兰州战役作为西北解放战争中的一次战略性决战,动摇和瓦解了国民党反动派在西北地区的政治统治,彻底摧毁了以马步芳军事集团为核心的国民党西北战略防御体系,加快了青海、宁夏、新疆的解放步伐,在大西北解放进程中具有重要的历史地位和作用。它是大西北解放进程中具有重要战略意义的历史大决战。经过激战,人民解放军歼灭马步芳主力2.7万余人,包括八十二军三个师大部、一二九军两个师各一部及三个保安团,缴获100多门山炮、迫击炮,2400余匹骡马,40余辆汽车及大批其他军用物资。

262

翻秦岭,越巴山——成都战役

战役档案

时间:1949 年 12 月 11 日~1949 年 12 月 27 日

地点:四川成都平原地区

参战方:中国人民解放军;国民党军

指挥官:共产党军队刘伯承、邓小平、贺龙;国民党军队胡宗南

双方兵力:共产党军队三、五、十八 3 个兵团,十、十一、十二、十六、十八、六十、六十一、六十二 8 个军;国民党军队川西所有国民党军

伤亡情况:国民党军队伤亡 30 万余人

战果:中国人民解放军胜,和平进占成都

意义:成都战役是第二次国共内战后期的一次战役,通过此次战役,刘伯承、邓小平率领中国人民解放军第二野战军在成都平原歼灭胡宗南所率领的国民党军队 30 万余人,和平进占成都。

263

作战背景

在解放军的渡江作战中,南京及江南广大地区相继被解放,之后,蒋介石紧急组织起"湘粤联防",急令由在华南盘踞的白崇禧集团和粤系军队承担阻击任务,截断解放军进军两广的企图。随后,又命令川陕地区的胡宗南集团在秦岭全面扼守,阻断解放军自陕入川之路。蒋介石希望通过此举将西南控制在手,直至国际局势转变,伺机卷土重来。

为了将据守在华南、西南的国民党军彻底消灭,中央军委和毛泽东同志对作战部署进行了调整:第四野战军接手指挥第二野战军第四兵团,自赣南而出进至广东、广西两地,向白崇禧集团的右侧背迂回,配合第四野战军主力于广西境内对白崇禧集团展开围歼。第二野战军主力进行大迂回行动自贵州而出,占领川东、川南两地,将胡宗南集团向云南后退之通路切断,进而使白、胡两集团之间的联系完全割裂。

与此同时,第一野战军部队在陕川边地区,对胡宗南集团展开积极引诱,暂时将其抑留于秦岭地区,直至后续部队将其退往滇康之道路切断,再迅速向南推进,联合第二野战军主力于四川境内歼灭胡宗南集团。

蒋军设定"固守西南"战略部署

在重庆,蒋介石于1949年7月召开作战会议,国民党西南军政要员全部参加,共商"保卫西南、反共复国"大计。

此时,蒋介石两眼无神,面露阴郁之色。解放军自将长江防线突破之后,势不可当,在华东方面,陈毅一路横扫而过,势如摧枯拉朽;华南方面,"虎狼"一般的林彪直向两广地区插入;西北方面,彭德怀将西安攻克,其后又向西北纵深长驱直入。如今仅剩西南一地尚且维持。要想扭转败局,现在唯一的出路便是集中残余军队,实施"割据西南"计划,将云贵川康发展成"反共复国基地"。

蒋介石指出:当前,必须将西南地区的地形特点、地理位置以及政治、经济等条件,充分利用起来。此地区山脉众多,秦岭、大巴山、巫山和武陵山等宛若一道天然屏障,对实施防御和封锁极为有利;此地区尚且拥有盘踞一方的军阀土匪和错综复杂的地方封建势力可供利用,可以此作为社会基础,实行反动统治;此地区人口众多,物产较为丰富,拥有维持作战的重要资源,能够源源不断地提供兵员和粮草供给;除此之外,西南地区为边陲之地,毗邻国家众多,有助于获得"国际上"的支持和援助。于是,蒋介石在失去东南之后便作出决定:将退集于中南、西北、西南的残部统一集中起来,加强组织,骨干由胡宗南和白崇禧两个主力集团承担,在川陕、川湘鄂等沿线地区布置层层防御,以这道绵亘的"西南防线"实现"固守西南"的目的。

当时,在西南地区内盘踞的国民党军队约有90万兵力,其中,作战兵团中承担主力部队的主要是:

驻守在陕南、川北一带第五、七、十八兵团,共12个军,由"川陕甘边区绥靖公署"主任胡宗南担任指挥;第十六兵团,下辖两个军,由"川鄂边区绥靖公署"主任孙震担任指挥;第十九兵团,下辖两个军,由"贵州绥靖公署"主任谷正纲担任指挥;第八、二十六军和新编第十三、十四军,共四个军,由"云南绥靖公署"主任卢汉担任指挥;部署在川东鄂西地区的第十四、二十兵团,下辖六个军又四个师,由"川湘鄂边区绥靖公署"主任宋希濂担任指挥。

除此以外,还有第十五、二十一兵团共四个军,归"西南军政长官公署"直接指挥;受刘文辉、邓锡侯和杨森指挥的三个军等。整个正规部队共50万余人。

蒋介石部署的"固守西南"战略主要分为两步:

第一步,实施"湘粤联防",主要由白崇禧集团和广州绥署主任余汉谋部全面组织,主要任务是对解放军进占两广展开阻击,承担西南的屏障。与此同时,秦岭、大巴山由胡宗南集团和川陕边区的部队全面扼守,将解放军自陕入川之路截断;川鄂地区由湘鄂边绥署主任宋希濂部全面扼守,将解放军自东面入川之路截断。

第二步,假如解放军进占湘粤,白崇禧部退入广西,在滇、黔两省侧翼形成屏障,并与胡宗南集团遥相呼应,与滇、黔、川、康的土匪武装和地方部队取得联络,展开坚决抵抗。

大迂回、大包围歼灭西南的国民党军的战略方针

7月18日，第二野战军前委在认真分析之后，将《关于进军西南的指示》下达给所属第三、四、五兵团及各军。

8月19日，刘伯承、邓小平签署了《向川黔进军作战基本命令》，随后上报中央军委，部署了歼灭川黔的国民党军的作战方案：

以第五兵团和第三兵团之第十军自黔北、川南而出，将国民党军退往云南方向的后路切断，随后与第三兵团联合作战；以第三兵团所属第十一、十二军，配合第四野战军之第五十军等部，展开钳形攻势对宋希濂部实施围歼，随后自四川东南部而出，联合第五兵团对川东和重庆地区的国民党军实施聚歼；上述任务完成之后，第三、五兵团与第十八兵团密切配合，发动成都战役，将胡宗南集团及四川境内的国民党军全部歼灭。

中央军委于8月20日回电刘邓，对其拟定的命令表示完全同意。

9月12日，毛泽东对第二野战军领导人通过致电传达指示："二野的两个兵团以主力一直进至重庆以西叙府、泸州地区，然后向东打，占领重庆。总之，我对西南各敌均采取大迂回动作，插至敌后，先完成包围，然后再回打之方针。"至此，解放军大迂回、大包围歼灭西南的国民党军的战略方针完全形成。

8月，在关中平原西北部的宝鸡至天水一线，贺龙全面指挥第一野战军第十八兵团之第六十、六十一、六十二军及第七军，叩击胡宗南部的秦岭防线，摆出了从北线攻取西南的架势。

第十八兵团第六十军于8月28日晚率先发起进攻，国民党第三十八军之一七七师由此遭受重创。同一天，担任主攻的第六十一军亦开始行动，大张旗鼓地从正面沿川陕公路两侧发起攻击。解放军开始展开大举进攻，胡宗南如临大敌，惊恐万状，为了保全主力部队不致被

刘伯承、邓小平同率部解放成都的贺龙（左二）、王维舟（左一）在重庆相会

歼，遂命令少数部队据险抵抗，掩护主力部队渐次退往秦岭腹地。随后，第六十军主力乘胜追击，将秦岭主峰防线全面突破。

从9月20日起，自秦岭战役中退下的第一野战军南下兵团展开了历时两个月的休整，作好南进准备。

蒋介石如热锅上的蚂蚁，团团转

1949年8月下旬，重庆国民党西南军政长官公署内，蒋介石忧心忡忡，战局的惨败是原因之一，更为让他担心的是，胡宗南、宋希濂竟然提出了与自己主张的"保卫大西南"战略部署背道而驰的计划，他们主张：在解放军尚未向西南采取大规模军事行动之前，设法将主力转移到滇缅边区。两个得意门生、自己的嫡系爱将竟也如此，怎能不让他忧虑。

为稳定军心，蒋介石连续召开作战会议，就解放军的进攻方向展开重点讨论，研究作战方案和兵力部署。

长官公署情报处长徐远举首先就当时情况作了介绍，他说："各方侦察的结果是，陕西关中地区共产党军队在8月底9月初一段时间调动频繁。陇海路上，徐州至宝鸡段西行军列很多。根据秘密消息，此次入关的主要是共产党军队二野主力。此外，胡长官的秦岭防线及汉中地区在近一段时期内也接连遭受共产党军队主力兵团的攻击。"

情报处长对情况展开介绍时，参加会议的各位将领在下面纷纷议论起来。

当蒋介石发问："诸位认为共产党军队的主攻方向指向何处呢？"会场上下却又陷入一片沉默，对解放军主攻方向作出判断，这个责任太过重大，没人敢轻易发表见解。

正在众人沉默之时，川陕甘边区绥署副参谋长沈策发言说："从历史上考查，历代入川，自川北而来者居多，溯江西上者也不在少数，然而这一方向地势险峻，不利于用兵作战，相较而言，川陕公路交通方便，易于共产党军队展开。基于上述理由，我主张在川北剑阁一带抽调四个军用于布防，将共产党军队入川企图全面挫败。"

蒋介石不住点头。还在一个月前，蒋介石就判断：解放军入川的主要方向，或北或东，可能性较大的也是北面。他认为，川东方向拥有险要的地形条件，且交通不畅，人迹罕至，大兵团行动十分困难。而且，川东方向湖北、湖南地区的翼侧，尚有白崇禧做屏障。但是川北方向此时却亟待重点筹谋，此地区虽也有异常复杂的地形，川陕间的秦岭、大巴山更是横亘其间，通行困难。但是，自古从中原到西南走的都是这条路，川陕之间路途虽险，公路干线却四通八达。秦岭以北的关中地区更是极为便利，这里有一条铁路线运行通畅，可供解决大兵团作战的补给问题。于是蒋介石认定：解放军入川，势必要从北面来。

如今，他在前期作出的判断也得到了徐远举情报的有力佐证，基于此，蒋介石毫不迟疑，仍然坚持既定方案。他肯定地说：

"综合各方面的情况，共产党军队进攻的重点当仍为川北方向，当下，必须加强这一方向的防御力量。必须拒匪于川境之外，即以陇南与陕南为决战地带，而不在川境之内与匪周旋。因此，现在守住秦岭防线是当务之急，传我指示，除非我下命令，各军绝不许擅自撤退。另外，除了秦岭防线以外，还必须沿白龙江、米仓山、大巴山一线构筑第二道防线。与此同时，川东方向也要重点部署，不能掉以轻心，宋希濂在此地的防守必须全面加强。此外，罗广文兵团应迅速配置在南充、大竹地区，作好向川北或川东机动的准备。"

西南军政长官经过一番详细商讨，作出如下部署：

防御主要方向定为川北，由主力部队川陕甘绥署胡宗南部第五、十八兵团等部所辖的第二十七、三十六、三十八、一、六十五、九十、三、九十八军，在秦岭主脉之成县、徽县、留坝、佛坪、镇安布置第一道防线；以其新组建的第七兵团等部之第十七、三十、六十九、七十六、五十七军，在川陕边之白龙江、米仓山、大巴山布置第二道防线。

一切部署完毕，胡宗南异常骄狂，大言不惭地将其称作"马其诺防线"。

在川北剑阁地区，由罗广文第十五兵团所属之第一〇八、一一〇军防守，准备随时增援川北方向。

在川南宜宾、泸州及綦江、南川一带，郭汝瑰第二十二兵团之第七十二、四十四军驻守于此，保持机动。

在长江以北大巴山亘巫山一线，由川鄂边区绥署孙震部所属第十六兵团及湖北绥靖总部之第四十一、四十七、暂八、暂九军全面守护。

在川东长江以南，由川湘鄂边区绥署宋希濂部所辖第十四、二十兵团之第七十九、一二二、一二四、二、十五、一一八军全面守护。

重庆附近部署有第二十、二十一军，成都附近部署有第九十五军，雅安附近部署有第二十四军，各军担任守备，以云南省绥署卢汉部所属第八、二十六、七十四、九十三军对付解放军滇桂黔边纵队。

中央革命军事委员会于 10 月 10 日召开第一次会议，就进军西南的问题展开进一步讨论。会议决定，由邓小平、刘伯承、贺龙等 24 人组成中共中央西南局，第一、第二、第三书记分别由邓、刘、贺担任。同时作出成立西南军政委员会和西南军区的决定，军政委员会主席为刘伯承，贺龙任军区司令员，邓小平任政委，经营滇、黔、川、康及西藏。

当日，第一野战军司令员彭德怀接到中央军委电示，第二野战军奉命将国民党军队向康滇后退的道路实施切断，第十八兵团及第七军应迅速占领川北及成都地区，协同第二野战军聚歼胡宗南集团。

华南方向第四野战军第十五兵团和第二野战军第四兵团于 10 月 14 日进抵广州，国民党政府及其高级官员纷纷向重庆撤离。

10 月 15 日，配合第二野战军作战的第四野战军第四十七军解放大庸、桑植等城，占据了进击川东的有利阵地。

10 月 22 日，第四野战军决定在月底全面发动鄂西战役，力图将宋希濂集团彻底歼灭。刘邓也作出决定，全面配合第四野战军发动的鄂西战役，于 10 月 29 日发出《进军川黔作战的补充命令》：第三兵团应以现在最先头之一个军，全部轻装，沿第四野战军第四十七军主力之右侧，以快速行动，直出彭水、黔江，截击可能逃跑之宋匪，并协助四十七军歼击右侧顽抗之匪军。第三兵团主力则依此调整部署，速按原计划分别出遵义及跟随先头军跟进。第五兵团及第三兵团之第十军仍按原计划速出贵州。

10 月 28 日，第四野战军全面发起了鄂西战役。11 月 1 日，在北起巴东、南至天柱 500 公里的战线上，第二野战军主力对国民党西南守军发动了进军川黔作战。

11 月 1 日，宋希濂集团的防线被第二野战军第三兵团主力和第四野战军一部一举突破，秀山、酉阳、彭水、恩施等地区宣告解放，将西逃的国民党第十四兵团围歼于咸奉以东地区。第五兵团和第三兵团第十军当时担任的是战略迂回任务，11 月 1 日之时，也以突然动作向贵州成功挺进，连克三穗、镇远，15 日解放贵阳、思南，尔后分路向川南疾进，沿途将国民党西南守军第十九兵团的抵抗粉碎,遵义、渡赤水、袭叙永相继被攻克。12 月 3 日,先头部队抵达川南之绚溪、合江地区,将胡宗南集团及川境残余国民党军逃往贵州的道路截断。在此期间,国民党军乌江防线也被解放军第三兵团第十一、十二军和第四野战军第四十七军全面突破,11 月 24 至 28 日期间,大部宋希濂集团的主力和罗广文兵团在南川地区被歼灭,11 月 30 日,西南的政治、经济中心重庆及川东南广大地区宣告解放。

由于解放军在南线的神速进展,蒋介石急令胡宗南集团放弃秦岭,南下向成都撤退,随后可适时南逃云南。12 月 3 日,贺龙、李井泉率领解放军第一野战军第十八兵团和第七军,兵分三路日夜兼程,追击南下,与第二野战军主力形成了对胡宗南集团的南北钳形攻势:

右路六十二军率先将陇南国民党军扫清,直逼武都。11 日,国民党一一九军宣告起义。随后,六十二军沿着三国时代魏将邓艾入川灭蜀的路线,出阴平(今甘肃省文县西北)险峻小道,渡过浪涛汹涌的白龙江,翻越冰雪皑皑的摩天岭,15 日,将入川要冲碧口攻克,18 日,将青川解放,直逼江油,进入川西平原。

左路六十一军翻越大巴山主峰天池子,以日行百里之势,将原本八天的行程最终以三天半时间便神速完成,于 18 日抵达南江,追上胡宗南急速撤退的后卫部队,边战边进,解放巴中,直指南部县城。

中路六十军及七军一部顺着川陕公路展开追击,五丁关、牢固关、七盘关、飞仙关、朝天峰相继被攻克。解放军将要兵至剑门,驻守剑门关的国民党军不甘失败,凭险顽抗。想要入川,剑门关是咽喉所在,此地两侧悬崖峭壁,中间唯有一条羊肠小道可供通行,山势异常险恶,古称“天下雄关”,有“一夫当关,万夫莫开”之险。为将国民党军打个措手不及,17 日,六〇军一八〇师急速行军向前推进 40 公里,当晚便兵临关隘,国民党军百余人均被俘虏。入夜,该师以一部迂回剑门关侧后,配合正面部队进攻,经激烈战斗,全歼胡宗南守关部队一个团,剑门关终被攻克。18 日,解放军趁势攻克剑阁,随后挥兵向南挺进,直逼绵阳。

第一野战军左、中、右三路大军全体指战员连续奋战,突破国民党军依托重重险关要隘的抵抗,胡宗南部十七军、七十六军及新五军、新七军等部在川北地区均被歼灭,孙元良指挥的一二七军被迫投诚。至 21 日,进抵绵阳、江油等地,兵锋直指成都。

1 月 30 日清晨,蒋介石搭乘“中美”号专机向重庆逃离,后又于当日上午飞抵成都。此时的蒋介石,已成了热锅上的蚂蚁。由于主要防御方向选择的错误,他苦苦经营的川湘鄂防线被解放军轻而易举相继攻破。尤其是白崇禧集团、宋希濂集团大部均被歼灭,这让他更加没有指望了,于是急令胡宗南迅速撤退入川。

下午,蒋介石在黄埔军校的黄埔楼内开始部署川西会战,张群、顾祝同、王陵基、刘文辉、邓锡侯等人均被召见,以商对策。

蒋介石明白川西会战是不可为而强为之,他并非要在成都平原大打一场,主要目的是想把胡宗南自川北退下来的主力向西昌撤离,就地实施固守。如果西昌也被攻克,再向西侧滇缅边境地区撤退。这本是胡宗南和宋希濂先前的建议。对向西昌撤退和川西作战,蒋介石的部署主要以下两个方面:第一,为保存实力,与解放军展开长期周旋,确保胡宗南部——自己嫡系部队全部向西昌撤守。第二,对于目前尚驻守在川西平原的非嫡系部队以及一些自川退下来的残余部队,利用其与解放军展开拖延战,为胡宗南部队完成川康边界的部署赢得时间,提供掩护。

会上决定重新调整人事安排。西南军政长官公署长官由顾祝同兼任,西南军政长官公署副长官兼参谋长由胡宗南担任,杨森则为西南军政长官公署副长官兼代川陕甘边区绥靖公署主任。同时,会议通过了成立川西决战指挥部的决定,总指挥为胡宗南,副总指挥由杨森、刘文辉、邓锡侯、潘文华担任。

12月8日,国民党"行政院"在成都召开了在大陆上的最后一次例会,决定"政府迁设台北"。

12月10日,蒋介石离开成都前往台湾。

打响成都战役

12月5日,第二野战军在重庆举行作战会议,主要研究围歼川西地区国民党军队的问题。

邓小平说:"成都现在聚集了国民党几十万残兵败将,但我们不能掉以轻心,以防范他们狗急跳墙。"

刘伯承在作战地图上边指画边说道:"的确。蒋介石、胡宗南逃往云南的可能性很大。当下,我军已经切断经宜宾退往云南的道路,只有经西昌退往云南这一条路了。现在我们应当力图占尽先机,抢占乐山、大邑、邛崃等要地,将胡宗南及川境其他国民党军向云南及国外撤退的退路彻底切断!"

当天,第二野战军前委便将成都地区作战的第一阶段计划上报中央军委。报告中强调:此次发动成都战役,攻克乐山、邛崃是关键一步,以期将国民党军向云南撤退的道路完全切断。

12月6日,第二野战军前委向所属部队下达作战命令:

富顺、纳溪地区的第三兵团之第十军、第五兵团之第十六军迅速向西推进,尽快将乐山、井研、荣县地区攻克;第五兵团之第十八军为二梯队,尾随第十六军前进,占领犍为;内江、铜梁的第三兵团之第十一、十二军继续向前推进,率先占领彭山、籍田铺后,随后派出第十二军主力将邛崃、大邑攻克,第十一军主力占领新津及其以东要点,以第四野战军之第五〇军进至遂宁地区为战役预备队。

12月8日,第二野战军第十六军自南溪地区挺进乐山,成都战役的序幕由此正式拉开。

第十六军于16日攻占乐山,次日控制乐山、夹江、峨眉三角地带,同时抢占洪雅,19日追击至沙坪的解放军,将宋希濂残部3400余人全部歼灭,宋希濂在峨眉县西南之金口河附近被俘虏。

第十军于13日由荣县出发,次日解放井研,15日攻占青神并强渡岷江向西北进发,17日,丹棱、眉山宣告解放,国民党军第二十七军第一三五师被迫投降,19日蒲江也被攻克。

第十二军于15日解放仁寿,17日夜强渡岷江,次日攻占彭山,歼灭国民党军第一三五师一部。19日,主力部队向邛崃发动突袭,成功将其攻克,20日大邑也被攻占。第十一军于14日经乐至西进,次日攻占简阳,随后进到新津东西之借田、普兴场、太平场地区。

第十八军于13日抵达宜宾,郭汝瑰率领部下起义,接收之后整部向西继续推进,15日宋希濂残部4000余人在犍为青水溪地区被歼灭,随后向乐山、眉山前进。至此,解放军已经彻底切断了胡宗南等部向康滇撤退的道路。20日,第五十军作为战役预备队也全部挺进了遂宁、射洪地区。

至此,解放军完成了对成都地区的四面包围。

一方面是紧锣密鼓地对国民党军队展开的军事打击,另一方面,刘伯承、邓小平又将政治攻势的优势充分发挥出来,对于迅速、彻底瓦解国民党军队作用显著,最大限度地减少了战争带来的损失。

11月21日,刘伯承、邓小平向西南国民党军政人员发出一份布告,里面提出了四项忠告:号召西南各省的国民党军政人员停止抵抗,弃暗投明,悔过自新,立功赎罪。

1949年12月9日,在昆明,国民党云南省主席卢汉宣布云南起义。当天,第二野战军前委接到中央军委的致电:

卢汉及云南事宜,由刘邓直接处理;二野前委接到中央指示后,速电令陈赓率第四兵团入滇。

同一日,国民党西康省主席刘文辉和西南军政长官公署副长官邓锡侯、潘文华在四川彭县联名发表通电,正式宣布起义。

昆明、彭县起义之后,四川国民党军退往西康、云南的退路遭遇完全封闭,为解放军全歼国民党军于成都平原、加速大西南的解放创造了有利条件。

10日,在贵州普安,国民党第十九兵团副司令官王伯勋率领第四十九、八十军宣布起义。

11日,在宜宾,国民党第二十二兵团司令官兼第七十二军军长郭汝瑰率第七十二军三个师宣布起义。自此,国民党军在四川境内完全陷入了四面楚歌的处境。

1949年12月13日,成都乱作一团,宛如汤浇蚁穴。顾祝同作为军政长官公署此时正坐镇西南,此刻的他却完全束手无策。

15日,顾祝同飞往海南岛,由胡宗南代理西南军政长官。为了保卫川康地区,胡宗南即刻将兵力收缩,为加强防御全面部署:

第五兵团防守于新津,第十八兵团防守于新津、成都之间,第七兵团承担掩护撤退任务并向南撤至德阳、三台地区,第十六兵团防守于什邡、广汉地区,第三兵团(由湖北绥靖总部改称)防守于金堂地区,第十五、二十兵团残部防守于彭县地区。

12月21日,在第二野战军前委作战室里,刘伯承、邓小平正就全歼成都地区胡宗南守敌一事进行商讨。

邓小平指着作战地图严肃地说道:"当前追击阶段已宣告结束,对于当下的敌人单靠一两个冲锋很难取得胜利,现在决不能掉以轻心,盲目轻敌,以致轻举妄动。当下,以敌人的力量发动局部进攻与反击都是极有可能的,困兽之斗是应当重点防范的,必须谨慎行事。各军随后应就地调整态势,完成体力的恢复与火力的集中,掌握部队,振奋士气,以期将敌军全面瓦解。"

刘伯承点头说道:"的确。现在绝不可轻敌。在作战方式上,战法可沿用先打弱点和集中力量割并敌人、一点一点吃的方式。切忌打无准备之仗,让自己陷入被动!"

接着,邓小平又说道:"为加强各军的密切协作,我认为三、五两个兵团共五个军可由杨勇、杜义德两同志统一指挥。"

当天,第二野战军各兵团及各军便接到了歼灭胡宗南最后残余军队的战术指示。

根据指示,第三、五兵团各军开始调整作战部署,对组织进行整顿,进一步研究战略战术,同时大力开展对国民党军的政治争取和瓦解工作,巧妙运用战场喊话、广播、遣俘、送信等不同形式。有力的政治争取与严密的军事包围取得显著成效,至21日,国民党川鄂边区绥靖公署副主任董宋珩与第十六兵团副司令曾甦元率领第十六兵团在什邡宣布起义,当时总人数达4万余人。24日,兵团司令官孙元良率领警卫部队向台湾逃离。

在战局的突变面前,为避免造成全军覆没,胡宗南于12月22日在新津召开了军事会议,作出向雅安、西昌突围的决定,当时的作战部署为:

第一、三、三十六军及第二十四师接受第五兵团指挥,挺进西昌;第九十、六十五军接受第十八兵团指挥,挺进云南昭通;第七十六、十七军接受第七兵团指挥,挺进贵州威宁;第二十兵团接受第十五兵团统一指挥,先以第七十九、一二七、二十军等残部自成都出发,向东挺进,随后转入贵州毕节;各部队于23日22时统一开始行动。

上述部署完成之后,23日11时,胡宗南便率领参谋长罗列及西南军政长官公署部分高级官员从新津机场飞抵海南岛。作战指挥由国民党军第五兵团司令李文接替。

根据突围计划,国民党军于12月23日深夜展开行动。但是,解放军对其实施了重重包围,国民党军内部开始变得混乱不堪。

12月24日,国民党军第二十兵团司令官陈克非率领部下在郫县宣布起义,第十五兵团司令官罗广文率领部下在安德宣布起义。

25日,在德阳,第七兵团司令官裴昌会率领其1.8万余人也宣布起义。

12月24日,国民党军第五兵团司令官李文及成都防卫总司令兼第三军军长盛文下令暂时停止行动,以避免将突围意图暴露出去,随后又将兵力部署重新调整:中央兵团由第五兵团担任,指挥第六十九、二十七军沿新(津)邛(崃)公路挺进邛崃;右兵团由第十八兵团担任,指挥第六十五、九十军及第三十六军之第四十八师自双流出发,进攻邛崃,与第五兵团在邛崃会合后,共同挺进雅安;左兵团由第一军残部担任,沿新邛公路南行,挺进蒲江,抵达蒲江后派出一部攻克丹棱,为左侧兵团提供掩护向前挺进;左侧兵团为成都防卫总司令盛文负责指挥的第三军及第三十六军之第一六五师,军队按照第一军行进道路前进至蒲江以北,其中,第二十四师留在新津提供掩护;剩余的原西安绥署之特务团、炮兵团、辎汽团及干训班等部5000人,跟随第三军向前跟进。雅安是最终目的地。

国民党军于24日下午分路行进,开始向西突围,在邛崃以东之高山镇、固驿镇一带,其先头部队遭遇解放军第十二军,双方展开激战。但此时,在成都方面,第十八兵团司令官李振所率领的第六十五军则依然按兵不动。李文无可奈何,便率领其能够指挥的七个军向西继续突围,同时派出第二十七、三十六、九十、五十七等四个军,自成都出发,经崇庆攻取邛崃,派出第一、三、六十九等三个军沿新(津)邛(崃)路推进。

12月25日,杨勇、杜义德及各军首长接到刘伯承、邓小平发来的致电,作出指示:

各部队应即多方迅速切实查明当前敌人之动态,如其突围时,则应适时适地于野战中捕歼之,如其仍固守顽抗时,则应以各种方法争取瓦解,并作好进攻准备。与此同时,致电命令四野第五十军自遂宁出发,日夜兼程务必于26日抵达简阳,据守沱河东岸为阵地,对可能向简阳突围的敌军实施截击。

同一天,贺龙、李井泉也接到刘邓发来的致电:现我一线之十二军、十六军、十军及十八军主力正在邛崃、蒲江、新津弧形线上围歼敌人,十一军到新津以东至简阳堵击可能南逃之敌。请令十八兵团以现态势向成都及其以东地区前进,围歼可能向东北逃窜之敌,并准备进占成都。

贺龙、李井泉在接到刘邓来电之后,便命令第一野战军十八兵团及第七军所属部队加速运动,急进向成都地区。

杨勇、杜义德依据前委指示,奉命担任成都战役的统一指挥,作出将兵力集中歼灭国民党军于运动中的决定,遂命令第十二军暂时转离大邑奔赴邛崃,逐渐向主力靠拢,主力集中之后,在邛崃东南一带高地实施防守,对南逃之国民党军予以坚决阻击;第十六军自蒲江动身向复兴场、寿安场一线挺进,第十八军第五十三师也即刻运动至寿安场地区;十军攻克新津,随后派出主力突进大邑地区;第十一军则出击双流;第五十军据守简阳沱河东岸为阵地,阻击东窜的国民党军。

当时,国民党军第五兵团被围困在新津地区,26日,统一部署完毕的各路部队开始向其发起进攻。激战至27日,国民党军第五兵团七个军遭全歼,国民党军司令李文被俘。

此时,贺龙、李井泉率领第一野战军十八兵团及第七军开始猛烈进攻川北的国民党军。血战至25日,第六十军将德阳攻克;第六十二军将什邡攻克;第六十一军渡过嘉陵江后直向三台插入。

26日,国民党军第二十军军长杨汉烈在政治争取与军事压力之下,在金堂起义,其部下三个师约1.5万人投诚。第一二七军军长赵子立在巴中起义,其部下四个师约1.2万人投诚。27日,第十八兵团司令官李振与国民党军第三十军军长鲁崇义在成都起义,其部下第六十五、三十军总共约2.4万人投诚。当天,成都宣告解放。一些零散的国民党军在此形势之下,纷纷缴械投降。如此一来,成都战役以胜利告终。

运筹帷幄,大战衡宝——衡宝战役

战役档案
时间:1949年9月13日~1949年10月16日
地点:湖南衡阳和宝庆
参战方:中国人民解放军;国民党军
指挥官:共产党军队林彪;国民党军队白崇禧
双方兵力:共产党军队54万;国民党军队20万
伤亡情况:国民党军队伤亡4.749万,其中3.829万人被俘
战果:中国人民解放军胜利
意义:衡宝战役是中国人民解放军第四野战军的3个兵团和第二野战军的2个兵团与白崇禧集团在衡阳市、宝庆地区进行的一次运动战。战役的胜利,歼灭了白崇禧集团的主力,消灭了衡阳市境内的国民党反动武装和反动政权,解放了衡阳全境。

273

萧劲光挥兵战衡宝

自从和平解放长沙之后,作为国民党华中军政长官的白崇禧仍然感到很是不服气,还在负隅顽抗,他指挥着自己的五个兵团、11个军、26个师,兵力共计20万余人,将兵力重点部署在衡(阳)宝(庆)公路两侧以及粤汉铁路衡山至郴州一线。白崇禧向南与广东余汉谋集团共同组成"湘粤联合防线",在西面与湘鄂西的国民党军宋希濂集团相互照应,希望通过这些行为阻止解放军向华南和西南进军。

对于白崇禧组织的这一股反动势力,要怎样才能将其顺利打垮和消灭掉呢?其实早在解放长沙之前,中央军委以及毛泽东便作出了一定的战略部署。

7月16日,在给第四野战军领导人的电报中毛泽东就已经明确指出:"白崇禧和我军作战的地点不外乎湘南、广西、云南这三个地方三地,其中以广西的可能性最大。但是我军首先应该准备的就是在湘南也就是衡州以南和他作战,其次才是准备在广西地区和他作战,最后才是在云南和他作战。和白崇禧作战的时候不可以采取近距离包围迂回的方法,而应该采取远距离包围迂回的方法,这样我军才可以掌握主动,也就是说对于白崇禧所有的临时部署都不要在意,只有超越他,将他的大后方占领住,最后使其不得不和我军作战。白匪没有雄厚的军事基本,但是他很机灵,不到万不得已的时候,他是绝不会和我军作战的。"

毛泽东关于白崇禧的这些战略部署,也可以说是为白崇禧之后的毁灭之路指明了

方向。

9月9日,解放军第四野战军主力部队接到中央军委的命令继续向南面进军。根据毛泽东和军委总的作战意图,野司决定采取规模比较大的迂回和包围战略,然后对敌人采取聚而歼之的方针。至于兵力部署,军委决定兵分三路对敌人展开攻击:

第一路军称为东路军,是由陈赓领导的第二野战军第四兵团和邓华领导的第四野战军第十五兵团以及两广纵队等部组成,由陈赓作统一指挥,第一路军从湘赣粤边界向广东挺进,将余汉谋集团歼灭,并且将国民党军的海上退路给打断,最后由广东进入广西,完成战略迂回任务。

第二路军称为西路军,是由程子华领导的第四野战军第十三兵团为主,在这个兵团当中用来牵制宋希濂集团的是其中的一个军,另外两个军则由常德地区出发,首先将国民党军位于芷江地区的防线打破,最后配合第三路军围歼白崇禧的主力部队,之后再向广西西部进军,将国民党军逃往云贵的道路打断。

第三路军称为中路军,是由萧劲光领导的第十二兵团为主,对衡宝地区的国民党军展开正面攻击。同时以杨勇领导的第二野战军第五兵团作为中路军的协同作战部队,其中将第十八军拨归萧劲光指挥,另外两个军作为战役预备队。萧劲光领导的十二兵团一共有五个军,那就是第四十军、第四十一军、第四十五军、第四十六军、第四十九军,再加上第十八军,这样,萧劲光指挥的部队一共就是六个军、19个师。

当时,十二兵团将长沙作为战斗指挥部。解放军东、西两路军从9月中旬开始,便开始向国民党军展开攻击前进。战斗局势很快就将白崇禧的注意力吸引到了西线。

这样正好为解放军留下空隙,于是中路军就乘虚向衡宝进军。此时的战斗部署就是:将四十六军、十八军放在衡阳东边的安仁地区,用来牵制国民党军,并配合中路军正面作战。中路军依次将四十军、四十五军、四十一军从东到西安排在衡宝公路的正面,作为实施突击的主力部队。至于四十九军则放在四十五军后面,这支军队的作用就是加强正面突击力量。

野战司令部批准了十二兵团的作战计划之后,9月15日,各军即先后开始向指定地区进发。兵团司令员萧劲光要求部队在行进时要严格注意隐蔽,秘密进行。

为了秘密行军,四十一军伪装成一支地方支队,从长沙、平江地区开始出发,向娄底、谷水方向取小道前进;四十五军则利用第二野战军过境部队当掩护,由江西萍乡进发到湘乡附近;至于四十军的进发方向则是由攸县折向湘潭以南前进;四十九军原本就在湘江西侧,他们的任务就是对衡宝公路正面的国民党军进行严密警戒,封锁消息,保障以上几个军能够顺利渡过湘江,到达目的地;至于向安仁地区进发的四十六军,萧劲光则要求他们要尽量虚张声势,只有这样才能够掩护解放军正面突击部队的运动,从而迷惑国民党军,使国民党军产生错觉,以为解放军的主攻方向是在衡阳、耒阳一线。国民党军果然被解放军的这一招给迷惑住了,这一招起到了迷惑国民党军、出敌不意的作用。这场战役之后被俘的国民党军第七军参谋长邓达芝在之后的口供中称:"开始我们认为,解放军的主攻方向是在湘东安仁方面,于是就在湘东方向布置了夹击的阵势,但是我们始终没有想到你们的主攻方向是在衡宝线。直到后来失去了界岭东南狮子山、宝台山等几处阵地的时候,才弄清了解放军的主攻方向,这个时候的我们已经完全处在了不利的地位。"

9月20日，为了打好这场战役，十二兵团对所有的作战官兵发出了作战指示，着重强调了两条：

第一条，就是要求各级指挥员对白崇禧的战略企图和作战特点要有很好的掌握。其中指出：白崇禧是一个阴险狡诈的军阀，在如今本钱微小、大势所趋的环境下，总的战略意图就是要保存实力，防御退却，幻想第三次世界大战爆发，他的具体作战手段就是装腔作势，以攻为守，布设疑阵，妄图苟延残喘，继续自己的辉煌时代。他惯于使用的军队就是较有战斗力的嫡系桂军，所依靠的就是他们对山岳地带地形的熟悉。白崇禧在进攻的时候善于乘侦察警戒疏忽之际，奔袭包围解放军的突击小分队，撤退时又善于利用对山地的熟悉程度将部队分散成小群，快速撤退。

第二条，就是要将上级的战略意图真正领会，深刻掌握这次战役的指导方针。方针指出：这次上级对歼灭白崇禧的战略部署，是针对国民党军的特点，使用下围棋"随局按眼"的方法，也就是说这场战役要有一定的战略迂回，将国民党军的退路全部堵住，要主动出击，牢牢把握住战场先机，站稳脚跟，迫使国民党军决战，争取将其一举歼灭。解放军在战役战术上，主要的是要依靠山地运动战，结合攻坚战、游击战。捕捉住国民党军就是打胜这场战役的前提条件。所以这次战役中，解放军要学会各种各样的战斗形式，也就是说不仅要学会奔袭作战，学会分进合击，学会打遭遇战，还要敢于奔袭国民党军后方，在国民党军的纵深中将其打败，同时要注意侦察警戒。

经过这次战役的实践证明，军委以及兵团司令部一开始就将这些打仗要求提出来并作出强调，是无比正确的，对于保证战役的胜利，起了很好的作用。

通常来说，一场战役的成败关键在于对于时间的安排，兵贵神速，在战场上强调的是快速机动，速战速决，时间是成败的关键。但是如果能够兼顾战争全局，有些局部战场上作一些有意识的缓慢，会对这场战役的结果起到意想不到的结果，这才是指挥战争的高手。林彪在战役指挥上，应该说是精通此道的。为了避免过早突击，吓跑国民党军，林彪将毛泽东在平津战役中隔而不围，围而不打的战争谋略艺术不仅学到手，还展开了积极实践，林彪要求解放军中路军不要忙于集结和出击，完成集结和准备出击的时间，要以西路军到达芷江地区的时间为准。就是为了配合西路军作战，于是，在接下来的半个多月中，萧劲光不得不多次电令各军停止前进，在原地驻扎，等待进发命令。

9月29日深夜，野战司令部来了电令，告知萧劲光西路军已接近芷江，这时候的东路军已经到达广东境内，随即萧劲光命令中路军各军务于10月1日全部到达战役集结位置。

兵分三路向国民党军进发

1949年10月1日，这是一个伟大而又具有深刻历史意义的一天。这一天，在首都天安门城楼上毛泽东主席郑重庄严地向全世界宣告中华人民共和国成立了。

当得知这一特大喜讯之后，所有的指战员们个个心花怒放，斗志昂扬，纷纷在背包、枪杆上贴上标语口号，用以互相激励。所有的指战员们都有决心要将这一场战役打好，歼灭更多的国民党军，来庆祝人民共和国的胜利诞生。

由于有共和国成立这个特大喜讯的鼓舞,各军将士均于规定时间内向规定地点集结完毕。

于是,萧劲光发出命令:各部队于2日16时开始,兵分三路,一起向国民党军发起攻击。那时候这个地区的国民党军分别有七十一军及一二六军一个师、五八军之一部。

当萧劲光的战斗命令下达之后,为了打赢这场战斗,兵团还向所属部队发布了战斗动员令,重点指出这时候的国民党军已经如同丧家之犬,东逃西窜,惊恐万状,无论是在数量上还是在质量上解放军都优于国民党军,并号召全军上下,团结一致,勇猛、神速、大胆地包围和

中华人民共和国成立了

歼灭国民党军。各级指挥员要细心稳健,机敏灵活。号召全体作战人员要坚持不怕困难、不怕牺牲、英勇顽强的作战方针,争取打赢这场战役,为祖国、为人民立功。

10月3日凌晨2时许,解放军一三五师声东击西,经过日夜奔袭,插到国民党军占区距永丰城约10公里的公路上,部队刚驻扎下来,侦察科李俊杰就接到师长的命令要他带着侦察连尽快将永丰城内敌人的具体情况侦察清楚,以便作出进军计划。李俊杰接到任务后,到侦察连将刚刚躺下休息的同志们叫起来就出发。由于国民党军在所占领的地区里面向所有人宣传反解放军思想,再加上国民党军对所占地区进行烧杀抢掠,所以这些地区的人们都惶恐不安,一到黄昏群众就关门闭户。深夜穿插,一时难找到向导。怎样尽快地搞清国民党军情又不暴露解放军穿插部队企图?

这样的情况让李俊杰陷入了沉思,他边走边思考,并积极与连队干部商量。最后他决定利用夜色作掩护,冒充国民党军通信队,进入国民党军中,借机寻找线索。经过仔细安排,一部分同志穿上便衣,另一部分同志则穿军装,他们大摇大摆地沿公路向永丰城接近。当他们到达一处高地时,这里距离城内只有一公里的距离,于是副连长决定带领一个排去国民党军中抓国民党军,其余同志在高地为他们作掩护。

当这些准备深入虎穴的同志就要潜进南关,前面已经可以看到房子的时候,他们被国民党军发现了,突然听到国民党军喊:"站住! 口令!"副连长一听,知道遇上国民党军哨兵了,忙回答:"是青树坪送信来的,老兄,别误会。"

镇定的副连长一边回答国民党军的问题,一边向自己的同志打手势,令一部分同志要掩护好,并作好战斗准备,其余随他向国民党军走去。国民党军兵见人多可疑,又吆喝一声后惊慌地打了一枪,拔腿就往后边房子跑去。

趁国民党军逃跑的空当,侦察员追上去隔窗一看,发现有10多个被惊醒的国民党军,他们甚至连衣服都来不及穿上,就听到手榴弹爆炸的声音以及机关枪扫射的声音,这些声音将国民党军震得晕头转向。解放军一名侦察员趁硝烟未散冲进房内,抓住一个挣扎的伤兵,挟起就往外拖,见到这种情况,其他的同志也帮助抬手抬脚尽快往高地撤。正当城

276

内一团乱的时候, 解放军已经开始审问俘虏了。

师部获悉永丰城只有一个团的国民党军后, 便留给后续部队去收拾这些惊弓之鸟, 又继续向国民党军纵深穿插。

当天刚刚亮的时候, 解放军已经得到想要的信息, 正在离开永丰城的公路上前进, 一辆国民党军的卡车迎面驶来。于是, 解放军就顺手牵羊, 前边几名侦察员迎上前去拦住公路。枪口指向国民党士兵, 车上的三名国民党士兵莫名其妙地举起了双手。

随着解放军各部的猛烈进攻, 到了3日的拂晓时分, 解放军就已经将国民党军的第一线阵地给攻破了, 国民党军七十一军被迫后撤, 解放军各部乘胜猛插, 在运动战中歼灭了几股国民党军。到5日拂晓, 各军均向前推进了20至50公里, 将渣江至界岭一线控制住了, 这时候已经是解放军与国民党军的对峙局面。助攻方向, 四十六军一部与国民党军展开了激战, 十八军主力则绕道向耒阳、郴州间挺进。

一开始, 解放军十二兵团的作战意图是: 以解放军的强大兵力向前推进, 迅速插到湘桂和粤汉两条铁路上, 切断这两条干线, 使国民党军不能向广西撤退, 力求在湘南地区将国民党军大部予以歼灭。

但是当解放军将国民党七十一军的防御阵地突破之后, 诡计多端的白崇禧立即将他的主力七军、四十八军沿衡宝公路向西推进, 还命令原在郴州的九十七军、原在乐昌的四十六军北上, 于10月4日也都先后到了衡宝线上。一条全长不过200余里的衡宝公路, 短时间内将这么多的兵力聚集在这里, 白崇禧的目的就是趁着解放军现在还没有站稳脚跟, 想对解放军实施全面反击。

这一新情况的出现, 使萧劲光不能不考虑新的对策。

敌变我变, 攻占衡阳城

但是白崇禧的目的已经被解放军的林彪看得很清楚, 他认为基于这样的一种情况, 如今解放军还没有站稳脚跟, 没有作战优势, 为了引诱国民党军深入, 林彪于4日深夜和5日上午两次电令各部在原地停止待命, 严整战备等候解放军集中兵力。正在芷江地区扩张战果的西路军在相同时间接到转移命令, 于是西路军转向宝庆、祁阳地区展开迂回, 十八军沿粤汉路向北攻击。

为贯彻野战军首长的这一意图, 萧劲光要求全兵团作好两手准备, 不仅要防止敌人集中力量向解放军作局部进攻, 将防止国民党军反击的战斗方案制定好。同时又要将国民党军撤退时的追击部署制定好, 对国民党军要实施严密监视, 使国民党军无法逃脱, 即使国民党军能够逃脱, 也能进行及时穷追。

果不其然, 白崇禧先是命令七军、七十一军各一部, 向位于西线的解放军四十一军展开疯狂反击, 但几次进攻均被打退。他见西边进攻受挫, 接着就将主力东调, 集中了四个军五个师的兵力, 并命令十一兵团司令鲁道源作为统一指挥, 向位于东线的解放军四十军从东南两面展开进攻, 左后依然没有得逞。

这时, 林彪命令第十二兵团原地停止待命。有的部队虽然听从了, 但是有的部队正在同国民党军进行艰苦战斗,根本无法停下来。解放军四十五军的一三五师正按原计划在强行军途中,由于没有接到野司和兵团的电报,他们不得不从国民党军的间隙中穿插过去。

10月4日深夜,解放军一三五师侦察连走出了两面高山夹谷的山沟,来到一块开阔地,借助刚爬出云层的月光,估计前方是一个村庄,所以黑漆漆的。于是部队加快了脚步,走在队伍前边的是李俊杰和三个尖兵,在靠近村庄正想摸进去的时候,忽然发现不远处有一个坟堆似的东西。于是队伍停止前进,侦察连的战士们悄悄走过去察看,正伸手准备摸一下那黑影看是什么东西的时候,忽然"砰"地一枪射来。大家当即卧倒察看,原来这是国民党军的桥头堡。一时间,这里就混乱了起来,人声夹杂着机枪射击声,还有两辆卡车像脱绳的野马般冲出桥头向解放军开来。

侦察科长李俊杰当即下令:

"卧倒! 不要让敌人跑了!"

李俊杰一声令下,解放军的机枪、冲锋枪一起向对面的国民党军开火,密集的火力迅速将桥头给封锁了,除一辆卡车逃跑外,其余的均龟缩回去,依托村庄的房子进行抵抗。盘踞在附近山头的国民党军也朝解放军侦察连开枪。

在这样战况不明的情况下,双方都不敢轻举妄动,李俊杰与连队干部简单地交换了意见,最后决定凭借侦察员的机智勇敢,快速给国民党军一个措手不及的冲击。恰好这时后续部队听到枪声,向盘踞在附近山头上的国民党军发起炮击,于是李俊杰向全连下令:

"冲进村去,同志们,将敌人消灭干净!"

李俊杰的话音刚落,侦察员们像小老虎下山一样以迅雷不及掩耳之势,冒着国民党军枪林弹雨就向村子里面冲了进去。大约20分钟之后,就俘虏了150多个国民党军,他们个个都是垂头丧气。在后续部队赶上来时,来不及追剿逃出村的散兵和清点物资,赶紧把俘虏移交给他们,便又乘胜前进了。

解放军一三五师通过连续行军24小时,前进160里,于5日夜间越过衡宝公路,进到了余田桥正南的灵宫殿地区,孤军楔入敌后。解放军一三五师的这一行动,像一把尖刀插进了国民党军的心脏,这个行为对国民党军的整个部署产生了极大威胁,白崇禧感到极为恐慌。于是,他连忙调集了四五个师,分别向解放军135师各团阵地进行猛烈攻击。解放军迅速抢占山头、隘口,与国民党军整整激战了一天。

当看见自己的反击没有成功,如今又被解放军就这样插进来一刀,而且解放军西路军又正在向东疾进,白崇禧担心腹背受敌,于是便在惊慌之中改变作战计划,准备于7日凌晨下令向新宁、零陵、新田、嘉禾实施全线撤退,命令其主力第七军率领一七一、一七二师和四十八军一七六、一三八师,向武冈方向前进,以掩护其正面部队撤退时左侧的安全。

白崇禧领导的国民党第七军是桂系成立以来最早的一个军,这支军队不仅武器装备精良,而且实力较强,就连作战手段也是狡诈多变,受到白崇禧的偏爱。除了在信阳以南的花园一战中,曾被解放军歼灭了一个团以外,实力没有受过多大损失。

白崇禧将它看作是此危难时刻中最得力的"王牌"。在这次战役中,白崇禧将这支部队放在衡阳方面作为总预备队,由他亲自掌握和指挥。接着将这支部队调到衡宝线上,让其担任主攻任务。在白崇禧看来,现在正是面临生死存亡的关键时刻,好钢要用在刀刃上。于是他又命令这支部队以两个主力师,同时统率另一支主力四十八军的两个师,作为掩护,使其他部队可以全线撤退。由此可见，白崇禧对这支部队的依赖可说是无以复加了。

由于白崇禧对这支部队的极度偏爱，这支部队中的官兵也自命不凡，经常吹嘘自己是什么"钢七军"。在到达衡宝线之后，竟然到处张贴一些自吹自擂的标语，标语上写着"钢军硬，八路不敢和我碰一碰"。

当解放军战士看到这些后，全都气愤而又轻蔑地说：

"还什么钢七军，最后一定要将他们砸成一摊烂泥不可！"

由于白崇禧全线撤退的作战方针是突然下达的，所以林彪在得知这样的信息之后，就命令西路军迅速抢占武冈一线，对国民党军实施围追堵截，命令中路军担负攻击的四个军12个师，要全线出击，争取将在逃的国民党军全部歼灭。同时命令四十六军主力越过湘江，向衡阳、耒阳前进，十八军加速向零陵方向发展。

为了将国民党军彻底消灭掉，解放军在这之后的几天之内，遵照野战军首长的命令同国民党军展开了比毅力、比作风、比速度的大竞赛。

在与国民党军竞赛的这几天，正好秋雨连绵，道路泥泞，解放军部队每前进一里都是十分困难的。指战员们发扬吃大苦、耐大劳的勇于牺牲的精神，昼夜兼程，猛打勇追。

一三五师的指战员们在追击中的表现最为突出，他们对到处溃逃的国民党军实施围追堵截。国民党军也不停地疯狂地向他们反扑，在这样的情况下，使他们在连续几天内都处于严重困难的境地。他们时而被攻，时而被围，时而突击，时而转移。有时候是和国民党军在一条道路上行军，国民党军有时出现在他们前头，有时又在他们后面。晚上宿营的时候，双方有时会进到一个村庄，发觉后就会打起来。整天整夜地与国民党军周旋着，全师官兵辗转在群山丛林之间，同数倍于他们的国民党军进行着机智勇敢的战斗。

一直到7日拂晓，当国民党军的企图被解放军获悉后，就开始实施全线部队奋勇追击的作战任务。首先令处于国民党军后方的先头师一三五师，坚决截击南撤之敌，以求在文明铺东北地区堵住国民党军，与主力军配合将国民党军聚而歼之。令西路军迅速占领武冈一线，对退却的国民党军实施围追堵截。此时，解放军分数路向国民党军猛追，四十六军主力已越过湘江，向衡阳进攻。

双方都在争取主动地位，力避被动，由此展开了激烈的战斗。

在猛烈的战斗中，解放军得到了当地群众的积极支持。他们受够了国民党军的摧残，与国民党军之间有刻骨仇恨。为了将国民党军彻底消灭，他们帮助解放军，不怕流血牺牲，冒着枪林弹雨翻山越岭给解放军挑来开水、米饭、红薯等食物。甚至还有许多老乡积极参军参战，有的送情报，有的当向导，有的扛炮弹，有的送伤员，有的直接参加战斗，做着各种各样的力所能及的事情。解放军战斗到哪里，哪里就有人民群众的支援。

解放军将衡阳外围各据点的国民党军消灭干净之后，国民党军为了逃命，放弃衡阳，不战而溃。10月8日，四十六军占领衡阳。

解放军胜利进入衡阳，衡阳人民为欢迎解放军，从四面八方赶来，站满了大街小巷，敲锣打鼓，燃放鞭炮，全城的老百姓拿着自己制作的小旗，冒雨迎接着解放军，他们载歌载舞，到处是欢迎解放军的热烈场面。

进入衡阳城的解放军，立即展开搜索残余国民党军的战斗，保护人民生命财产。部队严格执行三大纪律八项注意，不动群众一草一木，全都露宿在街头、码头和民房檐下。10

月份的湘南，秋风萧瑟，寒气逼人，群众看见解放军战士身上穿着单薄的衣衫，就拿出自己家里的被子、衣服送到战士们的身边，战士不收，他们就极力劝说，希望解放军能够收下。

对于解放军的这些行为，当地的人民群众感到极为感动，他们感受颇深地说："国民党军烧杀掠夺，抢占民财，无恶不作。但是解放军是在保护人民，不要人民的一针一线，真是毛主席教育出来的好军队！"

10月8日，解放军进入衡阳，9日占领衡阳市区，对于市区的工厂和公共建筑实施了保护，使之免遭破坏。四十六军四一一团随后奉命担任衡阳市的警备任务，一位军副政委主持成立了军事管制委员会，开始了市政工作。

迂回作战，衡宝战役完美收场

战斗仍在衡阳市外激烈地进行着。直到9日中午，解放军一三五师在祁东县的黄土铺西侧阵地部署战斗。这时候，白崇禧的七军军部和他的直属队正好溃逃到这里，当看到解放军正在这里的阵地上部署战斗，于是就企图夺路南逃。积极主动的一三五师1个团一面向上级报告发现的战情，一面组织部队对国民党军进行围追堵截。部队追着国民党军猛跑四公里，才将国民党军拦住，随即该部队就以猛虎扑羊之势，对这些溃逃的国民党军发起了冲锋，将国民党军的军部和直属部队彻底打乱，分成数段，一时间国民党军乱作一团。在北面不远的鹿门前，另外一个团将国民党军第七军的一七二师截住，并对国民党军实施了沉重打击。

这时候，解放军四十一军主力已经迂回推进到了这一地区，完全将聚集于这一地区的国民党军一七一、一七二、一七六、一三八等四个师西逃的退路给切断了。正面战场上，解放军四十五军和四十九军的一个师也尾随国民党军追击到这个地区，准备进行歼灭性战斗。

为了将已经被包围的国民党军彻底消灭掉，萧劲光司令员果断下达战斗命令，他命令已经到达洪桥地区的四十军于东面向国民党军展开迂回战斗作业。于是该军的一一九师昼夜追赶，日夜兼程，奔跑了160多里泥泞的道路，翻越了30里的五峰山，于9日傍晚终于赶到了铁塘桥、杨家岭一带，到达了目的地之后的部队，顾不上休整又迅速抢占有利阵地，将妄图从东面突围向南面逃去的国民党军截住，并实施沉重打击。

那天下午和晚上的战斗打得异常激烈。国民党军东冲西撞，企图夺路逃跑。但是总是被解放军拦住并实施顽强打击，一定要将国民党军消灭才行。

白崇禧第七军军部的警卫营大多数都是广西老兵，他们长期受到法西斯训练与欺骗教育，所以反抗得异常勇猛，这次的战斗也相当激烈。在解放军的各个阵地上，即使是每一条水渠、每一道田埂、每一片森林、每一座房屋，都必须经过反复争夺，有时候甚至是白刃搏斗，才能将国民党军赶出去。国民党军经常向解放军的阵地反扑，有时可以多达七八次，但在解放军的顽强阻击下，国民党军始终没有得逞。有的连队消灭的国民党军甚至是自己的几倍，打到最后，将国民党军彻底歼灭时自己也只剩二三十人。

激战一直持续到晚上的8时许，解放军将白崇禧七军军部包括警卫营、工兵营、通信营、运输营在内的所有直属队全部歼灭。

烽火往事：解放战争纪实

解放军打掉了国民党军部指挥机关，失去了统一指挥的处所，该军率领南逃的四个师便更加慌乱，乱得毫无章法。

10日的时候，解放军组织了八个师的兵团，对已经被包围的国民党军发起了总攻击。其中三个师由北向南攻击，两个师由西向东攻击，三个师由东南向西北攻击。被围的国民党军纷纷被解放军分割歼灭，残部溃散逃进深山丛林。当天晚上，细雨迷蒙，秋风萧萧，虽然经过几天几夜的行军，作战指战员已经十分疲劳与饥饿，但是为了将国民党军消灭干净，仍然在高山密林中冒雨搜剿，尽量消灭国民党军。

截止到11日上午，解放军共歼灭白崇禧之敌2.98万余人，俘获了国民党军七军副军长凌云上、参谋长邓达芝、一七一师师长张瑞生、一七二师师长刘月监、一七六师师长李祖霖等将官八名。白崇禧七军率领桂系的四个主力师，除一三八师师部带一个团乘隙逃脱外，其余全部被解放军歼灭。就这样解放军打掉了白崇禧的王牌军。

战胜之后的战士们兴奋地说：

"看来之前我们的话还是说得很对的，还说什么'钢七军'，几下子就被我们打成了一摊烂泥一样！"

由于战斗情况瞬息万变，所以在连续几天的纵深战斗中，野司和解放军十二兵团对各军、师的具体战斗行动，不可能每一步都进行及时指挥作战，只能规定一个大致的作战方向。为了把握住及时的战机，野司要求解放军各部队要充分发挥机动专行的精神，要把握战机，不必事事等待指示。各军、师以至各团、营、连的指挥员，要根据上级对这次战役总的要求，在指挥战役的时候要积极主动、机动灵活地寻找战机，歼灭国民党军，保证战役的胜利。

到12日的时候，解放军四十九军一个师，与西路军东进的部队相互协同，在宝庆附近围歼了一股正在逃跑的国民党军，全歼了该股国民党军共4000余人，随后顺利将宝庆城解放了。同时，解放军第十三兵团留守在湘西北的四十七军，也对宋希濂部的一个军发起攻击，共歼灭国民党军5000多人。

当中南海得知衡宝战线上已经取得捷报时，毛泽东高兴得无法用言语来形容，只是不停地在菊香书屋来回踱步。他对周恩来兴奋地说："这次'小诸葛'终于吃大亏了！他的所有老本已经全部输掉了，他还有什么资本拿来赌！"

周恩来说道："将桂系的七军打掉，这对白崇禧的打击是很沉重的。国民党一共就只有七支精锐部队，其中蒋介石有'五大主力'，傅作义有三十五军，而白崇禧有七军，到现在为止，已经全部被我们给消灭了。"

中南战场上的一次较为典型的运动战就是衡宝战役。此役中，白崇禧赖以起家的骨干部队四个师被第四野战军第十二兵团、第十三兵团和第二野战军第五兵团消灭了，这样就大大削弱了白崇禧的作战主力，将蒋介石阻止解放军进军西南的企图彻底粉碎了，同时也为解放军继续围歼中南地区的国民党军，并解放中南全境的战斗创造了有利的形势。这场战役一共经历了一个月的时间，在这一个月的激战中，四野中路、西路大军一举将桂系精锐主力约4.7万人全部歼灭，并俘获国民党军将级军官14名，同时将湖南南部、西部大部分地区解放了。解放军第四野战军、第二野战军在这次战役中共伤亡4000余人。

281

白崇禧集团的歼灭——广西战役

战役档案

时间:1949 年 10 月 31 日~1949 年 12 月 14 日

地点:广西省及粤桂边境博白、廉江、钦州地区

参战方:中国人民解放军;国民党军

指挥官:共产党军队林彪;国民党军队白崇禧

双方兵力:共产党军队第四野战军第十二、第十三兵团和第二野战军第四兵团 5 个兵团 12 个军约 15 万人;国民党军队第一兵团第十四、七十一、九十七军,第三军团七、四十八、一二六军,十兵团四十六、五十六军,十七兵团一〇〇、一〇三军和国民党军队国防部突击、交警总队等

伤亡情况:国民党军队伤亡 17.3 万人

战果:中国人民解放军胜,白崇禧集团主力被歼灭

意义:解放广西战役,历时 30 余天,歼敌 17 万余人,消灭了统治广西 25 年的国民党新桂系,解放了广西。广西战役的胜利,为后来解放云南省和海南岛创造了有利条件,在解放战争的历史上占有重要的地位,并具有重大意义。

作战背景

1949 年 9 月到 11 月间,人民解放军第四野战军及第二野战军第四兵团先后发动了衡宝战役和广东战役,突破了由国民党"华中军政长官公署"白崇禧集团、"华南军政长官公署"余汉谋集团和"川湘鄂边绥靖公署"宋希濂集团共同谋划组成的"湘粤联合防线"。此后,余汉谋率残部躲进了广东和广西交界的博白地区,而白崇禧在损失了四个主力师后实力大减,不得不逃回其老巢——广西。

广西一省地理位置十分特殊,它东北面是湖南省,北面与贵州接壤,西靠云南,东南与广东相邻,南面是北部湾,西南则与外国越南交界,可谓四省通衢,且省内多山,地形十分复杂,易守难攻。再加上广西本来就是李宗仁、白崇禧桂系的发迹之地,所以解放广西可谓困难重重。

白崇禧逃回广西后,立即开始着手防御计划。因为在之前的战役中损失了大量的主力,所以他将一起随其退到广西的其他各省溃军统统编入到桂军来,勉强凑足了五个兵团、12 个军、30 个师共约 15 万人的兵力。同时,为配合正规军坚持游击战,实施他惯用的

"空舍清野"政策,白崇禧将整个广西划分为桂东、桂南、桂西、桂北、桂中五个军政区,建立了10万人的地方武装。此后不久,博白地区的余汉谋残军约四万人也归附到白崇禧帐下,使得广西境内的兵力增加近20万。

依仗剩余的庞大兵力,以及在广西经营了20多年的坚实基础,白崇禧将手中兵力根据广西的复杂地形依次排开,与云南、贵州、四川的西南军政长官公署一起构筑了"西南联合防线",妄图继续负隅顽抗。

与此同时,早在10月底,毛泽东就已经电令中国人民解放军第四野战军:咬住白崇禧,将其歼灭在广西。

此时,衡宝战役的胜利让第四野战军牢牢控制着粤汉路、湘桂路及湖南全境,这也为人民解放军进军广西创造了相当有利的条件。

于是,中南战区的又一场新的战役即将展开……

10月28日,第四野战军正在武汉召开前委会议,主要内容就是针对广西的国民党军部属解放军具体的作战指挥计划。

林彪在会上说道:"现在白崇禧已经南退广西,广西多山,我们捕捉不到敌方的微弱电讯信号。而我们前线各师也开始向前推进了,那些小功率电台的信号也难以远达武汉。底下的部队联系不上我们,我们这个指挥部可真成了纸上谈兵、睁眼瞎喽。"

萧克接过话题说:"既然这样,不如我们就把指挥部转到长沙去,主席之前也说过嘛,可能的话要把华中军政委员会设在长沙。"

谭政听到萧克的意见后走到墙上的地图跟前,扶着眼镜仔细地看了看,想了一下说:"可行!长沙距离武汉不远,指挥部搬到长沙,既可以兼顾武汉方面的工作,也可以有效指挥前线作战。"

但是林彪却笑了笑,指着地图说:"那如果我军作战顺利,深入广西呢?到时恐怕长沙也不是最佳指挥之地吧?长沙仅仅能满足目前形势下的指挥需要,我认为前方指挥部还要搬得远一些。"

然后,林彪把手指放在了地图上标示衡阳的地方,对众人说道:"指挥部就设在这里,这也是一个月前白崇禧的指挥部所在。而武汉也不能唱空城,就麻烦邓子恢、赵尔陆等同志坐守负责吧。"

就这样林彪的意见得到各前委成员的赞同。

白崇禧作战部署的设定

就在第四野战军商讨作战计划的同时,在广西桂林榕湖公馆的白崇禧日子也过得并不轻松,近期战役失利的影响,夹杂在蒋介石和李宗仁之间的政治斗争漩涡之中,让他心力交瘁。

蒋介石与李宗仁的不和由来已久,而目前的政治形势就是蒋介石要"复进",继续做他的总统,但还想让李宗仁假惺惺地"劝进"。

对于李宗仁这个人,白崇禧太了解了。李宗仁根本不会去"劝"这个"进"的。用他本人的话来说就是：他老蒋说"退"就退了，退了后把我弄出来背这个骂名，而他却处处在幕后掣肘，现在把局面弄垮了又要让我"劝进"，他想复辟就自行复辟好了，我李宗仁才没这个脸"劝进"呢。

就在蒋与李形成了僵持局面的时候，为了打破这不和谐的平衡，他们同时想到了砝码——白崇禧。白崇禧此时却下错了棋，他本意想向蒋介石要"国防部长"一职，乘机捞取政治资本，这就意味着他将出卖老盟友李宗仁而倒向蒋。出乎意料的是蒋介石对这一条件不感冒，拒绝了他的要求。如此一来，蒋介石、李宗仁都对白崇禧很不满意，可"国难"当头，白崇禧又手握重兵，蒋、李二人都拿他没办法。

白崇禧两面得罪人，也让自己的政治前途变得暗淡起来，迫使他不得不收拾自己眼前的军事上的残局。

白崇禧召集来了华中长官公署副长官李品仙和夏威、参谋长徐祖贻、副参谋长赖光大、第一兵团司令官黄杰、第三兵团司令官张淦、第十兵团司令官徐启明、第十一兵团司令官鲁道源、第十七兵团司令官刘嘉树等人，就今后的出路展开商讨。

白崇禧一声长叹，有气无力地说："自广东失守之后，中南这块版图上就只剩下你我这支队伍了。今天召集大家来，就是想共商国是，以图解决之法。"

黄杰首先站了起来，语气铿锵地说："我建议向西转移，进入黔、滇与西南地区兵力会合，以策后图。"

白崇禧意味深长地看了黄杰——这个蒋介石的嫡系将领——一眼，心想：这第一兵团是自己一手拉起来的，黄杰的话，在某种程度上代表着蒋介石的意愿，看来蒋还是对自己不放心啊。

白崇禧对黄杰的意见不置可否，他看了看徐祖贻。

徐祖贻在白崇禧的目光注视下站了起来，说道："退到云南与胡宗南、宋希濂部会合固然容易，也可以集中兵力。但若刘伯承、林彪、贺龙联合进军大西南，恐怕我们再坚固的防线也不堪一击。我建议，向南转移，于广西地区策划持久，不得已时经钦州转运海南岛。"

李品仙却有不同的看法，他站起来说："我赞同黄司令的主张。西退黔、滇，不仅可增强西南地区的防卫力量，而且还可以随时支援四川、康藏一线的作战，黔、滇地势险要，易守难攻，在战术上形成局部优势，军事上大有作为。若向南转移，几十万大军龟缩海南岛弹丸之地，无所依托，而且使川、桂兵力分散，容易遭解放军包围各个击破，有遭全军覆灭之危险。"

李品仙话音一落，夏威蹭地站起身说道："此言差矣，相比陆地之黔、滇，我认为南退海南岛比较保险。一来海南岛有琼州海峡天险，解放军没有海军难以进行渡海作战，金门大捷就是最好的榜样。二来万一海南有失，也易于从海路退守台湾，将来再作他图。而在大陆上，一旦作战失利，则是全军覆没不得退路。"

以上几人的抛砖引玉之言引来与会将领议论纷纷。最终多数人的意见是退守海南岛。

对白崇禧而言，这的确是一个内心充满矛盾的选择。一方面，广西是他发迹之地，他不想就此放弃，但不放弃能守得住吗？国民党在大陆已是强弩之末，这是秃头虱子——明摆着的事,兵退海岛是迟早的。综合利弊,白崇禧终于下定了决心退守海南岛。

决心已下,白崇禧立即作出如下兵力部署:

刘嘉树兵团第一○○、一三○军部署于湘桂黔边境的靖县、通道、榕江地区,其目的是保障广西西北面的安全,同时守住其逃往云贵的道路。

黄杰兵团的第十四、七十一、九十七军和徐启明兵团第四十六、五十六军集结于桂林及其以北地区,其中第四十六、十四、九十七军部署于东安、全县、黄沙河的湘桂铁路段,主要任务是在解放军进逼广西时,在正面有组织地节节抗击,同时破坏道路,迟滞其前进的速度,为后续防御作战争取时间。

张淦兵团第七、四十八(重新整编以后)、一二六军集结于恭城、阳朔地区;鲁道源兵团第五十八、一二五军集结于龙虎关、荔浦地区,以其为预备部队,随时准备机动,视情况在湘桂铁路和桂江南岸组织防御,或向柳州、南宁撤退。

白崇禧不愧为"小诸葛",兵力部署彰显兵法精妙:一方面可联合云、贵国民党军队残部,共筑"西南防线";另一方面可确保左江、右江,拱卫昆明,留下海南岛退路;就算战局不利,万不得已之际也还可以跨国境退去越南,立足越南以图再举。

从整个军事部署上看,白崇禧的这个计划还是呈向南退缩之势。

制订作战计划,围歼白崇禧

就在白崇禧积极部署广西防御的时候,林彪正躺在指挥所的一张躺椅上,他眼睛死死地盯着墙上的作战地图,连腹部盖着的黄呢军衣滑落都不知晓。而指挥所的参谋人员则紧张地忙碌工作着,不时在地图上标注最新侦测到的国民党军情。

其实,作为经验丰富的军事家,林彪早已判断出白崇禧退守海南岛的企图。毛泽东曾说过,白崇禧是一个极其狡猾的对手。在前几个回合的较量中,林彪几次吃亏。所以他十分重视自己的这个老"朋友"。林彪考虑:毛主席让第四野战军解放中南地区,尤其提到了海南岛也包括在内。白崇禧一旦退守海南,打海岛战,我们没有实力。所以必须将他全部歼灭在第四野战军擅长作战的陆地上。

躺椅上的林彪已经用目光在地图上编织好了一张天罗地网,就等着"小诸葛"自投罗网。这次林彪对于打败自己的老对手——精明的白崇禧胸有成竹。

海南岛不是今天风景秀丽、经济发达的海南省,在当时它还是一个物资极为匮乏的岛

毛主席和林彪

屿。早在国民党军从广东败退下来的残部逃上该岛之后，本来就不够的粮食进一步告罄。现在白崇禧要带30万部队上岛，余汉谋、薛岳这帮先到岛上安营扎寨的军阀首先就不答应。蒋介石也认为，广西一丢，黔、滇两省大门直接敞开，根本就保不住，偏安西南的经略也就无从谈起。更何况白崇禧占据海南很容易形成割据势力，尾大不掉，所以蒋介石拒绝桂系去经营海南岛的建议。

白崇禧见自己的方案处处受到掣肘，于是又打算求助李宗仁。可是李宗仁却找了个借口飞往香港，避而不见。这边蒋介石给他制造的各方面压力日益增大，白崇禧白忙乎了一阵，好不容易把主要精力从政治漩涡中抽出来的时候，却发现战场形势突变，变到只有收拾残局的份儿了……

11月6日，毛泽东批准了第四野战军上报的作战计划。林彪当即电令：

黄永胜的第十三兵团八个师组成西路军，迂回至湘黔边境，首先袭击靖县、通道之敌刘嘉树兵团，尔后占领思恩、河池，切断敌人逃往贵州之路，再向百色进攻，封闭敌西逃云南之路。

陈赓的第四兵团的十三、十四、十五军和第十五兵团的第四十三军共12个师组成南路军，向南迂回，首先进占信宜、博白地区，切断白崇禧经雷州半岛从海上逃跑的道路，尔后与我西路军构成对白崇禧集团在战略上的钳形包围，封闭敌人于广西境内。

第十二兵团为北路军，战役发起后先按兵不动，滞留桂北敌军，待西路军、南路军进入广西境内构成对敌钳形合击态势时，即沿湘桂铁路及其以东地区向敌发起攻击。

兵贵神速，接到林彪电令后，第四野战军西路军即日向广西进发，沿途几乎没有遇到像样的抵抗，四天之内就攻占了通道、靖县；在14日就进占了黎平、从江、榕江一线；15日进入广西境内。

而南路军在10日开始向廉江、信宜迂回。

此时国民党军队内部又出现了一如既往的各行其是：刘嘉树率兵团西退，而黄杰兵团向南撤去，徐启明兵团第四十六军也于10日撤出全县。

第四野战军的北路军四十一军主力抓住战机遂于14日进至东安、新宁、全县一线；四十五军同时移驻东安以东地区；四十军则早在6日便移驻零陵、道县地区。

15日，进军西南的第二野战军刘邓大军解放了贵阳，截断了白崇禧集团西逃云南的道路。

至此，广西的白崇禧集团已经被中国人民野战军包扎的口袋悄悄地罩住了……

"小诸葛"白崇禧绝非浪得虚名！虽然他还在与蒋介石、李宗仁周旋，但第四野战军西、南两路大军的迂回动作，并没有逃过他的眼睛。

只是他错误地判断，误以为第四野战军西路军才是攻击广西的主力，而一直处于迂回状态的第四野战军南路军兵力薄弱，只是陪衬。

形势发展如此，白崇禧认为退守云贵已比登天还难，不如就此态势集中兵力吃掉第四野战军南路军，然后按原来设想向海南岛方向发展。于是，白崇禧命令黄杰、刘嘉树兵团兼程向独山、都匀方向西进，目的是牵制第四野战军西路军；以张淦、鲁道源兵团向梧州西南之岑溪、容县一带秘密集中，布置一个口袋准备吃掉第四野战军南路军，同时控制广东西南滨海地区，保证通向海南岛的通道畅通无阻。

白崇禧在给张淦的电令里有这样一句话:"此次南路攻击,乃我生死存亡之关键,胜则大量美援立即可获,败则涂地……。"由此可见白崇禧孤注一掷的决心。

奈何白崇禧再世诸葛,此时也已是垂死挣扎,因为大环境如此,个人的微小力量终究不能左右大局。

林彪也不是吃素的,他很快便发现白崇禧调整部队的动向和意图。他决定将计就计,引诱白崇禧部至桂南集结后再行围歼。

决战的日子终于到来了。11月16日,林彪向各兵团下达了在粤桂边界地区歼灭白军主力的作战命令:

令南路军之第十三军集结于廉江、化县地区,第十四、十五军集结于信宜、茂名地区,准备狙击敌人。第四十三军自广州出发,兼程进至信宜以北之东镇圩地区集结,准备在西、北两路兵团的支援下歼灭南线进攻之敌。

令西路军之第三十八军迅速占领思恩、河池,追歼刘嘉树兵团,并继续向果德、百色前进,切断敌向云南的逃路,第三十九军改向柳州、宜山前进,并继续向宾阳疾进,割断南线之敌与南宁之敌的联系。

令北路军之第四十一军向阳朔、蒙山前进,第四十五军沿湘桂铁路及其东侧向象县、武宣前进,第四十军直取梧州,侧击鲁道源兵团,配合南路军作战。

军令如山,士气高昂的第四野战军西、北、南三路大军动如脱兔,迅速进入指定作战区域,展开了对白崇禧集团的围歼之战……

11月20日,李宗仁飞往香港后,白崇禧如梦初醒,渐渐从被盟友抛弃的打击中恢复过来,抓紧时间经营起自己的军事力量来。可眼下局势早已经不是他所能控制得住的了。

白崇禧毕竟是白崇禧,一代名将不会就此坐以待毙,他又把目光投在南面集结于廉江、化县地区的人民解放军第十三军上。

这是一支孤军深入的部队,吃掉它!

白崇禧心想:"在大战场上我不如你林彪,可是在局部上我还可以有所作为。抓住你这个深入的孤军,即使一时吃不掉,也可以打乱你的部队调动,为我军撤退赢得时间。"

白崇禧针对解放军第十三军急忙调整了兵力部署,加快了"南路攻势"的节奏。他急令张淦兵团向玉林、北流线赶进,令鲁道源兵团主力向容县附近集结,并实施佯攻以配合张淦兵团的行动。

与此同时,白崇禧还将他的指挥部迁至南宁,一来为便于指挥控制部队,二来前线督战以免有个别用心将领私自行动贻误战机。

陈赓与林彪的分歧

11月22日,萧克仔细分析了国民党军势态,看出了白崇禧的作战意图。于是,急忙来到林彪那里去汇报情况。这时,谭政也闻讯赶来。

林彪见众人到齐,走到地图前,把手指向临北部海湾的廉江、化县以南地区,对众人说道:"白崇禧老谋深算,早有退守海南岛的打算,所以在雷州半岛一带布下重兵。他应该看到陈赓的第十三军孤军深入，妄图吃掉它，在临死前做个饱死鬼，我们不如就用十三军做诱饵，将计就计。我看了下目前的形势，其鲁道源兵团实力最弱，可先寻求歼灭，然后在集中兵力吃掉战斗力稍强的张淦兵团。"

萧克、谭政对此没有异议。于是林彪电令陈赓，留十三军1个师在廉江阻敌向雷州半岛方向进攻，调第十四、十五军和十三军主力北上，围歼鲁道源兵团。

就在林彪踌躇满志准备收获胜利喜讯的时候，却不料陈赓对他的部署持不同意见。

这已经不是陈赓第一次对林彪提出异议了。陈赓的第四兵团原本隶属刘伯承、邓小平的第二野战军，在解放中南时归属林彪指挥。就在林彪的指挥下，陈赓和林彪就作战部署的问题发生过两次分歧。

第一次是在7月，陈赓组织第四兵团向广东迂回，林彪偏令其进入湖南醴陵、衡阳、株洲一线与白崇禧决战。

第二次则是在广东战役期间，林彪让陈赓暂时从广东撤出，以免对广东之国民党军逼得太紧，使其早退广西，为这一战略目的，林彪打算让陈赓转往桂林、柳州一线，歼白崇禧主力于湘桂边境，但陈赓却认为应先解放广州。

这两次严重分歧中，都是由毛泽东亲自出面并以同意陈赓方案而告终的。

今天这次是陈、林的第三次分歧。

陈赓接到第四野战军前指电报后，认为鲁道源兵团实力确为最弱，但是距离第四兵团却是较远，可能追赶不及就来不及吃掉对手，另外仅仅以一个师的兵力留守廉江、化县，假如白崇禧看穿虚实趁机将几个兵团冲压过来，到时损兵折将不说，更严重的后果就是将白崇禧放到雷州半岛，使其从容退守海南。

但林彪仍坚持自己的部署不变。为表示自己决心之坚定，林彪分别于23日4时和24日11时两次电令陈赓执行自己的决定，并将同样的决定上报中央军委。

面对僵局，唯一能出面解决的人只有毛泽东。

11月24日，毛泽东致电林彪，向林彪提醒陈赓的建议，并让其"按情酌定"。林彪知道，毛泽东电文的意思不言自明，实际就是委婉地表达了他支持陈赓的意见。

11月25日，林彪电令陈赓：改变之前的部署，令第四兵团立即就近歼灭国民党军第七军之两个师，但是仍以十三军及十四军之一个师在正面顽抗和消耗敌人，同时，十四军主力及十五军全部向国民党军左侧后攻击，配合正面歼灭国民党军。

事后证明，陈赓和林彪的这一段插曲，陈赓的固执己见，毛泽东的客观裁决，不仅影响了广西战役的进程，而且对未来的海南岛战役中双方作战力量对比也产生了巨大的影响。

白崇禧"南线攻势"之梦的破灭

就在林陈争议尘埃落定的时候，白崇禧对自己兵团的处境一无所知，他还在做着"南线攻势"的美梦。

11月25日张淦兵团、鲁道源兵团主力向陈赓兵团阵地连续发动数波攻势，却遭到了解放军的顽强阻击，伤亡十分惨重，未能前进半步。

张淦见陈赓以第十三军钳制已方四十八、一二六军,以十四军十五军主力侧击自己第七军时,他害怕被陈赓吃掉,于是打算向钦州、北海一带撤去最终奔向海南。

陈赓见张淦兵团已抱头鼠窜,向博白方向溃逃,便指挥大军乘胜追击。

白崇禧坐镇南宁,很快便看出了陈赓兵团后方空虚的破绽来。他密令中将喻英奇率1万余众,于28日夜攻占了廉江城,抄了陈赓的后路。

不料此举却触怒了陈赓,他怒从心中生:"老子倒要看看谁敢在我的后院放火。"第十三军主力离开廉江向西追击了一整天后,当即又折回廉江,于30日夺回,喻英奇做了俘虏。之后重又调头西进钦州。

直到此时白崇禧方才明白自己先前的判断失误,陈赓并不是兵力薄弱的孤军,吃掉它几乎是不可能的。

白崇禧见"南线攻势"已成泡影,便立即改弦更张,"南线攻势"转眼间成了"南线大撤退"。他立即令张淦兵团、刘嘉树兵团迅速向合浦转移,准备从钦州转运海南岛。

然而,陈赓也是久经沙场,包好的饺子怎么能轻易让馅跑了呢?于是张淦兵团在前面狼狈逃窜,陈赓兵团紧紧地贴住其后面穷追不舍,就像两个长跑运动员一样竞赛着。

兵分两路,作为难兄难弟,白崇禧的鲁道源兵团的情况不比张淦兵团好多少。在向信宜东镇逃窜的途中,11月26日,鲁道源兵团在信宜以北的桥头铺、安峨圩地区与第四野战军南路军第十五兵团四十三军相遇。

四十三军军长李作鹏,此人能征善战,特别是遭遇战。所以倒霉的鲁道源先头部队第五十八军第二二六师遭到重创,李作鹏一鼓作气,趁该军残部向容县、北流逃窜之际尾随其后,于28日连克容县、北流,歼灭该兵团部及五十八军大部,击毙该兵团副司令官胡若愚,司令官鲁道源只身逃走。

鲁道源兵团的覆没完全出乎陈赓的意料,本来计划是先消灭弱一点的张淦后再打鲁道源。

鲁道源兵团溃散之际,张淦兵团正兵分四路向钦州方向逃窜。

张淦兵团部因为是机械化,这是第四野战军的人力所赶不上的。所以到了11月28日夜里,张淦率兵团部一口气跑到了博白县城,而陈赓的追击部队此时还远在90公里以外,于是张淦便想乘机松口气,消除一下连日来的疲劳。

11月29日黄昏,李作鹏的四十三军后卫第一二八师第三八二团进抵苏立圩。团长张实杰组织部队埋锅造饭,准备宿营。

此时,一群从博白方向逃来的难民从他们营帐前经过。一个难民给张实杰提供了一个重要的情报:张淦还在博白逗留,于是战役开始就作为后卫的张实杰立功心切自然不会放过这么大一条鱼。

这时后勤已经将饭做好了,张实杰命令部队带上做好的饭边走边吃,同时丢下不必要的装备,轻装奔赴博白。

当张实杰部队的三营七连到达博白城时,正值深更半夜,一天中最黑暗的时刻。张淦兵团守城门的哨兵认错了部队,将三营七连当成了鲁道源兵团的第五十八军的溃军。三营七连连长芦福山便将计就计,说有情报要报告张司令官。于是哨兵将他们带至兵团指挥部,经过一番交火,在后院蒙头大睡的张淦成为了张实杰的俘虏。

此后，降将张淦为了将功赎罪积极立功，不但电令其在廉江、陆川一线与陈赓兵团交战的三个军立即撤出战斗，还连夜向博白转移，协助陈赓兵团招降了大部分兵力。

截至12月1日15时，除少数漏网西逃外，张淦兵团全被歼灭。

同一天，白崇禧得知鲁道源、张淦两个兵团突然失去联系，心感不妙，他预感到这两个兵团的下场凶多吉少，十几万大军开战短短数日便灰飞烟灭，白崇禧不禁一声长叹。

他又看了看地图上第四野战军的西路军和北路军的发展态势：

第四野战军西路军连克思恩、金城江、河池、东兰，于12月1日占领万冈，彻底打消了白崇禧残部向云南退却的念头；

第四野战军北路军接连攻占兴安城、灵川县、甘棠渡、桂林、阳朔、荔浦等地以及太平天国时期的临时首都蒙山，已经击破了他的桂北防线，解放了首府桂林，现在主力已经从广西东部重镇梧州直插而去。

白崇禧心头细数自己的兵力，只余有黄杰、徐启明两个兵团残部10万余众团集宾阳至南宁一线，而桂系的精锐部队已荡然无存，一向拥兵自重的白崇禧突然感觉到自己一生戎马生涯将就此结束，心中竟生出许多莫名的悲哀来。

12月2日，第四野战军的先锋部队兵锋直抵宾阳。

为掩护其撤退海南，白崇禧令黄杰死守昆仑关，确保南宁的北大门，同时令徐启明掩护华中军政长官公署向钦州南撤，准备由龙门港逃往海南岛。

12月2日上午，白崇禧向李品仙短暂交代了一些事后，便只身乘飞机逃往海南岛。这位叱咤疆场20余年的"小诸葛"彻底失去了根基，从此便在海南岛与台湾岛之间辗转，再未踏入大陆半步。

白崇禧兵败逃亡海南，广西解放

黄杰、徐启明兵团的动向让林彪坐立不安，他已经判断出白崇禧的意图。"决不能让白崇禧越过雷州海峡！否则以后解放海南岛的困难将大大增加。"这个坚定的念头让林彪在12月2日，发布了如下作战命令：

令第四十三军第一二八师立即轻装强行军，自选道路向钦州急进，四十三军主力在先头师后跟进；第十三军三十九师立即轻装强行向钦州急进，目前在公馆圩至北海沿线之敌，可由该军后续部队解决；第十四军由陆川地区向合浦、钦州前进。以上部队全力封闭白部从海上逃跑的出海口。

令第四十军由岑溪地区取捷径向灵山前进，堵截由南宁南撤之桂军；第四十五军全力由贵县经横县向钦州前进，追击桂系第四十六军南下；第三十八军一一六师到达宾阳后继续沿公路向南宁前进，以策应钦州地区之作战；第三十八军以一个师继续向百色前进，主力改向果德前进；第十五、四十一军在容县、郁林、陆川地区打扫战场，搜捕溃散的国民党军张淦、鲁道源残部。

林彪下命令当天，各路大军便以迅雷不及掩耳之势收紧了广西的口袋。

12月3日，白崇禧到达海口后，为了争取将钦州的桂系残部运到海南岛，增加自身少得可怜的力量,他匆忙求见余汉谋,请求其派舰船去钦州龙门港。

余汉谋却为难地说:"不是卑职不帮忙,奈何蒋总裁已任命薛岳为海南岛防卫总司令,岛内海、陆、空三军均为他负责,别说您的军队,我的兄弟们都丢在了大陆,我也只能望洋兴叹呀!"

于是白崇禧红着眼睛去找薛岳。这辈子没怎么求过人的白崇禧几乎用哀求的口气说:"广西已是残局,当务之急是速派舰船赴龙门港接运徐启明兵团,请薛司令援手相救吧。"

薛岳虽然是蒋介石的嫡系将领,与桂系也有很深的矛盾。但曾身为抗日名将的他也不是鼠目寸光之辈,他知道凭岛上现有兵力不足以抵御林彪将来的攻势,接桂军残部上岛可以充实防卫力量,但又怕白崇禧的到来威胁自己总司令的位置。薛岳思索再三,最终还是派出军舰将徐启明兵团接到了海南岛。

当白崇禧乘军舰返回龙门港亲自指挥总撤退时,他的华中军政长官公署和黄杰、徐启明兵团还在远离钦州 400 公里开外,而陈赓兵团就紧随其后死死咬住这股残余国民党军。

国民党指挥官白崇禧

这时,林彪的三路大军已开始了以南宁至钦州一线为中心的向心合击,拉开了第二次粤桂边境围歼战的序幕。这是第四野战军自南下以来,集结兵力最多的一次战役。

北路第四十五军兼程南下,一路势如破竹。至 12 月 7 日攻占了贵县、横县、旧州、小董圩附近,歼灭国民党军共计有一个师部、击沉两艘军舰、俘获国民党军 4000 余人……

西路第三十九军也进展神速。至 12 月 7 日占领宾阳、昆仑关、南宁、大塘圩、那晓圩,共计歼灭国民党军 5000 余人……

南路第四十三军于 12 月 6 日进抵大垌圩,与此同时,第十四军第四十师、第四十军第一一九师、第四十五军第一三三师等部纷纷赴至小董圩、钦州一带,会同四十三军将白崇禧部 4 万余人一举围歼,包了一个大饺子。

白崇禧在龙门港空等了几天,终于还是没有等到桂系的残部身影,第四野战军大军却一步步正向龙门港逼近。"小诸葛"在绝望中乘舰离去。

看着渐行渐远的海岸线,遥想当年广西桂系的意气风发,抗日的烽火狼烟,白崇禧心里百味交集,热泪盈眶。

口袋中的黄杰在接到白崇禧"化整为零"的电令,心中疑惑。他认为数万人聚集于狭小地域,无法分散游击。并且他的兵团成分复杂,又不是桂军嫡系,语言不通,很难生存下去。于是黄杰当即去电请示蒋介石。

蒋介石让当时担任东南军政长官的陈诚电示黄杰:"并力西进,进入越南,保有根据地,相机行事,无论留越、转台,皆能自如。"

黄杰得此电令,即率部向中越边境逃窜。

但是天网恢恢,第四野战军早就盯死了黄杰兵团残部,所以黄杰刚一动就被第四野战军紧紧咬住。

12月8日晚,林、谭、萧致电陈赓等:令第十三军以一个师向思乐西南前进,截击国民党军,出于外交和国际关系的考虑,同时命令十三军不要进入越南境内。中越边境追歼战又是一次脚力大比赛。在这一次比赛中,还是第四野战军赢得了最后的金牌。

第四十三军一二九师于14日追至公母山,一举歼灭国民党军第九十七军军部、两个主力团和一个补充团,俘副军长郭文灿以下4000余人;

第十三军于9日攻占边防重镇东兴,11日在公安圩歼灭国民党军第四十六军等部6000余人;

第三十九军于8日攻占上思,歼灭国民党军七十一军直属队和第八十八师一部,俘获国民党军3000余人;9日在那隆击溃第十四军和第七十一军等部,俘黄杰兵团副司令兼第七十一军军长熊新民;11日进抵明江,迫使国民党军第五十六军第三三〇师1200余人投诚,同日于旭塘歼灭国民党军第九十七军第三十三师1600余人;12日占领镇南关;14日攻克龙州。

至此,黄杰兵团只有少数逃往越南,其余大部被歼于中越边境地区。随着黄杰兵团的覆没,广西战役也以人民解放军达到最终预期的战役目的而宣告胜利结束。

在广西战役取得决定性胜利时,林彪与谭政、萧克联合致信全体参战官兵时说:"……为美帝国主义及其走狗国民党反动派所豢养并奉为王牌,在全国残余反动势力中经常在精神上、实力上起支持作用的白匪部队之被歼灭,不但对以后的海南岛之作战有着重要意义,即对邻省的解放和在全国范围内提早结束战争,亦具有重要意义。"

292

天涯追击，解放海南——海南岛战役

战役档案

时间：1950 年 3 月 5 日~1950 年 5 月 1 日

地点：海南岛

参战方：中国人民解放军；国民党军余汉谋集团残部

指挥官：共产党军队邓华、林彪、韩先楚、李作鹏；国民党军队薛华、李弥

双方兵力：共产党军队 10 万余人；国民党军队 10 万余人

伤亡情况：共产党军队伤亡 4500 余人；国民党军队伤亡 3.3 万余人

战果：中国人民解放军胜，占领了海南岛

意义：海南岛战役是 1950 年 3 月到 5 月发生于广东至海南岛的一场战役，也是国共内战到目前为止最后一场主要战役。战争的胜利，使海南岛全境解放，残余国民党军大部逃往台湾，一部溃散。

作战背景

1949 年，蒋介石从大陆败退台湾后，凭借其海军实力，妄图建立一条以金门、海南、舟山、万山等岛组成的海上锁链，以阻挠解放军进军台湾，并凭此作为寻找时机反攻大陆的基础。同年 10 月 11 日，国民党广东省政府迁往海南岛。10 月 28 日，蒋介石委托台湾省政府主席兼东南军政长官陈诚前往海南岛，撤销了原广州绥靖公署海南警备总司令部，另成立海南岛防卫总司令部。同时委任国民党广东省政府主席薛岳为海南防卫总司令，统一指挥海南岛的陆、海、空军部队。

同年 12 月中旬，经过广西战役，中南大陆全部解放，白崇禧等集团残部逃至海南岛。经整顿补充后，与原海南岛防卫部队拼凑编成五个军 19 个师，另有海军第三舰队（舰艇 50 余艘）、空军一个作战大队（飞机 20 多架），包括地方武装总兵力约 10 万人。仍由薛岳担任保安司令兼防卫总司令。有了琼州海峡这一天然屏障，面对解放军几乎空白的海、空军，只要苦心经营海岛，积极建立其海陆空立体防御，就能做到封锁海峡，踞守海岛，在合适的时机反攻大陆。

与此同时，人民解放军第三野战军十兵团二十八军在金门一战中，战损船只 200 余艘，十个建制营约 9000 余官兵战死孤岛。金门的惨败，不仅让解放军为之痛惜，也坚定了国民党踞守海岛的信心。毛泽东同志在沉痛哀悼金门阵亡将士之时，没有被国民党海岛

防御链所震慑,他坚定的向世界宣布:"我们1950年解放海南岛。"

金门和海南岛的作战环境有相似之处,但海南岛的困难更甚。首先,金门北海岸距大陆有10公里,而琼州海峡最窄处也有18公里;其次,金门岛面积只有140平方公里,而海南岛面积有3.3万平方公里,足足比金门大230多倍。海南岛可以囤积更多的兵员,所需要攻坚的地点更多,缺乏海空军辅助的解放军拿什么去打海南?

一时之间,世界的目光聚焦到中国南海上的海南岛。

薛岳军队镇守海南岛

1949年12月下旬,作为海南防卫总司令部的素有"海南第一楼"之称的名胜建筑五公祠已失去了往日的风韵,祠外,国民党宪兵卫队将它防守得严严实实,反倒平添了许多肃杀之气。

眼下这里的主人是薛岳,此人一生戎马倥偬,南征北战,北伐、抗日、剿共屡显战绩,尤其是抗战期间,在第一次长沙会战中首创天炉战法,大败日军兵团,守卫住了长沙重城,声名远播。

这一名将先后担任过北伐军一军第一师师长、国民党军第五军军长、滇黔"绥署"副主任兼贵州省政府主席、第十九集团军总司令和左翼军总司令、第一战区前敌总司令、武汉卫戍区第一兵团司令、第九战区副司令兼江北兵团司令、第九战区司令长官兼国民党湖南省主任委员和省主席、国民党徐州"绥署"主任、南京政府参军长、"总统府"参军长、广东省政府主席等职。

但当时国民党尤其是蒋介石的政府里,军阀林立,枭雄如云,名将辈出,薛岳跟随蒋介石这么多年,几乎没受到如今天般的大用。现在国民党军只有几个岛可守了,蒋介石守第一大岛台湾,却把守第二大岛海南的重任交付于薛岳。连白崇禧这样的人物都在自己麾下。这让薛岳的心情出奇的好。

不过心情好归心情好,事情还是要做的,薛岳展开海南的地图,目光如炬。

海南岛又名琼崖,与雷州半岛隔海相望。面积5.8万余平方公里,人口超过300万。它是中国的第二大岛,也是中国南海的屏障。岛的中央便是传说中的五指山,南部是山岳丛林。沿海是丘陵平原,交通非常便利。中国人都把海南岛和台湾岛合称太平洋上的一双眼睛。

国民党指挥官薛岳

薛岳暗自想着,此地物产丰盈,悬孤海外,又是中国南部远洋的门户所在,守住这里就可以遏制住大陆的手脚,还可以随时将刺刀刺入大陆的腹地!

但薛岳也清醒地认识到:海南岛地域虽然相对广阔,可是拥有漫长的海岸线,导致现有兵力无法顾及全局。根据情报,海峡对面的解放军为渡海登岛,近期大搞水上练兵、船

294

上练兵、沙滩练兵，名堂极多，士气高昂。而在海南岛上还有一个潜在威胁，那就是冯白驹的琼崖纵队。这个纵队在岛上活动了23年多，越清剿越壮大，现在已建立以五指山为中心的根据地，队伍已发展到2万余人。以上都是外部的威胁，就自家内部来看，自己手下的部队山头林立，余汉谋、陈济棠、李玉堂，这都不是省油的灯，他们之间相互钩心斗角，尔虞我诈，薛岳与这些部队之间的关系也不十分和谐，所以屡次指挥都不尽如人意。这些内忧外患加在一起，搞得薛岳常常寝食难安。

薛岳又把目光投向海岸线。

擅长防御战的他将全部地面部队整合为四路军：

第一路军由第三十二军编成，守备岛的东部，东北自木栏港起，南至乌石港止，军部驻在加积；

第二路军由第六十二军及警保部队编成，守备海峡正面，东起木栏港，西至林诗港，军部驻在澄迈；

第三路军由第六十四军、第四军编成，守备岛的西部，北自林诗港起，西南到临头湾，第六十四军军部在加来，第四军军部在那大；

第四路军由第六十三军编成，守备以榆林为中心的南部地区，东南自乌石港起，西南到临头湾，军部在榆林。

同时在这些部队中，抽调出五个师的兵力实施机动，防御重点在海峡正面第六十二军守备区，并以抱虎港、鸡毛湾、七星岭、铺前、海口、天尾港、东水、花场、新盈、头咀、光村等地为要点。

如此一来，驻岛部队既便于以海、空军力量向对岸港口进行轰炸和炮击，破坏对岸船舰起渡，又便于加强海防建筑和海上巡逻，实乃当前军事实力的最佳组合。

海南防卫总司令部参谋长李扬敬称之为"伯陵防线"。这"伯陵"两字，一是取意第一山岳无人能越之意，第二呢，又是薛岳的尊号，略有恭维之意。

"也罢，就以我字名命它吧，如果海南守不住，我的'伯陵'之名号也真该换了。"薛岳看着地图，心里默默地想着，"海南岛的北部屏障在20日就丢掉了，'伯陵防线'已经完全暴露在共产党军队眼皮下面，我们有胜算吗？"

渡海准备

针对海南岛，人民解放军也在调兵遣将。解放海南岛的任务落到了第四野战军头上，总指挥还是林彪。于是林彪向中央军委上报了解放海南岛的作战计划。他准备用四十三军和四十军两个军10万人渡海去解放海南岛。

这可是名头响亮的第四野战军两大主力：

四十军，军长韩先楚兼任十二兵团副司令员，这支部队特点就是行动迅速，进攻锐利，具有"旋风部队"的美誉，它的前身是东北野战军第三纵队。而韩先楚本人骁勇善战，意志如钢，在解放战争中屡建奇功。

四十三军，军长李作鹏，前文广西战役中提到过他，也是一员虎将。此军的前身是东北野战军第六纵队,该军一二七师的前身是国民革命军时的叶挺独立团,可谓是一支拥有光辉历史功绩的部队。

这两军及配属炮兵、工兵,总数在 10 万人以上,总负责人为第十五兵团司令员邓华。

金门失利后,林彪总结了失败的经验教训,在选择解放海南岛任务派遣这一问题上,可以说是慎之又慎。最后在和毛泽东一起商讨之后,最终选定了这两个军,同时也反映出这两个军的实力。

渡海作战不同陆地,首先得需要有船。但国民党在撤离时,掠走了几乎全部船只。没有被带走的一些船只,也由于国民党的反共宣传被不明真相的当地渔民藏匿起来。

到 12 月底,邓华通过各种渠道,只凑到了四五百条船。而按照军委推算的一次性载渡一个军登陆作战的兵力来算所需船只大概需要 1000 余条。

数量不足还不是唯一的困难,此外,征来的大都是帆船,帆船必须靠风力推动,而海南岛的冬季马上要过去了,季风一转向,帆船更无法行驶。再有就是海上登陆作战需要的是精通水性的士兵,但四野是东北组建的野战军,几乎全是不习水性的北方汉子,对大海的情况完全不了解甚至恐惧。

兵团司令员邓华面对这种情况心急如焚。在同副司令员兼参谋长洪学智就目前部队中存在的现实困难商讨后,决定向上反映到林彪、毛泽东等处请求指示。

毛泽东在知晓前方情况后,曾指示林彪派四野后勤部政委陈沂化装后携巨款至香港、澳门等地购船,并命令四十军、四十三军立即投入高强度的海上训练。奈何天有不测风云,偏偏赶上香港、澳门等地的船市萧条,有钱也买不到合适的船只,于是不得已,邓华他们又继续以木帆船为主要渡海工具。

春节将至,这场规模空前的海上大练兵如火如荼地进行着。

中途还发生了一段插曲,某日,四十三军某部副排长鲁海云等八人扬帆出海,中途风停了,船失去动力在海上抛锚。这时忽然发现国民党军舰向他们驶来,面对国民党军钢板护身并且军舰载重火力的不利情况,鲁海云等人沉着冷静,他们利用国民党军舰庞大、笨重的弱点,与国民党军舰胶着近战。经过一番斗智斗勇,小木船赶跑了大军舰,创造了近代海战奇迹。这一意外的插曲却收获了很好的效果,它使得官兵们以木帆船渡海的信心大大增强了。

冯白驹与薛岳的较量

当海峡对岸的人民解放军为解放海南岛,正紧锣密鼓地进行着军事斗争准备的时候,海峡这边的岛上,冯白驹的琼崖纵队也开始行动了。

琼崖纵队的历史可以追溯到 1927 年,电影史上著名的红色娘子军就是这个纵队的一个分支,它是一支具有光荣传统的革命武装力量。经过土地革命战争、抗日战争和解放战争的磨炼,该纵队不但没有削弱,反而发展到三个总队十个团 2 万余人,在海南岛中部山区以五指山为中心建立了面积涵盖四个县的巩固的根据地。

而带领这支传奇纵队的司令员冯白驹本身也是一个传奇,他是革命英雄,是一位优秀的共产党员。在海南岛上，提起他的名字无人不知无人不晓。周恩来曾评价他说："冯白驹同志是琼崖人民的一面旗帜。"

薛岳早就把这支纵队视为潜在的威胁之一，自然不会让这支队伍在自己眼皮底下存活。于是，薛岳便想尽一切办法去打击和削弱冯白驹的力量。在渡海兵团还未动一枪一炮的时候，一场场围剿与反围剿斗争便在海南岛上展开了。

与薛岳的驻岛海陆空三军相比，冯白驹的力量实在是太单薄了。硬拼是不行的，于是冯白驹积极配合准备渡海登岛的邓华大军。他指派琼纵参谋长符振中勘察登陆地点，而后在澄迈县委书记张光兴的掩护下，北渡琼州海峡，为正在进行战役准备的邓华兵团提供情报。

1950年1月25日，历经艰险偷渡海峡的符振中联系到了负责渡海登岛作战的叶剑英、邓华等人。在稍事休息后，他作了长达四个小时的"海南岛敌我双方情况综述"的报告。他在报告中详细地阐述了海南岛根据地及组织、海南岛武装部队之各种情况及可能集中的数量、国民党军队组织分布及战力、沿海港湾之国民党军力分布及配合大军登陆问题、民情及主要通道情况、琼崖纵队配合作战的准备工作等。这个汇报对于四野即将展开的海南岛战役以及解放海南岛后如何稳固政权起到了至关重要的作用。

英勇战士扬帆渡海

2月1日，海南岛的作战会议由十五兵团司令员邓华主持进行。与会的还有叶剑英、赖传珠、洪学智、韩先楚和来自四十军、四十三军、琼崖纵队的领导干部。

邓华把符振中向与会人员作了介绍，然后说："敌人退守海南岛以后，修建了空军基地，从此敌人的飞机可以随时轰炸我广州、武汉等大城市，使得两湖两广地区不得安宁，这是我们腹地上的一把刺刀，所以中央一再要求我们提前解放海南岛。这次符振中同志冒险到来，为我们带来了冯白驹同志宝贵的建议。冯白驹同志在海南岛与敌人周旋多年，对岛内情况了如指掌，他建议我军在敌立足未稳之际，选派一部分战士渡海与琼纵汇合，为迎接大规模渡海作战作准备。下面我听听大家对此事的意见。"

解放海南岛

叶剑英接过邓华的话题说："我觉得可行，偷渡可以，既然符振中同志能够偷渡过来，我们就能偷渡回去。但我建议采取小批偷渡的方法，以免引起敌人察觉。"

有仗可打？这下急性子的四十军军长韩先楚坐不住了。只见他起身说道："去是肯定要去的，准备这么久，早把人等得猴急了。我觉得当务之急是在渡海工具、敌我形势以及具体实施方法上再研究研究，一经落实赶紧实施。"

此后几天会议一直在讨论整个细节，最后达成一致共识：采取积极偷渡、分批小渡与最后登陆相结合的办法上岛，并同时将该方案上报四野指挥部和中央军委。

12日，毛泽东看完四野上报的方案后，立即回电林彪并转邓华："同意四十三军以一个团先行渡海，其他部队陆续分批寻机渡海。此种办法如有效，即可能提早解放海南岛。"

解放海南岛的日子终于到来了，3月5日这天，琼州海峡上空刮着东北风。到了下午3时，一只部队在海滩树林里集合，这就是四十军——八师参谋长苟在松率领799人的加强营。他们将成为最先登岛的作战部队，军长韩先楚亲手将一面绣着"登陆作战先锋队"的红旗授予营长陈永康，并作了简短的作战动员。

黄昏时分，八百壮士扬帆出海，没有热烈的欢送，只有战友们的期待，他们肩负起岛上300万海南人民的未来命运分乘13艘木帆船向西南方顺风疾驶。

风向是此次偷渡的关键因素，军长韩先楚打着赤脚在海滩上目送船队远航后并没有返回军部，而是在船队消失在茫茫的大海之后。他掏出手帕试了试风向——好在还是东北风，没变。

但是到了下半夜，当船队行驶了200里，离预定登陆点还有120里行程时，风势渐弱，喧腾的海浪渐趋平静。

指挥船上的苟参谋长忧心如焚，他急忙发起"强行前进"的信号。各船按预定方案开始了人力划船。有橹的摇橹，没橹的用铁锹、枪托、木板等划水。直到6日上午9时许，弯弯曲曲的海岸线终于出现在苟在松的视线里。

由于风向减弱人工划船的速度不快，偷渡部队错过了最佳登陆时间，现在天已经大亮，他们直接暴露在国民党军海岸炮火视野之内。果然，从岸上射来一串炮弹，在船队的前方激起一排雪白的水柱。偷渡部队冒着炮火继续前进。而十几分钟后从岛上又飞来四架飞机，在船队上空盘旋，投下四枚炸弹来。这依然没有阻止偷渡船队向前航行的决心。

最初国民党军队不知来者是敌是友，所以曾派出11只木帆船迎头驶来。等接近时国党军民发现情况不妙时，已无法脱身，同偷渡的四野搅在了一起，岸上的炮兵和空中的飞机顾及友军误伤所以不敢贸然开火，这给了偷渡部队一次良机。

最终在两个多小时后，偷渡的船队接近了登陆点。滩头是敌人紧急调来的一个营，同时有四架飞机在空中支援，海上则是两艘军舰。就在此时琼崖纵队的接应部队适时的在国民党军背后打响了战斗。滩头那一个营的国民党军在两面夹击的情况下纷纷弃阵逃窜。

下午1时30分，偷渡的加强营全部登陆，随琼纵的接应部队向五指山区挺进。

在四十军加强营偷渡成功的同时，四十三军的一个加强营1070人也作好了偷渡的准备。谁知天公不作美，起渡点却无一点北风。团长徐芳春急得直转圈却也无济于事。直到10日下午，盼望已久的北风才姗姗而来。徐芳春立即率领21艘木帆船，利用阴雨天气，自湛江东南硇洲岛起渡，劈波斩浪，向东南方向疾驶而去。但到了黄昏时分，偷渡部队却突遇七级大风，小小的木帆船在巨大的海浪面前十分脆弱，但该营的主力部队仍然坚定地向着预定目标前进。最终在与大风大浪搏斗十余个小时后，该营主力于11日9时在赤水港至铜鼓岭一线先后登陆，并突破国民党守军滩头阵地，于12日清晨在龙马镇与前来接应的琼纵部队胜利会师。

薛岳获悉先后有两支解放军部队偷渡成功后，觉得自己的两侧海防守备力量薄弱，让解放军钻了空子。于是他加强了两侧海防守备及海上巡逻力量，并派出一部兵力向已登陆的解放军发起围剿进攻。

3月26日黄昏，东北风又一次在琼州海峡上空刮起。邓华决定再组织一个团的兵力从海峡正面实施强行突破，因为这是薛岳防守体系的坚固所在，所以可以借此机会摸一摸所谓陆海空三位一体的"伯陵防线"的虚实。

这次攻击任务又被四十军抢到了，该军第一一八师政治部主任刘振华在琼崖纵队副司令员马白山的协助指挥下，率一个加强团2991人，分乘72条木帆船，从雷州半岛灯楼角起渡，乘风破浪，直驶彼岸。

可是不尽如人意的是，就在行程还不足三分之一时，风平浪静了。刘振华只得命令各船摇橹划桨继续前进。

到了子夜时分，海面上又弥漫起白雾，可见度只有三米左右。刘振华正是趁着浓雾在27日凌晨3时许强行登陆。

老天也在帮解放军。琼纵两个团和首批登陆的先锋营奉令接应加强团在临高登陆，正是这次伴攻让薛岳作出错误的判断，他将部署在澄迈一带的一个主力师连夜调往临高角，而留守澄迈县玉抱港一带的只有两个团的兵力。

尽管薛岳判断失误，但登陆战斗仍打得相当惨烈，当海上的雾气开始飘散时，刘振华部队已经陆续在玉抱港东西一线20公里的海域上分散登陆。这期间有三艘船拂晓时在雷公岛登陆，船上100多名勇士与国民党守军一个加强营血战两昼夜，毙伤国民党军200余人，最后100多人仅有11人夺船突围，大部分壮烈牺牲。

登陆战斗一直持续27日午时，刘振华部主力在马白山的指引卜向五指山根据地进发。途中与国民党军血战14昼夜后，与琼纵胜利会师。至此，第二批登陆作战也成功了，并且加强了海南岛上的人民解放军的作战力量。

但此时解放军中只有一人闷闷不乐，那就是眼看着四十军建功而自己几次偷渡都因为风向不利而作罢的四十三军军长李作鹏。

情急之下李作鹏亲自赶到一二七师组织准备偷渡的加强团。他加强了这次偷渡的指挥力量，并指派了一二七师师长王东保亲自挂帅指挥，琼北区地委宣传部长陈说和府海特区宣传部长徐清洲同船协助。规模上也比四十军大些——人员3733人，船只88艘。他咬咬牙说，我四十三军不论在什么时候都没有掉过链子！

3月31日晚10时，这次风终于来了。当三颗红色信号弹射向夜空，偷渡大军88艘船只扬帆而起，分左中右三路直插海峡彼岸。

可能是四十三军真的时运不济。当船队接近海峡主流海区时，风突然停了，就在王东保命令船队摇橹划桨继续前进时，空中的国民党飞机和海上的国民党军舰几乎同时发现了他们的船队。

好在王东保沉着冷静，及时命令担负护航任务的五连、八连、九连木船与国民党军舰周旋，主力船队强行前进。就和之前的海上遭遇战一样，五连、八连、九连充分发挥小木船机动性、灵活性强的优势，逐渐逼近笨重的国民党军舰，以火箭筒、六〇炮、机枪、冲锋枪和手榴弹与国民党军硬拼。几个回合下来，国民党舰船发现占不着一点便宜，便渐渐退出了战场。

时来运转，平静的海面上复又刮起了东北风，偷渡大军的88艘船队很快就脱离了海战区，向登陆海岸进发。

在这里接应王东保他们的是琼州纵队第一团和第四十三军先锋营，于是在凌晨4时30分，海口市以东90里处的塔市一带枪声大作，在猛烈的火力前后夹击下，国民党守军很快便土崩瓦解了，王东保部队登陆成功。

军情传到薛岳处，他大发雷霆："你们居然让共产党军队在自己眼皮底下登陆，一群无能之辈！"薛岳立即调兵遣将，在灵山公路两侧重新布设防线，企图将登陆的王东保部队在进山前消灭在海滩上。可是兵败如山倒，作战素质低下的国民党军防线还是被英勇的王东保部队突破了。当日黄昏，王东保部队便连夜转进至琼山县云龙乡一带。

4月10日，徐闻县兵团作战指挥部，邓华面向全体参战的指战员，语气沉稳而坚定地说：

"小批次偷渡战术已经被敌人识破了，薛岳加强了在海岸的军力，所以军委和四野指挥部已经同意我们提前发起最后登陆作战的建议。这一次我们要组织6~7个团的兵力，争取于谷雨（4月21日）前后在花场和临高以北地区强行登陆。下面我们研究一下兵力的具体区分问题。"

就这样经过长达数小时的研究部署，最后形成如下决议：

以第四十军六个团、第四十三军两个团约2.5万人为第三批渡海第一梯队，由四十军军长韩先楚统一指挥，于4月13日前集结完毕，待风向、潮水有利解放军航渡时，即时起渡。两军起渡分界为徐闻西南的鲤鱼港，登陆分界为海南岛临高角的马袅港，以西属第四十军，以东属第四十三军。各部队突击上陆后，应迅速占领并巩固滩头阵地，歼灭反扑和增援的国民党军，保障后续部队顺利登陆。

以第四十三军主力约2万人为渡海第二梯队，在第一梯队突破上陆后，即迅速起渡，登陆后协同第一梯队聚歼守岛之敌。兵团指挥所随第二梯队渡海。以琼纵第一总队、第四十军的前两批偷渡部队，接应配合东路军登陆；琼纵第五总队主力向海头地区活动，担任阻止北来援军，防止国民党军向榆林方向逃窜之任务。并建议野指，增调友邻一两个师为总预备队。

此决议形成之后，备战多时的四十军和四十三军主力随即进入临战状态。于是，雷州半岛南端弯弯曲曲的海岸线上便泊满了大大小小的木帆船，在帆船上载满了士气冲天的人民解放军指战员。

4月16日16时，强劲的东北风来了。

17时40分，12发红色信号弹腾空而起，兵团第一梯队350多艘木帆船伴随着战士们的嘹亮军歌扯起风帆出发了。

与前几次偷渡的情况一样，风总会有消退的时候，所以在渡海部队只进行不到一半时。韩先楚命令渡海部队道："各团摇橹划桨继续前进！"

夜晚 10 时左右，偷渡部队被薛岳部队出巡的舰艇发现了。不一会儿，对岸的舰队便分几路向韩先楚他们驶来。韩先楚立刻组织炮兵主力护航船队从正面迎上去与国民党军舰展开短距离作战。一时间，海面炮声隆隆，弹道如织。有过前几次海上遭遇战的教训，国民党军队的舰队不敢近战，又被解放军载着火炮和炮兵的"土炮艇"吓得不知所以纷纷避战。

海上的天气无常，正在渡海大军与国民党军舰纠缠之际，海上又突然刮起了东风。韩先楚果断命令主力船队加速前进，在很短的时间内就冲过了水急浪高的中流，将国民党军舰甩到了身后，于 17 日凌晨 5 时在预定地域顺利登陆。

再说 16 艘护舰船完成掩护任务后，也损失惨重，只剩下五艘。又接到韩先楚的命令：五艘"土炮艇"掩护空船北返。于是，这几艘弱不禁风的木帆船在大海上与国民党军庞大的军舰再次遭遇。

遭遇的国民党军舰是从台湾增援过来的国民党"太平"号军舰。国民党第三舰队司令王恩华中将站在舰首望着小小的弹痕累累的几艘木帆船，轻蔑地冷笑着督阵。

但就在"太平"号军舰距离小木帆船 200 米左右距离时，站在舰首的王恩华突然发现一艘小木帆船被猛地掀开篷布，从中露出一门 57 毫米口径的小火炮来。

轻视解放军冒进的王恩华还来不及反应，就被火炮的气浪猛然推倒，火炮的弹片撕裂了他的身体。"太平"号其余人员被眼前的景象惊呆了，等缓过神来，也不顾分辨双方实力，急忙令军舰返回海口基地。而那位轻视解放军的国民党高级将领最终也没有抢救过来。

打响海南岛战役

17 日凌晨，第 梯队西路的四十军六个团在博铺港、临高角一段登陆的同时，东路的四十三军两个团也在玉抱港、雷公岛地段成功登陆。

清晨 6 时，韩先楚部队的主力成功登陆，向临高山进发。

17 日黄昏，登陆部队与接应部队在临高山下胜利会师。并于 18 日凌晨，主力向澄迈、海口方向疾进，支援东路四十三军 2 个团合歼薛岳部队的主力。

与此同时，薛岳曾组织多次反攻，但都被东路四十三军登陆部队联合接应部队打了回去。

至此，海南岛琼州海峡西北沿岸所有要点全部被登陆部队所控制，薛岳苦心经营的"伯陵防线"已荡然无存了。

18 日，尽管蒋介石电令薛岳适时布置总撤退，将海南主力撤往台湾。但是薛岳主力在登陆作战中基本未受损失，他不甘心这么快就被赶出海南，何况手里还有 5 个师的预备队，他决定放手一搏。

但是解放军登陆大军气势如虹，就在 19 日下午，薛岳作为最后底牌的预备队刚一调动，便被登陆部队和琼纵节节围住，遭到沉重的打击。

22 日，蒋介石再次严令薛岳退兵台湾，大势已去的薛岳只得下达全线南撤的命令：

第一路军向万宁、乐会撤退；

第二路军向陵水、保亭撤退；

第三路军向北黎、八所撤退；

第四路军及海、空军集结于榆林、三亚。

薛岳如此布兵，只等台湾"国防部"派船接运。

当日下午，薛岳在海口乘坐专机飞往台湾，结束了他短暂的"海南王"岁月。

24日凌晨，邓华率第二梯队顺利登陆。至此，渡海兵团全部登陆成功，并开始围歼岛上的残余国民党军。经过七天七夜的追击，薛岳集团大部逃往海上，一部被歼灭，一部溃散于山林中。30日，榆林、三亚两地解放，历时58天的海南岛战役终于降下了帷幕。

对于海南战役，朱德同志曾亲手书写如此评价："长期坚持琼岛革命斗争和渡海作战而牺牲的同志们！你们是中华民族最优秀的儿女。你们的英雄行为对解放琼岛和全中国起了不可磨灭的作用。烈士们的功绩永垂不朽！"

三军协战，攻占一江山——一江山岛战役

战役档案

时间：1955 年 1 月 18 日～1955 年 1 月 20 日

地点：浙江一江山岛

参战方：中国人民解放军；国民党军

指挥官：共产党军队张爱萍；国民党军队王生明

双方兵力：共产党军队 6000 余人；国民党军队 1.5 万余人

伤亡情况：国民党军队伤亡 1086 人

战果：中国人民解放军胜，占领了一江山岛，迫使国民党军队从大陈岛撤退，夺取全部浙东沿海岛屿

意义：一江山岛战役是解放军解放位于浙江一江山进行的战役，是解放军首次实施陆、海、空三军协同作战，并获得了成功，意义深远！

美、蒋的阴谋

20 世纪 50 年代初，全世界都在关注着刚刚诞生的中华人民共和国，在经受了巨大的考验后它取得了抗美援朝战争的伟大胜利。美国在朝鲜战败后，与蒋介石又签订了"共同防御条约"。通过这个条约，美国政府想对台岛和台湾海峡进一步控制。蒋介石则想利用此条约得到美国支持，阻止解放军对浙江、福建及其他沿海岛屿的解放，使自己得以在台湾立足，并找机会向大陆反击。美蒋双方各有企图，互相勾结，互相利用。

浙东沿海，北到三门湾，南至鳌江口，有 100 余海里，罗列着大大小小的岛屿有 1140 多个。这些岛屿总体上是南北走向，形成的岛链较为狭长，我们称作台州列岛。

在这些岛屿中，最为国民党看中的是大陈岛和一江山岛。如果说台湾的北大门就是大陈岛，那么这北大门的门闩就是一江山岛。国民党"国防部长"俞大维认为：大陈岛的门户是一江山岛，一江失守，大陈难保；大陈不保，台湾危险。蒋经国也曾经说过："反攻大陆的大门是一江山，我们不仅要将这扇大门守住，而且去反攻大陆还要从这扇大门走过。"由此可见一江山岛的军事地位的重要性。

一江山岛位于中国浙江省椒江口台州湾的东南方，它东南距大陈岛 16.6 公里，北距头门山九公里，西北距黄岩县海门镇（现为椒江市）约 30 公里。一江山岛有南江岛和北江岛南北两个岛。南北两岛有 200 米左右的距离，中间有一条江相隔，南北对峙，因此人

们把它合称为一江山岛。两岛中稍大的一个是北江岛,东西 1900 米宽,南北长 100~700 米不等,约有一平方公里的面积;南江岛东西约 1000 米宽,南北长约 300 米不等,只有 0.3 平方公里的面积。

1953 年 8 月,受蒋介石委派,大陈岛的总指挥为原六十七军中将军长刘廉一,并从台湾调来他的美械装备四十六师。刘廉一上任后,将"大陈防卫区司令部"代替原来的"大陈岛游击指挥所",并且对兵力部署重新调整,使浙江东南沿海岛屿的核心为上、下大陈岛,其外围为一江山、头门山、披山、渔山、南麂山等岛的海上防御体系。

一江山岛战役

刘廉一竟然在这个仅 1.3 平方公里的小岛上布设了 1100 余人的兵力!坚守北江的是他的"一江山地区司令部"率突击第四大队、炮兵第一中队,坚守南江的是突击第二大队第四中队。两岛的防御工事建立完备,互为依托,独立防守。

美蒋联合之后,国民党因有美国为靠山,凭借这些小岛屿,对中国海上交通及渔业生产变本加厉地骚扰、破坏,并以前沿岛屿为跳板不断向内陆派遣特务。

张爱萍临危受命

1954 年 8 月初,中央军委决定:暂缓进攻金门,先解决浙江沿海的岛屿。华东军区参谋长张爱萍再次在危难中接受任务。

12 月 20 日,浙东前线指挥部,这个成立不足五天的指挥部在宁波市草马路南侧教堂开始运作,他们对一江山岛登陆作战问题在积极地筹划着。

前指司令员兼政委张爱萍对参加会议的华东军区陆、海、空三军领导说:"需要三军协同进行本次作战。而我们没有一点这三军协同的经验。下面让我们的苏联顾问安东诺夫给作指导,大家对这些意见要虚心听取。"

这个华东军区首席苏联顾问对"诺曼底登陆战""西西里岛登陆战"讲得滔滔不绝,并将其中好多理论性的东西讲述出来。可是却很少提及一江山岛以及解放军的实际情况。

"照搬二战时的登陆作战经验在这个战役中明显是行不通的。"行伍出身的华东军区海军司令陶勇对这一套的大理论听不进去,于是把安东诺夫的话贸然打断了。

安东诺夫正讲得兴趣十足,没想到半路杀出个程咬金。他尴尬地向张爱萍看去,想得到他的一点支持。不料张爱萍也觉得他讲得不切实际,并未理他。于是这位顾问先生夹起文件包愤然从会场离去。

张爱萍挥了挥手笑着说："走就走吧。还是靠自己来打自己的仗，还是由自己来决定自己的事情。自1949年金门登陆失利至今，海军和空军虽然建立了，但过大的作战经验还没有，装备也比二战时的盟军要差。这场战役的考虑我们还得立足于自己的实际情况。"

但苏联顾问的话还是起到了一定的作用。在作战时间的选择上，"诺曼底登陆战"夜间航渡、拂晓登陆的思想还是影响到了一大部分人，认为应在夜间发起登陆，白天不能进行。持反对意见的只有华东海军温州水警区副司令陈雪江。

陈雪江说道："我海、空军已有近十个月的演练和英勇作战，对这几个小岛附近的海空领域可完全控制，我认为登陆在白天进行会更好些。"

这时张爱萍站起来，向四周环顾了一下，语气坚定地说："老陈说得对。白天登陆我也赞成。我觉得还有两点理由：其一，一江山岛四周全系石岸，岸高10~40米，坡度40~70度，可谓地势险要，石峰陡峭，激流湍急，浪花飞溅，地形易守难攻，登陆不便，夜间对攀登更不利；其二，大多是从四处拼凑我渡海装载工具，船只有不一样的性能，夜间对组织协调更加不便。"

张爱萍这番话让与会的其他首长明白了。是啊，毛泽东同志讲过具体情况要具体分析，三军作战这么大的事情是不能想当然的照抄照搬的。

登陆确定在白天，但该是具体的哪一天呢？与会人员的心里都没有底。因为他们明白，附近的海区气象不稳定，根据历年记载，每月通常的良好天气只有五六天，其余时间均对作战不利。

但是，各部队完成战役准备的时限会议确定了——12月22日24时。

海空两军，并肩作战

12月21日，连日来海军航空兵和空军航空兵对国民党军前沿岛屿进行高强度、多架次的出动轰炸，让国民党军舰越来越精明——机群一旦被雷达发现，便立即将航向起锚疏散机动进行规避。

这一天，航空兵第十一师又一次对大陈港锚泊敌舰进行低空轰炸，但又没取得任何成果。

这已经是第四天没有将一个目标炸沉了。浙江前空军指挥所的司令员聂凤智心里焦躁不安。他知道，目前的部队就像老虎刚被放出笼，胸中的求功欲火都非常强烈，如果一直这样一而再再而三的击不中目标，官兵旺盛的斗志会慢慢地被消磨掉。

副司令员曾克林对聂凤智安慰地说："这也不一定就是坏事。敌舰不被击中，说明我们准备得还不好，还要提高投弹精度。这就当作是我们一次次的战前大练兵吧。"

"对，目标不中我们就继续炸，我们的弹药充足，就怕蒋军陪练的军舰数量没有那么多！"聂凤智狠狠地把守中的指挥杆扔在桌上说。

1955年1月10日，还有一些节日的气氛存在。浙东战区的温度为零下五度，海上刮起了七级大风。浙东沿海波涛汹涌，惊涛拍岸，海空迷蒙混沌成一片。

天气条件这样,飞机飞临上空是很难的。于是国民党的军舰在大陈岛附近偷偷停靠。

7时15分,正当国民党军舰的官兵卧床安眠的时候,他们怎么也没想到一批魔鬼般合机群正在飘来,他们对准排水量3000余吨的"中权"号登陆舰一通猛炸,然后又飘然离去。

11时09分,又一批混合机群起飞了。但这时大陈岛的国民党军已经开始警戒,高射武器使天空中烟雾弥漫,原来停着的军舰也起锚纷纷向外海逃窜。解放军飞行员勇敢灵活,连续对准"太和"号护卫舰向其连续投弹。只见"太和"号护卫舰中弹起火,整个云霄响彻,整个天空烟雾弥漫……

13时38分,第三批混合机群集中优势兵力再一次狂轰猛炸。国民党军"中字"号登陆舰、"永字"号扫雷舰中弹起火……

15时许,这时出动最后一批混合机群,对被炸伤的国民党军舰进行搜索、轰炸。这次,又击中了一艘逃亡的国民党军舰。

当夜,逃亡了一天的国民党的舰艇利用夜色向大陈港溜回时,遇到了鱼雷艇第一大队,这真是他们的克星。

20时许,国民党护航驱逐舰"太湖"号向大陈港返回。解放军鱼雷艇第一大队大队长张朝忠、政治委员郝振林立即向"101""102""105""106"四艘鱼雷艇下命令让其快速出击。无奈"105""106"两艇因掉队被迫返航,只有"101""102"两艇向前追去,携带的四枚鱼雷发射了三枚都没将目标命中。此时"102"艇发生故障。在排除故障后,国民党军舰已来到岸边停泊了。

22时23分,雷达兵又发现国民党军"永"字号扫雷舰驶向大陈港。于是,张朝忠命令"105""106"两艇出击,"102"艇在其后跟随。

23时20分,"105""106"两艇没有成功击中"永"字号扫雷舰,奉命返航。但并没有命令"102"艇返航,继续向前行驶。

天气冷得厉害,海水在扑上甲板的一瞬间就结成一层冰。海风很大,"102"艇艇长张逸民被吹得流眼泪。对自己的处境他很清楚:在追击"太湖"号护航驱逐舰时"102"艇已发射过一枚鱼雷了,现在只有左鱼雷发射管里有一枚重2000多斤的鱼雷,这样的重量使左舷向一侧倾斜,再加上这么大的风浪,很有可能会艇翻人亡的。

正当"102"艇在海上漂流的漫无目的时,一艘国民党军舰——是美制蒋军炮舰"洞庭"号突然从左前方窜出来。

"102"艇像猛虎下山一般向"洞庭"号直扑过去……

双方在迅速缩短距离,300米、250米、200米!

"轰……"鱼雷轰然爆炸,将"洞庭"号的中部准确击中,一个又高又白的水柱被激起。

此时,炮艇中队闻声赶来,对准正在漂泊的"洞庭"号以猛烈的炮火抵近射击。

约30分钟后,这艘屡次危害渔民、对海上交通造成破坏的"海上一害"在格屿东南四海里的附近海域被击沉。

这次海军、空军作战部队的密切配合、并肩作战,取得了对浙东战区制空权、制海权夺取的决定性的胜利,这也是解放一江山岛非常重要的条件。张爱萍司令员像过年似的,心里高兴极了,在电话里深深地赞扬了参加当天轰炸任务的海军航空兵第一师、空军航空兵第十一师和二十师以及鱼雷艇第一大队的首长。

一江山战役作战准备

1月11日,一江山岛北江东昌村,国民党一江山地区司令部,司令员刘廉一正惊慌不安地率领部下逐一检查各岛的防务情况。通过昨天的激战,刘廉一预感到有一场更大的灾难即将降临自己守卫的岛链。

刘廉一正来到作战室内向一江山地区司令王生明询问防务情况,他闭目倾听王生明的防务汇报。

就在灾难即将到临的时刻,国民党守军一江山地区司令王生明还在对一江山岛"坚不可摧"的防务体系情况进行慷慨激昂地陈述:"……我北江岛的坚固支撑点是一九〇高地和二〇三高地,南江岛的坚固支撑点是一八〇高地和一六〇高地。各种火炮51门,平均100米的正面两门火炮和两挺机枪,组成三道防御阵地和四层火力网;坚固的环形防御工事在岛域外围,有154个具有中等筑城的永久性和半永久性地堡。这些火力点既能斜射和反射,也能侧射,几乎没有死角……"

刘廉一突然将紧闭的双眼睁开,对王生明说:"行了行了,省省吧,不要再读下去了。美国军事顾问亲自参与设计一江山岛的防务,别说我了包括蒋先生对此也非常熟悉。"

此时,一直在旁边哈腰站着的第四突击大队大队长王辅弼满脸媚笑地说:"对对对,刘司令说得很对。一江山岛的防御坚不可摧、固若磐石,任何来犯者定会再也回不去!"

刘廉一对王辅弼没有理会,他继续对王生明说:"通过这些天共产党军队空袭我军的情况,他们首选的攻击方向不会是一江山岛,但你们也千万要多加小心。小岛作战,只能打歼灭战。敌人不被全歼灭,我们就会被全歼。因此在战斗中要忍——对轰炸和炮击不要害怕;要猛——在水际集中火力歼敌;要狠——确保阵地,以点制面。"

听了刘廉一的训话,王生明和王辅弼急忙打了一个立正姿势,应声道:"是,长官!"

刘廉一看了这两个得力干将良久,又补充说:"特别要注意防空防炮!"

1月16日,浙东前线指挥部指挥员张爱萍,正和指挥所的主要指挥员碰头,商议作战情况。因为,张爱萍通过这几天以来对部队的现实情况分析,认为作战部队已经作好了进攻一江山岛的作战准备。

空军指挥所聂凤智司令员抢先站起来说道:"从去年11月初至今,航空兵对大陈岛、一江山岛先后进行了六七次之多的轰炸了,投弹七八十吨,将敌舰炸毁、炸伤五艘,把16架敌机击落、击伤。在不同程度上破坏了敌岛上阵地和人员。我认为,此时我军对作战空域能有效地控制,可以一战。"

海军指挥所马冠三司令员接着说:"这几天我一直在部队里,也非常熟悉海军部队的准备工作。目前,海军的188艘舰艇和船只、144门火炮、14个舰艇大队已经作好充分准备,可以随时出击。"

登陆指挥所黄朝天司令员也激动万分地说道:"训练和准备了一段时期,我六十师2个团的官兵有旺盛的士气,高涨的热情,全体人员时刻准备着,在一江山登陆战中都想大显身手。"

前指副司令兼后勤部部长林维先清了清嗓子,也参与进来:"按照参战部队的25%来计算伤亡算,1000人的战伤救护器材现已备够,在战时已够用;2500吨弹药已备足,除了作战需要,还可储备800余吨;已经筹集完毕舰艇、飞机的油料……"

林维先刚刚说完,侦察科科长便汇报说:"连日来,通过我军的强烈火力打击,台州列岛之敌在大陈岛派重兵固守,没有完全重视一江山岛。因此,这个机会正好可以进攻一江山岛。"

张爱萍见海、陆、空及后方保障的指挥员都有十足的信心,心里非常高兴。他抬头向空军指挥所气象科科长徐杰询问:"近三日气象如何?"

气象科科长徐杰一直站在一边,现在他把早已准备好的资料呈了上去,说:"据今日气象预测,17、18、19日的云量、风浪、潮汐对海军和空军作战有利,其中18日最好,19日以后天气会有转坏的可能。"

张爱萍沉思片刻,又抬头说道:"如果把实施登陆作战定于18日,在17日拂晓前登陆部队就要进至石浦港待机,并于18日拂晓前到达头门山、高岛、蒋儿岙向出发阵地进攻。如果这样,即使天气在18日转坏,部队还可在石浦港待机。你们意下如何?"

与会的指战员对此方案一致赞同。于是,他们便对具体作战事宜开始着手讨论。作战参谋一会儿奋笔疾书,一会儿又在图上标绘,忙得不亦乐乎。

1月17日,天刚放亮,张爱萍司令员便和王德参谋长向头门山前线指挥所乘车进发了。

张爱萍和王德刚走后不久,总参谋部电令华东军区推迟进攻发起时间,其理由是准备不充分。

张爱萍对电报内容得知时,部队已经进入备战状态。

开弓没有回头箭啊!面对突如其来的变化,张爱萍心里感到非常不安。他想:"如果此时把作战计划改变,进攻日期延长,除我作战意图被暴露外,部队士气还会大大损伤。况且现今部队全如弦上的箭,一触即发,即使可派遣通讯人员把地面部队召回,海上舰艇却也无法命令完全返回。再说呢,部队自去年12月22日各种准备工作都已完成,摆好样式却长时间不动手作战,以后即使再打能不能赢也是个问题。不行,原计划还得照样执行。"

张爱萍总算将分管作战的陈赓副总长说通了。他对18日发起攻击之利努力陈述,并声称愿立"军令状",只求总参把成命收回。

张爱萍的坚决动摇了陈赓副总长,他便马上汇报给粟裕、彭德怀,彭总向毛泽东、刘少奇、周恩来等党和国家领导人请示过后,对张爱萍的建议决定同意。

用兵之道,讲究虚实结合,虚虚实实,此谓"兵不厌诈"也!在此阶段,浙东前线双方的指挥员对自己的谋略都在施展着。

刘廉一为了将台州列岛坚守住,坚定地对执行着蒋介石"以不变应万变"的训令,因此他对解放军的攻坚战术虽熟知,但在其他征兆没被发现的情况下,还把解放军海军、空军的轰炸袭击一直认作只是一种"扰乱性"的攻击行动。刘廉一一直被解放军"声东击西"的策略在战役轰炸中迷惑着。

1月17日下午，在歼击机群的掩护下，笕桥机场的一个轰炸机中队又一次佯动轰炸——披山岛是这次轰炸的目标。

正当刘廉一在披山岛上注意力集中的时候，一江山岛登陆作战的参战部队已经完成了展开战役的准备……

三军并进，一江山岛解放

1月17日夜至18日拂晓，一夜之间在待机地域集结了100余艘舰艇。担任战区掩护任务的海军、空军部队，在海上、空中警惕地进行巡逻掩护，组成的这个严密警戒网是立体的、多层次的。

步兵第六十师第一七八团、一八〇团二营及配属分队准备完毕！

一七八团一营、二营和一八〇团二营为第一梯队，分为三个方向发起攻击：一七八团一营在头门山西侧集结，准备登陆突破北江山咀村、黄岩礁、海门礁地段，向中山村、一九〇高地发起进攻；一七八团二营在头门山东侧集结，准备登陆突破乐清礁、北三湾地段，向二〇三高地突击，把高地攻占后，协同一营把北江全岛攻占；一八〇团二营集结于头门山西侧，攻打南江山，准备登陆胜利村、田岙湾地段，突击一六〇高地、一八〇高地，将南江守军消灭，是其任务。

一七八团三营为第二梯队，在一营后随时跟进，在北江上陆，纵深向国民党军发起进攻。

海军14个舰艇大队准备完毕！

海军登陆输送第一、二、三、四、五大队负责登陆地面部队的运送。第六舰队2个大队、舟山基地战舰大队负责火力支援和掩护。夺取制海权由鱼雷艇第一、三十一大队负责。

空军包括海军航空兵在内的七个师、12个团、21个大队准备完毕！

空航第二十师六十团、海航第一团准备对大陈岛的轰炸，同时准备对一江山岛实施航空火力。歼击航空兵第十一师第三十一团对登陆部队冲击直接支持。歼击航空兵第三师一个大队、第八十五团一个大队、独一团一个大队与海航第四师第十、十二团及海航第二师一个大队负责制空权夺取，对地面部队、海上舰艇的作战行动进行掩护。

这184架各型作战飞机随时准备向天空飞翔！

登陆指挥所、海军指挥所、空军指挥所也已开设完毕，能非常畅通地与各参战部队联络！

箭在弦上，引弓待发，一切都准备好了！

1月18日，天气跟预测的一样，晴空万里。

看，那东矶列岛一片平静的海面上，有在海空中自由自在飞翔的白色海鸥。初春的海风轻抚海面，军旗在海岸边迎风招展，对于这场即将到来的灾难，上苍没有给出一点暗示。三四级的海上风力，高5000米以上的云。海上能见度在10公里以外。这样的好天气绝对适合海、陆、空三军协同！

8时整,组成几队"品"字形的轰炸航空兵三个大队27架图—2型轰炸机和强击航空兵两个大队24架伊尔—10型强击机机群凌空飞起,分别扑向大陈岛、一江山岛方向。

刹那间,烟雾弥漫了整个大陈岛、一江山岛,岛上一片火海,火光闪烁……解放军指战员在对岸透过望远镜,看到国民党军队的炮阵地、火力点都被炸毁了。

8时20分,执行轰炸任务的机群安全返航。这短短15分钟以内的轰炸过程,有127吨炸药被一次性投入,炸得岛上的国民党守军晕头转向,乱成一锅粥,也炸毁或炸瘫了国民党守军重要的防御工事。

最主要的是,被炸晕的刘廉一仍然以为大陈岛是解放军的主要目标。

在岸边观看的地面部队心里很是着急,都用各自的方言七嘴八舌抱怨:"为什么不让我们先上,都让空军占了头功,上级真偏心。"

经过航空兵的袭击,海面的静寂又恢复了。任何船只的踪影在目视距离内都看不见了,海风也已经吹散、熄灭了一江山岛上燃起的烟火……

一上午的时间双方好像都静止了。

在马冠三副指挥、王德参谋长和黄朝天副军长等人的陪同下,张爱萍司令员来到头门山北岙岸滩对各突击营指战员进行巡视和慰问。

张爱萍司令员对大家风趣地说:"今天风力减弱,天气转好,我们准备的航空火力效果很好,把国民党的阵地狠狠地轰炸了。你们看,敌人被我们都打哑了,打怕了,都不敢出声了。到12点,他们还会被炮兵群狠狠地揍一顿,揍得他们无法抬头,你们就可以大大方方地登上一江山岛。"

步兵们、水兵们都笑了,雷鸣般的掌声在场上顿时爆起。

18日12时07分,海岸炮的炮弹咆哮着向一江山岛山咀村、黄岩礁、海门礁扑去。在防御体系图中的国民党守军在这几处的主要工事也都消失了……

炮兵群3发红色信号弹在12时20分腾空而起。瞬间,55门火炮一起射击了。

对所向海岸炮阵地进行观察,只见从炮口喷射出一道道火光、一团团火球,从海面呼啸而过,接着在一江山岛发生雷鸣般的爆炸。霎时间,火光笼罩着一江山岛,整个天空也都弥漫着硝烟……

至14时34分,整个炮兵火力共准备了157分钟,先后分六次监视射击和七次火力急袭射击,发射了1.2万余发各种炮弹,把国民党军在一江山岛部署的大部军事目标摧毁了,为解放军登陆部队顺利登陆突破创造了有利条件。

在解放军漫天的炮弹纷纷在一江山岛上降落时,刘廉一才发现他的大陈岛并不是解放军真正的攻击目标。可是,此时的他已经束手无策了。

也就在炮兵火力把一江山岛覆盖的同时,100余艘舰船在海上开始了大进军。

海面风不吹、水不动,碧波粼粼。舰船整齐地排列成两行纵队,白色的浪花被艇艏冲起,艇艉有白色的航迹延伸着,犹如飘向一江山岛的一条漫长的白色缎带。

18日13时05分,位于北江西北约2500米的海面上已出现火箭炮队。大队长王耀月一声令下,火箭弹一次齐射180发,呼啸着冲出炮膛。

令人惋惜的是,这些炮弹全成了近弹。只有密集的白色水柱在岛附近的海面上升起,却没有击中要攻击的目标。

对岸指挥所的马冠三副指挥真真切切地把此情此景看在眼里。180 发火箭弹都浪费了,真让人心疼。于是他拿起报话机,用山东话对着王耀月大吼:"乱弹琴!打到海里了,浪费炮弹!这怎么回事?马上把射击距离给我缩短,第二次射击在 2000 米以内进行!"

接到命令后,王耀月大队长立即把队形调整了,指挥炮船进行第二次齐射,这次的距离是 1800 米。这一次齐射,炸毁了北江的山坡、突出部一线的阵地设施。

13 时 16 分,在大队长李辛指挥下,护卫舰"南昌""济南"号一直向北江 26 链处抵近,猛烈射击乐清礁;在大队长徐世平指挥下,"沈阳""武昌"号将北江以北 22 链有利射击阵位占领,猛烈射击黄岩礁火力点。

14 时 00 分,暂时停止头门山炮兵群的射击。解放军 27 架轰炸机和 24 架强击机飞临一江山岛上空犹如雷霆万钧之势,准备进行第二次航空火力。主要对中心村、山中村、重要村、了望村、东昌村、傅家村、胜利村等核心阵地和支撑点进行轰炸。三个舰载直瞄火炮分群的抵近射击也开始了。刹那间,一片火海又在一江山岛燃烧起来……

14 时 20 分,当解放军战机安全返回后,头门山炮兵群的火力急袭又开始了……

18 日 14 时 29 分,一七八团二营第一波队的五连、六连分别在乐清礁、北山湾地段登上一江山岛。其中五连仅有一人轻伤,而六连因把登陆点私改,被三面的国民党军火力打击,有惨重损伤。该营第二梯队的八连在六连右翼突破,七连随五连跟进。营长孙勇、教导员平涛率指挥所在五连后侧上岸,而后指挥所属连队冲击北江的主峰二〇三高地。

14 时 33 分,一七八团一营第一梯队第一连、二连、三连在黄岩礁、海门礁、山嘴村分别登陆。其中国民党军水线地堡火力阻拦了一连登陆,上岛后国民党军火力又对其反击,伤亡较大,连级干部只剩下副指导员一人。二连、三连较为顺利地登陆,并很快把国民党军第一线阵地占领。四连在登陆后与国民党军展开近距离搏斗,连续把数个地堡攻克。此时,营长许国光、教导员张天申也率第二梯队在海门礁、黄岩礁地段登陆了。

头门山观察所得到一七八团的两个营成功登陆的消息,张爱萍司令员对黄朝天副军长高兴地说:"上去了两个营,我心里踏实了一半。如果第三个营登陆也成功了,那我就更加踏实了。"

一八〇团二营就是张爱萍所指的"第三个营"。在进攻北江的两个营成功登陆时,一八〇团二营正与国民党军进行着生死斗争。

14 时 37 分,一八〇团二营第一梯队的五连、七连在胜利村西侧、田岙湾地段把国民党军防御突破,而后合力进攻一六〇高地之国民党军。战至 15 时 07 分,五连、七连连续将国民党军两次反冲击粉碎,并把一六〇高地成功占领。此时,第二梯队的六连、八连在营长率领下相继登陆了。

15 时许,在海门礁地段登陆部队第二梯队一七八团三营登陆后,主力向黄岩礁、海门礁集结。

至此,解放军登陆部队已全部登上一江山岛,并分头向纵深发展。

18 日中午,天气很好,不知道什么时候商船、渔船和海鸥都消失不见了。在海面向一江山岛方向俯冲的只有解放军的歼击机群、强击机群,解放军的舰艇对国民党军舰围击的景象相当壮观。

就像张爱萍司令员说的,当所有作战部队与国民党军都按计划进行交战时,他反而能感到平静,他有这样一种直觉——像这样的战役,如果能把开始把握住,那么结果就能预测出来。很明显现在的他已经胸有成竹了。

果然,没多长时间就有捷报传来:

一七八团一营攻克北江一九〇高地!

一七八团二营攻占北江二〇三向地!

一八〇团二营攻占南江一八〇高地!

国民党守军一江山地区司令王生明在掩蔽部里被活活烧死!

国民党突击第四大队中校大队长王辅弼被活捉了!

……

这时,硝烟在整个一江山岛上弥漫,像蜂窝一样的硝烟弹在这里密集,海风中带有浓浓的火药味。北江一九〇高地、二〇三高地和南江的一六〇高地、一八〇高地被占领,国民党在一江山岛的守军便大势已去。他们慌乱的如丧家犬,到处躲藏。解放军登陆指战员一边对阵地积极巩固,一边组织部队将战果扩大,搜剿残余国民党军。至19日2时,彻底肃清了岛上残余的国民党军,胜利解放了一江山岛。

一江山岛失守了,美国远在太平洋彼岸却也立刻命令第七舰队相继从菲律宾、香港、日本到大陈岛以东海域活动,并于1月23日至2月4日期间起飞战斗机469批2224架次飞向浙东海域,向解放军进行军事挑衅。蒋介石也将空军出动对解放军进行报复性轰炸。

但解放军收复台州列岛的决心并没有因这一切有丝毫改变。

2月初,国民党获悉"共产党军队要集中三个师兵力攻击大陈岛",美国也郑重宣告在台湾外围岛屿的防卫问题上自己的军队决不会参与。蒋介石不得不命令刘廉一在美军的协助下把大陈岛军民分批撤走。

1955年11月5日,毛泽东对黄浦江进行视察,在谈到一江山岛战役时高兴地说:"一江山岛登陆作战,打得很好!我军陆、海、空三军首次联合作战是成功的。"